BASTEI
LÜBBE

Von Jason Darks Sonderausgaben
sind bisher folgende Titel erschienen:

73 901 Willkommen in der Hölle
73 902 Zeit der Monster
73 903 In Satans Diensten
73 904 Flüche aus dem Jenseits
73 905 Kämpfer gegen die Hölle
73 906 Dämonenbrut
73 907 Geister, Zombies und Vampire
73 908 Gegen Tod und Teufel
73 909 Alptraum Atlantis
73 910 Im Bann der schwarzen Magie
73 911 Vampir-Schrecken
73 912 Monster aus dem Schattenreich
73 913 Hexenspuk und Teufelssaat
73 914 Im Reich des Bösen
73 915 Grauen aus der Hölle
73 916 Sarggeflüster
73 917 Im Haus der Angst
73 918 Todesträume

JASON DARK

JOHN SINCLAIR

Das Spiel der Dämonen

Acht spannende Grusel-Abenteuer

BASTEI LÜBBE

BASTEI LÜBBE TASCHENBUCH
Band 73 919

Erste Auflage: Januar 1999

Lektorat: Rainer Delfs
Titelbild: Luis Royo / Norma Agency, Barcelona
Umschlaggestaltung: QuadroGrafik, Bensberg
Satz: Druckzentrum Südwest GmbH,
Villingen-Schwenningen
Druck und Verarbeitung: 44717
Groupe Hérissey, Évreux, Frankreich
Printed in France
ISBN 3-404-73919-1

Der Preis dieses Bandes versteht sich einschließlich der gesetzlichen Mehrwertsteuer

Inhalt

Der Moloch

Der Moloch

Beängstigend monoton folgte der schwarze Leichenwagen dem VW-Käfer, doch Jane Collins hatte keine Angst. Sie war nur ein wenig beunruhigt, denn so ein Leichenwagen ist wirklich nicht jedermanns Sache. Natürlich konnte alles einen völlig harmlosen Grund haben, ebenso harmlos wie Janes Fahrt zu den Conollys, denn sie wollte Sheila mal wieder besuchen.

Auch Shao, die Chinesin, war eingeladen. Sie saß neben Jane.

»Fällt dir nichts auf?« fragte die Detektivin.

»Nein.«

»Schau mal in den zweiten Seitenspiegel.«

Das tat Shao.

»Und?«

Die Chinesin blickte Jane an. »Da ist ein dunkler Wagen hinter uns. Schon seit einiger Zeit.«

»Richtig. Aber ich dachte, dir wäre nichts aufgefallen.«

»Ich wußte ja nicht, daß du ihn meinst.«

Jane lachte nur und ging mit der Geschwindigkeit herunter, weil vor ihnen das Rot einer Ampel leuchtete.

Sie stoppte hinter einem großen Truck, von dessen Ladefläche es tropfte.

»Soll ich mal aussteigen?« fragte Shao.

»Nein, nein, blieb ruhig hier. Er wird sicherlich bald abbiegen.«

»Das sagst du nur, um mich zu beruhigen, Jane.«

»Stimmt.«

Shao drehte sich auf dem Vordersitz. Viel konnte sie von dem Wagen nicht sehen. Zwei andere Fahrzeuge befanden sich zwischen ihnen. »Wenn man nur wüßte, wo er hin will«, murmelte die Chinesin.

»Vielleicht biegt er gleich ab.« Jane legte den ersten Gang ein, weil der Truck vor ihr ebenfalls anruckte.

»Komisch ist es schon, von einem Leichenwagen verfolgt zu werden«, meinte Shao.

»Vielleicht sollten wir abbiegen. Urplötzlich, ohne Vorwarnung«, schlug Jane vor.

Shao schaute sie an. »Der beunruhigt dich auch – oder?«

»Kann sein.«

»Okay, mach es.«

Die beiden Frauen hatten den dichten Häuserwirrwarr der Innenstadt bereits hinter sich gelassen und fuhren auf die Chelsea Bridge zu. Am Sloane Square gab die Detektivin plötzlich Gas und bog, ohne zu blinken, in eine schmale Straße ein, die später wieder auf die Chelsea Bridge Road führte.

Der Wagen blieb zurück.

Jane lachte erleichtert. »Geschafft.«

»Nein«, sagte Shao, »da ist er wieder.«

Jane Collins ging unwillkürlich mit der Geschwindigkeit herunter. Jetzt sah sie es selbst. Der Leichenwagen war tatsächlich in die schmale Straße eingebogen und hatte sich wiederum auf ihre Fährte gesetzt.

»Das gibt es doch nicht«, murmelte die Detektivin und fuhr langsam weiter.

Grelles Hupen ließ sie zusammenschrecken.

»Achtung!« schrie Shao.

Jane hatte zwar auf den Leichenwagen geachtet, aber nicht nach vorn geschaut. Dabei war sie zu sehr auf die rechte Seite geraten, und das entgegenkommende Fahrzeug konnte nicht mehr ausweichen.

Hastig riß Jane Collins das Lenkrad herum. Haarscharf wischten die beiden Wagen aneinander vorbei.

»Puh, das ist noch einmal gutgegangen«, stöhnte Jane. »Das kommt davon, wenn man sich ablenken läßt.«

»Und der Leichenwagen?« fragte Shao.

»Verflucht, er ist immer noch da.«

Jane hatte recht. Lautlos rollte der schwere Wagen hinter ihnen her. Ein schwarzes, glänzendes, eckiges Ungeheuer, eine düstere Drohung, ein rollender Sarg auf vier Rädern.

»Kannst du den Fahrer erkennen?« flüsterte Shao. Sie wußte selbst nicht, warum sie ihre Stimme gesenkt hatte.

»Nein. Es ist schlecht. Die Scheiben sind getönt. Manchmal habe ich das Gefühl, als würde niemand in dem Wagen sitzen.«

»Das gibt es doch nicht.«

Jane Collins lachte, als sie Shaos Antwort hörte. »Mit dem Das-gibt-es-doch-nicht wäre ich ein wenig vorsichtig. Du weißt selbst, was wir alles schon erlebt haben.« Jane verringerte das Tempo, weil sie an einem geparkten Lastwagen vorbei mußten.

»Da sagst du was«, erwiderte Shao. Sie hatte sich gedreht und schaute durch die Rückscheibe, damit sie den Leichenwagen nur nicht aus den Augen verlor.

So unterschiedlich die beiden Frauen auch äußerlich waren, sie verstanden sich ausgezeichnet.

Da war die blonde Jane, eine selbstbewußte Frau, die sich im Leben zurechtfand und doch froh war, wenn jemand sie beschützte. Heute trug sie zum ersten Mal die schwarze Perücke, die ihr eine eifrige Friseuse aufgeschwatzt hatte.

Daneben Shao. Die Chinesin mit den langen, lackschwarzen Haaren. Sie stammte aus einem anderen Erdteil. Suko, ihr Freund, hatte sie in Hongkong kennengelernt, und sie war ihm nach London gefolgt. Shao war damals selbst in einen gefährlichen Fall verstrickt gewesen, hatte sogar auf der anderen Seite gestanden, doch durch Suko war sie gewissermaßen bekehrt worden.

Jetzt wohnte sie bei ihm, und sie hatte sich sehr gut in London eingelebt.

Rechts und links der Straße standen niedrige Wohnhäuser. Es gab auch brachliegende Grundstücke und kleine handwerkliche Betriebe.

Sie sahen bereits das Ende der Straße, und der verdammte Leichenwagen befand sich noch immer hinter ihnen.

»Langsam fällt er mir auf den Wecker«, sagte Jane.

»Mir auch.«

An der Kreuzung gab es eine Ampel. Sie zeigte noch Rot, sprang aber auf Gelb über und wechselte schnell zu Grün hin. Drei wartende Wagen setzen sich in Bewegung.

Und auch der Leichenwagen beschleunigte.

Shao und Jane hörten das Aufheulen des Motors. Plötzlich wurde das schwarze Fahrzeug schnell.

»Er will uns überholen!« rief Shao.

Der wollte das nicht nur, sondern tat es.

Auf einmal war er rechts neben ihnen. Ein dunkler, huschender Schatten, schnell – und vorbei.

Jane hatte unwillkürlich das Bremspedal berührt, damit sie den Wagen passieren lassen konnte. Er schaffte es auch noch, die Grünphase der Ampel zu erwischen, und bog nach rechts in die Chelsea Bridge Road ein. Dann war er nicht mehr zu sehen.

Beide Frauen atmeten auf.

Jane sah den feinen Schweißfilm auf Shaos Stirn. Auch ihr ging es nicht besser. Die Verfolgung hatte die beiden Frauen ziemlich genervt.

Sie atmeten auf.

»Endlich«, sagte die Detektivin. Sie stoppte am weißen Strich. »So eine Verfolgung kann einem schon auf die Nerven gehen.«

»Und wenn es ein Leichenwagen ist, noch mehr«, meinte Shao.

Die Detektivin nickte.

»Hast du wenigstens die Nummer?« erkundigte sich die Chinesin.

»Ja, die habe ich mir gemerkt.«

Shao griff zur Handtasche und holte einen Zettel hervor. »Ich schreibe sie lieber auf.«

Jane Collins diktierte. Als sie damit fertig war, sprang die Ampel um.

Grün!

Sie bogen auf die breite Chelsea Bridge Road ein und sahen linker Hand die Gebäude des Chelsea Royal Hospitals liegen, die von einem großen Park umgeben waren. Weiter vorn schimmerte durch den herbstlichen Dunst das Gestänge der Brücke, unter deren Träger sich die Fluten der Themse wälzten.

Sie kamen glatt zum anderen Ufer hinüber und befanden sich nun im Londoner Süden, nicht mehr weit von ihrem eigentlichen Ziel entfernt.

»Sheila wird sicherlich schon warten«, meinte Shao. Sie schielte auf den Rücksitz, wo die Geschenke für den kleinen Jonny lagen.

Der Kleine war überhaupt der Liebling des gesamten Teams. Jeder hing an ihm, und er war von den Conollys einfach nicht mehr wegzudenken.

Sie rollten auf die Brücke. Der Verkehr staute sich hier, und sie kamen nur im Schrittempo voran.

Shao reckte den Hals. Sie versuchte, über die anderen Fahrzeuge hinwegzuschauen, was kaum gelang.

»Suchst du was?« fragte Jane.

»Ja, den Leichenwagen.«

Die Detektivin lachte. »Den vermißt du wohl, wie?«

»So ungefähr.«

Unter ihnen floß der breite Themsestrom. Es herrschte reger Schiffsverkehr. Gewaltige Containerboote wurden von den Schleppern in Richtung Hafen gezogen. Wie frisch gewaschen wirkten dagegen die weißen Farben der Ausflugsboote. Bunte Fahnen flatterten an den Leinen, und die Decks waren mit Menschen gefüllt, die hinaufwinkten zu den fahrenden Wagen.

Nach der Brücke kamen sie besser voran. Die Gegend wurde etwas ländlicher. Die Häuser standen nicht mehr so dicht an dicht, der Verkehr ließ merklich nach.

Über London spannte sich ein prächtiger Herbsthimmel. Im Oktober war es noch einmal warm geworden. Kaum zu fassen. Zwar fiel bereits das Laub massenweise von den Bäumen, doch die Temperaturen erreichten wieder die Zwanzig-Grad-Grenze.

Manche Frauen zogen wieder ihre Sommerkleider an. Auch Shao und Jane hatten sich luftiger gekleidet.

Jane trug einen bunten Rock, dazu eine unifarbene, locker fallende Bluse und ein Strickwestchen. Shao zog es vor, in Karottenjeans zu laufen, und hatte sich einen hellblauen Windblouson über den leichten Pullover gehängt.

Die Detektivin fuhr schneller. Links von ihnen lag eine Gartenanlage. Das Herbstlaub an den Bäumen schimmerte bunt im Sonnenlicht. Alle Farben waren vertreten, vom strahlendsten Gelb bis zum tiefsten Braun.

Der Leichenwagen war vergessen. Die Laune der beiden Frauen steigerte sich.

Nur Shao erinnerte noch an den Wagen. »Vielleicht haben wir uns auch alles nur eingebildet«, meinte sie.

»Das Fahrzeug existierte!«

»So meine ich das nicht. Wir sind sicherlich nicht verfolgt worden.«

»Da kannst du recht haben.« Jane warf einen Blick auf die Uhr. »Schon verflixt spät. Sheila wird schimpfen.«

»Wie es den Männer wohl geht?« wechselte Shao das Thema.

»Die hocken in Johns Büro und reden sich die Köpfe heiß.«

»Glaubst du, daß sie es schaffen, die Mordliga zu sprengen?«

»Ich weiß es nicht. Aber wenn ich helfen kann, bin ich dabei«, erwiderte Jane fest.

Der Weg führte nach links. Unter ihnen hatte der Asphalt einige Buckel und Beulen, die Federung wurde arg strapaziert, aber das hielt der Wagen durch.

Links wuchs eine Hecke bis dicht an die Fahrbahn. Sie schirmte die Gärten ab. Rechter Hand sahen die beiden Frauen zwei einsam stehende Häuser.

Eine scharfe Kurve.

Jane nahm sie ziemlich schnell. Die Hinterreifen radierten über den Asphalt, quietschten.

Und da trat Jane Collins hart auf die Bremse.

Mitten auf der Straße stand ein Hindernis.

Der Leichenwagen!

Janes VW-Käfer rutschte noch einige Yards, dann kam er zum Stehen. Beide Frauen wurden in die Gurte gepreßt und fielen wieder zurück. Sekundenlang sprach keine von ihnen ein Wort. Sie mußten den Schock erst einmal verdauen.

»Ich habe es geahnt«, flüsterte Shao, und eine Gänsehaut rann über ihren Körper. »Ich habe es wirklich geahnt. Dieser Leichenwagen verfolgte uns nicht umsonst.«

Jane nickte.

Sie überlegte fieberhaft. Was wollte man von ihnen? Weshalb stand das Fahrzeug hier auf einsamer Strecke, wo kaum ein Wagen fuhr und Hilfe demnach nicht zu erwarten war?

»Was tun wir?« fragte Shao.

»Vorbei können wir nicht«, sagte Jane leise. »Links ist die Hecke, rechts der Graben. Wenn wir da einmal drinstecken, kommen wir nicht wieder raus.«

»Warten, bis er wegfährt«, murmelte Shao.

»Vielleicht.«

»Was meinst du damit?«

Jane ließ sich Zeit mit der Antwort. Im Wagen war es still geworden. Man hätte die berühmte Stecknadel hören können, wenn sie zu Boden fiel. »Ich werde aussteigen.«

»Nein«, schnappte Shao, »das ist viel zu gefährlich. Zudem hast du keine Waffe bei dir.«

»Ja, das stimmt auch.« Jane hob die Schultern. »Aber ewig können wir hier nicht stehenbleiben.«

Die beiden Frauen beobachteten den Wagen. Die Scheiben waren tatsächlich sehr dunkel getönt. Sie konnten kaum in das Innere des Führerhauses schauen. Trotzdem hätten sie die Umrisse des Fahrers sehen müssen. Doch da war nichts.

Der Leichenwagen stammte aus Germany. Ein deutsches Fabrikat der Marke Mercedes. Der Stern blitzte auf der Kühlerschnauze. Schräg fielen die Sonnenstrahlen auf den Lack und machten unzählige Staubkörnchen sichtbar.

»Vielleicht transportiert er einen Toten«, meinte Shao.

»Willst du nachsehen?«

»Auf keinen Fall.«

»Aber dann sind wir sicher.«

»Ist das so wichtig?« erkundigte sich Shao. »Tu mir einen Gefallen, Jane, fahr zurück. Wir nehmen einen anderen Weg.«

Die blonde Detektivin nickte. »Das wäre natürlich eine Möglichkeit. Ich sage bewußt eine...«

»Und die andere?«

»Ich sehe mal nach.«

»Was? Bist du lebensmüde?«

»Nein, wieso?«

Shao atmete schneller. »Das ist viel zu gefährlich. Wer weiß, was der geladen hat.«

»Das will ich ja herausfinden.« Jane schaute die Chinesin an. »Du deckst mir den Rücken, Shao. Ich lasse die Wagentür offen und drehe erst einmal.«

Jane fuhr wieder an. Allerdings rückwärts. Es war gar nicht so einfach, auf dem schmalen Weg zu wenden, aber sie schaffte es. Der Wagen wies mit der Kühlerschnauze in die Richtung, aus der sie gekommen waren.

»Alles klar«, sagte Jane.

»Sei bitte vorsichtig!«

»Sicher doch.« Jane Collins verließ den VW, und auch Shao blieb nicht sitzen. Sie stieg an der anderen Seite aus, ließ die Tür ebenfalls offen und lehnte ihren angewinkelten Arm auf den Holm, während sie der Detektivin nachschaute.

Jane Collins schritt vorsichtig auf den Leichenwagen zu. Sie hatte ein ungutes Gefühl, das man auch mit dem Begriff Angst beschreiben konnte. Aber sie riß sich zusammen. Sie wollte auf keinen Fall nachgeben. Die Neugierde war in ihr erwacht.

Der Wind blies von vorn und preßte den bunten Rock fest gegen ihre Beine. Jane fröstelte plötzlich, es war nicht die Kälte des Windes, der streichelte lauwarm ihre Haut, es war etwas anderes.

Der Leichenwagen.

Er strahlte diese Atmosphäre aus, eine Aura der Kälte, des Bösen.

Der Leichenwagen machte auf Jane Collins einen unheimlichen Eindruck. Jedem Menschen ist ein Leichenwagen nicht geheuer, doch dieses Gefühl war es nicht.

Für Jane stand fest, daß von dem schwarzen Fahrzeug eine regelrechte Bedrohung ausging.

Sie merkte, daß ihr Herz schneller schlug. Obwohl sie bereits zahlreiche gefährliche Abenteuer überstanden hatte, war sie doch nicht so abgebrüht, daß ihr der Anblick des Leichenwagens nichts ausmachte. Sie warf einen Blick zurück.

Shao lehnte am Wagen und lächelte.

Jane lächelte zurück.

Dann stand sie neben dem Mercedes. Sie beugte den Kopf ein wenig nach unten und schaute durch die getönte Scheibe in das Fahrerhaus.

Sämtliche Scheiben waren hochgekurbelt, vom Fahrer war nichts zu sehen.

Das Innere war leer.

Die Ladefläche auch?

Das wollte Jane genau wissen.

»Komm zurück!« rief Shao.

»Augenblick noch. Ich sehe nur mal auf die Ladefläche. Vielleicht gibt es dort etwas.«

Sie schritt an dem Wagen vorbei. Ihre Knie zitterten ein wenig, sie schalt sich eine Närrin und riß sich mit Gewalt zusammen.

Der Wagen hatte an der hinteren Seite eine zweiflügelige Tür, die zur Hälfte mit undurchsichtigem Glas eingefaßt war. Auf beiden Scheiben waren zwei Palmenblätter zu sehen.

Jane versuchte das Glas mit ihren Blicken zu durchdringen. Sie schaffte es nicht.

Dann schaute sie auf den matt glänzenden Hebel. Er befand sich direkt vor ihr. Sollte sie versuchen, ihn herumzudrehen? Vielleicht war die Tür offen?

Jane traute sich nicht so recht. Sie schaute sich um, sah aber keinen außer Shao.

Der Fahrer schien sich versteckt zu halten oder war zu Fuß zu seinem Ziel gegangen.

Aber warum hatte er dann den Wagen quer auf die Straße gestellt? Er wollte doch etwas von Jane und Shao, sonst hätte er nicht so reagiert. Was steckte dahinter?

Jane Collins faßte sich ein Herz und riskierte es. Sie umklammerte den Griff, drückte ihn nach unten – und...

Die Tür war offen!

Im ersten Augenblick erschrak die Detektivin und trat hastig einen Schritt zurück.

Langsam schwang die linke Hälfte auf, und Jane konnte einen Blick in das Innere des Wagens werfen.

Dort stand – ein Sarg!

Pechschwarz war er. Auch die Griffe waren dunkel.

Jane hatte schon zu viele Särge in ihrem Leben gesehen, um jetzt in Panik zu verfallen. Sie dachte daran, daß der Fahrer vielleicht unterwegs zum Friedhof war und seine makabre Last in der Leichenhalle ablegen wollte.

Also alles harmlos...

Jane drehte sich um und winkte Shao zu. »Es ist okay. Hier steht zwar ein Sarg, aber das ist natürlich.«

Shao nickte. Der Wind fuhr durch ihre Haare und wehte sie wie einen Schleier auf. »Dann können wir ja fahren«, erwiderte sie.

Jane war einverstanden. Sie wollte noch einen letzten Blick auf den Sarg werfen und wandte sich um.

Da sah sie es.

Der Deckel wurde ganz langsam zur Seite geschoben. Ein Spalt entstand, und durch die Öffnung zwischen Deckel und Unterteil kroch eine bleiche Totenhand...

Im ersten Augenblick war Jane Collins unfähig, sich zu rühren. Die Szene war wirklich makaber.

Von der Düsternis des Leichenwageninneren hob sich die Hand sogar klar und deutlich ab. Jane Collins sah fünf Finger, dicke Finger, die mit Beulen und Pusteln bedeckt schienen. Dann hörte sie ein gieriges Schmatzen und Schlürfen, ein Stöhnen, das aus den Tiefen der Hölle zu stammen schien und das in einem Hecheln endete.

Wer hockte in dem Sarg? Welch ein Monster hielt sich dort verborgen?

Ein Zombie, ein lebender Toter?

Jane Collins preßte ihre Hand dorthin, wo unter der Brust das Herz schlug. Sie war außer Fassung, das unheimliche Schauspiel zerrte an ihren Nerven. Nur schwach hörte sie Shaos Rufe.

»Jane, was ist passiert?«

Die Detektivin reagierte nicht. Sie starrte nur den großen, dunklen Sarg an, dessen Deckel sich immer mehr hob und gleichzeitig zur Seite geschoben wurde.

Nicht nur die Hand war zu sehen, sondern auch der Teil eines Unterarms. Dick, fett und wellig. Wenn der Unheimliche die Finger drehte, bewegte sich das Fleisch auf dem Unterarm mit.

Ein schlimmes Bild.

»Jane! Vorsicht!« gellte plötzlich Shaos Stimme. Sie stand dicht vor dem Überkippen.

Die Detektivin kreiselte herum, schaute nach links und sah plötzlich eine hochgewachsene Gestalt vor dem Straßengraben stehen.

Der Fahrer des Leichenwagens!

Uns qualmten die Köpfe.

Uns, das waren Suko, Bill Conolly und ich. Wir hockten in meinem Büro zusammen und sprachen über die letzten Fälle. Es war eine Art Bestandsaufnahme, ein Zusammenfassen des Erreichten.

Leider hatten wir nicht viel geschafft.

Wir wußten zwar, daß Dr. Tod existierte und daß er dabei war, die Mordliga zu gründen, aber gehindert hatten wir ihn nicht.

Wir hatten zwar alles versucht, doch der große Erfolg war ausgeblieben.

Leider.

Ich schaute auf mein Blatt, wo ich mir die Namen der Mordliga-Mitglieder notiert hatte.

Über allem stand Dr. Tod, der Initiator und Gründer. Er, den ich getötet hatte, war wiedererweckt worden. Der Spuk hatte seine Seele freigegeben und sie war in den Körper eines ebenfalls toten, brutalen Mafiabosses namens Solo Morasso gefahren, der daraufhin wieder auferstanden war. Bei seiner eigenen Beerdigung geschah dies, und Dr. Tod lebte wieder. Er war kein Untoter im eigentlichen Sinne, sondern eine Mischung zwischen Mensch und Dämon. Er dachte, überlegte und handelte wie ein Mensch, konnte geweihtes Silber anfassen, war aber gleichzeitig gegen Kugeln immun. Ein Monstrum, wie man es nicht alle Tage zu Gesicht bekam, dachte ich mit Galgenhumor.

Der nächste Name. Tokata, Samurai des Satans. Ihn hatte Dr. Tod als ersten erweckt. In unheiliger japanischer Vulkanerde hatte er gelegen, bevor Dr. Tod sich seiner erinnerte. Tokata kehrte zurück und war von nun an Morassos Leibwächter. Seine gefürchtetste Waffe war sein Schwert. Der Legende nach sollte es in der Hölle geschmiedet worden sein. Möglich war alles. Ich hatte bereits gegen Tokata gekämpft und ihn dabei mit meinem Bumerang attackiert. Die Waffe, die auch den Schwarzen Tod erledigt hatte, hieb Tokata den linken Arm ab, mehr geschah nicht. Von seiner Gefährlichkeit hatte er allerdings nichts eingebüßt. Im Gegenteil, er verfolgte mich mit noch größerem Haß.

Das zweite Mitglied der Mordliga war eine Frau. Und ein völlig normaler Mensch, allerdings ohne Gefühle. Eine Frau, die sich auf das Töten spezialisiert hatte und im Kreis der gefährlichsten Terroristinnen zu suchen war. Ihr Name: Pamela Barbara Scott, bekannt unter dem Spitznamen Lady X. Ihn hatte sie von den Reportern der Revolverblätter erhalten, und sie war stolz darauf.

Das dritte Mitglied der Mordliga paßte zu dem Club wie die Faust aufs Auge. Mr. Mondo, der geniale Verbrecher und Wissenschaftler. Skrupellosigkeit und Genialität paarten sich bei ihm zu einer immens gefährlichen Allianz, denn er war es gewesen, der mir das Werwolfserum eingespritzt und mich in eine reißende Bestie verwandelt hatte. Als Werwolf war ich auf das vierte Mitglied der Mordliga getroffen.

Lupina, die Königin der Wölfe!

Sie war etwas Besonderes, allein schon vom Äußeren her. Ihr Körper war der einer Bestie, ihr Kopf der eines Menschen. Vom Gesicht her war sie eine Schönheit, hinzu kamen das lange, blonde Haar und die faszinierenden Augen. Eine Frau-Bestie, wie sie ein Maler nicht fantastischer hätte erschaffen können.

Auch mich hatte sie fasziniert. So stark sogar, daß ich mich in meiner Eigenschaft als Werwolf in sie verliebte. Wenn ich daran dachte, rann mir jetzt noch ein Schauer über den Rücken.

Blieb das bisher letzte Mitglied der Mordliga, Vampiro-del-mar. Ein uralter Vampir, der auf dem Grund der Nordsee gelegen hatte und von Tokata an die Oberfläche geholt worden war. Sein Erwachen lag noch nicht lange zurück, gut zweieinhalb Wochen. Ich hatte mich auf der Bohrinsel befunden, war dann von Tokata und Vampiro-del-mar gejagt und von Bill und Suko im letzten Augenblick gerettet worden.

Dann war da noch die Teufelstochter. Sie stand praktisch über Dr. Tod, denn er hatte ihr seine Existenz zu verdanken. Asmodina hatte den Schwarzen Tod abgelöst, hielt sich jedoch mehr im Hintergrund als dieser furchtbare Dämon.

So sahen im Augenblick unsere Gegner aus, wobei ich an die anderen gar nicht dachte.

Da waren noch Destero, der Dämonenhenker, Maddox, der unheimliche Richter, Belphégor, der Spuk und andere.

Einen Gegner allerdings hatten wir weniger: Myxin, den Magier.

Er hatte sich im Laufe der Zeit auf unsere Seite gestellt, nur wußten wir nie, wo wir den Kleinen, wie wir ihn heimlich nannten, finden konnten. Er war plötzlich da und dann wieder verschwunden. Er fühlte sich noch immer sehr schwach und kämpfte weiterhin darum, seine magischen Fähigkeiten zurückzugewinnen.

Aber zur Mordliga.

Es fehlte noch ein Mitglied. Die Nummer sechs.

Nur – wer war es? Darüber zerbrachen wir uns die Köpfe. Und

wir saßen nicht umsonst in meinem Büro, denn von hier aus hatte ich einen direkten Draht zur EDV. Dort sollten alle bekannten Fakten eingegeben werden. Vielleicht spie der Computer ein Resultat aus oder eine Spur. Eventuell wies er uns auch den Weg.

Das war nicht so unwahrscheinlich, wie es klingt. Die Kollegen in den Staaten haben dies vorexerziert. Sie haben ihre Computer mit Daten über Banküberfälle gefüttert, und siehe da, der Roboter spie wirklich ein Ergebnis aus, so daß es den Polizisten gelang, einen Überfall zu verhindern.

Diese Berichte hatten mich fasziniert, und ich wollte hier das gleiche versuchen.

Hoffentlich gelang es.

Die Tür wurde geöffnet, und Glenda Perkins, meine Sekretärin, erschien.

»Kann ich für die Herren etwas tun?« fragte sie lächelnd.

Bill lehnte sich zurück und grinste. »Übernehmen Sie sich da nicht, Glenda? Drei sind wir, Sie sind allein. Allein Suko ist ungeheuer kräftig. Er wird... autsch...« Suko hatte sich revanchiert und leicht zugeschlagen.

»Sie können uns mit Kaffee versorgen«, bat ich Glenda.

»Gern.«

Das schwarzhaarige Girl verschwand wieder. Bill rieb sich sein Bein. »Du hast einen Schlag wie ein Holzfäller«, sprach er Suko an.

»Er hat ja auch in der Sahara die Wälder abgeholzt.«

»Hm?« Bill runzelte die Stirn. »Da gibt es doch gar keine Bäume.«

»Eben, weil Suko da war.«

»Ha, ha, ha.«

Wir wurden schnell wieder ernst. Ich schaute meine beiden Freunde an.

»Haben wir alle Daten?«

»Ja, bis auf Dr. Tods Lieblingsnachspeise«, meinte Bill und schob seinen Zettel rüber.

»Bestimmt nicht Fritten mit Ketchup«, murmelte ich.

Bill lachte. »Nee, dafür...«

Das Telefon unterbrach ihn. Ich hob ab und meldete mich so forsch, wie es sich für einen Oberinspektor Ihrer Majestät gehört.

»Ich bin's, Sheila!« hörte ich wenig später.

Hastig deckte ich die Sprechmuschel ab. »Es ist dein Weib, Bill.«

»O je, ich bin nicht da.«

»Was ist denn los, Sheila?« flötete ich in den Hörer. »Möchtest du deinen lieben Gatten?«

»Sprich lieber normal.« Sheilas Stimme klang ernst. »Ich habe doch für heute nachmittag Shao und Jane eingeladen.«

»Richtig.«

»Die beiden sind noch nicht da.«

»Hast du schon bei ihnen zu Hause versucht anzurufen?«

»Ja, da meldet sich niemand.«

»Dann sind sie noch unterwegs.«

»Aber vierzig Minuten Verspätung ist nicht Janes Art.«

»Vielleicht ein Verkehrsstau.«

»Daran habe ich auch gedacht.«

»Rufst du zurück, wenn sie angekommen sind?«

»Ja.«

»Bis später dann.« Ich legte auf.

»Was war?« fragte Bill.

Ich erzählte es.

»Noch nicht eingetroffen?« Die Worte sprach Suko, und sein Gesicht wurde plötzlich ernst.

Ich winkte ab.

»Das kann viele Gründe haben. Du kennst doch den Londoner Verkehr. Und nicht jeder hat eine Harley, mit der er sich immer durchmogelt.«

»Stimmt auch wieder.«

Glenda Perkins erschien. Unsere Unterhaltung wurde unterbrochen. Meine Sekretärin trug ein Tablett mit drei Tassen darauf und einer Kanne. Sie verteilte die Tassen und schenkte ein.

Auch sie hatte dem sonnigen Tag heute Tribut gezollt. Sie war luftig angezogen. Ein helles Sommerkleid, dessen Farbe sich deutlich von dem Schwarz der Haare abhob. Die Flut hatte sie mit zwei knallgelben Spangen nach hinten gesteckt.

Der Kaffeeduft war eine Wohltat. Als Glenda das Büro verließ, lächelte sie mir noch zu.

Sie war eine wirklich attraktive Frau, und manchmal fiel es mir verdammt schwer, standhaft zu bleiben.

Die beiden, Jane und Glenda, waren aufeinander eifersüchtig, obwohl kein Grund bestand.

Doch Frauen finden immer einen.

Wir schlürften den Kaffee. Das heiße Getränk tat gut und mobilisierte unsere Lebensgeister. Hinzu kam, daß Glenda es ausgezeichnet verstand, Kaffee zu kochen.

Nur Suko zog ein skeptisches Gesicht. Er war Teetrinker, Kaffee ging ihm oft quer runter.

Ich zündete mir eine Zigarette an. Auch Bill klaubte sich ein Stäbchen aus der Packung.

»Jetzt bin ich gespannt«, sagte der Reporter.

Ich war es auch und telefonierte die einzelnen Daten nach unten in die EDV.

Bill wollte wetten. »Ich meine, daß dabei nichts herauskommt«, erklärte er im Brustton der Überzeugung. »Überhaupt nichts. Und du, Suko?«

Der Chinese hob die Schultern. »Mal sehen.«

»Das gilt nicht«, widersprach Bill. »Entweder ja oder nein.«

»Ich bin dagegen.«

»Und du, John?« fragte Bill.

»Ich glaube, daß doch etwas Positives dabei herauskommt.«

Bill rieb sich die Hände. »Jetzt hast du verloren, John. Zwei gegen einen, aber als Beamter mußt du ja an den technischen Fortschritt glauben.«

»Du nicht?«

»Doch, aber nicht bei so etwas.«

Suko hielt sich zurück. Er zog ein sehr ernstes Gesicht und schaute auf die Schreibtischplatte.

»Was ist?« fragte ich.

»Ich denke an Sheilas Anruf.«

»Meinst du, da wäre etwas passiert?« hakte ich nach.

»Sicher.«

»So kenne ich dich gar nicht«, sagte Bill. »Was soll denn schon auf der Fahrt geschehen?«

»Ein Unfall«, bemerkte ich.

»Möglich.«

Ich wollte es genau wissen und ließ mich mit dem Leiter der

Schutzpolizei verbinden. Bei ihm liefen sämtliche Meldungen zusammen. Der Mann kannte mich.

»Was kann ich für den großen Kollegen tun?« fragte er.

»Ich möchte etwas wissen, Mr. Hanson.« Dann erklärte ich ihm die Situation.

»Warten Sie, ich sehe nach.«

Ich wartete also. Die Freunde schauten mich gespannt an. Es vergingen mehrere Minuten, schließlich hatte ich den Captain wieder an der Strippe.

»Hören Sie noch, Mr. Sinclair?«

»Ja.«

»Uns liegt keine Meldung vor. Es ist kein VW verunglückt, auf den Ihre Beschreibung paßt.«

Ich atmete auf. »Danke, das wollte ich nur wissen.« An meinem Lächeln sahen Bill und Suko, daß meine Antwort negativ ausfallen würde.

»Nichts«, unterstrich ich trotzdem.

Suko nickte befreit.

»Ich rufe trotzdem noch einmal bei Sheila an«, sagte ich und zu Bill gewandt: »Du gestattest doch?«

»Und wie.«

Sheila Conolly nahm nach dem ersten Klingeln schon ab. Sie mußte neben dem Apparat gelauert haben.

»Conolly!«

»Ich bin's, John.«

»Ja, was ist?«

»Das wollte ich dich fragen. Sind die beiden bei dir noch nicht aufgetaucht?«

»Nein.«

»Tja, das ist dumm.«

»Da wird doch nichts passiert sein?«

»Wenn du einen Unfall meinst, nicht. Ich habe mich bereits erkundigt, Sheila.«

»Und was mache ich jetzt?«

»Warte weiter.«

»Du hast Nerven.«

»Tut mir leid, aber eine andere Lösung weiß ich leider auch nicht.«

»Schon gut, John, vielen Dank.« Sie räusperte sich. »Gibst du mir Bill noch mal?«

»Aber klar.«

Bill sprach mit seiner Frau. Auch er versuchte, sie zu beruhigen, und versprach, früh zu Hause zu sein.

Wir wurden abgelenkt, denn ein Bote aus der EDV erschien. Er hielt ein grün schillerndes Stück endloses Papier in der Hand.

»Um was haben wir eigentlich gewettet?« rief Bill so laut, daß der Mann zusammenzuckte.

»Eine Flasche Whisky«, sagte ich schnell.

»Einverstanden.«

Ich nahm das Antwortschreiben entgegen, breitete es auf dem Schreibtisch aus, und zu dritt beugten wir uns darüber.

Viele Zahlen, auch eine Reihe durchge-x-ter Informationen, doch etwas Konkretes war nicht herausgekommen. Nicht einmal Vermutungen.

»Ich habe gewonnen«, sagte Bill. »Und Suko auch.«

Meine Wut war spürbar. Nicht wegen der verlorenen Wette, sondern weil mein Plan einfach nicht geklappt hatte.

Ich knüllte das Papier zusammen und feuerte es in den Korb.

»Was jetzt?« fragte Bill.

»Kümmern wir uns um Jane und Shao.«

»Wie willst du das denn anstellen?«

»Wir schreiben eine Fahndung aus...«

An Sukos Gesicht erkannte ich, wie sehr er mit diesem Vorschlag einverstanden war. Es strahlte wie die aufgehende Sonne im Reich der Mitte.

Der Mann jenseits des Grabens sah unheimlich aus. Eine düstere Gestalt, die einen dunklen Anzug trug und darunter ein helles Hemd mit hochgestelltem Kragen. Auf dem Kopf trug er einen steifen Zylinder, der irgendwie lächerlich gewirkt hätte, wenn von diesem Mann nicht eine solch finstere Bedrohung ausgegangen wäre.

Jane schätzte die Entfernung ab. Der Mann stand auf der Hälfte der Strecke zwischen dem Leichenwagen und ihrem VW. Er konnte ihr also den Weg abschneiden, und das paßte Jane Collins gar nicht.

Aber noch stand er nur da und lauerte. In seiner ganzen Aufmachung erinnerte er Jane an einen vorsintflutlichen Totengräber, einen, den es nicht mehr gab, der längst gestorben, aber jetzt zu einem schrecklichen Leben erweckt worden war.

Was wollte er?

Die Detektivin schaute wieder über die Schulter zurück und blickte in das Innere des Leichenwagens.

Der Deckel hatte sich weiter verschoben. Eine Schulter war zu sehen. Ebenso weiß wie die Finger und der Unterarm.

Was lag dort in dem Sarg? Ein Monster? Jane nahm es an, sie wollte es auch gar nicht genau wissen, für sie zählte nur noch die Flucht. Weg, weg von hier. In den Wagen und ab.

»Jane!«

Shaos Ruf riß sie aus der Erstarrung. Blitzschnell startete sie und rannte auf den parkenden VW zu, wo Shao ungeduldig auf sie wartete.

Aber auch der Unheimliche startete.

Und er war schnell. Mit einem Satz sprang er über den Graben und war schon auf der Straße, bevor Jane Collins noch fünf Schritte gelaufen war.

»Schnell, schnell!« hetzte Shao. »Beeil dich, Jane!«

Und Jane rannte.

Er kam von der Seite. Und er schnitt Jane den Weg ab. Sie vernahm das gefährliche Knurren, hörte dazwischen ein widerliches Hecheln und riskierte einen raschen Blick.

Der Unheimliche lief wie ein Tier. Er machte regelrechte Sprünge, Bocksprünge, hielt dabei die Arme ausgestreckt und hatte seine großen Hände gekrümmt.

Shao schaffte es einfach nicht, sich in den Wagen zu setzen. Sie wollte Jane helfen, wußte aber nicht wie, und so zitterte sie weiterhin mit der Detektivin. Sie hatte den rechten Arm nicht mehr auf dem Holm liegen, sondern die Hand zur Faust geballt und hielt sie gegen ihre Lippen gepreßt.

Schaffte Jane es?

Nein, der andere war schneller.

Plötzlich ein gewaltiger Sprung, doppelt so weit wie der normale. Dann befand er sich in der Luft und prallte gegen die Detektivin. Sein Körper war schwer, und Jane Collins wurde aus vollem Lauf zu Boden gestoßen.

Jetzt kam ihr zugute, daß sie Judo beherrschte. Jane fiel zwar hart auf die Schulter, aber sie rollte sich geschickt ab und wirbelte dabei zweimal um die eigene Achse.

Sie wollte wieder hoch.

Doch dagegen hatte der andere etwas.

Er lag auf dem Boden, wuchtete jedoch seinen Körper nach vorn und packte mit seinen Pranken Janes Fußknöchel.

Im nächsten Augenblick raste der Boden auf die Detektivin zu.

Jane konnte soeben noch die Arme ausstrecken und den Aufprall mit den Händen abfangen, sonst hätte sie sich das Gesicht aufgeschlagen.

Sofort war der andere über ihr. Jane hörte sein Keuchen und Knurren, wurde dabei an ein wildes Tier erinnert, und ehe sie sich versah, wurde sie herumgerissen.

»Komm!« kreischte eine Stimme. »Komm, mein Täubchen, der Moloch will dich!«

Moloch! hatte er gesagt. Wer war der Moloch? Trotz der Gefahr, in der Jane schwebte, schossen ihr diese Fragen durch den Kopf. Sie war eben zu sehr Detektivin.

Dann winkelte sie den linken Arm an und hieb ihn herum. Es war ein Schlag, der die Hüfte des Mannes hinter ihr treffen sollte. Er traf auch, aber Jane hatte das Gefühl, mit dem Ellbogen gegen Beton gehauen zu haben, so hart war der Widerstand.

Der Mann umklammerte ihre Schultern. Seine zehn Finger gruben sich tief in Janes Fleisch, und gewaltsam drückte er die Detektivin zu Boden.

Jane stemmte sich vergeblich gegen den Griff des Kerls an. Er war ihr an Kraft überlegen, die konnte sie auch nicht mehr mit ihrer Judotechnik ausgleichen. Trotzdem gab sie nicht auf. Sie warf beide Arme hoch und gleichzeitig nach hinten, suchte den Hals des Mannes, fand ihn und umspannte ihn mit beiden Händen. Durch einen Hebelwurf wollte sie den Kerl über ihre Schulter schleudern.

Der durchschaute den Trick und stemmte sich gegen Janes Griff an. Er lachte dabei, während er seinen Oberkörper weiter streckte. Jane konnte den Griff nicht mehr halten, so sehr sie sich auch anstrengte. Sie ächzte und keuchte, Tränen traten in ihre Augen. Vor Anstrengungen sprangen die Adern dick hervor.

Ihr Griff aber löste sich.

Die Detektivin sackte zusammen. Und diese Reaktion ließ den Unhold laut auflachen.

Shao hatte die ganze Zeit über verzweifelt überlegt, wie sie Jane helfen konnte. Mit den Fäusten kam sie gegen den Mann nicht an. Und einen Stein zu suchen, dazu fehlte ihr einfach die Zeit.

Dann hatte sie eine Idee.

Im Auto lag ein Wagenheber. Ja, mit ihm konnte sie es schaffen. Sie wollte damit die finstere Gestalt bewußtlos schlagen.

Hastig entriegelte Shao die Haube. Dann lief sie nach vorn und zog sie hoch. Ihre Blicke irrten durch das, was kaum als Kofferraum zu bezeichnen war.

Wo steckt denn der Heber?

Sie sah einen länglichen Gegenstand, der in eine Plane eingewickelt war.

Hastig rollte Shao die Plane auf, während sie hinter sich die Kampfgeräusche der beiden hörte. Endlich lag der Wagenheber vor ihr.

Ihre Hände zitterten, als sie ihn anhob. Mit allen zehn Fingern hielt sie ihn fest und rannte auf den Unheimlichen zu.

Der stand über Jane gebeugt. Er hatte es geschafft und die Detektivin zu Boden gedrückt.

»Der Moloch!« keuchte er. »Der Moloch braucht dich. Du hast lange, blonde Haare. Die will er, nur die. Und er weiß auch, daß du eine Perücke trägst.«

Der muß verrückt sein! dachte Shao und warf zufällig einen Blick zum Leichenwagen.

Sie erschrak bis ins Mark.

Im offenen Sarg hockte eine gewaltige Gestalt, die weißlichblau schimmerte. Sie konnte das Gesicht nicht genau erkennen, glaubte jedoch, ein Monster zu sehen.

War das der Moloch?

Zeit, darüber nachzudenken, die hatte sie nicht. Shao hob beide Arme und schlug zu.

Sie schloß dabei die Augen, es kostete sie Überwindung, auf diesen Mann einzuschlagen. Doch der schien geahnt zu haben, was ihm bevorstand. Urplötzlich ließ er Jane Collins los und kreiselte auf der Stelle herum.

In diesem Augenblick sauste der Wagenheber nach unten. Er hätte das Gesicht des Mannes getroffen, doch der hob blitzschnell seinen linken Arm und blockte den Schlag ab.

Mit ungeheurer Wucht prallten Shaos Handgelenke gegen den Unterarm der Gestalt. Obwohl Shao den Heber mit beiden Händen festhielt, konnte sie ihn nicht mehr halten. Der zweckentfremdete Gegenstand flog ihr aus den Fingern.

Röchelnd holte der Mann vor ihr Atem. Dann schüttelte er den Kopf, als hätte man ihn mit Wasser übergossen. Wieder drang ein Knurren aus seiner Kehle.

Gefährlich hörte er sich an.

Und gefährlich war der ganze Mann, wie er Schritt für Schritt auf Shao zuschlich.

Die Chinesin wankte zurück. Sie wußte, daß sie ihm nicht entkommen konnte. Er war immer schneller als sie.

Ein Sprung.

Shao schrie auf. Im nächsten Moment hatte sie das Gefühl, ihr Kopf wäre in einen Schraubstock geraten, so hart hatte der Kerl zugepackt. Sie bekam keine Luft mehr, dann verschwand der Druck von ihren Lippen, und plötzlich sah sie die Faust.

Riesengroß und schier ins Unendliche gewachsen tauchte sie vor ihren Augen auf.

Einen Lidschlag später hatte sie das Gefühl, ihr Kopf müßte platzen. Sie spürte den wuchtigen Aufprall, etwas blitzte vor ihren Augen, dann fiel sie in den alles fressenden Schacht der Bewußtlosigkeit. Schwer sackte Shao zu Boden.

Der Mann starrte auf die Chinesin. »Du bist nicht blond«, flüsterte er, »du bist nicht blond. Der Moloch will dich nicht, deshalb brauchst du auch nicht mehr zu leben.« Er griff in die Tasche und holte ein Messer hervor. Mit zwei Fingern zog der Mann die Klinge aus dem Schaft und näherte sich Shaos Kehle...

Jane Collins und Shao blieben verschwunden. Mit Sheila hatten wir zum drittenmal telefoniert. Sie wußte ebenso wie wir keinen Rat.

Was war zu tun?

Die Fahndung lief, wir mußten das Ergebnis abwarten. Zwischendurch betrat Sir James Powell, mein Chef, das Büro. An der Tür blieb er stehen und blinzelte uns durch die Gläser der dicken Brille zu. »Sind Sie immer noch hier?«

Ich nickte. »Ja, Sir.«

»Gibt es dafür einen Grund? Wie ich hörte, war Ihre Idee mit der Computerberechnung ein Schuß ins Leere.«

»Ein wenig, Sir!«

»Habe ich Ihnen ja sofort gesagt, John. Das wird nichts. Sie sollten sich wieder auf Ihre alten Methoden besinnen.«

»Können Sie etwas deutlicher werden?«

»Ja, wenn Sie wollen.«

»Ich bitte sogar darum!«

»Wie war das denn damals? Da konnten Sie stolz sein, eine Aufklärungsquote von fast hundert Prozent zu haben. Und heute? Was ist daraus geworden? Ein Trauerspiel, sage ich Ihnen, John. Ein wirkliches Trauerspiel. Ich habe Ihre letzten Berichte gelesen und muß sagen, daß sich das gesamte Sinclair-Team wirklich kein Ruhmesblatt an die Weste genäht hat. Die Existenz des Todesnebels ist noch immer nicht geklärt, und wir können davon ausgehen, daß er weiterhin unsere Welt bedroht und damit auch Menschen tötet. Haben Sie in dieser Richtung etwas unternommen?«

»Nein.«

»Warum nicht?«

Langsam stieg in mir die Wut hoch. »Weil mir die verdammte Asmodina schwer im Magen liegt. Deshalb!« schrie ich zurück. »Und dieser Test hier, der sollte nur ein Versuch sein. Ich werde in Zukunft andere Versuche starten, wenn Sie nichts dagegen haben.«

»Nein, nein. Nur hoffe ich, daß Ihre Bilanz dann besser aussieht. Ich las gerade Ihren letzten Bericht über Vampiro-del-mar. Sieht nicht gut aus. Die ganze Aktion hat viel Geld gekostet. Herausgekommen ist nichts.«

»Moment!« Mein Stimme wurde ätzend wie Säure. »Das ist

immer eine jeweilige Sache des Standpunkts. Und für mich ist etwas herausgekommen. Der Nebel ist zumindest verschwunden. Das bezeichne ich auch als einen Erfolg.«

»Sie sind bescheiden geworden, John. Das ist schlecht«, erwiderte mein Chef spöttisch.

»Sollen wir tauschen?« fragte ich. »Wollen Sie meine Aufgaben übernehmen?«

»Werden Sie nicht unsachlich.«

»Es war nur ein Vorschlag.«

Sir James nickte. »Den ich zur Kenntnis genommen habe. Halten wir mal fest: Sie haben also den Todesnebel nicht vernichten können und auch nicht die Aufstockung der Mordliga. Ist es so?«

»Ja.«

»Was sagen Sie denn dazu, Mr. Conolly?«

»John hat sein Bestes gegeben. Wir alle haben es. Ich finde Ihre Angriffe ungerechtfertigt.« Bill grinste den Alten an.

»Hm.« Sir James zuckte mit den Schultern, drehte sich um und verließ das Büro.

Ich setzte mich. »Wenn einer ungerecht ist, dann der Powell«, schimpfte ich.

Meine Freunde gaben mir recht. Nicht aus Prinzip, sondern weil sie selbst miterlebt hatten, wie wir gekämpft hatten, um hinterher doch noch zu verlieren.

Aus seiner Sicht hatte Powell sogar recht. Die Aufklärungsquoten waren in der letzten Zeit gesunken. Aber man durfte nicht vergessen, daß auch die Dämonen dazugelernt hatten. Sie, die sich früher gegenseitig bekämpften, verbündeten sich nun, gingen unheilige Allianzen ein und begruben vorerst ihre Streitigkeiten. Sogar Dr. Tod hatte sich Asmodina untergeordnet.

Sicher, es wäre schön gewesen, die Mordliga schon im Ansatz zu sprengen, aber das hatten wir nicht geschafft. Jetzt verlorenem Terrain nachzutrauern hatte auch keinen Zweck. Wir mußten uns auf dic nahe Zukunft konzentrieren. Und diese Zukunft sah gar nicht rosig aus.

Jane und Shao waren verschwunden. Die Mordliga strich ich erst einmal aus meinem Gedächtnis. Es galt, die beiden Frauen zu finden. So schnell wie möglich.

»Versuch's noch mal«, sagte Suko. Selten hatte ich meinen

Partner so unruhig erlebt. Und auch Bill war sehr nachdenklich geworden. Er stand am Fenster und schaute in den blauen Herbsthimmel, der sich wie eine gewaltige Decke über London spannte.

Ich griff zum Hörer. Die Stimme des Kollegen klang schon leicht ungeduldig, als er sagte: »Nein, Sir, wir haben noch keinen Erfolg zu verzeichnen. Aber jede Streifenwagen-Besatzung hat eine genaue Beschreibung des Wagens. Wir werden ihn sicherlich finden.«

»Danke.«

Die Freunde schauten mich an. Ich hob die Schultern. »Nichts«, sagte ich.

»Sollen wir uns nicht selbst auf die Suche machen?« Suko stellte die Frage.

»Nein, die Chancen sind zu gering. Die Polizisten haben da bessere Erfahrungen. Ich habe ihnen ja den ungefähren Weg erklärt, den Jane genommen haben könnte.«

»Aber da war nichts zu finden«, meinte Bill.

»Leider.«

Uns blieb nichts weiter übrig, als zu warten...

Ein Sonnenstrahl traf die Messerklinge, ließ sie hell aufblitzen und erreichte auch Janes Augen. Die Detektivin lag auf dem Rücken. Sie atmete schwer. Der Druck der würgenden Hände schien überhaupt nicht mehr weichen zu wollen. Es gelang Jane nur schwer, Luft zu holen.

Doch sie war eine Kämpfernatur. So leicht gab sie nicht auf, und sie schaffte es, sich hinzusetzen.

Jane sah Shao und den Unhold.

Die Chinesin lag auf dem Rücken und rührte sich nicht. Jane nahm an, daß sie bewußtlos war. Und über ihr kniete der Mann, hielt ein Messer in der rechten Hand und wollte Shao damit töten.

Töten?

Nein, das durfte nicht geschehen. Shaos Gefahr ließ Jane die eigene völlig vergessen. Die Detektivin raffte ihre Kräfte zusammen und stemmte sich hoch.

Taumelnd stand sie auf den Füßen.

»Er will dich nicht! Der Moloch will dich nicht!« Sie vernahm die hastig ausgestoßenen Worte und sah, wie der Unhold den rechten Arm hob, um zuzustechen.

Die Entfernung zwischen Jane Collins und dem Mann betrug vielleicht fünf Yards, mehr nicht, aber eine verdammt weite Strecke, wenn es um Sekunden ging.

Jane Collins stieß sich ab. Übergroß war die Klinge. Die Lichtreflexe auf dem Messer explodierten vor ihren Augen. Sie schrie auf und warf sich schräg von der Seite her gegen den Kerl.

Dieser Wucht hatte der Unhold nichts entgegenzusetzen. Er konnte sich nicht halten, flog von der bewußtlosen Shao herunter, doch seinen Stoß konnte er auch nicht mehr bremsen.

Die Klinge raste nach unten und blieb dich neben Shaos Kopf im Boden stecken.

Jane fiel ebenfalls hin. Sie wollte sich wieder aufrichten, doch das Schwindelgefühl war einfach zu stark. Die Detektivin schaffte es nicht, sich auf die Füße zu stemmen. Ihre letzte Aktion hatte zuviel Kraft gekostet.

»Dich will er!« knurrte der Kerl. »Nur dich!« Dann warf er sich Jane entgegen.

Die Detektivin zog beide Beine an, um sie in den Leib des Mannes zu rammen. Doch die Bewegung war so müde und kraftlos, daß der Unhold nur darüber lachen konnte.

Mit einer fast lässig anmutenden Handbewegung schlug er die Beine zur Seite.

Dann fiel er auf sie.

Und diesmal war es Jane, die seine Faust riesengroß vor ihren Augen auftauchen sah.

Ein Schlag reichte.

Jane Collins wurde bewußtlos.

Der Mann blieb vor ihr knien. Er lachte und rieb sich dabei die Hände. »Geschafft«, sagte er, »geschafft...« Dann stand er auf und hob Jane dabei hoch. Er nahm sie auf die Arme, als wäre sie so leicht wie eine Feder.

Immer vor sich hinmurmelnd, trug er sie zu dem Leichenwagen.

Dort hatte sich das Monster aufgesetzt. Es schmatzte und

schlürfte, bewegte seine plumpen Schultern und öffnete ein zahnloses Maul.

»Ich habe die Neue«, sagte der Unhold und zeigte dem Monster sein Opfer.

Das wollte nach Jane greifen, doch der Mann trat hastig einen Schritt zurück. »Später. Später wirst du sie bekommen. Wenn wir daheim sind.« Er lachte. »Gut, daß wir heute eine Spazierfahrt unternommen haben und die beiden entdeckten. Die anderen reichen noch nicht. Aber jetzt habe ich sie zusammen. Leg dich wieder hin.«

Das Monster gehorchte. Der Mann wartete, bis auch der Deckel geschlossen war, und ging zum Führerhaus. Er setzte Jane Collins auf den Beifahrersitz, nahm eine Decke, wickelte die Detektivin darin ein und quetschte die Frau dann in den Fußraum vor dem Sitz.

»So, da bist du gut aufgehoben.« Er hämmerte die Wagentür zu. Dabei fiel sein Blick auf Shao.

»Ach ja«, murmelte er. »Ich muß ja noch etwas erledigen.« Er rieb sich die Hände, als er das noch immer im Boden steckenden Messer sah. Hastig lief er darauf zu.

Doch auf halbem Weg stoppte er.

Er hatte Motorengeräusch gehört. Ein dumpfes Brummen, das nur von einem Lastwagen stammen konnte. Noch deckte die Hecke ihn, aber der Unhold bekam plötzlich Angst. Er konnte den Mord nicht mehr ausführen, der Lastwagen war zu schnell, und der Fahrer würde ihn sehen. Einen Zeugen wollte er auf keinen Fall haben.

Der Mann fluchte und jagte in seltsamen Sprüngen zu seinem Wagen zurück.

Hastig stieg er ein und startete. Der Motor sprang sofort an.

Er mußte noch wenden, tat dies so hastig, daß er fast in den Straßengraben gefahren wäre, aber er kam weg.

Genau in dem Augenblick, als der Truck erschien.

Albert Raysner fuhr bereits seit über zehn Jahren Lastwagen. Als Fernfahrer war er noch Junggeselle gewesen, doch dann lernte er Lizzy kennen, eine resolute Frau, die ihm die »Flausen« schon austrieb.

»Ich heirate dich nur unter der Bedingung, daß ich dich jeden Abend zu Hause habe«, hatte sie ihm gesagt, und dem guten Albert war nichts anderes übriggeblieben, als zuzustimmen. Er wollte Lizzy nicht verlieren.

So kündigte er und nahm einen anderen Job an. Bei einer Baufirma kam er unter.

Jetzt fuhr er nur noch Schutt. Und nach Feierabend führte er Möbeltransporte durch, aber nachts, da war er zu Hause. Raysner hatte nie bereut, den Tausch eingegangen zu sein. Er wurde bei Lizzy richtig gepflegt, und mit seinen 36 Jahren ging es ihm relativ gut. Er hatte alles, was er brauchte. Lizzy verdiente zweimal in der Woche ein wenig dazu – sie putzte –, und so konnten sie sogar in Urlaub fahren, was beileibe nicht all seinen Landsleuten vergönnt war.

Den Weg, den er jetzt nahm, hatte er sich ausgetüftelt. Es war eine Abkürzung, und so schaffte er eine Fuhre mehr am Tag, was sich wiederum auf seinen Geldbeutel niederschlug. Die Baustelle lag nicht weit von einer Schrebergartenanlage entfernt, ein gewaltiges Areal, wo demnächst sechs Hochhäuser entstehen sollten. Graue Betonburgen, Wohnkasernen, die Raysner so haßte.

Aber er brauchte nicht darin zu leben.

Auf der Strecke an den Gärten vorbei begegnete ihm kaum ein Fahrzeug. Nur Insider kannten den Weg, und so gab sich Albert immer ziemlich sorglos. Er fuhr nie so konzentriert wie sonst, hörte Radio, nahm hin und wieder einen Schluck Kaffee und freute sich, daß die Sonne schien.

Zur linken Hand tauchte die Hecke auf. Ein grüner Wall, der auch einmal gestutzt werden könnte, dachte Albert. Das war nicht sein Job. Er schaltete höher, weil die Straße jetzt ein wenig besser wurde, sah schon das Ende der Hecke und griff wieder zur Thermosflasche.

Raysner setzte sie an und wollte gerade einen Schluck trinken, als er zusammenfuhr.

Die Kanne entfiel seiner Hand, der heiße Kaffee floß aus und genau über seine Hose.

Raysner fluchte und bremste gleichzeitig.

Auf der Straße vor ihm lag eine Frau!

Zischend sprachen die Druckluftbremsen an. Der Wagen holperte, rutschte noch, und die großen Räder kamen der auf der Straße liegenden Frau erschreckend nah.

»Mein Gott«, flüsterte Raysner.

Er schaffte es.

Quasi im letzten Augenblick. Eine Umdrehung weiter, und der rechte Vorderreifen hätte die Frau zermalmt.

Albert atmete auf.

Zwei Sekunden ließ er verstreichen. Sein Herz hämmerte wild, dann schwang er sich zur Seite und öffnete die Tür. Er sprang nach draußen und glaubte, in der Ferne einen Motor zu hören. Er kümmerte sich nicht weiter darum und ging neben der auf dem Boden liegenden Frau in die Knie.

Sie lag auf der Seite. Das lange schwarze Haar war ausgebreitet wie ein dunkles Vlies. Im ersten Augenblick glaubte der Fahrer, eine Tote vor sich liegen zu haben, doch als seine Blicke über den Körper wanderten, sah er keine Verletzung.

Vorsichtig drehte er die Frau auf den Rücken.

Er schluckte. »Eine Chinesin«, flüsterte er. »Wie... wie ist das möglich?«

Der gute Mann war völlig durcheinander, und so dauerte es ein wenig, bis er auf den naheliegenden Gedanken kam. Er prüfte, ob die Frau tatsächlich noch lebte.

Albert Raysner hob den Arm der Frau an und fühlte nach dem Puls. Positiv.

Dem Fahrer fiel ein Stein vom Herzen. Als er in das Gesicht schaute, bemerkte er den dunklen Fleck am Kinn und die Beule, die langsam größer wurde. Dort mußte die Frau ein Schlag getroffen haben.

Albert wischte sich über die Stirn. Er überlegte fieberhaft, was er tun sollte.

Dann hatte er die Idee und ärgerte sich gleichzeitig, wieso er nicht schon früher darauf gekommen war. Sein Wagen war mit Sprechfunk ausgerüstet. Er lief zurück, kletterte in das Führerhaus und setzte sich mit der Zentrale in Verbindung.

»Ihr... ihr müßt sofort einen Krankenwagen schicken«, haspelte er. »Ich habe hier eine Verletzte, nein, eine Bewußtlose gefunden. Und die Polizei soll auch...«

Es dauerte einige Zeit, bis Albert einen einigermaßen klaren Bericht durchgeben konnte. Danach erhielt er die Anordnung zu warten.

Albert stieg wieder aus und stellte sich neben die Bewußtlose. Vorhin schon war ihm das Messer aufgefallen, das dicht neben dem Kopf der Frau im Boden steckte

Bis zum Heft war die Klinge in die Erde gerammt worden. Warum nur? Was war der Grund? Albert überlegte fieberhaft, aber er fand keine Lösung.

Ungeduldig wartete er, griff in die Tasche und holte die Blechschachtel mit den Zigarillos hervor. Hastig zündete er sich ein dünnes Stäbchen an und paffte die Wolken in die klare Herbstluft.

Er schwitzte. Sein Hemd zeigte dunkle Flecken unter den Achseln. Seine Hände zitterten.

Himmel, wenn doch endlich die Polizei kommen würde! Hin und wieder warf er einen scheuen Blick auf die Chinesin. Er war von ihrer Schönheit angetan.

Endlich vernahm er das Wimmern der Sirenen. Winkend lief er den Polizisten entgegen. Hinter dem Fahrzeug tauchte auch der helle Wagen der Ambulance auf.

Wenig später saß er im Polizeiwagen und erstattete Bericht. Die Bewußtlose war schon abtransportiert worden. Das Messer lag, sorgfältig in eine Plastiktüte gepackt, auf einem kleinen Tisch.

Er war die einzige Spur...

Als der erlösende Anruf kam, hatte ich abgenommen. Ein Konstabler Wainright wollte mich sprechen.

Und er brachte eine gute Nachricht. Shao war gefunden worden. Lebend. Ich atmete auf.

»Und was ist mit der anderen Frau?« wollte ich wissen.

»Davon weiß ich nichts. Tut mir leid.«

Ich spürte plötzlich ein flaues Gefühl im Magen. Die Finger umkrampften den Hörer so hart, daß meine Knöchel spitz hervorstachen.

»Schon gut, Konstabler«, sagte ich und legte auf.

Suko schaute mich fragend an. »Sie haben Shao gefunden. Bewußtlos. Es schein alles okay zu sein.«

»Wo ist sie jetzt?«

Verdammt, das hatte ich ganz vergessen zu fragen. Ich rief den Einsatzleiter an und erfuhr, daß man sie in das Chelsea Royal Hospital gebracht hatte.

Und dort saßen wir jetzt.

Bill Conolly war natürlich mitgefahren. Das wollte er sich nun doch nicht nehmen lassen. Meine Sorgen um Jane aber wurden immer größer. Ich war wirklich auf Shaos Aussage gespannt, aber noch war sie nicht erwacht.

Wir saßen auf einer Bank im langen Flur. Alle drei kamen wir uns komisch vor. Jane Collins war verschwunden. Shao gerettet. Suko und Bill fühlten mit mir. Sie konnten sich vorstellen, wie es in meinem Innern aussah.

Dann wurde eine Tür geöffnet. Lächelnd erschien eine Krankenschwester. »Sind Sie die Gentlemen von Scotland Yard?«

»Ja«, sagte ich.

»Sie können jetzt mitkommen, bitte.«

Wir wurden in Shaos Zimmer geführt.

Die Chinesin lag in einem breiten Bett. Obwohl sie einiges hinter sich hatte, lächelte sie uns an und setzte sich.

Wir überließen Suko den Vortritt und gingen zum Fenster, wobei wir dem Bett den Rücken zuwandten. Wir wollten die beiden jetzt nicht stören. Nur Bill konnte es nicht lassen, hin und wieder über die Schulter zu schielen.

»Mann«, flüsterte er andächtig, »das ist vielleicht eine Begrüßung.«

»Neidisch?«

»Nee.«

Durch hartes Räuspern machten wir uns bemerkbar. Dann begrüßten wir Shao.

»Ihr könnt mich gleich mitnehmen«, sagte sie.

Ich hob beide Hände. »Abwarten. Du sollst dich erst einmal erholen.«

»Wovon denn?«

Suko antwortete auf die Frage. »Die Ärzte wollen dich noch

auf eine Gehirnerschütterung hin untersuchen«, erklärte er. »Also sei ruhig.«

»Immer ich«, maulte Shao.

»Und jetzt erzähl mal, was euch passiert ist.«

Shao berichtete. Wir hörten gespannt und geduldig zu. Als sie von dem Auftauchen des Monsters und ihrem Kampf berichtete, hielt Suko die Hand seiner Freundin.

»Dann sah ich nur noch die riesige Faust und danach nichts mehr«, sagte Shao zum Schluß. »Ich bin erst wieder im Krankenhaus aufgewacht.« Sie befühlte ihr Kinn, das die Ärzte mit einer Salbe eingerieben hatten.

»Was mit Jane geschehen ist, hast du nicht gesehen?« hakte ich noch einmal nach.

»Nein, John, tut mir leid.«

Ich schaute Shao an. »Ist dir sonst noch etwas aufgefallen? Überlege genau.«

»Der Leichenwagen war ein Mercedes.«

»Und er hat euch länger verfolgt?«

»Ja.«

»Hast du vielleicht die Wagennummer?« fragte Bill Conolly dazwischen.

Auf einmal wurden Shaos Augen groß. »Himmel, wie konnte ich das vergessen. Ich habe die Nummer!«

»Und?« Wir fieberten plötzlich.

»Aber nicht hier.«

»Wo denn?« fragte ich.

»Jane muß sie haben. Ich habe sie notiert und den Zettel in ihre Handtasche gesteckt. Die Handtasche müßte im Wagen sein. Sie hat sie nämlich zurückgelassen, als sie auf den Leichenwagen zuging, denn die Astra-Pistole lag zu Hause.«

»Der Wagen steht beim nächsten Revier«, sagte ich. »Das ist keine Schwierigkeit.«

»Da müßte sich auch das Messer befinden«, meinte Suko.

Ich nickte.

Bill Conolly stand auf. »Dann nichts wie hin, Freunde. Ist ja nur ein Katzensprung.«

Ich schaute Suko an.

Der Chinese verstand mich und schüttelte den Kopf. »Ich bleibe noch bei Shao. Ihr könnt ja auf dem Rückweg vorbeikommen und mich abholen.«

»Machen wir.«

Bill stand bereits an der Tür. Er konnte es kaum erwarten. Das Jagdfieber hatte ihn gepackt.

»Da bist du ja wieder toll in einen Fall hineingeschlittert«, sagte ich grinsend.

»Und wie.«

Ich schloß die Tür. »Willst du Sheila nicht Bescheid sagen, daß wir Shao gefunden haben?«

»Natürlich.« Bill setzte sich neben mich und griff zum Hörer des Autotelefons.

Wir mußten wieder über die Chelsea Bridge. Mitten auf der Brücke bekam Bill die Verbindung.

Mit wenigen Sätzen erklärte er seiner Frau, was vorgefallen war, und er antwortete auch auf ihre Fragen. Dann sagte er: »Ja, ich bleibe weiter am Ball. – Natürlich, ich bin vorsichtig. – Klar, ich informiere dich, Darling. – Ich liebe dich.«

Bill hängte ein.

»Na, was sagt sie?«

Der Reporter hob die Schultern. »Sie hat natürlich Angst um Jane und kann verstehen, daß ich dich bei der Suche unterstützen möchte. Du hast ja in letzter Zeit zahlreiche Niederlagen erlitten, da muß dir jemand helfen.« Bill spielte auf Sir Powells Rede an.

Ich gab ihm die entsprechende Antwort. »Freu dich, daß ich beide Hände brauche, sonst könntest du mit deinem Gebiß im Rachen klappern.«

»Angeber!«

Ich grinste. An und für sich war ich froh, daß Bill Conolly mir zur Seite stand. Der Reporter war ein alter Kämpe und kannte sich dementsprechend aus.

Wir fanden die Polizeistation nach einigem Suchen. Sie lag in einer ruhigen Seitenstraße, deren Namen ich vergessen hatte.

Ich stellte den Bentley direkt hinter einem Streifenwagen ab und ging auf das hell gestrichene Gebäude zu. Bill folgte mir im Schlepptau. Zwei Beamte schauten auf, als wir die Bude betraten, die überheizt war. Ein weiterer Polizist verhörte im Hintergrund drei Rocker, die laut lamentierten und ihre Unschuld beteuerten, während eine ältere Frau daneben stand und weinte.

Ich zeigte meinen Ausweis.

Der Polizist, der sich nach unseren Wünschen erkundigt hatte, nahm Haltung an.

»Machen Sie keinen Zirkus«, sagte ich, »wir sind ja nicht beim Militär und nur gekommen, um die Handtasche abzuholen, die sich in Miss Collins' VW befunden haben muß.«

»Der Wagen steht auf dem Hof.«

»Und die Tasche?«

»Habe ich nicht gesehen, aber sie müßte im Wagen sein, Sir!«

Ich lächelte wölfisch, denn die Langsamkeit des Knaben fiel mir auf die Nerven.

»Dann schauen wir doch mal nach.«

»Ja, das können wir.«

Der Konstabler ging vor, schneuzte unterwegs seine Nase, und ich atmete auf, als wir auf dem Hof standen. Die Türen des VWs waren verschlossen. Zum Glück hatte der Polizist den Schlüssel mitgebracht. Ich öffnete den Wagen.

Die Handtasche lag auf dem Rücksitz. Irgendein undefinierbares Etwas aus Wildleder. Ich holte sie heran, öffnete sie und suchte. Schminkutensilien, ein kleines Notizbuch und einen Zettel. Ich drehte ihn herum und las die Nummer.

Das war doch schon was.

Ich steckte den Zettel ein.

»Was geschieht mit dem Wagen?« fragte der Polizist.

Ich warf die Handtasche wieder in den Fond. »Lassen Sie ihn erst einmal hier stehen. Miss Collins, die Besitzerin, wird ihn wohl bald abholen.«

»Ja, Sir.«

Im Revier telefonierte ich mit der Dienststelle. Die Kollegen sollten herausfinden, wem der Wagen gehörte, und mir eine Nachricht auf den Schreibtisch legen.

»Wie geht es jetzt weiter?« fragte Bill.

»Wir fahren zum Yard. Dort hat man sicherlich schon den Dolch untersucht.« Ich hatte dafür gesorgt, daß die Waffe in unser Labor gebracht wurde.

»Haben Sie noch einen Wunsch?« fragte der Konstabler.

»Viele«, antwortete Bill, »aber die können Sie nicht erfüllen, guter Mann.«

Ich grinste noch, als ich bereits startete.

»Auch keiner von der schnellen Truppe«, meinte Bill. »Na ja, wer schon von Steuern bezahlt wird...«

»Kann ja nicht jeder so gut einheiraten wie du«, konterte ich.

»Neidhammel.«

Wir flachsten ein wenig herum. Und dieses gegenseitige Auf-den-Arm-nehmen lenkte mich ein wenig von meinen schweren Gedanken ab. Immerzu mußte ich an Jane denken. Was war da an dieser einsamen Schrebergarten-Anlage genau passiert?

Eine Frage, auf die ich gern eine Antwort gewußt hätte. Ob ich sie jemals erhalten würde, stand in den Sternen.

Wir hatten eine ziemliche Strecke zurückzulegen.

Als wir endlich das Yard-Building erreichten, war es hoher Nachmittag.

Wir fuhren zuerst in die Kellerräume, wo die Laborkomplexe liegen.

Der Kollege im weißen Kittel wollte anfangen zu heulen, als er uns sah.

»Schon wieder Sinclair!«

»Was ist mit dem Dolch?«

»Nichts.«

»Wieso? Keine Fingerabdrücke?«

»Doch, sehr gute sogar.«

»Und?«

»Der Mann ist nicht registriert.«

»Shit.« Eine Spur war im Eimer.

»Kann ich sonst noch etwas für euch tun?« fragte der Kollege scheinheilig.

»Nein, danke, Sie überarbeiten sich sonst.«

»Scherzkeks.«

Mit dem Expreßlift fuhren Bill und ich hoch. »Wenn die Autonummer jetzt auch noch eine Pleite ist, springe ich aus dem Fenster«, versprach ich.

»Au ja«, rief Bill. »Und ich fange dich auf, nachdem du einmal aufgetickt bist.«

»Widerlich.«

Ich stürmte als erster in meine Kammer, denn größer war das Büro nicht. Auf dem Schreibtisch lag tatsächlich eine Botschaft für mich. Der Überbringer hatte einen Locher auf das Stück Papier gestellt, damit es nicht von einem Windzug hinabgeweht wurde.

Ich nahm den Zettel.

»Klasse. Ich brauche nicht zu springen.«

»Und wem gehört der Wagen?« fragte Bill.

»Einem Beerdigungsunternehmer. Wem sonst? Sein Name ist Logan Costello.«

»He.« Bill pfiff durch die Zähne. »Das hört sich ja direkt nach Mafia und Leichen-verschwinden-lassen an.«

»Kann sein.«

»Und war dieser Solo Morasso in seinem ersten Leben nicht auch ein gefährlicher Mafioso?«

Ich schaute Bill an. »Du denkst schon wieder viel zu weit voraus. Erst einmal nehmen wir uns Logan Costello vor. Bin gespannt, was er uns zu sagen hat...«

Jemand streichelte ihr Gesicht. Sie hörte eine leise Stimme.

»Kindchen, Kindchen, wach auf...«

Jane Collins stöhnte.

Sie tauchte aus dem tiefen Schacht der Bewußtlosigkeit nur langsam an die Oberfläche. Und mit jedem Stück, mit dem sie dem Wachsein näher kam, nahmen die Schmerzen in ihrem Kopf zu.

Brutal spürte sie das Hämmern und Bohren, das taube Gefühl, das sich wie ein Reif um ihre Stirn legte.

Sie schlug die Augen auf.

Ein Gesicht.

Dicht vor ihr, verschwommen, verzerrt, wie von Nebelschwaden umhüllt. Ein Mund, der lächelte, doch traurige Augen.

»Kindchen...« Wieder die Stimme.

Jane seufzte. »O mein Gott«, stöhnte sie und tastete die Stelle am Kinn ab, die besonders schmerzte. Sie war geschwollen, doppelt so dick wie normal.

»Reiß dich zusammen, Kindchen! Du darfst jetzt nicht schlappmachen. Nicht...«

»Ja, ja...« Wieder stöhnte Jane Collins. »Ich bin so müde. Ich bin...« Sie wollte noch weitersprechen, doch da war sie schon eingeschlafen.

»Verdammt, die pennt«, sagte die Frau und drehte sich um.

Die anderen fünf Mädchen hoben nur die Schultern. Ihnen war alles egal.

Die Zeit verging.

Jane Collins schlief. Hin und wieder wurde sie von den übrigen Girls mit Blicken bedacht, sonst geschah nichts.

Nach etwa einer Stunde öffnete Jane die Augen.

»Sie ist wieder da«, sagte ein Girl mit rauher Whiskystimme.

Die Detektivin hörte die Worte. Und diesmal ging es ihr besser. Die Schmerzen im Kopf waren verschwunden. Das taube Gefühl ließ sich aushalten.

Jane setzte sich auf.

Aus einem Sessel erhob sich ein Mädchen mit ebenso langen blonden Haaren, wie Jane sie hatte. Sie lächelte, als sie auf die Detektivin zuschritt und neben ihr in die Knie ging.

Jane verzog das Gesicht. »Wo bin ich hier?«

»Bei uns.«

Die Antwort hätte mir auch eine andere als du geben können, dachte Jane und schaute sich um.

Die Blondine lächelte. »Ich bin Charity. Aber nicht Sweet Charity, sondern Charity Hale.«

»Jane Collins.«

»Eine Jane haben wir hier noch nicht.«

Die Detektivin fror. Sie sah die Gänsehaut auf ihren nackten Armen, und plötzlich wurden ihre Augen groß.

Himmel, sie war nackt – oder?

Jane schaute an sich herab. Nein, sie hatte sich getäuscht. Völlig nackt war sie nicht. Sie trug immer noch ihren BH und den dünnen Slip.

Die Kälte drang aus der getünchten Wand, wogegen sie mit dem Rücken lehnte. Wer hatte sie ausgezogen und warum?

Jane ließ ihre Blicke kreisen. Was sie sah, war trostlos und ermutigend zugleich.

Ermutigend, weil sie sich in keinem Verlies oder Keller befand und trostlos, weil die übrigen sechs Mädchen einen deprimierten Eindruck machten.

Der gesamte Raum kam ihr vor wie eine Garderobe. Die übrigen, allesamt blonde Girls, hockten in kleinen Schalensesseln, die vor einem einzigen, parallel zur Wand laufenden Schminktisch standen. In den schon ziemlich blinden Spiegeln sah Jane die Hinterköpfe der Girls, die Gesichter waren ihr zugewandt.

An der Decke brannten zwei Lampen. Die Glasumrandung war staubbedeckt und wies klebrigen Fliegendreck auf.

Ein Platz war noch frei.

»Das ist deiner«, sagte Charity.

Jane beschloß zunächst, gute Miene zum bösen Spiel zu machen. Sie stand auf.

Charity stellte ihr die anderen Girls vor.

Jane hörte Namen wie Paula, June, Gladys, Monica und Mandy. Da sich die Girls in ihrer Haarfarbe ziemlich ähnelten, war es schwer, sie auseinanderzuhalten.

»Nimm Platz.«

Jane setzte sich auf den Stuhl.

Charity warf ihr einen rosafarbenen Bademantel zu, den sich die Detektivin überhängte. Zum erstenmal seit einigen Stunden sah Jane Collins wieder ihr Gesicht.

Sie erschrak vor sich selbst.

Himmel, sie sah schlecht aus. Die Ringe unter den Augen, die angespannte Haut, der trübe Blick und das geschwollene Kinn. Damit konnte sie keine Schönheitskonkurrenz gewinnen.

»Gefällst du dir?« fragte Charity.

Sie stand hinter Jane und hatte die Arme vor dem üppigen Busen verschränkt. Auch sie trug wenig am Leibe. Ein Glitzerding von Bikini, wie ihn die Mädchen anhatten, wenn sie auf irgendeiner Bühne tanzten.

Ihr Gesicht war leidlich hübsch. Nur die Lippen waren für Janes Geschmack ein wenig zu aufgeworfen.

»Du gefällst dir anscheinend nicht, wie?« wiederholte Charity die Frage.

»Nein.«

Charity lachte. »Das habe ich mir gedacht.«

Jane schlug mit der Faust auf den Tisch. »Wo bin ich eigentlich gelandet?« fragt sie. »Das alles ist doch kein Traum, zum Teufel! Man hat mich weggeschleppt. Dieser... dieser Typ hat mich regelrecht gekidnappt.«

»Meinst du Ireus?«

»Weiß nicht, wie der heißt. Ein Kerl in Schwarz und mit einem Zylinder auf dem Kopf.«

»Ja, das ist Ireus.«

»Okay, und was sollen wir hier?«

»Auf *ihn* warten.«

»Wer ist das denn?«

»Der Moloch.«

Die Frau gab die Antwort mit einer solchen Gelassenheit, daß Jane nur noch schlucken konnte. »Der Moloch?« echote sie.

»Ja, der Moloch. Wir werden ihm heute noch geopfert.«

Ein schrecklicher Gedanke durchzuckte Janes Gehirn. »Soll das heißen, daß man uns töten will?«

Charity hob die Schultern.

Jane sprang auf. »Aber das ist doch Unsinn, das geht nicht. Ihr könnt doch nicht zusehen, wie man euch ins Verderben schickt. Ihr müßt was dagegen tun. Fliehen wir! Ich habe keine Lust, Opfer eines Dämons zu werden. Ich nicht.«

»Reg dich nicht auf«, erwiderte Charity Hale lahm.

Jane Collins verstand die Welt nicht mehr. Da hockte sie zusammen mit sechs Schicksalsgenossinnen, und die redeten von ihrem Tod, als wäre es die natürlichste Sache der Welt.

Darüber konnte Jane wirklich nur den Kopf schütteln. »Wollt ihr euer Leben einfach wegwerfen?« rief sie.

Charity antwortete. »Das ist gar nicht sicher, ob wir sterben werden.«

»Was ist denn sicher?«

»Keine Ahnung. Außerdem mußt du dich daran gewöhnen, daß du jetzt ihm gehörst. Er ist derjenige, dessen Sklavin du jetzt bist.«

Jane beugte ihren Oberkörper vor und schüttelte den Kopf. »Ich verstehe euch nicht. Ich verstehe euch wirklich nicht. Wie kann man nur so reagieren?«

»Du würdest anders sprechen, wenn du wüßtest, was wir hinter uns haben.« Dies sagte nicht Charity, sondern das Girl neben Jane.

»Und was habt ihr hinter euch?«

»Die Hölle, Jane-Darling. Man hat uns fertiggemacht. Die schlimmsten Demütigungen, die man Frauen antun konnte, die hat man uns angetan. Es war grauenhaft. Wir gerieten als blutjunge Dinger in die Fänge eines Gangsters, der uns vermietete. Aber an Ausländer, an Orientalen und so weiter. Uns kann nichts mehr erschüttern, und wir waren froh, als man uns laufen ließ.«

»Aber ihr seid hier auch Gefangene.«

»Denen es gut geht«, erwiderte Charity. »Wir brauchen nicht mehr mit schmierigen Männern zu schlafen, wir warten nur auf ihn. Ich gebe zu, es ist makaber, aber was will man machen? Nicht jeder kann sich sein Leben aussuchen.«

»Und warum laufen wir alle halbnackt herum?« fragte Jane.

»Weil ab heute an den nächsten sieben Tagen je eine von uns einen Tanz vorführt. Er muß ihm gefallen, denn dann erst werden wir zu ihm gelassen. Kennst du Salome?«

»Ja, den Schleiertanz«, erwiderte Jane.

»So ähnlich läuft das heute abend ab.«

Jane hob den Kopf und schaute Charity an. »Okay, ich habe alles verstanden, du hast auch genug erzählt. Aber eins sage ich dir. Ihr könnt tanzen, was ihr wollt, nur ohne mich. Ich verschwinde, das ist mein letztes Wort.« Jane Collins stand auf.

»Und wo willst du hin?«

Die Detektivin deutete auf die Tür. »Ist sie abgeschlossen?«

Die Girls warfen sich beziehungsvolle Blicke zu. »Nein«, sagte Charity, »sie ist nicht abgeschlossen.«

»Dann gehe ich jetzt!«

»Bitte.«

Jane wunderte sich, daß die Mädchen sie nicht zurückhalten wollten. Da war etwas nicht geheuer, das konnte sie direkt fühlen. Nach zwei Schritten blieb sie stehen und drehte den Kopf. »Stimmt etwas nicht?« Ihre Stimme klang unsicher.

»Nein, nein, geh nur. Aber sei vorsichtig!«

Jane ahnte, daß sie keine Chance hatte. Aber sie wollte es genau wissen, sie hatte A gesagt und mußte auch B sagen. Also ging sie weiter.

Vor der Tür zögerte sie.

»Bist du feige?« hörte sie die rauchige Stimme.

»Nein.«

»Dann mach doch auf!«

Entschlossen legte Jane Collins die Hand auf die Klinke, drückte sie nach unten und zog hastig die Tür auf.

Mit einem Schrei fuhr sie zurück!

Angst und Entsetzen schüttelten sie. Sie preßte eine Hand vor den Mund, denn jetzt wußte sie, wen die Mädchen mit ihm gemeint hatten.

Der Moloch!

Er hockte auf dem Grund einer viereckigen Grube, eine weißblau schimmernde Gestalt mit einem gräßlichen Gesicht. Als der Lichtschein in die Grube fuhr, schnellte seine Pranke hoch und klatschte gegen die innere Grubenwand.

Fast hätte die Pranke Jane erwischt. Doch sie war noch rechtzeitig zurückgesprungen.

Sie hörte Charitys Lachen. »Willst du immer noch fliehen, kleine Jane?«

Die Detektivin schüttelte den Kopf. Was sie gesehen hatte, reichte ihr. Und dabei war die Grube nicht einmal groß. Sie hätte sie bequem überspringen können. Nur befanden sich an der gegenüberliegenden Seite ebenso wie rechts und links Wände. Und die schlossen fugenlos mit dem Rand der Grube ab.

Eine Rattenfalle.

Jane Collins hämmerte die Tür zu, stolperte zu ihrem Stuhl und sank dort zusammen.

Die Mädchen ließen sie in Ruhe.

Bis Charity sagte: »Jeder von uns ist es so ergangen, Jane. Jeder.«

Die Detektivin nickte. Sie hatte die Auswegslosigkeit ihrer Lage eingesehen, der Schock saß noch tief, trotzdem wollte sie nicht aufgeben. Sie war einfach nicht der Typ, der die Flinte ins

Korn warf. Schon jetzt formierte sich in ihrem Innern Widerstand.

Charity klopfte ihr auf die Schulter und zog eine kleine Tür unter dem Schminktisch auf. Sie holte eine Flasche hervor. »Trink, Baby«, sagte sie. »Ohne das Zeug ist unser beschissenes Leben hier kaum noch zu ertragen. Wir stehen alle unter Stoff, die eine mehr, die andere weniger. Einige haben auch Koks genommen.«

Jane schüttelte den Kopf. Sie drückte Charitys Arm beiseite. »Ich will nicht, danke.«

»Das hältst du aber sonst nicht durch.«

»Mal sehen.«

»Dann nehme ich einen.« Charity setzte die Flasche an und trank in langen, durstigen Zügen. Der billige Whisky mußte wie der letzte Fusel schmecken, Charity trank ihn trotzdem.

Jane schaute auf die Tür. Nein, da kam sie nicht weg. Es sei denn, sie begab sich freiwillig in die Hand des Molochs. Vor dem Gedanken schauderte sie.

Aber es mußte doch einen Ausweg geben. Danach erkundigte sie sich bei Charity.

Die setzte hastig die Flasche ab. »Es gibt einen, Girlie«, sagte sie. »Du brauchst nur durch die Tür zu gehen.«

»Aber da ist doch...«

»Unsinn. Wenn wir herausgelassen werden, ist die Luke natürlich zu. Und die Wand gegenüber der Tür läßt sich bewegen. Ein ganz einfacher Mechanismus.«

»Daran hatte ich nicht gedacht.«

»Hier ist eben vieles anders.«

»Ich merke es mit Schrecken.«

»Den Schrecken wirst du wohl heute abend erleben. Da ist diese Mistbar geschlossen. Nur bestimmte Personen dürfen hinein. Das hat mir Ireus erzählt.«

»Gehört ihm die Bar?«

»Nee.«

»Wer ist denn der Besitzer?«

Charity hob die Schultern. »Ein schmieriger Typ, dessen Name ich nicht einmal weiß.« Plötzlich grinste sie. »Er riecht irgendwie immer so nach Beerdigung und Leichen, weißt du.«

Jane schluckte. Sollte der Inhaber des Schuppens vielleicht ein Ghoul sein?

Sie fragte danach.

Charity sah sie aus großen Augen an. »Was ist das denn – ein Ghoul? Kann man das essen?«

»So ungefähr«, wich Jane aus.

Charity kicherte und nahm noch einen Schluck. Dann stellte sie die Flasche wieder weg. Die Frau konnte eine ungeheure Menge vertragen. Jane wunderte sich.

»Alles im Eimer«, sagte Charity. »Wir sind nichts wert, Mädchen. Wir werden geopfert...«

»Ach, halts Maul«, sagte die mit der Whiskystimme. Jane wußte auch, wie sie hieß.

Paula.

Charity wies mit dem Finger auf Paula. »Du hast ja keine Ahnung. Überhaupt nicht.«

Paula wollte etwas antworten, doch ein Geräusch lenkte die Frauen ab.

Es war ein Kratzen und Schaben.

»An der Tür«, flüsterte Charity. »Das ist er. Er kann es kaum erwarten, uns zu bekommen...«

Den Girls lief bei diesen Worten eine Gänsehaut über den Rücken...

Logan Costello!

Wir hatten eine Akte über ihn. Und die war gar nicht mal so dünn. Ich blätterte sie durch, bevor wir zu ihm fuhren.

Dabei gingen mir die Augen über.

Costello war ein Verbrecher. Er gehörte zu der Spitze der Londoner Unterwelt. Costello herrschte über zahlreiche Bars und Nachtclubs, hielt einen Teil des Porno- und Sexgeschäftes in der Hand. Außerdem war er auch noch Eigentümer eines Beerdigungsinstitutes in Soho.

Normalerweise passen Beerdigungsinstitute und Nachtclubs nicht zusammen, doch bei Costello sah die Lage völlig anders aus. Wenn er wirklich zur Mafia gehörte und da mit an erster Stelle stand, hatte er auch die Aufgabe, Leichen verschwinden zu lassen. Es war schon immer eine Spezialität der »Ehrenwerten Gesellschaft« gewesen, doppelte Beerdigungen durchzuführen. Das heißt, man legte bei einer Bestattung kurzerhand zwei Leichen in den Sarg.

Die Mafia hatte dieses Verfahren ausgeklügelt. Ich wollte nicht wissen, wie viele Gräber in London doppelt besetzt waren.

Seine Bestattungsfirma lag in Soho, also in der Szene, wie man so schön sagt. Und diesem feinen Geschäft wollten Bill und ich einen Besuch abstatten.

Die Straße lag nicht weit vom Leicester Square entfernt, ich kannte sie. Dort gab es weniger Bars und Clubs, sondern mehr Geschäfte.

Wir mußten uns beeilen, wenn wir vor Ladenschluß dort sein wollten. Es blieb auch keine Zeit mehr, Suko abzuholen. Ich hinterließ ihm nur eine Nachricht in meinem Büro.

Dann dampften wir ab.

Es wurde eine Quälerei. Am Trafalgar Square blieben wir stecken, dann hatten wir einen Bus vor uns, der jagte seine Abgase in die Luft, und der Bentley nahm sie mit seiner Belüftung auf.

Schließlich kamen wir besser voran, und genau fünf Minuten vor Toresschluß erreichten wir die Straße, in der das Institut lag.

Wir konnten es gar nicht verfehlen, denn das große Schaufenster war dunkel getönt. Ein schwerer Eichensarg stand als Dekoration in der Auslage. Er wurde von zwei kitschigen Leuchtern eingerahmt und von einem Spotlight angestrahlt.

Das Licht ging aus, als wir den Wagen verließen. Einen Parkplatz hatten wir gefunden, wenn der Bentley auch schräg stand, aber das hier war eine Polizeiaktion.

»Ich frage mich nur, was solch ein Mafioso mit den Dämonen zu tun hat«, meinte Bill.

»Weiß ich auch nicht.«

Eine Treppe führte zur Eingangstür hoch. Ich drückte sie auf und hörte über meinem Kopf ein melancholisches Glockenspiel. Wir betraten einen großen Raum, in dem ein Schreibtisch stand, über dem eine Hängelampe leuchtete. Die Wände waren grau gestrichen. Es roch so wie in der Leichenhalle. Ich sah auch vier Besucherstühle, sorgfältig nebeneinander aufgestellt. Ein durch einen blauen Vorhang abgedeckter Durchgang führte zu den anderen Räumen des Instituts.

Noch kam niemand.

Dann bewegte sich der Vorhang, und ein mittelgroßer Mann mit Halbglatze erschien. Der Knabe trug einen dunklen Anzug, hatte ein weißes Hemd an und sich eine schwarze Krawatte umgebunden. Dazu trug er das leidende Gesicht eines liebeskranken Hamsters zur Schau. Er trat auf uns zu und rieb die Hände gegeneinander.

»Ich darf Ihnen mein tiefstes Mitgefühl zum Tode Ihres nahen Verwandten aussprechen«, sagte er scheinheilig und schaute einmal Bill an und dann mich.

»Noch ist niemand gestorben«, sagte ich.

Sein falsches, mitleidiges Gesicht verschwand. Dafür trat ein lauernder Ausdruck auf seine Züge. »Ich verstehe Sie nicht...«

Ich zeigte meinen Ausweis.

»Scotland Yard?«

»Genau.«

»Aber was...«

Ich ließ ihn nicht ausreden. »Sind Sie Logan Costello?«

»Nein.«

Die erste Überraschung. »Wieso? Ich dachte, daß Logan Costello die Firma hier gehört...«

»Das schon, aber ich bin sein Bruder und kümmere mich um die Geschäfte.«

»Dürfte ich Ihren Namen erfahren?«

»Ja. Ennio Costello.« Der Mann sprach noch mit einem italienischen Zungenschlag. Wahrscheinlich war er noch nicht so lange in London.

»Führen Sie den Laden hier selbständig?«

»Natürlich.«

»Dann untersteht Ihnen auch der Wagenpark?«

»Was heißt Wagenpark. Wir haben zwei Fahrzeuge. Mehr nicht. Wir sind sehr bescheiden.«

Ich las ihm die Autonummer vor. »Ist das Ihr Wagen?«

»Keine Ahnung. Ich kann Autonummern nicht behalten.« Er hob die Schultern. »Da müßten Sie schon meinen Mitarbeiter fragen.«

»Und wo finden wir den?«

Costello deutete mit dem Daumen über seine Schulter. »In den Arbeitsräumen.«

»Okay, gehen wir hin.«

Er wand sich. »Ich weiß nicht so recht. Mr. Ireus befindet sich bei seiner Arbeit und...«

»Das lassen Sie mal unsere Sorge sein.«

»Bitte, ich wollte Sie nur warnen.«

Er lief schnell an uns vorbei und öffnete den Vorhang, damit wir hindurchgehen konnten. Waren wir zuvor auf einem Teppichboden gelaufen, so schritten wir jetzt über rote Fliesen.

Costello machte Licht. Zwei runde Leuchtstoffröhren flammten auf. Links sah ich einen Gang, der wohl zum Hof führte. Gegenüber befanden sich zwei Türen. Eine führte zum Lager, das las ich an der Aufschrift.

Bill schaute mich an. Seinem Blick entnahm ich, daß er dem Frieden nicht so ganz traute. Und auch ich war skeptisch, wollte aber noch nicht urteilen.

Costello öffnete eine der beiden Türen. »Bitte sehr«, sagte er, und seine Stimme klang ein wenig belegt.

Wir schritten in den Raum.

Wieder wechselte der Bodenbelag. Gelbe Fliesen befanden sich unter unseren Sohlen. Sie paßten zum Inhalt des makabren Raums. Erst einmal sah ich zwei Leichen. Sie langen auf langen Holztischen, waren völlig nackt und warteten wohl darauf, gewaschen zu werden. Es stank nach Desinfektionsmittel, und an der Wand befanden sich zwei Wannen. An einer arbeitete ein Mann, der uns den Rücken zuwandte.

»Ireus!« rief Costello.

Langsam drehte sich der Mann um. Dabei ließ er eine Leiche los, mit der er beschäftigt war. Sie klatschte zurück ins Wasser.

»Ja?« fragte er, und seine Stimme kratzte.

Ich schaute mir den Kerl genau an. Er war größer als ich, sogar um einen Kopf. Er hatte ein hageres Gesicht, tief in den Höhlen liegende Augen und einen kantigen Schädel. Sein Gesicht war irgendwie schief gewachsen, die Nase verknorpelt, die Lippen kaum zu sehen. Er trug einen langen weißen Kittel, der Wasserflecken zeigte. Seine Hände steckten in Handschuhen.

»Das ist Mr. Ireus, mein Mitarbeiter«, erklärte uns Costello. Dann wurden wir vorgestellt.

Ireus nickte nur.

Mir war der Kerl von Beginn an unsympathisch. Ich dachte an Shaos Beschreibung, stellte ihn mir im schwarzen Anzug vor und mit einem Zylinder auf dem Schädel.

Ja, das konnte der Typ sein, der Jane entführt und Shao fast getötet hatte.

»Die Herren haben ein paar Fragen an Sie«, sagte Costello.

Ireus nickte.

Ich holte tief Luft. Die Umgebung paßte mir nicht. Sie war mir unheimlich.

»Haben Sie heute den Leichenwagen mit folgender Nummer gefahren?« Ich zählte ihm die Zahlen auf.

Ireus schaute seinen Chef an.

»Sagen Sie es schon«, nickte Costello.

»Ja, den habe ich gefahren.«

»Darf ich wissen, wo Sie gewesen sind?«

»Ich habe eine Leiche abgeholt. Die da.« Er deutete auf den ersten langen Holztisch, wo ein noch junger Mann lag. »Heroin.«

»Sonst nichts?«

»Nein.«

Der log. Das spürte ich. »Ihnen sind nicht zufällig zwei Frauen in einem VW begegnet?«

»Kann mich nicht erinnern.«

»Was war denn mit den Frauen?« erkundigte sich Costello.

Ich schaute ihn an und spürte, daß er genau wußte, was geschehen war, uns aber zum Narren hielt.

Neben mir ballte Bill die Hände.

»Eine Frau ist entführt worden. Die suchen wir jetzt. Die zweite, eine Chinesin, wurde gerettet, aber ihre Aussagen sind sehr interessant. Wenn ich sie vergleiche, habe ich das Gefühl, daß Ihr Mitarbeiter an dem Kidnapping beteiligt war.«

»Das ist nicht wahr«, sagte Ireus.

»Die Wahrheit werden wir herausfinden, Mister«, antwortete ich und wandte mich an Costello. »Macht es Ihnen etwas aus, wenn wir einen Blick in die anderen Räume werfen?«

»Haben Sie einen Durchsuchungsbefehl?«

»Nein, deshalb frage ich ja höflich an.«

Costello senkte den Blick. Er schien zu überlegen. Schließlich meinte er: »Bitte, Sie werden nichts finden. Ich habe nichts zu verbergen, wenn Sie die Umgebung nicht stört.«

»Kaum.«

»Wo wollen Sie beginnen?«

Ich schaute mich um. Ireus lehnte an der Wanne und starrte ausdruckslos vor sich hin. Er schien innerlich abgeschaltet zu haben, doch ich traute dem Frieden nicht.

»Hier scheint ja alles in Ordnung zu sein«, bemerkte ich.

Bill mischte sich ein. »Sicherlich haben Sie ein Sarglager. Nebenan sah ich an der Tür ein Schild.«

»Ja, dort geht es tatsächlich ins Lager.«

»Dann bitte.«

Wir verließen den Waschraum und wandten uns scharf nach links. Ireus ging nicht mit.

Ennio Costello schloß die Tür auf. Sie quietschte erbärmlich in den Angeln, als er sie zurückzog. »Ich mache Ihnen Licht«, sagte er und drückte sich an uns vorbei.

Mir war klar, daß wir in dem Lager nichts finden würden. Sonst hätte Costello nicht so bereitwillig reagiert. Aber ich wollte auch keine Chance verstreichen lassen, sonst hätte ich mir hinterher Vorwürfe gemacht.

Von der Größe des Lagers war ich überrascht. Das hätte ich nicht für möglich gehalten. Wir befanden uns in einer regelrechten Halle, und noch nie hatte ich so viele Särge auf einmal gesehen.

»Ganz schöne Ladung«, sagte ich.

»Ich beliefere auch Kollegen mit Nachschub«, erklärte Costello.

»Hoffentlich nicht mit Leichen«, grinste Bill.

»Scherzbold.«

Bill kniff mir ein Auge zu und schüttelte den Kopf, als wir die Halle betraten. Er schien den gleichen Gedanken zu haben wie ich. Es roch angenehm nach Holz.

Die Särge standen nicht wild durcheinander, sondern waren dem Material nach geordnet worden.

Ich sah Eichensärge, Fichtensärge, einige aus Mahagoni und

flache, schlichte Totenkisten, aus irgendwelchen Brettern zusammengenagelt. In ein paar Särge schaute ich hinein.

Die teuren waren mit Samt ausstaffiert. Seidenkissen dienten den Toten als Kopfstütze.

Ennio Costello blieb an der Tür stehen. Er hatte die Hände auf dem Rücken verschränkt und lächelte. Bill stand in seiner Nähe und ließ ihn nicht aus den Augen.

Ich machte weiterhin nur Stichproben. Meine Vermutung wurde bestätigt, die Särge waren leer.

»Haben Sie gefunden, was Sie suchten?« fragte Costello. Seine Frage war der blanke Hohn.

»Nein.«

»Wollen Sie noch andere Räume sehen?«

»Gibt es denn noch welche?«

»Den Keller.«

Ich schaute Bill an. Der hob die Schultern, er überließ mir die Entscheidung.

Ich verzichtete. Wenn Costello sich schon freiwillig anbot, mir die Kellerräume zu zeigen, hatte er dort sicherlich nichts verborgen. Jane Collins mußte sich woanders befinden.

»Dann darf ich Ihren Besuch als beendet ansehen, Gentlemen?« fragte Ennio Costello.

Ich blieb neben ihm stehen. »Nicht ganz, Mister.«

»Wieso?«

»Ich möchte noch einmal mit Ihrem Mitarbeiter Ireus reden.«

»Bitte.«

Wir gingen wieder zurück und störten Ireus bei der Arbeit. Er war gerade dabei, den Toten aus der Wanne zu hieven. Der alte Mann war steif wie eine Puppe. Seine Haut schimmerte bläulich, die Augen zeigten einen starren Blick, der Mund war aufgerissen, so daß ich zwei Goldzähne funkeln sah.

Ireus hievte den Toten auf den Holztisch. Den jungen Mann schob er zur Seite. Dann wischte er sich die Hände ab.

»Die Gentlemen möchten noch mit Ihnen reden, Mr. Ireus«, sagte Costello.

Der Mann schaute uns mißtrauisch an.

»Aber nicht hier«, sprach ich den Leichenwäscher an. »Ich möchte, daß Sie mit uns kommen.«

»Wohin?«

»Ich will Sie gern einer Zeugin gegenüberstellen. Da Sie ja nichts zu verbergen haben, ist alles halb so schlimm.«

»Ja, sicher.« Er nickte und schaute dann seinen Chef an.

Costello blickte zu Boden.

»Kann ich mich noch umziehen?« fragte er.

»Natürlich.« Ich lächelte. »Aber ich werde mitgehen, wenn Sie erlauben.«

»Klar.«

Er drehte sich um und ging auf eine schmale Tür zu. Daß dahinter noch mehr Räume lagen, hatte Costello gar nicht erwähnt. Ich fand mich in einem schmalen Flur wieder. Durch ein Fenster fiel das letzte Tageslicht. Es war ziemlich düster. Ich sah noch eine Tür, doch sie stand offen, so daß ich in das dahinterliegende Zimmer schauen konnte.

Es war ein Büro.

Im Flur stand ein Spind.

Ireus schloß ihn auf. Dann schlüpfte er aus seinem Kittel, öffnete die Tür noch weiter und hängte den Kittel an einen Haken.

Es sah alles harmlos aus...

Da ich einen Blick in das Büro geworfen hatte, schaute ich zwangsläufig zur Seite. Als ich mich wieder umdrehte, sah ich die Bewegung.

Blitzschnell riß ich die Arme hoch.

Zu spät.

Der Totschläger traf zwar nur meine Handgelenke, aber es reichte, um die Deckung zu zertrümmern. Der zweite Schlag kam ebenso schnell. Wieder schaffte ich es nicht, auszuweichen.

Etwas krachte gegen meine Stirn, und dann hatte ich den totalen Blackout...

Ireus atmete tief durch. Er schaute auf den Totschläger und auf den am Boden liegenden Polizisten. Das wäre geschafft.

Er sah das Blut an der Schläfe des Mannes. Dort hatte ihn der Hieb getroffen.

Ireus grinste. Der macht keinen Ärger mehr, auch später nicht, denn dieser Bulle würde sterben.

Doch da war noch der zweite. Auch er mußte ausgeschaltet werden. Es würde nicht so einfach sein.

Ireus holte tief Luft und ging zur Tür. Er öffnete sie einen Spaltbreit, wobei er wieder in die Leichenkammer schaute. Er sah die beiden Männer im Gespräch und hatte auch die beiden Wannen im Blickfeld. Eine teuflische Idee durchzuckte sein Hirn.

»Mister!« rief er.

Bill drehte sich um. »Ja?«

»Sie möchten mal kommen.«

Der Reporter sah den Kerl an der Tür stehen, und sofort flackerte Mißtrauen in ihm hoch.

»Was ist mit meinem Kollegen?« erkundigte er sich.

»Er sieht noch im Büro nach.«

Die Antwort klang plausibel, und Costello sagte: »Gehen Sie ruhig, Mister.«

Bill vertraute auf seine Stärke. Und eine erkannte Gefahr ist sowieso nur eine halbe Gefahr.

Bill ging hin.

Costello blieb zurück. Er ahnte, was folgen würde, und seine Hand näherte sich dem Jackenausschnitt.

Ireus trat zur Seite, und Bill Conolly stieß die Tür völlig auf. »John!« rief er.

Von mir erhielt er keine Antwort, dafür von Ireus. Der schlug ungeheuer wuchtig zu.

Er hatte den Totschläger so gehalten, daß Bill ihn nicht sehen konnte. Er spürte allerdings den Luftzug und sprang instinktiv zurück.

Der Hieb verfehlte ihn. Ireus hatte zu einem Rundschlag angesetzt, und nur knapp wischte die Waffe an Bills Gesicht vorbei.

»Du Hund!« keuchte der Reporter. Er hatte es geahnt, aber ein zweites Mal würde er sich nicht überraschen lassen.

Sein Konter traf Ireus dicht über der Gürtelschnalle. Der Leichenwäscher wurde gegen die Wand geworfen und wurde noch blasser.

Sofort setzte Bill nach, war aber zu hastig und lief in einen Tritt. Der raubte ihm glatt die Luft. Schwer keuchte der Reporter, schüttelte den Kopf, um wieder klar zu werden, und erwartete den nächsten Angriff.

Ireus hatte den Totschläger nicht losgelassen. Wieder hieb er damit zu.

Bill glitt zur Seite. Neben ihm klatschte die Waffe gegen die Wand. Aus der Drehung säbelte Bill mit der Handkante zu. Plötzlich wurde Ireus durchgeschüttelt, als hätte er einen heftigen Stromstoß erhalten. Er schaute Bill an und knirschte mit den Zähnen.

»Du Saukerl!« sagte der Reporter, holte mit der Linken aus und wollte seinem Gegner ein volles Pfund geben.

Da hörte er hinter sich eine Stimme. »Soll ich Ihnen die Kugel in den Schädel jagen?«

Bill erstarrte. Costello hatte gesprochen, und seine Stimme hörte sich nicht so an, als würde er nur bluffen. Bill schaute auf mich, sah das Blut an meiner Stirn und ließ den linken Arm sinken.

»Okay, Sie haben gewonnen.«

»Das will ich wohl meinen. Umdrehen!«

Bill gehorchte.

Ennio Costello stand vor ihm und lächelte. Doch seine Augen lächelten nicht. Sie schienen aus Eiskristallen zu bestehen, und Bill las darin sein Schicksal. Costello hielt eine Luger-Pistole in der rechten Hand.

Nein, dieser Mann würde kein Erbarmen kennen. Er und sein Helfershelfer hatten Bill deutlich klargemacht, daß sie sich auf der richtigen Spur befanden.

Trotzdem versuchte er es. Er wollte Costello einschüchtern, ein lahmer Versuch, aber besser als gar keiner. Und wenn er sich mit dem Kerl unterhielt, würde der nicht schießen.

»Wollen Sie sich wirklich des Mordes an zwei Polizisten schuldig machen?« fragte er. Bill zählte sich dabei als Polizist mit.

»Ja, das will ich.«

»Wissen Sie, was mit Polizistenmördern geschieht?«

»Das ist mir bekannt. Nur – man wird mich zwar verdächtigen, aber man wird nichts von Ihnen finden, weil die Säure, in die ich Sie beide werfe, alles auflöst.«

Bill konnte nicht verhindern, daß ihm bei diesen Worten eine Gänsehaut über den Rücken rann. Er traute dem Kerl alles zu. Dieser Mann, der immer nur mit Toten umging, hatte vor den

Lebenden erst recht keinen Respekt. Er war ein gefühlloser Roboter.

Costello ging zurück. »Folgen Sie mir«, sagte er. »Aber keine Mätzchen. Und du, Ireus, heb den anderen hoch.«

Während Bill zurück in den Leichenwaschraum schritt, hob der andere mich hoch und wuchtete meinen Körper über seine Schulter. Den Totschläger ließ er dabei nicht aus der Hand.

»An die Wand!« befahl Costello.

Der Reporter wandte sich nach links, blieb zwei halbe Schritte vor der Wand stehen und stützte sich mit den Armen ab. Dabei schielte er unter seiner Achsel hindurch.

Ireus näherte sich ihm.

Bill sah ihn und bemerkte, wie er seinen rechten Arm hob. Mich hatte er fallen gelassen.

Ohne Vorwarnung schlug er zu. Bill hatte noch seinen Kopf ein wenig eingezogen, es nützte ihm nichts.

Der Hieb mit dem Totschläger traf seinen Nacken voll. Vom Hals her schoß eine ungeheure Druckwelle durch seinen Schädel und zerplatzte unter der Kopfhaut inmitten einer grellen Explosion. Im nächsten Augenblick erloschen für den Reporter sämtliche Lichter. Bill rutschte an der Wand entlang und fiel schwer zu Boden.

Ireus hatte beide geschafft. Und darüber freute er sich so, daß er den Totschläger in seine linke, offene Handfläche klatschen ließ.

Costello nickte zufrieden. Er steckte die Luger wieder weg. »Die brauche ich nicht mehr.«

Ireus schaute auf die Uhr.

»Ich weiß, was du willst, aber es geht nicht.«

»Doch, ich muß weg. Ich habe jetzt die sieben zusammen. Der Moloch will sie.«

»Und was geschieht dann?«

»Wird er endlich erstarkt sein und besitzt die Kraft eines mächtigen Dämons. Dann kannst du deinem Bruder gegenübertreten, denn der Moloch ist gegen Kugeln gefeit.«

Plötzlich blitzte Haß in Ennio Costellos Augen auf. Ja, der Moloch sollte ihn schützen. Und wenn Logan, dieser verdammte Bastard, nicht das tat, was er wollte, dann würde er ihm den Moloch auf den Hals schicken. Bisher hatte er immer nur die Drecksarbeit machen müssen. Er mußte die Leichen verschwinden lassen, und Logan rieb seine Hände. Das hörte auf. Endgültig.

»Hat er viele Anhänger?«

Ireus nickte. »Und wie. Heute abend wird die kleine Bar voll sein. Sie fiebern schon, denn sie alle beten den Götzen an. Der Moloch soll auch ihnen Macht verschaffen.«

Die Worte überzeugten Costello. »Du kannst mir trotzdem noch einen Gefallen tun«, sagte er.

»Und welchen?«

»Hol die Säure hoch.«

»Das mache ich.«

Ireus verschwand. Er ging in den Keller, wo die Ballons mit der Säure standen. Man hatte die Glasbehälter in Körbe gestellt, die an den Seiten mit Griffen versehen waren.

Ireus hatte Kraft. Er trug nacheinander zwei Behälter allein hoch.

In der Zwischenzeit war Ennio Costello auch nicht untätig geblieben. Er hatte Bill und mich gefesselt. Er verstand sein Handwerk, die Stricke umspannten hart unsere Arm- und Fußgelenke.

Ennio deutete auf die beiden Wannen. »Kipp die verdammte Säure da hinein.«

Ireus gehorchte. Er trug den ersten schweren Behälter an den Rand der Wanne und ließ sie erst leerlaufen. Dann verschloß er das Loch, wuchtete den Behälter hoch und zog den harten Gummistopfen hervor, der an seiner Unterseite dank der Säuredämpfe schon leicht gelblich schimmerte und angefressen war.

Ireus kippte die Säure in die Wanne. Das Gluckern war Musik für seine Ohren.

Es war Schwefelsäure, die da in die Wanne rann. Und Schwefeldämpfe stiegen von der Oberfläche träge nach oben. Sie sammelten sich dicht über dem Säurespiegel, wallten dabei wie Nebelschwaden hin und her.

Ennio Costello beobachtete genau.

Als Ireus auch die zweite Wanne etwa zu einem Drittel gefüllt hatte, war er zufrieden.

»Okay, du kannst jetzt gehen.«

Ireus nickte. »Kommst du nach?«

»Sicher, die Schau lasse ich mir doch nicht entgehen. Ich will meinen Verbündeten schließlich sehen.«

Ireus rieb seine Hände. Aus seinen Augen schienen Blitze zu schlagen. »Du wirst zufrieden sein.«

Dann ging er.

Ennio Costello aber verließ den Raum, durchquerte das Geschäft und schloß die Eingangstür ab.

Erst jetzt fühlte er sich sicher.

Langsam schlenderte er zurück. Ein böses Grinsen hatte sich auf seinen Lippen festgesetzt. Er überlegte, wen er zuerst in die Wanne werfen sollte.

Er entschied sich für den Oberinspektor, bückte sich und schob beide Hände unter die Achseln des Mannes.

In diesem Augenblick schlug ich die Augen auf!

Suko lächelte Shao zu. »Ich muß dich jetzt verlassen, Darling«, sagte er.

»Schon?«

»Ja, die anderen warten. Wie ich dich kenne, bist du morgen wieder auf dem Damm.«

Shao lächelte. »Das hoffe ich doch sehr.«

»Wenn nicht, wirst du aus dem Krankenhaus entführt.« Suko gab ihr noch einen Kuß und erhob sich von der Bettkante.

»Hast du auch genügend Geld bei dir?« fragte Shao.

»Wieso?«

»Du hast doch keinen Wagen und auch deine Maschine nicht hier.«

»Ja, natürlich. Das Geld reicht. Bis morgen dann.« Der Chinese verließ das Krankenzimmer.

Im Flur war ihm doch ein wenig komisch zumute. Es paßte ihm gar nicht, Shao allein zurückzulassen, dann aber dachte er an Jane Collins und konnte mit Shaos Schicksal zufrieden sein. Von Jane wußte noch keiner, was mit ihr geschehen war.

Ein schlauer Kopf hat mal nachgerechnet und gesagt, daß in

London ungefähr achtzigtausend Taxis herumfahren. An Krankenhäusern fand man sowieso ein paar Wagen.

Suko winkte.

Ein neuer Rover schnurrte heran. Der Fahrer öffnete noch während der Fahrt die Tür.

Suko stieg ein. »Scotland Yard«, sagte er.

»He, wollen Sie sich freiwillig dahin begeben?«

»Ja.«

»Das ist'n Ding.« Der Driver schüttelte den Kopf und startete. Er kannte London wie seine Westentasche, benutzte Abkürzungen und erreichte die Victoria Street mindestens zehn Minuten früher als bei normaler Fahrtstrecke.

Suko zahlte den Preis und legte ein Trinkgeld hinzu.

Der Driver nickte anerkennend. »Wußte gar nicht, daß Polizisten so großzügig sein können.«

»Ich bin keiner.«

Jetzt war der Fahrer baff. Dabei hätte er schwören können, in Suko einen Polizeibeamten vor sich zu haben.

Suko brauchte sich nicht erst anzumelden. Man kannte ihn beim Yard. Der Mann am Empfang winkte ihm freundlich zu, als er zu den Fahrstühlen lief.

Obwohl offiziell schon der Feierabend angebrochen war, herrschte auf den Fluren noch immer Betrieb.

Als Suko aus dem Lift stieg, traf er Sir James Powell. Der Superintendent blieb überrascht stehen. »Was machen Sie denn hier?«

»Ich suche John Sinclair.«

»Der ist nicht da.«

»Wissen Sie, wo ich ihn finden kann?«

»Nein.« Sir James' Augen hinter den dicken Brillengläsern wurden plötzlich starr. »Ist was passiert?«

»Jane Collins ist verschwunden.«

»Das habe ich inzwischen auch erfahren. Sehen Sie mal im Büro nach, vielleicht hat John eine Nachricht hinterlassen.«

»Danke, Sir.«

Die Putzfrauen hatten die Büros bereits verlassen. Die Tür zu meinem Raum stand offen.

An den Schreibtisch, das wußte Suko, gingen die Frauen nicht. Dort hatten sie auch nichts zu suchen.

Der Chinese sah den Zettel sofort, der mit einem Locher beschwert worden war.

Hastig las er die Zeilen.

Ein Name tauchte auf. Costello, Beerdigungsunternehmer. Dort hoffte Suko, Bill und mich zu finden.

Die Nummer suchte er sich aus dem Telefonbuch heraus und wählte. Es läutete durch, doch es hob niemand ab.

Suko dachte nach. Zehn Sekunden später hatte er einen Entschluß gefaßt.

Suko verließ das Büro, lief zum Fahrstuhl und jagte nach unten. Er hatte es plötzlich sehr eilig...

Die Mädchen tranken. Immer mehr Whiskyflaschen zauberten sie aus den Schubläden der Schränke, aber sie hatten es aufgegeben, Jane einen Schluck anzubieten.

Die Detektivin wollte nicht.

Einen zweiten Fluchtversuch hatte sie nicht unternommen. Sie wußte, daß ihre Chance gleich Null war. Und durch das Gitter der Frischluftanlage konnte sie auch nicht fliehen. Es befand sich an der Decke und war außerdem zu schmal.

Es blieb nur das Warten.

»Mach dir nichts draus«, sagte Charity und legte einen Arm um ihre Schultern. »Wir schaukeln das Ding schon.«

»Vielleicht kann man aus der Bar fliehen«, sagte Jane.

»Kaum. Da werden so viele Personen sein, die schnappen dich schon beim ersten Versuch.«

»Woher weißt du das?«

»Ich habe davon gehört.«

Jane strich über ihre schweißnasse Stirn. Obwohl Frischluft in den Raum geblasen wurde, war ihr heiß. Der Geruch, eine Mischung aus Alkoholdunst und Schminke, störte sie.

Zwei Mädchen waren eingeschlafen. Sie hatten die Köpfe auf die angewinkelten Arme gelegt und schnarchten leise.

»Die haben Nerven«, sagte Jane.

Charity lächelte. »Uns kann eben nichts erschüttern.«

»Wie recht du hast«, sagte Paula. Sie hatte als einziges der Mädchen nur halblanges Haar. Es war ziemlich dünn und fiel soeben bis über die Ohren.

Plötzlich stand Charity auf. »Psst«, sagte sie, »ich höre was.«

»Ist er es?« Die anderen Mädchen schauten ihre Kollegin gespannt an.

»Nein, das sind normale Schritte.«

Jetzt hörten auch die anderen Mädchen das Geräusch. Es klang draußen vor der Tür auf.

Alle standen auf.

Die beiden Schlafenden wurden geweckt, rieben sich die Augen und erhoben sich ebenfalls von den Plätzen.

Die Schritte verstummten vor der Tür.

Dann bewegte sich die Klinke.

Wer kam?

Ein Mann, nicht der Moloch. Aber ein Mann, den Jane kannte. Dunkler Anzug, Zylinder, ein weißes, leicht angeschmutztes Hemd.

Das war Ireus!

Einen Schritt vor der Tür blieb er stehen und verzog die Lippen zu einem dünnen Lächeln. »Ich freue mich«, sagte er, »daß ich euch sieben zusammenhabe. Nun kann nichts mehr schiefgehen.«

Er redete noch weiter, doch Jane Collins hörte gar nicht hin, was er sagte. Ihr war etwas anderes aufgefallen.

Ein Teil der Mauer befand sich nicht mehr dort, wo sie zuvor noch gestanden hatte. Sie war verschoben worden, an ihrer Stelle gähnte ein Rechteck, und dahinter sah Jane es rot glosen.

Für einen Moment glaubte sie, einen Blick in die Hölle zu werfen, bis ihr der nüchterne Verstand sagte, daß es sich dabei um die Barbeleuchtung handelte.

Die Luke war geschlossen.

Eine Chance?

Ireus redete weiter. Er berichtete von dem Moloch, von seiner Kraft, von seiner nahezu grandiosen Stärke. Sollte er, das alles interessierte Jane nicht.

Sie wollte weg.

Der Reihe nach schaute Ireus die Mädchen an.

June, Mandy, Paula...

Die Detektivin stand etwas abseits. Es würde ein paar Sekunden dauern, bis der Blick des Mannes sie traf.

Die Zeit nutzte Jane.

Urplötzlich startete sie und war schon mit Ireus auf einer Höhe, bevor der begriff, was eigentlich los war.

Der nächste Satz brachte Jane an ihm vorbei.

Ein Mädchen schrie, und dann reagierte Ireus gedankenschnell. Er flirrte herum, und sein rechter Arm schnellte vor.

Jane Collins kam nicht so schnell weg. Fünf Finger krallten sich im Kragen des Bademantels fest und fetzten Jane das Kleidungsstück vom Körper.

Durch diese Aktion wurde ihre Flucht behindert, sie taumelte zur Seite und stieß mit der Hüfte gegen die Ecke eines Schminktisches. Im ersten Moment spürte sie den heftigen Schmerz, doch sie biß die Zähne zusammen. Kein Laut drang über ihre Lippen.

Aus dem Stand sprang Jane Collins auf die Tür zu. Das war ihr Fehler, denn Ireus hatte damit gerechnet. Sein linkes Bein flog hoch, Jane sah das Hindernis zu spät und stolperte.

Sie hatte soviel Schwung, daß sie sich nicht fangen konnte. Die Detektivin fiel lang zu Boden.

Sofort aber rollte sie sich herum, hörte den wilden Schrei des Kerls und sah den Schuh auf sich zurasen.

Ihre Arme fegten hoch, die Hände griffen zu, und bevor sie der Tritt treffen konnte, hatte Jane Collins den Fuß gepackt und drehte ihn herum.

Ireus knallte zu Boden.

Es dröhnte laut, als er auf die Holzplanken krachte. Aber seine affenartigen Arme bewegten sich mit solch einer Geschwindigkeit, daß es ihm ein Leichtes war, Jane zu packen.

Die Detektivin war wie eine Wildkatze. Sie rollte sich herum, und es gelang ihr, zwei Finger des Mannes zur Seite zu drehen.

Ireus schrie auf.

Er ließ los, und der Schmerz trieb ihm fast die Tränen in die Augen. Die Detektivin nutzte die günstige Gelegenheit, sprang auf und rannte durch die Tür.

Ihre Füße hämmerten auf dem Blech der Luke. Jane warf sich

förmlich in die Öffnung zur Bar hinein. Sie wollte weg, doch sie schaffte es nicht einmal, die Schwelle zu überwinden.

Plötzlich waren da zwei Männer.

Stabile Kerle, gegen die Jane Collins rannte. Jane Collins erschrak, war einen Moment lang kopflos, und da wuchteten sie starke Arme wieder zurück.

Fangen konnte sich Jane nicht mehr. Aber sie wurde gefangen.

Von Ireus.

Auf einmal hatte er sie, und seine mächtigen Hände drückten Jane in die Knie.

»So«, keuchte er. »Jetzt wirst du dich wundern, meine Süße, denn mich überlistet man nicht umsonst.«

Jane warf den Kopf herum, ihre langen Haare flogen, und sie schaute von unten in das bösartig verzerrte Gesicht des Mannes.

Er hatte den Mund halb geöffnet, Geifer tropfte hervor und benetzte Janes Schulter.

Sie schrie...

Unten lauerte der Moloch!

Er war ein Untier, eine Mutation der Hölle. Er schmatzte und schlürfte, nicht Mensch, nicht Tier, noch Dämon.

Ein Monster?

Vielleicht. Geboren, als der Teufel eine schwache Stunde hatte. Ausgestoßen. Niemand wußte, wo er herkam. Gehaust hatte er in einsamen Tümpeln, bis der Leichenwäscher ihn fand.

Er nahm ihn mit.

Und der Moloch faßte Vertrauen. Dieser Mann redete mit ihm, nahm ihn ernst, so ernst, daß der Moloch Dankbarkeit zeigte und seine Kräfte in den Dienst des anderen stellen wollte.

Als er Ireus das mitteilte, da leuchteten die Augen des Mannes. Er wußte schon, was sie gemeinsam unternehmen würden, wenn er erstarkt war. Flüsternd hatte er ihm seinen Plan erklärt. Der Moloch war einverstanden. Er tat alles, wenn er nur Leben bekam.

Junges Leben.

Frauen...

Zwei von ihnen hatte er getötet. Mädchen, noch nicht älter als zwanzig Jahre. Die hatten in dem Tümpel, wo er hauste, gebadet.

Er hatte ihnen keine Chance gelassen.

Und jetzt warteten sieben auf ihn.

Sieben Frauen!

Ihr Leben für seins.

Die Zeit war reif, und der widerliche Moloch stieß ein zufriedenes Schlürfen aus...

Trotz meiner Kopfschmerzen spürte ich den Druck auf der Stirn. In der Mitte, genau zwischen den Augen.

Ich schielte zur Seite.

Verschwommen sah ich etwas Schwarzes, Längliches und kam zu dem Schluß, daß es sich nur um eine Waffe handeln könnte. Und der Druck, das war die Mündung.

Ich atmete tief ein.

Gleichzeitig hörte ich das Lachen, und eine hämische Stimme, sagte: »Wieder wach, Bulle?«

So hatte ich das gern. Endlich wußte ich, daß ich mich nicht im Himmel befand. Die Engel hätten mich bestimmt nicht mit dem Wort Bulle begrüßt, und Engel haben auch keine so tiefe Stimme. Ich schaute jetzt direkt hoch und in Costellos Visage.

Der Kerl kniete neben mir, hielt eine Pistole in der Hand und drückte mir die Mündung gegen die Stirn. Sein Finger lag dabei am Abzug, als hätte er Angst, daß ich ihm die Waffe abnehmen könnte. Das war nicht drin, man hatte mich gefesselt.

Dies bereitete mir Sorge. Gefesselt an Händen und Füßen. Und das gar nicht so schlecht. Wenn Costello mir die Stricke angelegt hatte, dann verstand er sein Handwerk. Ich würde mindestens eine halbe Stunde brauchen, um die Fesseln zu lösen.

Ich schielte an ihm vorbei und sah meinen Freund Bill Conolly. Auch er lag am Boden, und er war ebenso gefesselt wie ich. In einem unterschieden wir uns jedoch. Bill befand sich noch im Stadium der Bewußtlosigkeit.

Dann fiel mir noch etwas auf. Das heißt, ich roch es. Ätzende Dämpfe berührten meine Nase und reizten die Schleimhäute auf gefährliche Art und Weise.

Ich hatte so etwas schon gerochen. Früher, im Chemieunterricht, wenn der Pauker behutsam und vorsichtig eine Flasche mit Schwefelsäure öffnete.

Schwefelsäure – chemische Formel $H_2 SO_4$. Eine Säure, die alles Organische zerstört. Auch menschliche Zellen.

Ein schrecklicher Verdacht keimte in mir hoch, und Costello mußte wohl an meinem Gesicht abgelesen haben, was mit mir los war, denn er begann zu kichern.

»Ja, Bulle, es ist Säure, was du da gerochen hast. Sie wird dich und deinen Partner fressen.«

»Machen Sie das immer so?« fragte ich.

»Was?«

»Daß Sie Menschen in Säure auflösen.«

»Nein. Nur bei solchen, die wirklich spurlos verschwinden müssen. Die Reste, falls mal welche übrigbleiben, packe ich in die Urnen mit der Asche Verbrannter zusammen. Denn wer schaut sich schon solche Urnen an? Oder sieht hinein?«

Da hatte er recht. Dieser Kerl hatte eine teuflische Methode erfunden, um Menschen zu beseitigen. Grausam...

Erst ich, dann Bill...

So die Reihenfolge.

»Trotzdem werden Sie es nicht schaffen«, sagte ich.

Er zuckte zurück, und der Druck auf meiner Stirnmitte verschwand. »Wieso sollte ich es nicht schaffen?«

»Weil man weiß, wo wir hingegangen sind.«

»Na und? Wenn man mich fragt, dann seid ihr eben wieder gegangen. Und Reste wird man nicht finden, dafür sorge ich.«

»Unsere Wissenschaftler stellen Ihnen die ganze Bude auf den Kopf«, versprach ich dem Kerl. »Die finden was, glauben Sie mir.«

»Ach, du willst dich nur rausreden, Bulle. Auf solch eine Chance habe ich schon immer gelauert. Bisher war es mir nicht vergönnt gewesen, einen Bullen umzulegen. Nein, umlegen ist der falsche Ausdruck. Töten will ich dich. Auflösen...« Er kicherte.

Dieser Kerl war unberechenbar in seinem Haß. Ich mußte mich wirklich vorsehen.

Da klingelte das Telefon. Es stand zwar vorn im Geschäft,

doch in der Stille hörten wir das Läuten bis hier in den Leichenwaschraum. Costello zuckte zusammen. Er schaute mich an, als würde er von mir eine Antwort erwarten.

Ich gab ihm auch eine. »Das sind bereits meine Kollegen, die mich suchen!«

Er betrachtete mich mit einem undefinierbaren Ausdruck in den Augen. Ich wußte nicht, ob er den Bluff geschluckt hatte.

Der Apparat klingelte weiter.

»Wollen Sie nicht abheben?«

Plötzlich grinste er. »Nein, Bulle, ich falle auf deine Tricks nicht herein. Woher willst du wissen, daß es deine Kumpane sind, die dich anrufen?«

»Wir haben eine Zeit verabredet.«

Sein Blick wurde lauernd. Er wollte etwas sagen, verschluckte die Worte jedoch, denn das Klingeln verstummte.

»Pech für dich«, sagte er schließlich. »Es hat nichts genutzt. Wenn es wirklich deine Kollegen waren, dann sollen sie ruhig weitersuchen.« Er steckte die Luger wieder weg. »Jetzt rettet dich nichts mehr, verdammter Bulle!«

Es wurde wirklich gefährlich, und ich merkte, wie sich meine Haut spannte. Auf einmal war auch die Angst da. Ich lag mit dem Rücken zur Wanne, konnte das Dampfen der Schwefelsäure nicht sehen, doch ich glaubte, daß der Geruch intensiver geworden war.

Was sollte ich tun?

Fieberhaft suchte ich nach einem Ausweg. Dieser Kerl war fest entschlossen, seine Drohung in die Tat umzusetzen. Wäre ich nicht so rasch aus meiner Bewußtlosigkeit erwacht, läge ich sicherlich schon in der Wanne, und mir täte nichts mehr weh. So verdankte ich mein Leben bisher meiner eisernen Konstitution.

Es sah böse aus.

Ennio Costello beugte sich wieder vor, um seine Hände um meine Schultern zu legen.

Da sagte ich: »Wenn Sie mich schon töten, dann möchte ich gern wissen, aus welchem Grund.«

Er zuckte zurück. »Weil du mir in die Quere gekommen bist.«

»Wobei?«

»Bei meinem Weg an die Spitze.«

»An die der Mafia?« höhnte ich. »Das glaube ich kaum, dazu haben Sie nicht das Format.« Jetzt provozierte ich ihn bewußt.

»Du täuschst dich, Polizist. Ihr alle täuscht euch. Lange genug habe ich die Drecksarbeit machen müssen.«

»Für Ihren Bruder?«

»Genau. Für meinen Bruder. Denn er ist der große Boß, hat sich immer aufgespielt. Ich mußte für ihn die Leichen verschwinden lassen. Er hat mich aus Neapel geholt und mir hier das Beerdigungsunternehmen aufgebaut. Dafür zahle ich nun. Ich stehe in seinem Schatten. Wenn von Costello gesprochen wird, dann immer nur von ihm. Nie von mir. Aber das wird sich ändern, das schwöre ich dir. Bald bin ich der große Boß. Bald, sehr bald...«

»Was hat das alles mit der Entführung des Mädchens zu tun?« wollte ich wissen. »Warum haben Sie es kidnappen lassen?«

»Ich nicht.«

»Sondern?«

»Ireus ist allein dafür verantwortlich. Durch ihn bin ich bald an der Macht. Wir beide werden in der Unterwelt regieren, und wir haben einen mächtige Helfer.«

»Wen – den Satan?«

»Vielleicht auch ihn. Aber Ireus hat einen anderen, den Moloch!«

Endlich zeichnete sich eine Verbindung zu dem Monster ab, das Shao beschrieben hatte.

Der Moloch!

Was war er, wo kam er her?

»Du kennst ihn nicht, wie?« fragte Costello.

»Nein.«

»Wo er herkommt, weiß ich auch nicht. Aber ich habe ihn hier versteckt. Und Ireus hat ihn mitgenommen. Er ist mit ihm auf Tour gegangen, hat die Mädchen mit den langen, blonden Haaren gesucht und auch gefunden. Denn Mädchen braucht er, der Moloch. Er wird erstarken. Durch die Kraft der Blondinen wird er stark werden. Sieben Mädchen. Sieben Leben, die ihm gehören.«

»Was macht er mit ihnen?«

»Er nimmt ihnen die Lebenskraft.«

»Also töten?«

»Ja.«

Jetzt wußte ich genau, welches Schicksal Jane Collins bevorstand. Und ich konnte nichts tun.

Verdammt auch...

»Und wo steckt sie?« fragte ich.

Costello schüttelte den Kopf. »Das werde ich dir nicht verraten. Du sollst in dem Bewußtsein der Hilflosigkeit sterben. Es gibt keine Chance mehr für dich und deinen Kollegen.«

»Wird dir der Moloch gehorchen?«

»Indirekt, denn er hört auf Ireus. Dieses Monster ist ihm untertan, und Ireus ist mein Mitarbeiter. Er tut das, was ich ihm sage. Und der Moloch ist unbesiegbar. Wenn man auf ihn schießt, dann wird er die Kugeln fressen. Sie können ihm nichts anhaben. Ich setze mich an die Spitze der Mafia. Zudem bin ich nicht allein. Es gibt in London Menschen, die den Moloch verehren, die ihn für ihren Götzen halten. Sie treffen sich heute abend zu einer Feier des Schreckens und sehen zu, wie der Moloch erstarkt.«

Ja, er würde erstarken, wie ich die Lage sah. Denn unsere Chancen, dies zu verhindern, waren verdammt gering.

Ich hatte während des Gesprächs versucht, meine Fesseln zu lockern. Das war mir nicht gelungen. Ich konnte zwar die Hände drehen, aber die Schlaufen und Knoten waren so raffiniert angelegt, daß ich sie nicht aufbekam.

Dieser Costello verstand sein Handwerk.

»Und jetzt rettet dich nichts mehr, Bulle!« sagte er mir ins Gesicht, wobei seine Stimme vor Haß klirrte.

»Wollen Sie es sich nicht noch mal überlegen?« fragte ich. »Ich könnte ein gutes Wort für Sie einlegen. Wenn Sie gegen Ihren Bruder aussagen und dabei den Kronzeugen spielen, werden Sie längst nicht so schlimm bestraft.«

»Nein, verdammt noch mal. Nein!« schrie er.

Da wußte ich endgültig, daß meine Lebensuhr langsam ablief. Er ging um mich herum. Mich vom Rücken her unter beide Achseln zu fassen war bequemer.

Ich spürte seine Hände, machte mich schwer, wurde aber trotzdem angehoben.

Mein Sichtfeld war jetzt frei. Ich konnte einen Blick auf Bill Conolly werfen und sah, wie er sich bewegte.

Bill war aus der Bewußtlosigkeit erwacht.

Er lächelte mir knapp zu.

Sah er noch eine Chance? War es ihm vielleicht gelungen, die Fesseln zu lösen?

Ich konnte nur hoffen...

Inzwischen schleifte mich Costello auf die Wanne zu. Meine Hacken kratzten über den Boden, der ätzende Säuregeruch wurde stärker. Ich wagte kaum zu atmen, denn ich spürte das Brennen und Kratzen auf den Schleimhäuten.

Dann ließ Costello mich fallen.

Ich befand mich bereits so dicht an der Wanne, daß ich mit dem Hinterkopf dagegen schlug.

Ein Blitz zuckte vor meinen Augen auf. Sekundenlang drohte mir eine erneute Bewußtlosigkeit. Ich schaffte es, erfolgreich dagegen anzukämpfen.

»So, und nun zum Schluß«, sagte Costello und hievte mich abermals hoch. Er drehte mich dabei herum, so daß ich auf die Wanne schauen konnte. Ich sah die wabernden Säuredämpfe über dem Rand und wehrte mich mit aller Kraft.

Ich schleuderte meinen Körper herum, zog die Beine an, stemmte mich ab und trat dem Kerl gegen die Kniekehlen.

Wütend brüllte er auf.

Dann zog er seine Waffe.

»Verdammter Bulle!« zischte er und hieb mit dem Lauf zu.

Er traf meinen Nacken.

Ich zuckte zusammen, spürte den Schmerz und gleichzeitig die Apathie, die meinen Körper ergriff.

Ich wurde nicht bewußtlos, aber mir war alles egal. Jede Bewegung geschah in Zeitlupe. Ich rutschte wieder zu Boden, und der Kerl fing mich ab.

»Jetzt rettet dich nichts mehr!« sagte er und hievte mich hoch...

Jane hatte ihre Strafe erhalten.

Ireus war wie von Sinnen gewesen. Er hatte kein Messer genommen, sondern den Totschläger.

Vielleicht hätte er sich völlig vergessen, wenn nicht Charity und die anderen dazwischengefahren wären.

Jane hörte sie schreien. »Laß sie. Sie ist noch neu, sie kennt das Spiel nicht.«

Ireus hörte tatsächlich auf. Er fuhr herum und starrte den Mädchen aus blutunterlaufenen Augen ins Gesicht. Er bewegte seine Kiefer, als würde er irgend etwas zermalmen, dann nickte er und steckte die Waffe weg.

Drei Mädchen zogen Jane Collins auf die Beine. Ein viertes brachte einen angefeuchteten Lappen.

Der Detektivin ging es schlecht. Sie konnte kaum Luft holen. Rippen und Lungenflügel schmerzten, zudem war ihre Unterlippe aufgeplatzt, aber sie lebte. Das war am wichtigsten.

Mandy hielt den Lappen. »Halt mal still«, sagte sie und wischte Jane das Blut von der Lippe.

Die Detektivin zuckte. Es war eine merkwürdige Situation. Hier wurde sie verarztet, obwohl sie wußte, daß sie bald sterben sollte. Alles schien ihr so unwirklich, als würde sie die Welt nur durch einen Schleier sehen.

Grauenhaft...

Sie spürte die Kühle einer Flüssigkeit auf der Haut und merkte, wie gut das tat.

»Gib ihr mal einen Schluck«, sagte Charity.

Jemand ließ Whisky in ein kleines Glas laufen und setzte es Jane an die Lippen.

Jetzt trank die Detektivin einen Schluck. Der Whisky rann scharf die Kehle hinab und breitete sich im Magen mit einer angenehmen Wärme aus.

»Endlich wirst du vernünftig«, hörte sie Charitys Stimme, während Janes Augen in Tränen schwammen.

»Noch einen Schluck?«

»Nein.«

Ireus stand an der Tür und schaute zu. Hin und wieder warf er einen Blick auf die Bodenklappe. Der Moloch in seinem Verlies war schon unruhig geworden.

Er bewegte sich hin und her, schlürfte, schmatzte und keuchte. Er kratzte am Deckel, konnte es kaum erwarten, die sieben jungen Leben in sich aufzusaugen.

»Es reicht«, sagte Ireus.

Die Mädchen traten zurück. Jane Collins wurde losgelassen. Auch jetzt noch fiel es ihr schwer, sich auf den Beinen zu halten. Sie schwankte, atmete tief durch und schaffte es, ihren Kreislauf zu stabilisieren.

Ireus deutete auf den Durchgang. »In die Bar mit dir!«

Jane Collins ging vor. Sie hielt den Kopf gesenkt. Wie ein Vorhang fiel das lange Haar über ihr Gesicht. Obwohl sie Slip und BH trug, fühlte sie sich nackt.

Jane schämte sich unter den Blicken.

Ihre Knie waren weich, sie zitterten, die Lippen bebten, die Muskeln im Gesicht zuckten.

So geht eine Todeskandidatin, dachte sie.

Als sie über die Klappe schritt, wurde unter ihr das Keuchen und Schmatzen lauter. Der Moloch schien zu merken, daß ein Opfer nicht weit entfernt war.

Er wurde noch unruhiger.

Jane machte zwei schnelle Schritte und ließ die Luke hinter sich. Dann betrat sie die Bar.

Es war ein mieser Neppschuppen. So wie sich der Mann vom Lande ein sündiges Haus vorstellt. Rotes Licht, eine Bartheke in Form eines Hufeisens, mehrere kleine Tische mit winzigen Sesseln davor und eine kreisrunde Tanzfläche. Sie wurde von der Decke her angestrahlt. Rotes Licht fiel auf das Glas.

Nach zwei Schritten blieb Jane Collins stehen. Sie sah plötzlich die Gestalten, die Diener des Molochs...

Die Detektivin hatte damit gerechnet, Typen in langen Umhängen oder Talaren zu begegnen, doch sie sah sich getäuscht. Statt dessen trugen die Diener des Molochs elegante Abendkleidung. Smoking oder dunkle Anzüge die Herren. Lange Kleider die Damen. Schmuck glitzerte im Licht der kleinen Scheinwerfer, warf blitzende Reflexe. Die Gesichter der Menschen waren maskenhaft starr, als sie Jane Collins anschauten.

Plötzlich vergaß Jane ihr Schicksal. Sie dachte darüber nach, was solche Typen dazu verleitete, einem Monster wie dem Moloch zu dienen. Sie alle sahen völlig normal aus, schienen Geld zu besitzen, denn der Schmuck war keine Imitation.

Jane konnte nur raten. War es die Übersättigung der Gesellschaft? Das Ausbrechen aus den normalen Bahnen? Ein Spiel mit der Gefahr, mit dem Ungewöhnlichen? Wollten sie die Hölle herausfordern? Diese Kulte waren in letzter Zeit sehr modern geworden. Das wußte Jane. Uralte Rituale längst vergessener Kulturen wurden wieder ausgegraben und ins Leben zurückgerufen.

Die moderne Gesellschaft, die in der Übertechnisierung lebte, suchte wieder das Geheimnisvolle, das Rätselhafte, der Teufel kam mit ins Spiel, wurde angebetet.

Eine schlimme Entwicklung, denn auf der Erde gab es genügend Probleme, die nicht gelöst waren, aber darum kümmerten sich diese Menschen nicht. Obwohl sie das Geld hatten, einen kleinen Beitrag zu leisten, lagen ihre Interessen woanders.

Sie wollten etwas Neues erleben, wollten sich selbst bestätigt fühlen und gingen dabei über Leichen.

Eine schlimme Entwicklung...

Diese Gedanken gingen Jane durch den Kopf, als sie nach links schaute und die blassen Gesichter sah.

Sie leuchteten wie Fratzen, hin und wieder zuckte ein Reflex über die Haut.

Ihre Blicke saugten sich an Janes Körper fest. Stimmen wisperten im Hintergrund.

»Das ist sie – das ist die erste...«

»Sie sieht hübsch aus, nicht?«

»Ja, der Moloch will nur Hübsche...«

Lachen.

Dann kam Ireus. Und sofort verstummten die Gespräche. Dem Mann folgten die anderen sechs Frauen.

An der Spitze ging Charity.

Jane wandte ein wenig den Kopf, schaute Charity an, doch die hatte den Blick gesenkt. Die Detektivin spürte, daß das Girl Angst hatte. Angst vor der Zukunft.

Ireus wies die Frauen ein. »Stellt euch vor der Bar auf«, sagte er, und die Girls gehorchten.

In einer Reihe blieben sie stehen.

Ireus war zufrieden.

Fehlte nur noch eine.

Jane Collins!

»Du«, sagte er und wies mit dem Finger auf Jane. »Du gehst auf die Tanzfläche und bleibst dort!«

Jane dachte an die Schläge, die sie erhalten hatte. Es war besser, wenn sie gehorchte.

Mit langsamen Schritten ging sie auf die Tanzfläche zu und blieb in deren Mitte stehen.

Sie wandte den Dienern des Molochs den Rücken zu und spürte die Blicke förmlich auf ihrer nackten Haut brennen. Eine Gänsehaut rieselte über den Körper. Sie fröstelte.

Es wurde still. Selbst die Diener des Molochs wagten kaum zu atmen. Jeder wartete auf sein Auftauchen.

Und er kam.

Noch war er nicht zu sehen, aber zu hören. Ein Schmatzen und Schlürfen, Hecheln und Keuchen, das Klatschen nackter Füße auf dem Boden, ein drohendes Knurren, dann erschien er.

Ein gewaltiger Schatten tauchte in der Türöffnung zum Nebenraum auf. Eine immense Bestie, die nicht durch die Tür paßte und sich deshalb bücken mußte.

Der Schatten wurde länger, verzerrte sich, als er seinen Oberkörper nach vorn beugte, und dann stand er im Raum.

»Der Moloch«, flüsterte eine Frau beinahe andächtig.

Ja, es war der Moloch.

Er drehte sich, blickte zur Tanzfläche hin und hatte nur Augen für Jane Collins.

Das erste Opfer.

Jane schaute nicht zur Seite, sie sah den Moloch an, und sie erschrak bis ins Mark vor dessen Scheußlichkeit.

Nein, von dieser Bestie durfte sie keine Gnade erwarten. Nur eins – den Tod...

Bill Conolly verzog das Gesicht, als Costello mit dem Waffenlauf zuschlug. Der Reporter sah mich zusammenbrechen, und der Hoffnungsfunke, den er bis jetzt noch gehabt hatte, erlosch jäh.

Costello würde Sieger bleiben.

Bill wollte aber nicht sterben. Noch dachte der Kerl nur daran, mich in die Wanne mit Säure zu werfen, auf ihn, Bill, achtete er nicht. Er glaubte ihn noch immer in tiefer Bewußtlosigkeit.

Aber der Reporter war wieder da. Zwar mit schmerzendem Schädel, doch er konnte sich bewegen.

Und er nutzte es aus.

Bill rollte sich auf Costello zu, der dabei war, mich hochzuhieven, um meinen Körper dann über den Wannenrand zu wuchten.

Plötzlich hatte der Reporter Angst, es nicht mehr zu schaffen. Er beeilte sich noch mehr, rollte sich immer wieder um die eigene Achse und war fast da.

Costello keuchte. Er hatte mit meinem Körper zu tun. Da er selbst so schwer atmete, hörte er auch nicht die Geräusche, die Bill Conolly verursachte.

Dann war der Reporter so nah, daß er die Beine anziehen konnte.

Bill strengte sich an. Er wollte dem Kerl beide Füße in den Rücken rammen, damit er in die Wanne fiel. Hier ging es jetzt auf Leben und Tod, Rücksicht war fehl am Platze.

Ennio Costello schien einen sechsten Sinn für Gefahren zu besitzen. Genau in dem Augenblick, als Bill zutreten wollte, kreiselte er herum. Instinktiv drehte er sich dabei ein wenig, und so traf ihn der Tritt nicht voll, sondern nur an der Seite. Er wurde zwar zurückgestoßen, konnte sich jedoch mit der rechten Hand am Wannenrand abstützen.

Bevor Bill ein zweites Mal seine gefesselten Beine nach vorn wuchten konnte, reagierte Costello.

Wütend brüllte er auf und warf sich auf den Reporter zu. Er vergaß seine Kaltblütigkeit in diesen Augenblicken, und das war Bill Conollys Glück.

Mit beiden Fäusten drosch Costello auf den Reporter ein. »Du verdammter Hund!« schrie er. »Du Bastard! Ich werde es dir zeigen. Da, da, da!«

Bill hatte seine gefesselten Arme hochgerissen, und es gelang ihm, einen Großteil der Schläge abzuwehren. Er versuchte gleichzeitig, sich aus der unmittelbaren Reichweite des Mannes zu rollen.

Da Costello mit Bill beschäftigt war, erhielt ich die Zeit, mich zu erholen.

Der letzte Schlag hatte mich zwar empfindlich getroffen, mich aber nicht mattgesetzt. Ich spürte, wie meine Kräfte zurückkehrten, wie ich wieder klar denken und auch handeln konnte.

Ich lag neben der Wanne. Nach dem Hieb war ich daran heruntergerutscht. Mein Gesicht berührte den Boden, und ich roch das scharfe Putzmittel, mit dem die Fliesen abgewaschen worden waren.

Irgendwie machte mich dieser Salmiakgeruch munter. Ich hörte die Kampfgeräusche und das wilde Schreien des Mafioso.

Ich rollte mich auf die Seite.

Bill hatte es schwer. Er versuchte sich verzweifelt gegen die harten Schläge des Mannes zu wehren, erzielte auch einigen Erfolg, aber auf Dauer konnte er das nicht durchhalten.

Ich mußte ihm helfen.

Nur – wie?

Im Kino hatte ich mal gesehen, wie sich der Held blitzschnell entfesselte.

Das ging bei mir nicht.

An meine Beretta konnte ich auch nicht, denn die Arme waren mir auf dem Rücken gefesselt.

Ich mußte praktisch mit meinem gesamten Körper kämpfen.

Ich lag auf der Seite, holte tief Luft, und dann versuchte ich es. Alle Kraft nahm ich zusammen, wuchtete mich hoch, es klappte tatsächlich. Und dann stolperte und flog ich auf die beiden Kämpfenden zu.

Bremsen konnte ich nicht. Voll krachte ich gegen Ennio Costello, schleuderte ihn von Bill weg, gleichzeitig auch zu Boden, und ich fiel über ihn.

Der Kerl stieß ein undefinierbares Geräusch aus, wuchtete sich hoch und krümmte den Rücken. Ich fiel herunter und rollte wieder auf die Seite.

Costello sprang auf. »Seid ihr denn nicht umzukriegen, ihr verdammten Hunde!« brüllte er.

Er hastete zur Seite, so daß er aus unserer Reichweite kam. Jetzt zog er seine Pistole.

»Ein Säurebad hatte ich euch versprochen«, schrillte er, und seine Augen glitzerten vor Haß. »Ein Säurebad werdet ihr auch bekommen, aber als Tote. Das ist mir egal. Ich lege euch um!«

»Halten Sie ein!« schrie ich. »Wir können noch...«

Es hatte keinen Zweck. Der verdammte Kerl war wahnsinnig. Er schüttelte den Kopf, die Luger in seiner rechten Hand pendelte sich einmal auf mich ein, dann auf Bill.

Wem würde er zuerst die Kugel verpassen?

Ich sah einen alten Holzstuhl in Reichweite und trat gegen ihn. Das Möbelstück kippte um und schlitterte auch auf den Kerl zu, doch der wich mit einem beinahe elegant aussehenden Sidestep aus, so daß der Stuhl an ihm vorbeirutschte.

»Idioten!« schrie er. »Ich hätte euch für besser gehalten. Ihr dummen Bullen!«

Wieder zielte er auf Bill. Er würde schießen, ich merkte es, doch dann schwang die Luger herum.

»Nein, du zuerst!« Er drückte ab.

Ich schaute in das Mündungsfeuer hinein, hörte den Abschuß, wartete auf den Einschlag in der Brust, doch Costello hatte in seiner Aufregung nicht richtig gezielt.

Die Kugel sirrte neben meiner Hüfte gegen die Kacheln und sauste als Querschläger davon.

Ich rollte mich zur Seite.

Dadurch verfehlte mich die zweite Kugel.

Costello brüllte, wieder krachte ein Schuß, und dann hörte ich einen gellenden Schrei...

Plötzlich wuchtete eine Gestalt durch die Tür. Ein Schatten, blitzschnell und nicht zu stoppen.

Suko!

Im Bruchteil einer Sekunde übersah er die Situation, und dann stieß er sich ab.

Suko, der Karatemeister, den ich wegen seiner gewaltigen Kraftsprünge immer bewundert habe, fegte auf den Mafioso zu. Bevor dieser die Hand mit der Waffe herumreißen konnte, hatte Suko ihn erreicht. Und dann traf ein mörderischer Tritt die Schulter des Gangsters.

Costello hatte dem nichts entgegenzusetzen. Er flog quer durch den Waschraum, schrie und krachte gegen die Wand.

Benommen blieb er lieben.

Suko jagte auf ihn zu.

Costello starrte dem Chinesen, der für ihn ein rächender Geist sein mußte, aus großen Augen entgegen, und irgendwie mußte er merken, daß alles verloren war, daß er es nicht mehr schaffen konnte.

Bei ihm riß der Faden.

Bevor Suko es verhindern konnte, drehte er seine rechte Hand, zielte mit der Pistolenmündung auf seine Brust und drückte ab.

Der letzte Schuß schien besonders laut nachzuhallen, aber das war wohl nur Einbildung. Auf jeden Fall sackte Costello zusammen, und sein dunkler Anzug färbte sich in Höhe der linken Brustseite langsam rot. Die Waffe rutschte ihm aus der Hand und blieb neben ihm liegen.

Suko stoppte gerade noch seinen rasanten Lauf. Er schaute in die langsam brechenden Augen.

Diesem Mann war nicht mehr zu helfen.

»He!« rief ich. »Willst du uns nicht endlich losschneiden, du alter Ganove, du?«

»Klar.«

Suko zog ein Messer und säbelte die Stricke durch. Zuerst bei mir, dann bei Bill.

Ich zog mich an der Kante des Tischs, auf dem die Leichen lagen, hoch.

Dann wankte ich zu Costello.

Ja, es war ein Wanken, denn die verdammte Fesselung machte sich jetzt bemerkbar.

Costello war noch nicht tot, aber das Jenseits hatte bereits seine Schleier ausgeschickt, die ihn umwoben. Lange würde er nicht mehr leben. Und noch immer wußten wir nicht, wo sich Jane Collins befand.

Ich fiel neben Costello auf die Knie.

Er hatte seine linke Hand jetzt auf die Wunde gepreßt. Nicht nur zwischen seinen Fingern sickerte es rot hindurch, ich sah auch im rechten Mundwinkel einen Blutstropfen blitzen.

Wahrscheinlich war die Lunge in Mitleidenschaft gezogen worden.

»Costello! Hörst du mich?«

Er schlug die Augen auf. Sein Blick wurde auf einmal klar. »Was... was ist?«

»Wo befindet sich Jane Collins? Du wirst bald vor einem anderen Richter stehen. Erleichtere dein Gewissen, du mußt uns sagen, wo sich Jane Collins aufhält! Bitte...«

»Ich... ich...«

»Sag es, Costello!«

»Mein Bruder... er soll nicht...«

»Wo ist sie...?«

Der Ausdruck in seinen Augen verschleierte merklich. Mit ihm ging es unaufhaltsam dem Ende zu. Nur noch ein paar Sekunden benötigte ich.

»Wo?«

»Red Light. Ich kann euch nicht... der Moloch wird sie fressen. Der Moloch...«

Das war sein letztes Wort. Ein schwerer Atemzug, vergleichbar mit einem Seufzer, drang noch über seine Lippen, dann wurde sein Körper schlaff.

Ennio Costello war tot. Der Mann, der immer nur die schmutzige Arbeit seines Bruders erledigt hatte, hatte sich selbst gerichtet.

Ich drückte ihm die Augen zu.

Mehr konnte ich nicht tun.

Bill und Suko standen neben mir. Ich hatte sie gar nicht gesehen. Der Reporter rieb sich die Handgelenke. »Und?« fragte er.

»Vielleicht weiß ich, wo Jane steckt.«

»Und?«

»In einer Bar, die wohl seinem Bruder gehört.«

»Du hast den Namen?«

»Ja.«

»Und? Mensch, laß dir doch nicht jedes Wort aus der Nase ziehen, zum Henker.«

Ich winkte ab. Dann bedankte ich mich bei Suko für die Rettung. Wieder einmal, denn er und Bill hatten mich erst vor kurzer Zeit noch aus dem Atlantik geborgen.

»Red Light heißt der Schuppen.«

»Nichts wie hin«, sagte Bill.

»Nein, wir wollen nichts überstürzen.«

»Aber dann kann es zu spät sein.«

»Das weiß ich selbst. Hör zu, Bill. Dieser Moloch ist mit den Mädchen nicht allein. Wir müssen außerdem noch mit Ireus als Gegner rechnen und mit einer Menge Leute, die sich als seine Diener bezeichnen. Jeder einzelne wird ein Todfeind von uns sein. Denk daran.«

»Woher weißt du das?«

»Als du bewußtlos warst, hat Costello alles in seinem Triumph erzählt. Deshalb bin ich für einen Großeinsatz. Aber eine geheime Aktion. Wir lassen den Nachtclub von Polizisten umstellen und dringen selbst ein. Falls wir die Sache nicht unter Kontrolle bekommen, müssen die Beamten eingreifen.«

Bill schaute Suko an. »Was meinst du?«

Der Chinese nickte. »John hat recht.«

Ich schlug den beiden auf die Schultern. »Dann kommt, Freunde. Jetzt geht es wirklich um jede Minute.«

Seine Haut schimmerte jetzt nicht mehr bläulich weiß, sondern leicht rot. Die Bestie wurde vom Licht der Scheinwerfer angestrahlt, und Jane glaubte ihren Augen nicht zu trauen.

Der Moloch war nicht mehr nackt.

Er trug einen dunklen Anzug, der wie ein Smoking geschnitten war, und ein weißes Hemd darunter mit Stehkragen. Über seine Schultern hatte er einen Mantel geworfen, wie ihn einst Christopher Lee in seinen Dracula-Filmen getragen hatte. Nur unterschied er sich von dem Filmschauspieler gewaltig.

Der Moloch sah schrecklich aus.

Vor allen Dingen sein Schädel war es, der Angst und Schrecken einflößte. Er war mit Beulen übersät. Sie standen wie kleine, breitgeklopfte Kugeln von der Schädeldecke ab. Sie wuchsen auch noch auf der breiten affenähnlichen Stirn, und einem Affen glich auch das Gesicht der Molochs. Tief lagen die Augen in den Höhlen, die Nase war völlig flach, und den Mund konnte man als Loch bezeichnen.

Er stand halb offen, und Jane sah das Schimmern von zwei Zahnreihen. Jedoch keine spitzen Zähne oder einzeln wachsende, sondern eine gleichmäßig durchlaufende Reihe.

Von dem fliehenden Kinn hingen ein paar wenige Barthaare herab, deren Enden den Knoten der Krawatte berührten.

Eigentlich eine lächerliche Figur, aber verdammt gefährlich.

Als er sich an Jane Collins satt gesehen hatte, breitete er seine Arme aus und damit auch den Mantel.

Jetzt sah Jane, daß er in der rechten Hand einen Stab trug, dessen oberes Ende seltsam grünlich schimmerte, als wäre es aus durchsichtigem Glas.

Die Hände waren normal. Jane sah die zehn Finger, und fünf davon umklammerten den Stab.

Der Moloch schaute seine Diener an. Und als die Blicke über die Menschen glitten, beugten die ihre Oberkörper nach vorn und verneigten sich vor dem Moloch.

Er war ihr Götze. Er gehörte ihnen.

Ireus trat vor. Er hatte sich wieder seinen Zylinder aufgesetzt und wirkte wie ein Zauberer, was er im Endeffekt auch war. Ein Zauberer des Bösen...

Ireus sprach. »Er ist gekommen, um mir und um euch die Macht zu geben. Wenn er die sieben Leben in sich aufgenommen hat, wird seine Kraft so stark sein, daß ihn nichts mehr besiegen kann, denn er hat einen großen Verbündeten – den Satan!«

Ehrfurchtsvolles Schweigen nach diesen Worten. Dem Satan diente jeder gern, denn sie alle hatten dem Guten abgeschworen und sich dem Bösen zugewandt.

Satan soll siegen – der Moloch sollte siegen.

»Noch ist er schwach«, rief Ireus mit lauter Stimme, »aber ihr, die ihr ihm die Frauen besorgt habt, könnt bald stark sein. Ihr werdet London beherrschen, niemand kann euch etwas antun, denn der gewaltige Rächer schützt euch, Freunde.«

Was hatte Jane da gehört? Die Diener hatten die Mädchen herbeigeschafft?

Das durfte doch nicht wahr sein.

Ireus fuhr fort. »Vor einem Jahr wurde all das vorbereitet. Ihr habt mir die Namen der Opfer genannt, ich habe sie weitergegeben, und mächtige Freunde, Herrscher der Unterwelt, haben diese Mädchen präpariert. Sie sind bereit, sie schreckt der Tod nicht mehr, denn sie tun euch einen Gefallen, indem sie ihr Leben für euch hingeben. Ihre Seele, ihre Jugend. Und der Moloch erstarkt.«

Das wollte einfach nicht in Janes Kopf hinein. Vielleicht hatten die Teufelsdiener sogar ihre eigenen Verwandten verraten, um dem Moloch dienlich zu sein.

Schlimm. So schlimm, daß man gar nicht darüber nachdenken durfte. Wieder einmal erlebte Jane Collins, wie grausam und wie schlimm Menschen doch sein können.

Der Mensch war manchmal schlimmer als ein Tier. Man konnte dem Moloch nicht einmal einen Vorwurf machen, er war kein denkendes Wesen, er lebte nur seinen Trieben entsprechend, aber die anderen, die waren voll dafür verantwortlich.

Ireus an erster Stelle.

Er hatte das Monster geleitet, hatte ihm überhaupt die Chance gegeben, so etwas zu tun.

Der Mann ging vor und legte seine Hand auf die Schulter des Molochs. »Er freut sich, das hat er mir gesagt. Und er wird euch das geben, wonach ihr lechzt.« Ireus schaute sich um. »Genug«, sagte er, »zündet die Kerzen an.«

Nach diesen Worten verschwand er.

Der Moloch blieb allein zurück. Noch immer starrte er auf Jane. Minuten vergingen. Eine Zeitspanne, die von den Dienern des Molochs genutzt wurde.

Sie holten etwas hervor.

Schwarze Kerzen, die Farbe der Hölle...

Sie stellten sie auf die Tische, Zündhölzer wurden aufgerissen, flackerten auf, Flammen berührten die Dochte, die sofort Feuer fingen und brannten.

Dann verlöschte das Licht.

Schlagartig gingen die Lampen an den Wänden aus. Nur noch die Kerzen brannten – und die rote Lampe an der Decke, die Jane Collins mit ihrem Schein übergoß.

Die Detektivin kam sich vor wie auf einer Insel. Sie schauderte zusammen und preßte unwillkürlich die Arme gegen den Körper. Als sich der Moloch bewegte, erschrak sie. Er ging zur Seite, nahm den Stab und deutete auf Charity.

Das grüne Glühen wurde intensiver, erreichte Charitys Gesicht und ließ es seltsam fahl aussehen.

Das Mädchen wußte, was es zu tun hatte. Charity ging langsam vor und steuerte die Tanzfläche an. Es betrat sie, und sofort wurde auch ihr fast nackter Körper vom roten Licht gestreift.

Neben Jane blieb sie stehen.

»Was will der von dir?« flüsterte die Detektivin.

»Von mir ist gut. Von uns beiden, Kindchen. Er will uns beide haben. Wahrscheinlich hat ihm das Ireus eingeflüstert, dieser verdammte Hundesohn.«

Charity schien auch nicht mehr auf seiner Seite zu stehen. Aber das hatte sie eigentlich nie, sie war nur im Laufe ihres Lebens verdammt illusionslos geworden.

Jane schaute sie von der Seite her an.

Charity war nicht unbedingt als Schönheit zu bezeichnen, dafür wies ihr Gesicht bereits zu harte Linien auf. Spuren eines Lebens, das wirklich kein Zuckerschlecken gewesen war. Ihre Wangen waren eingefallen, etwas spitz stach die Nase hervor, der Mund wirkte verkniffen.

»Verdammt«, wisperte sie. »Jetzt möchte ich in den Highlands von Schottland sein, aber ich mußte ja meine Heimat verlassen. Mir war es da zu einsam. Das ist die Quittung.« Sie schluckte hart, und Jane sah tatsächlich in ihrem Augenwinkel eine Träne glitzern.

Wenig später erschien Ireus. Wahrscheinlich hatte er das Licht ausgedreht. Seine Augen funkelten. Ihm gefiel die Szene. Das flackernde Kerzenlicht, dessen Reflexe über die Gesichter der Menschen tanzen und dabei eine unheimliche Atmosphäre schufen.

Ireus war irritiert. Er wunderte sich darüber, daß zwei Mädchen auf der Fläche standen.

»Du willst beide?« fragte er.

Der Moloch nickte.

Ireus lächelte. »Es ist deine Sache.« Dann wandte er sich an die Diener. »Wenn der Moloch das junge Leben dieser Frauen in sich aufgesaugt hat, werdet ihr ihm eure Reverenz erweisen.«

Zustimmung wurde laut.

Ireus nickte zufrieden. »Dann geh und vollende dein Werk, das ich begonnen habe«, wies er den Moloch an.

Der setzte sich in Bewegung. Schwerfällig schritt er auf die

Tanzfläche zu. Er warf mit seinem langen Mantel einen Stuhl um. Laut durchbrach das Geräusch des fallenden Stuhls die erwartungsvolle Stille.

Jetzt würde es nur noch Sekunden dauern. Dann würde der Moloch seine Stärke demonstrieren.

Er erreichte die Tanzfläche. Noch einen kleinen Schritt, und er stand vor den beiden Frauen.

Wuchtig ragte er in die Höhe. Wenn Jane sein Gesicht sehen wollte, mußte sie hochschauen.

Sie zitterte.

Langsam hob der Moloch seinen grünen Stab.

Die Detektivin spürte die gefährliche Aura, die von diesem Stab ausging. Er mußte eine große Macht besitzen, schon seine Nähe strahlte Kälte aus.

Der Moloch pendelte mit dem Stab zwischen den beiden Frauen hin und her.

Wer würde als erste an der Reihe sein?

Da – jetzt kam er zur Ruhe!

Er wies auf Charity!

Die Red Light Bar lag in einer Gegend, die Polizisten nur in Doppelstreifen durchquerten. Es war wirklich finsteres Soho. Enge Straßen, schmale Häuser, auch keine Touristen. Sie verirrten sich nicht in diese kalte, brutale Unterwelt. Sie schienen die unsichtbare Grenze zu spüren, die sich da aufgetan hatte.

Wir kümmerten uns nicht darum. Den Bentley hatte ich in der Yard-Garage gelassen und war mit einem Streifenwagen bis dicht vor das Ziel gefahren.

Den Rest gingen wir zu Fuß.

Wir, das waren Bill Conolly, Suko und ich.

Ich hatte es kraft meines Sonderausweises geschafft, die Kollegen auf die Beine zu bringen. Das ging innerhalb einer Viertelstunde. Alarmplan eins war in Kraft getreten.

Dann eine Lagebesprechung. Der zuständige Einsatzleiter hatte schnell begriffen und seine Männer verteilt. Wir mußten ein schlimmes Viertel umstellen, von dem ich so rasch gar keine Pläne bei der Stadt auftreiben konnte, deshalb war damit zu rechnen, daß es zahlreiche Verbindungsgänge zwischen den einzelnen Häusern gab. Schlupflöcher, durch die unsere Gegner verschwinden konnten.

Was war zu tun?

Abriegeln.

In den Nebenstraßen hielten sich die Männer auf. Einige hatten ihre Uniformen ausgezogen, andere wiederum patrouillierten in Zweierstreifen völlig offen durch die Straßen.

Nichts roch nach einer Razzia, alles sah normal aus, und ich hoffte, daß niemand Verdacht schöpfte.

Dann bogen wir in die Straße ein, wo die Red Light Bar lag. Es war mehr eine Gasse, sie hatte gar keinen Namen. Gehsteige fehlten ebenfalls, und so mußten wir über das holprige Kopfsteinpflaster schreiten.

Hatte am Tag noch die Sonne geschienen, so war es jetzt doch ziemlich kühl geworden. Unsere Atemwolken standen als heller Nebel vor den Lippen.

Das kühle Wetter hatte auch das lichtscheue Gesindel in die Bars zurückgetrieben, von denen es zahlreiche gab. Miese Schuppen mit noch mieseren Gästen. Meistens abgetakelte Dirnen, die woanders keinen Penny mehr verdienen konnten.

Und ausgerechnet solch ein Lokal hatten sich die Diener des Molochs als Treffpunkt ausgesucht.

Eine einsame Laterne brannte noch. Direkt daneben befand sich eine Bar.

Aus ihr strömten zwei farbige Mädchen, die drei Weiße im Schlepptau hatten. Sie torkelten auf die gegenüberliegende Seite und verschwanden in einer schmalen Einfahrt.

»Die werden jetzt ausgenommen«, meinte Bill.

Da hatte er recht. Aber uns blieb nicht die Zeit, uns darum zu kümmern.

Unser Ziel lag so ziemlich am Ende der Straße, wo an der Hauswand eine rote Laterne brannte.

Wie typisch.

Wir gingen vorbei, schielten dabei nach rechts, und jeder von uns sah die stabile Holztür, die den Eingang der Bar markierte. Die war nicht so leicht aufzubrechen.

Wir gingen bis zur Straßenecke. Jeder von uns war mit einem Sprechfunkgerät bewaffnet.

Ich holte meins hervor. »Wir haben das Ziel erreicht«, meldete ich mich. »Die Tür ist verschlossen. Wahrscheinlich müssen wir einen anderen Weg suchen, um in die Bar zu gelangen.«

»Wollen Sie es von der Rückseite versuchen?« quäkte die Stimme.

»Wahrscheinlich.«

»Viel Glück.«

»Danke.«

»Fragt sich nur, wie wir an die Rückseite gelangen«, meinte Bill Conolly.

»Sollen wir uns trennen?« Ich schaute meine beiden Freunde an.

Bill hob die Schultern.

Ich präzisierte meinen Plan. »Suko und du, Bill, ihr versucht von vorn den Schuppen zu betreten, während ich mir die Rückseite vornehme. Einverstanden?«

»Ist das nicht gefährlich?« fragte Bill.

»Unsinn.«

Suko war einverstanden. »Ich habe eine Klingel gesehen«, sagte er.

»Dann ist alles klar.«

Wir verabschiedeten uns.

Ich ging um die Ecke herum. Suko und Bill würden noch warten und mir erst mal Zeit geben, die Tür zu finden, durch die ich von der Rückseite her die Bar betreten konnte.

Die Straße war etwas breiter als die Gasse, in der die Bar lag, und ebenfalls ausgestorben.

Ein Wagen kam mir entgegen. Es war ein Fahrzeug der Polizei. Fast lautlos rollte es vorbei.

Leider entdeckte ich keine Einfahrt. Nur dicht an dicht stehende Häuser.

Es blieb mir nichts anderes übrig, als eines dieser Häuser zu durchqueren.

Nicht weit entfernt strahlte eine Leuchtreklame. »The Mouse«, flackerte da in regelmäßigen Abständen auf. Was so harmlos aussah, war ein polizeibekannter Schuppen, in dem Pornostreifen als Trickfilme liefen und Zuhälter sich regelmäßig trafen.

Diesen Laden betrat ich.

Kaum hatte ich die Tür geöffnet, als ich das Stimmengewirr hörte. Ein altes verstimmtes Klavier quäkte, und an der Wand lief gerade ein Pornostreifen mit bekannten Märchenfiguren.

Schneeflittchen und die sieben Zwerge.

Die Gäste hatten ihren Spaß. Niemand achtete auf mich, als ich mich durch die Reihen quetschte, erst den Tresen ansteuerte, dann aber eine halbe Kehrtwendung machte und auf die Tür zu den Toiletten zuging.

Widerlicher Geruch drang mir entgegen, als ich meinen Fuß in einen schmalen Gang setzte mit grün gestrichenen Wänden zu beiden Seiten. Vor den Toiletten befanden sich gar keine Türen. Der Boden starrte vor Schmutz. Fehlten nur noch die Ratten.

Ich mußte um die Ecke gehen und sah die Hintertür. Doch dort hockte jemand.

Eine Wache oder so.

Als der Kerl aufstand, konnte ich Minderwertigkeitskomplexe bekommen. Er überragte mich fast um einen Kopf. Er zeigte dabei ein Grinsen, das so falsch war wie die Zähne meiner Tante.

Wenn ich auf den Hof wollte, mußte ich an ihm vorbei. Und das würde Schwierigkeiten geben.

Er streckte die Hand aus. »Hast wohl vergessen zu bezahlen, wie?«

»Nein, ich habe gar nichts getrunken. Laß mich durch!«

Er schüttelte den Kopf.

Auf eine Schlägerei wollte ich mich nicht einlassen, ich hätte auch den kürzeren ziehen können, aber durch mußte ich.

Deshalb zog ich die Beretta.

Plötzlich wurden die tückischen Augen des Aufpassers ganz groß. Er wurde gleichzeitig blaß.

»Dreh dich um!« befahl ich.

Er gehorchte.

Mein Schlag mit dem Waffenlauf traf ihn noch in der Drehung, und der Kerl fiel langsam zu Boden, wo er liegenblieb und sich nicht mehr rührte.

Ich stieg über ihn hinweg, schloß die Tür auf und befand mich tatsächlich in einem Hof.

Er war stockfinster.

Fehlte mir nur noch, daß irgendwo Typen lauerten, die mir an die Wäsche wollten, aber das war nicht der Fall. Ich holte meine kleine Lampe hervor und ließ den Strahl wandern.

Das war auch gut so, denn in der Dunkelheit wäre ich sicherlich gegen all das Gerümpel und den Müll gelaufen, der auf dem Hof lagerte. So konnte ich ausweichen.

Ich mußte zwei Mauern überklettern, störte einige Paare, die sich trotz der Kälte im Freien liebten, und stand nach einigem Hin und Her schließlich auf dem richtigen Hof.

Eine Viertelstunde war seit der Trennung von Suko und Bill schon vergangen.

Abermals knipste ich die Lampe an. Auch Bars haben Hintertüren. Die Red Light Bar bildete da keine Ausnahme. Aber diese Tür sah besonders stabil aus, das Gegenstück zu der vorderen.

Ich hatte einen guten Dietrich mit, besah mir das Schloß und holte das halbkrumme Gebilde aus Kunststoff hervor. Behutsam führte ich es in das Schloß hinein, drehte ein paarmal und nickte zufrieden, als die Tür aufsprang.

Dieses Werkzeug war erst vor kurzem von Geheimdienstleuten entwickelt worden. Ich wandte es nur in Notfällen an. Wie auch hier.

Auf Zehenspitzen betrat ich den Flur.

Dann holte ich das Kreuz hervor und nahm die Beretta in die rechte Hand.

Es war nicht völlig dunkel. Weiter vorn sah ich einen roten Schimmer. Und hörte auch die Stimmen.

»Friß sie, Moloch. Friß sie auf... sie gehört dir. Nimm ihr die Jugend und das Leben.«

Mir rann ein Schauer über den Rücken. Jetzt wurde es höchste Eisenbahn...

Charity Hale wurde leichenblaß. Das war selbst in dem herrschenden Rotlicht zu sehen. Sie zitterte, wandte ihren Kopf und flüsterte Jane Collins zu: »Stütz mich, Jane, bitte...«

Die Detektivin legte ihre Hand auf Charitys Schulter. Ireus sah die Geste und schleuderte Jane zur Seite. »Laß sie in Ruhe!« fauchte er. »Jetzt ist sie dran.«

Der Moloch hob den Stab. Er näherte sich damit der Stirn des Mädchens.

Ireus lachte auf. »Du hast gewählt«, sagte er, »das ist gut, das ist sehr gut. Dann nimm endlich ihr Leben!«

»Nein!« schrie Jane plötzlich. »Nein, ihr dürft sie nicht töten Laßt sie leben!«

Sie wollte vorstürzen, doch da waren die Diener des Molochs, und gegen sie hatte die Detektivin keine Chance. Hart wurde sie zurückgerissen.

»Haltet sie fest!« sagte Ireus.

Die Männer folgten der Aufforderung nur zu gern.

Jane Collins wand sich unter ihren Griffen, konnte aber nichts ausrichten.

Aus schockgeweiteten Augen sah sie, was mit Charity Hale geschah. Es war grauenhaft, und die nächsten Sekunden gehörten mit zu den schlimmsten in ihrem Leben. Sie erlebte die schreckliche Magie des Molochs, und ihr wurde bewußt, welches Schicksal auch ihr drohte.

Die Spitze des Stabes berührte ganz leicht die Stirn des Mädchens.

Charity schrie auf.

Sie zuckte zusammen, als hätte ihr jemand einen Peitschenschlag verpaßt. Leicht ging sie in die Knie, krümmte sich und wollte beide Arme heben, doch sie schaffte es nicht.

»Deine Jugend, deine Kraft, gib sie mir!« schrie der Moloch.

Und der Stab leuchtete plötzlich auf.

Die grüne Farbe schimmerte vom Anfang bis zum Ende durch, schien zu explodieren und überschwemmte wie eine Woge das Mädchen Charity Hale.

Plötzlich wurde ihr Körper durchsichtig. Jane sah mit Schrecken jede Ader, die mit grünem Blut gefüllt zu sein schien, das hin und her pulsierte.

Doch auch die äußere Hülle, die Haut, veränderte sich. Aus Charity Hale wurde eine alte Frau.

Zuerst schimmerte sie nur grau, dann jedoch zeigten sich die ersten Falten, die immer tiefer wurden und plötzlich regelrecht Risse bildeten.

Wie mit einem Messer geschnitten, fraßen sie sich in die Haut hinein. Charity schrie auf. Sie brach zusammen, und der Moloch verfolgte mit seinem magischen Stab den Lauf ihres Körpers.

Die Frau wurde zur Mumie.

Die Haare fielen ab. Aus dem Blond war eine schlimme graue Farbe geworden. Ganze Büschel rieselten zu Boden, und die Kopfhaut schrumpfte zusammen.

Der Moloch hatte in der Tat Charity Hale das Leben ausgesaugt und sie zu einer alten, greisenhaften Frau gemacht, die jetzt immer mehr zusammenschrumpfte. Die Arme wurden kürzer, ebenso die Beine, zurück blieben Fragmente, aus den Fingern wurden Stummel und aus der Haut eine dünne Schicht, die an Pergament erinnerte und plötzlich zerbröckelte. Staub rieselte zu Boden.

Grauer Staub.

Charity Hale löste sich auf.

Und Jane Collins sah bereits durch die dünne Pergamenthaut die Knochen schimmern.

Bleich und wächsern...

Ihr Leben erlosch.

Dann ein letzter, verzweifelter Seufzer, ein tiefer Atemzug – vorbei. Zurück blieb die Mumie.

Und der Moloch war gestärkt worden.

Jane Collins überschwemmte das Grauen wie eine gewaltige Woge. Sie konnte es gar nicht fassen, es war ihr unbegreiflich, sie hatte keine Erklärung.

Der Moloch trat zurück. Sein Stab löste sich vom eingeschrumpften Kopf der Mumie.

Er sah das neue Opfer.

Jane Collins!

Sein gräßliches Gesicht verzerrte sich zu einem bösen Lächeln. Die rechte Hand schwang herum.

Und mit ihr der geheimnisvolle Stab.

Die Diener des Molochs hatten die vorherige schreckliche Szene aus weit aufgerissenen Augen beobachtet. Für sie war es Balsam gewesen. Jetzt warteten sie auf eine weitere Erstarkung.

»Deine Seele«, sagte der Moloch, denn auf einmal konnte er sprechen. Er redete mit einer hohen, schrillen Stimme. »Deine Seele will ich als nächste haben.«

Jane warf einen Blick auf das, was von Charity Hale übriggeblieben war.

Die Mumie war nicht einmal einen halben Yard groß...

So sollte sie auch aussehen.

»Friß sie, Moloch, friß sie auf! Sie gehört dir! Nimm ihr die Jugend und das Leben!«

So hörte Jane den Chor der Diener. Unwillkürlich wich sie zurück. Ihr Herz klopfte so laut, als würde es jeden Moment zerspringen. Dann spürte sie die kalten Finger auf ihrer Schulter.

Ireus hielt sie fest. Er wollte schon dafür sorgen, daß Jane nicht noch einen Fluchtversuch unternahm.

Die Detektivin schloß für einen Moment die Augen. Sie wünschte sich, daß alles nur ein Traum war, doch als sie die Augen wieder öffnete, befand sich der Moloch dicht vor ihr.

Und damit die Spitze seines Stabes.

»Jetzt!« zischte Ireus und ließ Jane Collins los...

Ich hatte die fordernden Worte genau vernommen. Gesprochen von den Dienern des Grausamen, hatten sie meine Reaktion nur noch beschleunigt. Aber es ging nicht so einfach. Ich befand mich auf fremdem Gelände und mußte mich erst einmal orientieren.

Fast wäre ich gegen eine Wand gelaufen, konnte mich jedoch im letzten Augenblick noch abstützen.

Links ging es weiter. Mein Fuß stieß gegen irgend etwas Blechernes, das laut scheppernd davonrollte. Dann riskierte ich es und schaltete die Lampe ein.

Der dünne Strahl leuchtete die unmittelbare Umgebung aus. Ich befand mich in einem engen Gang, nahm den typischen Toilettengeruch wahr und streckte den Arm aus.

Der Lampenstrahl erfaßte eine Tür, die spaltbreit offenstand. Und dort, von mir aus gesehen hinter der Tür, waren auch die Stimmen aufgeklungen.

Endlich am Ziel!

Die Zeit, mein Sprechfunkgerät hervorzuholen, nahm ich mir noch. Mit zwei Sätzen erklärte ich dem Einsatzleiter der Polizisten, wo ich mich befand.

»Sollen wir stürmen?«

»Nein, nur den Ring enger ziehen.«

»Okay, Sinclair, ich verlasse mich auf Ihr Wort.«

»Das können Sie auch. Ende!«

Eigentlich mußten Suko und Bill auch soweit sein. Sie hatten sich allerdings nicht gemeldet, mir fehlte jetzt auch die Zeit, noch großartig mit ihnen zu reden. Sie würden es schon packen, da war ich mir sicher.

Ich ließ das Walkie-talkie wieder verschwinden und nahm statt dessen die Beretta in die Hand. Die Waffe war jetzt wichtiger.

Drei Schritte brachten mich an die Tür.

Der Spalt war leider nicht breit genug. Wenn ich hindurchwollte, mußte ich ihn erweitern.

Zuerst warf ich einen Blick hindurch.

Rotes Licht. Typisch Bar. Ich sah auch Menschen, leider nur die Rücken von ihnen.

Behutsam verbreiterte ich den Türspalt. Und zwar so weit, daß ich mich hindurchschieben konnte.

Vor mir befand sich die hufeisenförmige Bar. Und davor wiederum sah ich fünf blondhaarige Mädchen. Sie standen in einer Reihe und wandten mir den Rücken zu. Sie waren zwar nicht nackt, aber sie trugen nur äußerst knappe Bikinis. Man hätte sie im ersten Augenblick für Tänzerinnen halten können. Ich wußte besser, was mit ihnen geschehen sollte.

Ich duckte mich.

Noch in der Bewegung sah ich es grün aufstrahlen. Ein intensives Leuchten, das immer stärker wurde.

Die Magie des Molochs?

Bestimmt.

Ich hatte ihn, den Moloch, noch nicht gesehen.

Langsam erhob ich mich wieder, so weit, daß ich über die Bar schauen konnte. Ich bewegte mich gleichzeitig ein paar Schritte nach rechts, um einen besseren Blickwinkel zu haben.

Der Moloch überragte alle.

Ich sah ihn leider nur von hinten, aber ich konnte mir vorstellen, welch eine grausige Gestalt den Mädchen da gezeigt wurde. Ich entdeckte auch Ireus, der schräg links neben dem Moloch stand, dahinter schimmerten verschwommen die Gesichter der Moloch-Diener. Mein Herz machte einen raschen Sprung, als ich Jane Collins sah.

Sie sollte das nächste Opfer dieser unheimlichen Gestalt werden.

Der Moloch näherte den grün schimmernden Stab dem Gesicht der Detektivin.

Unaufhaltsam...

Ich hielt den Atem an.

Noch hatte man mich nicht gesehen, und mir gereichte es jetzt zum Nachteil, daß in der Bar das Licht so schlecht war. Ich hatte vor, auf den Stab zu schießen, aber würde ich ihn auch treffen?

Bei der schlechten Beleuchtung wohl kaum.

Was war zu tun?

Um Jane Collins zu retten, konnte ich nur noch eins tun. Und das war wirklich die letzte Chance...

Jane sah den Stab.

Wie hypnotisiert schaute sie ihn an. Die gefährliche Spitze, in der eine ungeheure magische Kraft verborgen sein mußte, die den Menschen das Leben und die Seele aussaugte.

Jetzt war sie an der Reihe.

Jane konnte nicht weg. Die Kaltblütigkeit, die die Detektivin sonst auszeichnete, war verschwunden. Jane Collins war in diesen Augenblicken nur ein hilfloses Bündel Angst.

Über dem Stab sah sie die Fratze des Molochs. Dieses schreckliche Gesicht, bläulich-weiß schimmernd, von Grausamkeit gezeichnet. Eine Mischung aus Tier und Monster – ein monströses Geschöpf, ein widerlicher Götze.

Das Girl spürte bereits die gefährliche Strahlung dieses Stabes. Ihre Kräfte ließen nach. Es fiel ihr nicht leicht, sich auf den Beinen zu halten, die Knie wollten nachgeben, der Atem drang schwer und keuchend über ihre Lippen.

Noch ein paar Zoll, dann würde das Monster seinen Stab auf Janes Stirn pressen...

Und dann?

Jane brauchte nur nach links zu schielen, um zu sehen, was von Charity übriggeblieben war.

Eine Mumie...

Mumie? Jane überlegte. Nein, auf keinen Fall. Sie wollte keine Mumie werden, sie wollte leben.

»Neiiiinnn...!« brüllte sie mit einer Stimme, die sich fast überschlug. »Ich will nicht!«

Lachen.

Dann eine Stimme. »Vorsicht, Jane!«

John Sinclair!

Ich hatte wirklich zum letzten Mittel gegriffen. Schießen konnte ich nicht, aber ich hatte das Kreuz.

Und das schleuderte ich.

»Vorsicht Jane!« gellte meine Stimme, nachdem ich den Schrei gehört hatte.

Ich wußte nicht, wie sie reagieren würde, ich betete nur, daß mein Kreuz den Stab treffen würde.

Ob es geschah, sah ich nicht, denn mit einem gewaltigen Satz flankte ich über die Bar und schleuderte Gläser, Aschenbecher, kleine Blumengestecke, Mixbehälter und Eiswürfel zu Boden. Im nächsten Moment sprang ich Ireus an.

Der hatte sich halb umgedreht, war aber nicht schnell genug und wurde bis vor die Tanzfläche geschleudert.

Für einen Moment hatte ich freie Sicht.

Mir war das Glück wirklich hold gewesen. Das Kreuz hatte den Stab getroffen. Und dieser war mit schwarzmagischer Magie aufgeladen gewesen, denn nach dem Treffer hatte er seine grüne Farbe verloren. Er wirkte jetzt wie verkohlt.

Jane war zusammengesunken und hatte ihre Hände vor das Gesicht gepreßt. Sie schaute mich durch ihre gespreizten Finger an. Neben ihr sah ich einen grauen Körper auf der kleinen Tanzfläche liegen, eine Mumie.

Ireus fing sich als erster, während die Diener des Molochs

noch gar nicht richtig begriffen, daß sich die Lage verändert hatte. Mit einer blitzschnellen Bewegung tauchte er zur Seite, doch noch bevor ich ihn greifen konnte, war er verschwunden.

Und der Moloch?

Er stand hochaufgerichtet neben der knienden Jane Collins, die das einzig richtige machte, nach dem Kreuz griff und es hastig an sich nahm.

Sie wurde geschützt.

»Niemand rührt sich!« brüllte ich und lief auf den Moloch zu.

Der drehte sich herum.

Plötzlich sprang mir aus seinen Augen flammender Haß entgegen. Gleichzeitig fiel der Stab auseinander. In mehreren Teilen landete er auf dem Boden der Tanzfläche.

Der Moloch griff an.

Ich schoß.

Dieser Schuß war der Auftakt zu einem ungeheuren Tumult. Während die Silberkugel ein Loch in die Haut des Moloch riß, schrien die Diener wild durcheinander. Es kam zu einer Panik. Niemand traute sich auf die Tanzfläche, auf der sich Jane, der Moloch und ich befanden.

Aber eine Stimme übertönte das Geschrei.

Ireus brüllte: »Verrecken, ihr werdet verrecken! Alle!«

Wie er das machen wollte, wurde uns in den nächsten Sekunden klar. Die kleine Tanzfläche senkt sich nach unten. Und wir fuhren auf der runden Scheibe mit.

Es ging in die Tiefe eines Kellers.

Ich kümmerte mich nicht um den Moloch, der auf seine Wunde starrte, und warf mich nach links, wo ich Jane schnappte und sie von der Tanzfläche schleuderte.

»Halt das Kreuz fest!« schrie ich. »Halte es um Himmels willen fest!«

»Verrecken, verrecken...« Ireus' Stimme überschlug sich vor wildem Haß.

Ich kreiselte wieder herum.

Der Moloch hatte sich halb aufgerichtet. Sein Gesicht zitterte, eine Fratze aus Haß und Wahnsinn.

Geifer tropfte aus dem Maul, und der Wille zu töten hielt ihn immer noch umklammert.

Er warf sich vor.
Wieder schoß ich.
Seine breite Brust fing die geweihte Silberkugel auf. Abermals quoll ein gelblich schimmernder, dicker sirupartiger Saft aus seiner Wunde. Er war ungeheuer stark, denn die Silberkugeln hatten ihn noch nicht umgebracht.
Und noch immer schrie Ireus.
Was meinte er mit verrecken?
Ich sollte es in der nächsten Sekunde erfahren.
Plötzlich hörte ich unter mir ein Zischen. Eine Preßluftflasche! Kaum hatte ich mich mit diesem Gedanken vertraut gemacht, als das ausströmende Gas Feuer fing.
Als ich einen Blick nach unten warf, sah ich einen etwa kniehohen, bläulich schimmernden Flammenteppich, der über einem Gasrost zitterte.
Diese Flammen sollten uns vernichten.
Jetzt wußte ich, warum Ireus so siegessicher war.
Die Hitze erfaßte mich. Und auch die Panik. Der Rand des rettenden Fußbodens war etwa zwei Yards von mir entfernt. Ich spürte die Hitze, und mir blieb nur noch eine Möglichkeit, wenn die Flammen mich nicht erfassen sollten.
Ich sprang.
Bekam in dem Augenblick die rettende Kante zu fassen, als der Moloch zupackte, um mich auf den unter uns brennenden Gasrost zu schleudern. Seine Hände streiften mich noch, dann zog ich gedankenschnell die Beine an und schwang mich mit einem gewaltigen Ruck über den Rand weg aus der Gefahrenzone.
Der Moloch brüllte, während ich mich zur Seite rollte und einen Blick nach unten warf.
Er stand in Flammen.
Der Moloch hatte zwei Sekunden zu lange gezögert, jetzt war es vorbei.
Er konnte seinem Schicksal nicht mehr entrinnen.
Ireus' Plan war nicht aufgegangen. Das wußte er selbst. Ich sah ihn nicht weit von mir entfernt.
»Du!« heulte er, und ein Weltbild brach für ihn zusammen, als er mich entdeckte. »Du hast es geschafft!«

Von unten hörte ich das Schreien des Molochs. Es war mehr ein Winseln, aber es erreichte auch Ireus' Ohren.

»Nein, ich kann es nicht hören!« schrie er. »Ich will es nicht hören!« Wie ein Irrer rannte er auf mich zu.

Ich sprang auf.

Dabei dachte ich, er würde sich auf mich werfen, doch Ireus hechtete an mir vorbei.

Im Fallen brüllte er: »Ich komme, ich komme zu dir!«

Dann war er verschwunden.

Ireus hatte Selbstmord begangen. Er wollte zusammen mit seinem Geschöpf sterben.

Ich wirbelte herum, als ich eine Hand an meinem Arm spürte.

»Na, na, nur nicht so hektisch«, sagte Bill Conolly und grinste.

»Alles klar?« fragte ich.

»Und wie«, erwiderte Bill, wobei er nach vorn deutete. Ich sah die Polizisten und atmete auf.

Geschafft!

Plötzlich fiel mir jemand um den Hals.

Jane Collins!

In all dem Trubel bedankte sie sich bei mir für ihre Rettung, und es machte ihr nichts aus, daß sie so gut wie nackt war. Über ihre Wangen rannen Tränen, ich spürte die Nässe und bedeckte ihre Lippen mit Küssen.

Wir waren gerettet. Für Charity Hale hatte es nicht mehr gereicht. Und wenn sich der Moloch anders entschieden und sich Jane zuerst vorgenommen hätte, wäre auch ich zu spät gekommen.

So hatten wir unwahrscheinliches Glück gehabt. Ich führte Jane Collins weg, denn auf der nach unten gesunkenen Tanzfläche spielte sich eine grauenhafte Szene ab.

Ich sah es im Weggehen.

Ireus, der wahrscheinlich auch das Gas gezündet hatte, umklammerte sein Geschöpf. Gemeinsam ging er mit dem Moloch in den Tod.

Schicksal.

Ich war froh, daß es nicht Jane und mich getroffen hatte.

Von Logan Costello, dem Bruder, haben wir nichts gehört. Logan hielt sich heraus. Er war viel zu gewitzt, um etwas zuzugeben. Aber irgendwann, da war ich mir sicher, würden wir auch ihn packen. Wenn ich nicht, dann meine Kollegen, auf deren Liste er ja seit langem stand.

Wir feierten Janes Rettung. Allerdings nicht in einer Bar, sondern in einem neueröffneten Freßlokal. Wirklich, Freßlokal, denn was es da für Portionen gab, das war schon beinahe pervers.

Ich schaffte sie alle.

Einen Tag später lag ich flach. Zum Glück war Sonntag, und so hatte Scotland Yard keinen Schaden davon.

ENDE

Die
Feuerhexe

»Ladies and Gentlemen!« rief der Ansager. »Und nun die Sensation unseres Programms...« Er legte eine kurze Pause ein, um die Spannung zu erhöhen. »Beifall für ihn. Für den Star, unseren weltberühmten Hypno-Man.«

Der Ansager klatschte kräftig in die Hände und feuerte so die anderen Zuschauer mit an.

Hypno-Man hörte den Beifall hinter dem Vorhang, und seine Augen begannen zu glänzen, weil er sie mit einem Spezialmittel präpariert hatte.

Der Vorhang schwang auf.

Dunkel auf der Bühne.

Dann ein heller Kreis, der im Zickzack wanderte und dabei in der oberen Bühnenhälfte blieb.

Im Zuschauerraum hatten sich die Klatscher beruhigt. Jemand rief: »Ei, wo ist er denn?«

Ein paar andere lachten.

»Hat er sich versteckt?«

»He, Hypno-Man, du traust dich wohl nicht, wie?« Die jugendlichen Zuschauer machten sich einen Spaß daraus, den Hypnotiseur ein wenig auf den Arm zu nehmen.

Trommelwirbel.

Wieder zuckte der helle Kreis über die Bühne – und kam zur Ruhe. Er war auf einen Mann geschleudert worden, der den Mittelpunkt des Kreises bildete.

Mr. Hypno-Man!

Wieder der Beifall. Hypno-Man breitete die Arme aus, ließ sich feiern und trank den Applaus. Nach einer Weile winkte er beschwichtigend ab, lächelte und sorgte dafür, daß seine Assistentin aus dem Dunkel des Bühnenhintergrunds erschien.

»Ariane, mein Medium«, stellte er die schwarzhaarige Frau im langen roten Kleid vor. »Beifall auch für sie.«

Ariane bekam ihren Applaus und verbeugte sich artig.

Dann begann Hypno-Man mit seiner Schau. Er versetzte Ariane in Trance, holte einen Mann auf die Bühne, der über das am Boden liegende hypnotisierte Mädchen hinwegschritt, und ließ seine Assistentin auch schweben. Das alles begleitete er mit wohl einstudierten Worten, mit perfekten Gesten und einer weichen Stimme.

Hypno-Man war nicht, wie viele seiner Berufskollegen, dunkel gekleidet, sondern stach hervor. Er trug ein Show-Kostüm in der Disco-Mode. Glitzernd, silbrig, schillernd, hauteng, dafür aber mit einem breiten Schalkragen versehen, so wie man sie bei den Mänteln aus der Zeit der Französischen Revolution sah.

Früher war er einmal Arzt gewesen, jedenfalls behauptete er das immer. Nun aber verdiente er seine Brötchen im Showbusiness. Er tingelte durch Europa, trat aber nur in zweitklassigen Kabaretts auf, die internationale Klasse fehlte ihm. Aus diesem Grunde würde ihm auch nie der Sprung in die USA gelingen, aber Mr. Hypno-Man hatte auch so sein Auskommen, und Ariane, seine Geliebte, lebte ebenfalls nicht schlecht.

Er erweckte sie aus ihrer Trance, und beide nahmen mit hocherhobenen Armen den Beifall des Publikums entgegen.

Dann winkte Hypno-Man beschwichtigend ab. Er nahm das Mikro. Ariane verschwand im Dunkel der Bühne, während er im Scheinwerferlicht stand.

»Und nun, Ladies and Gentlemen, kommen wir langsam zum Höhepunkt des Abends. Aber dazu brauche ich Ihre Mithilfe. Ich weiß, daß es einen Kollegen gibt, der die ersten beiden Zuschauerreihen auf die Bühne holt und alle Menschen hypnotisiert, um mit ihnen seine Späße vorzuführen. Ich könnte das auch, aber ich möchte Sie nicht kompromittieren. Trotzdem brauche ich Ihre Hilfe. Und zwar die Unterstützung einer Dame. Wer meldet sich freiwillig?«

Stille. Hier und da ein verlegenes Räuspern, mehr nicht.

»Aber, ich bitte Sie, meine Herrschaften, es ist ohne Risiko für Sie. Wirklich...«

Dann, aus der dritten Reihe, eine Stimme.

Eine Frauenstimme.

»Ich komme.«

»Licht!« rief der Hypnotiseur. »Licht bitte...«

Ein zweiter Scheinwerfer flammte auf. Sein Strahl wanderte über die Köpfe der Zuschauer und erfaßte am linken äußeren Rand die Gestalt einer blonden jungen Frau.

»Applaus für die Mutige!« rief Hypno-Man. Er klatschte wieder in die Hände. Vom Beifall begleitet, betrat die Zuschauerin die Bühne.

Dort wurde sie begrüßt. Hypno-Man präsentierte sie dem Publikum.

»Die mutigste Frau der Welt. Da steht sie!« Er lachte und klatschte weiter. »Darf ich um Ihren Namen bitten, Verehrteste?«

»Ich heiße Godwina.«

Ihre Stimme war kalt. Überhaupt machte das Girl keinen schüchternen Eindruck, wie man es oft bei Gästen sieht, die aus dem Publikum auf die Bühne kommen. Sie schien mit allen Wassern gewaschen zu sein und wußte sich auch zu bewegen.

Selbst Hypno-Man zeigte sich irritiert. Er wußte einen Augenblick lang nicht, was er sagen sollte. Diese Frau war ihm nicht geheuer. Von ihr ging eine Aura aus, die ihn abstieß, das spürte der übersensible Hypnotiseur genau.

Mit ihr konnte er Schwierigkeiten bekommen. Aber er hatte A gesagt und mußte auch B sagen.

Hübsch war sie ja. Sie trug ein hellblaues Kleid, dessen Ärmel sich aufbauschten. Ihr glattes Haar war nach hinten gesteckt, der Mund leuchtete rot, die Nase war klein und gerade, und die Wangenknochen sprangen etwas hervor.

Was irgendwie irritierte, waren ihre grünen Augen. Katzenaugen, würde man sagen. Und der Blick aus diesen Augen machte Hypno-Man nervös.

Er räusperte sich. »Sind Sie bereit, Godwina?«

»Ja.«

Hypno-Man nickte. Er wandte sich an das Publikum. »Ich bitte um absolute Ruhe, meine Herrschaften, denn dieses Experiment verlangt von mir äußerste Konzentration.«

Schweigen. Nur hier und da räusperte sich jemand, dann verstummten auch diese Geräusche.

Hypno-Man wandte sich seinem neuen Medium zu. »Sie können bezeugen, daß wir uns heute das erste Mal gesehen haben.«

»Das kann ich.«

»Gut.« Er trat einen Schritt zurück und schaute das Mädchen an. Im Saal und im Hintergrund der Bühne war es dunkel. Der runde, helle Kreis war stur auf den Hypnotiseur und dessen Medium gerichtet.

Hypno-Man schaute sie an. Sein Blick fraß sich in den ihren, saugte sich in den Augen fest.

Godwina hielt ihm stand. Und nicht nur das, sie lächelte sogar noch spöttisch. Ihre Lippen kräuselten sich, was den Hypnotiseur irritierte.

Plötzlich wurde ihm bewußt, daß er sich übernommen hatte. Er würde es nicht schaffen, diese Frau unter seine Kontrolle zu bringen, da war er sich sicher.

Das gab Ärger oder eine große Blamage.

»Bitte seien Sie ganz ruhig«, sagte er mit tiefer Stimme. »Konzentrieren Sie sich. Schauen Sie mich an. Blicken Sie in meine Augen, nur in meine Augen, ansonsten in nichts. Nur in meine Augen, Godwina. Hören Sie?«

»Natürlich.« Sie flüsterte. Die Antwort war so leise gegeben, daß nur er sie vernahm.

»Sie werden jetzt nur meine Stimme hören«, sagte der Mann. »Sie konzentrieren sich auf meine Stimme. Tun nur das, was ich sage, sonst nichts. Immer nur das...«

Das Lächeln wurde breiter und Hypno-Man immer nervöser. Verdammt, er bekam sie nicht in den Griff. So etwas war ihm in all den Jahren noch nie passiert.

Noch verhielt sich das Publikum ruhig, aber wenn die Menschen etwas merkten, war er blamiert.

Er nahm einen weiteren Anlauf.

»Konzentrieren Sie sich nur auf mich. Auf nichts anderes. Sie müssen es versuchen! Lassen Sie bitte andere Gedanken beiseite, sonst schaffen Sie es nicht.«

Der Hypnotiseur nahm sämtliche Kräfte zusammen, doch es gelang ihm nicht. Nur das Lächeln der Frau wurde stärker.

Die Schweißperlen auf der Stirn des Mannes vermehrten sich. Er wurde unruhig. Verdammt, jetzt konnte er sich nicht mehr konzentrieren. Was war das nur?

»Probleme?« hauchte die Frau.

»Spielen Sie mit!« zischte der Hypnotiseur. »Spielen Sie um Himmels willen mit!«

»Sie schaffen es nicht, wie?«

»Nein, verdammt. Irgend etwas hindert mich. Dann tun Sie wenigstens so als ob. Retten Sie die Show!«

»Ihre Show?«

»Ja, meine. Ich gebe Ihnen auch Geld.«

Dann eine Stimme aus dem Zuschauerraum. Die Leute schienen etwas zu merken. »Beeil dich mal, du Scharlatan. Wir wollen etwas sehen für unser Geld.«

Die Frau lachte leise. »Jetzt stehst du auf dem Schlauch, Meister, nicht wahr?«

»Mach keinen Ärger, Mensch. Ich gebe dir wirklich meine volle Gage.«

»Nein, die will ich nicht. Du sollst deine Show bekommen, aber anders, als du sie dir vorstellst.«

»Wie meinst du das?«

»Gib acht, mein Freund. Ab jetzt übernehme ich, Godwina, auch die blonde Hexe genannt, die Initiative.« Plötzlich lachte sie laut auf, und einige Zuschauer zuckten zusammen.

Schwungvoll drehte sich die Frau um. »Sehen Sie her!« rief sie. »Sie werden Ihre Show erleben, aber anders als sonst. Denn ich, die blonde Hexe, übernehme die Regie!«

»Bravo!« Zahlreiche Zuschauer klatschten, denn sie glaubten an einen tollen Gag.

»Sehen Sie her, schauen Sie zu! So etwas bekommen Sie nicht alle Tage geboten. Mr. Hypno-Man wird sich nicht gegen mich wehren können. Ich bin seine Meisterin!«

Abermals wandte sie sich um und schaute den Hypno-Man an. Jetzt lächelte sie, doch ihre Augen blieben kalt.

Kalt und grün.

Dann passierte es. Plötzlich zuckten aus ihren zehn Fingern Blitze. Sie erreichten den Bühnenboden und hatten ihn kaum berührt, als aus den Blitzen kleine Flämmchen wurden. Und die wanderten blitzschnell auf den Mann zu.

Der schrie auf. Er wollte noch zurückweichen, doch die Flammen waren schneller. Auf einmal hatten sie ihn eingeholt. In Windeseile wanderten sie an seinen beiden Hosenbeinen hoch, erreichten den Gürtel, sprangen seine Arme an und waren im Nu an dessen Schultern.

Im selben Augenblick pufften sie auf.

»Feuer!« schrie die Hexe. »Feuer und Schwefel falle vom Himmel. Feuer verbrenne ihn, Schwefel begleite ihn in die Hölle!« Ihr gellendes Lachen hallte durch den Zuschauerraum und schwang als Echo von einer Seite zur anderen.

Hypno-Man wich zurück. Er schaute an sich selbst hinab, sah das Feuer und begriff.

Er sollte verbrennen!

Hier auf der Bühne und vor aller Augen.

Dann die Schmerzen. Plötzlich sprangen sie ihn an. Wild schrie er auf.

»Neeiiinnnnn...!« heulte er. »Nicht...«

Er warf sich herum, suchte verzweifelt den Ausgang und war einfach nicht mehr fähig, einen klaren Gedanken zu fassen. In wilder Panik taumelte er zur Seite und fiel gegen die eine Hälfte des Vorhangs.

Der fing sofort Feuer.

Bisher hatten die Zuschauer wie festgeleimt auf ihren Plätzen gesessen.

Nun aber sprangen die ersten auf. Schreie brandeten gegen die Decke. Jeder wollte weg, die Angst vor dem Feuer schürte die Panik der verzweifelten Menschen.

Die außen sitzenden Menschen hatten es besser. Sie brauchten nur aufzustehen und hatten den Gang erreicht. Andere drängten nach, jeder wollte zum Ausgang. Schrill heulte die Feuersirene, und im selben Augenblick begann die Sprinkleranlage, Wasser von der Decke zu schütten.

Das war die Rettung, denn das Feuer griff blitzschnell um sich. Die Bühne wurde ein Raub der Flammen. Hier half auch die Anlage nichts.

Hypno-Man schrie nicht mehr. Er war neben dem Vorhang zusammengebrochen und rührte sich nicht. Dafür leckte das Feuer mit seinen gierigen Flammenfingern an dem Vorhang hoch. Glühende Stoffetzen trieben zu Boden, Wasser fiel weiterhin aus zahlreichen kleinen Düsen, erreichte den Boden, verdampfte.

Dunstwolken bildeten sich.

Auch der Teppichboden auf der Bühne war zu einem Raub der Flammen geworden. Er hatte Feuer gefangen und präsentierte sich als eine brennende Fläche.

Auf ihr stand die Hexe.

Sie hatte die Arme hoch erhoben, lachte und schleuderte den fliehenden Menschen ihre Worte nach.

»Ich bin wieder da! Der Teufel hat mich freigelassen. Sagt es allen. Godwina ist zurückgekehrt!«

Ihre Gestalt wurde von den zuckenden Flammen umwabert, doch sie selbst verbrannte nicht. Hochaufgerichtet stand sie dort. Wie eine Rachegöttin, und der Anfang war gemacht. Sie hatte eine Demonstration ihrer Macht gegeben.

Weitere würden folgen.

Die Bühne brannte lichterloh. Ariane, die in einer Gasse wartete, hatte den Tod ihres Geliebten hautnah miterlebt und einen Schock erlitten.

»Mörderin!« schrie sie. »Verdammte Mörderin!« Sie gab der Blonden die Schuld am Tod ihres Freundes. Und sie wollte es nicht hinnehmen, wollte Godwina an den Kragen.

Ein Arbeiter hatte aufgepaßt. Bevor sich Ariane in die Flammenhölle stürzen konnte, riß er sie weg.

»Nein! Lassen Sie mich! Ich will sie töten!«

Der Mann schlug ihr ins Gesicht und zerrte sie kurzerhand zum Hinterausgang.

Noch immer sprühte das Wasser aus den Düsen herab. Der Bühnenarbeiter schaffte es, Ariane nach draußen zu schleifen. Sie fand sich in einem großen Hinterhof wieder.

Dort brach sie zusammen, und sie hörte nicht das Jaulen der Feuerwehrsirenen.

Die Hexe aber stand nach wie vor auf der Bühne und lachte. Dann, von einem Augenblick zum anderen, löste sich ihre Gestalt auf.

Godwina war verschwunden. Sie kümmerte sich bereits um den zweiten Teil ihres Racheplanes...

November!

Ein düsterer Monat. Zeit der Toten. Besinnliche Tage, Nebel, Trauer. Draußen fielen die letzten Blätter von den Bäumen, die der erste Frost kraftlos gemacht hatte.

Auch ich hatte an diesem Morgen nicht gerade die beste Laune, als ich die Akten auf meinem Schreibtisch sah. Am Wochenende hatte sich wieder allerhand ereignet, ich mußte querlesen, um über die wichtigsten Fälle informiert zu sein.

Da hatte es zwei Morde an Ausländern gegeben, in mehreren Geschäften war eingebrochen worden, ein Fixer war auf einem Hausboot an der Themse gestorben, ein versuchter Banküberfall, Schlägereien, Messerstechereien. Manchmal konnte man das Gefühl haben, sich im Chicago der dreißiger Jahre zu befinden.

Auch über einen Brand las ich. Er war in einem Theater ausgebrochen. Es hatte einen Toten gegeben und einige Leichtverletzte. Über die Ursache des Feuers wurden unterschiedliche Angaben gemacht. Ich legte die Akten zur Seite.

Glenda war an diesem Morgen nicht da. Sie hatte sich freigenommen. Irgend etwas Familiäres, wie sie sagte. Deshalb vermißte ich ganz besonders ihren Kaffee.

Mir blieb nichts anderes übrig, als mich mit dem Automatenkaffee zu begnügen.

Brummig verließ ich mein Büro und begab mich zum Automaten. Dort traf ich einen Kollegen, der ebenfalls über den Kaffee schimpfte, weil er sich die Fingerspitzen an dem Becher verbrannt hatte.

»Kismet«, sagte ich. »Nehmens Sie's leicht.«

»Sie sind ja Junggeselle.«

»Was hat das damit zu tun?« Erstaunt schaute ich den Kollegen an.

»Mir kocht meine Frau immer den Kaffee. Jetzt ist sie krank, und ich muß mich mit dem Zeug begnügen, das Sie immer trinken müssen. Eine Strafe.«

»Sie täuschen sich, Kollege. Ich bekomme den besten Kaffee der Welt!« Dabei dachte ich an Glenda.

Der Mann schaute mich erstaunt an. »Und woher?«

»Das bleibt mein Geheimnis, denn sonst werden Sie Ihrer Frau hinterher untreu.« Ich warf eine Münze in den Apparat, sah zu, wie der Pappbecher aus der Öffnung fiel und der Kaffee in den Behälter strömte.

Vorsichtig nahm ich den Becher, nickte dem Kollegen zu und ging zu meinem Büro.

Die Tür zum Vorzimmer hatte ich nicht geschlossen. Ich drückte sie ganz auf, durchquerte Glendas Büro und stand schon auf der Schwelle zu meinem, als das Telefon klingelte.

Dabei erschreckte ich mich so sehr, daß ich einen Teil des Kaffees verschüttete. Ich fluchte, denn die heiße Brühe rann mir über die Finger.

Rasch stellte ich den Becher ab und griff zum Hörer, nachdem es das fünfte Mal geläutet hatte.

»Sinclair!« meldete ich mich ziemlich unfreundlich.

»John Sinclair?« fragte eine Frauenstimme.

»Ja.«

»Oberinspektor John Sinclair?«

»Verdammt, ja.«

»Dann bin ich richtig.«

Ich überlegte. Die Stimme hatte ich schon einmal gehört. Leider kam ich nicht darauf, wo.

»Ich merke schon, Sie kennen mich nicht mehr«, hörte ich die Frau sagen. »Obwohl es nicht lange her ist, daß wir uns das letzte Mal gesehen haben. Erinnern Sie sich? Sie waren bei mir im Haus und haben einen Werwolf erledigt!«

Ja, jetzt fiel es mir wieder ein. Natürlich, die Anruferin war Sarah Goldwyn, die Horror-Oma.

»Klar, Mrs. Goldwyn.« Ich lachte. »Entschuldigen Sie, daß ich Sie nicht sofort erkannt habe, aber ich war in Gedanken. Zudem lernt man im Laufe der Zeit eine Menge Leute kennen und so...«

»Nicht doch, Mr. Sinclair, nicht. Sie brauchen sich nicht zu entschuldigen.«

»Doch, doch, aber wie geht es Ihnen? Wohnen Sie noch in demselben Haus?«

»Natürlich. Aber ohne Werwolf.«

Ich lachte. »Das will ich meinen.« Ich nahm einen Schluck Kaffee, verzog das Gesicht und fragte: »Sie rufen doch sicherlich nicht ohne Grund an – oder?«

»Ich wollte Ihnen den Montagmorgen versüßen«, erklärte sie. »Haben Sie zufällig einen Fall zu bearbeiten?«

»Zufällig nicht.«

»Dann könnten Sie mich also besuchen?«

»Ja«, dehnte ich, »das geht. Vielleicht heute abend. Wenn ich Dienstschluß habe.«

Damit war die alte Dame nicht einverstanden. »Nein, lieber

sofort. Ich hätte da etwas für Sie. Außerdem koche ich Ihnen einen guten Tee.«

Der Tee überzeugte mich. Er war das Getränk, das durchaus einen Vergleich zu Glendas Kaffee standhielt. Sarah Goldwyn verstand es, den Tee sehr schmackhaft zuzubereiten.

»Okay, ich komme«, versprach ich.

»Sofort?«

»Ja.«

»Danke sehr. Sie werden den Besuch nicht bereuen.«

Ich legte auf. Mrs. Goldwyn, die Horror-Oma, wie ich sie gern nannte, war Witwe und hatte eine Leidenschaft. Sie las alles, was sich mit Gänsehaut, Grusel und Okkultem beschäftigte. Ihr Haus war eine Bibliothek. Es gab nichts, was es nicht gab. Und Lady Sarah ging in ihrem Alter noch ins Kino. Lief ein Horror-Streifen, dann fand man sie in der Premiere. Eine wirklich bemerkenswerte Frau, aber keine Spinnerin, das hatte ich feststellen können. Wenn sie anrief, hatte sie sicherlich etwas in der Hinterhand.

Ich sagte meinem Chef, Sir Powell, Bescheid, wo ich zu erreichen war. Er gab sich ziemlich ungnädig, denn von meinen manchmal ein wenig unorthodoxen Methoden hielt er nicht viel.

»Denken Sie an die Akten«, riet er mir.

»Ich denke an nichts anderes, Sir.«

»Der Bericht über den Moloch muß auch noch geschrieben werden.«

»Das macht mein Ghostwriter.«

»Wie?«

Da hatte ich schon aufgelegt. Der Alte war mal wieder ungenießbar, und ich stürzte mich in den trüben Novembermorgen.

Es war naßkalt. In den Häuserschluchten der Londoner City hingen die Nebelfetzen. Zum Glück normaler Nebel und kein künstlicher, wie ihn Dr. Tod erschaffen hatte.

Lady Sarah Goldwyn wohnte in Chelsea. Sie besaß dort ein altes Haus, das noch Atmosphäre hatte. Von den modernen Häusern kann man das ja nicht immer behaupten. Die Lady, 70 Jahre zählte sie bereits, war eine außergewöhnliche alte Dame. Furchtlos und entschlossen trat sie auch gefährlichen Gegnern entgegen, wie sie es bei Mr. Mondo bewiesen hatte.

Ich war wirklich gespannt, was sie jetzt auf Lager hatte. Bestimmt wieder einen Fall.

Ich brauchte ziemlich lange, bis ich mein Ziel erreichte. Einmal verfuhr ich mich noch in Chelsea, dann bog ich dort ein, wo Lady Sarah wohnte.

Einen Parkplatz fand ich nicht vor dem Haus. Etwa 50 Yards mußte ich zu Fuß laufen. Den Burberry hängte ich mir über die Schultern. Die mit Silberkugeln geladene Beretta trug ich bei mir, und auch das Kreuz hing um meinen Hals.

Mrs. Goldwyn stand bereits am Fenster und winkte mir zu. Ich durchquerte den Vorgarten und roch bereits an der Tür den herrlichen Duft des Tees.

»Bitte, treten Sie ein, Mr. Sinclair! Ich freue mich, daß Sie gekommen sind.«

»Ich lasse doch eine Freundin nicht im Stich«, erwiderte ich und trat mir die Füße ab.

»Sie Schmeichler.« Die alte Dame schloß die Tür. Lady Sarah trug ein violettes Kleid und hatte drei Perlenketten um ihren Hals gehängt. Das graue Haar war hochgesteckt. Ihre Augen blickten klar und wach.

»Ein Werwolf hat sich also nicht bei Ihnen versteckt«, sagte ich auf dem Weg ins Wohnzimmer. Dabei ließ ich meinen Mantel von den Schultern gleiten und hängte ihn über einen Haken.

»Nein, das nicht.«

»Sondern?«

»Trinken wir erst mal eine Tasse Tee. Dabei redet es sich viel leichter.«

Da hatte sie recht.

Das Wohnzimmer sah noch genauso aus, wie ich es in Erinnerung hatte. Die alten, dunklen Möbel, die hohen, mit Büchern vollgestopften Regale, der runde Teetisch mit der gehäkelten Decke – kurzum, die Atmosphäre.

Bei Lady Sarah konnte man das Gefühl haben, jeden Tag Weihnachten zu erleben, so gemütlich war es.

Das Teegedeck stand schon bereit. Ich sah auch Gebäck, Kandis und Milch.

»Eigentlich ist es ja nicht die richtige Zeit, aber ich mußte Sie ja herlocken.«

Ich lachte und nahm auf dem Sofa Platz. »Ich wäre auch so gekommen.«

Die Lady drohte mir mit dem Finger. »Das sagen Sie nur so. Ich kenne euch Männer genau.«

Das stimmte. Lady Sarah hatte einige überlebt. Ich glaube, es waren drei, war mir aber nicht sicher.

Zwischen der Lady und mir lag eine Zeitung. Ein Revolverblatt, dessen Artikel schreiend und schlagzeilenwirksam aufgemacht worden waren. Die alte Dame hatte die richtige Seite schon aufgeschlagen.

»Bitte«, sagte sie und reichte mir das Blatt.

FLAMMENDES INFERNO – stand dort zu lesen, Panik im Theater. Ich las den Artikel durch.

Es handelte sich um einen Bericht der Brandkatastrophe, von der auch ich in den Akten gelesen hatte. Es hatte einen Toten gegeben. Mr. Hypno-Man, einen Hypnotiseur. Zum Glück hatte die Sprinkleranlange funktioniert, so daß kein größerer Schaden entstanden war. Zudem war die Feuerwehr sehr schnell zur Stelle gewesen.

»Haben Sie mich deshalb herkommen lassen?« fragte ich und legte die Zeitung weg.

»Ja.« Lady Sarah schenkte den Tee ein. Erst bei mir, dann bei sich. Ich nahm ein wenig Kandis und rührte langsam um.

»Und?«

»Ich war im Theater, Mr. Sinclair.«

Erstaunt schaute ich auf. »Sie? Wirklich?«

Die Horror-Oma lächelte ein wenig verschmitzt. »Sie wissen doch, daß mich so etwas interessiert, Mr. Sinclair. Es ist halt mein Hobby. Und einen Hypnotiseur lasse ich mir nicht durch die Lappen gehen. Ja, und dann holte er sich jemand aus dem Publikum auf die Bühne. Eine junge blonde Frau wagte es. Doch der gute Hypno-Man wurde mit ihr nicht fertig. Das konnte ich genau sehen, weil ich in der zweiten Reihe saß. Das Gegenteil trat ein. Sie machte den Meister fertig. Ich habe nicht gehört, was sie zu ihm gesagt hat, aber er war völlig durcheinander. Dann zuckten plötzlich Blitze aus ihren Fingern, die den Boden berührten und dort zu kleinen Flammen wurden. Sie liefen auf den Mann zu und setzten ihn in Brand. Er taumelte über die Bühne, fiel an der Seite gegen den Vorhang, der ebenfalls Flammen fing. Danach war die Panik perfekt. Die Menschen sprangen von ihren Sitzen und rannten dem Ausgang zu. Dabei schrien sie wild durcheinander, und einige Worte habe ich sogar verstanden. Sie, die Blonde, bezeichnete sich als Hexe. Nachdem das geschehen war, muß man das wohl glauben, denn sie ist für das Feuer verantwortlich.«

Das war interessant, was mir Lady Sarah da berichtete. Auf ihr Urteil legte ich großen Wert.

Ich nahm einen Schluck Tee und fragte: »Wissen Sie, wie die Frau, diese Hexe, meine ich, hieß?«

»Ja. Sie nannte sich Godwina.«

»Mehr nicht?«

»Nein.«

Ich nickte. »Getäuscht haben Sie sich wirklich nicht, Mrs. Goldwyn?«

Beinahe strafend schaute sie mich an. »Wo denken Sie hin, Oberinspektor? Was ich gehört und auch mit eigenen Augen gesehen habe, vergesse ich nicht.«

Beschwichtigend hob ich beide Hände. »So war das nicht gemeint, nur eine Frage.« Ich blickte die Horror-Oma von der Seite an. »Wie ich Sie einschätze und mittlerweile auch kenne, haben Sie die Sache bestimmt nicht auf sich beruhen lassen.«

Sarah Goldwyn nickte heftig. »Ich war so frei, Sir, und habe mir erlaubt, schon einige Nachforschungen anzustellen.« Sie erhob sich und faßte sich an den Rücken. »Immer das Rheuma zu dieser Jahreszeit. Langsam werde ich doch alt.«

»Sie werden hundert Jahre.«

Lady Sarah winkte ab. »Schmeichler, Sie.« Dann schritt sie auf das Regal dicht am Fenster zu. Sie griff in die zweite Reihe, dort hatte sie bereits ein Buch vorgeschoben. Mit zwei Fingern zog sie es hervor.

Ich trank meine Tasse leer. Lady Sarah legte mir das Buch neben die Untertasse. »Lesen Sie, Oberinspektor.«

Es war ein Hexenbuch. Ich schlug die Seite mit dem Lesezeichen auf und sah rot angestrichen den Namen Godwina.

»Das ist sie«, erklärte mir Lady Sarah.

Die Hexe war sogar abgebildet. Der Druck eines alten Holzschnittes stach mir ins Auge. Das Bild zeigte ein junges Mädchen auf dem Scheiterhaufen. Mit Ketten hatte man es an einen Pfahl gebunden, während drei Männer in der Tracht des Spätmittelalters die gewaltigen Reisigbündel anzündeten, die man um den Pfahl gelegt hatte.

»Da staunen Sie, nicht?«

Ich staunte zwar nicht, sondern fragte: »Sie haben die Hexe doch gesehen. Weist Ihre Godwina Ähnlichkeit mit der Hexe vom heutigen Tag auf?«

»Nicht nur Ähnlichkeit. Die beiden sind sogar identisch.« Sarah Goldwyn nickte heftig, um ihre Antwort zu bestätigen.

»Na, na, da kann man sich leicht täuschen.«

»Ich weiß es besser.«

»Mit anderen Worten: Die Hexe ist zurückgekehrt!«

»Ja. Und wenn Sie die Geschichte lesen, Oberinspektor, werden Sie feststellen, daß dies tatsächlich möglich ist. Denn die Hexe hat geschworen, zurückzukehren.«

Die Geschichte war nicht neu. Mit Hexen hatte ich schon des öfteren zu tun gehabt. Sogar Jane Collins sollte einmal als Hexe verbrannt werden.

»Lesen Sie, und Sie werden überzeugt sein.«

Es war die übliche Rachegeschichte. Ich überflog sie nur und klappte das Buch zu.

»Werden Sie sich des Falles annehmen, Oberinspektor?«

»Ich schätze schon.«

»Sie müssen, Mr. Sinclair, Sie müssen, denn das, was ich erlebt habe, war sicherlich nur eine Einleitung. Ich glaube nicht, daß sich die Hexe damit zufrieden gibt. Sie wird weiter morden und weiterhin Unglück über die Menschen bringen. Das ist so sicher wie das Amen in der Kirche. Möchten Sie noch Tee?« Rasch wechselte sie das Thema.

»Ja, bitte.«

Sie nahm die Kanne und schenkte nach. Ich knabberte ein wenig von dem Gebäck.

»Haben Sie schon darüber nachgedacht, wo ich vielleicht ansetzen könnte?« fragte ich.

Die Horror-Oma stellte die Teekanne zur Seite. »Klar habe ich das. Dieser verbrannte Hypnotiseur hatte eine Assistentin. Er hat sie Ariane genannt. Die würde ich mal fragen. Vielleicht weiß die von einer Verbindung zwischen der Hexe und diesem Hypno-Man.«

»Die Idee ist gut. Sie wissen nicht zufällig, wo ich die Assistentin finden kann?«

»In der Zeitung stand, daß man das Medium in ein Krankenhaus gebracht hat.«

»Dann werde ich dahingehend meine Nachforschungen anstellen. Ich bin wirklich gespannt, was dabei herauskommt.«

»Und suchen Sie vor allen Dingen die Hexe!« Die Lady schaute mich beschwörend an. »Ich bin Ihnen dabei behilflich.«

»Langsam, langsam. Das ist viel zu gefährlich.«

»Mr. Mondo war auch kein Waisenknabe.«

»Da haben Sie Glück gehabt.«

Sarah Goldwyn winkte ab. »Unsinn, das war Können. Reines Können. Wie sieht es eigentlich aus? Haben Sie ihn?«

Ich schüttelte den Kopf. »Leider nicht. Einmal war ich dicht dran. Dann ist Mondo wieder entkommen. Zudem war ich froh gewesen, überhaupt mein Leben retten zu können.«

»Ja, Sie haben es nicht leicht als Geisterjäger. Aber trotzdem muß Ihnen Ihr Job Spaß machen. Wäre ich nur vierzig Jahre jünger, wir beide hätten ein vorzügliches Team abgegeben. Manchmal beneide ich Sie um Ihre Jugend.«

»Die geht auch vorbei.«

»Das sehen Sie an mir.«

Ich winkte ab. »Sie sind doch noch...« Ich stockte mitten im Satz, denn ich hatte eine Stimme gehört.

»Sprecht ihr von mir?«

Flüsternd schwebten die Worte durch den Raum, und beide hörten wir sie.

»Ob ihr von mir sprecht?«

Da stieß Lady Sarah mich an. »Das ist sie«, flüsterte sie. »Das ist die Hexe. Ich erkenne ihre Stimme...«

Nick Savino war Spediteur.

Damit verdiente er nach außen hin sein Geld und rechnete auch jedes Jahr brav beim Finanzamt ab.

Doch er hatte noch ein zweites Geschäft. Ein widerliches, schmutziges. Das hieß Rauschgift.

Savino gehörte zu den mittleren Dealern. Seine Wagen brachten den Stoff aus dem Orient mit, und er sorgte dafür, daß er in die richtigen Kanäle floß. Unter anderem auch in die der Mafia, somit stand Nick unter ihrem Schutz.

Die Polizei ahnte zwar etwas, aber bewiesen hatte man ihm bisher nichts. Savino war zu schlau, ein wirklicher Fuchs, der immer durch die Maschen des Gesetzes schlüpfte.

In der letzten Woche hatte er einen fantastischen Fischzug gemacht. Da unter seiner Regie neuerdings auch Container-Schiffe liefen, hatte er eine neue Transportmöglichkeit für den Stoff gefunden. Von Amsterdam kommend hatte ein Schiff London angelaufen und Kokain mitgebracht. Zwei Kilo bestes Rauschgift.

Eine Brandbombe auf dem Londoner Ko-Markt. Alles war glattgegangen, und Savino hatte sich die Hände gerieben. Einen Tag lagerte er das Zeug in seinem Tresor. Er hatte zwei Telefongespräche geführt und erwartete nun den Besuch von Mafialeuten, die das Rauschgift abholen wollten. Eine dicke Provision war ihm sicher, denn Logan Costello, der Mann an der Spitze, zeigte sich immer sehr großzügig.

Und Costello würde zwei seiner Unterführer schicken, um das Zeug abzuholen. Allerdings hatte Costello auch eine Niederlage erlitten. In der letzten Woche war sein Bruder freiwillig aus dem Leben geschieden. Er hatte sich erschossen. Die genauen Tatumstände blieben allerdings im dunkeln.

Nick Savino dachte auch nicht darüber nach. Ihm war es egal. Hauptsache, er erhielt seine Provision.

Treffpunkt war wie immer sein Büro am Hafen. Hier hatte er auch seine Firma etabliert. Wenn er aus dem Fenster des einstöckigen Baus blickte, sah er auf die Themse, wo zahlreiche Schiffe fuhren und einen weißen Bart am Bug vor sich herschoben.

Savino beschäftigte vier Angestellte, zahlreiche Fahrer sowie Arbeiter. Seine Gangstergarde hielt er zurück. Davon ging nur hin und wieder jemand mit auf Tour, immer dann, wenn eine besondere Ladung ins Haus stand.

Nick war nervös. Er wußte das Rauschgift im Tresor, und er

hatte immer Angst, daß irgendwann einmal die Polizei auftauchte. Deshalb hoffte er auch, daß ihn Costellos Unterhändler nicht zu lange warten ließen.

Wer Savino anschaute, hätte in ihm alles vermutet, nur keinen eisenharten Geschäftsmann. Er war ziemlich klein, untersetzt und hatte eine Halbglatze und trug eine dicke Hornbrille. Und gerade dieses Unterschätzen hatte ihm viele Vorteile gebracht und manchem Gegner eine Kugel.

Feierabend.

Die Angestellten gingen. Niemand schaute bei Savino rein. Der Chef wollte nicht gestört werden, daran hielt man sich strikt. Auch der Abteilungsleiter. Er konnte noch nicht gehen, sondern stand an der Rampe, wo zwei Lastwagen mit Maschinenteilen für Ankara beladen wurden. Die Wagen waren ›sauber‹. Savino wollte erst einige Zeit verstreichen lassen, bevor er neuen Stoff heranschaffte.

Er zündete sich eine Zigarre an. Es war fast dunkel geworden. An den Piers gleißten die ersten Halogenscheinwerfer und machten die Nacht zum Tage.

Dann erschien der Beamte vom Zoll. Er versiegelte die beiden schweren Trucks.

Der Abteilungsleiter unterschrieb, und der Zollbeamte war zufrieden. Er ging.

Savino atmete auf. Er haßte alles, was Uniform trug. Hastig saugte er an seiner Zigarre. Er paffte die blaugrauen Wolken in die Luft. Träge zog der Qualm durch den Raum und stieg wie Nebel an den Scheiben des Büros hoch.

Nick Savino zog die Vorhänge zu. Jetzt konnte niemand hereinschauen. Im Licht seiner Schreibtischlampe addierte er noch einige Zahlenkolonnen. Das waren Einnahmen, die sein Buchhalter nicht zu sehen bekam.

Als er einen Automotor hörte, zog er eine Schublade auf und ließ die Rechnung verschwinden.

Jemand kam.

Zwei Türen schlugen zu. Savino hörte das dumpfe Schwappen bis ins Büro.

Danach folgten Schritte. Vor der Tür verstummten sie, es wurde geklopft, und Nick rief: »Come in.«

Die beiden erschienen. Kantige Typen mit harten Gesichtern und gnadenlosen Augen.

Savino lief ein Schauer über den Rücken, trotzdem zwang er sich ein Lächeln ab. »Ich freue mich, daß Sie endlich da sind, Gentlemen.«

»Die Zeit war vereinbart.«

»Natürlich, natürlich. Darf ich Ihnen einen kleinen Schluck anbieten?«

»Nein, wir wollen die Ware.«

»Die bekommen Sie sofort.« Savino deutete auf eine schmale Tür. Sie führte in den Nebenraum, wo sich der Tresor in der Wand befand. Viel Geld lag hier nie, höchstens tausend Pfund.

Die Mafiosi ließen Savino vorgehen. So war es immer. Nie einen im Rücken wissen, auch wenn es der Geschäftspartner war.

Der Tresor war in die Wand eingelassen worden. Die Stahltür zeigte die gleiche Farbe wie die der Mauer. Umständlich kramte Savino einen Schlüsselbund aus der Tasche und suchte den flachsten Schlüssel hervor.

Er lächelte den beiden Männern knapp zu und öffnete den kleinen Tresor.

Es schwappte, als er die Tür aufzog.

Der grüne Leinenbeutel mit dem Rauschgift stand direkt vornan. Savino brauchte nur die Hand auszustrecken. Er nahm den Beutel und überreichte ihn einem der Männer.

Der zog das dünne Band auf, schaute hinein, räusperte sich und ließ seinen Kumpan hineinsehen.

So etwas hatte er noch nie getan, und Savino wunderte sich. Er hatte plötzlich ein ungutes Gefühl.

Die Augen des zweiten Mafioso wurden groß. Er sagte aber nichts.

Nick lächelte fahrig. »Ist irgend etwas nicht in Ordnung?«

Im Licht der Deckenleuchte krempelte der Mafioso den Rand des Beutels um und ließ Nick in den kleinen Sack schauen.

Savino bekam Stielaugen.

In dem Beutel befand sich kein Kokain, sondern ein graues Pulver. So sah Asche aus...

»Das – das ist doch nicht möglich«, stotterte er. »Ich – ich habe reines Kokain übernommen. Ehrlich!«

Die Männer hoben die Schultern. Der Beutel wurde Nick aus der Hand gerissen und umgekippt. Die graue Asche rieselte zu Boden.

»Wo ist der Stoff?« wurde Nick gefragt.

»Keine Ahnung.«

Der Fragesteller zog seine Waffe, einen schweren Colt Python. Er trat dicht an Nick heran und bohrte ihm die Mündung in die Wange. »Her mit dem Zeug!«

Schweißtropfen glitzerten plötzlich auf Nicks Stirn. »Ich habe ihn nicht genommen. Wirklich nicht. Ich kann es mir doch selbst nicht erklären. Da muß mir jemand einen Streich gespielt haben.«

»Das nehmen wir dir nicht ab.«

»Es ist aber so!« schrie Savino.

»Keif hier nicht rum.« Der Mann trat wieder zurück. Er schaute auf seine Uhr. »Wir geben dir genau bis um Mitternacht Zeit. Dann kommen wir wieder, und du wirst uns den Stoff geben. Wenn nicht, legen wir dich um.«

Der andere Kerl nickte bestätigend.

Dann gingen die Männer.

Sie ließen einen völlig zerbrochenen Nick Savino zurück, für den eine Welt zusammengestürzt war. Kokain hatte er bekommen, Asche war darin gewesen.

»Das ist schon Zauberei«, murmelte Nick Savino. Er ahnte nicht, wie nahe er damit der Wahrheit kam...

Ich fühlte plötzlich die Hand der Lady an meinem Arm und schaute mich vorsichtig um.

Nichts zu sehen.

Aber die Stimme existierte. Wir hatten sie genau gehört. Jemand mußte sich in das Haus geschlichen haben. Oder aber es war ein Geist erschienen.

Ja, das konnte durchaus sein.

Die Lady ging einen Schritt vor. »Hier ist wirklich keiner«, murmelte sie. »Seltsam, sehr seltsam. Dabei habe ich die Stimme genau vernommen. Es scheint doch zu spuken.«

»Und wer spukt?« fragte ich.

»Die Hexe natürlich. Godwina. He, komm raus, du Biest. Wir wissen, daß du hier bist.«

Die Horror-Oma hatte keine Angst. Energisch reckte sie ihr Kinn vor und faßte nach dem Spazierstock, der an der Wand lehnte. Das heißt, sie wollte es, und ihre Finger berührten bereits den Griff, als sich der Stock plötzlich selbstständig machte.

»Huch!« rief die alte Dame. Sie schaute auf ihren Spazierstock, der hoch in die Luft flog und fast die Decke berührte. Dann fiel er wieder nach unten, blieb in Hüfthöhe stehen und drehte sich langsam, so daß die Spitze auf mich wies.

Ich wurde mißtrauisch und spannte die Muskeln an. Die Spitze des Stocks bestand aus Metall, und sie wollte ich nicht gerade in den Bauch bekommen.

»Gehen Sie lieber in Deckung!« riet mir die Lady. Für diese Warnung war es bereits zu spät.

Als hätte jemand den Stock geschleudert, so raste er wie eine Lanze auf meinen Bauch zu.

Ich steppte zur Seite.

Der Prügel verfehlte mich und riß die Teekanne vom Tisch. Sie zerbrach auf dem Boden, der Rest versickerte im Teppich.

Die Lady bekam einen roten Kopf. »Bist du verrückt, Godwina!« schrie sie. »Das war meine gute Kanne. Jetzt ist der Spaß vorbei, du verfluchte Hexe.«

Das hätte sie nicht sagen sollen, denn der Stock machte eine Kehrtwendung und fuhr auf die alte Dame zu.

Hastig riß Mrs. Goldwyn beide Arme hoch. Sie hätte sich trotzdem nicht vor den Schlägen schützen können, wäre ich nicht gewesen. Ich warf mich vor und packte den Stock mit der rechten Hand. Dadurch brachte ich ihn aus der Schlagrichtung, und ich vernahm einen wütenden Fluch, den ich nicht verstand.

Dann aber merkte ich, welch eine Kraft die Hexe besaß. Sie zerrte mit aller Macht, ich hielt ebenfalls fest, und ein hartes Ringen begann.

Ich hatte Angst, den kürzeren zu ziehen, denn die unsichtbare Hexe machte mir schwer zu schaffen. Sie zog mich durch das

Zimmer. Es sah lächerlich aus, wie ich mit vorgestrecktem Oberkörper über den Teppich taumelte.

Ich konnte mich nicht so rasch fangen und krachte mit der Schulter gegen ein Regal. Dann ließ die Hexe den Stock los, ich hielt ihn in der Hand.

Lachen schallte durch das Zimmer. »Dies war nur eine kleine Warnung. Godwina sieht alles. Und vor allen Dingen den Mann hier, der versuchen will, meinen Rachefeldzug zu stoppen.«

Ich reagierte prompt. »An wem willst du dich rächen, Godwina?«

»An vielen. Vor allen Dingen aber an drei Leuten.«

»Sag mir die Namen.«

»Nein, einen habe ich bereits ins Jenseits geschickt. Bleiben noch zwei übrig.«

»War dieser eine der Hypno-Man?«

»Genau.«

»Und warum hast du ihn getötet?«

»Weil er fällig war. Mehr wirst du aus mir nicht herausbekommen.«

»Dann bist du feige«, sagte ich.

»Warum?«

»Zeig dich, wenn du Mut hast. Stell dich zum offenen Kampf. Wir werden sehen, wer stärker ist.«

Die Hexe lachte. »Ich weiß, daß du etwas hast, was für mich gefährlich ist.«

»Mein Kreuz?«

»Ja.«

Ich lächelte und griff unter meine Jacke, um das Kreuz hervorzuholen.

Das hatte die Hexe gar nicht gern, und sie handelte auch dementsprechend.

»Vorsicht!« schrie Sarah Goldwyn, aber ich hatte es bereits selbst gesehen. Ein schwerer Stuhl wurde von Geisterhänden gepackt und in die Luft geschwungen.

Ich mußte in Deckung und mein Kreuz sofort vergessen. Blitzschnell hechtete ich zu Boden, rollte über den Teppich und riß die angewinkelten Arme hoch, als die unsichtbare Hexe zuschlug.

Der verdammte Stuhl hatte sein Gewicht. Als mich der Schlag traf, ging es mir durch und durch. Ich wurde wieder zurückgeschleudert, und dann packte mich ganz einfach die Wut.

Hatte ich das vorhin alles noch als Spielerei angesehen, so wurde es nun bitterernst. Ich wollte mich von der Hexe nicht fertigmachen lassen.

Als sie erneut zuschlug, wich ich aus, indem ich zur Seite hechtete. Der Stuhl krachte zu Boden. Mir aber gelang es, das Kreuz zu ergreifen, die Kette über den Kopf zu streifen und es auf die Hexe zuzuwerfen.

Genau konnte ich nicht zielen, ich sah sie schließlich nicht, aber ich sah den Stuhl und konnte deshalb davon ausgehen, daß sich dort auch die Hexe befand.

Das Kreuz blieb mitten in der Luft stehen. Auf einmal gab es einen Lichtblitz, eine regelrechte Explosion, ich wurde geblendet und vernahm einen wütenden Schrei.

Dann trudelte mein Kreuz zu Boden.

Ich griff sofort danach und fühlte, daß es sich erwärmt hatte. Im nächsten Augenblick begann die Luft an der offenen Tür zu flimmern. Es entstand eine Unruhe. Als ich genauer hinschaute, sah ich die Konturen eines menschlichen Körpers.

Eines weiblichen...

Die Hexe wurde sichtbar!

Nein, nicht ganz. Wahrscheinlich hatte sie zuviel Respekt vor meinem Kreuz. »John Sinclair!« rief sie mir mit schriller Stimme entgegen. »Ich habe dich als Gegner erkannt und eingeschätzt. Du bist gefährlich, aber glaube nur nicht, daß du meinen Rachezug aufhalten kannst. Wenn ich die beiden anderen getötet habe, bist du an der Reihe. Hast du verstanden?«

»Sehr gut sogar.« Ich grinste und wog mein Kreuz in der Hand.

Sie sah das Grinsen. »Du scheinst mich nicht ernst zu nehmen, wie?«

»Wie kommst du darauf?«

»Ich werde dir beweisen, wie ernst es mir ist.« Plötzlich sah ich die kleinen Flämmchen, so wie Lady Sarah sie auch aus dem Theater kannte und mir beschrieben hatte.

Mrs. Goldwyn schrie auf. »Die will uns verbrennen! Die will das Haus anzünden!«

Wie es aussah, hatte sie genau das vor, und ich handelte sofort. Ich warf mein Kreuz auf die Flammen zu. Wenn es magische waren, würden sie verlöschen.

Das Kreuz beschrieb eine Parabel. Ich hatte gut gezielt, und es fiel genau in die kleinen, bläulich schimmernden Flammenzungen. Eine Berührung reichte.

Aus den Flämmchen wurden sprühende Gebilde, mit Wunderkerzen zu vergleichen. Funken flogen durch die Luft und verglommen auf dem Teppich. Die Flammen verschwanden.

Und mit ihnen die Hexe.

Wir hörten sie nur noch schreien. Ihre Stimme schien aus der Unendlichkeit zu kommen.

»Hütet euch! Und hüte du dich vor allen Dingen, John Sinclair! Ich habe Zeit, und meine Rache wird dich schrecklich treffen. Ich komme, wenn du nicht damit rechnest.» Ein gellendes Lachen erklang noch, dann war die unsichtbare Hexe verschwunden.

Ich hob mein Kreuz auf und steckte es ein. Wo die Flammen getanzt hatten, war der Teppich versengt. Sonst war nichts weiter geschehen.

Lady Sarah nahm auf der Couch Platz. »Glauben Sie mir nun, daß es diese Hexe gibt, Oberinspektor?«

»Ich habe nie an Ihren Worten gezweifelt.«

Die Horror-Oma lächelte. »So ganz überzeugt waren Sie aber auch nicht.«

»Aber jetzt.« Ich hob den Stuhl auf, der die Schlacht ohne Schaden zu nehmen überstanden hatte.

»Leider ist die Teekanne zerbrochen«, sagte Mrs. Goldwyn. »Ich hätte Ihnen gern noch eine Tasse eingeschenkt.«

Die alte Dame hatte Nerven. Ich lächelte sie an. »Haben Sie keinen Whisky im Haus?«

»Ja, den Vorschlag wollte ich schon machen. Ich trinke nämlich auch hin und wieder ein Gläschen, traue mich aber nicht, dies zuzugeben. Es ziemt sich ja nicht für eine Lady.«

Herrlich, wie sie das sagte.

»Darf ich den Whisky einschenken?« fragte ich.

»Sicher, John, Sie dürfen.« Die Lady zwinkerte mir zu. »Für mich einen Doppelten.«

Die Flaschen standen in der Kommode. Ich pfiff durch die Zähne, als ich die Bar sah. Da war kein billiger Fusel bei, sondern nur Marken-Getränke.

»Sie sind noch von meinem letzten verstorbenen Mann.«

Die Lady log, ohne rot zu werden. Ich lächelte, denn die Flaschen hatten keinen Staub angesetzt. Mrs. Goldwyn erhielt einen Doppelten, ich nahm nur einen kleinen Schluck.

»Sie sind aber sparsam, John«, sagte die alte Dame.

Ich hob mein Glas. »Autofahrer.«

»Gut, gut. Der richtige Polizist.« Sie nahm einen kräftigen Schluck, ich ein Schlückchen.

Dann setzte die Lady das Glas ab und öffnete ein kleines, auf dem Tisch stehendes Kästchen. Sie nahm eine Zigarre hervor.

Meine Augen wurden groß. Die Horror-Oma überraschte mich immer mehr. Sie riß ein Streichholz an und hielt die Flamme gegen die Zigarre. Genüßlich paffte sie ein paar Wolken. »So läßt es sich aushalten«, sagte sie und lehnte sich zurück. »Da wir uns jetzt besser kennen, können Sie ruhig meine kleinen Laster wissen.« Sie lächelte verschmitzt. »Was werden Sie jetzt unternehmen?«

»Mich auf die Spur der Hexe setzen.«

»Wie?«

»Nun, sie hat uns ja einige Anhaltspunkte gegeben. Sie wird und will sich an irgendwelchen Leuten rächen. Einer ist tot, das habe ich nicht verhindern können. Jetzt will ich wenigstens den zweiten und dritten Mord verhindern.«

»Dazu müßte man die Namen wissen.«

Ich nickte. »Richtig. Stehen die nicht in Ihrem schlauen Buch?«

Mrs. Goldwyn schüttelte den Kopf. »Nein. Da ist nur von drei Hexenjägern die Rede.«

»Aber man weiß, wo sich die Verbrennung zugetragen hat?«

»Ja, hier in London. Sogar vor dem Tower.«

»Das ist gut, denn darüber müßte es Unterlagen geben, soviel ich weiß.«

»Wo?«

»In den Archiven der historischen Institute. Da schaue ich mal nach, denn ich habe gehört, daß über jede Hexe, die verbrannt worden ist, Protokoll geführt wurde.«

»Über jede?«

»Nein, eigentlich nicht. Nur über die, die öffentlich getötet wurden. Dazu gehörte unsere Godwina wohl.«

»Glaube ich auch.«

Ich schaute auf die Uhr. »Tut mir leid, Mrs. Goldwyn, aber ich muß Sie jetzt verlassen. Diese Institute schließen ziemlich früh, sie sind ja öffentlich.«

»Kann ich nicht mit?«

»Nein. Und tun Sie mir einen Gefallen. Bleiben Sie hier und verfolgen Sie den Fall nicht weiter.«

»Ja, ich werde daran denken. Es fällt mir aber sehr schwer.«

»Das glaube ich Ihnen.« Ich reichte der Lady die Hand und verabschiedete mich.

»Bin gespannt, wann wir uns wiedersehen«, meinte Mrs. Goldwyn zum Abschied. »Irgendwie habe ich das Gefühl, daß sich unsere Wege noch des öfteren kreuzen werden.«

»Kann sein.« Dann ging ich.

Draußen war es kühler geworden. Richtig kalt. Die Kälte drückte den Nebel dem Erdboden zu, wo er als dicker Schleier lag. Es war kein Vergnügen, durch den Londoner Nachmittagsverkehr zu fahren, aber es mußte sein.

Ich startete. Mein Ziel war der berühmte Tower am Ufer der Themse, direkt neben der noch berühmteren Tower Bridge. Beide Bauten waren zu allen Jahreszeiten von Touristen umlagert.

Um mein Ziel zu erreichen, mußte ich quer durch London. Schwerstarbeit bei diesem Wetter. Zudem saß mir die Zeit im Nacken, denn ich wollte auf keinen Fall, daß die Hexe ihren Racheplan verwirklichte.

Dabei hatte sie ihr Netz längst geknüpft...

Der Tower, das alte Gefängnis, war von einem großen Park umgeben. Dort gab es auch Abstellplätze für die Fahrzeuge. Ich fand sehr schnell einen Parkplatz. Nur fünf Busse standen dort. Das schlechte Wetter begann sich auch auf den Besucherstrom auszuwirken.

Ich war nicht das erstemal in diesem alten Gefängnis, nahm einen Seiteneingang und wurde von einem Portier gestoppt. »Sie wünschen?« fragte er mich.

Ich zeigte meinen Ausweis. »Ist Dr. Spride im Haus?«

»Ja, Sir.«

»Dann verbinden Sie mich bitte mit ihm.«

Er verschwand in seinem Häuschen. Ich wartete. Jeder Zoll Mauer atmete hier Geschichte. Unwillkürlich fröstelte ich. Auch jetzt machte der Tower auf mich einen unheimlichen Eindruck. Er war so groß und weitläufig, daß man sich darin verlaufen konnte. Vier Türme bildeten jeweils die Ausgangspunkte der verschiedenen Trakte. Von allen Türmen konnte man in den Innenhof schauen, über den jetzt Touristen spazierten und sich von sachkundigen Führern die Schrecken der Vergangenheit schildern ließen.

Rings um den Tower wuchs eine gewaltige Mauer. Auch sie war von mehreren Wachtürmen unterbrochen, so daß den damaligen Gefangenen eine Flucht unmöglich war.

»Dr. Spride möchte mit Ihnen reden, Sir.« Die Stimme des Portiers riß mich aus den Gedanken. Er reichte mir einen schwarzen Telefonhörer durch die Sprechöffnung seiner Kabine.

Ich meldete mich.

»Hallo, John, wie geht es Ihnen?«

Ich kannte den Wissenschaftler. Wir hatten bereits häufiger mit ihm zu tun gehabt.

»Nicht besonders, aber wenn Sie mir helfen, vielleicht ein bißchen besser.«

»Dann kommen Sie mal hoch. Der Portier kann Ihnen erklären, wo Sie mich finden.«

Ich mußte Treppen steigen, da es keinen Fahrstuhl gab.

Durch düstere Rundbogengänge schritt ich meinem Ziel zu. Hier verirrten sich keine Touristen hin, ich war allein in dem Gang, und meine Schritte hallten an den Wänden wider.

Dr. Sprides Büro lag dicht vor einer Treppe.

Ich klopfte.

»Come in.«

Dr. Spride erwartete mich mit ausgebreiteten Armen. »Wir haben uns ja lange nicht gesehen«, sagte der Historiker und lächelte. »Willkommen in meiner muffigen Bude.«

Dr. Spride war in meinem Alter, kein vertrockneter Wissenschaftler, sondern ein Tiger. Mir war bekannt, daß er die Freundinnen wechselte wie andere die Hemden, er hatte einen unheimlichen Schlag bei Frauen. Er trug einen grünen Cordanzug, ein kariertes Hemd, in dem sich die Farbe des Anzugs wiederfand, und einen unifarbenen Pullover. Sein dunkelblondes Haar war kurz geschnitten, die getönte Brille paßte zu seinem Typ.

»Was macht Jane Collins?« fragte er mich. Er hatte die Detektivin einmal kennengelernt.

»Es geht ihr gut.«

»Schade, daß sie in festen Händen ist«, bedauerte er. »Ich habe bei ihr noch nicht landen können.«

»Sie müssen sich mehr Mühe geben.«

»Mühe allein genügt nicht.« Er lachte. »Aber Sie sind sicherlich nicht gekommen, um mit mir über Frauen zu sprechen. Was kann ich für Sie tun, John?«

Ich erklärte ihm mein Problem.

»Hm, das ist schwer«, sagte er und knetete sein Kinn. »Es sind viele Hexen verbrannt worden.«

»Auch mit dem Namen Godwina?«

»Sie lassen wohl nie locker, wie?«

»Stimmt.«

»Kommen Sie mit.« Dr. Spride führte mich aus seinem nüchtern eingerichteten Büro in einen Raum des Archivs.

Dort sah es schon völlig anders aus.

Regale, in denen Karteikästen untergebracht waren. Hohe Bücherwände mit alten Folianten, ein großer Schreibtisch, der von zwei Lampen beleuchtet wurde.

Es roch nach Staub und Bohnerwachs. Ich bekam Minderwertigkeitskomplexe. Allein würde ich mich nie zurechtfinden. Aber ich hatte eine Hilfe.

»Godwina hieß Ihre Hexe?« fragte Dr. Spride.

»Genau.«

»Können Sie mir ungefähr sagen, wann sie den Flammentod gestorben ist?«

»Nein. Aber wann haben denn die meisten Verbrennungen stattgefunden?«

»Damals eigentlich immer«, murmelte Dr. Spride. – Mit der Auskunft konnte ich nichts anfangen. – »Aber schauen wir mal nach«, sagte er. »Drei Hexenjäger. Ja, es gab mal so etwas. Das war 1680, da haben drei Hexenjäger von sich reden gemacht. Man nannte sie auch die Grausamen Drei. Sie selbst hatten sich den Namen die Geißel Gottes gegeben. Der erstere Name war wohl richtiger. Die drei haben übrigens ein Vermögen gescheffelt, denn manch wohlhabende Frau wollte sich loskaufen. Die Kerle haben ihnen das Geld abgenommen und sie trotzdem getötet. Eine schlimme Zeit damals.«

Während seiner Ausführungen war Dr. Spride an den Karteikästen entlangmarschiert. »Da haben wir's. 1680«, sagte er und zog einen Kasten auf.

Ich trat neugierig näher. War aber enttäuscht, daß ich nur eine grüne Karteikarte sah.

»Mehr nicht?« fragte ich.

Er lächelte. »Das ist nur ein Hinweis auf die Literatur. Warten Sie, ich hole Ihnen die Sachen.«

Er verschwand durch eine zweite Tür.

Ich für meinen Teil war zufrieden. Ich hatte es mir schwieriger vorgestellt, der Hexe auf die Spur zu kommen. Die Wartezeit überbrückte ich mit einer Zigarette.

Es war mittlerweile 17 Uhr geworden und schon Feierabend. Dr. Spride würde meinetwegen Überstunden machen müssen. Ich beschloß, ihn in den nächsten Tagen auf ein Glas einzuladen.

Der würzige Zigarettenrauch vertrieb den muffigen Geruch. Ich hatte mich auf die Schreibtischkante gesetzt und konnte durchs Fenster schauen.

Die Bäume im Innenhof verloren ihr letztes Laub. Träge flatterte es zu Boden, wo faulende Blätter auf dem Rasen einen bunten Teppich ausgebreitet hatten.

Eine letzte Touristentruppe wurde über den Hof geführt. Der Führer verabschiedete die Leute per Handschlag und steckte noch so manches Trinkgeld ein.

Dann rannte er zurück. Er hatte es eilig.

Ich drückte die Zigarette aus. Langsam konnte Dr. Spride

zurückkommen, denn zuviel Zeit hatte ich auch nicht. Wenn ich den Plan der Hexe vereiteln wollte, mußte ich mich beeilen.

Noch einmal vergingen fünf Minuten. Mich hielt nichts mehr auf der Schreibtischkante. Ich schaute mir die Bücher an. In diesen Regalen war die englische Geschichte verewigt. Jedes einzelne Buch war wegen seines Alters ungeheuer wertvoll. Ich traute mich nicht, eins aus dem Regal zu nehmen.

Zwangsläufig dachte ich an das Buch der grausamen Träume. Wo es wohl steckte? Ob es der Seher wieder mit in die Unendlichkeit genommen hatte? Die letzten Seiten dieses Buches waren für mich bestimmt gewesen, aus ihnen hatte sich mein Bumerang geformt, mit dem ich den Schwarzen Tod besiegt hatte. Jetzt allerdings befand sich der Bumerang in Dr. Tods Besitz. Ich hoffte, ihn irgendwann einmal zurückzubekommen.

Da hörte ich den Schrei!

Er riß mich aus meinen Gedanken, und sofort wirbelte ich herum. Der Schrei war im Nebenraum aufgeklungen, wo Dr. Spride verschwunden war.

Ich riß die Tür auf – und blieb wie angenagelt auf der Stelle stehen. Mein Blick fiel auf eine zweite, der meinen gegenüberliegende Tür. Dort sah ich ein Bild des Grauens.

Dr. Spride lebte nicht mehr. Jemand hatte ihn mit einem Messer getötet.

Nick Savino war ein gebrochener Mann. Er konnte nicht begreifen, wer das Kokain vertauscht hatte. Irgend jemand mußte falschspielen, daran gab es keinen Zweifel.

Aber wer?

Er dachte nach. Er selbst hatte sich von der Echtheit des Rauschgifts überzeugt, bevor er es in den Tresor einschloß. An diesen Tresor konnte niemand heran. Nur er besaß den Schlüssel, und nur er kannte die Kombination.

Es war praktisch unmöglich, daß jemand das Zeug vertauscht hatte. Oder hatte man ihn geleimt? Durchaus möglich, und dabei fiel ihm der Vergleich mit der Geheimtinte ein. Man unterschrieb einen Vertrag oder irgendein anderes Schriftstück, und zehn Minuten später war die Unterschrift verschwunden. Die Tinte hatte sich aufgelöst.

Konnte so etwas auch mit dem Kokain passiert sein? Daß man ihm irgendein Pulver angedreht hatte, das sich hinterher in graue Asche verwandelte?

Ja, das mußte so sein. Eine andere Erklärung gab es für ihn einfach nicht.

Nur – wer kam dafür in Frage? Er dachte zuerst an den Händler. Das war ein Mann namens Lalinga. Ein Ambonese aus Amsterdam, der dort den Laden leitete. Allerdings arbeitete Savino schon Jahre mit ihm zusammen, und bisher war alles glatt verlaufen. Warum sollte der Kerl ihn jetzt reinlegen?

Eine Frage, auf die er keine Antwort wußte, aber er wollte sich eine holen.

Lalinga zu sprechen kostete ihn nur einen Telefonanruf. Die Nummer hatte er notiert.

Doch der Kerl war nicht da, und Savino wollte sich nicht von irgendeinem zweitklassigen Typ abspeisen lassen. Wütend hieb er den Hörer auf die Gabel und nahm wieder Platz.

Bis Mitternacht hatten sie ihm Zeit gegeben. Lächerlich, so etwas. Das schaffte er nie. Er konnte ja nicht auf die Straße gehen und Kokain kaufen.

Irgendein Hundesohn hat mich da reingelegt, dachte er. Allerdings wußte er nicht, wer dafür in Frage kam. Es blieb ihm nichts anderes übrig, als herumzusitzen. Die beiden würden kommen, das war sicher. Vielleicht konnte er mit ihnen reden. Schließlich arbeiteten sie schon lange zusammen. Sie mußten doch einsehen, daß er sie nicht betrügen wollte.

Er stand auf und griff zur Flasche. Es war alter schottischer Whisky, den er sich großzügig einschenkte. Mit einem Zug leerte er das Glas und lehnte sich zurück.

Nick Savino spürte die Wärme des Alkohols. Und er merkte auch, daß seine Sorgen praktisch hinweggeschwemmt wurden. Sollten sie ihm doch erst einmal etwas beweisen. Außerdem wollte er sich wehren. Verdammt, so einfach abschießen konnten sie ihn nicht, da hatte er noch ein Wörtchen mitzureden.

Er trank noch einen Schluck. Drei Stunden blieben ihm, dann kamen sie wieder.

Er lachte plötzlich auf. Unbewaffnet und unvorbereitet sollten sie ihn nicht antreffen. Er schloß eine Seitenschublade am Schreibtisch auf und nahm seine Waffe hervor.

Eine 08. Lange hatte er damit nicht geschossen, aber verlernt hatte er auch nichts, da war er sich sicher.

Er lud das Magazin und schob es dann in den Griff. Mit einem klickenden Geräusch rastete es ein. Nick verstaute die Waffe im Hosenbund und setzte sich wieder vor seinen Schreibtisch. So wollte er sie empfangen...

Es war ein Bild des Grauens. Ich sah die leblose Gestalt.

Nur eine konnte diese schlimme Tat begangen haben.

Godwina!

Jetzt hatte sie mir zum erstenmal präsentiert, wie grausam sie in Wirklichkeit sein konnte. Nein, das war längst kein Spaß mehr, das war der reine Terror.

Demnach mußte sie mich beobachtet haben, als ich zum Tower gefahren war. Klar, ihr Geist oder sie selbst schwebte irgendwo in einem Zwischenreich und konnte die Welt betreten, ohne daß wir etwas dagegen unternahmen.

Ich zog die Beretta und nahm auch das Kreuz hervor. So gewappnet betrat ich das Zimmer.

Es war ebenfalls ein Lagerraum. Links sah ich eine hölzerne Wendeltreppe, die in ein höher gelegenes Zimmer führte. Von der Hexe war keine Spur zu sehen. Ich befand mich mit dem Toten allein im Raum. Ich sah auch das Buch, das er geholt hatte. Es war ihm aus der Hand gefallen und lag dicht vor seinen Füßen auf dem Boden. Mußte er deswegen sterben? Vielleicht wollte die Hexe nicht, daß ich das Buch zu lesen bekam?

Jetzt gerade.

Ich schritt auf den Toten zu und hatte erst zwei Yards zurückgelegt, da hörte ich das Lachen.

Godwina war da!

»He, Sinclair, ich habe dir doch gesagt, daß ich schneller bin als du!«

Ich ballte die linke Hand. »Hör zu, Hexe«, sagte ich mit rauher Stimme. »Für diesen Mord hier wirst du bezahlen. Ich werde dich jagen, wenn es sein muß, bis in alle Ewigkeiten. Der Mann hat dir nichts getan. Du hast ihn trotzdem getötet.«

»Er wollte dir helfen.«

Mir kam eine Idee. Ich ging schnell vor und legte mein Kreuz auf das Buch.

Die Hexe fluchte.

Sie hatte ihre Chance verpaßt, das Buch an sich zu nehmen. Jetzt kam sie nicht mehr heran.

Ich aber hob beides gemeinsam hoch.

»Dein Ziel hast du nicht erreicht«, sagte ich. »Ich verspreche dir, daß du es auch nie erreichen wirst. Ich werde dich zuvor zum Teufel schicken, denn da gehörst du hin!«

»Nein, da komme ich her!« kicherte die Hexe. »Denk an meinen Racheplan, John Sinclair. Auch wenn du das Buch hast, wird es dir kaum etwas nützen. Ich bin die bessere.«

Mit diesen Worten verschwand sie. Ich sah einen grauen Schemen durch den Raum wischen, hörte ein letztes Lachen und war wieder mit der Leiche allein.

Das Buch nahm ich mit in den Nebenraum. Dort gab es ein Telefon. Ich verständigte die zuständige Mordkommission und wartete ab. Auch Dr. Sprides Vorgesetztem wurde Bescheid gegeben, und eine Viertelstunde später war der Teufel los.

Superintendent Powell fand ich in seinem Büro. Ich erstattete ihm Bericht. Diesmal sagte mein Chef nichts. Er meinte nur: »Bleiben Sie weiter am Ball, John.«

»Wird gemacht.«

Obwohl ich es wirklich eilig hatte, wartete ich noch über eine halbe Stunde. Dem Leiter der Mordkommission paßte es nicht, daß ich verschwand, er konnte jedoch nichts machen.

Ich fuhr nach Hause.

Für einen Augenblick dachte ich daran, Suko zu alarmieren, ließ es aber bleiben. Ich wollte erst die wichtigen Kapitel des Buches lesen. Sicherlich beobachtete mich die Hexe auch jetzt. Doch ich stand unter dem Schutz meines Kreuzes, sie konnte an mich nicht heran.

Im Wohnraum setzte ich mich in meinen Ledersessel und schaltete das Licht ein.

Schon die ersten Zeilen fesselten mich. Denn was ich las, war so plastisch beschrieben, daß ich das Gefühl hatte, mitten in der Geschichte zu stehen...

Vergangenheit

1680 – in London grassierte der Hexenwahn. Auf dem Kontinent geboren, hatte er wie eine Woge auch die Insel überschwemmt. Ob katholisch oder protestantisch, überall wurden unschuldige Frauen als Hexen gejagt und verbrannt.

Dieser Wahn, von verrückten Fanatikern angeheizt, war nicht mehr zu stoppen. Er hatte sich, einem gewaltigen Feuer gleich, ausgebreitet und fast alle Menschen erfaßt.

Einige Besonnene, die zur Umkehr aufriefen, wurden ebenfalls an den Pranger gestellt und getötet.

Es war die Hölle.

Der Tower quoll über. Zu jeder Tagesstunde hörte man aus den dunklen Verliesen die Schreie der gepeinigten Frauen und dazwischen das Lachen ihrer Folterer, oft Söldner, die für wenig Lohn die schlimme Arbeit übernahmen.

Besonders taten sich die Grausamen Drei hervor. Sie waren in London bekannter als die kirchlichen Würdenträger, und gerade durch ihre Quälereien brachten sie es zu einem Bekanntheitsgrad, der auch von den damaligen Kirchenfürsten nicht überhört werden konnte. Die drei traten in deren Dienst und weiteten ihr Gebiet aus. Dabei scheffelten sie nur so das Geld. Sahen sie eine schöne Frau, die gleichzeitig auch noch reich war, wurde zuerst ihr Mann getötet, sein Tod der Frau in die Schuhe geschoben, und dann machten sich die Grausamen Drei daran, das Vermögen der Person zu annektieren.

Sie kauften Land, wurden reicher und reicher.

Ihre richtigen Namen gerieten fast in Vergessenheit.

Eines Tages trafen Nick Savino, Arthur Doyle und Charles Lomax auf Godwina. Es war auf der Landstraße nach Birmingham, kurz vor London. Das Mädchen war allein und zu Fuß unterwegs. Es wollte nach London.

Sofort hielten die drei ihre Pferde an und nahmen die Kleine mit sich.

Sie wehrte sich, doch sie hatte keine Chance. Die Männer ritten lachend mit ihr los, bis sie einen kleinen Bauernhof erreichten, wo sie Godwina in eine Scheune warfen und sich an ihr vergingen.

Doch Godwina zerbrach nicht. Im Gegenteil, sie verfluchte die Männer.

Und sie sprach diesen Fluch so schaurig aus, daß den dreien angst und bange wurde.

»Das – das ist eine Hexe«, sagte Nick Savino zu seinen Kumpanen.

Die nickten.

»Und was geschieht mit Hexen?« flüsterte Arthur Doyle.

»Verbrennen!« rief Charles Lomax. »Hexen müssen auf den Scheiterhaufen.«

»Und zwar sofort«, meinte Savino.

In den Augen der drei Männer las Godwina ihr Schicksal. Sie wurde gefesselt. Mit stabilen Ketten. Sie konnte sich unmöglich befreien. Dann ließen sie sie liegen.

Draußen auf dem Bauernhof errichteten sie einen Scheiterhaufen. Als der Besitzer von seinen Feldern zurückkehrte, stellte er sich gegen die Männer.

Er wurde getötet, wie auch seine Familie, und die Leichen wurden in das Reisig gepackt.

Schließlich besorgten sich die Kerle auch noch einen Pfahl, den sie in den Scheiterhaufen rammten. An diesen Pfahl wurde die blonde Hexe gebunden.

Mittlerweile war es Nacht geworden. Die Dunkelheit breitete ihr schützendes Tuch über das Land aus.

Die drei Männer wollten bis Mitternacht warten. Sie schlugen ihr Lager vor dem Reisighaufen auf, lachten, erzählten derbe Witze, aßen und tranken. Sie besaßen kein Gefühl mehr und waren völlig verroht.

Mitternacht rückte näher.

Und um Mitternacht sollte das Mädchen sterben.

Starr stand es an dem Pfahl und konnte sich nicht rühren. Nur die Augen lebten, und sie blickten voller Haß auf die drei Hexenjäger. Dabei bewegten sich die Lippen, doch die Worte wurden von den Männern nicht gehört.

Sie waren an den Teufel gerichtet. Das schöne blonde Mädchen erflehte Hilfe vom Satan.

Ob er sie hörte, wußte sie nicht, sie hoffte es aber, denn die drei Kerle mußten sterben.

Noch zehn Minuten bis Mitternacht. Savino erhob sich als erster. Leicht schwankend stand er auf seinen Füßen und ließ den Becher mit Wein einfach fallen. »Es – es ist soweit«, rief er mit schwerer Stimme, nahm seine Peitsche aus dem Gürtel und ließ die Lederschnur durch die Luft pfeifen. Es knallte, als das Ende den Boden berührte.

»Hoch mit euch, Freunde!« rief Nick. »Wir werden ein kleines Feuerchen machen!«

Die anderen kamen ebenfalls auf die Füße. Doyle allerdings nur, weil Lomax mit ein paar Tritten in die Seite nachhalf.

»Laßt mich doch«, murmelte Doyle. »Wir stecken sie morgen an, verdammt!«

»Nein, jetzt!«

»Gut.«

Er stand auf.

Savino hatte inzwischen die Fackeln geholt. Sie brauchten nur noch angezündet zu werden.

Das übernahm Lomax. Gespenstisch brannte das rotgelbe Feuer und warf seinen flackernden Schein über den Hof vor dem Bauernhaus. Die Hexenjäger lachten und tanzten um den Reisighaufen herum, den sie noch nicht angezündet hatten.

»Brenne, Hexe, brenne schnell, der Teufel soll dich holen, denn wer mit dem Satan buhlt, hat hier nichts mehr verloren.«

Es war ein altes Kinderlied, das diese drei Männer übernommen hatten. Sie sangen noch mehrere Strophen und hofften, die Angst der Hexe zu steigern.

Doch jäh wurde ihr Singsang unterbrochen, als Godwina plötzlich rief: »Haltet ein, ihr Narren!«

Die Männer verstummten in der Tat.

Jetzt begann Godwina zu reden. Laut und deutlich rief sie die folgenschweren Worte: »Ihr könnt mich töten, und ihr werdet mich töten. Aber auch euer Schicksal ist besiegelt. Der Satan persönlich wird mich rächen, und seine Rache wird so schlimm sein, daß sie auch eure Kinder und Kindeskinder erfaßt. Diese

Tat werdet ihr nicht umsonst hinter euch bringen. Satan, tu deine Pflicht!«

Sie schleuderte die letzten Worte hervor, und sie verhallten in der dunklen Nacht.

Die drei Hexenjäger aber zuckten zusammen. Sie bekamen plötzlich Angst und waren schlagartig nüchtern. Schon einige Male waren sie verflucht worden, aber nicht mit einer solchen Heftigkeit wie hier.

»Steck ihn endlich an!« schrie Arthur Doyle. Er war der erste, der seine Fackel gegen den Reisighaufen hielt. Die anderen folgten seinem Beispiel.

Das trockene Zeug fing sofort Feuer. Knisternd und funkensprühend fraßen sich die Flammen weiter. In Sekundenschnelle erreichten sie auch den Pfahl, wo Godwina stand.

Ihr Schicksal war besiegelt.

Doch dann trat etwas ein, was die Angst der Männer noch steigerte. Mit einem Ruck fielen die Ketten, und die blonde Hexe hob beide Hände.

»Da!« rief sie. »Seht nur. Ich könnte gehen, denn der Teufel hat mir die Kraft gegeben. Ich bleibe jedoch, um euch zu vernichten.« Dann warf sie sich vor und mitten in die Flammen hinein, die hoch aufstoben und den Körper erfaßten.

Gleichzeitig brauste der Wind heran. Ein Sturm nicht von dieser Welt. Er erfaßte die drei Hexenjäger und schleuderte sie zu Boden. Savino wurde so nahe an den Scheiterhaufen geworfen, daß ihn das Feuer erfaßte und verbrannte.

Kurz vor seinem Tod hörten er und die anderen beiden noch einmal die Stimme der Hexe.

»Wenn bei euren Nachfahren Namensgleichheit entsteht, werden auch sie sterben!«

Dann verbrannte Savino.

Doyle traf es als nächsten. Der Sturm deckte einen Teil des Hausdaches ab, und wie von unsichtbaren Händen geleitet, prasselten die schweren Balken auf Doyle nieder.

Er wollte noch weg, doch das Holz war schneller. Es begrub den Mann unter sich.

Doyle starb einen qualvollen Tod.

Charles Lomax hatte mit weit aufgerissenen Augen zugesehen und den Tod seiner beiden Komplizen mit angesehen. Jetzt hielt ihn nichts mehr an diesem verfluchten Ort.

Er rannte weg, so rasch er konnte.

Und er hatte Glück. Er konnte eines der drei Pferde einfangen, die in wilder Panik davonpreschen wollten.

Lomax warf sich vor und krallte sich an der langen Mähne des Gauls fest. Die Zügel schleiften über den Boden.

Lomax war ein hervorragender Reiter. Er schaffte es, sich in den Sattel zu schwingen, obwohl sich das Tier im Galopp befand. Weit beugte er sich über den Pferdehals, hämmerte dem Tier die Hacken in die Flanken, um es noch mehr anzuspornen.

Das Pferd befand sich in wilder Panik. Es vollführte regelrecht Bocksprünge und versuchte auch immer wieder, seinen Reiter abzuwerfen, doch Lomax klammerte sich eisern fest. Er gab nicht nach, und es gelang ihm auch, die Zügel zu packen und das Tier an die Kandare zu nehmen.

Schrill wieherte der Gaul auf, warf seinen Kopf zurück, aber dem eisernen Druck seines Reiters hatte er nichts entgegenzusetzen. Lomax ritt in seiner Flucht nicht auf den normalen Wegen, sondern quer über das Land. Noch immer heulte und tobte der Sturm. Wie eine gigantische Faust fuhr er über das Land, rüttelte an den Bäumen und schüttelte die Zweige und Äste.

»Lauf!« brüllte Lomax in das Ohr des Tieres. »Verdammt, lauf, du alter Zosse!«

Er wollte weg. Nur weg aus dem unmittelbaren Bereich des Teufels. Dabei bedachte er nicht, daß der Satan ihn auch an jedem anderen Ort der Erde finden würde.

Weit ließ der Teufel ihn nicht kommen. Er hatte seiner Dienerin versprochen, sie zu rächen, und er hielt seinen Plan ein.

Urplötzlich erschien er.

In der Gestalt des Gehörnten.

Doch die war ins Riesenhafte vergrößert, reichte von der Erde bis hin zu den dunklen Wolken am Himmel. Feuerrot glühte das dreieckig geschnittene Gesicht mit den dünnen Lippen, den mörderischen Augen und den gebleckten Zähnen, die aussahen, als wären sie Stück für Stück erst nachher in das dunkle Zahnfleisch geschoben worden.

Sein Körper war der eines dunkel behaarten, immensen Ziegenbocks, und Lomax erschrak so sehr, daß er die Zügel fahren ließ. Auch das Pferd war durch das plötzliche Auftauchen dieser riesigen Horrorgestalt irritiert.

Es scheute...

Und so kam es, wie es kommen mußte. Der Reiter wurde vom Pferd geschleudert, prallte zu Boden und blieb dort mit seltsam verdrehtem Kopf liegen.

Er hatte sich das Genick gebrochen.

Die Rache der blonden Hexe hatte die drei Männer sehr schnell ereilt. Der Satan aber verschwand wieder, und auch der Sturm legte sich. Alles sah völlig normal aus.

Am nächsten Tag fanden Reisende, die ihre Pferde an dem Bauernhof tränken wollten, die Toten. Das Reisig war völlig heruntergebrannt, die verkohlten Leichen lagen darunter.

Man identifizierte sie und auch den einen Hexenjäger. Doyle und Lomax wurden ebenfalls gefunden. Man gab ihnen kein christliches Begräbnis. Die Hohe Geistlichkeit wandte sich plötzlich ab. Die Grausamen Drei wurden verscharrt wie tote Hunde.

Und die Zeit hüllte den Mantel des Vergessens um die Hexenjäger...

Ich ließ das Buch sinken. Himmel, das Kapitel hatte mich gepackt. Es war ungeheuer interessant geschrieben worden. Jetzt wußte ich auch die Namen.

Nick Savino.

Arthur Doyle.

Charles Lomax.

Drei Namen. Aber wer von ihnen war der tote Hypnotiseur? Das mußte herauszufinden sein.

Ich schnappte mir das Telefon und rief beim Yard an und hatte nach einigem Hin und Her den verantwortlichen Beamten am Apparat, der den Brand untersuchte.

Der Mann war noch nicht lange bei uns. »Ich hätte nur eine Frage, Kollege«, sagte ich. »Können Sie mir den richtigen Namen des Hypnotiseurs sagen?«

»Sie meinen den Geburtsnamen?«

»Genau den.«

»Augenblick.«

Ich wartete eine Minute. Dann rief der Kollege in die Muschel. »Der Tote hieß mit bürgerlichem Namen Arthur Doyle.«

Da hatte ich ja schon einen. Ausgezeichnet. »Können Sie mir noch sagen, wo ich seine Assistentin finde?«

Er gab mir den Namen eines Krankenhauses durch, in dem sie mit einem Nervenzusammenbruch lag. Die Frau hieß Ariane Ferris. Ich bedankte mich und legte auf.

Ich hatte eine Spur. Jetzt mußte ich nur noch herausfinden, ob es einen Nick Savino und einen Charles Lomax gab.

Adressbücher lagen im Haus. Ich kramte sie hervor und suchte zuerst Savino.

Der Name war sogar fett gedruckt. Warum, das sah ich sofort. Savino betrieb eine Spedition. Zum Glück gab es nur einen Mann mit dem Vornamen Nick.

Bei Lomax hatte ich gleich viermal die Auswahl. Ich brauchte mich nur zu entscheiden. Das war allerdings leichter gesagt als getan. Ich beschloß, mir erst einmal Savino anzuschauen.

Nick Savino! Verdammt, den Namen hatte ich schon irgendwo gehört. Aber wann? Und in welch einem Zusammenhang? Ich überlegte hin und her, kam jedoch nicht darauf.

Bestimmt in keinem guten, da war ich mir sicher. Deshalb rief ich auch unsere Fahndungsabteilung an.

»Machst du Überstunden, Geisterjäger?« fragte mich der Kollege.

»Nein, ich sitze hier in der Wohnung und denke an euch von der Spätschicht.«

»Wie nett.«

»Nick Savino«, sagte ich. »Kannst du damit etwas anfangen, Les?«

Les pfiff durch die Zähne, was bei mir im Ohr teuflisch klang. »Und ob, John.«

»Wieso?«

»Nick Savino wird verdächtigt, einer der großen Dealer zu sein. Reicht das?«

»Klar.«

»Aber was hast du mit ihm zu tun?«

»Bis jetzt noch nichts.«

»Dann will ich dir einen guten Rat geben, John. Sei vorsichtig. Savino ist ein mißtrauischer Hund, ein regelrechter Tiger. Und er hat eine gute Leibwache.«

»Danke für den Tip.«

»Sag mir, wenn du ihn hast.«

»Mach ich. Viel Spaß noch.«

Nun mußte ich nur noch herausfinden, welcher Lomax das war. Wie gesagt, es standen vier zur Auswahl. Viermal der Vorname Charles. Auch die Berufe waren angegeben: Installateur, Fliesenleger, Kaufmann, Schauspieler. Ich hatte die freie Auswahl.

Wahrscheinlich hatte keiner von denen Ahnenforschung betrieben, vielleicht mußten wir alle vier unter Beobachtung nehmen. Das konnte ich nicht allein, dazu brauchte ich Hilfe. Auf Suko, Bill Conolly und Jane Collins konnte ich immer zählen. Vielleicht fand ich auch noch einen Kollegen im Yard.

Mit dem Chinesen wollte ich zuerst reden. Der Weg war nicht weit. Nur ein paar Schritte nach links, dort bewohnte Suko mit seiner Freundin Shao ein Apartment.

Ich klingelte.

Shao öffnete. Sie sah bezaubernd aus in ihrem langen kimonoähnlichen Kleid. Die leichte Gehirnerschütterung aus dem letzten Fall hatte sie gut überstanden.

»Je später der Abend, um so überraschender die Gäste«, rief Suko aus dem Hintergrund. »Was führt dich zu mir, John?«

»Keine abendliche Unterhaltungsstunde«, sagte ich, begrüßte Shao mit einem Kuß auf die Wange und betrat die Wohnung.

»Ein neuer Fall«, folgerte mein chinesischer Partner goldrichtig.

»Genau.«

»Und?«

Ich ließ mich in einen Sessel fallen. »Das ist eine längere Geschichte.«

»Mit anderen Worten, du möchtest etwas trinken.«

»Richtig. Limonade, wenn ihr habt.«

»Damit sind wir reichlich eingedeckt.«

Bei einem Glas redete ich mit Suko über den Fall. Der Chinese hörte aufmerksam zu und drehte einen Bleistift in seinen Händen.«

»Das wird eine harte Arbeit«, meinte er.

»Ja, vor allen Dingen dieser Savino.«

»Wann willst du hin?«

»Heute noch.«

»Ich bin dabei.« Suko stand auf. »Warte, ich ziehe mir nur schnell was über.«

»Moment, Moment. Ich muß noch einmal zurück und mir die Adressen aufschreiben.«

Ich lief die paar Schritte über den Flur in meine Wohnung und nahm schon den Brandgeruch wahr, als ich die Korridortür öffnete.

Verdammt auch.

Mit einigen Sätzen war ich im Wohnraum. Und dort sah ich das Buch. Oder vielmehr das, was davon übriggeblieben war.

Nur Asche...

Nick Savino hatte noch immer keine Lösung gefunden. Nach wie vor grübelte er. Zweimal hatte das Telefon geläutet. Anrufe seiner Leute. Es hatte sich um banale Dinge gehandelt, und Savino war fürchterlich wütend geworden, obwohl er sich, hätte die Lage anders ausgesehen, sehr wohl um die Anrufer gekümmert hätte. Jetzt aber hatte er andere Sorgen.

Die Zeit verrann. Auch auf dem in der Nähe liegenden Verladepier wurde es ruhig. Die Arbeiter der Spätschicht gingen. Es wurde in der Nacht nicht durchgearbeitet.

Ein paar Notleuchten brannten. Ihre hellen Kugeln schwammen im aufsteigenden Dunst.

Nur noch bei Savino brannte Licht. Bisher hatte er sich nicht nach draußen getraut. Da würde ihm ebenso wenig eine Lösung einfallen wie hier.

Getrunken hatte er nicht mehr. Er wollte schließlich einen klaren Kopf behalten.

Immer wieder starrte er auf das Telefon. In den letzten Minuten war eine Idee durch seinen Schädel gezuckt. Und die nahm immer klarere Formen an.

Er dachte an Logan Costello!

Wie wäre es wohl, wenn er ihn anrief, den großen Boß, der alles unter seinen Fittichen hielt? Nick hatte Costello ein paarmal getroffen. Auf Partys und Veranstaltungen. Dort war der gut aussehende Costello der Salonlöwe vom Dienst gewesen. Er hatte sich sehr charmant gezeigt und sich nebenher noch als perfekter Plauderer entpuppt. Daß er der härteste Gangsterboß Londons war, hätte niemand für möglich gehalten.

Da klingelte das Telefon. Savino zuckte zusammen, dann schnellte seine Hand vor, und er grapschte nach dem Hörer.

»Ja«, meldete er sich.

»Mr. Savino?«

»Ja, zum Henker.«

»Oberinspektor Sinclair«, sagte jemand, »kann ich Sie für ein paar Minuten sprechen?«

Savino zuckte ein heißer Strahl durch den Körper, erreichte sein Herz und ließ es laut trommeln. »Ich wüßte nicht, was wir uns zu sagen hätten, Oberinspektor...«

»Aber es geht um Leben und Tod.«

»Das ist mir egal. Lassen Sie mich in Ruhe! Ich bin Ihnen nichts schuldig.«

Er legte auf.

Dann stützte er sein Gesicht in beide Handflächen und begann zu überlegen.

Vielleicht hätte er doch nicht auflegen und sich lieber der Polizei stellen sollen. Wenn er ausgepackt hätte – Himmel, das wäre ein Ding. Dann konnte sich Costello warm anziehen. Aber konnte er das wirklich? Konnte man ihm überhaupt etwas beweisen? Nein, der war zu schlau und zog sich zurück. Costello schickte nur seine Leute vor, die für ihn absahnten.

Costello legte man nicht rein. Den schaffte keiner, auch die Polizei nicht. Man konnte höchstens mit ihm zusammenarbeiten und ihn bitten.

Ja, das wollte er tun.

Nick hob den Hörer ab. Er schaute in sein Notizbuch und drückte die Nummer Costellos in die Tastatur.

Dreimal läutete es durch. In der Zeit begann Nick regelrecht zu vibrieren.

Dann wurde abgehoben. Eine rauhe Männerstimme fragte: »Hallo?«

»Mein Name ist Nick Savino. Ich möchte Mr. Costello sprechen. Ist das zu machen?«

»Kommt darauf an.«

»Sagen Sie ihm, daß Nick Savino am Apparat ist. Er wird wissen, um was es geht.«

»Warten Sie!«

Nick wischte sich den Schweiß aus dem Gesicht. Seine Wangenmuskeln zitterten, und er hatte Mühe, seine Hände ruhig zu halten. Wie würde Logan Costello reagieren?

Er sollte es gleich erfahren. Als er das »Hallo, Nick« hörte, wußte er, daß nichts zu gewinnen war, denn die Worte waren völlig unverbindlich und kalt ausgesprochen worden.

»Entschuldigen Sie die Störung, Sir«, sagte Nick. »Aber ich habe ein Problem...«

»Ja, ich hörte von Ihrem Pech. Das ist wirklich bedauerlich. Für Sie natürlich, mein Lieber. Doch wie ich hörte, hat man Ihnen eine Frist gesetzt.«

»Darüber möchte ich mit Ihnen reden, Sir...«

»Die Frist ist bald abgelaufen. Meine Leute kommen zu Ihnen. Sagen Sie Ihnen alles, was Sie wissen, und sorgen Sie in Ihrem eigenen Interesse dafür, daß die beiden nicht mit leeren Händen bei mir auftauchen. Haben wir uns verstanden?«

»Ja, Sir.«

Die Verbindung war unterbrochen, und Savino starrte noch einige Sekunden auf den Hörer. Dann stieß er einen wilden Fluch aus, warf dabei einen Blick zur Uhr und erschrak.

Nur noch dreißig Minuten.

Das würde verdammt knapp werden. Savino stand auf. Wieder dachte er an Flucht. Aber wo sollte er hin in dieser kurzen Zeit? Nein, das hätte er sich früher überlegen sollen. Jetzt kam er nicht mehr weg. Costellos Leute würden ihn überall finden.

Da hörte er das Lachen.

Spöttisch, hämisch, triumphierend...

Savino wirbelte herum.

Das Lachen war hinter seinem Rücken aufgeklungen, doch dort befand sich niemand.

Er zog seine Pistole.

Lauernd blieb er stehen. Seine Blicke strichen durch den Büroraum, er bückte sich und schaute sogar unter dem Schreibtisch nach, doch von dem Lacher war nichts zu sehen.

Und doch hatte er sich nicht getäuscht.

»Nick!«

Jetzt sprach ihn der andere direkt an. Nein, nicht der andere. Die andere.

Eine Frauenstimme...

Kalt rieselte es Savino über den Rücken. Er drehte sich auf der Stelle. Irgendwo mußte diese Person doch zu finden sein. Vielleicht am Fenster.

Er lief hin, zog den Vorhang zur Seite und schaute hinaus, wo die einsame Laterne an der Verladerampe brannte.

Keine Spur.

»Ich werde noch wahnsinnig«, flüsterte Savino. »Verdammt, ich werde noch wahnsinnig.« Er nagte auf der Lippe. Dabei sah er nicht, wie sich der Locher von seinem Schreibtisch erhob und in der Luft stehenblieb.

»Sieh her, Nick!«

Savino fuhr herum.

Da sah er das Unwahrscheinliche. Der Locher schwebte über der Schreibtischplatte, und es schien, als würde er von unsichtbaren Händen festgehalten.

Dann fiel er nach unten. Es krachte. Die Plastikhüllen zweier Kugelschreiber zerplatzten, als sie von dem Locher getroffen wurden.

»Nick, du kommst hier nicht mehr raus!«

Wieder die Frauenstimme. Und jetzt hörte Savino auch den Haß heraus. »Verdammt!« schrie er. »Wer und wo bist du? Warum versteckst du dich? Zeige dich, verdammt!« Er hielt die 08 fest umklammert und ließ die Mündung kreisen.

Da traf ein harter Schlag sein rechtes Handgelenk. So überraschend und wuchtig, daß Nick seine Waffe verlor. Sie fiel ihm auf die rechte Schuhspitze, und mit einem Aufschrei sprang er zurück.

»Du hast keine Chance, Nick. Ich werde dich töten.«

Savino starrte auf die Waffe. Dann bückte er sich blitzschnell und wollte sie fassen, doch ein Tritt ins Kreuz schleuderte ihn nach vorn, und er prallte mit dem Kopf gegen das Bein seines Schreibtisches.

»Ich habe dir doch bewiesen, daß es keinen Zweck hat, Nick Savino. Du entkommst mir nicht.«

Der Dealer erhob sich ächzend. Er stand dicht am Rande eines Anfalls. Vorsichtig schielte er zur Tür. Er mußte hier raus, nur weg, denn in diesem Büro ging es nicht geheuer zu.

Das unbekannte Wesen bemerkte den Blick. Und Nick sah, wie sich der Schlüssel drehte, abgezogen wurde und verschwand.

»Nein!« gurgelte er. »Nein – das darf doch nicht wahr sein. Das – das ist Teufelsspuk!«

»Wie recht du hast, Nick!«

Plötzlich fühlte sich der Dealer am Kragen gepackt und hochgehoben. Er wurde herumgeschleudert und fiel schweratmend auf einen Besucherstuhl, wo er sitzenblieb.

»Deine Uhr ist abgelaufen, Nick!«

Savino wollte aufspringen. Eine Hand drückte ihn zurück. Obwohl er sie nicht sehen konnte, spürte er den Druck und auch die Grabeskälte, die von der Hand ausging.

Schwer lehnte sich Savino nach hinten. Aus ihm war in den letzten Minuten ein gebrochener Mann geworden. Und er fing an, sein Leben zu bereuen.

Indirekt gingen auf sein Konto zahlreiche Morde. Er hatte das Rauschgift weitergegeben, hatte damit gehandelt, war wohlhabend geworden, doch nun schien alles ein Ende zu haben. Etwas Unheimliches hatte ihn eingeholt, etwas, das er nicht erklären konnte, und Nick wurde klar, daß er nicht den Hauch einer Chance mehr besaß.

Trotzdem riß er sich zusammen und fragte: »Wer bist du? Gibt es dich überhaupt?«

»Und ob! Willst du mich sehen?«

»Ja.«

»Dann gib acht.«

Wie festgeleimt hockte Nick auf seinem Stuhl. Plötzlich begann vor ihm die Luft zu flimmern. Ein leichtes Knistern und

Knacken war zu hören, bläuliche Konturen schälten sich hervor. Die Umrisse einer Frau – eines Mädchens.

Dann stand sie vor ihm.

Godwina, die Hexe!

Langes, blondes Haar fiel bis auf die Schultern. Das Gesicht war seltsam blaß – leichenblaß, wie Savino meinte. Kein Blut schien durch die Adern zu fließen. Auch die Lippen waren in dem Gesicht kaum zu erkennen, nur die Augen. Sie verströmten eine Kälte, die den Mann schaudern ließ.

Kälte, Haß und Tod!

Die Hexe trug ein einfaches Leinenkleid, das schmutzig aussah und an der Schulter eingerissen war. Ihre Finger waren lang, sie erinnerten den Mann an Spinnenbeine.

»Wer bist du?« hauchte Savino.

»Godwina!«

»Ich kenne dich nicht.«

Die Hexe lachte. »Das glaube ich, aber denk mal vierhundert Jahre zurück, da kannte man mich.«

Ungläubig schüttelte Nick den Kopf. Die Angst war ein wenig verflogen, er hatte sich wieder gefangen. Und er begann, sich auf die groteske Situation einzustellen.

»Vor vierhundert Jahren, da habe ich noch nicht gelebt. Wie kann ich schuldig sein?«

»Dein Ahnherr hat hier in London existiert.«

»Was geht mich der an? Den kenne ich überhaupt nicht.«

»Dein Pech. Er hieß auch Nick Savino, genau wie du. Damit sich der Fluch erfüllt, mußt du sterben, ebenso wie er.«

»Ich?« schrillte Savino.

»Ja – du!«

Savino schüttelte den Kopf. Schwer saugte er die Luft ein. »Aber ich habe nichts damit zu tun, mein Gott. Ich... ich...«

»Rede dich nicht heraus. Der Fluch muß erfüllt werden. Dein Ahnherr und zwei andere Freunde haben mich damals auf den Scheiterhaufen gestellt und verbrannt. Doch sie wußten nicht, daß mir der Teufel zur Seite stand. Er hat nicht nur die drei Hexenjäger getötet, sondern auch meine Rache geleitet. Der Satan war es, der mich aus dem Zwischenreich geholt hat, damit ich meine Befriedigung finde. Und du, Nick Savino, wirst so sterben, wie ich gestorben bin. Durch das Feuer!«

Der Dealer hatte zugehört. Seine Augen quollen weit aus den Höhlen. Er schüttelte den Kopf, denn er konnte nicht fassen, was ihm die Hexe gesagt hatte.

Das gab es doch nicht!

»Bist du bereit?« fragte sie.

»Wozu?«

»Zu sterben!«

Plötzlich lachte Nick auf. »Nein!« keifte er. »Ich bin nicht bereit zu sterben. Ich will nicht sterben und ich werde nicht sterben. Noch nicht, verdammt.« Und er dachte dabei an die beiden Männer, die ihn besuchen wollten. Auch sie würden ihn umlegen und die Hexe ebenfalls. In dieser Nacht schien sich alles gegen ihn verschworen zu haben. Beides war so unwirklich, daß er nur darüber lachen konnte.

Jawohl, lachen...

Und dann drehte er durch.

Urplötzlich schoß er von seinem Stuhl hoch und rannte auf die Hexe zu. Er wollt sie niederwalzen und danach durch das geschlossene Fenster springen.

Die Hexe strecke nur einen Arm aus.

Nick Savino blieb stehen, als wäre er gegen eine Mauer gerannt. Er fiel zurück und krachte zu Boden.

»Narr!« zischte Godwina. »Du Narr. Versuche so etwas nicht noch einmal. Es ist alles schon vorbereitet. Deinem Tod kannst du nicht entgehen.«

Nick krümmte sich am Boden. Er hatte das Gefühl, von einem Stromstoß getroffen worden zu sein.

»Hoch mit dir!« befahl Godwina.

Nick stand auf. Er schwankte, alles drehte sich vor seinen Augen. Der Boden wallte auf und nieder. Er kam trotzdem auf die Füße. Die Hexe stand an der Tür, schaute ihn scharf an und schloß auf.

»Raus mit dir!«

Nick gehorchte. Er konnte einen Blick auf die Uhr erhaschen.

Zehn Minuten vor Mitternacht.

Bald würden sie kommen. Und plötzlich sehnte Nick die Ankunft der beiden Mafiosi herbei. Mit ihnen konnte er reden, mit der Hexe nicht. Sie wollte allein seinen Tod.

Das zeigte sie ihm deutlich. Wieder spürte Nick einen Schlag, der ihn nach vorn warf.

»Geh schneller!«

Sie schritten am Haus entlang und erreichten schließlich das Ende des Gebäudes. Dort wandten sie sich scharf nach links. Zwischen der Wand des Baus und dem nächsten Lagerschuppen befand sich ein zehn Yards breiter freier Streifen, über den die Gleise einer Bahn führten.

Daß sich die Hexe gut informiert hatte, bewies die Tatsache, daß sie dicht vor einer schmalen Leiter stehenblieb. Sie führte auf das flache Dach des Gebäudes.

»Da hoch!«

Nick folgte dem Befehl. Ihm war jetzt alles egal. Er hatte sich mit seinem Schicksal abgefunden. Ziemlich schnell stieg er die Sprossen hinauf. Seine Finger umklammerten die kalten Handläufe. Rost rieselte zu Boden. Savino klettere über den Dachrand und ging ein paar Schritte vor.

Abrupt blieb er stehen.

Seine Blicke saugten sich an dem Pfahl fest, den die Hexe inmitten eines Reisigbündels aufgestellt hatte.

Wie vor vierhundert Jahren...

Der Mann drehte sich um. Er schaute Godwina an, die grausam lächelte.

»Dort wirst du sterben«, sagte sie mit Grabesstimme.

»Aber ich...« Seine Stimme versagte.

»Keine Widerrede. Du kommst ebenso ums Leben wie ich. Das ist meine Rache.« Wieder stieß sie den Dealer vor, und der taumelte auf den Pfahl zu.

Wie die Hexe es geschafft hatte, das Reisig herbeizuschaffen, war ihm egal. Er sah nur seine Hinrichtungsstätte. Irgend etwas lag auf dem Boden und blinkte. Als er näher kam, erkannte er den Gegenstand.

Eine Kette.

Halbblind vor Entsetzen wankte der Mann durch den Reisighaufen. Er dachte nicht mehr an Flucht. Die letzten Minuten hatten ihn fertiggemacht, er hatte gegen Godwina keine Chance.

Mit dem Rücken stellte er sich gegen den Pfahl. Wie von Geisterhänden geführt, hob die Kette vom Boden ab und umschlang den Mann. Der Dealer bemerkte, wie sich die Kette zusammenzog, und er spürte jedes einzelne Glied.

Das Klirren klang wie Höllenmusik in seinen Ohren.

»Bist du bereit?« fragte Godwina, die vor dem Reisighaufen stehengeblieben war und Savino anschaute.

»Nein, ich will nicht sterben! Ich habe nichts getan!« Seine Worte schrie er in die Nacht hinaus.

Die Hexe lachte nur. »Vor meinem Tod haben sie mich geschändet und gedemütigt. So etwas bleibt dir erspart. Du wirst nur den Tod erleiden, das ist alles.«

Sie schnippte mit den Fingern.

Plötzlich zischte eine Flamme zwischen den Händen hervor. Wurde lang und länger und züngelte über das Dach.

»Hast du noch einen Wunsch?« fragte sie.

Der Mann schüttelte den Kopf.

»Mitternacht«, sagte Godwina. »Die Rache kann beginnen!«

Im selben Augenblick hörte Savino das Geräusch eines heranfahrenden Wagens.

Die beiden Mafiosi kamen.

Die Rettung?

Nick Savino fing an zu schreien...

Ich ließ den Telefonhörer sinken und schaute Suko an. »Entweder weiß Savino wirklich nichts, oder er tut nur so ahnungslos.«

Suko lächelte. »Hast du etwas anderes erwartet?«

»Nein, eigentlich nicht. Wenn der das Wort Polizei hört, geht ihm doch der Hintern auf Grundeis.«

»Das stimmt. Und was machen wir jetzt?«

»Savino ist jedenfalls da«, sagte ich. »Warum sollten wir ihm keinen Besuch abstatten?«

»Jetzt?«

»Klar.«

»Und der andere? Dieser Charles Lomax?«

Ja, das war unser schwacher Punkt. Wir hatten ja einige zur Auswahl. Aber wer von denen war es? Es würde verdammt schwierig sein, dies herauszufinden. Aber ich mußte es versuchen, es ging einfach kein Weg daran vorbei.

Zum Glück hatten alle vier Telefon. Obwohl es schon spät am Abend war, rief ich an.

Beim ersten meldete sich eine brummige Männerstimme. Ich stellte mich mit meinem Dienstgrad vor und erkundigte mich, ob in der letzten Zeit irgend etwas Außergewöhnliches vorgefallen sei.

»Ja«, knurrte der Mann.

»Und?«

»Meine Alte ist mir abgehauen.« Damit legte er auf.

Der nächste Lomax war nicht zu Hause. Der war unterwegs. Seine Frau erzählte mir, daß er als Vertreter arbeitete.

Der dritte Anruf. Ich erwischte einen Rentner, der sich gerade hingelegt hatte. Auch er war wohl nicht der richtige.

Blieb nur der vierte. Diesmal meldete sich eine Frauenstimme. Ich stellte mich wiederum vor, und die Frau erschrak, als sie hörte, daß ich von der Polizei war.

Ich beruhigte sie aber und fragte nach ihrem Mann.

»Der ist im Theater. Mein Mann ist Regisseur. Er leitet eine Hauptprobe.«

»Wann kommt er zurück?«

»Bestimmt erst in den Morgenstunden.«

»Können Sie mir den Namen des Theaters nennen?«

»Ist auch wirklich nichts geschehen?« erkundigte sie sich besorgt.

»Nein. Es geht um eine reine Routineermittlung. Gegen Charles liegt nichts vor.«

Sie gab mir den Namen. Royal Garden Theatre. Es lag in der Nähe vom Hyde Park. Ich bedankte mich und legte auf.

»Bist du schlauer geworden?« fragte Suko.

»Leider nein.«

»Und jetzt?«

»Kümmern wir uns um Savino.«

»Okay.«

Ich warf einen Blick auf die Uhr. Noch eine Stunde bis Mitternacht. Und die Tageswende ist irgendwie eine Zeit für Geister und Dämonen. Da schlagen sie gern zu – auch Hexen.

»Kennst du den Weg?« Suko war schon an der Tür. Er hatte sich bewaffnet, trug die Dämonenpeitsche und eine Beretta. Ich hatte zusätzlich noch die Gemme in der Tasche und auch den Dolch eingesteckt.

»Wir werden ihn schon finden«, erwiderte ich und verließ die Wohnung.

Die Hexe war noch schlauer, als ich annahm. Sie schaffte es wirklich, uns auf Trab zu halten. Hinzu kam ihre Grausamkeit, was Dr. Sprides Tod bewies. Diese Godwina mußte wirklich mit Haß aufgeladen sein.

Der Bentley stand startbereit. Kaum roch er den Zündschlüssel, als sprang der Motor auch schon an.

Die Reifen jaulten, als ich mit dem schweren Wagen durch die Tiefgarage kurvte und die Auffahrt ansteuerte. Wenig später fuhren wir hinaus in die stockdunkle Nacht. Ich hatte geschworen, daß die Hexe den Sonnenaufgang nicht mehr erleben sollte...

Die beiden Mafiosi hießen Richard Blake und Morg Victim. Trotz ihrer nicht italienischen Namen arbeiteten sie bereits seit Jahren für die ›Ehrenwerte Gesellschaft‹. Überhaupt gab es in Costellos Bande kaum Mitglieder aus dem europäischen Süden.

Blake fuhr, während Victim seine Waffe kontrollierte. Er verließ sich auf seinen Colt Python. Sein Kumpan schoß lieber mit der Maschinenpistole, doch diese Waffe hatte er zu Hause gelassen, sie erregte zuviel Aufsehen.

»Machen wir es mit Schalldämpfer?« fragte Victim.

»Mir egal.«

Victim nickte. »Ob er den Stoff hat?«

»Nie.«

»Dann stirbt er.« Blake lachte. »Der hat sich den Stoff eiskalt unter den Nagel gerissen, laß dir das gesagt sein. Dafür muß er büßen.«

Victim grinst hart. Er kannte die Spielregeln, war lange genug im Geschäft. Gelassen zünderte er sich eine Zigarette an und schaute dabei aus dem Fenster. Er blies den Rauch gegen die Scheibe, wo er wolkenartig hochquoll.

Sie näherten sich bereits dem Hafengebiet. Hin und wieder sahen sie auch den Fluß. Wie ein dunkles Band durchschnitt er die Stadt. Auf der Wasserfläche spiegelten sich die Lichter einiger Pierleuchten. Wo sie hinwollten, wurde nicht mehr gearbeitet, und das war gut so.

Blake rollte auf eine Stichstraße zu. Sie war mit Kopfsteinen gepflastert. Im Licht der Scheinwerfer tauchte ein Schild auf, das das Befahren der Straße nur auf eigene Gefahr gestattete.

Die Federung des Rovers dämpfte die Unebenheiten im Boden. Gespenstisch sahen die Lagerhäuser und Schuppen aus, deren Fenster wie viereckige, blinde Augen wirkten.

Eine trostlose Gegend, aber der richtige Platz zum Sterben, wie die Killer fanden.

Danach würden sie die Leiche in der Themse verschwinden lassen. Eine Routinesache. Der Fluß schluckte viel.

Sie mußten mit der Geschwindigkeit herunter, weil die Straße enger wurde.

»Nach links!« kommandierte Victim.

»Scheiße, daß hier keine Lampen brennen.« Blake schlug das Steuer ein.

Morg Victim lachte. »Willst du im Rampenlicht killen?«

»Das auch nicht.«

Victim deutete nach vorn. »Da, rechts, das dritte Gebäude, das ist es. Unten brennt Licht.«

Die beiden Killer fuhren dicht an das Haus heran. Die Scheinwerfer erloschen.

Die Kerle zogen ihre Waffen.

Dann stiegen sie aus. Die schweren Revolver verschwanden in den Manteltaschen. Türen fielen zu.

Da hörten sie die Schreie.

»Hilfe!« gellte es. »So helft mir doch! Die bringt mich um. Die will mich verbrennen...!«

Die Killer schauten sich an.

»Das kam von oben«, sagte Victim, spreizte den Daumen ab und wies auf das Hausdach.

Plötzlich vernahmen sie ein gellendes Lachen. »Nein, dir hilft keiner, du Hund. Du sollst sterben, krepieren, verbrennen, wie ich verbrannt bin!«

Wieder das schaurige Lachen, das selbst den beiden abgebrühten Killern Schauer über den Rücken trieb.

Und sie sahen den Widerschein des Feuers. Geisterhaft fahl leuchtete er über den Himmel, ein zuckendes Schattenspiel aus rötlicher Helligkeit und Dunkel.

Und Nick brüllte weiter. Er hing gefesselt am Pfahl, konnte sich nicht rühren, während es vor ihm knisterte und prasselte und die Flammen immer höher schlugen.

Es würde nur Sekunden dauern, bis sie ihn erreicht hatten. Schon spürte er die Hitze, die ihn traf wie ein Gluthauch der Hölle. Er hatte das Gefühl, die Haut würde ihm vom Gesicht gerissen. Er schaute mit weitaufgerissenen Augen in die tanzenden Flammen und glaubte, von wilden Geistern umgeben zu sein.

Um das Feuer herum sprang die Hexe. Sie führte einen wilden Tanz auf, lachte dabei, und ihr Gesicht verzerrte sich zu einer schrecklichen Fratze.

Das alles sahen die beiden Killer nicht. Aber sie hatten Nicks Stimme erkannt, und sie wußten, daß sich der Mann in Not befand.

Sie wollten ihm helfen.

Nicht aus menschlichen Gefühlen, beileibe nicht, aber sie dachten an das Rauschgift, das sie ihrem Boß bringen sollten. Nick mußte das Kokain noch haben, daran ging kein Weg vorbei.

Wild schaute Victim sich um. »Wie kommt man auf das verdammte Dach?«

»An der Seite!«

»Wie?«

»Da habe ich eine Leiter gesehen!« schrie Blake.

Morg Victim rannte bereits los.

Auf dem Dach schrie Nick noch immer. Er konnte es fast nicht mehr aushalten, zerrte wie ein Wahnsinniger an seinen Fesseln, seine Stimme kippte über und verstummte in einem Röcheln.

Vor ihm platzte ein ganzes Reisigbündel auseinander, die Funken fielen wie Regentropfen auf ihn nieder, ein plötzlicher Windstoß fauchte in die Flammen hinein und trieb sie gegen den am Pfahl stehenden Nick Savino.

Das war sein Ende...

Genau in diesem Augenblick erreichten die beiden Killer das Dach des Hauses.

Sie brauchten Sekunden, um zu begreifen, was sich vor ihren Augen abspielte.

Es war die Hölle!

Nick Savino war von zuckenden, prasselnden Flammen umgeben, die mit ihren langen, gierigen Fingern nach ihm gegriffen hatten und über ihm zusammengeschlagen waren.

Savino war nicht zu helfen.

Aber sie sahen auch die Frau. Nein, ein Mädchen. Es tanzte wild kreischend um den brennenden Scheiterhaufen herum und warf zuckend die Arme hoch wie ein wild gewordener Disco-Star.

»Brennen sollst du, brennen. Meine Rache ist vollkommen, und das Feuer wird dich fressen!«

»Die ist wahnsinnig«, sagte Morg Victim. Er winkelte seinen Arm an und hielt ihn schützend vor die Augen, um durch den grellen Schein nicht geblendet zu werden.

Blake hob die Waffe.

Da entdeckte die Hexe die Männer.

Augenblicklich unterbrach sie ihren wilden Tanz und schwang herum. Plötzlich zuckten Blitze aus ihren Händen und rasten im Zickzack auf die beiden Männer zu.

Die Killer sprangen zur Seite. »Schieß doch, Richard!« brüllte Victim.

Blake feuerte.

Zwei rotgelbe Flammen stachen aus der Waffenmündung. Blake konnte schießen und auch treffen.

Die Einschläge schüttelten die Hexe durch. Sie trieben sie zurück, fast bis an das Feuer heran, doch die Hexe lachte nur. Dann startete sie ihren Gegenangriff – und den mit aller Konsequenz. Auch diese beiden Männer sollten sterben. Sie holte zu einem furiosen Todeswirbel aus, der alles verschlingen würde.

Richard Blake traf es zuerst, denn er hatte geschossen. Plötzlich erfaßte ihn eine wahre Sturmbö. Von der Seite her wurde er gepackt und mit unwiderstehlicher Gewalt vorangetrieben.

Genau auf das Feuer zu.

»Nein!« brüllte er, als ihn die ersten Ausläufer der Hitze erreichen. »Nein!«

Häßlich lachte die Hexe auf. »Du entgehst mir nicht!« keifte sie. »Du nicht!«

Blake stemmte sich gegen den Druck an. Obwohl er kein schwacher Mensch war, schaffte er es nicht. Er beugte den Oberkörper vor, wollte sich mit den Armen abstützen, doch seine Hände erreichten nicht einmal den Boden, weil ein erneuter Windstoß unter seinen Körper griff und ihn hochschleuderte. Richard Blake fiel zu Boden.

Victim stand starr. Den rechten Arm hatte er sinken lassen. Die Waffenmündung zeigte zu Boden. Er wußte nicht, was er sagen sollte. Er spürte nur eins: Diesem Weib waren sie nicht gewachsen.

Und er bekam Angst. Eine Angst wie nie zuvor in seinem Leben.

Blake kämpfte noch immer. »Hilf mir doch, Morg!« brüllte er. »Verdammt, so hilf mir doch!«

Doch Morg hatte Angst. Er wollte weg. Runter von diesem verdammten Dach, das nur eine Rattenfalle war.

Er warf sich herum, erreichte auch den Rand und fand zum Glück die Leiter.

Er hastete hin, warf sich einfach über die Kante und verfehlte die erste Sprosse, wobei er abrutschte, sich das Kinn anschlug und auch den rechten Ellbogen prellte.

Doch darauf achtete er in seiner Panik nicht. Er wollte rasch weg von dem Dach, denn die Schreie seines Freundes verfolgten ihn.

Richard sollte sterben.

Die Hexe kannte kein Erbarmen.

Frontal wurde Richard auf die Flammen zugeschleudert. Er riß die Augen weit auf, sah die gefährliche, lodernde Wand, schrie, brüllte – und da griffen die gierigen Feuerzungen bereits nach ihm.

Richard verlor das Bewußtsein. Er erlebte seinen Tod nicht mehr mit. Das war gut so.

Die Hexe aber freute sich. Ihre Augen funkelten. Sie trat an den Rand des Gebäudes und schaute nach, wo sich der zweite befand. Ihn wollte sie auch noch haben. Sie war wie in einem Rausch.

Godwina sah ihn laufen. Er hetzte auf einen Wagen zu. Mit dem wollte er fliehen.

Langsam hob die Hexe die Arme.

Im selben Augenblick wurde es vor dem Gebäude hell. Ein zweites Fahrzeug breitete einen Scheinwerferteppich aus und wurde hart abgebremst. Er war ein Bentley...

»Da stimmt doch was nicht«, sagte Suko.

»Wieso?«

»Der Widerschein am Himmel. Scheint so, als würde irgend etwas brennen.«

Brennen! Gegen das Wort war ich allergisch. Und plötzlich wußte ich, daß wir die Hexe nicht mehr groß zu suchen brauchten. Sie befand sich bei Savino.

Ob er noch lebte?

Ich hoffte es und gab gleichzeitig Gas.

Das Gelände hier war schwierig. Zudem besaß ich keinen Sportwagen, sondern ein ziemlich großes Fahrzeug, deshalb mußte ich achtgeben, wenn ich die Kurven nahm.

Noch eine, dann hatten wir es geschafft.

Ich blendete auf.

Das Fernlicht machte vor uns die Nacht zum Tag. Es riß eine große Fläche aus der Dunkelheit, und plötzlich sahen wir einen Mann rennen.

Ich bremste.

Die Reifen radierten über den unebenen Boden, der Wagen schleuderte leicht mit dem Heck, dann stand er.

Suko hatte die Tür schon offen und stürzte aus dem Fahrzeug. Der Mann sah den Chinesen und winkte mit beiden Händen, wobei er schrie: »Helft mir. Helft mir!«

Auch ich verließ hastig mein Fahrzeug. Da sich Suko um den Mann kümmerte, nahm ich mir die Zeit und schaute zu dem Gebäude hin, in dem Nick Savino seine Firma hatte.

Da sah ich die Hexe.

Und sie sah mich.

»Sinclair!« kreischte sie wie von Sinnen. »Du verdammter Hund schon wieder!«

Ich riß die Beretta hervor, und im nächsten Augenblick überstürzten sich die Ereignisse...

Die Hexe wurde vom Widerschein des Feuers angestrahlt. Da die Flammen hin- und hertanzten, hatte es den Anschein, als würde sich auch Godwina bewegen.

Sie spreizte ihre Finger.

In ihnen schien eine regelrechte Zauberkraft zu stecken. Abermals zuckten sternförmige Blitze aus den Fingerkuppen. Sie rasten dem Boden zu und zielten auf den fliehenden Mann, den Suko leider noch nicht erreicht hatte.

Ich schoß.

Dreimal feuerte ich und fächerte dabei die Waffe. Aber die verfluchte Hexe stand wirklich mit dem Teufel im Bunde. Sie zog sich gedankenschnell zurück, und meine geweihten Silberkugeln zischten in den dunklen Nachthimmel.

Ich schimpfte.

Dann ein Schrei.

Irgendeine Macht schleuderte den Mann zu Boden. Ich sah es, auch Suko sah es. Plötzlich schlugen kleine Flämmchen aus seinem Körper und hüllten ihn ein.

Die Rache der Feuerhexe hatte ihn ereilt. Todesmutig warf sich Suko auf den plötzlich losbrüllenden Mann. Er versuchte, mit seinem Körper die Flammen zu ersticken, doch die brannten weiter.

Ich mußte unbedingt aufs Dach und startete. »Nimm die Peitsche!« schrie ich Suko zu. »Versuche es.«

Der Chinese reagierte sofort. Wir beide waren ein eingespieltes Team. Fast konnte man die Aktionen des anderen schon in voraus erahnen.

Suko sprang auf, nahm die Peitsche, drehte damit einmal einen Kreis über den Boden, und die drei magischen Riemen verließen den Griff.

Dann schlug der Chinese zu.

Nicht fest, zudem hielt er die Peitsche noch schräg, daß der Mann nicht direkt getroffen wurde.

Und er schaffte es.

Die kleinen Flämmchen verlöschten. Die Kraft der Peitsche löschte sie vollends aus.

Das sah ich nicht mehr, denn ich suchte eine Möglichkeit, auf das Dach zu klettern. Dafür rannte ich um das Haus herum, und ich hatte das Glück des Tüchtigen.

An der Ostseite des Gebäudes sah ich die Leiter.

Besser konnte ich es nicht treffen. Selten in meinem Leben war ich so rasch eine Leiter hochgeklettert. Auf dem Dach schaute ich mich kurz um.

Godwina war nicht zu sehen.

Verdammt, die hatte sich aufgelöst. Klar, bevor sie ihre Rache nicht vollendet hatte, stellte sie sich auch nicht einem offenen Kampf. Das würde sie zuletzt tun.

Das Feuer brannte noch immer. Allerdings war es zusammengefallen. Nur noch schwach spürte ich die Hitze. Ascheteilchen wirbelten wie Schneeflocken durch die Luft und setzten sich auch auf meinem Gesicht fest.

Ich schritt langsam auf den Scheiterhaufen zu. Dabei sah ich den toten Savino. Das Feuer hatte ihn bis zur Unkenntlichkeit verstümmelt. Er sah grauenhaft aus. Die Eisenketten hielten ihn noch immer an dem Pfahl fest, obwohl er zusammengesunken war. Von seinem Gesicht erkannte ich nichts mehr.

Wenig später machte ich die nächste schaurige Entdeckung. Die zweite Leiche lag unter den Ascheresten des verbrannten Reisigs. Ich wußte nicht, wer dieser Tote gewesen war und was er mit dem Fall zu tun gehabt hatte. Vielleicht würde ich es auch nie erfahren.

Ich fühlte mich elend und schlecht. Wiederum war mir die Hexe zuvorgekommen. Sie hatte ihre bessere Ausgangslage eiskalt ausgenutzt, denn sie wußte genau, wo sie ihre Opfer finden konnte, während wir ihnen hinterherrannten.

Das Dach war nicht durch das Feuer in Mitleidenschaft gezogen worden. Es bestand aus Beton und brannte nicht. Ich ging wieder zurück.

Und da schlug die Hexe erneut zu.

Als ich der Dachkante bereits ziemlich nahe war, brauste ein Sturmwind heran. Mit ungeheurer Wucht.

Ich hörte den Sturm und reagierte, bevor er mich packte.

Ich warf mich einfach hin, um diesem Wind so wenig Widerstand wie möglich entgegenzusetzen.

Das war auch gut so, denn der Sturm zerrte zwar an meiner Kleidung, versuchte mich auch zu fassen, aber er hob mich nicht hoch oder schleuderte mich über das Dach.

Ich blieb liegen.

Es war ein verzweifelter Kampf, den ich gegen den Wind führte. Es schien mir, als würden zahlreiche Hände an meinem Körper zerren. Der Wind wühlte auch den verbrannten Reisig auf und schleuderte ihn auf mich zu. Das Zeug war noch heiß. Ein Ascheregen fiel über mich.

Ich schützte meinen Kopf, so gut es ging. Der scharfe, beißende Geruch drang mir in den Mund, reizte die Schleimhäute, ich keuchte und spuckte, hustete mich frei.

Dann versuchte ich wegzukriechen, schaffte es aber nicht. Dafür nahm ich mein Kreuz in die rechte Hand, hob es hoch, wollte es gegen den Wind halten, brauchte es jedoch nicht.

Der Sturm flaute plötzlich ab. Ich konnte mich zum Glück wieder völlig normal bewegen.

Ich erhob mich ächzend auf die Füße, schüttelte mich wie ein nasser Hund, und die Asche fiel von meinem Mantel. An einigen Stellen hatte sie sich festgebrannt. Den Mantel konnte ich wegwerfen. Das ging alles auf Yard-Spesen.

Lachen schallte mir entgegen. Es schien aus der Unendlichkeit zu kommen, so weit entfernt hörte es sich an, doch ich wußte genau, daß sich die Hexe in der Nähe befand.

»Zeig dich!« schrie ich.

»Bald, Sinclair, bald. Ich hole mir nur noch den dritten, dann bist du an der Reihe!«

»Warum nimmst du mich nicht zuerst, wenn du so sicher bist, daß du mich schaffst?«

»Weil es nicht in meinen Plan paßt!«

»Nein, du bist nur feige!«

Sie lachte nur.

Suko rief: »Bist du okay, John?«

»Ja, einigermaßen.«

»Soll ich dir helfen?«

»Nein, ich schaffe es schon.« Vorsichtig näherte ich mich dem Dachrand. Der Sturm sollte mich nicht ein zweitesmal überraschen. Langsam stieg ich die Leiter hinunter. Suko stand neben der letzten Sprosse und erwartete mich.

»Mann, das war hart«, sagte er. »Ich wollte schon hoch, da hörte der Wind auf.«

»Zwei Tote«, sagte ich, »gehen wieder auf das Konto dieser verdammten Hexe. Die dreht langsam durch.«

»Vielleicht drei«, meinte Suko und deutete auf die Gestalt am Boden. »Ich habe alles versucht, aber es nicht so schnell geschafft, die Flammen zu löschen.«

»Er lebt aber noch?«

Suko nickte. »Was man so leben nennt.«

»Dann muß er sofort in ärztliche Behandlung.«

Der Chinese winkte ab. »Habe ich bereits erledigt. Die Ambulanz müßte unterwegs sein. Ich habe vom Wagen aus angerufen.«

»Gut.«

»Wenn wir eine halbe Stunde früher gekommen wären, hätten wir vielleicht eine Chance gehabt«, sagte Suko.

»Ja, wenn...« Ich bückte mich, weil im schwachen Licht etwas schimmerte.

Es war eine Waffe.

»Die hat der Verletzte verloren.«

»Wer läuft eigentlich mit einem Schießeisen herum, wenn er kein Polizist ist?« überlegte ich.

»Ein Gangster.«

»Genau.« Während dieser Antwort bückte ich mich ein zweitesmal. Da der Mann auf der Seite lag, kam ich leicht an seine Brieftasche heran. Mit zwei Fingern zog ich sie hervor und klappte sie auf.

Suko schaltete die kleine Bleistiftleuchte an, in deren Schein wir lesen konnten.

»Morgan Victim«, buchstabierte ich. »Mit dem Namen kann ich nichts anfangen, aber sicherlich der Erkennungsdienst.« Ich lief zum Wagen zurück und rief über Autotelefon im Yard an. Dann gab ich den Namen durch.

»Wollen Sie warten?« fragte mich der Kollege.

»Nein, ich rufe Sie noch einmal an.«

Als ich aus dem Wagen stieg, kam der Krankenwagen. Die Mordkommission war auch zur Stelle. Wieder hatte ich unfreiwillig für Arbeit gesorgt. Die Kollegen kannten mich. Sie wußten auch, daß ich Untersuchungen nie lange abwartete.

Ich besprach mich nur kurz mit dem Einsatzleiter, während Suko im Bentley wartete. Bevor der Ambulanzwagen abfuhr, redete ich noch mit dem Arzt.

»Er wird es schwer haben«, sagte der Doc. »Ich kann Ihnen nicht sagen, ob er durchkommen wird. Seine Chancen stehen zumindest schlecht.«

»Danke, Doc.«

Wieder im Bentley, griff ich sofort zum Telefon und rief abermals beim Yard an. Rasch wurde ich weiterverbunden.

»Und ob wir den kennen«, sagte der Kollege. »Ein mittelschwerer Fisch, wenn nicht ein großer. Dieser Morgan Victim arbeitet sehr eng mit Logan Costello zusammen. Sie wissen, wer Costello ist?«

»Ja, ich danke Ihnen.«

Logan Costello. Zum zweitenmal innerhalb kürzester Zeit stolperte ich über diesen Namen. Ich war dabei gewesen, als sein Bruder Selbstmord verübt hatte. Mit Costello selbst hatte ich nicht gerechnet, doch Gerüchte aus der Unterwelt, von unseren V-Leuten vorgetragen, besagten, daß Logan an diesen Selbstmord nicht so recht glaubte. Er dachte noch darüber nach, was er unternehmen sollte.

Als hätte ich nicht schon Gegner genug. Ein Killerboß wie Costello fehlte mir noch in meiner Sammlung. Meine Laune war nicht gerade auf dem Höhepunkt, als ich startete.

»Wohin?« fragte Suko lächelnd.

»Charles Lomax suchen«, knirschte ich. »Hoffentlich rennen wir nicht wieder hinterher...«

»Pause!« rief Charles Lomax. »Aber nur eine Viertelstunde, meine Damen und Herren.«

»Warum machen wir denn nicht Schluß?« rief ein Schauspieler aus dem Zuschauerraum.

»Weil ihr noch nicht top seid.«

»Das liegt am Regisseur.«

Lomax, der die Bühne verlassen wollte, drehte sich lässig um und schielte über seine Brille hinweg. »Das müssen Sie gerade sagen, Clint. Wegen Ihnen haben wir auch später anfangen müssen, weil Sie mal wieder nicht pünktlich waren. Clint Görden, der Schläfer vom Dienst.«

»Immer sind wir schuld.«

Charles winkte nur ab und verschwand durch die Inspizientengasse. Am Ende der Gasse, dort wo die rote Brandmauer begann und es zu dem großen Kulissenraum ging, wartete Mara.

Mara war Souffleuse und die Geliebte des Regisseurs. Sie war ein knabenhaft wirkendes Girl mit pechschwarzem Lockenkopf. Zudem hatte sie einen sehr dunklen Teint, und die großen Ringohrringe gaben ihr noch mehr das Aussehen einer Zigeunerin.

Neben Mara blieb Charles stehen. Er lächelte knapp. Auch ihm sah man die Erschöpfung an. Sein langsam grau werdendes Haar hing ihm in die Stirn. Der schwarze Rollkragenpullover und die dunklen Cordjeans ließen ihn düsterer erscheinen, als er in Wirklichkeit war.

Mara rauchte. Von der Feuerwehr war um diese Zeit keiner mehr anwesend. Zudem stand neben ihr der Eimer mit Wasser. Unaufgefordert hielt sie dem Regisseur das Endstück des Filters an die Lippen, und Charles nahm einen Zug.

»Okay?« fragte Mara.

»Ja.«

»Gehen wir irgendwo hin?«

Mara lächelte. »Die Kantine hat geschlossen.«

»Aber nicht der Automat.«

»Nein, der nicht.«

Der Regisseur legte seinen Arm um Maras Schultern. Sie verließen den hinteren Teil der Bühne, und es sah so aus, als würde Mara den Mann stützen.

Ein Gang nahm sie auf, in dem es zugig war, weil irgendwo eine Tür offenstand. Mara fror. Sie zog die Stola, die aussah wie eine Gardine, enger um ihre Schultern. Das lange, fast bis zu den Knöcheln reichende schwarzrote Kleid war aus dünnem Stoff geschneidert. Mara war knapp Zwanzig, und sie kleidete sich immer aus der Rolle fallend. Sie liebte die langen Kleider, die Flattermode, ein wenig breezy, mit dem Touch von Freiheit, den ihr das Theater vermittelte. Wenigstens glaubte sie daran.

Neben dem Automaten blieben sie stehen. Sie waren die einzigen. Die anderen hatten keine Lust gehabt, mit ihnen zu gehen. Mara und Charles war das recht.

Charles küßte die Souffleuse.

Mara lächelte. »Was sagt deine Frau dazu?«

»Was sie nicht weiß, macht sie nicht heiß.«

»Aber die anderen hier haben doch längst gemerkt, was los ist.«

»Na und?« Charles deutete in Richtung Bühne und Zuschauerraum. »Die haben doch alle selbst Dreck am Stecken.« Er fing an zu lachen. »Wenn die Verehrerinnen in den ersten Reihen wüßten, daß ihr jugendlicher Held in Wirklichkeit schwul ist, bräche für sie eine Welt zusammen. Alles im Leben ist Theater, ist Maske. Auch wir beide spielen uns selbst etwas vor.«

»Wieso?«

»Verstecken wir uns nicht? Anstatt öffentlich zu zeigen, daß wir einander mögen?«

»Da hast du recht.«

Charles' Hand verschwand in der rechten Hosentasche. Er suchte nach Kleingeld, fand eine Münze und warf sie in den Automaten. Dann wählte er einen Becher Kaffee. Den gab er dem Mädchen. Charles nahm den zweiten Becher.

Mara wandte sich ab, trank in langsamen Schlucken das heiße Getränk und starrte auf den grün gestrichenen Sockel des Flurs.

Charles war vor dem Automaten stehengeblieben. Er wartete, bis der Becher vollgelaufen war und sich der Schaumkranz gesenkt hatte. Mit spitzen Fingern nahm er den Becher hervor, schloß für einen Moment die Augen, weil er sich plötzlich müde fühlte, und führte den Becher an die Lippen.

Er wollte trinken, öffnete seine Augen wieder und erschrak.

Da war kein Kaffee im Becher, sondern Blut!

Eine Sekunde stand er starr. Dann schrie er auf und ließ den Becher fallen.

Mara hörte den Schrei und fuhr herum.

Der Plastikbecher lag am Boden. Die braune Brühe hatte eine Lache gebildet, die weiter verlief und sich auf dem Gang verteilte.

»Er war zu heiß, nicht wahr?« sagte Mara.

Charles schüttelte den Kopf. Er stand noch immer unter einem Schock. »Nein«, flüsterte er.

Mara ging zu ihm und machte einen großen Schritt über die Lache. »Wieso?«

»Der – der Kaffee war nicht zu heiß«, flüsterte Charles. »Wirklich nicht. Es war etwas anderes.«

»Was denn?«

»Da war überhaupt kein Kaffee im Becher. Kein Kaffee! Blut«, flüsterte der Mann. »Blut, Mara!«

Die Augen der Souffleuse wurden groß. Sie sahen jetzt aus wie zwei dunkle Perlen. »Du weißt, was du da eben gesagt hast, Charles?«

»Ja.«

»Bist du nicht ein wenig überarbeitet?«

»Nein, nein, das habe ich gesehen.«

Mara lächelte. »Ich glaube, wir sollten...« Sie stockte plötzlich.

»Was sollten wir tun?« fragte Charles.

Die Souffleuse vollendete den Satz nicht. Sie schaute den Regisseur nur an.

»Charles, deine – deine Oberlippe. Da ist Blut dran.«

Lomax zuckte zusammen. Mit dem Handrücken wischte er vorsichtig über die Lippe, und als er sich seine Hand anschaute, lief quer darüber ein roter Streifen.

Wirklich Blut!

»Ich habe mich also doch nicht getäuscht«, murmelte er nach einer Weile.

»Aber es war kein Blut in dem Kaffeebecher. Du hast dir die Lippe verletzt, das ist es.«

»Ja, möglich.«

»Willst du einen neuen Kaffee?«

»Nein, ich habe keinen Durst mehr.«

Mara ihrerseits trank den Becher leer. »Die Pause ist bald vorbei«, sagte sie.

»Ich weiß.« Der Schauspieler und Regisseur zog mit dem Daumen und Zeigefinger seine beiden scharfen Gesichtsfalten zwischen Nase und Mund nach. Seine Haut sah grau aus. Dunkle Bartschatten umwucherten das Kinn. Die Augen zeigten einen müden Ausdruck. Dieses Theaterstück ging an die Nieren. Es war eine Uraufführung. Ein moderner Dichter hatte es geschrieben. Einige Textpassagen klangen ziemlich unverständlich. Zudem handelte es von einer besonderen Rolle der Frau. Eine Emanzipationsgeschichte, die böse endete. Der strahlende jugendliche Held wurde zum Schluß zum Eunuchen, die Frauen hatten ihre Rache und der Regisseur seinen Ärger.

Lomax hatte sich zuerst geweigert, dieses Stück zu inszenieren, war aber gegen die Lobby nicht angekommen. Dem Nachwuchs eine Chance, hieß es, doch auf den Nachwuchs konnte Lomax gern verzichten. Allerdings war er nicht freiberuflich tätig, sondern angestellt, und so mußte er hin und wieder Dinge gegen seinen Willen übernehmen.

»Gehen wir wieder zurück?« fragte Mara.

»Ja, aber kein Wort zu den anderen.«

»Versteht sich von selbst.«

Sie nahmen den gleichen Weg. Charles war sehr schweigsam. Die letzte Entdeckung beschäftigte ihn sehr. In dem Kaffeebecher war wirklich Blut gewesen, er hatte sich nicht getäuscht.

Die anderen warteten schon. Sie saßen überall auf der kleinen Bühne verteilt. Man hatte die Spielfläche um die Hälfte reduziert, weil kaum Kulissen benötigt wurden. Der andere Teil der Bühne war durch einen schweren Vorhang abgetrennt.

Mara verließ die Bühne über ein Brett, das sie mit dem Zuschauerraum verband, und kletterte wieder in den Souffleurkasten.

Mit müde wirkenden Bewegungen standen die Schauspieler auf.

»Wir werden noch einmal den letzten Akt durchgehen«, erklärte Charles Lomax. »Sie, Clint, möchte ich bitten, die Szene anders zu spielen. Sie müssen mehr Angst vor den Frauen zeigen, das alles muß echter wirken, verstehen Sie? Nicht so fahrig, so als ob Sie sagen würden, ist ja doch nur alles Theater.«

»Klar.« Der dunkelhaarige Schauspieler nickte. Seine Augen zeigten einen müden Ausdruck.

»Beleuchter!« rief Lomax.

»Ja?«

»Bitte die Einstellung vier.«

»Okay.« Die Mann saß oben auf der Bühne, etwa fünfzehn Yards über dem Bühnenboden.

Er schaltete die beiden großen, an einer Schiene hängenden Scheinwerfer ein. Zwei gewaltige Kreise trafen den dünnen Teppich auf der Bühne.

Charles stand ganz am Rand, hatte den Kopf in den Nacken gelegt und schaute nach oben. »Wandern, mehr wandern. Nach rechts. Ja, so ist es gut.«

Der Kreis blieb stehen.

Beim zweiten geschah das gleiche. Charles war zufrieden. Wenn die Beleuchtung klappte, war das schon die halbe Miete.

»Jetzt du, Clint!« Charles sagte mal du, dann wieder Sie. Wie es ihm einfiel.

Clint Görden war plötzlich nicht mehr müde. Mit zwei geschmeidigen Sätzen sprang er auf die Bühne, schaute sich furchtsam um und blieb dort stehen, wo ihn der Lichtkreis eines Scheinwerfers traf.

Dann erfolgte sein Monolog. Er sprach von der Angst, die ihn gepackt hielt. Angst vor den Frauen.

Musik setzte ein. Sie kam aus der Konserve.

Im Hintergrund der Bühne entstand Bewegung. Die restlichen drei Hauptdarstellerinnen erschienen. Heute trugen sie Jeans und Pullover. Bei der Aufführung waren sie dann fast nackt.

Und jede der Frauen hielt ein Messer in der rechten Hand. Damit wollten sie den Mann töten.

Jede sollte zweimal zustechen.

Der zweite Scheinwerfer wanderte auf die Frauen zu. Er kam näher und näher, erfaßte sie, und die Messerklingen blitzen auf. So täuschend echt waren sie nachgemacht worden.

Charles wischte sich über die Augen. Verdammt, sonst hatten die Klingen doch nicht so gefunkelt. Sollte das vielleicht am Licht liegen? Er unterbrach nicht, denn die drei Frauen spielten so gut wie noch nie. Ihre Gesichter zeigten einen wirklichen Haß. Man konnte die dämonische Ausstrahlung fast spüren. Sie wollten töten, das war eine schauspielerische Glanzleistung.

»Ja, das ist gut. Das ist ausgezeichnet«, rief der Regisseur und klatschte in die Hände. »Ihr seid fantastisch, macht nur weiter so.« Er schlich mit den Frauen, ging parallel zu ihnen und behielt dabei Clint Görden im Auge.

Der reagierte jetzt.

Er war zusammengesunken. Jetzt fuhr er herum, sprang auf und starrte die Frauen an.

»Nein!« keuchte er. »Nein. Nicht. Ich will nicht sterben!« Er sah die Messer, und sein Blick flackerte.

Die Frauen kannten kein Pardon. »Du hast uns entehrt!« riefen sie im Chor. »Nun wirst du unsere Rache zu spüren bekommen. Alle Qualen der Hölle warten auf dich, Mann. Tot wirst du sein. Die menschenmordende Verdammnis soll dich fressen!«

Clint Görden fiel auf die Knie. Er streckte beide Arme aus, faltete die Hände und flehte um Gnade.

Die Weiber kannten das Wort nicht. Das Drehbuch schrieb den Tod des Mannes vor.

Einen Schritt vor ihrem Ziel blieben sie stehen. Langsam hoben sie ihre Arme.

Die Spitzen der Messer zeigten auf den Mann, der den Kopf in den Nacken geworfen hatten und aus tränenumflortem Blick seine ›Mörderinnen‹ bittend anschaute.

Charles griff nicht ein. Die Frauen machten ihre Sache perfekt, daß es einer Regieanweisung nicht bedurfte. Lomax war selbst gespannt. Er hockte neben dem Souffleurkasten und schaute genau zu.

Mara brauchte den Text auch nicht mehr vorzusagen. Die drei Frauen wußten ihn so gut wie nie.

Sie schleuderten dem einsamen Mann Haßtiraden ins Gesicht, der jetzt auf den Knien zurückrutschte und von dem Scheinwerfer verfolgt wurde.

»Dann stirb!« brüllte die erste Frau.

Sie ging einen Schritt vor, und ihr rechter Arm fuhr wuchtig nach unten.

Und da geschah es.

Aus irgendeinem Grund warf sich Clint Görden zur Seite. Hinterher wußte er selbst nicht zu sagen, warum er das getan hatte. Das Messer verfehlte ihn, die Frau wurde nach vorn gestoßen, und die Klinge hieb in den Bühnenboden.

Dort blieb sie stecken.

Das Messer war echt!

Wir befanden uns in einer scheußlichen Situation. Ein Mord sollte geschehen, das wußten wir. Wir kannten sogar den Namen des Opfers, nur gab es davon vier.

Viermal Lomax.

Welcher war es?

Suko und ich waren zum Yard Building gefahren. Ich hatte noch vom Bentley aus Superintendent Powell angerufen und ihn in seiner Privatwohnung erwischt.

Sir James wollte sofort kommen. Allein daran war abzulesen, wie sehr auch ihm die Sache unter den Nägeln brannte. Es hatte bereits zu viele Tote in diesem mörderischen Spiel gegeben. Die Hexe drehte bei ihren Rachegedanken völlig durch.

Müdigkeit spürte ich nicht, denn ich befand mich in einer unerträglichen Spannung. Ich kam kaum dazu, über Schlaf oder sonst etwas nachzudenken, mir ging es einzig und allein um die Verhinderung eines weiteren Mordes.

Suko holte Kaffee, während ich hinter meinem Schreibtisch saß und das Telefon anstarrte, als würden dem Apparat Wunderdinge entweichen.

Dann traf Sir James Powell ein. Er begrüßte mich mit einem Kopfnicken und schälte sich aus seinem dunkelblauen Mantel.

In groben Zügen hatte ich ihn informiert, deshalb fragte er sofort: »Haben Sie bereits einen Plan?«

»Ja.« Ich beugte mich vor und spielte mit dem Brieföffner. »Wir müssen davon ausgehen, daß sich alle vier Menschen in höchster Gefahr befinden. Einen allerdings möchte ich aus dem unmittelbaren Gefahrenkreis ausschließen. Es ist der Vertreter. Seine Frau teilte mir mit, daß er unterwegs sei. Wie ich der Reaktion der Hexe entnehmen konnte, muß sich das dritte Opfer in London aufhalten. Es kommen also nur der Schauspieler in Frage, der Mann, dem die Frau weggelaufen ist, und dieser Rentner. Ich schlage vor, daß wir alle drei Personen überwachen lassen. Das kostet Beamte und Aufwand. Deshalb wollte ich mich mit Ihnen erst absprechen, bevor ich den Einsatz starte.«

Sir James nickte. Er wollte reden, stockte aber, als Suko mit zwei Kaffeebechern in der Hand mein Büro betrat.

Der Chinese nickte Sir James zu. »Möchten Sie auch einen Kaffee, Sir?«

»Nein.«

Suko stellte die Becher ab. Auch er trank Kaffee. Dann blieb er am Fenster stehen und hielt den Becher in der Hand, als wäre er völlig normal und nicht heiß.

Ich nahm einen ersten Schluck.

Der Superintendent griff zum Telefonhörer und ließ sich den Einsatzleiter der Nachtbereitschaft geben.

Knapp und präzise kamen seine Befehle. Für jeden Lomax wurden vier Beamte zur Überwachung abgestellt. Allerdings so, daß die Männer nichts davon merkten.

Zusätzlich schärfte mein Chef dem Mann noch ein, daß jeder Vorfall sofort gemeldet werden mußte, der nur ein wenig außer der Reihe fiel.

Zwei Minuten später lief der Einsatz an.

Ich zündete mir eine Zigarette an und blies den Rauch gegen die Decke.

»Rechnen Sie mit einer guten Chance?« fragte mich mein Chef.

Ich hob die Schultern. »Ja, ich bin immer optimistisch, auch wenn es manchmal nicht so aussieht.«

»Hoffen wir's.«

Für uns begann das große Warten...

Die Schauspielerin ließ den Messergriff so hastig los, als wäre er glühend. Dann sprang sie auf und preßte beide Hände entsetzt gegen ihr Gesicht. Sie war zu keiner anderen Reaktion fähig, nicht ein Wort drang über ihre Lippen.

Auch die anderen beiden Frauen rührten sich nicht. Sie schauten auf die Klinge, die ihre Kollegin in den Bühnenboden gerammt hatte.

Ein echtes Messer!

Es hätte Clint Görden getötet.

Der lag auf dem Rücken und wälzte sich jetzt langsam herum. Er zitterte, sein Gesicht war schweißnaß, fahrig wischte er sich über die Augen.

Dann schaute er die Schauspielerin an. Sein Blick schien sich in ihre Augen zu bohren, wollte sie durchdringen und in den letzten Gehirnwinkel eindringen.

»Woher hast du das Messer?« flüsterte er, sich vorsichtig aufsetzend. »Woher, verdammt?« Die letzten beiden Worte schrie er hinaus, schleuderte sie der jungen Schauspielerin ins Gesicht. »Sag es mir! Sag es!« Er sprang auf, packte sie an beiden Schultern und schüttelte sie durch. »Sag es mir. Sag mir, warum du mich umbringen wolltest! Ich will es wissen. Jetzt und vor Zeugen!«

Das Gesicht der Frau verzerrte sich. »Nein!« keuchte sie. »Nein und nein. Ich kann nichts dafür. Ich weiß es nicht. Wirklich, du mußt mir glauben, Clint. Ich habe das Messer genommen, und da...« Sie holte tief Luft, »da war es noch völlig normal. Wirklich...«

»Lüg mich nicht an, du Weibsbild! Lüg mich nicht an, verdammt!« kreischte Clint Görden. »Sag die Wahrheit. Sag mir, warum du mich töten wolltest!«

»Ich – wollte – dich – nicht – töten!« Jedes einzelne Wort betonte die Frau, dann erstickte jedoch ihr Sprechen, weil sich die Hände des Mannes um ihren Hals legten.

Das war Charles Lomax zuviel. Bisher hatte er steif dagestanden und nichts begriffen. Unwillkürlich dachte er an das Blut in seinem Kaffeebecher. Er wußte selbst nicht, wie er darauf kam, aber dieser Vorfall hier war ebenso rätsel- und grauenhaft wie der erste. Deshalb die gedankliche Verbindung.

Er sprang plötzlich vor, lief an den beiden wie erstarrt dastehenden Schauspielerinnen vorbei und grub seine Finger in Clint Gördens Schulter.

»Laß sie los!« schrie er.

»Nein!« Görden hörte nicht.

Da schlug der Regisseur zu. Er klatschte dem Mann die flache Hand ins Gesicht.

Görden zuckte zusammen, sein Kopf flog nach rechts, er löste tatsächlich den Würgegriff, ging zwei Schritte zur Seite, blieb stehen und streckte beide Arme aus, wobei er zusätzlich noch die Finger spreizte.

»Ihr habt was gegen mich. Ihr wollt mir alle an den Kragen. Ihr wollt mich töten!«

Er brüllte so laut, daß seine Stimme im Zuschauerraum ihr schauriges Echo fand.

»Niemand will dich töten«, redete Charles Lomax mit ruhiger Stimme auf den Mann ein. »Wirklich niemand.«

»Doch, ihr...«

»Nein, Clint.«

Görden schluchzte auf und vergrub sein Gesicht in beide Hände. Er stand da wie Jill, die er gewürgt hatte.

Auch Mara hatte es in dem Souffleurkasten nicht mehr ausgehalten. Sie war auf die Bühne gelaufen und hatte die letzten Szenen mitbekommen. Mara fand ebenfalls keine Erklärung.

Peinliches Schweigen breitete sich aus. Auch die restlichen beiden Schauspielerinnen – kreidebleich im Gesicht – hatten ihre Arme sinken lassen. Die Messer hielten sie noch immer fest.

Maras Blick fiel auf die Klinge, die in dem Bühnenboden steckte. Oder stecken sollte.

Das war nicht mehr der Fall.

Das Messer lag auf dem Bühnenboden. Es war aus dem Spalt gerutscht. Maras Augen wurden groß. Sie lief hin und hob das Messer auf. Ungläubig schaute sie die Waffe an und sagte: »Die Klinge, die – die ist ja aus Gummi...«

Die Worte tropften in die Stille. Sie wirkten fast ebenso schockartig wie der Fast-Mord auf der Bühne.

»Ja, sie ist aus hartem Theatergummi, wie wir doch immer sagen.« Maras Stimme klang ein wenig schrill. Die Souffleuse hielt das ›Messer‹ hoch, nahm die Spitze zwischen Daumen und Zeigefinger der linken Hand und bog sie durch.

»Da, das ist die gefährliche Waffe«, sagte sie.

Jetzt untersuchten auch die beiden anderen Schauspielerinnen ihre Messer.

Sie sahen ebenso aus.

»Die ganze Aufregung war also umsonst«, stellte Mara nüchtern fest.

»Nein, die war nicht umsonst.« Clint Görden mischte sich ein. »Ich habe genau gesehen, daß sie ein richtiges Messer in der Hand gehalten hat. Und die Klinge hat auch im Licht der Scheinwerfer ganz anders gefunkelt. Ihr habt es doch selbst gesehen, verdammt. Ihr seid meine Zeugen. Ich – ich werfe mich schließlich nicht umsonst zur Seite. Sagt was!«

Niemand wußte eine Antwort. Wie auf Kommando wandten die Schauspieler die Köpfe und schauten Charles Lomax an.

Der hob die Schultern. »Ich weiß es nicht«, gab er zu.

»Ob wir die Polizei verständigen?« fragte Clint Görden. Fahrig strich er sein langes Haar zurück.

»Das ist alles noch einmal gutgegangen«, mischte sich die Souffleuse ein.

»Aber du gibst zu, daß etwas nicht gestimmt hat.«

Mara schaute Clint Görden an. »Ich kann es nicht beschwören. Wir haben ja alle nur auf dich geachtet.«

»Das stimmt«, sagte auch der Regisseur.

»Ich bleibe dabei, daß das oder die Messer echt waren. Tut mir leid.«

»Und bleibst du auch dabei, daß ich dich ermorden wollte?« erkundigte sich Jill.

»Ja und nein.«

»Das ist eine Unverschämtheit.«

Clint schaute Jill an. »Ich will ja nichts von dir, aber du mußt es begreifen. Das Messer war echt, und du hast es in der Hand gehalten. Gib es doch zu!«

»Vielleicht...«

»Was heißt das?«

Jill schaute von einem zum anderen. Sie hob die Schultern. »Ich kann es nicht erklären. Da war plötzlich etwas in mir. Etwas, das mich leitete und mir völlig fremd war. Schlimm, sagte ich euch. Sehr schlimm.«

»Kannst du dich nicht genauer ausdrücken?« fragte Charles Lomax.

»Nein.«

Der Regisseur wandte sich an die anderen beiden Frauen. »Und ihr? Was ist mit euch? Habt ihr das Fremde auch gespürt?«

Lomax bekam ein zögerndes »Ja« zur Antwort.

»Da sehen Sie es!« rief Clint. »Man wollte mich doch umbringen! Oh, ich bin verloren.« Theatralisch verdrehte er die Augen.

Jill mischte sich ein. »Aber nicht bewußt. Wirklich nicht. Etwas anderes hat mich geleitet.«

Clint lachte nur. »Das ist eine Ausrede«, erwiderte er leicht durch die Nase gesprochen. Er fühlte sich auf einmal im Mittelpunkt, als ein Star, der bedauert werden wollte.

»Ich möchte mich bei dir entschuldigen«, sagte Jill und reichte Clint die Hand.

Der zögerte.

»Verdammt, zier dich nicht so«, rief der Regisseur. »Du hast ja gesehen, daß sie es nicht wollte...«

»Lächerlich, lächerlich. Nein, ich verlange Satisfaktion.«

Charles winkte ab. »Hör auf. Du kannst höchstens deine Gage verlangen, mehr nicht.«

Von der Beleuchterbühne meldete sich ein Mann. »Können wir eigentlich gehen, Mr. Lomax?«

Daran hatte Charles gar nicht gedacht. Er hatte es in der Aufregung und dem Trubel völlig vergessen. Es lag auf der Hand, daß die Probe unterbrochen wurde.

Lomax lächelte. »Wir alle scheinen ein wenig nervös zu sein. Deshalb plädiere ich für ein Ende. Morgen sieht die Sache schon ganz anders aus. Wir treffen uns um elf Uhr wieder hier.«

Die Schauspieler nickten. Sie alle waren froh, gehen zu können. Diese letzte Szene, die wirklich nicht im Drehbuch stand, war ihnen mehr als unheimlich vorgekommen.

Nur Clint Görden moserte noch. Er wollte nach wie vor seine

Genugtuung. Lomax kannte ihn. Morgen würde er sich wieder beruhigt haben. Er blieb noch da.

Und auch Mara ging noch nicht. Beide hörten, wie die Türen schlugen, dann wurde es still.

Still und düster, denn der Techniker hatte die Scheinwerfer ausgeschaltet. Es brannte nur noch die Notbeleuchtung in den vier Gassen rechts und links der Bühne.

Mara lehnte sich an ihren Freund. Ein schmaler Lichtstreifen fiel über ihr Gesicht. Der Körper blieb im Dunkeln.

»Willst du nicht gehen?« fragte Lomax.

»Nein, ich warte auf dich.«

»Für immer?« lächelte der Regisseur.

»Meinetwegen auch das. Aber du bist ja zu feige, mein lieber Charly Lomax.«

»Das Wort feige kann ich schon nicht mehr hören«, schimpfte Charles Lomax.

»Wie denkst du denn darüber?« fragte Mara.

»Über die Vorfälle?«

»Klar.«

»Ich denke an meinen Kaffee.«

»Wieso?«

»Da war Blut im Becher. Ich sage dir, Mara«, der Regisseur senkte die Stimme zu einem Flüstern, »hier geht einiges nicht mit rechten Dingen zu.«

»Ach, Unsinn.« Überzeugend klang die Antwort nicht, denn auch Mara hatte bemerkt, daß die Verwandlung des Messers nicht von ungefähr gekommen war. Zudem hatten sich die drei Schauspielerinnen verändert. Ihr Ausdruck auf den Gesichtern war echt gewesen. Sie hatten den Kollegen in diesen Augenblicken gehaßt.

»Aber was sollte das denn sein?«

Lomax hob die Schultern. »Ich weiß es nicht. Wenn ich je an Geister glaubte, würde ich denen die Schuld geben.«

Mara lachte nur. »Geister, die gibt es nur im Märchen.«

»Eben.«

»Laß uns gehen, Charly.«

Lomax nickte. »Wird wohl am besten sein. Ich habe auch keine

Lust mehr.« Er wandte sich ab und ging dorthin, wo seine Jacke lag.

Auf halbem Weg stoppte er. Etwas Kaltes hatte seinen Nacken gestreift.

Wie eine Hand.

»Was ist los?« fragte das Girl.

»Nichts, nichts.«

»Doch, du bist so komisch.«

Lomax strich über seinen Hals. »Mir war, als hätte mich jemand berührt. Oder ein Windhauch.«

»Ich habe nichts gespürt.«

»Kann ich mir denken. Ich bin anscheinend völlig überreizt.« Er nahm seine Jacke hoch.

Im selben Augenblick wurde sie ihm aus der Hand gerissen.

»He!« rief Lomax überrascht und sah, wie die Jacke in der Luft einen Bogen schlug und in den Zuschauerraum flog, wo sie zwischen den Sitzen liegenblieb.

»Charly!« Maras Stimme klang schrill.

»Was ist das?«

Plötzlich hörten beide das Lachen. Es klang leise, hämisch, aber triumphierend.

»Hab' ich dich endlich, Lomax?« hörten sie eine flüsternde Frauenstimme.

Charles fuhr herum. Er sah niemanden.

»Du bist der letzte in der Reihe, Lomax!«

»Verdammt, wer spricht da?«

»Ich!«

»Charly«, flüsterte Mara. »Charly, das ist Teufelsspuk. Glaub mir. Ich weiß es...«

»Unsinn, da hat jemand ein Tonband angestellt.«

»Nein, es ist kein Band. Ich existiere wirklich.«

Der Regisseur schwitzte. »Dann zeige dich endlich, verdammt. Los, ich will dich sehen!«

»Moment! Schau zum Souffleurkasten.«

Nicht nur Charles blickte dorthin, sondern auch Mara. Und beide sahen das Unwahrscheinliche.

Vor dem Kasten begann die Luft zu flimmern. Aus diesem Luftstrudel schälte sich die Gestalt einer Frau.

Plötzlich stand ein blondes Mädchen auf der Bühne. Es trug ein einfaches Leinenkleid und schaute die beiden Menschen nur an.

Lomax fing sich als erster. »Wer – wer sind Sie?« erkundigte er sich stotternd.

»Ich bin Godwina, die Hexe!«

Lomax schüttelte den Kopf. »Eine Hexe?« echote er, dann begann er zu lachen. Er fühlte Maras Hand in der seinen. Die Berührung gab ihm die nötige Kraft.

»Und was wollen Sie von mir?« fragte er.

»Dich töten, Charles Lomax!«

Wütend riß Gary Sanders seine Spindtür auf. Der Beleuchter war obersauer. Schon zwei Stunden über die Zeit. Von seiner Frau würde er die bittersten Vorwürfe zu hören bekommen, und er konnte nichts darauf erwidern.

Aber die Sache mit den Messern, die war wirklich nicht normal. Das war ein böses Omen, da steckte sicherlich mehr dahinter, als es den Anschein hatte.

Sanders streifte seine gefütterte Jacke über und schloß den Reißverschluß. Er knipste das Licht aus und verließ durch einen Nebeneingang das Theater.

Es war kalt. Er fuhr einen alten Fiat und hoffte, daß der Wagen ansprang.

Das Fahrzeug stand auf dem Hinterhof des Theaters, direkt neben einer alten Kulissenwand aus Pappe, die langsam aber sicher aufweichte. Sanders holte seinen Autoschlüssel hervor und wollte ihn gerade ins Schloß führen, als sich rechts von ihm eine Gestalt aus der Deckung des Bretterstapels löste.

Sanders erschrak.

Der Mann kam auf ihn zu. Eine Taschenlampe wurde eingeschaltet, während Sanders unwillkürlich eine abwehrende Haltung einnahm. Der Strahl wanderte über ihn hinweg und verlöschte.

»Sie brauchen keine Angst zu haben, Mister. Ich bin von Scotland Yard und hätte Ihnen gern ein paar Fragen gestellt.«

Der Beleuchter entspannte sich. Er lächelte sogar, ließ sich aber den Ausweis zeigen.

»Ist innerhalb des Theaters in den letzten beiden Stunden irgend etwas Außergewöhnliches vorgefallen?«

»Das kann man wohl sagen, Sir.«

»Ja?« fragte der Beamte überrascht.

»Und wie. Ich kann Ihnen sagen, ich stehe noch unter dem Schock, den ich bekommen habe.«

»Bitte, folgen Sie mir, Mister...«

»Sanders. Gary Sanders. Wohin soll ich denn?«

»Zu meinem Wagen. Sie werden als dringender Zeuge gesucht. Schnell, beeilen Sie sich...«

Suko und ich hockten trübe am Schreibtisch und starrten auf die Platte. Sir James Powell war ebenfalls noch da. Er hatte sich jedoch in sein Büro verzogen. Wir sollten ihm Bescheid geben, falls sich die Lage änderte.

Schon fast zwei Uhr. Jetzt kam die Müdigkeit. Es bereitete mir Mühe, die Augen offenzuhalten. Immer wieder war ich nahe daran, einzunicken.

Ich trat ans Fenster und schaute hinaus. Auch London war dunkel geworden. Im Norden, wo Soho liegt, sah ich keinen Widerschein der Lichter am Himmel, wie es sonst immer der Fall ist. In dem Vergnügungsstadtteil waren die Lichter erloschen.

Ruhe...

Aber nicht bei uns. Wir waren nervös. Laufend kamen über Walkie-talkie die Meldungen der beobachtenden Beamten. Sie waren durch die Bank negativ.

»Noch einen Kaffee?« fragte Suko.

»Nein.« Hastig winkte ich ab. »Hinterher gewöhne ich mich noch an das Zeug.«

»Wir können ja Glenda anrufen.«

»Die wird sich bedanken.«

Suko grinste. »Für dich tut sie doch alles, oder sehe ich das so falsch?«

»Keine Ahnung.«

Dann erschrak ich, als das Telefon schrillte. Sofort hob ich ab.

Sir James Powells Stimme klang ruhig wie immer, obwohl er die brandheiße Nachricht für uns hatte.

»Wir haben ihn, John. Es ist Charles Lomax, der Schauspieler und Regisseur aus dem Royal Garden Theatre.«

»Das ist sicher?«

»Ja. Viel Erfolg.« Sir James legte auf.

Suko stand schon an der Tür. Vergessen war meine Müdigkeit. Mit dem Lift jagten wir nach unten in die Garage, wo mein Bentley dicht am Ausgang stand. Bis zum Hyde Park war es eine weite Strecke zu fahren.

Wir mußten uns sputen.

Ich gab Gas und schoß die Auffahrt hoch. Godwina hieß die Hexe. Sie sollte sich wundern. Die Beamten hatten den ausdrücklichen Befehl, nicht einzugreifen, wir wollten nicht noch mehr Menschenleben aufs Spiel setzen.

Und ich fragte mich, ob die Hexe es diesmal schaffen würde oder ob sie mich wieder narrte...

Charles Lomax glaubte ich verhört zu haben. Das konnte doch nicht wahr sein, was die Kleine ihm da erzählt hatte. Das war ganz einfach ein schlechter Witz.

»Was wollen Sie?« fragte er noch einmal, um sich genau zu vergewissern.

»Dich töten!«

»Das ist doch lächerlich«, erwiderte der Regisseur, als er sich gefangen hatte. »Warum solltest du mich umbringen? Es gibt keinen Grund dafür.«

Godwina lächelte, als sie erklärte: »Doch, es gibt einen.« Der Ausdruck in ihren Augen strafte das Lächeln Lügen. Sie funkelten vor brennendem Haß. Dieses Mädchen strömte eine unsagbare Kälte aus, die den Regisseur schaudern ließ. Es war jedoch keine normale winterliche Kälte, sondern sie kam vom Gefühl her. Aus der Seele, falls diese Person überhaupt eine besaß.

Auch Mara hatte Angst. Sie zitterte und hatte Mühe, ein Klappern ihrer Zähne zu unterdrücken, denn sie spürte, daß diese Person nicht spaßte und es ihr blutiger Ernst war. Plötzlich sah sie die Dinge der nahen Vergangenheit in einem völlig anderen Licht. Der Mordversuch, er hatte tatsächlich stattgefunden. Es war keine Täuschung gewesen, und wahrscheinlich steckte auch diese blonde Godwina dahinter.

»Laß uns gehen!« hauchte Mara. So leise die Worte auch gesprochen waren, Godwina hörte sie trotzdem.

»Nein, ihr kommt hier nicht weg. Ihr werdet alle beide sterben. Und dir, kleines Biest, muß es direkt ein Vergnügen bereiten, mit deinem Geliebten in den Tod zu gehen. Nicht wahr, Lomax, du betrügst deine Frau mit diesem Mädchen.«

»Was hat das damit zu tun? Willst du mich deshalb töten? Hat meine Frau dich geschickt?«

»Nein, mich schickt die Vergangenheit. Ihr habt euch nicht geändert in all den Jahren. Ihr seid die gleichen geblieben. Das stelle ich jetzt fest.«

»Ich verstehe das nicht.«

»Gut, Charles Lomax, ich werde es dir erklären. Einer deiner Ahnherren hat mich getötet. Er war dabei, als man mich vor vierhundert Jahren auf den Scheiterhaufen stellte und ihn anzündete, doch der Teufel gab mir die Kraft, weiterzuleben. Ich habe nichts vergessen, gar nichts. Und ich kassiere jetzt. Drei waren es. Zwei sind bereits gestorben. Doyle und Savino sind so verbrannt wie ich damals. Dir steht das gleiche Schicksal noch bevor. Hier in diesem Theater wirst du sterben, direkt auf der Bühne. Aber das ist kein Theater, sondern Wirklichkeit. Du und deine Geliebte, ihr sollt die gleichen Schmerzen erleiden wie ich. Ihr sollt winseln und schreien, das will ich.«

Der Regisseur glaubte immer noch daran, es mit einer Verrückten zu tun zu haben. »Gut«, sagte er. »Meinetwegen. Du kannst mich töten, aber laß Mara in Ruhe. Sie hat dir nichts getan. Sie ist unschuldig an allem.«

»Mitgefangen, mitgehangen, so heißt es doch bei euch. Auch sie wird in den Flammen sterben, das verspreche ich, so wahr ich Godwina heiße.«

Charles Lomax hatte bisher zugehört und nur hin und wieder etwas gesagt. Jetzt hielt er es an der Zeit, diesem Mädchen zu zeigen, wer Herr im Hause ist.

»Hören Sie zu«, sagte er mit heiser klingender Stimme. »Bis jetzt habe ich Sie in Ruhe gelassen, aber das ist vorbei. Wenn Sie nicht freiwillig verschwinden, werfe ich Sie mit eigenen Händen hinaus. Das ist ein Versprechen, obwohl ich nicht gerade ein Freund körperlicher Gewalt bin.«

»Wie willst du das anstellen?« fragte Godwina spöttisch.

Der Regisseur löste seine Hand aus Maras Griff. »So, zum Beispiel«, sagte er und ging mit festen Schritten auf die spöttisch lächelnd dastehende Hexe zu.

»Nicht, Charles!« Maras Warnung kam zu spät, Lomax war nicht mehr zu stoppen.

Godwina ließ ihn kommen. Als er sich nur noch einen Schritt vor ihr befand, handelte sie.

Urplötzlich hob sie den rechten Arm, spreizte noch in der Bewegung die Finger, und fünf Blitze schossen hervor, die Charles wie ein Netzwerk umspannten.

Er schrie. Dabei beugte er seinen Körper durch. Wie in einem Käfig mit Strom kam er sich vor. Sein Körper wurde durchgeschüttelt, die Luft wurde ihm knapp, und langsam sank er in die Knie.

»Charly!« brüllte Mara.

Sie lief zu ihm, faßte ihn an und fuhr zurück. Ihr Geliebter stand unter Strom, anders konnte sie den Schlag nicht erklären, den sie plötzlich bekommen hatte.

Mara taumelte zurück, sie mußte weiterhin mit ansehen, wie der Regisseur vor den Füßen der Hexe zusammensank, zu Boden fiel und liegenblieb.

Mara erschrak. »Ist er – ist er tot?« flüsterte sie.

Die Hexe lachte. »Glaubst du denn, daß ich es ihm so leicht mache, Mädchen?«

»Aber er...«

»Unsinn, Kindchen. Er soll leiden. So leiden, wie ich damals gelitten habe. Sein Ahnherr hat sich an mir vergangen, zusammen mit den anderen. Das Böse aber wird mich rächen, denn nun habe ich den Schutz des Teufels. Meine Magie ist stärker.«

»Aber er hat Ihnen doch nichts getan!« schrie Mara, während Tränen über ihre Wangen liefen.

»Das Blut seiner Vorfahren fließt auch in seinen Adern. Die Lomax müssen ausgelöscht werden.« Sie deutete auf den Regisseur. »Schau, wie er da liegt. Vorhin wollte er mich noch von der Bühne werfen. Nein, das schafft er nicht. Niemals. Ich bin stärker als ihr verdammten Menschen.«

Wahnsinn! Das ist Wahnsinn! schrie es in dem Mädchen. Ich träume. Lieber Gott, ich träume. Gib, daß ich träume. Doch sie brauchte nur in die Augen der Hexe zu schauen, um zu wissen, daß es kein Traum, sondern harte Wirklichkeit war.

»Hast du noch einen letzten Wunsch?« fragte Godwina.

Mara schaute die blonde Hexe an. »Ja«, flüsterte sie, »ich habe einen.«

»Dann sprich.«

Mara raffte all ihren Mut zusammen. »Ich will, daß du in der Hölle schmorst, verdammt Hexe!«

Godwina war einen Moment lang über diese Bemerkung verwundert. Sie hätte dem Mädchen nicht soviel Mut zugetraut. Die Kleine war stärker als ein Mann. Der lag noch immer zu ihren Füßen und hatte sich von dem Schock nicht erholt.

So jedenfalls schien es.

Aber dem war nicht so. Dem Regisseur war es gelungen, die Hexe zu täuschen. Er spielte noch immer den Geschlagenen, in Wirklichkeit jedoch hatte er sich wieder gefangen. Nur brauchte das die Hexe nicht zu merken.

Charles Lomax lauerte auf eine Chance.

»In der Hölle!« kicherte die Hexe. »Weißt du überhaupt, wie es in der Hölle aussieht?«

»Nein, aber ich kann es mir vorstellen.«

»Gar nichts kannst du. Für dich wird die Hölle ein einziger Garten des Schreckens sein. Du wirst das Grauen erleben. Mich schreckt es nicht, denn ich komme aus der Hölle und habe den Teufel, den obersten Höllenfürsten, auf meiner Seite. O ja, er hat zahlreiche Günstlinge auf dieser Welt, das kannst du mir glauben. Viele Menschen reißen sich darum, an seiner Seite stehen zu können. Sie verkaufen ihm noch immer ihre Seelen, wie in den Jahren zuvor. Die alten Geschichten, Legenden und Märchen sind gar nicht so unwahr. Einiges stimmt schon mit der Wirklichkeit überein, die Geschichten von Hexen, Geistern und Teufeln. Aber warum erzähle ich dir das alles? Du sollst und wirst sterben. Vor deinem Geliebten noch. Er kann zusehen, wie du verbrennst, meine Liebe.«

Der Regisseur hatte jedes einzelne Wort verstanden. Es fiel ihm ungeheuer schwer, hier noch immer den Passiven zu spielen. Am liebsten wäre er aufgesprungen und der Hexe an den Kragen gegangen. Doch so einfach ging das nicht. Er mußte sich ungeheuer in acht nehmen.

Er erhielt einen Tritt in die Seite und stöhnte auf. Die Hexe hatte zugetreten.

»Schlappschwanz!« lachte sie. »Heutzutage seid ihr alle keine Männer mehr. Könnt nicht mehr kämpfen und ein Schwert führen. Alles Männliche ist euch abgegangen.« Sie wandte sich wieder Mara zu. »Verbrennen wirst du. Wie ich damals. So steht es in meinem persönlichen Buch der Rache.«

Mara konnte nichts sagen. Und seltsam, sie spürte nicht einmal die große Todesangst, über die sie soviel gelesen und gehört hatte. Es war nichts da, nur eine Leere.

Die Hexe ging auf das Mädchen zu. Sie schritt dabei an dem auf dem Boden liegenden Regisseur vorbei.

Eiskalt wartete Charles Lomax ab. Er wußte selbst nicht, woher er den Mut nahm.

Noch einen Schritt ließ er die Hexe gehen.

Dann reagierte er.

Charles schnellte hoch und hieb beide Fäuste gegen die Hüfte der Hexe, die von diesem Schlag völlig überrascht wurde.

Sie konnte sich nicht mehr halten, kippte nach rechts weg, stolperte dabei über den Souffleurkasten und fiel von der Bühne. Sie landete in der Gasse zwischen Bühne und Zuschauerraum.

Durch diesen wirklich simplen Trick hatte der Regisseur wertvolle Sekunden gewonnen.

Er sprang hoch!

»Komm!« schrie er und rannte auf die wie erstarrt dastehende Mara zu. »Wir müssen weg!«

Als Mara nicht so schnell reagierte, lief er einfach gegen sie und riß sie mit.

Das Girl wußte gar nicht, wie ihm geschah. Mara wurde kurzerhand mitgeschleift und stolperte neben dem Mann auf den dunklen Abdeckvorhang im Hintergrund der Bühne zu.

Beide wußten, daß die Zeit äußerst knapp war und daß ihnen eine Hetzjagd auf Leben und Tod bevorstand...

Auch uns saß die Zeit im Nacken.

Obwohl kaum Verkehr herrschte, waren die Ampeln nicht abgeschaltet worden.

Wir hatten manchmal Pech und mußten warten.

Ich hatte mich über das Theater informiert. Es gehörte nicht zu den großen, sondern vegetierte am Rande des Existenzminimums dahin. Von der Stadt London wurde es subventioniert. Mit der Auflage, auch die Stücke unbekannter Nachwuchskünstler zu bringen.

Ich selbst war noch nie in diesem Theater gewesen.

Suko hielt den Sprechfunk zur Zentrale aufrecht. Bis jetzt waren noch keine alarmierenden Meldungen eingetroffen, was uns wiederum Auftrieb gab.

Vielleicht packten wir es.

Wir fuhren jetzt über die breite Grosvenor Road. Rechts von uns lag das Gelände des Green Park. Dieser kleinere Park wurde nur von Hyde Park Corner von dem größeren getrennt.

Wenige Minuten später erreichten wir Hyde Park Corner. Wir fuhren in Richtung Park Lane und sahen das gewaltige Hilton Hotel.

Vor dem Hotel bogen wir ab.

Hertford Street.

Unser Ziel.

Hier irgendwo mußte das Theater sein.

Einige im Dunkeln liegende Geschäfte, Wohnungen, dazwischen ein einstöckiges Gebäude, mehr lang als hoch.

Das Theater!

Wir atmeten auf.

Vor dem Bau befand sich ein kleiner Parkplatz. Einige Wagen standen dort. Als ich den Bentley herumschwenkte, wurde eine Autotür geöffnet, und ein Mann kam auf uns zu.

Es war ein Kollege.

Als ich die Tür aufstieß, vernahm ich seine Meldung. »Keine besonderen Vorkommnisse.«

Mir fiel ein Stein vom Herzen. »Kennen Sie sich hier aus?« fragte ich.

»Wieso?«

»Haben Sie sich das Gebäude angesehen?« Ich deutete auf die

Eingangstür aus Glas. »Dort möchte ich nicht gerade hereinspazieren.«

»Klar, Sir. Kommen Sie mit!«

Suko und ich schritten hinter dem Mann her. Er führte uns um das Gebäude herum zum Hinterausgang. Er lag in einer schmalen Stichstraße und war von einer Mauer umgeben. Ein Tor aus Eisen diente als Eingang. Es stand offen.

Als wir hindurchschritten, löste sich auf dem Hinterhof ein weiterer Beamter aus der Mauerdeckung. Er hatte den Kragen seines Mantels hochgestellt und winkte knapp.

»Alles ruhig«, meldete er.

Ich nickte. »Wie kommen wir in das Theater hinein?«

Er deutete zwischen zwei abgestellten Kulissen hindurch. »Dort befindet sich eine schmale Tür. Da ist auch der Mann herausgekommen, der mich gewarnt hatte.«

Wir waren mit wenigen Schritten an der Tür. Ich legte meine Hand auf die kalte Metallklinke.

Die Tür war offen.

Zu den Beamten gewandt, sagte ich: »Sie bleiben hier und geben uns Rückendeckung!«

Die Männer nickten.

Dann zog ich die Tür auf, und wir betraten das Royal Garden Theatre...

Es kam den beiden Flüchtenden zugute, daß sie die Räumlichkeiten des Theaters wie ihre Westentasche kannten. Sie wußten, wo sie sich verstecken konnten. Ob das aber reichte, der Hexe zu entkommen, war fraglich. Sie hatte gezeigt, zu welchen bösen Überraschungen sie fähig war, und würde es den beiden auf keinen Fall leicht machen.

Als sich die Hexe wieder auf der Bühne materialisiert hatte, war diese leer.

Godwina stieß eine Verwünschung aus. Sie sah aber noch, wie sich die Falten des Vorhangs bewegten.

Dort waren die beiden verschwunden!

Ein böses Lächeln umspielte die Lippen der Hexe, als sie auf den Vorhang zulief. Sie schlüpfte durch den Spalt und befand sich zwar noch auf der Bühne, aber sie sah bereits die Brandmauer.

Von beiden Seiten zweigten die Gassen ab. Eine führte in die kleine Inspizientenkammer.

Dort schaute Godwina zuerst nach.

Der Raum war leer. Sie sah nur die elektrische Anlage, die Knöpfe und Hebel, durch die Vorhang und Bühnenboden bewegt werden konnten.

Damit wußte die Hexe nichts anzufangen.

Sie machte kehrt und sah gleichzeitig den Fehler ein, der ihr unterlaufen war.

Sie hätte die beiden sofort töten und nicht so lange zögern sollen.

Jetzt mußte sie ihre Opfer erst suchen.

Und die befanden sich noch immer im Theater...

Die beiden hatten sich versteckt. Sie waren durch die zweite Gasse gelaufen, an die sich die kleine Requisitenkammer anschloß. Von hier gab es einen Weg zum Schnürboden, wo auf langen Schienen die Scheinwerfer montiert waren und die Beleuchter ihre Plätze hatten.

Sie blieben erst einmal stehen. »Ich hätte den eisernen Vorhang herunterlassen sollen«, sagte Charles Lomax und atmete schwer.

»Das hat doch keinen Sinn. Die Hexe ist schneller. Sie – sie kann sich unsichtbar machen.«

»Stimmt auch wieder.« Charles schaute an der Eisenleiter hoch, die an der Decke durch eine Luke führte.

»Willst du auf den Schnürboden?« fragte das Girl erschreckt.

»Ja.«

»Und dann?«

»Vielleicht kann ich einen Scheinwerfer herunterwerfen und die Hexe damit erschlagen.«

»Aber wir müssen fliehen!«

»Und dann?«

»Wie?«

»Die Hexe wird uns finden. Wir können vor ihr nicht weglaufen. Die ist immer schneller.«

»Und wenn wir die Polizei anrufen?«

»Kannst du mir sagen, von wo?«

»Es gibt doch Telefone genug.«

»Dazu müßten wir wieder raus. Nein, ich bleibe bei meinem Plan. Ich klettere hoch.«

Mara klammerte sich an dem Mann fest. »Nein, bitte nicht, Charles. Tu mir das nicht an...«

»Sie vernünftig, Kindchen. Du wartest hier.« Charles deutete auf einen schmalen Schrank, der mal als Dekoration für ein pompöses Schauspiel hergehalten hatte. »Dort kannst du dich verstecken!«

Mara schüttelte den Kopf. »Ich würde vor Angst umkommen.«

»Was willst du dann machen?«

Das Mädchen holte tief Luft. »Ich gehe mit dir, Charles. Wenn wir schon sterben sollen, dann gemeinsam.«

Lomax lachte. »Sehr löblich, aber Unsinn.«

»Du kannst mich nicht umstimmen.«

Charles kannte den Dickkopf der jungen Schauspielerin. Er wußte, daß er gegen eine Wand redete. »Ist gut!«, flüsterte er. »Geh mit. Und bete, daß wir es schaffen.«

Charles ließ seine Geliebte zuerst die schmale Eisenleiter hochgehen. Er wartete, bis ihr Kopf in der Luke verschwunden war, und folgte ihr dann. Dabei warf er immer wieder einen Blick nach unten, doch die schmale Tür blieb zu.

Zum Glück...

Beide bemühten sich, so wenig Geräusche wie möglich zu verursachen. Ihr Vorhaben war nicht ungefährlich. Zwar kannten sie sich auf dem Schnürboden aus, aber jetzt war es dunkel. Der Schein der Notbeleuchtung war zu schwach.

Sie stiegen auf Zehenspitzen hoch. Dabei mußten sie achtgeben, daß sie auf dem rutschigen Metall nicht ausrutschten. Die Leiter war ziemlich schmal, doch sie schafften es, die erste Galerie zu erreichen. Ein schmales Laufbrett führte parallel zu der Schiene entlang, wo die ersten Scheinwerfer befestigt waren.

Neben dem größten blieben sie stehen.

Charles legte einen Finger gegen seine Lippen und schaute nach unten. Der Bühnenboden war kaum zu erkennen, nur mehr zu ahnen. Ihre Augen hatten sich zum Glück an das Dämmerlicht gewöhnt, so daß sie ein paar Einzelheiten erkennen konnten.

Sie sahen die Kulissenwände, ein paar Stühle und das Regal, das mit kleineren Gegenständen gefüllt war.

Nur von der Hexe sahen sie nichts. Charles war jedoch sicher, daß sie bald auftauchen würde, und bis dahin mußte er es geschafft haben.

Er schaute sich den Scheinwerfer an. Mara stand neben ihm, hatte die Hände um die Laufschiene gekrallt und zitterte vor Angst.

Charles Lomax war kein technisches Genie. Er wußte zwar, wie man die Scheinwerfer einstellte, aber ihm war unbekannt, wie er sie von der Schiene lösen sollte.

Dann sah er die beiden Flügelschrauben. »Hier schaffen wir es«, flüsterte er.

»Ohne Werkzeug?« fragte Mara.

Charles stand da wie vom Donner gerührt. Selbst in dem schwachen Licht konnte Mara erkennen, daß er blaß wurde. »Ja, du hast recht«, sagte er. »Daran habe ich nicht gedacht.«

Mara aber war zur Seite gegangen. Sie kannte sich oben besser aus als der Regisseur. Sie wußte, daß sich am Ende der Laufschiene jeweils Werkzeugkästen befanden.

Sie entdeckte einen Kasten, klappte den Deckel hoch und fand auch eine Zange.

Damit kehrte sie zurück.

»Versuch es!«

Dankbar nahm Charles die Zange entgegen. Er öffnete sie und klemmte die erste Schraube zwischen beide Backen ein. »Drück mir die Daumen«, hauchte er und drehte an der Schraube.

Es klappte. Sie ließ sich tatsächlich bewegen. Und zwar leichter, als er gedacht hatte.

Sein Mut wuchs. Er machte sich an der zweiten Schraube zu schaffen, während Mara den Scheinwerfer festhielt, damit er nicht jetzt schon abkippte.

Auch die Schraube löste er.

»Halt dich gut fest«, sagte der Regisseur leise.

Mara nickte.

Beide hatten die Gefahr im Augenblick vergessen. Sie konzentrierten sich voll und ganz auf die vor ihnen liegende Aufgabe. Jetzt brauchte nur noch die Hexe zu kommen.

Aber die erschien nicht.

Eine Minute verging.

Mara schaute sich immer wieder furchtsam um. Ihre Hände waren trocken. Sie spürte noch die Kälte des Metalls. Beide wußten, daß für die Hexe Entfernungen kein Problem waren. Dieses blonde Weib konnte sich überall materialisieren.

Plötzlich knallte eine Tür.

Die beiden schraken zusammen, und fast wäre ihnen der schwere Scheinwerfer abgerutscht. Im Nachfassen hielten sie ihn noch fest.

Da tauchte die Hexe auf. Sie schlich über die Bühne, und sie warf auch einen Blick zum Schnürboden hoch.

Ob die Blonde sie entdeckt hatte, das wußten beide nicht. Der Regisseur reagierte instinktiv.

»Jetzt!« schrie er und gab dem Scheinwerfer einen Stoß.

Der schwere Gegenstand kippte nach unten. Er raste haargenau auf Godwina zu...

Ich hatte Angst, die Bleistiftleuchte anzuschalten. Ihr Aufblitzen und auch ein verdächtiges Geräusch konnte uns zu leicht verraten. Wie die Diebe schlichen wir uns in das Theater.

Wir kamen nur langsam voran, weil es verdammt finster war. Auf dem Boden konnten überall Gegenstände herumliegen. Wir wußten nicht, wo sich die Wände befanden, die Türen oder irgendwelche vorspringende Ecken.

Es war zu dunkel.

Doch langsam gewöhnten sich unsere Augen daran. Wir sahen auch einen fernen Schimmer.

Rötlichgelb...

Da wir diesen Schimmer sahen, nahmen wir an, daß keine störenden Hindernisse zwischen ihm und uns lagen. Der Weg war also frei.

Wir riskierten es und gingen etwas schneller.

Es wurde etwas heller, und wir fanden uns in einem Gang

wieder. Weiter vor uns zeichnete sich ein Rechteck vor der etwas helleren Wand ab.

Ein Kaffeeautomat, das sahen wir, als wir näher kamen.

Vor dem Automat breitete sich eine Lache auf dem Boden aus. Fast wäre ich ausgerutscht.

Wir umgingen die Lache und schlichen auf eine Tür zu.

Beide hatten wir die Waffen gezogen. Suko hielt die Dämonenpeitsche in der Hand, ich meine Beretta, und das Kreuz hing offen vor meiner Brust.

Ich war als erster an der Tür. Führte sie zur Bühne?

Suko stand einen Schritt hinter mir. In seinem Gesicht regte sich kein Muskel.

Ich zog die Tür auf.

Ja, wir konnten auf die Bühne schauen. Ich sah einen schwarzen Vorhang an der linken Seite und rechts eine rötlich schimmernde Backsteinmauer.

Nur von der Hexe nichts.

Ich ging vor.

Unter meinen Füßen befand sich ein dünner Teppichboden, der die Geräusche dämpfte.

Gegenüber, an der anderen Bühnenseite, erkannte ich die Öffnungen von zwei Gassen. Und aus einer schälte sich eine Gestalt hervor.

Die Hexe!

Ich duckte mich.

Auch Suko hatte die blonde Godwina erkannt. Ich wollte sie gerade ansprechen, als etwas geschah, womit wir überhaupt nicht gerechnet hatten...

Ich sah den dunklen Gegenstand erst im letzten Augenblick. Er hatte sich irgendwo oben vom Schnürboden gelöst und raste auf die Bühne zu.

Sein Ziel: die Hexe!

Normalerweise hätte ich einen Warnruf ausgestoßen. Hier jedoch nicht. Ich wollte den Tod dieser Bestie.

Eine Warnung wäre auch nicht nötig gewesen, Godwina wußte sich selbst zu helfen.

Sie zog ihren Körper zusammen, drehte sich dabei und streckte die Arme dem fallenden Scheinwerfer entgegen. Im ersten Moment schien es so, als wollte sie ihn auffangen.

Das geschah nicht.

Der Scheinwerfer, der einen normalen Menschen zerschmettert hätte, zerplatzte über dem Kopf der Hexe, als hätten ihn Geisterhände auseinandergerissen.

Es gab einen explosionsartigen Knall, in den sich das Splittern von Glas mischte. Dann zischten die einzelnen Teile raketenartig nach drei Seiten weg. Nur nicht auf die Hexe zu.

Wir warfen uns hin, um von den harten Metallstücken nicht getroffen zu werden.

Godwina aber fuhr herum und schaute zum Schnürboden hoch.

»Ha!« brüllte sie und lachte. »Euer Plan ist fehlgeschlagen. Jetzt werde ich...«

»Gar nichts wirst du!« schrie ich in ihre Worte hinein und startete.

Godwina wirbelte herum, sah mich und streckte den rechten Arm aus. Gedankenschnell raste eine Schlange aus bläulich schimmernden Flammen auf mich zu.

Ich feuerte im Laufen.

Doch ich schoß zu überhastet, die Kugel fuhr weit am Kopf der Hexe vorbei.

Dann packten mich die Flammen. In Windeseile krochen sie an meiner Kleidung hoch und erreichten das Kreuz.

Es zischte laut. Dampf wölkte auf, als würde jemand Wasser auf glühende Kohlen schütten. Die Flammen erloschen, bevor ich Schmerzen verspürte.

Die Wolken hüllten mich ein, raubten mir für wenige Augenblicke die Sicht.

Schattenhaft sah ich meinen Partner Suko, wie er auf die Hexe zurannte und seine Peitsche schwang.

Suko wollte sie mit der Dämonenpeitsche vernichten. Es war nur ein Versuch, aber die Hexe setzte all ihre Fähigkeiten ein.

Als Suko zudrosch, löste sie sich auf – und materialisierte neben den beiden Menschen oben auf der Galerie.

Damit hatte im Moment niemand von uns gerechnet. Am wenigsten die beiden Schauspieler.

Das Mädchen sah die Hexe zuerst. Mara schrie schrill auf. Ausweichen konnte sie nicht, und Godwina nutzte die Chance. Hart packte sie zu und riß Mara von ihrem Geliebten weg. Das Girl fiel auf den Steg und blieb zum Glück dort liegen. Es rollte nicht an den offenen Seiten herunter.

Dann griff die Hexe zu. Diesmal wollte sie ernst machen. Ihre Hände waren plötzlich von Flammen umwabert, bevor sie sich um den Hals des Mannes legten.

Das sah auch ich.

Ich konnte nicht so schnell auf die Galerie des Schnürbodens hinauf. Dazu fehlte mir einfach die Zeit. Schießen konnte ich auch nicht. Zu leicht hätte ich Lomax getroffen.

Was blieb?«

»Wirf das Kreuz!« schrie Suko.

Seine Stimme hallte hoch zur Galerie, und auch Mara hatte die Worte verstanden.

Soeben kam sie auf die Füße.

Ich streifte mir die Kette über den Kopf, ließ das Kruzifix auf dem rechten Handteller liegen, schwang den Arm zurück und schrie: »Auffangen!«

Das Girl schaute mich an.

Da schleuderte ich das Kreuz zur Galerie hoch.

Es beschrieb einen Bogen, blitzte dabei auf – und wurde von Mara geschnappt.

»Stoß es ihr in den Rücken!« brüllte ich.

Das Mädchen reagierte fantastisch. Kaum drang der Befehl über meine Lippen, da warf sie sich auf die Hexe und preßte ihr das Kreuz nicht gegen den Rücken, sondern an den Hinterkopf.

Godwina hatte sich auf den Regisseur gestürzt. Dessen Kleidung stand bereits in Flammen.

Er schrie verzweifelt.

Dann trat das Ereignis ein, das ich erwartet hatte.

Godwina, die Hexe, zuckte zurück. Sie spürte die ungeheure Kraft der Weißen Magie. Der Zauber des Lichts erfaßte sie. Sie bäumte ihren Oberkörper auf, schrie und verlor die Kontrolle über sich. An dem Girl taumelte sie vorbei, und Mara nutzte die

Chance, um sich auf Charles zu werfen. Sie erstickte mit ihrem Körper die Flammen.

Erschöpft blieben beide auf der schmalen Galerie liegen.

Die Hexe aber war geschlagen. Sie torkelte weiter, versuchte, sich unsichtbar zu machen. Wir sahen, wie ihre Konturen zerflossen, dann aber wieder die normalen, festen Formen annahmen.

Godwina fiel gegen das Geländer. Sie starrte uns an. Ihre Augen schienen zu brennen.

Und sie verlor das Gleichgewicht.

Wie in Zeitlupe kippte sie nach vorn. Sie konnte sich nicht mehr halten, die anderen Kräfte waren stärker, und die Hexe fiel über das Geländer hinweg in die Tiefe.

Wir sprangen zur Seite.

Zwei Yards vor uns knallte sie zu Boden.

Godwina bot einen schrecklichen Anblick. Die Hälfte ihres Kopfes fehlte. Asche und Knochenteile rieselten aus der Wunde, und die Zersetzung ging weiter.

Das Gesicht zerfiel, bleiche Knochen schimmerten zuerst durch die Haut, dann platzte sie weg.

Sie schlug noch mit den Händen um sich und trampelte mit den Füßen. Dann plötzlich schlugen kleine blaue Funken aus ihrem Körper. In Sekundenschnelle fraßen die winzigen Flammen die Hexe auf. Sie verbrannte im Höllenfeuer.

Wir atmeten auf.

»Sie können kommen!« rief ich den beiden zu.

Es dauerte noch etwas, bis sie sich heruntertrauten. Suko und ich waren ihnen dabei behilflich.

Der Regisseur hatte keine so schweren Verletzungen erlitten, daß er ins Krankenhaus gemußt hätte. Der Schock war schlimmer.

»Sie waren sehr tapfer«, sagte ich zu Mara.

Das Mädchen nickte nur. Es hielt das Kreuz in der Hand. Ich nahm es ihr aus den Fingern.

»Darf ich es nicht behalten?« fragte sie.

»Nein, leider. So wie es Ihnen das Leben gerettet hat, so hat es mir und meinen Freunden auch schon oft geholfen.«

Die Schauspielerin schaute mich an. »Wer sind Sie?«

»Ich bin Oberinspektor Sinclair von Scotland Yard.«

Suko und ich gingen. Wir ließen ein Paar zurück, das engumschlungen auf der Bühne stand.

Unterwegs sagte ich: »Da haben wir es mal wieder geschafft.«

»Wir nicht, das Mädchen.«

Eigentlich hatte Suko recht. Wir waren in diesem Fall fast nur Statisten gewesen, um mal bei der Theatersprache zu bleiben. Doch das war nicht schlimm. Letzten Endes ist es egal, durch wen und wie die Mächte der Finsternis besiegt werden.

Hauptsache, sie werden vernichtet, denn darauf kommt es schließlich an...

ENDE

Flucht in
die
Schädelwelt

Es war eine Nacht zum Fürchten!

Am Himmel türmten sich gewaltige Wolkenberge, die ein böiger Novemberwind wie eine Herde Hammel vor sich herschob. Der Wind kam aus Westen, brauste zum Sturm auf, fiel über das Land her wie ein Raubtier und rüttelte an den Bäumen.

Die Blätter – der erste Frost hatte ihnen schon längst die Kraft genommen –, wurden von den Zweigen gefegt, durch die Luft gewirbelt und fielen irgendwo zu Boden, wurden im nächsten Moment wieder hochgehoben und weitergeschleudert.

Novemberwetter!

Die Menschen blieben lieber zu Hause. Herbststürme waren nicht beliebt, sie kündigten immer die kalte Jahreszeit an. London wirkte wie leergefegt. Nur ein paar Unentwegte waren unterwegs. Selbst die Straßenmädchen hatten sich in die warmen Bars zurückgezogen.

Dem Mann, der in dem kleinen R 4 hockte, war das Wetter egal. Es freute ihn sogar, daß es stürmte, denn dann konnte er bei seinem Vorhaben nicht so leicht beobachtet werden. Was er tun wollte, war zwar nicht gerade ungesetzlich, aber es paßte auch nicht in das normale Leben.

London hatte er hinter sich gelassen. Er bewegte seinen Wagen durch die nördlichen Stadtrand-Viertel. Hier war noch weniger los. Auf seiner Fahrt hatte er kaum eine Person auf der Straße gesehen, und auch keinen Hund, denn den jagte man bei diesem Wetter bekanntlich nicht nach draußen.

Er kam an eine Kreuzung und fuhr langsamer. Im Licht der Scheinwerfer glitzerten die ersten Regentropfen. Sie waren ungewöhnlich dick und klatschten hart gegen die Frontscheibe, wo sie von den Wischern sofort wieder weggefegt wurden.

Die Ampel zeigte auf Rot.

Der Mann stoppte.

Rechts ging es zu einer Hochhaussiedlung, wo Tausende von Menschen in grauen Betonblocks wohnten. Links führte der Weg in die Felder hinein, und geradeaus lag das Ziel des einsamen Fahrers.

Der Friedhof!

Der Mann beugte sich vor und starrte auf die Straße, wo der Wind mit dem Laub spielte. Dann schielte der Fahrer zum Himmel hoch, sein Blick traf die dicken Wolken und auch die schmale Sichel des Halbmondes, die hin und wieder hervorlugte, wenn ein paar Wolken zur Seite getrieben worden waren.

Cecil Turner hieß der einsame Autofahrer. Ein Durchschnittstyp, der bei einer Versicherung arbeitete und den ganzen Tag über Formulare ausfüllte. Sein Leben verlief normal. Es geschah nichts Besonders. Hin und wieder gabelte sich der 30jährige Junggeselle ein Girl auf, schlief mit ihm und schickte es wieder weg. Heiraten wollte er nicht. Warum Diät leben, wenn man von der vollen Tafel schöpfen konnte?

Vor zwei Wochen änderte sich sein Leben schlagartig. Es begann mit dem Traum. Er träumte, er befände sich inmitten einer unheimlichen Landschaft, in der es keine Sonne, keinen Tag und keine Nacht gab. Nur ein gefährliches Halbdunkel, durch das er schritt. Er ging einem Ziel entgegen, von dem er nicht wußte, wo es eigentlich lag.

Übergangslos wachte er auf.

In der nächsten Nacht setzte sich der Traum dort fort, wo er zuvor aufgehört hatte.

Turner ging weiter. Diesmal jedoch schneller, und er erreichte auch sein Ziel. Es war ein gewaltiger, fahl schimmernder Totenschädel, so hoch wie ein Berg. Er wuchs aus dem Sand wie ein Gebirge. Wenn Turner den Kopf hob, schaute er in riesige, leere Augenhöhlen. Darunter klaffte als riesiges Dreieck der Spalt, in dem normalerweise die Nase wuchs. Und der Mund sah aus wie die Öffnung zu einem gewaltigen Bergwerk.

Der fahlgelbe Schädel, ins Riesenhafte vergrößert, war eine beeindruckende Erscheinung. Seltsamerweise verspürte Turner keine Angst vor ihm, er konnte nur staunen.

Damit endete der Traum.

Die nächste Nacht. Wieder sah er sich vor dem Schädel. Aber diesmal war er nicht allein.

Eine Frau trat aus der Öffnung. Ein weibliches Wesen von einer klassischen Schönheit mit langen, roten Haaren, einem fast nackten Körper und dem Gesicht einer Göttin.

Sie schloß ihn in die Arme.

Wieder endete der Traum, und er mußte bis zur nächsten Nacht warten. Turner war schon so gespannt darauf, daß er kaum einschlafen konnte, und als er schlief, erschien ihm die Frau wieder.

Diesmal jedoch wuchsen aus ihrer Stirn zwei Hörner. Wie bei einem Ziegenbock, doch die störten Turner keineswegs, er lauschte dem, was ihm die Frau zu sagen hatte.

»Auf dem St. Henry Cemetery, wo sich die beiden Hauptwege kreuzen, steht eine Ulme. Dort mußt du anfangen zu graben, denn da findest du das, was ich gern von dir hätte.«

»Was ist es?« hatte er gefragt.

»Du wirst es schon sehen.«

Damit wachte er auf.

Cecil Turner war völlig durcheinander. Die Träume hatten sein Gleichgewicht gestört. Er fühlte sich nach dem letzten nicht mehr fähig, zur Arbeit zu gehen.

Er blieb zu Hause und dachte einen ganzen Tag darüber nach. Diese Träume kamen nicht umsonst, sie mußten einfach etwas zu bedeuten haben. Turner war in eine Buchhandlung gegangen und hatte sich Bücher über Traumdeutung gekauft. Seinen Fall fand er nicht.

Er war auf die nächsten Nächte gespannt, doch der Traum wurde nicht fortgeführt.

Aber er hörte die Stimme.

»Denk an den St. Henry Cemetery und an den Kreuzweg. Du mußt dort graben.«

Die Stimme war immer da. Selbst an seinem Arbeitsplatz. Er konnte sich nicht mehr konzentrieren, machte Fehler und wurde zum Chef gerufen. Dort bekam er einen Anschiß.

Daraufhin nahm er seinen Resturlaub. Er vergrub sich zwei Tage in seiner Wohnung.

Die Stimme ließ nicht locker. Sie bedrängte ihn regelrecht, und Turner entschloß sich, dem Drängen endlich nachzugeben.

Er fuhr hin.

Hinter ihm hupte jemand. Das Geräusch riß Cecil Turner aus seinen Gedanken. Die Ampel war längst umgesprungen. Der Regen hatte zugenommen. Die schweren Tropfen klatschten so schnell hintereinander gegen die Scheibe, daß die schmalen Wischer kaum nachkamen.

Naß glänzte die Straße. Das faulige Laub klebte jetzt auf dem

Asphalt. Dort bildete es gefährliche Rutschbahnen für die Autofahrer.

Langsam rollte der kleine Wagen über die Kreuzung. Der andere Autofahrer bog rechts ab.

Cecil Turner war wieder allein.

Ein wenig fürchtete er sich schon. Er hatte keine direkte Angst, aber doch Unbehagen vor dem Ungewissen. Als der Weg eine Kurve machte und er sie zu scharf nahm, rutschte der Spaten, den er mitgenommen hatte, vom Rücksitz.

Schließlich konnte er nicht mit bloßen Händen graben.

Das Schild hätte er fast übersehen.

St. Henry Cemetery.

Er mußte scharf links ab. Der Weg war nur schmal, kaum zu sehen und zu beiden Seiten durch hohe Gitter begrenzt. Cecil sah hier schon die Einfriedung des Friedhofs.

Er fuhr noch langsamer.

Das in der Dunkelheit glänzende Dach einer Leichenhalle tauchte über den kahlen Baumwipfeln auf. Da war auch der Haupteingang. Gegenüber befanden sich einige Parkplätze. Sie waren leer.

Cecil Turner stellte seinen Wagen dort ab und stieg aus. Sofort packte ihn der Wind und blähte seinen parkaähnlichen Mantel am Rücken wie eine Fahne auf. Er hatte ihn nicht geschlossen, das holte er rasch nach. Dann nahm er den Spaten aus dem Wagen und schaute sich erst vorsichtig um, bevor er die Straße überquerte.

Nichts rührte sich.

Nur der Wind heulte und pfiff. Seltsamerweise hatte es aufgehört zu regnen. Der Sturm bog die hochgewachsenen, schlanken Pappeln zu beiden Seiten des Eingangs. Die Bäume neigten sich durch. Man konnte meinen, sie wollten den Boden küssen.

Natürlich war der Eingang verschlossen. Damit hatte Cecil Turner gerechnet.

Er schaute sich die dicken Mauern an und sah das Tor. Ein schmiedeeisernes Gebilde, kunstvoll angefertigt. Über dem Rand wuchsen Spitzen hervor, die Cecil an Lanzen erinnerten.

Er traute sich nicht, dort hinüberzuklettern.

Aber es gab noch eine Seitenpforte, ein kleines Törchen, in der Mauer war es kaum zu sehen.

Und das war offen.

Cecil atmete auf. Er mußte die Tür gegen den Wind stemmen und betrat das Gelände des Friedhofs. Die Klinke rutschte ihm aus der Hand, und die kleine Tür knallte so wuchtig zu, daß Turner erschrak.

Hatte ihn jemand gehört?

Nein, wohl kaum, denn bei diesem Wetter und um diese Zeit trieb sich wohl niemand auf dem Friedhof herum.

Der Hauptweg war nicht zu verfehlen. Zudem machte der Friedhof einen gepflegten Eindruck. Er war auch erst vor zwei Jahren neu angelegt worden.

Hastig schritt Cecil Turner den mit Kies bestreuten Weg entlang. Er hatte den Spaten in die Armbeuge geklemmt, wo er herausrutschte und mit dem Blatt über den Kies streifte. Er hinterließ dort eine breite Spur.

Der Friedhof war nicht so dicht bewachsen, wie es bei den alten der Fall war. Die Gräber lagen auf einer freien Fläche, über die der Wind pfiff.

Fahl und geisterhaft wirkten die frischen Grabkreuze der neueren Gräber. Dazwischen standen die wuchtigen Grabsteine, die heller schimmerten, wenn das Mondlicht sie mal traf.

Kein Weg war lehmig oder schlammig. Der Kies wirkte wie ein Filter. Vorbei an den Gräbern schritt der einsame Mann den Hauptweg entlang. Einmal erschrak er heftig, als zwei Krähen ihre Plätze im kahlen Baum verließen und dicht an ihm vorbeiflatterten.

Später hörten die Gräber auf. Rechts und links des Wegs breiteten sich freie Felder aus. Dort konnte man noch Hunderte von Toten bestatten.

Cecil Turner schaute sich des öfteren um. Er hatte doch Angst, verfolgt zu werden.

Das war nicht der Fall. Er befand sich völlig allein auf diesem Friedhof.

Ein gewaltiger Windstoß hatte die Wolken weitergeschoben, so daß Cecil ein Stück freien Himmel über sich sah. Es wurde ein wenig heller. Die Grabkreuze und -steine stachen aus dem Boden deutlicher hervor, und manche wirkten wie makabre Scherenschnitte auf dem weiten Gräberfeld.

Obwohl der Friedhof noch nicht lange bestand und nach modernsten Gesichtspunkten errichtet worden war, ging von ihm doch eine unheimliche Atmosphäre aus. Das schienen Friedhöfe wohl an sich zu haben, dachte Turner.

Nie hätte er geglaubt, daß er mal allein nachts über einen Totenacker geistern würde. Aber das Leben läuft oft ganz anders ab, als man es sich vorstellt.

Die Stimme, der Traum, die Frau...

Turner war hingerissen vom Aussehen dieser Person. Gern hätte er sie in natura kennengelernt und auch mehr von ihr gewußt.

Vielleicht ergab sich eines Tages mal die Gelegenheit. Zuerst jedoch wollte er ihr den Gefallen tun und das aus dem Boden graben, wonach sie begehrte.

Sie hatte ihm nicht mitgeteilt, was es für ein Gegenstand war. Du wirst ihn schon erkennen, hatte sie nur gesagt.

Cecil hob den Kopf, bisher war er gebückt gegangen und hatte sich gegen den Wind angestemmt.

Da sah er die Ulme!

Wuchtig ragte sie aus dem Boden, hatte ihre starken Äste und Zweige wie schützend ausgebreitet und verlor im Nachtwind ihre letzten Blätter.

Zu beiden Seiten des Baumes führten die Wege zusammen und bildeten eine Kreuzung.

Das war der Ort.

Ein Kreuzweg...

Als Kind hatte Cecil mal etwas über einen Kreuzweg gelesen. Dort hatte man Mörder und Räuber aufgehängt. Ein Kreuzweg war immer ein Hort des Bösen.

Ob es hier auch lauerte?

Er schluckte hart und konnte nicht vermeiden, daß ihm ein Schauer über den Rücken lief. Dann schüttelte er die Gedanken ab und schaute sich den Boden an.

Die Erde um den Baum war ziemlich aufgeweicht. Kein Problem, mit dem Spaten hineinzustechen. Aber wo sollte er zu graben beginnen? Vor dem Baum? Dahinter, daneben?

Es gab zahlreiche Möglichkeiten, und er entschied sich dafür, vor dem Baum anzufangen.

Schräg stach er den Spaten in die Erde. So hatte es ein Bekannter immer bei der Gartenarbeit angefangen. Cecil selbst hatte noch nie in seinem Leben gegraben. Er stemmte seinen rechten Fuß auf den Spaten und stach ihn tief in den Boden. Als er ihn heraushob, fluchte er. Nie hätte er gedacht, daß nasser Lehm so schwer sein konnte. Er schleuderte die Erde nach links, wo sie über ein Grab fiel und die letzten Krümel bis an den Grabstein rollten und erst dort aufgehalten wurden.

Cecil Turner arbeitete verbissen. Bereits nach wenigen Minuten spürte er die Kälte nicht mehr, da war er am ganzen Körper schweißgebadet.

Er atmete heftiger, keuchte, aber er ließ nicht locker. Er öffnete nur seine Jacke, damit der Wind gegen die Kleidung wehen konnte und Kühlung brachte.

Cecil merkte kaum, daß es anfing zu regnen, so sehr war er in seine Arbeit vertieft.

Schräg trieb der Wind die Regenschleier heran und durchnäßte die Kleidung des einsamen Mannes. Auch seine Haare klebten auf dem Kopf, doch das nahm er gar nicht wahr. Er sah sein Ziel dicht vor Augen.

Neben dem jetzt schon ziemlich groß gewordenen Loch hatte sich ein Lehmberg aufgetürmt, die Folge seiner harten Arbeit. Schaufel auf Schaufel flog zur Seite, und Cecil ärgerte sich, keine Taschenlampe mitgenommen zu haben. So war die Grube zu dunkel. Er würde kaum etwas sehen können, wenn er sich am Ziel befand.

Aber was war, wenn der oder die Gegenstände ganz woanders lagen?

Cecil beschloß, noch drei Minuten weiterzugraben und es dann an einer anderen Stelle zu versuchen.

Er brauchte nur knapp eine Minute zu arbeiten, denn plötzlich stieß das Spatenblatt auf Widerstand.

Cecil zuckte zurück. Er lachte auf, und seine Augen leuchteten. Ich habe es geschafft, ich habe es geschafft! Endlich hatte sich die Mühe gelohnt.

Mit einer fahrigen Bewegung strich er sein braunes Haar aus

der nassen Stirn und wischte mit dem Ärmel das Wasser aus dem Gesicht. Jetzt hielt ihn nichts mehr. Er sprang in die Grube hinein. Dort hockte er sich hin, holte sein Feuerzeug hervor, schützte es gegen den einfallenden Wind und entzündete es.

Die Flamme tanzte und beleuchtete ein Stück Metall. Wie der Deckel einer Geldkassette, dachte der einsame Mann.

Er versuchte, die »Kassette« aus dem Boden zu hieven, doch er schaffte es nicht. Der Lehm klebte noch an den Rändern, ihn mußte er erst entfernen.

Er nahm dazu den Spaten und wühlte die Erde auf. Beim zweiten Versuch konnte er besser zugreifen, und es gelang ihm, den Gegenstand aus der Erde zu ziehen.

Der Kasten schimmerte bronzefarben, als er ihn dicht vor seine Augen hielt. Cecil sah aber noch mehr.

In den Deckel war ein Sigill eingefräst.

Der Kopf des Teufels!

Eine dreieckige Fratze, böse grinsend und mit kalten, mörderischen Augen.

Unwillkürlich schauderte der einsame Mann, und er beeilte sich, den Kasten neben den Rand der Grube zu stellen. Dann kletterte er selbst hinaus.

Noch immer rann der Regen aus den Wolken. Bis auf die Haut war Cecil inzwischen naß, aber das machte ihm nichts aus. Ein Fieber hielt ihn plötzlich gepackt. Er wollte unbedingt wissen, was sich in der kleinen Kassette befand.

Turner schaute sich den Deckel an. Einen Griff sah er nicht. Die Kanten standen etwas vor, deshalb nahm er an, daß er ihn auch abheben konnte.

Er versuchte es.

Der Deckel klemmte, und Cecil schnitt sich an der Kante eine kleine Wunde in den Finger. Ein paar Tropfen Blut fielen zu Boden und versickerten.

Der Regen klatschte auf die Erde. Wo die Tropfen in die Pfütze fielen, hinterließen sie große Kreise. Cecil rutschte ein Stück zur Seite. Er startete einen zweiten Versuch.

Diesmal klappte es.

Der Deckel schwang hoch.

Überrascht starrte der Mann auf den Inhalt. Seine Augen wurden groß. Er hatte alles erwartet, nur das nicht, was in dieser kleinen Kassette lag.

Es war ein Totenkopf!

Der Schädel schimmerte gelblich bleich. Er hatte keine Augen, keine Nase, keine Zähne. Ein uralter Schädel, ein Wunder, daß er noch nicht zerfallen war.

Plötzlich hörte auch der Regen auf. Es schien, als hätte jemand den Befehl gegeben, den Schädel nicht zu nässen.

Cecil Turner lachte plötzlich. Ein Totenschädel. Himmel, er hatte einen Totenschädel gefunden!

Wenn er ihn so betrachtete, dann erinnerte er ihn an den Riesenschädel, den er in seinem Traum gesehen hatte. Dieser hier war nur ein kleines Abbild des großen.

Das hatte etwas zu bedeuten!

Nur – was?

Er überlegte. Es war klar, daß er die Kassette mitnehmen mußte. Bestimmt würde sich die schöne Frau wieder melden und ihm mitteilen, was mit dem Schädel geschehen sollte.

Bevor er die Kassette schloß, schaute er sich den Totenkopf noch einmal an.

Nein, er hatte sich nicht getäuscht. Die Augen waren nicht mehr so leer und dunkel.

Sie glosten in einem düsteren Rot...

Rot wie der Schein der Hölle. Dieser Vergleich kam Cecil in den Sinn. Seltsamerweise erschreckte er ihn nicht.

Hatte er sich bereits so rasch an das Unabwendbare, das Schlimme gewöhnt?

Überhaupt war sein Leben anders geworden. Er konnte sich kaum noch erinnern, was eigentlich vor seinem Traum gewesen war. Er sah sich plötzlich als Mittelpunkt einer ganz anderen Aufgabe, einer absonderlichen, gefährlichen...

Und es schien, als würde von diesem Totenkopf eine böse Kraft auf ihn übergehen, die ihn stärkte und zu einem anderen Menschen machte.

Tief atmete er ein.

Ja, er war ein anderer. Und er würde es der verdammten Welt beweisen.

Cecil Turner wollte gerade den Deckel schließen, da schnitt plötzlich ein heller Lichtstrahl durch die Nacht und blendete ihn. Und eine kalte Stimme sagte: »Hab ich dich endlich, du verfluchter Grabschänder?«

Cecil Turner war völlig überrascht. Unbewußt kniff er die Augen zu, dann aber hob er den linken Arm, hielt ihn vor sein Gesicht und öffnete die Augen wieder.

Schemenhaft erkannte er eine Gestalt. Das mußte der Friedhofswärter sein. Ausgerechnet jetzt hatte er ihn erwischt. Welche Erklärung hatte er überhaupt für den kleinen Totenkopf?

Gar keine.

»Ich wußte doch, daß sich hier ein verdammter Grabschänder herumtreibt. Wer sollte sonst die Kreuze stehlen, he? Los, und jetzt hoch mit dir!«

Cecil gehorchte.

Der Friedhofswärter hatte im Augenblick alle Trümpfe in der Hand. Zudem konnte Turner nicht sehen, ob der Mann bewaffnet war, er nahm es aber an.

»Geh zur Seite. Nach rechts. Genau drei Schritte. Dann bleib stehen und rühr dich nicht.«

Cecil Turner kam der Aufforderung nach. Der Lampenstrahl folgte ihm und blendete noch immer. Als Turner stand, wurde er zur Seite geschwenkt und warf dann einen Kreis auf den Boden.

Er leuchtete die Kassette an.

Der Mann pfiff durch die Zähne. »Was haben wir denn da?« murmelte er. »Das ist ein Ding.«

Jetzt hat er den Schädel gesehen, dachte Turner. Das gibt's nicht. Welche Erklärung soll ich geben?

Er schaute sich den Mann an. Genau konnte er ihn nicht erkennen, aber er war größer als er. Und er trug einen langen Regenmantel, der vor Feuchtigkeit glänzte. Ein Arm lag locker am Körper, das bewies, daß der Aufpasser keine Waffe in der Hand hielt. Nur die Lampe. Cecil Turner hatte seinen ersten Schreck überwunden, und er überlegte, ob er den Spieß umdrehen konnte.

Dazu mußte er den anderen überwältigen. Das war leichter gesagt, als getan. In seinem Leben war er bisher jeder körperlichen Auseinandersetzung aus dem Weg gegangen.

Aber das erste Leben schien lange, sehr, sehr lange zurückzuliegen. Jetzt hatte sich einiges geändert.

»Woher hast du das?« fragte der Wärter überflüssigerweise, obwohl er genau das geschaufelte Loch sah.

»Das sehen Sie doch.«

»Werde nur nicht frech, Bursche.« Der Mann schnaufte. »Lügen kann ich nicht vertragen.«

»Ich habe es ausgegraben.«

»Und warum?«

»Das verstehen Sie doch nicht.«

»Aber die Polizei, die wird es verstehen, Bursche. Da wirst du dein Maul schon aufmachen, das schwöre ich dir. Solche Typen haben wir gern, die die Ruhe der Toten stören.«

Cecil hob nur die Schultern. Was sollte er auch sagen? Der andere würde ihm doch nicht glauben.

»Ein Totenkopf«, murmelte der Mann. »Und dazu noch einer, dessen Augen schimmern. Was wolltest du überhaupt mit diesem Schädel?«

»Das geht Sie nichts an!«

Der Friedhofswärter holte überrascht Luft. »Frech werden auch noch, wie?«

Cecil Turner wußte selbst nicht, woher er den Mut genommen hatte. Aber er konnte sich nicht so einfach fertigmachen lassen. Schließlich hatte man ihm eine Aufgabe gestellt, die er auch lösen wollte. Vor der schönen Frau wollte und durfte er sich nicht blamieren. Dieser Kerl sollte ihn nicht aufhalten.

Plötzlich war wieder die Stimme da. In seinem Hirn hörte er die weiche, aber dennoch fordernde Stimme, die wie eine Lockung durch seinen Geist strömte.

»Laß dir nichts gefallen, Cecil. Das hast du gar nicht nötig. Du bist besser und stärker als er. Mit mir zusammen sind wir ein unschlagbares Paar. Konzentriere dich jetzt auf ihn, und gib ihm kontra. Auch mit Gewalt.«

Früher hätte der letzte Satz den Mann erschreckt. Heute jedoch nicht. Jetzt war die Gewalt ein Teil seiner Argumente.

Der Wärter nickte. Er gab sich gegenüber dem frisch auf der Tat Ertappten als erhaben.

»Wir gehen jetzt, Bursche. Und diese komische Kassette nimmst du mit.«

Cecil Turner nickte.

»Los, worauf wartest du noch? Geh den Weg wieder zurück. Ich sperre dich so lange in die Leichenhalle ein. Dort liegt nur ein Toter.« Er kicherte. »Ich hoffe, du hast vor der Leiche keine Angst. Bisher hat sie noch nicht gebissen.«

Turner hob die Schultern. Was sollte er auch anderes machen? Aber da war wieder die Stimme.

»Laß dir nichts gefallen!«

»Nein, nicht«, murmelte Turner.

»Was sagst du?«

»Ich habe mit mir selbst gesprochen, Mister.«

»So siehst du auch aus.«

Cecil Turner lächelte und ging einen Schritt auf den Wärter zu. Dann blieb er stehen und bückte sich, dabei tat er, als wollte er die Kassette hochheben. Sie stand neben dem Rand der Grube. Über ihn hinaus ragte noch der Stiel des Spatens.

Ein böses Lächeln umspielte die Lippen Turners. Er holte noch einmal tief Luft, gab sich einen innerlichen Ruck und umfaßte anstatt der Kassette den Spatengriff.

Mit einer wilden Kraftanstrengung riß er den Spaten aus der Grube und kreiselte herum.

»Was... was ma...«

Der Friedhofswärter war entsetzt, als er den vermeintlichen Grabschänder auf sich zustürmen sah.

Turner hielt den Spaten mit beiden Händen umklammeart. Das Blatt zielte auf die Körpermitte des Mannes.

Der kam nicht so schnell weg. Er wollte sich zwar noch zur Seite werfen, doch er war zu langsam.

Er spürte die Berührung, hörte einen wilden Schrei, und im nächsten Augenblick überschwemmte ihn der grauenvolle Schmerz. Mit einem Wehlaut auf den Lippen sank er zu Boden, wo er verkrümmt liegenblieb.

Cecil Turner aber lachte. Er lachte wild und unbeherrscht, als er den Spaten wieder zurückzog.

Am Blatt klebte Blut.

Es machte Turner nichts aus. Er erschrak nicht einmal, und er ekelte sich auch nicht. Er nahm es einfach hin. Den Spaten warf er in die Grube, nahm die Kassette an sich und kümmerte sich nicht um das Wimmern des Schwerverletzten.

Er hatte seine Aufgabe erfüllt.

Die schöne Frau mit den beiden Teufelshörnern würde zufrieden sein...

Es schneite.

Und das schon Anfang November. Weiße Flocken fielen vom Himmel, berührten sanft die Erde und schmolzen ebenso rasch wieder weg, wie sie erschienen waren.

Ich konnte den weißen Wirbel durch die Frontscheibe meines Bentley sehen, hatte die Wischer eingeschaltet, und mit jedem Yard, das mich näher an meine Wohnung brachte, steigerte sich die Laune.

Ziemlich lange hatte ich noch im Büro gesessen und war endlich dazu gekommen, alte Berichte aufzuarbeiten. Jetzt war es fast zwanzig Uhr, als ich mit meinem Bentley in die Tiefgarage rollte.

Die Reifen hinterließen lange nasse Bahnen auf dem Asphalt. Ich war froh, aussteigen zu können. Bei solch einem Wetter machte Autofahren keinen Spaß mehr.

Mit dem Lift fuhr ich hoch in meine Wohnung. Gegessen hatte ich schon, und so konnte ich mich sofort auf die faule Haut legen.

An diesem Tag war mir so ziemlich alles egal. Das werden Sie ja selbst kennen. Da hat man zu nichts Lust, und da ist man sogar froh, daß es die Glotzkiste gibt.

Obwohl ich sonst kein Fan der Mattscheibe war, nahm ich doch die Fernbedienung und schaltete ein.

Ich hatte den richtigen Zeitpunkt getroffen.

Eine Talk-Show lief gerade.

Who is Who?

Die Sendung hatte ich noch nie gesehen, aber Kollegen erzählten davon. Sie sollte sehr informativ sein.

Mal sehen, ob sie recht hatten.

Mit einem großzügig eingeschenkten Whisky in der Hand ließ ich mich in den Sessel fallen und schaute auf die Mattscheibe.

Der Interviewer begrüßte die Gäste im Saal und auch die Zuschauer zu Hause.

Ich bekam nicht viel von den Worten mit, wurde aber aufmerksam, als der Moderator seinen ersten Gast vorstellte.

Es war Lionel Barry.

»Und hier«, rief der Interviewer, »kommt er. Der große Lionel!«

Strahlend, lächelnd, leicht beschwingt, so tanzte der große Lionel auf die Bühne. Er begrüßte Tony Tarras, seinen Befrager, mit beiden Händen und stellte sich dann in Positur, um die Zuschauer zu begrüßen, wobei er beide Hände hob.

Großaufnahme.

Ich sah sein gutgeschnittenes, sonnenbraunes Gesicht, die dunklen Augen, das schwarze Haar. Lionel, der Herzensbrecher. So kannte man ihn aus zahlreichen Filmen und Fernsehauftritten. Er spielte, sang, tanzte und plauderte.

Jetzt sollte er ausgefragt werden.

Ich nippte am Glas. Länger als eine Stunde dauerte die Sendung nicht. Danach wollte ich mich ins Bett legen und mal wieder richtig ausschlafen.

Einander gegenüber nahmen die Männer in zwei Ledersesseln Platz. Der Moderator redete von Lionel Barrys Erfolgen und zählte zahlreiche Filme auf, in denen er mitgewirkt hatte.

»Und was steht als nächstes auf dem Programm?« erkundigte er sich.

»Eine Tournee.«

»Sie werden also singen?«

Barry lächelte breit. »Genau. Aber nicht nur das. Ich habe auch Gäste bei meiner Show. Allerdings werde ich nicht verraten, wer zu mir kommt. Auf jeden Fall sind es bekannte Leute aus dem Showgeschäft. Gute Kollegen, gute Freunde.«

»Auch weibliche?«

»Natürlich. Wir wollen dem Auge doch was bieten!«

Tony Tarras lachte. Er trug ein Smoking-Jackett und eine rote Hose. »Da sind wir schon beim Thema«, sagte er und beugte sich verschwörerisch nach vorn. »Die Frauen. Sie spielten doch eine große Rolle in Ihrem Leben, nicht wahr?«

»Was heißt, spielten?«

»Sie spielen noch.«

»Natürlich.«

»Dann lassen Sie mal hören.«

»Möchten Sie etwas über die Frauen im allgemeinen wissen?«

»Eigentlich mehr über Ihre.«

Ich mußte grinsen, denn aus den Zeitungen wußte ich, daß Lionel Barry bereits dreimal verheiratet gewesen war. Er war bekannt für seinen großen Frauenverschleiß.

Barry lachte und nahm einen Schluck Sekt. »Erst einmal möchte ich sagen, daß mich meine Frauen eine schöne Stange Geld gekostet haben und noch kosten, aber ich bin eben Kavalier und kann sie nicht auf dem trockenen sitzenlassen.«

Ach, du Scheibe, mir kamen fast die Tränen, wenn ich so etwas hörte. Der Mann verdiente ein Vermögen und tat so, als wäre er der große Wohltäter.

»Klar«, sagte Tony Tarras, »diese drei Ehen haben Ihnen gereicht. Um Sie ist es still geworden. Ist denn keine vierte Frau mehr in Ihr Leben getreten?«

»Ich habe viel Arbeit.«

»Es gibt also keine.«

»Das will ich nicht sagen.«

»Dann einigen wir uns doch darauf, daß es keine feste Frau oder Freundin gibt.«

Barry wiegte den Kopf.

»He«, sagte Tarras und wandte sich seinem Millionenpublikum zu. »Wie sehe ich das denn? Sollte der gute Lionel tatsächlich ein Geheimnis haben? Wie ist es – wollen Sie es lüften?«

»Ich weiß nicht so recht.«

Tony Tarras sprang auf und wandte sich an die Zuschauer. »Freunde«, sagte er, »wenn Lionel Barry schon Andeutungen macht, dann sollte er sie wenigstens präzisieren und ein Millionenpublikum nicht im unklaren lassen. Was meinen Sie?«

Die letzte Frage war an die Zuschauer im Saal gerichtet. »Ja!« wurde gebrüllt. »Wir wollen es wissen!«

»Na bitte!« rief Tony Tarras, vollführte eine elegante Drehung, streckte dabei seinen Arm aus und deutete auf den im Sessel sitzenden Lionel Barry.

»Sie haben die Meinung unserer Zuschauer gehört, Lionel. Geben Sie Ihrem Herzen einen Stoß. Lassen Sie uns nicht länger im unklaren. Sagen Sie uns den Namen der Glücklichen.«

Glücklichen war gut. Unglücklichen hätte besser gepaßt. Es war sicherlich kein Vergnügen, mit Barry verheiratet zu sein. Wenigstens war das meine Ansicht.

Ich stand auf, weil mir der Schmalz zu sehr an die Nieren ging. In der Küche holte ich mir eine kleine Flasche Bier aus dem Kühlschrank. Und zwar deutsches Bier. In einem großen Kaufhaus war vor kurzem eine Werbeaktion gestartet worden, da hatte ich einen Kasten preiswert erstanden.

Mit Flasche und Glas kehrte ich in den Livingroom zurück. Auf dem Weg schenkte ich ein und hatte Glück, daß der Schaum nicht über den Rand quoll. Bevor ich mich wieder setzte, nahm ich noch einen langen Schluck. Das zischte richtig.

Der Moderator bedrängte seinen Stargast noch immer. Und bei den Zuschauern im Saal wurde jetzt rhythmisch geklatscht.

Das Zieren des großen Lionel war nur noch Schau. Schließlich hob er beide Hände und nickte. »Okay, okay, Freunde, ich will mich nicht länger weigern. Ich sage ihren Namen«, und jetzt blickte er genau in die Kamera, wobei er die Zuschauer meinte, »Sie sehen ja selbst, liebe Freunde, daß ich mich nicht länger weigern kann. Aber ich will es spannend machen. Sie müssen sich noch einen Augenblick gedulden.« Er stand auf und verließ die Bühne.

Davon war selbst der Moderator überrascht. Sekundenlang wußte er nicht, was er sagen sollte, und ich mußte grinsen.

»Vielleicht hat er sie sogar mitgebracht«, sagte er im Verschwörerton. »Wäre natürlich ein Hammer, Freunde.«

Der Meinung war ich zwar nicht, aber ich wollte mir die Neue doch einmal anschauen.

Der Vorhang bewegte sich, und Lionel Barry trat wieder ins Rampenlicht der Scheinwerfer.

Ohne Frau!

Ein enttäuschtes Gemurmel ging durch die Reihen der Zuschauer. Jeder hatte mit einer Überraschung gerechnet.

Aber er kam nicht mit leeren Händen auf die Bühne. Er brachte etwas mit.

Ein kleines Kästchen.

Es war aus Metall, das konnte ich erkennen, als die Kamera es in Großaufnahme zeigte. Und in den Deckel war etwas eingemeißelt. Ein Zeichen, das ich von meinem Sessel aus allerdings nicht identifizieren konnte.

»Was haben Sie uns da mitgebracht?« wurde er von Tony Tarras gefragt.

»Ich werde es gleich erklären.«

»Haben Sie darin Ihre neue Geliebte versteckt?« Der Moderator deutete auf den Kasten und lachte.

»So ähnlich.« Die Stimme des Stars klang plötzlich ernst. Die Antwort wollte zu den vorherigen nicht so recht passen, das fiel auch mir auf. Und ich, da bin ich ehrlich genug, war auch gespannt darauf, was sich in dem Kasten befand.

Lionel Barry nahm wieder Platz. Er stellte das Kästchen auf den kleinen Tisch zwischen den beiden Sesseln.

Im Saal wurde es still.

»Sie sehen«, sagte Tony Tarras, »unsere Zuschauer hat wirklich die Spannung gepackt. Und ich bin auch fast blaß vor Aufregung. Lüften Sie Ihr Geheimnis, Lionel.«

Barry nickte. Er schaute noch einmal auf den Kasten, nahm ihn von seinem Tisch und stellte ihn auf seinen Schoß.

Großaufnahme!

Noch immer konnte ich nicht sehen, was sich auf dem Deckel befand. Dazu hätte er den Kasten leicht schräg halten müssen, was er jedoch nicht tat.

Dafür legte er seine Hände auf den grausilbern schimmernden Deckel, krümmte seine Finger und zögerte noch, den Deckel hochzuheben.

Dafür redete er.

»Die Person, die ich Ihnen leider nicht zeigen kann, aber deren Namen ich nennen werde, ist eine betörend schöne Frau. Sie hat langes rotes Haar, das Gesicht einer griechischen Göttin, und sie hat mich völlig in ihren Bann geschlagen. Es gibt keine andere mehr für mich, seit ich sie kennengelernt habe. Ihrer Faszination konnte ich mich nicht entziehen, obwohl ich wirklich zahlreiche weibliche Personen in meinem Leben kennen- und lieben gelernt habe. Aber so etwas ist mir noch nie unter die Augen gekommen.«

Teufel, trug dieser Typ dick auf. Ich trank mein Glas leer und schüttelte den Kopf. Er sollte den komischen Deckel doch endlich in die Höhe klappen.

»Den Namen der Frau werde ich Ihnen auch sagen. Allerdings später. Zuerst möchte ich Ihnen zeigen, was Sie mir allein hinterlassen hat. Ein Zeichen, ein kleines Geschenk, der Teil einer Kette, die leider nicht vollständig ist und vielleicht durch Sie, liebe Zuschauer draußen und im Studio, vollständig werden kann, wenn Sie mir alle helfen.«

Die Kamera fuhr zur Seite und holte für einen Moment den Moderator ins Bild.

Tony Tarras nagte auf seiner Unterlippe. Ihm schien die Entwicklung überhaupt nicht zu gefallen. Einem unsichtbaren Mitarbeiter gab er ein Zeichen, indem er die Schultern hob. Tarras wußte auch nicht, was sein Stargast vorhatte.

Es sollte eine Überraschung werden.

»Und nun, liebe Zuschauer, werde ich Ihnen zeigen, was sie mir mit auf den Weg gegeben hat. Schauen Sie genau her!«

Die Kamera zeigte jetzt in Großaufnahme den kleinen Kasten und Barrys Hände.

Noch immer waren die Finger gekrümmt. Sie hatten sich um die Kanten gelegt und hoben den Deckel jetzt langsam an.

Es wurde still.

Auch ich wagte kaum zu atmen. Ich hielt mit einer Hand das Bierglas fest und hatte mich leicht vorgebeugt.

Was befand sich in dem Kasten?

Barry machte es wirklich spannend. Er ließ sein Publikum im Ungewissen und verstand es, sich geschickt zu verkaufen. Ich muß ehrlich zugeben, daß auch ich gespannt war, was sich wohl in diesem geheimnisvollen Kasten befand.

Was hatte ihm seine Geliebte vermacht?

Er hob den Deckel an. Dabei gelang es den Kameras, das Gesicht und auch seine Hände einzufangen. Auf den Lippen lag ein spöttisches, leicht böses Lächeln, während die Hände ruhig waren und nicht zitterten.

Dann war der Deckel offen!

Mit einem Ruck hatte er die letzte Stufe überwunden. Ein paar Frauen stießen überrascht Kiekser aus, bevor Lionel Barry seinen Schatz zeigte.

»Da ist er«, sagte er.

Die Fernsehzuschauer konnten ihn besser sehen als die Gäste in der Show.

Auch ich sah ihn.

Es war ein Totenkopf!

Ein gelbweiß schimmernder Schädel, der genau in die kleine Kassette hineinpaßte.

Lionel Barry hielt die Kassette leicht schräg, so daß die Kamera direkt auf den Schädel zufahren konnte.

Und nicht nur ich sah das Glosen in den Augen des Totenkopfes. Es war ein düsteres Rot, tief in den Augenhöhlen geboren. Mir persönlich lief ein Schauer über den Rücken.

Ich kannte diese Farbe. Schon des öfteren war sie mir begegnet. Ich hatte sie einige Male während heißer Fälle erlebt, und auch Schädel waren mir nicht neu.

Trotz allem wartete ich ab. Um das Ganze in einen dämonischen Bereich zu verlegen, dazu brauchte ich Beweise, die ich nicht hatte. Lionel Barry, bekannt durch seine außergewöhnliche Exzentrik, brachte es fertig und nutzte den Totenkopf als Werbegag für sich aus. Bei diesem Schauspieler war nichts unmöglich, er schaffte es, durch immer neue Gags das Publikum auf sich aufmerksam zu machen. So hatte er sich in einer spektakulären Aktion von einem Haus fallen lassen, wobei sich danach herausstellte, daß er gedoubelt worden war. Deshalb mußte man bei Lionel Barry immer auf einen Streich gefaßt sein.

Ich lächelte, als ich den Schädel sah. Doch mein Lächeln zerfaserte schnell, tief in meinem Innern spürte ich, daß es doch vielleicht anders sein könnte.

Abwarten...

Ich schaute genauer hin.

Der Schädel lag auf schwarzem Samt, mit dem die Kassette

ausgekleidet war. Und ich hatte das Gefühl, das Glühen seiner Augen wäre stärker geworden.

»Dieser Schädel ist der Schlüssel zur Macht«, erklärte Lionel Barry und lehnte sich wieder zurück.

»Das ist natürlich ein Ding«, unterbrach die forsche Stimme des Moderators den Dialog. »Wir, auch ich, wir alle...« Er war etwas durcheinander, »wir haben mit allem gerechnet, nur nicht mit dieser interessanten und außergewöhnlichen Neuigkeit. Ein Schädel, toll, ein Totenschädel, dazu noch einer, dessen Augen leicht glühen. Wirklich außergewöhnlich, fürwahr.«

Lionel Barry drehte sich langsam zu dem Sprecher um und schaute ihn kalt an.

Unter dem Blick zuckte Tarras zusammen, und er wurde richtiggehend kleiner.

»Sie scheinen die Sache nicht sehr ernst zu nehmen, Tony«, sagte der Stargast.

»Doch, doch, ich...«

»Nein, lügen Sie nicht.« Barry wandte sich wieder seinem Millionenpublikum zu. »Was ich hier habe, Ladies and Gentlemen, ist keine Spielerei, sondern der Weg in eine andere, für mich bessere Welt.« Er schien die ungläubigen Augen einiger Zuschauer zu sehen, denn er lachte auf. »Ja, Sie verstehen nicht, aber vielleicht werden Sie noch verstehen. Eines Tages...«

Mir war längst klar, daß dieser Lionel Barry kein Spinner sein konnte. Der hatte etwas in der Hinterhand – und zwar etwas Konkretes. Und ich war mir sicher, daß er mit irgendwelchen finsteren Mächten in Kontakt stand. Ich mußte nur noch herausfinden, mit welchen.

Aber vielleicht erzählte er das selbst.

Tony Tarras sah sich bemüßigt, einzugreifen. Die Kamera schwenkte auf ihn. Er lächelte krampfhaft. »Wir wollen aber weitergehen, meine Zuschauer. Wir werden von Lionel Barry sicherlich noch mehr aus seinem bewegten Leben hören. Nicht wahr, Lionel?«

Der Star drehte sich um. »Ja«, erwiderte er, »Sie werden etwas hören, aber das bestimme ich.«

»Bitte sehr.«

»Sie wollten doch den Namen meiner neuen Geliebten hören, nicht wahr?«

Plötzlich strahlte der Moderator. »Sie wollen ihn wirklich hier vor einem Millionenpublikum bekanntgeben?«

»Natürlich.«

»Das ist eine echte Sensation, liebe Zuschauer. Wirklich, es geht rund. Lionel Barry lüftet ein sensationelles Geheimnis. Ich bin ebenso gespannt wie Sie, liebe Freude, denn ich weiß noch nichts, gar nichts, das schwöre ich.« Er hob zum Spaß drei Finger in die Höhe.

Die Antwort ließ nicht lange auf sich warten.

Barry wandte sich wieder den Zuschauern zu, lächelte und sagte: »Meine neue Geliebte und die Frau, für die ich alles tun würde, ist auch ein Star. Aber kein Star im eigentlichen Sinne, wie Sie es vielleicht vermuten. Keine Sängerin, keine Schauspielerin, nein, sie ist eine Frau, eine fantastische Person. Sie ist«, und jetzt erhob Lionel Barry seine Stimme. »Sie ist – die Tochter des Teufels – Asmodina!«

Ich sprang auf.

Als wenn ich es nicht geahnt hätte. Hinter diesem Schädel steckte wirklich mehr. Es war kein einfacher Talisman, nein, er hatte eine gefährlich makabre Bedeutung.

Ich schluckte.

Asmodina! Den Namen hatte er deutlich ausgesprochen. Millionen mußten ihn gehört haben, doch kaum jemand würde etwas damit anfangen können. Bisher wurde er gewissermaßen unter der Hand gehandelt, war nur Eingeweihten bekannt.

Nun aber hatte es einer ihrer Diener gewagt, den Namen publik zu machen.

Unwahrscheinlich...

Ich atmete tief durch. Das gab es doch nicht. Asmodina – sie war durch diesen Mann an die Öffentlichkeit getreten, und damit bezweckte sie etwas.

Nur – was?

Langsam ließ ich mich wieder zurückfallen. Barry hatte nichts mehr gesagt. Er saß da nur, und ein lauernder Ausdruck war in seine Augen getreten, die von der Kamera deutlich hervorgeholt wurden.

Ich trank mein Glas leer und war gespannt darauf, wie es weitergehen sollte.

Der Moderator war völlig aus dem Geschäft. Es gelang ihm nicht, eine neue Frage zu formulieren. Er hatte einen Namen gehört und wußte nichts damit anzufangen.

»Ich hoffe, Sie haben sich den Namen gut gemerkt«, fuhr Lionel Barry fort, »denn Asmodina wird auch in Ihr Leben treten, das schwöre ich Ihnen. Sie ist die Frau, auf die alles zugeschnitten ist. Der Teufel selbst hat sie erschaffen, sie ist seine Tochter. Dieser Schädel hier, den ich in der Hand halte, ist das Zeichen. Es gibt mehrere dieser Schädel, und wir, ihre Diener, haben es uns zur Aufgabe gemacht, sie zu sammeln. Es gibt außer mir noch einige Menschen, die das Glück haben, einen Schädel finden zu dürfen. Diese mir noch Unbekannten rufe ich auf. Findet den Schädel, denn dann wird euch Asmodina belohnen. Wenn ihr mithelft, die Schädelkette zu beschaffen, ist euch der Lohn der Hölle gewiß!«

Das waren harte Worte, und die ersten Reaktionen kamen sofort. Jemand begann zu pfeifen, andere buhten.

Barry aber lachte, während der Moderator händeringend über die Bühne lief und versuchte, den Star anzusprechen.

»Können wir nicht zu einem anderen Thema wechseln, Lionel? Ich... ähm... finde das ja sehr interessant, was Sie da gesagt haben, aber das paßt wohl nicht hierhin. Wir nehmen es als kleinen Scherz. Okay?«

Da sprang Barry auf. »Scherz?« schrie er den Moderator an. »Das ist kein Scherz. Mit diesen Dingen scherzt man nicht. Und Asmodina wird Ihnen schon zeigen, wie wenig Spaß sie versteht. Gerade die Spötter und Lästerer werden als erste an der Reihe sein. Die Hölle hat bereits einen Platz für sie reserviert. Denn es kommt die Zeit, wo dieser Schädel leben wird, und dann geht es allen Zweiflern und Gegnern schlecht.« Er klappte den Deckel der Kassette wieder zu, lachte noch einmal auf und verließ die Bühne.

Die Zeit war längst nicht um. Es fehlten fünfzehn Minuten, die Tony Tarras überbrücken mußte.

Er griff zum Mikro und wischte sich erst einmal den Schweiß von der Stirn.

»Liebe Zuschauer! Es tut mir ein wenig leid, daß dieses Interview so enden mußte, aber wie Sie selbst alle wissen, befinden wir uns in einer Live-Sendung. Da wird nichts geprobt, nichts abgesprochen. Das ist das Schöne am Fernsehen. Es hält immer wieder Überraschungen parat.« Er lachte unecht.

Ich lachte nicht.

Mir war bitterernst zumute.

Ich schaltete den Apparat aus. Gleichzeitig meldete sich die Türglocke. Ich ahnte, wer der Besucher war, und sah mich auch nicht enttäuscht, als Suko Einlaß begehrte.

»Hast du die Sendung gesehen?« fragte er, noch bevor er die Wohnung betreten hatte.

»Ja.«

»Und?«

»Das ist keine Spielerei. Da hat Asmodina ihren Arm ausgestreckt. Verdammt auch.«

»Was machen wir?«

»Wir gehen dem Fall nach. Vor allen Dingen statten wir Lionel Barry einen Besuch ab.«

Suko nickte. Das war auch seine Meinung.

Ich rieb mir das Gesicht. »Wenn man nur wüßte, wer noch alles in diesen Strudel mit hineingezogen worden ist«, murmelte ich.

»Die suchen eine Kette.«

»Und zwar aus Totenköpfen«, vollendete ich Sukos Bemerkung. »Unter Umständen weiß Barry mehr. Vielleicht haben sich auch die Leute bei ihm gemeldet.«

»Werden wir ja herauskriegen.«

Da klingelte das Telefon.

»Wetten, daß es Bill ist?« fragte ich, als ich den Hörer abhob.

»Du hast die Wette gewonnen, John.« Bills Stimme klang mir aus der Muschel entgegen. »Ich nehme an, daß dich eine gewisse Sendung fasziniert hat, oder?«

»Genau.«

»Bist du am Ball?«

»Und wie!«

»Ich weiß übrigens, wo Barry wohnt«, erklärte Bill Conolly. »Es ist schon lange her, da war ich auf einer Party eingeladen. Wenn du die Adresse haben willst...«

»Klar.«

Er gab sie mir durch.

»Finde ich dich dort?«

Bill lachte. »Leider komme ich hier nicht weg. Muß auf Johnny aufpassen, weil Sheila bei einer Freundin ist. Aber morgen werde ich dich unterstützen.«

»Ich komme darauf zurück.«

Bill wünschte mir noch viel Glück und legte auf.

Ich wandte mich Suko zu. »Los, Alter, wir werden mal sehen, was uns Lionel Barry zu sagen hat. Vielleicht treffen wir auch dort auf seine neue Geliebte...«

Cecil Turner hatte sich den nächsten Tag über in seiner Wohnung vergraben.

Gewissensbisse waren in ihm hochgestiegen und hatten ihn regelrecht gequält.

Er hätte den Friedhofswärter doch nicht allein dort liegenlassen sollen. Wenn der Mann starb, hatte er schuld. Aber warum mußte er ihn auch stören?

Und dann war die Stimme wieder da.

»Was regst du dich auf? Dieser Mann hat es nicht anders verdient. Er wollte deine große Aufgabe vereiteln. Ich danke dir, daß du es geschafft hast.«

Die Stimme beruhigte Turner. Er versuchte, etwas Schlaf nachzuholen, doch es war nicht möglich. Er war innerlich zu aufgeregt und zu gespannt.

Schließlich raffte er sich auf und kaufte mehrere Zeitungen. Mit ihnen zog er sich wieder in seine Wohnung zurück. Er wollte wissen, was mit dem Friedhofswärter geschehen war.

Hastig blätterte er die Gazetten durch. Auf den ersten Seiten stand nichts, und auch in den seriösen Blättern las er keine Zeile, doch in den Boulevard-Zeitungen fand er, was er suchte.

FRIEDHOFSWÄRTER STARB UNTER QUALEN

So lautete die Schlagzeile auf der dritten Seite. Turner erschrak. Fieberhaft begann er zu lesen, und die einzelnen Buchstaben tanzten vor seinen Augen. Als er den Artikel gelesen hatte, fiel die Zeitung zu Boden. Cecil Turner beugte sich nach vorn. Beide Hände schlug er vor sein Gesicht.

Ein Mörder! Du bist ein Mörder! hämmerte es in seinem Schädel. Du hast den Mann umgebracht!

Minutenlang blieb er so sitzen. Nur sein keuchender, fast schluchzender Atem durchbrach die Stille in der Wohnung. Er stöhnte schließlich auf und ließ die Arme sinken. Sein Gesicht zeigte Flecken. Die Polizei, dachte er. Sie wird dich finden. Sie werden bald vor der Tür stehen, klingeln und dich verhaften.

Er lief zum Fenster.

Draußen war es schon längst dunkel geworden. Es ging auf den Abend zu. Die meisten Menschen saßen zu Hause und schauten in die Glotzkiste. Und er stand hier und war allein mit seinen quälenden Gedanken.

Schlimm, sehr schlimm...

Er hörte die Geräusche aus dem Treppenhaus. Schritte, die kurz vor seiner Tür stoppten und sich dann verloren.

Turner atmete auf. Mit dem Handrücken wischte er sich über die schweißnasse Stirn. Dann betrat er das kleine Bad, beugte sich über das Waschbecken und goß Wasser in sein Gesicht.

Es erfrischte ihn ein wenig.

Tief atmete er durch. Er mußte erst einmal einen klaren Gedanken fassen und rief sich den Artikel wieder ins Gedächtnis zurück. Da hatte nichts gestanden, was auf einen Mörder hinwies. Die Polizei schien noch keine Spur zu haben.

Sollte ihm etwa das Glück hold sein?

Mit einem flauschigen Handtuch trocknete er sich das Gesicht ab und verließ das Bad.

Mitten auf dem Tisch im Wohnraum stand die Kassette. Er hatte sie zugeklappt, aber das Sigill des Teufels schien ihn dauernd anzustarren.

Neben dem Tisch blieb Cecil Turner stehen.

Da hörte er wieder die Stimme. »Öffne den Deckel, Cecil!«

Er gehorchte.

Turner erschrak, als er die Augen des Schädels sah. Sie strahlten in einem intensiven Rot. So stark hatte er es noch nie gesehen. Das war direkt schaurig, und er schüttelte sich.

»Laß den Deckel offen, Cecil!«

Er tat, was man ihm anwies.

»Aber ich bin ein Mörder«, flüsterte er.

»Nein, du bist es nicht. Du mußt das anders sehen. Er war unser Feind. Er hätte dich erbarmungslos ausgeliefert. Du wärst der Polizei in die Hände gefallen. Aber sie wird den Mord nie aufkären. Dafür sorge ich. Du kannst beruhigt in die Zukunft schauen.«

»Wirklich?«

Ein leises Lachen. »Wenn ich es dir sage, ja.«

Cecil Turner atmete auf. Doch Asmodina war noch nicht fertig. Sie hatte weiterhin etwas zu sagen.

»Ich möchte dir raten, den Fernsehapparat einzustellen. Dort läuft eine Sendung, die dich sicherlich interessieren wird. Du wirst einen zweiten Verbündeten finden. Lionel Barry.«

»Den Star?«

»Ja. Auch er steht auf meiner Seite. Und wenn die Sendung beendet ist, wirst du Barry einen Besuch abstatten, aber vergiß nicht, den Schädel mitzunehmen.«

»Nein, nein.«

»Bald sehen wir uns wieder. Immer daran denken.«

Die Stimme verstummte, und Cecil Turner atmete tief durch. Ein Großteil seiner Angst und der Gewissensbisse waren ihm genommen worden. Die Bullen würden ihn nicht finden. Niemals. Dafür sorgte schon seine unheimliche, aber so faszinierende Beschützerin.

Sie hatte die Macht über ihn, und er ging zum Fernsehapparat und schaltete ihn ein.

Die Sendung lief bereits.

Er sah Lionel Barry, einen Star, den er insgeheim immer bewundert hatte. Wie locker er dort saß, als würde ihm die ganze Welt gehören. Und mit dem sollte er, Cecil Turner, Kontakt aufnehmen?

Cecil atmete tief durch.

Dann wurden seine Augen groß, denn er hatte die Kassette auf Barrys Knien entdeckt.

Das war die gleiche, wie er sie hatte!

Plötzlich spürte Cecil wieder die Hektik in seinem Innern. Aber diesmal war es eine andere, nicht aus der Angst geboren, sondern eine regelrechte Erwartung. Er wußte, daß er nun einen Verbündeten hatte, er stand nicht mehr allein auf der Welt...

Cecil lachte auf.

Lionel Barry scheute sich tatsächlich nicht, die Kassette in der Öffentlichkeit zu zeigen, und er hob sogar den Deckel an.

Da lag der Totenkopf.

Cecil Turners Augen leuchteten. Es war der gleiche Kopf, wie er ihn auch hatte. Sie unterschieden sich überhaupt nicht. Und Barry war mit seiner Demonstration noch nicht am Ende. Er redete weiter. Er erzählte von Asmodina, seiner Herrin. Sie war seine Geliebte, seine Angebetete...

Seltsamerweise empfand Cecil nicht einmal Eifersucht. Er wußte, daß solch eine Person nicht einem allein gehören konnte. Nein, das nicht. Diese Frau, die betete man an, die...

Seine Gedanken stockten. Aus den Augenwinkeln hatte er eine huschende Bewegung wahrgenommen.

Hastig drehte er sich um.

Da sah er seinen Schädel. Er befand sich nicht mehr in der Kassette, sondern schwebte in der Luft.

Etwa eine Armlänge über der Kassette schien er an einem unsichtbaren Band zu hängen, und er bewegte sich jetzt, als Cecil auf ihn starrte, weiter.

Der Schädel hatte ein Ziel.

Den Fernsehapparat!

Wie von nicht zu erkennenden Händen geleitet, glitt er darauf zu und steuerte genau ein Ziel an.

Den Schädel, den Lionel Barry in beiden Händen hielt!

Fasziniert beobachtete Cecil Turner den weiteren Weg des Totenkopfs. Es schien ihm, als wollten sich die beiden Schädel verbrüdern. Nur eine Handbreit vor der Mattscheibe kam Cecils Schädel zur Ruhe.

Er blieb für einen Augenblick in der Luft stehen. Er schien durch die Mattscheibe Kontakt mit dem anderen Schädel aufnehmen zu wollen. Und es gelang, denn als Cecil genauer hinschaute, da sah er, daß die Augen des von ihm gefundenen Schädels noch intensiver glühten.

Eine Sekunde später fiel er abrupt zu Boden, als hätte jemand das unsichtbare Band durchgeschnitten.

Cecil Turner erwachte wie aus einem Tiefschlaf. Er wischte über seine Augen. So etwas hatte er noch nie erlebt. Dann erschrak er. Hoffentlich war dem Totenkopf nichts passiert. Turner stand hastig auf und hob den Schädel hoch.

Er war noch heil, da er nicht auf den Boden, sondern auf den Teppich gefallen war.

Vorsichtig nahm Turner ihn in beide Hände. Der kahle Kopf hatte sich verändert. Cecil fühlte die Wärme, die von ihm ausging. So hatte er sie noch nie gespürt.

Seltsam...

Als wäre der Kopf elektrisch aufgeladen worden. Behutsam legte er ihn in die Kassette, griff zur Zigarettenschachtel und zündete sich ein Stäbchen an. Tief inhalierte er den Rauch und ließ ihn durch die Nasenlöcher wieder ausströmen.

Er dachte über seine nächsten Schritte nach. Und er merkte dabei, daß das taube Gefühl aus seinem Hirn verschwunden war. Eine Kraft, wie er sie nie erlebt und gekannt hatte. Er sah die Welt mit anderen Augen.

Mit den Augen des Bösen...

Und er nahm sich fest vor, jeden Gegner, der sich ihm oder Asmodina in den Weg stellte, auszuschalten.

Ohne Gnade...

Er verließ den Wohnraum und nahm in der schmalen, düsteren Diele den Mantel vom Haken. Dann ging er noch einmal zurück und holte die Kassette. Sie durfte er auf keinen Fall vergessen, denn sie war das wertvollste Stück, das er besaß.

Er verließ die Wohnung und schloß sorgfältig die Tür ab.

Sein Wagen stand vor dem Haus. Draußen roch es nach Schnee. Als er hoch zu einer Laterne schaute, sah er bereits die ersten weißen Flocken niederfallen.

Die Straßen waren feucht. Zwei Wagen rauschten vorbei. Ihre Reifen schmatzten über den Asphalt.

Cecil Turner stieg in seinen R 4. Zweimal orgelte der Anlasser durch, dann sprang der Wagen an. Turner rangierte ihn aus der

Parklücke und bog an der nächsten Kreuzung rechts ab. Er wußte genau, wohin er zu fahren hatte...

Auch wir kannten unser Ziel. Bill hatte mir die Anschrift des Mannes genannt, dem Suko und ich einen Besuch abstatten wollten.

Er lebte nordöstlich von London, zwar noch im Dunstkreis der Großstadt, aber schon auf dem Land. Dort hatten sich die Reichen ihre Häuser und Villen gebaut. Manche waren auch ererbt. Alte Gebäude, aber von innen mit jeglichem Komfort ausgerüstet.

Das Haus war schwer zu finden, weil es so abseits lag. Als wir schließlich die schmale Stichstraße gefunden hatten, atmeten wir auf. Nicht nur die Dunkelheit hatte uns zu schaffen gemacht, sondern auch der Schneefall.

Urplötzlich hatte es angefangen zu schneien. Dicke, weiße Flocken, die auf der Straße zwar schmolzen, aber die Landschaft mit einer hell schimmernden Puderschicht überdeckten.

Irgendwo rechts von uns blinkten Lichter. Dort lag das Gut eines bekannten Grafen, der eng mit der königlichen Familie verbunden war. Da wurde sicherlich ein Fest gefeiert.

Daß Lionel Barry hier wohnte, bewies, wie reich er war. Denn hier achteten die alteingesessenen Adelsschichten sehr wohl darauf, daß ihnen kein Fremder zu nahe kam. Barry hatte es geschafft. Seine Beziehungen mußten ebenso glänzend sein wie sein Vermögen.

Wir fuhren über eine schmale Straße, die von altem Baumbestand flaniert wurde. Pappeln, wenn ich mich recht erinnere. Auch sie hatten ihre Blätter zum großen Teil verloren, aber es hingen auch noch zahlreiche an den schmalen Zweigen.

Der Winter hatte die Natur überrascht und war den Herbst kurzerhand umgangen.

Meine Gedanken waren ein wenig abgeschweift. Jetzt atmete ich tief durch und konzentrierte mich wieder.

Wie so oft saß Suko neben mir und schaute mit auf die Straße. Die neu eingestellten Scheinwerfer leuchteten die schmale

Straße fast völlig aus, und sie rissen auch eine Kreuzung aus der Dunkelheit.

Ich senkte das Tempo.

»Links oder rechts?« murmelte ich.

»Da steht ein Schild.« Suko wies nach vorn.

Es war vom Wagen aus schwer zu lesen, und Suko stieg aus. Ich fuhr den Bentley links an den Straßenrand, weil ich hinter mir zwei Scheinwerfer gesehen hatte.

Ein Wagen kam.

Suko stand im Lichtkreis der Bentley-Lampen und nickte zufrieden.

Er machte kehrt und wollte einsteigen.

Inzwischen war der andere Wagen schon verdammt nahe. Und er fuhr mit einer ziemlich hohen Geschwindigkeit.

Suko mußte ihn erst vorbeilassen.

Verdammt, war der Kerl denn wahnsinnig, so zu rasen?

In meinem Innenspiegel explodierte das Licht seiner Scheinwerfer zu einer gleißenden Kaskade. Es füllte die gesamte Fläche bis zum Rand hin aus.

Ich sah gar nichts mehr. Dafür hörte ich das Fahrzeug. Der Motor lief überdreht, die Reifen schmatzten auf dem nassen Asphalt, und ich warf Suko einen raschen Blick zu.

Der flog plötzlich zurück. Warf sich praktisch in den Straßengraben. Das war sein Glück.

Der heranrasende Wagen hätte ihn sonst auf die Hörner genommen und durch die Luft geschleudert. So fegte das Fahrzeug nur dicht an seinen Schuhspitzen vorbei, schleuderte, wurde wieder herumgerissen und bog in den linken Weg ein. Es war der, der zum Wohnhaus des Filmstars führte.

Die Rücklichter verglühten.

Suko kletterte aus dem Graben. Er fluchte, denn auf dem nassen Untergrund war er ausgerutscht. Notdürftig reinigte er sich seine Kleidung.

»Dieser Vollidiot!« schimpfte er, als er wieder in den Bentley stieg. »Ich schätze, der stand unter Stoff.«

»Oder unter schwarzer Magie.«

»Wieso?«

»Er hat den Weg genommen, der zu Barrys Haus führt«, klärte ich Suko auf.

»Dann treffen wir ihn dort ja wieder.«

Ich startete.

Wesentlich langsamer als der verhinderte Rennfahrer fuhr ich den Weg hoch. Es war eine Privatstraße, doch darum kümmerte ich mich nicht. Sie durchlief ein parkähnliches Gelände, das durch hohe Hecken geschützt wurde. Sie hatten bereits eine weiße Haube.

Am Haus brannte eine einsame Leuchte. Ihr Licht fiel kaum auf die große Treppe.

Fünf Wagen zählten wir vor dem Haus. Ein kleiner Renault stand quer. Ich mogelte mich mit dem Bentley daran vorbei, umfuhr ein kleines Rondell und parkte dann mit der Kühlerschnauze zum Ausgang hin.

Wir stiegen aus.

»Sehen wir uns die Gesellschaft mal an«, sagte Suko. »Wahrscheinlich sind die nicht erbaut, wenn wir ihre Feier stören.«

»Das ist möglich. Fragt sich nur, welch eine Party die da veranstalten.«

Von der Straße her schritten wir auf die Treppe zu. Ein wuchtiges Steingeländer begrenzte sie zu beiden Seiten.

Ich war als erster an der Tür, entdeckte nicht nur einen eisernen Klopfer, sondern auch eine Schelle.

Darauf legte ich meinen Daumen.

»Du bist der letzte!«

Mit diesen Worten wurde Cecil Turner empfangen.

Er nickte. »Darf ich eintreten?«

Barry lachte. »Und wie, mein Freund. Wir haben dich erwartet. Du bringst den fünften Schädel.« Er deutete auf die Kassette in Cecils Hand.

»Ja, das ist er!«

Turner war überglücklich, daß ihn ein Mann wie Lionel Barry duzte. Aber sie gehörten jetzt zusammen, waren ein Kreis, eine verschworene Gemeinschaft.

Im Hintergrund sah Cecil einen Mann stehen, der wohl nicht

zu ihnen paßte. Der Kerl trat zwei Schritte vor und geriet in den Lichtkreis einer Lampe.

Cecil erschrak. Das war ein richtiger Hüne mit gewaltigen Muskelpaketen und ausgebeulten Schultern, unter denen er sicherlich seine Waffen trug.

Barry bemerkte den Blick des neu Angekommenen und lachte. »Das ist Link, mein Leibwächter. Er wird dafür sorgen, daß wir ungestört bleiben.«

»Gut!« flüsterte Cecil.

»Darf ich dich jetzt zu den anderen bringen?«

»Natürlich, sie warten doch schon.«

»Das stimmt, denn ohne deinen Schädel ist der Kreis nicht geschlossen, und Asmodina kann nicht erscheinen. Sie soll und wird von uns ihre Kette bekommen.«

»Weißt du, welch eine Bewandtnis es damit hat?« erkundigte sich Turner, als sie durch die große Halle schritten.

»Nein, noch nicht.«

»Sie wird es uns doch erklären?«

»Das hoffe ich.«

Sie schritten durch einen Rundbogendurchlaß und erreichten eine viereckige Diele, die mit antiken Möbeln dekoriert war. Mehrere Türen zweigten ab.

Eine fünfte in den Keller.

Und die öffnete Barry.

»Ich habe es extra dort gemacht«, erklärte er. »Da sind wir völlig ungestört.«

»Das finde ich gut.«

Die beiden Männer stiegen die Steintreppe hinab, erreichten einen düsteren Gang, von dem weitere, schmale Gänge in die verschiedensten Gewölbe abzweigten, und schritten auf ein Licht am Ende des Hauptgangs zu.

Sie gelangten in den größten Kellerraum.

Dort warteten die anderen drei.

Zwei Männer und eine Frau.

Cecil Turner blieb stehen und nahm den ersten Eindruck in sich auf. Barry hatte für die richtige Stimmung gesorgt. Die Lampen waren mit dunklen Tüchern verhängt worden, die einen großen Teil des Lichts filterten. Auf dem Kellerboden lag ein pechschwarzer Teppich, auf den sich das Licht von vier Strahlern konzentrierte.

Da es sehr hell war, stachen die gelbweißen Schädel deutlich von der Unterlage ab.

Die Menschen, die diese Schädel gefunden hatten, standen jeweils hinter ihnen und hüteten sie wie einen kostbaren Schatz. Alle Blicke richteten sich auf den Neuankömmling.

»Das ist Cecil Turner«, sagte Barry. »Er bringt den letzten Schädel, auf daß sich der Kreis schließt.«

Die Augen der drei Mitglieder begannen zu leuchten. Endlich war es soweit. Endlich konnten sie die Kette für die Teufelstochter herstellen.

Cecil Turner musterte sie genau.

Links von ihm stand ein kleiner glatzköpfiger Bursche mit einem viel zu dicken Bauch. Er trug einen rostfarbenen Anzug und starrte Cecil aus großen Eulenaugen an.

Daneben hielt sich der andere Mann auf. Ein Durchschnittstyp. Blondes Haar, leicht wellig, ziemlich schmale Augen. Der Mantel schien ihm zu groß zu sein. Er schlotterte um seinen Körper.

Turner gegenüber stand die Frau.

Ein tolles Girl. Schwarzhaarig mit einem leicht rötlichen Schimmer. Die Haarflut wurde von einem hellen Band gehalten, und die zweite Hälfte wehte bis auf die Schultern.

Sie trug Sommerkleidung. Eine rotviolette Bluse aus dünnem Stoff, die knapp überhalb der Brust endete und von zwei schmalen Trägern an der Schulter gehalten wurde. Der Rock zeigte eine blaugrüne Farbe. An den Füßen trug sie Sandalen.

Cecil Turner nickte grüßend. Er war etwas verlegen, und das merkte anscheinend auch Barry.

Er stellte die anderen Cecil vor.

Der Typ mit der Glatze hieß Robert Field, der im Mantel Greg Goretti und die Frau hörte auf den Namen Ginny Clark.

»So, jetzt bist du bekannt«, lächelte Barry. »Nimm den Schädel und stelle ihn vor dich auf den Boden.«

Cecil nickte. Er öffnete die Kassette und nahm den Totenkopf vorsichtig heraus.

Vier Augenpaare beobachteten ihn. Barry ging hinter Turner vorbei und baute sich zwischen Ginny Clark und ihm auf.

Seinen Schädel hielt er unter der Jacke versteckt. Jetzt holte er den blanken Kopf hervor und legte ihn zu Boden.

Cecil Turner richtete sich auf.

Der Kreis war geschlossen.

Oder fast geschlossen.

Gleich konnte die Beschwörung starten. Asmodina sollte merken, wo sich ihre Diener befanden, und sie sollte sich ihren Vasallen auch zeigen.

Aber noch war es nicht soweit.

Es fehlte etwas.

Und das besaß Lionel Barry. Er entschuldigte sich für einen Moment und verließ den Keller.

Als er zurückkehrte, trug er eine kleine Holztruhe in beiden Armen. Er setzte sie vorsichtig auf den Boden und öffnete den Deckel.

Alle konnten hineinschauen und sahen die bleich schimmernden Gebeine. Normalerweise wäre jeder zurückgezuckt, doch die Schwarze Magie hatte bereits alle in ihren Bann geschlagen, so daß sie nur noch starren und staunen konnten.

Lionel Barry lachte triumphierend, als er sich bückte. »Asmodina hat mich seit langer Zeit damit beauftragt, die Knochen zu beschaffen. Es sind die Skelette von Mördern und Triebtätern, die ich in dunkler Nacht aus den Gräbern geholt habe. Jetzt endlich können sie ihrem wahren Zweck zugeführt werden.« Er nahm den ersten Knochen heraus und legte ihn zwischen zwei Schädel. Noch berührten die Enden die Köpfe nicht, aber das geschah, als er einen zweiten Knochen an den ersten legte. Jetzt war die Verbindungslinie entstanden.

Auch die anderen beteiligten sich an der Arbeit. Sie verbanden die einzelnen Schädel durch die Knochen, so daß sich ein Kreis gebildet hatte.

Er war wichtig.

»Laßt uns einander berühren!« rief Barry. »Unsere Hände sollen sich finden, damit wir eins werden mit ihr, der Höllentochter aus dem Jenseits.«

Die Mitglieder dieser gefährlichen Gruppe streckten die Arme aus, und ihre Fingerspitzen berührten sich.

Jeder spürte es – jeder merkte es.

Wie ein Stromstoß zuckte es durch ihre Körper.

Barry, der Meister und Vertraute Asmodinas, begann mit einem kehligen Singsang. Er rief die Höllentochter an. Die meisten Worte waren nicht zu verstehen, wohl aber Asmodina.

Kehlig wurde der Name ausgesprochen. Und immer wieder Asmodina.

Die anderen spürten, daß sich etwas tat. Das Klima veränderte sich. Es wurde nicht kälter oder heißer, sondern etwas anderes trat ein. Die Luft verdichtete sich.

Sie war schwer zu atmen...

Die fünf Menschen keuchten. Es fiel ihnen schwer, sich auf den Beinen zu halten, denn jeder von ihnen fühlte das gleiche.

Den ungeheuren Druck im Kopf, der langsam zu einem ziehenden Schmerz wurde.

Gleichzeitig reagierten die Schädel.

Ihre Augen begannen noch stärker zu glühen. Sie strahlten wie rote Sterne, und sie strahlten ab.

Aus den fünf Augenpaaren zuckten Blitze auf die Mitte des Kreises zu, wo sie sich vereinigten und zu einer grellroten Flammensäule hochstiegen.

Einer Säule, die die Formen einer Frau annahm.

»Asmodina!« brüllte Barry. »Erscheine, Asmodina! Erscheine!«

Wir hörten eine Glocke im Haus. Es war ein feiner Klang, hoffentlich wurde er auch vernommen.

Ich schaute meinen Partner an. Er hatte eine Art Kampfhaltung eingenommen, war bereit, sich sofort zur Wehr zu setzen, falls er angegriffen wurde.

Die Tür ging auf.

Vor uns stand ein riesiger Kerl. Als ich ihn ansah, da wußte ich, daß es Ärger geben würde. Den konnte ich auch nicht mit meinem Sonderausweis in Schach halten.

»Was wollen Sie?« blaffte er.

»Zu Mr. Barry«, sagte ich.

»Der ist nicht zu sprechen.«

»Für uns schon«, gab ich zurück. »Scotland Yard.«

Er zuckte zusammen. Vielleicht hatte er Dreck am Stecken. Dann lächelte er durch den Spalt und zog die Tür ein winziges Stück weiter auf. Ich empfand dies als Hoffnungsschimmer, wollte schon vorgehen, als er zu einem gemeinen Trick griff.

Er rammte die Tür wieder zu.

Ich war darauf nicht gefaßt gewesen. Suko aber. Hätte er nicht so schnell reagiert, wäre mir das schwere Türblatt genau ins Gesicht geknallt.

So flog Sukos Hand vor und hielt die Tür auf. Wuchtig donnerte sie dagegen.

Damit hatte wiederum der Hüne nicht gerechnet. Er konnte die Tür nicht mehr halten und wurde voll von ihr erwischt. Wir hörten den dumpfen Aufschlag.

Ein wütender Ruf schallte uns entgegen. Durch den Spalt sahen wir den Kerl zurücktaumeln. Beide Hände hatte er hochgerissen, und seine Flüche hätten einem Seemann zur Ehre gereicht.

Suko war vor mir in dem Haus.

Da hatte sich der Bulle auch schon gefangen. Er stürmte auf den Chinesen zu.

Suko empfing ihn richtig. Beide Handkanten sichelten durch die Luft und schlugen zu. Sie kamen blitzschnell und trafen den Bullen genau an den richtigen Stellen.

Er wurde rot und zugleich blau im Gesicht, doch er hielt sich auf den Beinen, was wiederum ein kleines Wunder war. Nur in den Knien knickte er ein, holte tief Luft und schüttelte den Schädel.

Der Chinese wollte noch einmal zuschlagen, doch ich hielt ihn zurück. »Laß es, Suko«, sagte ich und schloß gleichzeitig die Tür.

»Okay.«

Ich ging an meinem Partner vorbei und schaute den Leibwächter an.

»Du weißt jetzt, wie der Hase läuft, Kamerad«, sagte ich. »Noch eine Dummheit, und es ergeht dir dreckig.«

»Scheiß Bulle!« zischte er.

Ich winkte ab. »Damit machst du dir keine Freunde, Sonny. Wo steckt dein Boß?«

Er schaute mich an. Die Haare, sonst glatt nach hinten gekämmt, waren ihm in die Stirn gefallen. Sie hingen wirr über seine Augen. Er pustete die Strähnen weg. »Such sie doch.«

»Es sind mehrere?«

»Ja.«

»Wir werden sie suchen und sicherlich auch finden, aber es wäre besser für dich, wenn du uns das sagst. Kapiert?«

»Klar.«

Und da drehte er durch. Er warf sich plötzlich nach rechts, rollte sich geschickt über die Schulter hinweg ab und griff gleichzeitig mit beiden Händen unter seine Achselhöhlen.

Ein Zweihandschütze, wie im Wilden Westen.

Und er zog auch so schnell wie ein Revolverheld.

Ich war noch schneller.

Suko hatte mir beigebracht, auch mit den Füßen zu kämpfen, deshalb sprang ich ihn an. Beide Fußspitzen trafen. Die Waffen wurden ihm aus den Händen geschleudert und landeten irgendwo.

Ich bückte mich blitzschnell und hievte ihn hoch. Dann kam meine Linke. Sie schüttelte den Hünen erst durch und schickte ihn dann auf die Bretter.

Normalerweise hätte er den Schlag weggesteckt, aber er hatte die beiden Handkantenhiebe noch nicht verdaut. Er blieb bewußtlos auf dem Rücken liegen und rührte sich nicht mehr.

Ich rieb mir die Knöchel. »Komm, laß uns die anderen suchen.«

»Oben – unten?«

Ich kannte mich da aus. Finstere Beschwörungen wurden meist dort abgehalten, wo so leicht kein Mensch hinkam.

Das waren eben die Keller.

Ich hoffte und rechnete damit, daß es auch hier der Fall sein würde. Wir suchten die Kellertür, fanden sie sehr schnell und öffneten sie behutsam.

Die Stimmen vernahmen wir schon oben am Beginn der Treppe. Leider konnten wir nicht verstehen, was gesagt wurde, aber das war nicht tragisch. Hauptsache, wir trafen nicht wieder auf solch einen Klotz wie diesen Leibwächter.

Ich nickte Suko zu.

Auf Zehenspitzen stiegen wir die Stufen hinab. Dabei achteten wir darauf, so gut wie kein Geräusch zu verursachen, und das gelang uns auch.

Jemand sprach.

Und er redete in einer Tonart und einem Dialekt, den ich mal gehört hatte, aber nicht verstand.

Nur kehlige Wortfetzen drangen an unsere Ohren. Das konnte eine alte Druidensprache sein, wer weiß...

Wir erreichten das Ende der Treppe.

Suko hielt die Beretta schußbereit, und ich hatte ebenfalls meine Waffe gezogen.

Zudem besaß ich mein Kreuz. Sollte dort Asmodina beschworen worden sein, würde ich ihr das Kreuz entgegenschleudern. Mal sehen, wie sie es überstand. Bisher hatte ich leider noch nicht die Gelegenheit dazu gehabat.

Ich vernahm mehrmals den Namen Asmodina. Vor uns schien es verdammt heiß herzugehen.

Die Kühlung wollten wir den Brüdern schon verschaffen. Das Licht wies uns den Weg. Es strahlte zwar nicht, aber wir konnten genug erkennen, um nicht irgendwo gegenzustoßen.

Der Gang machte einen Knick. Die Mauern waren grau gestrichen. Ein Spinnennetz fuhr durch mein Gesicht. Ich pustete es weg.

Wir standen jetzt dicht vor unserem Ziel. Nur ein kleine Treppe trennte uns noch.

Ich schaute Suko an.

Der nickte.

Ich erkannte die Stimme des Filmstars. Er rief die Teufelstochter an. »Asmodina!« schrie er. »Erscheine, Asmodina! Erscheine!«

Die Teufelstochter erschien noch nicht.

Statt dessen waren wir da!

Das schwarzhaarige Girl sah uns zuerst. Es löste den Kreis und stieß einen spitzen Schrei aus.

Auch die anderen hörten den Ruf. Und sie wußten, daß etwas Schlimmes geschehen war, was mit dem Auftauchen der Teufelstochter nichts zu tun hatte.

In den Sekundenbruchteilen, die mir blieben, nahm ich den gesamten Eindruck in mich auf.

Ich sah die fünf Totenköpfe auf dem Boden, sah die Knochen, die die einzelnen Schädel miteinander verbanden, und ich sah die Strahlen, die aus den Augen der Schädel schossen, sich in der Mitte des Kreises vereinigten und zu einer schimmernden Säule wurden, die bereits eine mir bekannte Gestalt angenommen hatte.

Asmodina!

Noch war sie durchscheinend und nicht materialisiert. Ich hoffte aber, daß dies geschehen würde.

Und dann beging ich einen großen Fehler. Bevor sich die anderen von der Überraschung erholt hatten, schleuderte ich das Kreuz mitten in den Kreis hinein. Ich wollte Asmodina packen, sie vernichten, aber da gab es nichts mehr.

Der Schemen löste sich auf. Die roten Blitze und Strahlen verschwanden. Sie zuckten zurück in die leeren Totenschädel, und im nächsten Augenblick griffen uns die fünf Diener der Teufelstochter an.

»Auf sie!« feuerte Lionel Barry seine Gesinnungsfreunde an.

Okay, wir hatten die Waffen gezogen, aber wir wagten nicht, sie zu benutzen. Nicht bei diesen Menschen, die nur irregeleitet waren.

Aber sie gehorchten.

Kaum hatte Barry den Befehl geschrien, da hechtete der erste bereits auf mich zu. Es war ein glatzköpfiger Kerl mit verzerrtem Gesicht und weit offenstehendem Mund, aus dem der Speichel rann. Beide Fäuste wollte er mir ins Gesicht schlagen. Er war zu langsam. Mit einer lässig anmutenden Bewegung wischte ich die Hände zur Seite und schleuderte den Knaben in die Ecke.

Er quiekte wie eine Ratte.

Ich suchte Barry.

Der war um den Kreis herumgelaufen und schrie noch immer

den Namen der Teufelstochter, wobei er unablässig in den Kreis starrte, als könnte er nicht begreifen, daß alles aus war.

Er hatte das Kreuz gesehen, dieses geweihte Kruzifix, das eine Rückkehr der Teufelstochter in diesem Augenblick unmöglich machte. Von meinem Kreuz ging ein geheimnisvolles Leuchten aus, das sich wie ein Schleier nach allen Seiten ausbreitete.

Suko hatte den Aufgang zur Treppe verteidigt. Die Leute, die ihn angriffen, rannten gegen eine Mauer. Der Chinese schleuderte sie zurück.

Nur das Mädchen hielt sich im Hintergrund. Es schaute mich an, und in seinen dunklen Augen sah ich einen lauernden, aber auch fragenden Ausdruck. Ich beschloß, mich nachher noch mit der Kleinen zu beschäftigen.

Nie hätte ich gedacht, daß dieser Einsatz so leicht und lässig über die Bühne laufen würde. Diesen Stützpunkt konnte sich Asmodina schon mal abschminken.

Ich schaute Barry an. »Das wär's dann wohl«, sagte ich. »Die Polizei wird sich bestimmt für Ihre Aktivitäten interessieren.«

»Nein, keine Polizei!«

Nicht Barry gab die Antwort, sondern ein dunkelhaariger Mann mit bleichem Gesicht. Seine Augen fieberten. »Ich will keine Polizei!« hechelte er. »Nein...«

»Und warum nicht?« fragte ich. »Haben Sie irgend etwas zu verbergen, Mister?«

»Nein, eigentlich – also ich...«

»Halt dein Maul!« zischte Barry.

»Sie mischen sich da nicht ein!« fuhr ich den Film- und Fernsehstar an.

Er schwieg. Aber seine Augen sprachen Bände. Ich las darin den blanken Haß.

»Wie heißen Sie eigentlich?« wandte ich mich an den Sprecher.

»Cecil Turner.«

»Okay, Mr. Turner, ich kann verstehen, daß Sie nicht reden wollen. Das brauchen Sie auch hier unten im Keller nicht. Wir werden sowieso eine gemeinsame Fahrt nach London unternehmen.« Nach diesen Worten wandte ich mich an Barry. »Falls Sie mit Ihrem Leibwächter rechnen, der liegt oben in der Diele und ruht sich aus. Er ist aus Versehen gegen meine Faust gelaufen.«

»Das wird Ihnen noch leidtun«, knirschte Barry.

»Mal sehen. Ach so, ja, damit Sie wissen, mit wem Sie es zu tun haben. Mein Name ist John Sinclair. Ich bin Oberinspektor bei Scotland Yard. Und dieser Herr aus China heißt Suko. Das dürfte reichen. Ich bitte dann um den Abmarsch.«

Irgendwie hatte ich gute Laune. Vielleicht weil alles so rasch geklappt hatte. Auf jeden Fall war ich zufrieden. Endlich mal eine Sache, die ohne große Mühe oder Rieseneinsatz verlief.

Ich hatte mich in den letzten Minuten sehr auf die Menschen konzentriert und dabei weniger auf die Totenschädel und die Gebeinknochen geachtet. Als ich jetzt wieder einen Blick zu Boden warf, erschrak ich doch.

Die Schädel lösten sich auf.

Und mit ihnen die Gebeine.

Ich stutzte, doch auch die anderen sahen es.

Lionel Barry begann gellend zu lachen. »Asmodina gibt uns ein Zeichen!« schrie er und fuhr wild zu mir herum. »Sie wird uns nicht im Stich lassen, Freunde, schöpft Mut, die Vorzeichen haben sich verändert.«

Das schien mir auch so, und es paßte mir überhaupt nicht in den Kram. Verdammt auch.

Wir mußten so rasch wie möglich diesen Keller verlassen. Hier braute sich etwas zusammen. Ich spürte es. Mit jeder Faser meines Körpers merkte ich, daß Asmodina den Raum nicht verlassen, sondern sich nur zurückgezogen hatte.

Noch lauerte sie.

Ich schaute auf mein Kreuz. Die helle Aura hatte sich weiter ausgebreitet. Sie drängte immer mehr dem Innenrand des Kreises zu und damit dem Gefahrenherd. Das Kruzifix merkte, daß noch nicht alles in Butter war.

Ich gab Suko einen Wink. »Wir müssen aus dem Keller!«

Der Chinese zog seine Beretta. Auch ich tat es. Es war zwar nicht unbedingt nötig, aber ich wollte meinen Anordnungen den nötigen Nachdruck verleihen.

Die Zeit drängte.

Die Menschen gehorchten auch. Sie drängten sich an der Treppe zusammen, wobei Lionel Barry als letzter ging. Bevor er die unterste Stufe berührte, drehte er sich noch einmal um.

»Das letzte Wort ist nicht gesprochen, Sinclair!« sagte er. »Noch hast du Asmodina nicht besiegt.«

Das wußte ich selbst.

Ich machte wieder einen Fehler, indem ich dem Kreis den Rücken zuwandte. Deshalb sah ich nicht, daß sich die Totenschädel wieder materialisierten und sich langsam vom Boden erhoben.

Aber nicht nur sie, auch die bleich schimmernden Gebeine wurden mit hochgetragen. Sie und die Schädel bildeten eine makabre, schwebende Kette.

Und die hatte ein Ziel.

Mich!

Lionel Barry war bereits drei Stufen hochgegangen. Er drehte sich noch einmal um. Dabei grinste er.

Und dieses Grinsen machte mich mißtrauisch. Es war gemein, triumphierend, wissend...

Ich wirbelte herum.

Da sah ich die Knochenkette!

Sie schwebte bereits in Brusthöhe über dem Boden, ruckte jetzt hoch und bewegte sich in meine Richtung, um mich wie der Blütenkranz einer Hawaii-Insulanerin zu umschlingen.

Gleichzeitig erhielt ich einen harten Stoß in den Rücken. Es war kein Schlag mit der Hand, sondern ein Tritt.

Er katapultierte mich nach vorn.

Instinktiv zog ich den Kopf ein. Das war mein Glück, so fiel mir die Kette nicht über den Kopf, sondern berührte nur die Schulter. Im selben Augenblick war ich wie gelähmt. Plötzlich hatte ich das Gefühl, in ein Folterwerkzeug eingedreht zu werden. Mein Körper spannte sich, ich zitterte und fiel nach vorn, wobei es mir nicht einmal gelang, die Hände auszustrecken und mich abzustützen.

Schwer krachte ich zu Boden. Den Kopf konnte ich allerdings noch drehen, so daß ich nur mit dem Kinn aufstieß und meine Zähne aufeinanderklackten.

Sie hielten.

Ich spürte die Schmerzen. Und ich hörte die Stimme.

Asmodinas Stimme.

Die Teufelstochter lachte. »Sinclair, du bist am Ende. Die Kette wird dich erwürgen. Sie ist auch für dich gemacht. Du wirst in den nächsten Sekunden sterben. Und dann ist der Chinese an der Reihe.«

Ich hob meinen Blick, verdrehte dabei die Augen und sah das Kreuz dicht vor mir liegen.

Aber ich kam nicht heran.

Ich konnte meinen Arm nicht bewegen, überhaupt keinen Körperteil. Das Kreuz lag zwar nahe bei mir, war jedoch in unerreichbare Ferne gerückt.

Hatte ich noch eine Chance?

Nein, allein konnte ich mich daraus nicht befreien.

Wie durch einen dichten Schleier hörte ich ein häßliches Lachen. Dann spürte ich den Herzschlag.

Wie Gongschläge echote er durch meinen Körper und führte innerhalb des Kopfes zu dumpfen Detonationen.

Plötzlich schien auch mein Hals in Flammen zu stehen. Ich spürte noch die Berührung des Gebeins, dann wurde es biegsam und zog sich langsam zusammen.

Die Schädelkette wollte mich erwürgen!

Suko war mit den anderen gegangen. Und zwar schritt er die Treppe rückwärts hoch, so daß er die folgenden Mitglieder der Sekte im Auge behalten konnte.

Den Gang hatten sie bereits durchquert, und der Chinese befand sich schon auf der dritten Stufe.

Wie auch ich war er davon ausgegangen, es geschafft zu haben. Er glaubte nicht mehr so recht an eine Gefahr, doch er wurde mißtrauisch, als er von seinem Standort aus die Gruppe überblicken konnte.

Wo steckte John Sinclair?

Er hätte ihn normalerweise sehen müssen, aber es war keine Spur von ihm zu entdecken.

John war nicht da!

Suko schwante Fürchterliches. »Stopp!« rief er.

Die vier Männer und die Frau gehorchten. Sie starrten zu Suko hoch, und der Chinese sah auch in das Gesicht Lionel Barrys, das sich zu einem Grinsen verzogen hatte. Das ließ ihn noch mißtrauischer werden.

Plötzlich lachte Barry laut auf. Er sah, wie sehr Suko nachdachte, und in diesem Augenblick wußte der Chinese, daß nicht alles gut gelaufen war.

Er handelte sofort.

»Weg!« schrie er und sprang mit einem Riesensatz von der Treppe.

Erschreckt machten die anderen Platz.

Nur Barry nicht. Sein Grinsen erlosch. Er ahnte, daß sich die Vorzeichen änderten, und er wollte dies auf keinen Fall zulassen.

Er warf sich dem Chinesen in den Weg. »Nein!« kreischte er. »Verdammt noch mal, ich...«

Bei Suko kam er an den Richtigen. Die Maulschelle war nicht von schlechten Eltern. Sie schleuderte Barry durch den halben Gang zurück, wo er von einer Mauer aufgehalten wurde.

Suko hetzte an ihm vorbei.

Wenige Herzschläge später sah er das schreckliche Bild.

Ich lag am Boden, hatte den rechten Arm ausgestreckt, wurde von der Schädelkette gewürgt und versuchte verzweifelt, mit den Fingerspitzen das Kreuz zu erreichen.

Ich packte es nicht.

Der Chinese zögerte keine Sekunde. Mit einem gewaltigen Satz sprang er über mich hinweg, hob das Kreuz auf und schleuderte es der Schädelkette entgegen.

Er hatte in der Eile nicht richtig zielen können, traf keinen Schädel, sondern nur ein Zwischenstück. Es klirrte hell, als das Kreuz gegen das Gebein prallte.

Die Kette zersprang. Der bleiche Knochen wurde buchstäblich in der Mitte auseinandergerissen, als er mit der Weißen Magie in Berührung kam. Und sofort löste sich der Druck von meinem Hals.

Bevor Suko das Kreuz zum zweitenmal fassen und werfen konnte, fuhr die Kette herum und schleuderte auf Suko zu. Wie eine Schlange wollte sie sich um seinen Hals wickeln, doch der Chinese zog den Kopf ein, und die Knochenkette wirbelte über ihn hinweg.

Noch in der Drehung zog Suko die Dämonenpeitsche. Allerdings verging zuviel Zeit, bis die Riemen aus dem Griff fuhren. Die Kette verschwand im düsteren Kellergang.

Suko entschied sich gegen eine Vefolgung. Ich spürte helfende Hände unter meinen Achselhöhlen, dann hievte Suko mich hoch.

Taumelnd gelangte ich auf die Beine, und nur allmählich klärte sich mein Blick.

»Bist du okay, John?«

»Ich glaube.«

»Wir müssen die anderen kriegen«, drängte Suko. »Die haben einen zu großen Vorsprung. Sie dürfen nicht entwischen.«

Der Meinung war ich auch.

Ich riß mich zusammen. Hinter Suko taumelte ich auf den Ausgang des Kellers zu und erreichte den Gang, der auf die Treppe zuführte.

Die Stufen waren leer.

Unsere Gegner hatten ihre Chance genutzt und waren klammheimlich verschwunden.

Mit Riesenschritten durchmaß der Chinese den Gang, erreichte die Treppe und jagte die Stufen hoch.

Ich folgte etwas langsamer.

Er wurde bereits erwartet.

Link, der Leibwächter, der inzwischen aus seiner Bewußtlosigkeit erwacht war, hielt sich in einer Nische versteckt und hatte seine beiden Waffen gezogen.

Er lachte irr auf.

Suko stoppte.

»Ich leg' dich um!« kreischte Link. »Diesmal entkommst du mir nicht!«

Diese Worte hörte auch ich. Mir kam zugute, daß ich mich hinter Suko befand, so konnte ich stoppen.

Kreuz und Beretta hatte ich vorhin aufgehoben. Diesmal brauchte ich das Kruzifix nicht, sondern die Pistole.

Obwohl es mir schwerfiel, ließ ich mir Zeit, schlich zwei Stufen höher und kämpfte noch immer gegen die Schwäche an.

Von der Seite her peilte ich in die viereckige Diele.

Suko hatte die Arme halb erhoben. Er deckte mich mit seinem

breiten Rücken etwas ab, so daß mich der Kerl nicht sofort entdeckte.

Aber ich sah ihn.

Er sah wild aus, sein Kinn war geschwollen, und er würde schießen, das erkannte ich an seinen Augen.

Ich kam ihm zuvor.

Die Beretta in meiner Hand bäumte sich kurz auf, ein peitschender Knall jagte durch den Kellerraum, und im nächsten Augenblick brach Link zusammen.

Ich hatte so gezielt, daß er nicht tödlich getroffen wurde. Die Kugel war ihm in die Schulter gefahren. Die Aufschlagwucht hatte ihn herumgedreht, gegen die Wand geschleudert, wo er schließlich zusammensackte.

Suko hechtete hinterher. Auch angeschlagen war der Mann noch gefährlich, weil er seine beiden Kanonen noch in den Händen hielt. Der Chinese nahm sie ihm ab.

Er schleuderte die Waffen weg und hievte den Knaben mühelos hoch. Bis in die große Diele trug er ihn. Dort setzte er den Verletzten in einen Sessel und stellte das Telefon daneben.

Link war bleich im Gesicht. Er stöhnte.

»Tu nicht so«, fuhr Suko ihn an. »Mit dem Loch in der Schulter stirbst du nicht. Und einen Arzt kannst du anrufen. Wo sind eigentlich die anderen?«

»Draußen.«

Das hatte ich auch gesehen, denn die Tür schwang im Windzug hin und her. Und ich hörte das Brummen von zwei Automotoren.

Die Gesellschaft wollte fliehen.

Sie würden nicht weit kommen, dafür wollte ich sorgen. Ich nickte Suko zu. »Los, komm!«

Wir jagten auf die Tür zu, verließen das Haus und sprangen mit Riesensätzen die Stufen der breiten Treppe hinunter.

Es waren in der Tat zwei Wagen, die sie zur Flucht genommen hatten. Ich erkannte einen schnellen Jaguar und als zweiten einen Rover. Der Jaguar wurde von Lionel Barry gesteuert. Schemenhaft sah ich sein Gesichtsoval hinter der Scheibe.

Suko flankte über das Geländer und rannte auf unseren Bentley zu. Ich war langsamer, denn noch immer fühlte ich mich nicht richtig fit. Uns kam jetzt zugute, daß der Bentley in Fahrtrichtung parkte. Noch bevor ich ihn erreicht hatte, hörte ich das Knirschen von Blech. Ich riskierte einen schnellen Blick zurück.

Im hellen Licht der Jaguar-Scheinwerfer sah ich den zerdrückten Renault. Die harte Stoßstange des schnellen Sportwagens hatte ihn zur Seite geschleudert.

Der Rover kam unbeschadet durch, denn der Jaguar hatte ihm die Lücke geschaffen.

Beide Wagen rasten um das Rondell herum. Der Kies spritzte von den gepflegten Wagen hoch und prasselte in die Büsche.

Ich startete.

Der Bentley schoß vor wie eine Rakete, denn ich war mit Vollgas im zweiten Gang angefahren. Das tat mir in der Seele weh, doch hier ging es um Sekunden.

Hart riß ich das Lenkrad nach links, der schwere Wagen schleuderte in die Kurve und räumte ebenfalls Kies vom Boden. Ich jagte von der anderen Seite um das Rondell herum und erreichte den asphaltierten Weg, der zum Tor führte.

Gas!

Die beiden Wagen noch vor der Einmündung zu stoppen war uns nicht gelungen. Vielleicht packten wir es auf gerader Strecke. Zwar war der Jaguar schneller, aber ich hoffte, dieses Manko durch fahrerisches Können auszugleichen.

Zudem stand uns der gewaltige Polizeiapparat zur Verfügung.

Suko hatte den gleichen Gedanken. »Fahndung?« fragte er.

Ich nickte.

Mein Partner griff bereits zum Hörer des Autotelefons. Er tippte die Nummer der Fahndungszentrale.

Ich konnte mich auf Suko verlassen. Er würde alles in die Wege leiten, während ich mich auf die Verfolgung konzentrierte.

Schon sah ich die Kreuzung.

Der Jaguar nahm sie in voller Fahrt, während die Bremslichter des Rovers aufglühten.

Ich bremste noch nicht, kam dem Rover näher, dann jedoch mußte ich abstoppen, wenn es mir nicht so ergehen sollte wie Barry. Er hatte die Kurve nicht richtig in den Griff bekommen. Zudem verwandelte das nasse Laub die Straße in eine Rutschbahn, der Jaguar geriet aus der Spur und schoß über den Straßenrand hinaus ins Gelände.

Das war sein Ende. So dachte ich, aber ich hatte mich getäuscht und nicht mit Barrys fahrerischem Können und seiner glänzenden Reaktion gerechnet.

Er schaffte es, den Wagen wieder auf die Fahrbahn zu bringen. Dabei überhüpfte der Jaguar den Straßengraben, fiel mit seinen vier Rädern auf den nassen Asphalt, drehte sich um 180 Grad und stand plötzlich wieder in Fahrtrichtung.

Dieses Manöver hatte nicht nur mich überrascht, sondern auch den Fahrer des Rovers.

Er bremste.

Ich wollte ihn nicht mit der Kühlerschnauze »küssen« und drückte ebenfalls das Pedal nieder.

Der Jaguar startete wieder.

Und auch der Rover.

Ich gab ebenfalls Gas.

Suko hatte die Zeit über neben mir gesessen und nur telefoniert. Man kannte ihn in der Einsatzzentrale, es war bekannt, daß er seine Aktionen mit mir absprach.

Der Chinese hängte den Hörer ein. »Alles klar, die Fahndung läuft.«

Ich nickte. Reden wollte ich nicht, denn ich mußte mich voll auf die beiden Wagen vor uns konzentrieren.

Leider konnte ich nicht überholen. Die Straße war dafür zu schmal.

Wäre ich an dem Rover vorbeigezogen, hätten die Reifen den Grünstreifen nahe dem Graben berührt. Und dort war es verdammt rutschig. Ich lief also bei einem Überholmanöver in Gefahr, irgendwo in der Landschaft zu landen.

Mit gerade noch erträglicher Geschwindigkeit rasten wir über die mit Pappeln flankierte Straße. Die hohen, schlanken Bäume wischten nur so vorbei.

Bald würde die Straße hinter uns liegen, dann konnten wir die Geschwindingkeit steigern.

Ich hoffte auch, daß die breiteren Straßen, die nach London hineinführten, bereits abgesperrt waren.

Eigentlich konnte überhaupt nichts schiefgehen. Es war eine

Autojagd, wie man sie fast in jedem Actionfilm zu sehen bekommt. Nur rasten wir nicht durch Scheunen oder sprangen mit den Autos über gewaltige Bodenwellen.

Der Jaguar beschleunigte. Er war der schnellere und setzte sich von dem Rover ab.

Wollte Barry seine Kumpane im Stich lassen?

Nein, er hatte etwas anderes vor.

Plötzlich sah ich etwas Glühendes aus dem Seitenfenster des Jaguar steigen. Es funkelte rötlich und erinnerte mich an eine Girlande.

Aber es war keine Girlande, sondern die Knochenkette.

Sie glitt über dem Dach des Jaguar durch die Luft und nahm sogar die Geschwindigkeit des Wagens an.

Nicht nur das.

Sie wurde schneller, überholte den Flitzer.

Und dann war sie plötzlich verschwunden.

»Verstehst du das?« fragte Suko.

Ich schüttelte den Kopf.

Angespannt bis in den letzten Nerv hockte ich hinter dem Lenkrad. Meine Lippen bildeten einen Strich, die Zähne gruben sich hart aufeinander.

Diese Knochenkette mußte etwas zu bedeuten haben. Weshalb war sie sonst aufgetaucht?

Wir sollten es bald erfahren. Auf eine sehr drastische Art und Weise, denn die Kette war zu Boden gefallen.

Und sie veränderte sich.

Obwohl ich es selbst nicht sah, suchte ich doch nach einer Erklärung. Die fünf Schädel der Kette wuchsen zusammen, sie vereinigten sich zu einem gewaltigen, riesenhaften, gelblich bleich schimmernden Totenkopf, der die gesamte Fahrbahnbreite einnahm und mitten auf der Straße hochwuchs.

»Da!« rief Suko.

Ich sah es selbst, verdammt noch mal, ich konnte nichts mehr unternehmen.

Auch nicht bremsen.

Der Schädel hatte sein gewaltiges Maul geöffnet. Zuerst raste der Jaguar hinein, einige Sekunden später folgte der Rover.

Und dann tat sich der gewaltige Schlund vor uns auf. Eine

Höhle, dunkel und drohend, in der ich jedoch im Hintergrund ein rötliches Glosen erkannte.

Ich bremste trotzdem.

Voll stieg ich auf das Pedal, genau in dem Augenblick, als der Rover verschwand.

Die Fahrbahn war naß, Blätter lagen herum – kurzum, eine Rutschbahn. Auch der Bentley, sowieso nicht der leichteste Wagen, wurde von seiner eigenen Geschwindigkeit und auch von seinem Gewicht voll in das Maul hineinkatapultiert.

Er neigte sich zwar etwas nach rechts, ansonsten zischten wir mit voller Fahrt in den Schlund hinein.

Dunkelheit...

»Dann gute Reise«, sagte ich und fingerte nach meiner Waffe...

Suko hatte den Alarm ausgelöst. Sämtliche nach Nordosten führenden Ausfallstraßen wurden von Polizeifahrzeugen abgeriegelt.

Der Einsatz lief blitzschnell über die Bühne. Die Beamten kannten diese plötzlichen Alarme, sie waren einiges gewöhnt, und die Organisation klappte vorzüglich.

Überall hörte man das Wimmern der Sirenen, Rotlicht zuckte geisterhaft über das Gelände und tastete sich auch an den Häuserzeilen entlang.

Einer der ersten Einsatzwagen war mit zwei Beamten besetzt. Sie taten seit über zehn Jahren bei der Polizei Dienst, hatten gemeinsam angefangen und waren auch gemeinsam befördert worden.

Ein gutes Gespann.

Und diese beiden Polizisten hatten die Order erhalten, direkt Kurs auf die zu verfolgenden Wagen zu nehmen und die erste Sperre zu errichten.

Der Fahrer hieß Marty Food, sein Kollege Will Benedict.

»Die packen wir«, sagte Marty.

Will nickte gelassen. Sie fuhren solch einen Einsatz nicht zum erstenmal. Aufgeregt waren sie nur in den ersten Jahren gewesen, das Gefühl hatte sich gelegt.

Marty kannte sich in der Gegend aus. Er wußte auch, welche

Abkürzungen sie nehmen konnten. So manches Mal radierten die Reifen des Streifenwagens durch die engen Kurven.

Die Sirene jaulte, Rotlicht flackerte, und selbst um Stoppampeln kümmerten sie sich nicht.

Die Ausfallstraße.

Hier drehte Marty auf. Er war stolz darauf, mit dem Wagen noch keinen Unfall gebaut zu haben, kannte ihn wie seine eigene Frau, und er pflegte ihn auch.

Will Benedict hörte die Meldungen ab.

»Wir sind die ersten«, meinte er zu Marty gewandt. »Die anderen liegen noch hinter uns.«

»Das gibt wieder 'nen Orden.«

Will grinste. »Mehr Geld wäre mir lieber.«

»Sei doch nicht immer so materiell eingestellt«, erwiderte sein Kollege.

Marty grinste. Dann spannte sich sein Gesicht. Vor ihm auf der Fahrbahn wollte ein Truck nicht weichen. Erst als sie dicht an den Hinterreifen waren, zog er auf die andere Seite hinüber.

»Idiot!« schimpfte Marty.

Der Fahrer hupte noch.

Leider hatten die beiden Polizisten keine Zeit, sich die Nummer zu notieren. Sie mußten weiter.

Dann kam die Ausfahrt. Rein in die schmalere Straße. Hohe Geschwindigkeiten, der Wagen wollte ausbrechen, doch Marty zog ihn mit eiserner Hand auf die Fahrbahn zurück.

Etwa fünfhundert Yards weiter wollten sie ihre Sperre errichten. Die Strecke war schnell geschafft.

Plötzlich wuchs ein gewaltiges Gebilde in die Höhe. Ein riesiger Schädel, das erkannten sie, obwohl sie von ihm nur die Rückseite sahen.

»Mein Gott!« flüsterte Marty.

»Brems doch!« schrie Benedict.

Sein Kollege gehorchte.

Zehn Jahre war er unfallfrei gefahren. Diesen Rekord konnte er jetzt nicht mehr verbessern. Marty Food bremste zu stark, der Wagen schleuderte und landete im Straßengraben.

Aus der Traum.

Auch für die beiden Polizisten. Die Härte des Aufpralls löschte ihr Bewußtsein aus...

Wir rasten in ein Dimensionstor.

Das war mir vom ersten Augenblick an bewußt geworden. Asmodina hatte ihre Macht voll ausgespielt und das Dimensionstor auf der Straße entstehen lassen.

Mein Fuß stand noch immer auf dem Bremspedal, obwohl es gar nicht nötig war, denn plötzlich hatten wir beide das Gefühl zu schweben.

Der Bentley hob ab!

So etwas sah man im Comic, das war auch mein Traum bei verstopften Straßen, aber hier geschah es wirklich.

Wir flogen durchs Nirgendwo.

»Wenn gleich eine hübsche Stewardeß auftaucht, denke ich, daß wir im Flugzeug sitzen«, murmelte Suko.

»Die Stewardeß wird wohl Asmodina heißen.«

»Leider.«

Ich warf einen Blick aus dem Fenster. Dunkelheit, absolute Finsternis. Und dann, weit vor uns, entdeckte ich einen wirbelnden blauen Sog, der inmitten des rötlichen Schimmers genau zu erkennen war.

Auf ihn rasten wir zu.

»Das wird noch lustig«, murmelte ich.

Es wurde nicht lustig, sondern verdammt schlimm. Kaum hatte der Sog meinen Wagen erfaßt, als er auch schon herumgeschleudert wurde, so daß ich das Gefühl hatte, in einer Zentrifuge zu hocken.

Ein mörderischer Wirbel packte uns. Gleichzeitig fiel der Bentley nach vorn ab, überschlug sich, und aus dem Kreisel wurde ein wirbelndes Chaos.

Wir waren angeschnallt, hielten uns aber trotzdem fest. Ich wußte schon längst nicht mehr, wo oben oder unten war, die Orientierung hatte ich verloren.

In meinem Kopf befand sich ein gewaltiges Räderwerk.

Unheimliche Kräfte zerrten an meinem Körper, wollten ihn

zerreißen, ich schrie, bäumte mich im Gurt auf und mußte doch sitzenbleiben, ohne etwas unternehmen zu können.

Suko erging es ebenso.

Wir bewegten uns mit ungeheurer Geschwindigkeit auf den totalen Black-out zu.

Und der kam.

Blitzschnell und ohne Übergang.

Auf einmal merkte ich nichts mehr. Weder von den Drehungen noch vom Kreisel.

Ich war einfach nicht mehr existent, so komisch sich das anhört, aber anders kann ich es nicht beschreiben.

Bis zu dem Zeitpunkt, als ich wieder erwachte. Und auch Suko neben mir schlug seine Augen auf.

Wir schauten uns an, blickten aus dem Fenster, sahen uns wieder an und hoben die Schultern.

Ratlosigkeit.

Und nichts mehr war von dem gewaltigen Schädel zu sehen. Aber wir saßen noch im Wagen. Und der stand auf einer Felsplatte, direkt am Ende, wo es wenige Schritte weiter senkrecht in die Tiefe ging.

»Dann wollen wir mal«, sagte ich, löste den Gurt und stieg aus.

Sofort spürte ich die Wärme. Sie fiel ebenso auf wie das Licht. Es war nicht Tag und auch nicht Nacht. Es herrschte ein seltsames Zwielicht in dieser fremden Welt.

Auch Suko war ausgestiegen. Er blieb neben mir vor der Kante stehen und schaute in die Tiefe.

Unter uns befand sich ein mit Sand gefüllter Canyon. Wenistens sah dies von hier oben so aus. Und der Sand lag nicht ruhig. Er bewegte sich, floß in eine Richtung wie ein Strom.

Minutenlang standen wir am Fleck und hingen unseren Gedanken nach, bis wir plötzlich ein jaulendes Geräusch hörten, das uns an irdischen Wind erinnerte.

Es war auch Wind.

Und wie, kann man nur sagen.

Urplötzlich wurden Suko und ich von einer Bö gepackt. Wir waren nicht darauf gefaßt. Ich sah noch, wie Suko die Arme hochriß und zu Boden geschleudert wurde, dann riß es auch mir die Beine weg.

Allerdings fiel ich nicht wie Suko nur zur Seite, sondern nach vorn. Genau auf den Abgrund zu!

Der Wind packte mich, zerrte mich hoch und schleuderte mich herum. Plötzlich hatten meine Beine keinen Halt mehr. Ich rutschte über die Kante.

In einer verzweifelten Bewegung warf ich beide Hände hoch und krallte mich an der Kante fest.

Der Sturm fauchte über mich hinweg. Er drang in den tief unter mir liegenden Canyon ein, wirbelte dort den Sand zu langen Fontänen hoch und trieb ihn als gewaltigen Schleier quer durch die enge Schlucht. Der Boden wurde abgedeckt, der Canyon leergefegt.

Und ich hing an der Kante.

Auch ich merkte den Wind. Meine Beine schaukelten, verzweifelt klammerte ich mich fest. Das scharfe Gestein riß Wunden in meine Hände, ich mußte die Zähne zusammenbeißen und versuchte, mich mit einem Klimmzug hochzuziehen.

Es war unheimlich schwer.

Nur millimeterweise kam ich voran. Ich keuchte und hustete, denn der Sand wurde wie feiner Schnee zu mir hochgewirbelt und hüllte mich als gewaltige Wolke ein.

Dann hatte ich es geschafft.

Ich lag wieder auf der Felsplatte. Der Sturm allerdings war nicht abgeflaut. Er heulte und pfiff nach wie vor, trieb Berge von Sand vor sich her und hüllte auch den Bentley ein.

Ich kam mir vor wie beim Sandsturm in einer Wüste. Noch wärmer wurde es, atmen war kaum noch möglich, aber in meiner Lage bot ich dem Sturm zum Glück so gut wie keinen Widerstand.

Plötzlich sah ich eine Hand.

Sie gehörte Suko. Mein Partner hatte einen sicheren Platz gefunden. Er war unter den Bentley getaucht und winkte mir von dort aus zu.

Wenn auch ich unter dem schweren Wagen lag, war das die halbe Miete. Ich begann zu kriechen. Es wurde eine verdammte Plackerei, denn der Wind kam von vorn und trieb mir den Staub und den warmen Sand ins Gesicht. Beides stach wie Nadeln in meine Haut. Der Sand drang in jede Ritze. Er knirschte zwischen meinen Zähnen und scheuerte unter der Kleidung auf der Haut.

Ich gab nicht auf.

Verbissen kämpfte ich mich Stück für Stück vor. Ich schaffte es, in die Nähe der Hand zu gelangen. Dann streckte ich meinen Arm aus und griff nach Sukos Fingern.

Eisern hielt der Chinese fest.

Er zog mich über den Boden. Wie ein Wurm kroch ich unter den Bentley und blieb neben Suko liegen.

Ich grinste ihm zu.

Wir hatten es gepackt.

So rasch er gekommen war, flaute der Sandsturm auch wieder ab. Es wurde still. Wir warteten allerdings noch ab, denn die gewaltigen Staubschleier nahmen uns jegliche Sicht, und es dauerte seine Zeit, bis sie sich gesetzt hatten.

Minuten vergingen.

Wir rieten, in welch einer Dimension wir wohl gelandet waren.

»Bestimmt bei Asmodina.«

Der Meinung meines Partners schloß ich mich an. Es gab unzählige Dimensionen, und jedes Reich war anders. Man konnte sie nicht zählen oder mathematisch erfassen, man konnte nicht einmal raten. Das alles war zu unwahrscheinlich, zu unerklärlich.

Und dabei hatten wir gedacht, in Sicherheit zu sein. Von wegen, die Teufelstochter hatte uns reingelegt.

Wohin mochte sie und ihre fünf Vasallen wohl verschwunden sein? Sicherlich gab es in diesem Reich zahlreiche Verstecke, die wir nicht kannten und auch gar nicht kennenlernen würden, doch ich war darauf gefaßt, Asmodina irgendwann gegenüberzustehen.

Ich lag halb auf der Seite. In dieser Stellung schaute ich nach, ob meine Waffen noch vorhanden waren.

Kreuz ja, Beretta auch. Und der Bentley stand ebenfalls hier. Mit dem Einsatzkoffer.

Langsam nur senkten sich die langen Staubfahnen dem Boden

entgegen. Die Luft wurde klarer, wir konnten wieder besser atmen.

Da der Wagen ziemlich dicht am Abgrund stand, konnte ich, wenn ich vorrutschte, einen Blick in den Canyon werfen.

Sand war nicht mehr vorhanden.

Dafür sah ich etwas anderes.

Gebeine!

Eine Unmenge von Schädeln und Knochen. Sie lagen wirr durcheinander, bildeten ein regelrechtes Dickicht aus Knochen.

»O verdammt!« fluchte ich.

»Was ist?« fragte Suko.

»Sieh selbst.«

Der Chinese rutschte vor und sah ebenfalls die Gebeine. Da sich der Staub gesetzt hatte, war die Sicht ziemlich klar. Suko schluckte. »Weißt du, wo die herkommen?«

»Nein.«

»Willst du in die Schlucht steigen?«

»Werde mich hüten.«

»Dann laß uns unter dem Wagen hervorkriechen«, schlug mein Partner vor.

Ich war einverstanden.

Suko und ich drehten uns. Gleichzeitig jedoch hielten wir inne. Wir schauten unter dem Wagen hindurch und sahen die Beine mit dem zottigen Fell.

Vier Paare zählte ich.

Man hatte uns eingekreist!

Was tun?

Diese Frage stellte nicht nur ich mir, ich sah sie auch in Sukos Augen.

Doch der Chinese hatte bereits reagiert. Er hielt seine Beretta in der Hand.

Ich zog meine Pistole ebenfalls. Dann fühlte ich an der Tasche und spürte durch den Stoff die Umrisse des Kreuzes.

Wer mochten diese Wesen sein, die uns da eingekreist hatten? Menschen? Menschenähnliche Kreaturen?

Wir würden es sehen.

Zwei standen neben dem Bentley, die beiden anderen hielten Vorder- und Rückseite des Wagens in Schach.

Dann schlug jemand auf die Kühlerhaube.

Ich hörte das Dröhnen und verzog unwillkürlich mein Gesicht. Wenn der weitermachte, haute er mir noch den ganzen Wagen zu Schrott. Was mir natürlich überhaupt nicht behagte.

Ich stieß Suko an und deutete mit dem Daumen einmal nach rechts und dann nach links.

Mein Partner verstand.

So gut es ging, rückten wir unter dem Wagen voneinander fort. Suko nahm sich den auf der Fahrerseite vor, in den Unbekannten auf der anderen. Unser Überraschungsangriff sollte blitzschnell erfolgen, wir mußten schnell sein, denn vier gegen zwei ist ein verdammt ungleiches Verhältnis.

Gleichzeitig packten wir zu.

Ich umklammerte mit beiden Händen die fellbewachsenen Beine des Wesens und zog so fest, wie ich konnte.

Ein quiekender Schrei, ein Aufprall, auch an der Seite, wo Suko kämpfte. Noch war nichts gewonnen, denn wir mußten so rasch wie möglich unter dem Fahrzeug hervor.

Ich bewegte mich wie eine Schlange, wühlte mit dem Gesicht im Staub, schluckte ihn auch, hustete und kroch weiter.

Da sah ich meinen Gegner.

Im ersten Augenblick erschrak ich fürchterlich, denn was da vor mir stand, war kein Mensch, sondern eine widerliche Mischung aus Mensch und Ratte.

Erinnerungen wurden wach. Damals hatte ich den Rattenkönig gejagt und auch ein ähnliches Biest gesehen.

Aber dieses hier war doch anders. Eine Ratte mit menschlichen Körperformen. Sie hatte zwei Arme und zwei Beine, war über und über mit Fell bedeckt, und direkt auf den Schultern saß der übergroße Schädel mit den beiden tückisch blickenden Augen.

Ich spürte die Angst, die mich überfiel, als ich in die bösen, kleinen Augen schaute, und ich beeilte mich noch mehr.

Doch die Ratte war schnell.

Sie öffnete ihr Maul, ich sah die Reihe von Zähnen, und sie stürzte sich auf mich.

Mit den Beinen lag ich noch unter dem Wagen. Hastig zog ich sie an den Körper und rollte oder rutschte vollends unter dem Bentley hervor. Dabei riß ich beide Arme hoch, traf mit den Fäusten das weiche Fell und schleuderte die Ratte zur Seite.

Sofort war die zweite da.

Sie tauchte in meinem Rücken auf. Ich vernahm das widerliche Geräusch und schnellte mich vom Boden aus ab. Ich flog einige Yards durch die Luft und blieb zum Glück dicht neben dem Abgrund liegen. Erst jetzt konnte ich mich richtig verteidigen. Leider sah ich nicht, was Suko machte. Der Wagen nahm mir die Sicht. Ich hörte jedoch Kampfgeräusche, dann einen Schuß, und im nächsten Augenblick flog die zweite Ratte auf mich zu.

Sie hatte mich nicht auf die Beine kommen lassen, ich hockte in kniender Stellung und duckte mich nur noch mehr, als mich das verdammte Biest angriff.

Damit hatte das Wesen nicht gerechnet. Es konnte seinen Schwung nicht mehr bremsen, flog über mich hinweg und verschwand in der Schlucht. Nicht einmal den Aufprall hörte ich.

Die war ausgeschaltet.

Doch schon griff die nächste an.

Ich zog meine Waffe.

Dann schoß ich.

Aus zwei Yards Entfernung hieb die geweihte Silberkugel in den Körper der Bestie. Wieder dieser quiekende Schrei, das Tier riß sein Maul noch weiter auf und taumelte an mir vorbei.

Es fiel ebenfalls in die Schlucht.

Noch zwei waren übrig.

Suko würde es schwer haben. Ich rannte um den Wagen herum und war zu stürmisch. Eine Mensch-Ratte hatte sich nahe dem Kofferraum versteckt gehalten und mich dort geduckt erwartet.

Sie warf sich gegen mich.

Ich stolperte und fiel der Länge nach hin. Ein Prankenhieb traf meinen rechten Arm. Hier spreche ich bewußt von Pranken, denn Hände waren das nicht mehr.

Der Schmerz öffnete mir die Finger, und die Beretta fiel in den Sand. Ich rollte herum, als sich die Ratte auf mich werfen wollte, zog die Beine an und stieß sie von mir.

Diesmal landete sie auf dem Boden.

Das gab mir Zeit, meinen silbernen Dolch zu ziehen, den ich ebenfalls eingesteckt hatte.

Als mich das Biest abermals angriff, schleuderte ich die Waffe. Sie war genau ausgewogen, drehte sich noch einmal in der Luft und fand ihr Ziel.

In der Kehle blieb sie stecken.

Schwarzes Blut pulste aus der Wunde. Das bewies, daß wir es mit Dämonenwesen zu tun hatten.

Die Mensch-Ratte taumelte, drehte sich zweimal und sackte dann zusammen.

Ich rannte zu ihr und zog den Dolch aus ihrem Körper. Jetzt endlich konnte ich mich um Suko kümmern.

Das war aber nicht mehr nötig.

Mein Freund hatte schon reagiert. Ich sah, wie er eine Rattenmutation regelrecht von seinem Körper abschüttelte, so wuchtig, daß sich das Tier in der Luft überschlug, bevor es zu Boden krachte.

Gelassen holte Suko seine Dämonenpeitsche hervor. Er nahm sich sogar noch die Zeit, mir einen knappen Blick zuzuwerfen. Dann schlug er zu. Ich schaute gar nicht hin, sondern hob die Pistole auf und bewegte mein rechtes Handgelenk.

Es war okay und hatte den Prankenhieb gut überstanden. Ich vernahm ein häßliches Kreischen, dann war Stille.

Suko hatte das Biest erledigt.

Das Fell war grau. Als der Chinese dagegen trat, zerfiel es zu Staub, und wir sahen die Knochen schimmern.

»Der Wind wird die Skelette in die Schlucht wehen«, meinte Suko. »Da hast du die Erklärung für die Knochen.«

Ich war seiner Meinung.

»Und was machen wir?« fragte Suko.

»Wir suchen Asmodina.«

»Klar, aber wo?«

»Weiß ich noch nicht.«

Suko schaute mich an und dann den Bentley.

Ich wußte, was in seinem Kopf vorging. »Du willst wohl fahren, wie?«

»Warum nicht? Mit einer Luxuskarosse in einer Dimension des Schreckens, so etwas ist bestimmt noch nicht dagewesen.«

Da gab ich ihm recht.

Trotzdem nahmen wir nicht den Wagen. Wir wußten nicht, welch ein Gelände uns erwartete, zudem war es einfach lächerlich.

Wir mußten den Bentley stehenlassen, so leid mir dies auch tat.

»Nehmen wir noch etwas aus dem Koffer?« fragte Suko.

Das wollte ich meinen. Wir konnten schließlich nicht gut genug bewaffnet sein.

»Die Gemme und die magische Kreide«, schlug ich vor.

Suko hatte sich bereits auf den Weg gemacht. Er öffnete die Kofferraumhaube.

Ich schaute mich inzwischen um.

Von den Ratten waren nur noch die Skelette übriggeblieben. Dicht neben meinem rechten Fuß lagen solche Knochen. Ich kickte sie über die Kante in den Abgrund. Den Aufprall hörte ich nicht, so tief war der Canyon. Dann drehte ich mich wieder zu Suko um.

Und da traf es mich wie ein Hammer!

Der Bentley und auch Suko lösten sich auf. Ich sah nur ein letztes Flimmern – dann nichts mehr.

Die beiden waren verschwunden!

Im ersten Augenblick war ich zu keiner Reaktion fähig, sondern starrte nur dorthin, wo der Bentley gestanden hatte.

Die Reifenabdrücke waren noch zu sehen und auch die Spuren des Kampfes, mehr jedoch nicht.

In nahezu hilfloser Geste hob ich die Schultern. Ich begriff das einfach nicht. Warum war Suko verschwunden, weshalb hatte man mich nicht genommen?

Wollte Asmodina mich allein haben?

Höchstwahrscheinlich, und ich fragte mich auch, wohin sie Suko hatte schaffen lassen.

In eine andere Dimension vielleicht? Oder wieder in die normale Welt?

Für mich war es unmöglich, schnell eine Antwort zu finden, aber was sollte es? Ich mußte jetzt an mich denken und nicht an Suko. Ich schaute mich um.

Niemand war zu sehen. Schweigen, düster und irgendwie drohend, lag über diesem geheimnisvollen Land mit seinen kargen Ebenen, den Wüstenstrichen, den tiefen Canyons und dem seltsamen Himmel, der nie richtig hell, aber auch nicht richtig dunkel wurde.

Diese Welt war mehr als seltsam, und sie war gefährlich, wie ich am eigenen Leib gespürt hatte.

Ein Geräusch schreckte mich auf.

Im ersten Augenblick wußte ich nicht, wo es aufgeklungen war, dann aber stellte ich fest, daß es aus den Tiefen des Knochencanyons heraufschallte.

Vorsichtig näherte ich mich dem Rand des kleinen Plateaus und schaute in die Schlucht.

Die Gebeine bewegten sich.

Sie gerieten in regelrechte Strömungen, wallten aufeinander zu, fielen übereinander und wurden hochgehoben. Es sah aus, als würden gewaltige Totenschädel herumwühlen. Wie Fußbälle sprangen die Totenschädel in die Höhe, fielen wieder zurück und wurden von neuem in die Luft geworfen.

Warum das alles?

Was war dort in Bewegung geraten? Irgend etwas mußte diese Wandlung zu bedeuten haben, auch in dieser Welt geschah nichts ohne Grund.

Ja, die Wandlung hatte etwas zu bedeuten. Auf der anderen Seite des Canyons war, von mir fast unbemerkt, etwas Unheimliches, Makabres entstanden.

Ein riesiger Totenschädel!

Ich stand einen Augenblick starr. Dieser Schädel war mir nicht unbekannt. Ich hatte ihn schon gesehen. Auf der Straße dicht bei London. Mit dem Wagen waren wir in ihn hineingerast.

Und nun stand er hier.

Mir lief ein Schauer über den Rücken.

Genau schaute ich ihn mir an. Da waren die riesigen Augenhöhlen, in deren Innern ich das mir schon bekannte rötliche Glosen entdeckte. Unter den leeren Augen und genau zwischen ihnen sah ich das klaffende Dreieck der Nase, doch am gewaltigsten und eindrucksvollsten war das Maul.

Wie der dunkle Eingang zu einem Bergwerk gähnte es mir entgegen, und ich glaubte, die Kälte zu spüren, die von der Öffnung ausging und mich wie der Atem eines Riesen streifte.

Dieser Schädel strahlte eine fremde Bedrohung aus. Gleichzeitig wußte ich, daß sich in dem gewaltigen Totenkopf das Geheimnis dieser Welt verbarg.

Ja, so mußte es sein.

Und ich spürte das Locken, das von dem gebirgshohen Totenkopf ausging. Komm her, schien er zu sagen. Komm her...

Ich wäre zu ihm gegangen, doch mich trennte der tiefe Canyon mit seinen fahlen Gebeinen auf dem Grund. Die Schlucht konnte ich nicht überspringen, selbst mit einem guten Reitpferd hätte ich es nicht geschafft.

Was also tun?

Die Entscheidung wurde mir abgenommen. Der unsichtbare Lenker im Hintergrund nahm die Sache in die Hand. Er baute mir eine Brücke. Dies im wahrsten Sinne des Wortes.

Wieder wurden die Knochen auf dem Grund der Schlucht hochgewirbelt. Ich hörte das hohle Klappern, als die Gebeine gegeneinander schlugen und langsam nach oben schwebten.

Es war schon interessant, wie dies geschah. Diese Faszination nahm mich für einen Augenblick gefangen.

Knochenteile schwebten allen Gesetzen der Schwerkraft zum Trotz an den Canyonwänden hoch und formierten sich noch während ihres Flugs zu einem Steg.

Plötzlich klebten sie aneinander, bildeten einen regelrechten Übergang, rechts und links mit zwei hüfthohen Geländern.

Dicht vor meinen Füßen fiel die Unterlage auf den Rand der Schlucht und blieb liegen.

Die Brücke war fertig!

Sie erinnerte mich an die gewaltigen Hängebrücken in den Gebirgen Asiens. Diese Brücken wurden von den Eingeborenen mit großer Geschicklichkeit benutzt. Sie schritten dort so sicher von einer Seite zur anderen wie wir auf einer normalen Brücke.

Nun sollte ich die Schlucht überqueren.

Eine riskante Sache, denn noch nie in meinem Leben war ich über solch eine Brücke gegangen.

Ich schaute hinunter.

Die schmale Gehfläche bestand aus dicht nebeneinanderliegenden Knochen. Der Zwischenraum war nicht größer als eine Handfläche. Die beiden Geländer schimmerten ebenso fahl wie die übrigen Teile der Brücke, und als ich sie berührte, spürte ich die Kälte, die von ihnen ausging.

Ich mußte mich überwinden, den ersten Schritt auf die Brücke zu machen. Nicht nur, weil unter mir die Tiefe lauerte, nein, auch etwas anderes kam hinzu.

Wenn ich daran dachte, daß ich über Gebeine schritt, die einmal Menschen gewesen waren, wurde mir ganz anders. Denn daß es keine Tierknochen waren, konnte ich deutlich erkennen.

Meine Chancen standen 50:50.

Allerdings nur, was das sichere Überqueren der Schlucht anging. Was mich hinterher erwartete, wußte ich nicht.

Bestimmt nichts Gutes.

Ich nahm meinen Mut zusammen und schritt los. Wie auch eine normale Hängebrücke hing diese aus Knochen gefertigte ebenfalls in der Mitte durch, und sie schwankte auch so wie eine Brücke aus Brettern oder Lianen.

Mit beiden Händen klammerte ich mich an den Geländern aus Knochen fest. Ich ging vorsichtig und wagte nicht, nach unten zu schauen. Längst hatte sich Schweiß auf meiner Stirn gesammelt. Ich war voll konzentriert und zuckte jedesmal zusammen, wenn sich bei einem erneuten Schritt die Knochen unter meinen Füßen bewegten.

Ein Drittel lag hinter mir.

Zurück konnte ich nicht. Wenn die Brücke jetzt brach, würde ich in die Tiefe stürzen.

Nur nicht daran denken!

Vorsichtig setzte ich meinen Weg fort. Schritt für Schritt näherte ich mich dem Ziel.

Hin und wieder hob ich den Kopf, ansonsten schaute ich auf meine Schuhspitzen.

Auf einmal begann die Brücke zu schwanken, weil noch jemand die Knochenbrücke betreten hatte.

Ich blieb stehen und schaute hoch.

Plötzlich saß der Kloß in meinem Magen, denn am Ende der Brücke sah ich ihn.

Es war Lionel Barry. Oder wenigstens ein Teil von ihm. Er hatte noch seinen normalen Körper, doch auf seinem Hals hockte ein gelblich schimmernder Totenschädel.

Und in seiner rechten Hand hielt er ein gewaltiges Schwert!

Suko wußte nicht, wie ihm geschah.

Plötzlich drehte sich die Welt vor seinen Augen, er spürte einen ziehenden Schmerz, der bei den Füßen begann, immer höher stieg und schließlich seinen Kopf erreichte. Suko wollte etwas sagen, um Hilfe rufen, doch nicht ein Laut drang aus seiner Kehle. Im nächsten Augenblick verschwamm die Umgebung vor seinen Augen, er tauchte ein in die Dunkelheit eines Dimensionstunnels, und seine Gedanken rissen.

Plötzlich war er wieder voll da.

Ohne Übergang, ohne Warnung, blitzschnell.

Er riß die Augen auf.

Kälte erfaßte ihn. Es war ein Temperatursturz von der Wärme in den Londoner Frühwinter. Denn daß er sich in der Nähe von London befand, war klar.

Er war sogar dort erschienen, wo er zusammen mit mir in den Schädel gerast war.

Mitten auf der Straße.

Er hörte das Heulen von Sirenen, das Wimmern der Reifen, und er schien aus einem tiefen Traum zu erwachen. Plötzlich waren Stimmen um ihn herum, jemand faßte ihn an der Schulter, drehte ihn, und Suko schaute in das Gesicht eines Polizisten.

»Wo kommen Sie denn her?« wurde der Chinese gefragt.

»Das möchte ich auch gern wissen«, erwiderte Suko und schaute sich um.

Ein paar Yards vor dem Bentley befand sich eine Straßensperre. Weiter links war ein Polizeifahrzeug in den Graben gerast. Am Ende war die Straße abgesperrt, und Polizisten mit Kellen standen am Rand.

Allmählich nur kehrte Sukos Erinnerung zurück. Er wußte

plötzlich, daß er in der Straßensperre gelandet war, die er und John angefordert hatten.

Es war Nonsens, sie noch weiterhin bestehen zu lassen. Die Beamten konnten abbauen.

Das sagte Suko auch.

»Sie wollen das entscheiden?« Der Corporal hatte anscheinend etwas gegen Chinesen. »Wo kommen Sie überhaupt her? Sie waren doch vorhin nicht hier. Der Platz war leer.«

»Das stimmt.«

»Und?«

»Ich bin vom Himmel gefallen.«

Wut blitzte in den Augen des Beamten. Er fühlte sich auf den Arm genommen, aber hätte Suko die Wahrheit gesagt, wäre sich der Mann ebenso vorgekommen.

Er knirschte mit den Zähnen. Suko aber ließ ihn stehen und kletterte in den Bentley.

Er rief beim Yard an und hatte Glück, daß er Sir James Powell an die Strippe bekam.

»Was gibt es?« fragte der Superintendent.

Suko erklärte ihm die Lage.

Sir James schnaufte heftig. Mit diesen Tatsachen wurde er so leicht nicht fertig. »Verdammt, verdammt«, murmelte er. »Das ist ein starkes Stück.« Er holte tief Luft. »Und John ist wirklich allein?«

Suko wollte eine Antwort geben, doch zwei Polizisten rissen links und rechts die Türen auf. Die Waffen in ihren Händen machten klar, was sie wollten.

»Augenblick, Sir«, sagte Suko. »Da will man mich gerade verhaften.«

»Geben Sie mir den Einsatzleiter.«

Den Einsatzleiter bekam der Superintendent nicht, dafür einen der Polizisten. Und den machte er buchstäblich zur Sau. Der Beamte lief rot an und verschwand.

Dann sprach Powell wieder mit Suko. Seine Stimme klang leicht erregt. »Was wollen Sie unternehmen?«

»Nichts, Sir. Ich kann nur warten.«

»Wo?«

»Hier an dieser Stelle.«

»Einverstanden. Tun Sie das. Ich bin für Sie auf jeden Fall immer zu erreichen.«

»Danke, Sir«, sagte Suko und hängte ein.

Meine große Bewährungsprobe stand also bevor. Und das auf einer schmalen, schwankenden, aus Knochen gefertigten Hängebrücke.

Ich blieb stehen und schaute mir meinen Gegner genau an.

Lionel Barry schien einen der Köpfe aus Asmodinas Kette anstelle seines eigenen Schädels auf dem Hals zu haben. Jedenfalls nahm ich das stark an, denn irgendwie kam mir dieser Schädel bekannt vor. Warum hatte er getauscht?

Das spielte auch keine Rolle mehr, für mich war klar, daß Barry mich nicht an das andere Ende der Schlucht kommen lassen wollte. Eine verdammte Sache.

Zurück konnte ich auch nicht. Der Weg war ebenso weit, und Barry hätte mir sein Schwert sicherlich in den ungedeckten Rücken geschleudert.

Ich mußte kämpfen.

Erst einmal wartete ich ab, denn das Mensch-Monster bewegte sich auf mich zu. Es ging ziemlich schnell, und die Brücke schwankte unter seinen Tritten.

Noch hatte ich beide Hände auf dem knöchernen Handlauf liegen, denn nahm ich sie weg, bekam ich leicht Schwierigkeiten mit dem Gleichgewicht. Im Gegensatz zu Barry. Ihm schien es nichts auszumachen, über die Brücke zu gehen. Trittsicher fand er seinen Weg, es sah so aus, als wäre er ihn schon öfter gegangen.

Die Entfernung zwischen uns schmolz ständig. Lange konnte ich nicht mehr warten.

Einen Plan hatte ich längst. Ich wollte den Schädeltyp mit einer Silberkugel erledigen.

Dazu löste ich meine rechte Hand vom Geländer und holte die Beretta hervor.

Die Waffe gab mir Sicherheit.

Langsam hob ich den Arm, legte an, visierte und zielte genau.

Im nächsten Augenblick schwankte die Brücke nach rechts, sie fiel förmlich herum. Ich hatte Angst, das Gleichgewicht zu verlieren und in die Schlucht zu stürzen.

An Schießen war nicht zu denken.

Barry war schon verflucht nahe. Fast so nah, daß er mich treffen konnte.

Die Brücke schwang zurück.

Der nächste Schritt.

Barry holte aus. Ein kehliges Lachen drang aus dem Maul des Schädels. Der mutierte Filmstar umfaßte den Schwertgriff mit beiden Händen und holte zu einem gewaltigen Schlag aus.

Ich warf mich nach links und prallte mit meinem Gewicht gegen den makabaren Handlauf.

Die Brücke kippte.

Genau in dem Augenblick, als Barry zuhieb.

Die Klinge fuhr dicht an meiner Schulter vorbei und hackte mit der Spitze in den knöchernen Steg.

Der Wucht hielten die Gebeine nicht stand.

Sie spritzten nach allen Seiten weg, ein Loch klaffte auf, ich wurde von einem Knochen an der Hüfte getroffen, klammerte mich an den Handlauf und hielt mit der anderen die Beretta krampfhaft fest.

Barry taumelte an mir vorbei, machte einen Schritt zuviel und fiel in das Loch. Er brüllte wütend.

Auf einmal schnellte sein linker Arm hoch, und es gelang ihm, sich mit einer Hand festzuklammern.

Da hing er nun in einer Falle, die er sich selbst gestellt hatte. Ich stand dicht neben ihm und hütete mich, auf der noch immer schwankenden Brücke dem Loch im Boden zu nahe zu kommen.

Ich ließ mir Zeit. Es war einfach zu gefährlich für mich, das Geländer loszulassen.

Auch Barry wartete ab. Noch hing er an einer Hand, aber er unternahm verzweifelte Anstrengungen, sich wieder auf die schwankende Brücke zu ziehen.

Er hob auch seinen rechten Arm und schaffte es, ihn durch die Öffnung zu schieben.

Noch hielt er das Schwert, aber nicht mehr lange, dafür sorgte ich. Ich trat auf sein Gelenk. Er schrie wütend auf, öffnete die Finger und ließ den Griff los.

Jetzt war er unbewaffnet. Für einen Augenblick durchzuckte mich der Gedanke, ihm eine Kugel in den häßlichen Schädel zu jagen, dann jedoch entschied ich mich anders. Ich konnte es einfach nicht übers Herz bringen. Vielleicht war er noch mehr Mensch als Monster, und dann hätte ich das Gefühl gehabt, ein Mörder zu sein.

Dafür bückte ich mich und hob das Schwert auf. Es hatte eine lange, matt schimmernde Klinge. Sie erschien mir ziemlich weich. Zeit, dies nachzuprüfen, hatte ich nicht, denn Barry fing sich wieder und kletterte aus dem Loch.

Er wandte mir den Rücken zu. Als er eine kniende Stellung erreicht hatte, streckte ich den Arm aus und drückte die Schwertspitze gegen seinen Rücken.

»Keine Bewegung!« drohte ich.

Barry versteifte sich.

Es war eine groteske Situation. Er befand sich vor dem Loch, ich stand dahinter und hielt ihn in Schach.

»Und jetzt geh vorsichtig hoch«, befahl ich mit kalter Stimme. »Nur keine überflüssige Bewegung!«

Er gehorchte und stemmte beide Hände links und rechts neben dem Loch auf die knöcherne Unterlage. Langsam stand er auf hielt sich schließlich am Geländer fest.

Ich hatte die Zeit genutzt und meine Beretta in die linke Hand genommen. So gewappnet, hatte der andere gegen mich nicht die geringste Chance. Ich hoffte, daß er vernünftig war. Zudem wollte ich ihn als Geisel benutzen. Er sollte mir den Weg in den Schädel zeigen und mir verraten, was mich dort erwartete.

»Dreh dich um!« forderte ich ihn auf.

Barry löste seine Hände vom Handlauf und befolgte meinen Befehl. Jetzt schauten wir uns an. Uns trennte nur das verdammte Loch in der Hängebrücke.

Ich lächelte knapp. »Es läge in meiner Hand, dich zu töten«, sagte ich leise, »aber ich will dir eine Chance geben, Lionel Barry. Du sollst mich in den Schädel führen und mir dort alles zeigen, was ich sehen will. Verstanden?«

Er nickte.

Sein Totenkopf bewegte sich einmal nach vorn und dann wieder zurück. Ein seltsames Schauspiel, wie ich zugeben mußte.

»Solltest du versuchen, mich reinzulegen, ergeht es dir schlecht«, warnte ich ihn. »Ich würde ohne Vorwarnung schießen!«

Auch das schien er begriffen zu haben, denn als ich mich zurück orientierte, folgte er mir vorsichtig und unternahm nichts um mich zu attackieren. Die Brücke schwankte, als er zuerst das rechte Bein und dann das linke über das Loch im Boden setzte.

Noch immer hatte ich das Gefühl, auf Watte zu gehen. Die Brücke war verdammt unsicher gebaut. Manchmal schielte ich auch über den Handlauf in die Tiefe.

Dort schimmerten unzählige Knochen.

Sie lagen nicht mehr ruhig. Ich sah Bewegung zwischen ihnen. Köpfe tauchten aus dem Knochenwirrwarr auf.

Rattenköpfe!

Diese Monster, die uns so heiß empfangen hatten, wühlten also auch zwischen den Knochen herum. Sie trugen wohl dafür Sorge, daß sie restlos blank wurden.

Mich schüttelte es. Erst jetzt wurde es mir bewußt, welch einer Gefahr ich entronnen war. Wenn ich dort unten gelegen hätte, wären von mir auch nur die Gebeine übriggeblieben.

Noch zwei Schritte, dann setzte ich meinen Fuß auf einen festen Untergrund.

Barry folgte nach wie vor gehorsam. Schließlich hatte auch er es geschafft.

Wir standen dicht vor der gewaltigen Öffnung des Riesenschädels. Ich schaute in die Düsternis, konnte allerdings nicht viel erkennen. Nicht einmal Umrisse.

Nur der kalte Hauch – er wehte aus der Öffnung –, war stärker geworden, so daß es mich fröstelte.

Ich hob das Schwert an und setzte die Spitze an den Hals des Mensch-Monsters. Dann steckte ich meine Beretta für einen Moment weg und zog mit der freien Hand die Kette des Kreuzes über den Kopf.

Als Barry das Kruzifix sah, zuckte er zusammen. Er hob beide Hände und hielt sie vor seine Augen.

Das Kreuz bereitete ihm Furcht.

Ich konnte es gut verstehen, denn es strahlte einen seltsamen matten Glanz aus, den ich von unserer Welt überhaupt nicht kannte.

»Geh voran!« befahl ich und trat etwas zur Seite, damit Barry meinem Befehl folgen konnte.

Er ging an mir vorbei.

Wenig später tauchte er in das Dunkel des riesigen Schädelmauls ein. Ich blieb zwei Schritte hinter ihm. Hart klopfte mein Herz, denn ich rechnete in dieser Hochburg des Grauens mit dem Schlimmsten...

Der riesige Totenschädel glich wirklich einem Labyrinth. Das sah ich schon nach den ersten Schritten.

Zu beiden Seiten des breiten Hauptgangs zweigten mehrere Seitenstollen ab, die tief in das Innere des monströsen Schädels führten.

Ich spürte auch die unheimliche Atmosphäre, die jeden Eindringling auf Schritt und Tritt begleitete. Hier herrschte das Böse. Mit jeder Faser des Körpers merkte ich dies. Andere Gedanken strömten auf mich ein, wollten in mein Hirn dringen und die eigenen ausschalten. In den Stollen und Nischen schienen noch dunklere Schatten zu lauern, bereit, sofort zuzuschlagen, wenn sich die Gelegenheit bot.

Ich versuchte, meine Angst zu verbergen. Dabei half mir das Kreuz. Es hatte seinen matten Glanz noch nicht verloren. Wenn ich nach unten schielte, erkannte ich die Umrisse sehr deutlich.

Ein Hoffnungsschimmer...

Wir schritten tiefer in den Schädel hinein. Die Decke über uns, vielleicht waren es auch Knochen, wölbte sich zu einem gewaltigen Rundbogen, der durchlöchert war wie Schweizer Käse, denn innerhalb der einzelnen Löcher sah ich das rötliche Glosen.

Ein geheimnisvolles Licht, eine unirdische Beleuchtung, die uns hin und wieder streifte und von der ich annahm, daß sie die schlimmen Gedanken schickte.

Der Gang wurde breiter.

Weit vor uns erkannte ich einen hellen Schimmer. Dort mußte sich irgend etwas abspielen, und ich nahm an, daß da auch unser

Ziel lag. Als ich in meinem Rücken das Knirschen hörte, warf ich einen Blick zurück und rief gleichzeitig: »Halt!«

Lionel Barry blieb stehen.

Ich aber sah, wie sich eine gewaltige Platte vor den Eingang schob und ihn völlig abdunkelte.

Aus, vorbei.

Wir waren Gefangene des Schädels!

Es überraschte mich nicht einmal, eigentlich hatte ich damit viel früher gerechnet.

So mußte ich das Beste aus der neuen Situation machen.

»Geh weiter!«

Lionel Barry setzte sich wieder in Bewegung. Unter seinen und meinen Schritten knirschte es. Der Boden war nicht glatt, sondern uneben und wies zahlreiche Stolperstellen auf.

Vor uns wurde es heller. Der Schein streifte auch die Wand des Mittelgangs, und ich sah, daß sich in der Gangwand auch noch Höhlen oder Löcher befanden. Diese allerdings waren von keinem roten Licht erfüllt, sondern völlig dunkel.

Auch waren die Höhlen ebenso leer wie die anderen. Wo steckten dann meine Gegner?

Sich darüber Gedanken zu machen war müßig. Ich würde sie schon früh genug sehen. Zudem blieb meine Geisel plötzlich stehen. Auch ich stand still.

»Da«, sagte Barry.

Ich schritt vor und stellte mich mit ihm auf eine Höhe. Jetzt wußte ich, warum er nicht weitergegangen war.

Wir standen am Rand eines gewaltigen Kraters. Was ich sah, war wirklich beeindruckend.

Die Wände fielen nicht steil ab, sondern waren terrassenförmig abgestuft, sie wirkten wie riesige Treppenstufen. In deutschen Weinanbaugebieten hatte ich so etwas schon gesehen. Die Wände wiesen Höhlen auf. Sie lagen in unterschiedlicher Höhe und waren durch Leitern miteinander verbunden. Eine wirklich seltsame Konstruktion.

Am interessantesten jedoch war der Grund des Kraters. Dort strahlte das helle Licht auf. Es wurde von zwei gewaltigen Stäben abgegeben, die in den Boden gerammt waren. Den Raum zwischen den Stäben konnte ich aus meiner Perspektive kaum schätzen.

Vielleicht drei Yards – vielleicht fünf...

Ich sah jedoch keine Menschen. Und das wunderte mich. Wo hielten sie sich versteckt?

Eins stand fest.

Ich mußte da runter. Hier oben konnte ich nicht stehenbleiben. Schließlich wollte ich etwas in Bewegung bringen.

Ich beugte mich vor und sah zwei Schritte von uns entfernt die erste Leiter.

Erst jetzt erkannte ich, daß sie aus Gebeinen gefertigt war.

Ich schluckte...

»Geh«, wies ich meine Geisel an. »Ich will hinunter.«

»In die Arena?«

»Ja, zum Henker!«

Barry hob nur die Schultern und gehorchte. Sein Benehmen gefiel mir überhaupt nicht. Ich hatte damit gerechnet, daß er einen Angriff versuchen würde.

Nichts geschah. Hatte er sich schon damit abgefunden, der Verlierer zu sein? Oder glaubte er sich sicher?

Ich nahm letzteres an.

Die erste Leiter überwanden wir ohne Schwierigkeiten. Auch diesmal versuchte Barry nicht, mich zu überwältigen. Geschmeidig nahm er die Sprossen der zweiten Leiter in Angriff, so daß ich Mühe hatte, seinem Tempo zu folgen.

Die nächste Terrasse.

Auch die schafften wir.

Dann warf ich einen Blick in die Höhe.

Sie standen ebenso am Rand wie wir vorhin. Nur waren es keine Menschen, sondern die Rattenmutationen. Aus luftiger Höhe beobachteten sie uns und freuten sich, uns oder mir den Rückzug abgeschnitten zu haben.

Auch egal.

Noch zwei Terrassen.

Ohne Mühe ließen wir sie hinter uns und standen schließlich in der Arena.

Mein Schwert hielt ich in der Hand. Ich kam mir vor wie der

Kämpfer aus einem Fantasy-Roman, der sich aufgemacht hatte, ein fremdes Reich zu erobern.

Doch Fantasy und Realität lagen gar nicht so weit entfernt, wenn man allein daran dachte, wie viele Dämonenreiche es gab.

Ich schaute mich um.

Zuerst sah ich natürlich die beiden Stäbe. Sie waren doch dicker, als es von oben ausgesehen hatte. In ihrem Umfang erinnerten sie mich an Baumstämme.

Dann traf mein Blick die Wände des Kessels.

Und hier sah ich wieder die Höhlen. Halbrunde Löcher, etwa mannshoch, die den Beginn tiefer Stollen markierten. Sie mußten sich irgendwo im Krater verlaufen. Sicherlich waren sie auch untereinander verbunden, ich wußte es nicht und wollte es auch nicht wissen.

Ich wandte mich an Barry. »Wo sind die anderen?«

»Wen meinst du?« schallte es mir aus dem Totenschädel entgegen.

»Deine Freunde.«

»Ich weiß es nicht.«

»Und das Mädchen?«

»Ginny Clark?«

»Ja.«

»Such sie.«

Er hatte das Gespräch bewußt hinausgezögert, um Zeit zu gewinnen. Raffiniert gemacht, fürwahr – und dann sah ich den Grund.

Sie hatten extra gewartet, bis ich unten im Krater stand. Jetzt kamen sie aus den Höhlen.

Vier Gestalten.

Drei Männer und eine Frau.

Die Männer sahen aus wie Barry. Normale Körper und Totenschädel auf den Hälsen.

Doch Ginny Clark, das Mädchen, das mir bereits in Barrys Haus einen seltsamen Blick zugeworfen hatte, sah noch normal aus. Allerdings wurde sie von den Rattenmenschen festgehalten, die hinter Asmodinas Dienern aus den Höhlen quollen.

Sie waren so zahlreich, daß ich sie gar nicht zählen konnte.

Und sie hatten mich und die anderen im Nu umringt.

Lionel Barry aber lachte. »Jetzt bin ich der Sieger!« schrie er, und seine Stimme hallte in dem weiten Rund wider. »Ich habe dich hergeschleppt, als Opfer für sie – für Asmodina. Und sie wird erscheinen, um auch deinen Kopf in Empfang zu nehmen...

Jetzt wußte ich, was mir bevorstand.

Man wollte mich köpfen!

Sollte auch mein Schädel ein Teilstück der Kette werden? Alles deutete darauf hin.

Tief saugte ich die Luft ein. Ich sah mich von den Rattenmenschen umzingelt, und auch die Diener der Teufelstochter waren meine Feinde.

Bis auf eine Person.

Ginny Clark.

Sie schaute mich mit einem Blick an, in dem ich Verzweiflung und Angst las. Sie schien ein Opfer gewesen zu sein oder war zu einem geworden.

Vielleicht würde ich es noch herausfinden.

Lionel Barry übernahm die Initiative. Er hatte gesehen, daß ich den Ring der Mensch-Ratten nicht sprengen konnte, und fühlte sich in seinem Element.

Mit beinahe lässigen Schritten ging er auf die beiden Säulen zu. Sie waren ebenfalls etwas Besonderes. Obwohl jetzt dunkel geworden, schimmerten sie doch durch. Es entstand eine grausilberne, leicht leuchtende Farbe, die einen Schein verbreitete, der sich rund um die Säulen legte und wie eine Aura vibrierte.

Mir war sofort klar, daß man die Säulen magisch aufgeladen hatte. Mich hätte wirklich interessiert, wie sie auf eine Berührung mit dem Kreuz reagierten, doch bis zu den Säulen würde ich nicht kommen. Die Biester versperrten mir den Weg.

Lionell Barry stellte sich zwischen den beiden Säulen auf, breitete die Arme aus und legte seine Hände gegen das metallisch schimmernde Material.

Es war dunkler geworden, da die Säulen nicht mehr das grelle Licht ausstrahlten wie zuvor.

Die Arena lag im Dämmer. Nur schemenhaft zeichneten sich

die aus Gebeinen bestehenden Leitern ab, die dunklen Eingänge der zahlreichen Höhlen waren so gut wie gar nicht zu erkennen.

Der Druck nahm zu. Ich merkte es. War Asmodina da?

Ich warf wieder einen Blick auf Lionel Barry. Er hatte seinen häßlichen Totenschädel weit in den Nacken gelegt, aus dem Maul drangen tiefe, urige Laute, und plötzlich begann er zu zittern.

Es schien, als würde sein Körper unter Strom stehen. Gleichzeitig strahlten die beiden Säulen wieder gleißend hell auf, so hell, daß ich geblendet wurde und die Augen schließen mußte.

Als ich sie wieder öffnete, hatte sich zwischen den Säulen ein silbernes Netz aus Energiefäden gebildet, in dem der ehemalige Fernsehstar steckte wie eine dicke Spinne.

Lichtkaskaden zuckten in das Netz hinein. Sie wurden von den Säulen abgegeben, und innerhalb dieses gleißenden Lichts vibrierte ein Gesicht.

Das von Asmodina.

Sie selbst erschien nicht, sie hielt sich zurück, aber ich sah ihre kalten, erbarmungslosen Blicke auf mich gerichtet und spürte gleichzeitig, wie mein Kreuz eine Gegenmagie aufbaute. Es zitterte vor meiner Brust, als würden Schläge es hin- und herwerfen.

Dann dröhnte die Stimme der Teufelstochter durch den gewaltigen Knochenschädel.

»John Sinclair!« schrie sie. »Du bist in meiner Welt. Und in meiner Welt wirst du auch den Tod finden! Du wirst sterben wie die anderen, denn deinen Schädel will ich dem Satan, meinem Vater, zum Geschenk machen!«

»Warum kommst du nicht selbst?« rief ich in das Gesicht hinein. »Los, zeige dich!«

»Nein! Du siehst mich, das reicht. Ich will nur zuschauen, wie du stirbst. Denn noch ist diese Welt, die ich erst vor kurzem erobert habe, nicht stabil. Ich habe sie einem mächtigen Dämon weggenommen, dem Rattenkönig, den du damals erledigt hast. Erinnerst du dich? Die riesige Ratte, die verbrannt wurde, herrschte auf dieser Welt. Doch nach ihrem Tod stand sie leer, ich schnappte mir das Reich, in dem die Gebeine der Rattenopfer liegen und vermodern. Ich habe aus der Rattenwelt die Schädelwelt gemacht. Um jedoch als Herrscherin anerkannt zu werden, mußte ich den Ratten erst ein Opfer bringen. Fünf Schädel brauchte ich. Mehr nicht. Sie zusammen ergeben die Kette der Macht, mit der ich hier regieren kann. Auf der Erde fand ich fünf Diener. Vier Männer und eine Frau. Sie gruben die Schädel aus, die vor Hunderten von Jahren Menschen gehört haben, die dem Teufel dienten. In den Köpfen steckt noch immer das Böse. Und zusammen an einer Kette hängend bilden sie die Grundlage der Macht. Die Diener habe ich gefunden. Sie waren sogar bereit, sich köpfen zu lassen, sie gaben ihre Köpfe her und nahmen die Schädel der Kette an. In dieser Welt hier werden sie meine Vertreter sein und meine Interessen verteidigen. Nur ein Kopf fehlt noch. Der des Mädchens. Und du wirst dabei sein, wenn sie ihn verliert, du kannst zusehen, denn als nächster bist du an der Reihe, John Sinclair. Deinen Schädel zeige ich dem Satan und zertrete ihn dann!«

Das also war das Rätsel dieser geheimnisvollen Welt. Plötzlich verstand ich, warum die Menschen die Köpfe gesammelt hatten. Ich begriff Zusammenhänge, und mir wurde klar, daß Asmodina ihre Macht immer mehr ausweitete. Sie war ungeheuer machthungrig, wollte sämtliche Jenseitsreiche an sich reißen.

Auf der anderen Seite stand noch Dr. Tod mit seiner Mordliga. Wie es aussah, war ich zwischen die Mühlsteine dieser beiden Parteien des Grauens geraten.

Dabei hatte ich damals, ohne es zu wissen, den Herrscher dieser Welt getötet und der Teufelstochter damit den Weg geebnet.

Wieder einmal wurde mir bewußt, wie sehr doch alles ineinandergriff.

»Du sagst ja nichts, Sinclair!« rief sie.

Ich hob die Schultern. »Was soll ich erwidern? Noch bin ich nicht tot, aber ich möchte vorschlagen, das Mädchen leben zu lassen. Du hast genug, Asmodina.«

Die Teufelstochter lachte nur. »Nein, sie hat mich hintergangen. Sie steht nicht völlig auf meiner Seite und hängt an ihrem erbärmlichen Leben.«

»Was ich richtig finde.«

»Du ja, Sinclair, aber ich nicht. Sie wird ihren Kopf verlieren, das ist sicher. Und die Ratten werden sich freuen.«

Ich schluckte. Verdammt, das war hart. Ich hatte die blanken Gebeine gesehen, und ich wußte jetzt auch, wo sich die Köpfe der vier Diener befanden. Irgendwo tief in einer Schlucht.

Wiederum erlebte ich Asmodinas gesamte Erbarmungslosigkeit. Wenn sie ihre Fäden zog, dann gab es keine Gnade, kein Pardon. Wie auch hier. Sie hatte ihre Diener gefunden und wollte durch die Schädel eine Symbiose zwischen sich und ihren Dienern herstellen. Nur konnte sie diese Gemeinschaft leicht trennen, indem sie die anderen vernichtete.

»Ich habe auch einen würdigen Henker für dich und das Mädchen«, sagte Asmodina und lachte auf. Dabei zog sich ihr gewaltiger Mund in dem Spinnennetz gewaltig in die Breite. Das Netz selbst wurde noch immer von ihrem ersten Diener, dem ehemaligen Film- und Fernsehstar, aufrecht erhalten.

Ich war so in den Anblick der Teufelstochter vertieft, daß ich die Person nicht sah, die sich plötzlich aus dem Schatten hinter den Säulen löste.

Meine Augen wurden groß.

Lange hatte ich ihm nicht mehr gegenübergestanden. Doch jetzt kam er, um zu köpfen.

Es war Destero – der Dämonenhenker!

Ich hielt den Atem an.

Blitzartig zuckten Erinnerungsfetzen in meinem Kopf auf. Ein Zigeunerwagen, ein Hügel, ein Galgen, eine Schlinge im Wind...

Und Destero, der Henker!

Ihn hatte sich Asmodina geholt. Es war gar nicht schwer, denn Destero war ihr treu ergeben.

Er sah mich – ich sah ihn.

Wie immer trug er seine rote Kapuze. Sein Gesicht kannte ich nicht, nur die mordlüsternen Augen, den muskulösen Körper, die enge Hose und die hohen Stiefel.

Er tötete mit einem Schwert, mit der Axt oder durch den Galgen. Hauptsache, seine Gegner starben.

Nur das zählte.

Er nahm auch keine Rücksicht auf Frauen oder Kinder. Fast

hätte er damals Johnny Conolly getötet, diese kleine, unschuldige Kreatur.

In mir brannte der heiße Zorn. Er loderte wie eine Flamme hoch, und es kostete mich Mühe, die Beherrschung zu bewahren.

Er kam näher.

Schritt wie ein König, als wäre er der Herrscher in diesem Reich. Jeder machte ihm Platz.

Ehrerbietig traten die Rattenmenschen zur Seite, um ihn durchzulassen.

Fünf Yards vor mir verhielt er seinen Schritt. Sein rechter Arm sank nach unten, die Hand fiel auf den Griff des Schwertes, das in einer Scheide am Gürtel steckte.

»John Sinclair!« klang es dumpf unter der Kapuze hervor. »Endlich habe ich dich!«

»Noch lebe ich!« hielt ich ihm entgegen.

»Diesmal bist du in unserem Reich, merke dir das.« Er deutete auf das Mädchen. »Asmodina hat befohlen, daß sie zuerst stirbt. Würde es nach mir gehen, dann hätte ich dich zuerst getötet.«

Ich warf Ginny einen raschen Blick zu. Sie war eine Verirrte und bereute bitterlich. Doch die Teufelstochter kannte kein Pardon. Sie würde Ginny umbringen lassen.

Vier Rattenmenschen hielten das Girl fest. Sie hing apathisch in ihrem Griff, die Haare fielen ihr ins Gesicht, ihr Körper erbebte unter trockenem Schluchzen.

»Ginny!« rief ich.

Sie hob den Kopf.

»Reißen Sie sich zusammen, Ginny. Wir packen es!«

Ich machte ihr Mut, und verdammt noch mal, ich wollte einfach nicht aufgeben. Die anderen sollten ihren dreckigen Triumph nicht bekommen. Schließlich hatte ich zahlreiche Gegner besiegt. Und ich spürte, wie ich durch diese Gedanken wieder Kraft fand, wie sie mich beflügelten.

Nein, so nicht.

Noch hatte ich die Waffen.

Das Kreuz, meine Beretta und das Schwert!

Destero schwang seinen rechten Arm herum. Er beschrieb damit einen Halbbogen, die Klinge blitzte im Licht. So ähnlich hatte ich auch schon Tokata, den Samurai des Satans, erlebt.

»Schafft sie her!« schrie er den Rattenmenschen zu.

Die wußten nicht, was sie lieber getan hätten, und schleiften das Mädchen heran.

Ginny schrie und weinte. Sie stemmte ihre Füße in den Boden, hatte den Kräften der Ungeheuer aber nichts entgegenzusetzen.

Eiskalt waren sie.

Und die anderen schauten zu.

Von Asmodina über Lionel Barry bis hin zu den drei Dienern mit den Totenschädeln.

Der Dämonenhenker hob sein Schwert.

Gleichzeitig drückten die vier Rattenmenschen das Mädchen in die Knie.

Ich spannte mich.

Zwei Rattenmenschen traten zurück.

Aus den Augenwinkeln nahm ich eine Bewegung wahr. Mehrere dieser Bestien näherten sich mir. Sie wollten mich packen und dafür sorgen, daß ich die schreckliche Tat nicht verhinderte.

Sie hatten sich verrechnet.

Alle!

Urplötzlich stieß ich mich ab, riß mein Schwert hoch und stürzte Destero entgegen...

Der Dämonenhenker war kein heuriger Hase. Er verstand die Handhabung seiner Waffe.

Aber auch ich hatte in den Jahren gelernt, mit einem Schwert umzugehen. In meinem Job mußte man sich oft mit den unmöglichsten Waffen verteidigen. Da war ein Schwert nahezu noch normal. Und daß ich einmal Destero im direkten Kampf gegenüberstehen würde, hätte ich nicht gedacht.

Ich wollte nur zu gern wissen, welch ein Kopf sich hinter seiner Kapuze verbarg, aber diesen Blick würde er mir freiwillig nie gestatten.

Unsere Klingen prallten gegeneinander. Es gab ein glockenhelles Geräusch, das durch die große Arena auf dem Grund des

Talkessels schwang. Dann stieß Destero mich zurück, auf die Rattenmenschen zu, die den Kreis sofort erweiterten.

Ich fing mich wieder.

Breitbeinig blieb ich stehen. Das Schwert war nicht leicht. Ich mußte schon Kraft aufwenden, um es in die Höhe zu wuchten. Destero führte seine Waffe spielerisch. Sie schien ihm in die Wiege gelegt worden zu sein. Er lachte sogar.

Ich dachte daran, meine Beretta zu ziehen, um zu versuchen, Destero mit Silberkugeln zu erledigen, doch ich war sicher, daß die Rattenmenschen mich nicht zum Schuß kommen lassen würden. Zudem war da auch noch das Mädchen, das ich retten wollte.

Ginny hing noch immer in den Klauen der Bestien und schaute meinen Bemühungen verzweifelt zu.

Wieder griff Destero an.

Er wuchtete sein Henkersschwert schräg nach unten. Ich hatte meine Klinge mit beiden Händen am Griff gepackt, fuhr der gegnerischen entgegen, und es gelang mir, sie zu stoppen.

Die Schwerter ratschten aneinander entlang. Eisern hielt ich meine Waffe fest.

Dann versuchte ich selbst, einen Angriff zu starten, doch Destero wehrte geschickt ab.

Funken sprühten plötzlich auf, als er meinen Schlag parierte und seinerseits zum Angriff überging.

Er hielt jetzt auch sein Schwert mit beiden Händen fest. Dann schlug er zu.

Wie ein Automat schritt er vor, schlug einmal links, das nächstemal rechts, und dies alles unter Asmodinas streng blickenden Augen.

Ich wehrte mich verzweifelt, während mich Destero immer weiter zurücktrieb.

Unsere Klingen hieben gegeneinander. Es hörte sich an wie das Läuten von Glocken, ein heller Klang, der über die Arena schallte und so gar nichts von Tod und Verderben erzählen wollte.

Ich mußte zurück.

Doch ich hatte mir einen geordneten Rückzug ausgesucht, das

heißt, ich ließ mich nicht dorthin treiben, wo er es wollte, sondern ich diktierte die Richtung.

Ich wollte in die Nähe der Stäbe gelangen, und zwar auf die Rückseite.

Bald hatte ich Desteros Taktik durchschaut. Er kämpfte nur mit Kraft, nicht mit Technik. Machtvoll schlug er zu. Jeder einzelne Streich hätte eine Kuh in der Mitte durchgetrennt, doch meine Defensive war auch nicht schlecht.

Ich hatte mich daran gewöhnt, seine Schläge abzuwehren. Von links, von rechts kamen sie, immer wieder. Selbst konterte ich nicht, denn dann lief ich in Gefahr, meinerseits in einen Konter zu laufen, der mich umhaute.

So lauerte ich auf meine Chance.

Destero schlug wie ein Uhrwerk. Seine Maske bewegte sich im Windzug der Schläge. Hinter den Sehschlitzen glühten die haßerfüllten, erbarmungslosen Augen, und dann fiel ich auf eine Attacke herein, denn Destero griff nicht mehr seitlich an, sondern stach direkt zu.

Ich wollte noch parieren, doch seine Klinge rutschte an der meines Beuteschwertes entlang und hätte genau meinen Hals getroffen, wenn ich nicht blitzschnell in die Knie gegangen wäre.

So wischte das Schwert über meinen Haarschopf hinweg. Ich ließ mich fallen, nutzte den Schwung aus, vollführte eine Rolle rückwärts und war wieder auf den Beinen.

Ich befand mich jetzt dicht an den beiden Stangen. Lionel Barry hielt noch immer die Verbindung zu Asmodina aufrecht. Ihr Gesicht schwebte über der Arena. Ich taumelte zurück und gab mich angeschlagener, als ich wirklich war.

Destero lachte.

Es klang dröhnend, dumpf und siegessicher. Er wollte meinen Tod und sah sich dicht vor einem Sieg, aber noch war es nicht soweit. Ich gab nicht auf.

Die Rattenmenschen waren uns gefolgt. Sie hatten auch das Mädchen mitgeschleift. Alle wollten meinen Tod sehen.

Ich wich noch weiter zurück, bis ich in die Nähe des magischen Netzes geriet.

Hell strahlte plötzlich mein Kreuz. Es spürte die unmittelbare

Nähe der Schwarzen Magie, und ich war praktisch eingeschlossen. Vor mir Destero, hinter mir das Netz.

Und dann...

Destero holte zu einem Gewaltstreich aus. Schräg sauste die Schwertklinge durch die Luft.

Diesmal parierte ich den Schlag nicht. Er hätte mir wahrscheinlich die eigene Waffe aus den Händen gerissen. Ich hechtete zu Boden, rollte ein paarmal um meine eigene Achse und hörte einen mörderischen Schrei.

In der Bewegung sah ich, was geschehen war.

Destero hatte nicht mich getroffen, sondern Lionel Barry, Asmodinas Diener.

Die Klinge, messerscharf und gut geschliffen, hatte hervorragend getroffen.

Barry verlor seinen Schädel.

Mit einem einzigen Hieb hatte Destero den Totenkopf von den Schultern des Mannes getrennt.

Gleichzeitig brach Barry zusammen, und auch das Netz zerriß. Es sprühte noch einmal auf und verglühte.

Ich aber nutzte meine Chance.

Die Rattenmenschen waren noch zu geschockt, um einzugreifen. Wie ein Irrwisch war ich bei ihnen, und diesmal wischte meine Klinge durch die Luft.

Zuerst traf es die beiden, die das Mädchen festhielten. Mit einem glatten Streich tötete ich sie auf einmal.

Auch ihre Köpfe fielen in den Sand.

Ginny schaute mich aus schockgeweiteten Augen an. Ich packte sie an den Schultern und riß sie hoch.

»Komm, wir müssen weg!«

Sie reagierte automatisch, ergriff meine linke Hand und ließ sich von mir mitziehen.

Dann reagierten die Bestien.

Zu fünft stürzten sie uns entgegen.

Ich sah ihre häßlichen Mäuler. Weit aufgerissen waren sie, und die gefährlichen Reißzähne blitzten.

Ich kämpfte wie ein Berserker, schlug mir mit der erbeuteten Waffe den Weg frei und hetzte mit Ginny auf die nächstliegende Knochenleiter zu. Die mußten wir hoch.

Hinter uns tobte eine wahre Hölle.

Ich hörte Desteros Stimme. Er gab die Befehle. »Bringt mir den Hundesohn her! Packt ihn!«

Es hätte dieses Befehls gar nicht bedurft, die Ratten wollten mich sowieso töten.

Ginny kletterte als erste die Leiter hoch, während ich am Fuß wartete, um ihr einen Vorsprung zu geben.

Da jagten sie schon heran.

Ein halbes Dutzend Rattenbestien, bedeckt mit zottigem Fell, fauchend, mordgierig.

Ich zog die Beretta.

Zwar war ich Rechtshänder, aber in diesem Fall mußte ich mit der linken Hand schießen. Zudem waren die Ratten kaum zu verfehlen.

Ich feuerte.

Fünf Kugeln jagte ich aus dem Lauf. Die geweihten Geschosse hieben in die ekligen Körper, stoppten sie und warfen sie zurück. Die Bestien brüllten und schrien, sie hatten der Kraft des Silbers nichts entgegenzusetzen.

Sie vergingen.

Ich aber hatte mich verschossen.

Ein Reservemagazin trug ich immer bei mir, aber ich hatte einfach nicht die Zeit, es in den Griff der Waffe zu schieben, dafür waren mir die Bestien zu nah.

Einen Blick nach oben konnte ich riskieren.

Ginny hatte die Leiter hinter sich gelassen. Sie stand auf der ersten Terrassenstufe und schaute in die Arena hinab. Auf ihrem Gesicht leuchtete die nackte Angst.

Zwei Bestien griffen mich an.

Die erste lief genau in mein Schwert, und die Klinge tötete sie auf der Stelle. Die zweite drehte jedoch gedankenschnell ab, und ich sah auch den Grund für dieses Manöver.

Sie rannte auf eine Leiter zu, die sich etwa zwanzig Yards von mir entfernt befand.

Die Rattenmenschen wollten Ginny!

Den Befehl hatten die drei anderen Diener Asmodinas gegeben. Ich sah ihre Totenschädel zwischen den widerlichen Rattenköpfen leuchten.

Jetzt wurde es kritisch.

Mit einem Schwertstreich erledigte ich eine weitere Ratte, wandte mich um und kletterte die Sprossen hoch. Mit einer Hand konnte ich mich nur festhalten und hatte Glück, daß die Ratten nicht so schnell reagierten.

Unbeschadet erreichte ich die erste Terrasse.

Von hier aus hatte ich einen wesentlich besseren Überblick.

Destero, der Dämonenhenker, hatte sich nicht an der Verfolgung beteiligt. Er stand zwischen den beiden Säulen und versuchte, das magische Netz wieder aufzubauen.

Die ersten Blitze zuckten bereits auf. Es konnte nicht mehr lange dauern, dann hatte er es geschafft.

Bis dahin jedoch wollte ich weg sein.

Ginny rannte auf mich zu. Sie war erschöpft, kämpfte mit dem Gleichgewicht und hatte Glück, daß sie bei mir war, bevor die Ratten die erste Terrasse erreichten.

Ich schickte Ginny die nächste Leiter hoch.

Oben standen keine Bestien mehr. Sie waren wohl alle in die Arena hinuntergestiegen.

Ich lud meine Waffe nach.

Links standen Rattenmenschen und rechts ebenfalls. Doch diesmal trauten sie sich nicht so recht, mich anzugreifen. Die Verluste hatten sie vorsichtig werden lassen.

Ich kletterte hinter Ginny her.

Ohne Schramme erreichte auch ich die zweite Terrasse. Bisher sah es nicht so schlecht aus, nur fand ich mich in dem riesigen Schädel nicht zurecht. Ich hatte vor, auf dem gleichen Weg den ich gekommen war, ganz nach oben zu klettern.

Dagegen hatte Ginny etwas.

»Nein, komm mit«, sagte sie und faßte mich an der Hand. Dabei deutete sie auf einen etwas größeren Höhleneingang, der in die Wand hineinstieß.

»Da?« fragte ich.

»Ja.«

»Und dann?«

»Wirst du schon sehen.«

Ich vertraute Ginny. Es blieb mir auch nichts anderes übrig. Sie kannte sich hier besser aus.

Ginny verschwand als erste in dem Stollen. Er war doch nicht so dunkel, denn die Wände bestanden aus bleich schimmernden Gebeinen.

Ein Knochentunnel...

Allerdings mußte ich den Kopf einziehen, denn der Tunnel war verdammt niedrig.

Ich fragte mich, wo er hinführte. Es gab zwei Möglichkeiten. In die Freiheit oder in den Tod...

Der Wagen stand einsam am linken Straßenrand. Er war nicht leer, wie es den Anschein hatte.

Jemand saß in dem Bentley.

Suko!

Er wartete auf mich. Noch immer hatte er es nicht überwinden können, allein aus der fremden Dimension entkommen zu sein. Er hatte mich zurücklassen müssen und hoffte, daß der gewaltige Schädel irgendwann wieder erscheinen würde.

Suko wartete vergebens.

Leer und verlassen lag die Straße vor ihm. Nichts geschah. Am Himmel trieb der Wind die dicken Wolken zusammen, und hin und wieder schütteten sie ihren Regen aus.

Dann glänzte die Fahrbahn wie ein dunkles nasses Band, auf dem hier und da bunte Kreise schimmerten.

Ölflecken...

Zweimal hatte Suko Superintendent Powell angerufen und einen negativen Bericht abgegeben.

Auch Sir James zeigte sich bedrückt. Er war ebenso geschockt wie Suko.

Beim dritten Anruf fragte er: »Was könnten wir tun?«

»Ich weiß es nicht.«

»Vielleicht finden Sie bei Barry eine Spur?«

»Soll ich hinfahren?« fragte der Chinese.

»Ja, versuchen Sie, dort eine Spur zu finden. Bei Barry muß es doch irgend etwas geben, was auf Asmodina hinweist.«

»Das könnte sein.« Suko war wenig überzeugt, doch es war besser, als untätig im Wagen herumzusitzen.

Er bedankte sich noch einmal und startete.

Der Chinese kannte sich gut mit dem Bentley aus und hatte innerhalb weniger Minuten sein Ziel erreicht.

Er parkte vor dem Haus, wo auch noch die anderen Wagen standen, stieg aus und betrat die große Eingangshalle.

Dort hockte noch immer der Leibwächter des Filmstars. Aus rot geäderten Augen schaute er Suko entgegen.

Der Chinese blieb stehen. »Haben Sie einen Arzt angerufen?«

»Nein.«

Suko schüttelte den Kopf. Link hatte sich ein Taschentuch um die Wunde gebunden. Der weiße Stoff war durchgeblutet. Der Mann mußte unbedingt in ärztliche Behandlung.

Link zeigte sich verstockt. »Hau ab, Chink!« zischte er. »Mach, daß du wegkommst.«

Suko überhörte die Beleidigung. Er sagte nur: »Ich weiß nicht, ob du Dreck am Stecken hast, aber es gibt eine Möglichkeit, ihn wegzuwischen. Das heißt, du könntest straffrei ausgehen.«

»Willst du mich reinlegen?«

Suko schüttelte den Kopf. »Nein, das ist ein faires Angebot. Ich möchte nur von dir einiges wissen.«

»Was?«

»Du weißt selbst, womit sich dein Boß privat beschäftigt hat?«

»Klar. Mit okkultem Kram.«

»Hast du den Namen Asmodina schon mal gehört?«

Link nickte.

»Hat dein Boß Asmodina beschworen?«

»Ja.«

»Wo?«

»Im Keller.«

»Komm mit.« Suko faßte den Mann kurzerhand unter und hob ihn vom Stuhl hoch.

Er stützte ihn auch, als sie die Treppe hinunterschritten. »Verdammt«, keuchte Link, »ich habe es ihm immer gesagt, aber er wollte nicht hören. So etwas geht schief.«

Da gab Suko ihm recht. Es zahlte sich für einen Menschen nicht aus, wenn er einen Pakt mit der Hölle schloß. Im Anfang sah alles so leicht aus, doch hinterher präsentierte der Teufel die Rechnung. Und die war schlimm.

Suko wollte bis in den großen Raum vorlaufen, doch Link schüttelte den Kopf.

»Hier rechts«, sagte er.

Suko drückte die Kellertür auf. Er merkte, daß sich Link kaum auf den Beinen halten konnte. Sein Gesicht war bleich, Schweiß glitzerte auf der Stirn.

Suko und er betraten einen düsteren, muffig riechenden Kellerraum. Licht fiel vom Gang her durch die offene Tür.

Der Raum war mit einem schwarzen Teppich ausgelegt. Drei Wände zeigten Zeichnungen.

Und immer das gleiche Bild.

Asmodina!

Doch diese Zeichnungen interessierten Suko nicht so sehr. Er schaute daran vorbei. Viel bemerkenswerter war das Gebilde, das auf dem Teppich stand.

Suko hatte es schon einmal gesehen, nur wesentlich größer!

Es war ein Totenschädel!

»Das ist es«, flüsterte Link. »Er hat es mir mal erzählt. Das ist die Welt, in die er eingehen will. Hier steht nur eine kleine Nachbildung. Die richtige Welt liegt woanders. In einer fremden Dimension, wie er mir sagte.«

Suko trat nahe an den Schädel heran.

Ja, in ihn waren sie hineingerast. Aber Link hatte unrecht. Der Schädel war ein Teil der fremden Dimension. Sozusagen eine Welt in der Welt.

Der Chinese drehte sich um. »Was hat er mit diesem Schädel alles angestellt?«

Link lächelte. »Er hat Beschwörungen durchgeführt.«

»Und wie?«

»Das kann ich nicht sagen.«

Suko wollte noch eine Frage stellen, doch da geschah etwas Schreckliches.

Er hörte noch ein Knacken, und im nächsten Augenblick zerfiel der Schädel vor seinen Augen zu Staub.

Suko zuckte zurück.

Jetzt hat John keine Chance mehr, dachte er...

Nun, eine Chance hatten wir doch. Und es sah in diesen Augenblicken gar nicht mal so schlecht aus.

Ginny Clark kannte sich in dem Höhlenlabyrinth des Schädels ausgezeichnet aus. Man merkte ihr an, daß sie diesen Weg nicht zum erstenmal gegangen war. Dicht an der Knochenwand entlang führte sie mich durch den Tunnel, bis wir vor eine Wand stießen, wo es nicht mehr weiterging.

»Jetzt ist Schluß«, wisperte ich. Ich sprach bewußt leise, denn die Knochen trugen den Schall ziemlich weit. Wir hörten auch die Verfolger. Sie waren bereits in den Tunnel eingedrungen, und das Quieken der Rattenmenschen drang wie eine schrille Musik an meine Ohren.

Ginny lächelte nur.

Dann deutete sie nach oben.

Ich hob den Kopf und sah, daß sich ein Schacht dort schattenhaft abzeichnete.

Aber es war keine Leiter vorhanden.

»Wir können an der Wand hochklettern«, sagte Ginny. »Die Knochen halten das Gewicht.«

Bevor ich etwas erwidern oder einen anderen Vorschlag machen konnte, hatte sich Ginny schon auf die Zehenspitzen gestellt und mit beiden Händen einen Knochen umklammert.

Ich wunderte mich, denn in der Tat war die Wand nicht glatt. Die Knochen standen ein wenig vor, so daß wir Halt finden konnten.

Als sich Ginny etwa einen Yard über meinem Kopf befand, begann auch ich mit der Kletterei.

Das Schwert behinderte mich dabei. Ich wollte es nicht liegenlassen und hatte plötzlich eine, wie ich fand, gute Idee.

Ich reichte dem Girl das Schwert.

Ginny klebte förmlich an der Wand, konnte sich allerdings noch so weit bewegen, daß sie die Waffe zu fassen bekam.

Sie nahm sie an sich, und ich kletterte höher.

Unter mir vernahm ich das Trappeln zahlreicher Füße. Die Rattenmenschen gaben nicht auf, sie wollten ihr Opfer zum guten Schluß doch noch fangen.

Dann stand ich neben Ginny.

»Weiter!« drängte sie.

Jetzt hielt ich das Schwert. Trotz der gefährlichen Situation mußte ich lächeln. Ginny hatte sich verwandelt. Sie hatte ihre Angst kurzerhand über Bord geworfen, sie wußte, daß es ums nackte Überleben ging, und handelte dementsprechend.

Wir gewannen an Höhe.

Und wir wurden nicht verfolgt, was mich wiederum wunderte, deshalb fragte ich Ginny nach dem Grund.

Sie blies sich eine Haarsträhne aus der Stirn. »Das ist ganz einfach. Diese Monster sind zu schwer. Die Wände würden brechen.«

Ich nickte. »Und was erwartet uns am Ende des Schachtes?«

»Der Ausstieg.«

»Wohin?«

»Auf den Kopf des Schädels, hoffe ich.«

Nicht gerade berückend die Aussichten, doch wir hatten keine andere Wahl.

Der Schacht verbreiterte sich sogar. Aber ein Ende war noch immer nicht zu erkennen, dann jedoch sah ich links von mir in der Knochenwand eine Öffnung.

»Wo geht es da hin?«

»Ich weiß nicht.« Ginny klammerte sich neben mir an dem fahlen Gebein fest. »Man müßte es versuchen...«

»Kommen Sie.«

Ich kroch in das Loch hinein. Der Gang vor uns hatte eine Höhe von knapp einem Yard, und wir mußten kriechen.

»Wie sind Sie eigentlich in diese Welt und zu Asmodina gelangt?« fragte ich.

»Ich spürte den Ruf.«

»Welchen Ruf?«

»Asmodina rief mich. Sie wollte, daß ich einen Schädel ausgrabe. Das habe ich auch getan.«

»Und dann?«

»Traf ich mit Barry zusammen. Er rief mich an. Wahrscheinlich hat er durch den Kontakt zu Asmodina meine Anschrift erfahren, aber ich bin dagegen. Mich widert das alles an, obwohl ich erst begeistert war. Doch das hier ist der reinste Terror.«

Da hatte sie recht. Das Böse war der absolute Terror und das perfekte Chaos.

Wir hatten uns unterhalten und krochen währenddessen weiter.

Ich hatte die Führung übernommen und sah plötzlich den helleren Schimmer vor uns.

Dort mußte das Ende des Ganges liegen!

Und von den Verfolgern hörten oder sahen wir nichts. Ich war wieder optimistischer geworden, obwohl ich nicht wußte, wie ich diese Welt eigentlich wieder verlassen sollte, aber in solchen Situationen greift man nach dem kleinsten Strohhalm.

»Sie waren noch nie hier?« fragte ich das Mädchen.

»Nein. Man hat uns zwar herumgeführt, aber diese Stelle des Schädels kenne ich nicht.«

Das Licht wurde heller.

Ich hatte damit gerechnet, auf einen Ausgang zu treffen, vielleicht auf eine Augenhöhle oder ähnliches, doch ich sah mich getäuscht. Es gab hier keinen Ausgang.

Statt dessen erreichten wir eine kleinere Höhle, in deren Mitte sich die Öffnung eines Schachts befand, aus dem das Licht strahlte. Von der Höhlendecke wurde es reflektiert, ein silbern, leicht rötlich angehauchter Schimmer.

Der kreisrunde Schachteinstieg nahm jedoch nicht die gesamte Fläche der Höhle ein, sondern hatte an den Rändern noch Platz genug, um sich dort aufhalten zu können.

Das wußten auch unsere Gegner.

Sie erwarteten uns bereits.

Drei Menschen mit Totenschädeln und ein vierter, der eine rote Kapuze trug.

Destero!

Verdammt! Alles umsonst. Wir waren praktisch im Kreis geflüchtet und damit in die Falle gelaufen.

Destero lachte uns entgegen. Und dieses Lachen machte mich verrückt. Ich hob den rechten Arm an und schoß. Drei Kugeln jagte ich auf Destero zu. Ich sah auch, wie ihn die Einschläge durchschüttelten, doch sie zerstörten ihn nicht. Eine stanzte sogar ein Loch in die Kapuze, dicht über den Augen, und ich glaubte, ein metallenes Geräusch zu hören.

Einbildung?

Vielleicht, aber Destero gab den Befehl zum Angriff.

Die drei Teufelsdiener stürzten sich auf uns. Ich hätte schießen können, aber ich wollte Munition sparen, und so nahm ich das Schwert, um mich damit zu verteidigen.

Die Waffe hatte eine ziemlich lange Klinge, der Gang war eng, und ich konnte das Schwert nicht so führen, wie ich es gern wollte.

Zuerst hieb ich voll in die Knochen. Es gab ein klirrendes Geräusch, als die Gebeine gegeneinanderklapperten. Die scharfe Klinge riß gewaltige Löcher in die Knochenwand, und ich streifte auch die Decke mit der Schwertspitze.

Gebeine fielen auf uns herab. Ich hörte Ginny schreien und sah dicht vor mir einen der Skelettschädel auftauchen.

Mit der Faust hieb ich hinein.

Keine Wirkung. Dafür suchten die Finger meine Kehle, fanden sie auch, und ich wurde nach hinten gedrückt.

Der Schädelmann fiel auf mich.

Und dabei auch auf das Kreuz.

Er überstand es nicht.

Plötzlich flammte sein Körper auf. Die Kraft der Weißen Magie ließ das kalte Feuer aus den Augenhöhlen schlagen, ich spürte noch den Hauch, doch mir tat es nichts.

Mein Gegner verging.

Asche bröselte zwischen meinen Fingern.

Ich hatte das Schwert zwangsläufig loslassen müssen, wälzte mich herum und hörte einen gellenden Schrei.

Ginny!

Sie war von zwei Kerlen gepackt und dicht an die Öffnung herangezogen worden, auf deren anderer Seite Destero, der Dämonenhenker, lauerte.

Ginny wehrte sich verzeifelt. Sie schlug um sich, biß und kratzte.

Ich mußte ihr helfen, kam auf die Knie und schnellte mich kraftvoll ab.

Ich prallte gegen sie.

Dabei kassierte ich allerdings einen Faustschlag, der mich für

Sekundenbruchteile die Übersicht verlieren ließ. Als ich wieder klar war, hockte der zweite auf mir.

Diesmal schoß ich.

Ich hob den Arm, zielte auf das grinsende skelettierte Gesicht und jagte ihm die Kugel in die leere Mundhöhle.

Der Schädel zersplittete. Das geweihte Silbergeschoß fuhr sogar an der anderen Seite hinaus und hieb in die Decke, wo es ebenfalls ein Loch in die Knochen riß.

Es knackte und knirschte.

Gebeine fielen auf mich nieder. Ich sprang auf, schleuderte sie weg, hatte freies Sichtfeld und sah den dritten Kerl, der Ginny soeben über das Loch schleuderte – genau in Desteros Arme.

Und der Henker hatte sein Schwert.

Mir blieb fast das Herz stehen.

Ich schwenkte die Waffe und erledigte den dritten Schädelträger mit einem Schuß.

Jetzt hatte ich nur noch Destero vor mir. Doch der war bewaffnet und hielt das Mädchen in seinen Klauen.

Wo war mein Schwert?

Es lag hinter mir, begraben unter zahlreichen Knochen und Gebeinen. Der Dämonenhenker lachte auf.

Dann hob er sein Schwert...

»Neinnnn!« brüllte ich, stieß mich ab und flog über die Öffnung hinweg auf Destero zu.

Das heißt, ich wollte es, doch der Dämonenhenker war schneller. Sein Schwert raste nach unten.

Ginny starb, ohne einen Laut von sich zu geben.

Ich aber kam gar nicht bis zu ihr hin. Direkt über der Öffnung erfaßte mich ein gewaltiger Sog, der mich mit unvorstellbarer Kraft nach unten zog.

Es war eine der Röhren, die mich jetzt gefangen hatte.

Über mir hörte ich die Stimme des Dämonenhenkers. »Tot – sie ist tot und du wirst ihr bald folgen...«

Ein schauriges Lachen, das in meinen Trommelfellen schmerzte, leiser wurde, verebbte und schließlich verstummte...

Ich raste weiter.

Hinein in die Tiefe, ins Nichts eines Zeittores, denn nichts anderes war diese Röhre innerhalb des Schädels.

Instinktiv umklammerte ich mit einer Hand mein Kreuz, mit der anderen die Beretta.

Beide Dinge ließ ich auch nicht los, als die Schwärze der Dimension mich fraß...

»Gehen wir«, sagte Suko und drehte sich nach Link, dem Leibwächter, um. Der stand an der Tür gelehnt, das Gesicht schmerzverzerrt. Er konnte sich kaum noch auf den Beinen halten.

Suko stützte ihn wieder, und sie verließen gemeinsam den Raum. Weit kamen sie nicht.

Plötzlich hörte der Chinese Schritte. Er ließ den Mann los und wirbelte herum.

Im Gang stand jemand.

Das war ich.

»John!« Sukos Augen wurden groß. »Wo kommst du denn her?«

Ich konnte nicht einmal lächeln, hob nur die Schultern und lehnte mich an die Wand.

Der Chinese war sofort bei mir. »Mensch, John, was ist los?«

»Er hat sie getötet«, murmelte ich immer noch geistesabwesend.

»Wer hat sie getötet?«

»Destero.«

»Der Dämonenhenker?«

»Ja.«

»Und die anderen?«

»Alle tot.«

»Mein Gott, was hast du nur hinter dir?« fragte Suko.

Ich lächelte bitter. »Ja, es war schon hart, aber es wirft mich nicht um. Ich will nach Hause. Wir können dem alten Powell sagen, daß wir einen Erfolg errungen haben. Die Schädelwelt...«

»...existiert nicht mehr«, vollendete Suko den Satz.

»Wollen wir es hoffen«, erwiderte ich und ging die Treppe hoch.

ENDE

Im Land
des Vampirs

Ich lenkte den Bentley dorthin, wo der Nebel am dicksten war. Die Stelle hatte ich mir nicht ausgesucht, sondern Jan Ziegler, der Mann, der mich treffen wollte.

Angeblich hätte er eine heiße Sache für mich, doch ich war skeptisch. Man kannte Jan Ziegler. Er führte immer das große Mundwerk, war der Schönste, der Schnellste und der Beste von allen. Bis man ihm mal die Lizenz entzogen hatte, da backte er kleine Brötchen. Seitdem Ziegler sie zurückerhalten hatte, war er nicht mehr mit dem Gesetz in Konflikt geraten.

Ich war auf jeden Fall gespannt.

Der Treffpunkt befand sich in Nähe der Docks, ungefähr in der Mitte zwischen Tower und London Bridge. Hier stießen die Piers wie lange Arme in die Themse hinein, hier gab es die schmalen Kanäle und die zahlreichen Lagerschuppen sowie Fabriken und kleinere Werke.

Keine Gegend für Touristen. Und meinen Bentley hätte ich nur im Notfall zurückgelassen. So blieb ich sitzen, ließ die Scheibe nach unten fahren und wartete auf Ziegler.

Die Zeit vertrieb ich mir mit einer Zigarette. Typen wie Ziegler sind nie pünktlich, deshalb wunderte es mich auch nicht, daß es bereits zehn Minuten über die Zeit war und ich noch immer nichts von ihm gehört hatte.

Ich legte die Kippe auf den Daumennagel und schnippte sie in den wabernden Nebel. Die rote Spur sah ich kaum. Schließlich verlöschte die Zigarette mit einem leisen Zischen auf dem feuchten Erdboden.

Lange wollte ich hier nicht mehr warten. Schließlich hatte ich seit einigen Stunden Feierabend, und im Londoner Nebel zu stehen ist wirklich kein Vergnügen.

Zudem trieb sich hier zwischen den Schuppen und Lagerhallen allerlei lichtscheues Gesindel herum, das nur darauf aus war, einem Opfer den Totschläger über den Kopf zu ziehen, um an die Brieftasche zu gelangen. Die Londoner Gangster hatten sich mittlerweile dem internationalen Standard angepaßt, es gab kaum noch Gentleman Gangster. In der Unterwelt regierten der blanke Terror und die nackte Gewalt.

Das London eines Edgar Wallace war vorbei. Davon biß keine Maus den Faden ab.

Schade...

Wenn man an den Teufel denkt, dann ist er nicht mehr weit. Auch an meiner Person wollten sich zwei Dock-Rocker schadlos halten. Geisterhaft tauchten sie aus der wallenden Nebelsuppe auf und standen blitzschnell an den beiden vorderen Seitentüren.

Beide trugen Schirmmützen auf den Köpfen, glänzende Lederjacken und dunkle Hosen.

Hell waren die Klingen der Messer.

Mein Pech war das heruntergelassene Fenster. Einer der Kerle streckte seinen Arm aus und setzte mir die Klinge an die Kehle.

Ich saß erst mal still.

Der Kerl lachte. Sein Kumpan kam um die Kühlerhaube herum, ich hatte auf der linken Seite sicherheitshalber die Tür verriegelt.

»Stich ihn doch ab!« sagte er jetzt.

Sie wollten mir Angst einjagen, das Spiel kannte ich. Denn so leicht töteten sie nicht, wenn sie sich irgendwie anders die erhoffte Beute verschaffen konnten.

»Viel habe ich nicht bei mir«, sagte ich.

»Das wenige reicht uns schon. Außerdem hast du da noch einen schönen Wagen.«

»Der kostet aber Sprit.« In die Rückenlehne gepreßt, schielte ich auf die Klinge.

»Er bringt noch ein paar mehr Mäuse.«

»Wenn ihr meint...«

»Her mit dem Geld!«

Der Mann mit dem Messer zischte die Worte, und ich bemühte mich, ein möglichst ängstliches Gesicht zu machen, was mir in Anbetracht der funkelnden Klinge auch gar nicht schwerfiel.

»Darf ich wenigstens aussteigen?«

Der Mann mit dem Messer warf seinem Kumpanen einen raschen Blick zu und erntete ein Nicken.

Ich durfte.

Wenn ich jetzt die Tür auframmte und sie – nein, die Robber waren schlau. Plötzlich zog der zweite eine Kanone, ging in Combat-Stellung und zielte beidhändig auf die Scheibe.

War wohl nichts.

Das Messer verschwand von meinem Hals, der Knabe ging zwei Schritte zurück, und ich öffnete die Tür.

Sollte mir Jan Ziegler diese Falle gestellt haben, würde ich dafür Sorge tragen, daß er seine Lizenz für immer verlor. Das war sicher.

Ich stieg aus und ließ die Tür offen.

»Jetzt aber her mit dem Kies!« sagte der Messermann. Er stand ziemlich günstig, nicht weit von der Schußbahn seines Kumpans entfernt.

»Wie gesagt, Freunde, viel habe ich...«

Weiter sprach ich nicht mehr. Ich handelte. Voll ging ich in den Messermann hinein, schleuderte ihn herum und auf seinen Kumpan zu, der wohl nicht damit gerechnet hatte, daß ich noch etwas unternehmen könnte, denn er wirkte vor Schreck wie gelähmt.

Die beiden prallten zusammen. Und ich mischte eine Sekunde später als dritter mit.

Meine rechte Handkante kam hart und präzise. Der Schlag schleuderte den Messermann über das schmutzige Pflaster. Er fluchte ein paarmal, doch sein Kumpel konnte ihm nicht helfen, dem hatte ich mit einem Tritt die Kanone aus der Hand geprellt. Sie landete irgendwo an einer Holztür.

Die beiden hatten Routine.

Auch im Verschwinden. Ehe ich mich versah, waren sie wieder auf den Beinen und gaben Fersengeld. Der Nebel erwies sich als ihr Verbündeter. Ich konnte gar nicht so rasch schauen, wie sie verschwunden waren.

Mist, die hätte ich gern gehabt, aber sie kannten sich als zweibeinige Pierratten sicherlich viel besser in dieser Umgebung aus.

Mir blieb nur der Teilerfolg.

Und der Beifall.

Den verdankte ich Jan Ziegler, dem Privatdetektiv. Er tauchte händeklatschend aus dem Nebel auf und grinste von Ohr zu Ohr. »Bravo, John Sinclair, auch als Geisterjäger haben Sie noch nichts verlernt. Es wäre nichts passiert. Ich war in der Nähe und hätte rasch eingegriffen.«

Ich nickte. »Das soll ich Ihnen glauben?«

»Beweisen Sie das Gegenteil.«

Ich streckte den Arm in den Wagen hinein, ließ die Scheibe hochfahren und schloß die Tür ab. Dann schaute ich Ziegler an.

»Ja, ich habe mich verspätet«, sagte er, »aber die Puppe war so gut, daß es mir jetzt noch leid tut, sie verlassen zu haben.«

»Sie können ja wieder gehen.«

Er lachte. »Nein, Sinclair, das läuft nicht, denn dann würde Ihnen was entgehen.«

»Wirklich?«

»Sicher.«

Ich schaute Ziegler an. Er hatte sich nicht verändert, war immer noch der schlaksige Bursche mit dem hohlwangigen Gesicht und dem dünnen braunen Haar. Ziegler gehörte zu den Typen, die nie älter werden. Er hatte mit Dreißig auch schon so ausgesehen. Mittlerweile waren sechs Jahre vergangen.

»Kommen wir zur Sache«, sagte ich. »Was wollen Sie mir sagen? Fassen Sie sich kurz, ich habe nicht viel Zeit.«

»Die müssen Sie schon mitbringen.«

»Wieso?«

»Wir laufen ein Stück.«

»Dann nehme ich den Wagen.«

Ziegler schüttelte den Kopf. »Bequem wäre das schon, aber in dem Nebel ist es nicht ratsam.«

Ich ließ meine Blicke über seine Gestalt gleiten. »Wenn Sie mich reinlegen wollten, sind Sie Ihre Lizenz los.«

»Das weiß ich. Der Fall ist ernst, Sinclair. Und brandheiß.«

»Sie wissen doch, womit ich mich beschäftige, Ziegler. Warum sind Sie nicht zu einem Kollegen gegangen?«

»Weil das Ding in Ihr Ressort fällt. Wir müssen zur Fariac Cosmetics.«

Wenn er das sagte, mußte es stimmen, denn Ziegler wußte Bescheid. Er gehörte zu den Typen, die sich in der Szene auskannten. und er war dabei ungeheuer raffiniert. Auf seiner Gratwanderung war er selten gestolpert. Einmal hatte man ihm fürchterlich die Hucke vollgehauen, weil er bei seinen Recherchen einem Unterweltboß in die Quere geraten war. Er lag danach sechs Wochen im Krankenhaus und zog die Konsequenzen, indem er sich zukünftig nur noch auf Ehescheidungen spezialisierte.

Oder fast...

Das wußte ich von meinen Kollegen, bei denen ich mich vor dem Treffen informiert hatte. Ihnen hatte ich auch gesagt, wohin mich der Privatdetektiv bringen wollte.

»Ist es weit?« wollte ich wissen.

»Wenn wir die Abkürzung nehmen, nicht.«

Das war auch eine Antwort. Wir tauchten in den Nebel ein. Er lag wirklich knüppeldick. Man hörte kaum das Schmatzen und Gurgeln der Themse, obwohl wir uns wirklich nicht weit weg vom Wasser befanden. Die graue Suppe dämpfte alle Geräusche.

Ich mußte wieder an den Todesnebel denken und damit auch an Dr. Tod, neben Asmodina mein Erzfeind. Er hatte mit seinem Nebel schon das große Grauen heraufbeschworen, und die Herkunft war noch immer nicht richtig geklärt. Jeden Tag konnte Dr. Tod wieder zuschlagen. Mit Schrecken dachte ich daran.

Wir gingen an einem alten Fabrikgebäude vorbei, erreichten eine Brandmauer, überkletterten sie und landeten zwischen einigen Gleisen. Ich besaß einen einigermaßen gut ausgeprägten Orientierungssinn. Trotz des Nebels wußte ich, daß wir uns nicht weiter zum Fluß bewegten, sondern parallel dazu liefen.

Ziegler ging voraus. Seine gekrümmte Gestalt war ein regelrechtes Markenzeichen.

An der Schulter hielt ich ihn zurück. »Wir gehen nicht zum Fluß«, bemerkte ich.

Er blieb stehen. »Das stimmt.«

»Verdammt, jetzt will ich endlich wissen, ob das mit der Kosmetik-Firma stimmt.« Ich wurde sauer, hatte keine Lust, mich von einem Privatdetektiv in der Gegend herumführen zu lassen. Dazu noch bei diesem Wetter.

»Gut. Sie Quälgeist. Es ist die Fariac-Fabrik.«

»Aber die hat doch ihren Sitz ganz woanders.«

»Richtig, die Hauptverwaltung und die meisten Labors und Forschungsanlagen, doch hier am Hafen hat Fariac Cosmetics auch noch eine kleine Fabrik.«

»Was stellen die hier her?«

»Parfüm, Rasierwasser, Lippenstifte. Das nehme ich wenigstens an. Die Fabrikation ist uninteressant. Sie wird das Labor interessieren. Dem statten wir einen Besuch ab.«

»Und was gibt es dort zu sehen?« wollte ich wissen.

»Lassen Sie sich überraschen.« Mehr sagte er nicht. Ziegler wurde sehr schweigsam.

Seine Stimmte hatte sich bei den letzten Erklärungen verändert. Er mußte demnach wirklich etwas entdeckt haben, was ihn regelrecht umgehauen hatte.

Wenn sich ein Typ wie Ziegler schon freiwillig an die Polizei wandte, war was im Busch.

Der Nebel lichtete sich ein wenig. Zwar verschwammen die Lichter noch immer, aber ich sah mehr Einzelheiten. Da wuchsen Schuppen und Hallen vor mir hoch. Zwischen ihnen führten Gleise hindurch. Ich sah Verladerampen, und einmal blendete uns die Lampe eines Nachtwächters. Der Mann beruhigte sich erst, als er meinen Ausweis gesehen hatte.

Wir gingen weiter.

Kopfsteinpflaster unter unseren Schuhsohlen. Dann ein Schild. Geisterhaft wurde es von dünnen Nebelschlieren umwallt.

FARIAC COSMETICS

Die Spitze des Schildes wies nach rechts. Und die Richtung schlugen wir auch ein.

Schräg liefen wir auf eine Zufahrt zu. Sie teilte sich dann. Einmal führte sie zu einem verglasten Eingang, über dem eine einsame Lampe brannte und ihren Schein auf das herabgelassene Scherengitter warf. Zum zweiten führte der Weg um den Bau herum zur Rückseite, wo ich eine lange Verladerampe sah, die etwa die Hälfte der Hauslänge einnahm.

»Es gibt mehrere Türen!« flüsterte Ziegler. »Ich zeige Ihnen die, die am leichtesten zu knacken ist.«

»Ziegler!« drohte ich. »Sie wissen, daß Sie sich strafbar machen. Das ist zumindest Hausfriedensbruch, wenn nicht noch mehr. Hoffentlich denken Sie daran.«

»Keine Angst, Oberinspektor, Sie brauchen sich die Hände nicht schmutzig zu machen.«

»Will ich hoffen.«

Am Beginn oder Ende der Rampe, je nachdem, von wo man kam, sahen wir eine Steintreppe hochführen.

Fünf Stufen.

Ziegler nahm sie mit einem Satz.

Ich folgte langsamer und schaute mich um. Nichts regte sich

auf dem Hof. Nur Nebelschwaden trieben an den Hauswänden entlang, als würden sie von ihnen festgehalten.

Ziegler stand schon an einer Tür. Er winkte mir zu. »Sie ist offen«, hauchte er.

Ich nickte.

Der Detektiv drückte dagegen. Die Tür knarrte in den Angeln, und ich verzog das Gesicht. Ziegler schien dies nichts auszumachen. Er betrat das Innere der Fabrik vor mir, und ich sah sogar den Strahl einer Lampe aufzucken.

Der Mann schien sich ziemlich sicher zu fühlen.

Er hatte mir die Tür aufgehalten. Als ich im Raum stand, fiel sie wieder zu.

Mein Informant leuchtete in die Runde. Wir befanden uns in einem Lagerraum. Ich sah zahlreiche Container, viele Kisten und auch Kartons. Über allem schwebte ein Duft wie morgens bei mir im Bad, wenn ich mich geduscht und rasiert hatte.

Nur hier süßlicher.

»Wir müssen weiter«, sagte der Detektiv und senkte seine Stimme. »Durch das Labor.«

»Dann gehen Sie.«

Daß Ziegler sich nicht zum erstenmal hier befand, merkte ich daran, wie gut er sich auskannte. Zielstrebig schritt er zwischen all den Containern und Kisten einher. Hin und wieder knipste er die Lampe an. Dann blieb er vor einer Tür stehen.

»Dahinter liegt das Labor«, sagte er.

Ich nickte.

Er zog die Tür auf.

Wir betraten eine andere Welt. Eine für mich fremde, wissenschaftliche.

Ich sah die langen Labortische mit den zahlreichen Flaschen, Kolben und Tiegeln. Die roten Fliesen glänzten matt. An einer Wand standen Gestelle mit kleinen Brennöfen. Zwei Schreibtische waren ebenfalls vorhanden.

Im hinteren Teil verjüngte sich der Raum.

»Jetzt wird es interessant«, wisperte mein Führer. Er blieb stehen und leuchtete auf eine kleine Tür. »Die ist sonst immer verschlossen, aber ich habe sie aufbekommen.«

»Was hatten Sie eigentlich hier zu suchen?« erkundigte ich mich.

»Erzähle ich Ihnen später. Industriespionage.«

»Ach so.«

Er zog die Tür auf.

Augenblicklich fiel mir der andere Geruch auf. Ich hatte ihn schon oft wahrgenommen, denn so wie dies hier, so roch nur – Blut!

Jetzt wurde es interessant. Wir schoben uns in den anderen Raum hinein, und Ziegler schloß schnell die Tür.

Ich merkte die unheimliche Atmosphäre, die hier herrschte. Ein leichter Schauer rann über meinen Rücken. Ja, ich kannte dieses Spiel. Wenn das Böse irgendwo lauerte, dann reagierten meine Nerven wie der Seismograph bei einem Erdbeben.

Ziegler schwang wieder die Lampe. Er berührte mit dem Lichtstrahl die rechte Seitenwand und schwenkte die Lampe dann an die gegenüberliegende.

Ich hatte zwar etwas gesehen, aber wenig.

»Noch mal!« forderte ich ihn auf.

»Ja, ja, ich wollte Ihnen ja nur einen kurzen Gesamteindruck verschaffen.« Er schwenkte den Arm wieder, und der Strahl traf die rechte Wandhälfte.

Etwa in Kopfhöhe war dort ein großes Holzregal befestigt. Auf dem Regal standen vier große Zehnliterflaschen. Sie hatten vorn einen Ausfluß, der jedoch mit einem Gummistopfen verschlossen war. Durch den Stopfen führte ein Röhrchen, an das sich ein schmaler Schlauch anschloß. Mit einer Metallklemme wurde er dicht gehalten.

Sämtliche vier Gefäße waren auf diese Art und Weise gesichert. Es sollte nichts auslaufen.

Aber was konnte auslaufen?

»Wissen Sie, was darin ist?« fragte der Detektiv flüsternd und ließ den hellen Lichtfinger über die vier Gefäße wandern.

»Eine dunkle Flüssigkeit«, erwiderte ich.

»Genau. So dunkel wie...«

»Blut«, ergänzte ich.

»Richtig, Sinclair. Woher wissen sie das?«

»Ich habe es beim Eintritt gerochen.«

»Okay. Und jetzt frage ich Sie, was die hier mit dem Blut wollen.«

»Keine Ahnung. Ich weiß doch nicht, wozu Tierblut bei der Kosmetik-Herstellung verwendet wird.«

»Das ist Menschenblut!« hauchte Ziegler.

»Wissen Sie das genau?«

»Ja.«

»Woher denn?«

»Ich selbst habe nachgeforscht. Ein paar Tropfen liegen auf dem Boden. Sie sind leider eingetrocknet, aber Sie können mir glauben, Sinclair, das hier ist kein Spaß.«

Ich nickte.

»Dann will ich Ihnen noch etwas zeigen, aber da müssen Sie allein gehen. Ich habe Angst.«

»Und was ist das?«

»Gehen Sie geradeaus. Bis Sie die Querwand erreicht haben, und dort bleiben Sie stehen.«

Ich schaute mir den Knaben noch einmal an. Nein, er machte nicht den Eindruck, als würde er lügen. Bis jetzt hatte er Wort gehalten. Warum auch nicht weiterhin?

Ich schritt auf die Wand zu. Zurück blieb Ziegler mit seiner Lampe. Bald hüllte mich die Dunkelheit ein. Der Raum war doch größer, als ich angenommen hatte. Nach fünfzehn Schritten erst sah ich die Wand. Aber auch nur, weil sie rötlich leuchtete.

Ich runzelte die Stirn.

Eine leuchtende Wand? Brannte da vielleicht Licht? Ich mußte noch näher heran und stand nach weiteren fünf Schritten genau vor ihr. So nah, daß ich sie mit der Hand berühren konnte. Und schon zu nah, denn ich wollte sehen, was mit ihr los war, und trat deshalb einen Schritt zurück, um daran hochsehen zu können.

Das gelang mir auch.

Was ich zu sehen bekam, ließ das Blut schneller durch meine Adern rauschen, und es bewies mir, daß der kleine Detektiv wirklich nicht gelogen hatte...

Die Wand bestand aus einem riesigen Mosaik. Ein Mosaik zeigt Muster, Motive, Menschen, Landschaften oder andere Abbildungen.

Das war auch hier der Fall.

Ich sah Menschen.

Frauen mit dunklen Haaren und großen Augen. Sie standen so, daß sie zu zwei Männern hochschauen konnten, von denen nur die Köpfe und die Schultern zu sehen waren.

Und diese Männer waren – Vampire!

Jawohl, Blutsauger.

Sie hatten ihre Lippen aufgerissen, und sich sah deutlich die spitzen Zähne.

Zwei Vampire, die auf dieser Mosaikwand abgebildet waren und gierig auf die Frauen schauten. Auf Frauen oder Mädchen, die eine altertümliche Kleidung trugen, wie sie vor einigen hundert Jahren modern gewesen war.

Diese Wand war ein Kunstwerk. Das Mosaik faszinierte mich. Sehr deutlich stach es in seinen Farben hervor, obwohl mich das rote Leuchten leicht irritierte, denn ich sah keine Lichtquelle. Der Schein schien von innen her zu kommen, und das machte die ganze Sache sehr rätselhaft und geheimnisvoll.

Ich drehte mich um. »Ziegler!« rief ich. »Sind Sie noch da?«

»Ja«, kam die schwache Antwort.

»Wollen Sie nicht herkommen?« Vielleicht wußte er mehr über diese Wand.

»Nein, nein, ich bleibe hier.«

»Haben Sie Angst?«

»Klar.«

Ich konnte ihn sogar verstehen. Das Zittern in seiner Stimme war schließlich nicht zu überhören. Er hatte mich in dieses Gebäude geführt, und ich hatte das Geheimnis des Labors lüften können. Aber hatte ich das wirklich? Bisher stand ich vor der Wand und hatte die Gefäße mit dem Blut gesehen.

FARIAC COSMETICS!

Ich dachte über diesen Namen nach. Natürlich kannte ich die Firma. Sie gehörte zu den führenden ihrer Branche auf der Insel und dehnte ihren Geschäftsbereich noch weiter aus. Nur – was hatte diese Kosmetik-Firma mit dem Vampirismus zu tun?

Eine Frage, die ich zu gern beantwortet hätte. Ich wußte bereits, wer sie mir geben konnte.

Fariac selbst.

Der Besitzer. Ihn wollte ich fragen. Gesehen hatte ich ihn noch nie. Ich kannte nur den Schriftzug seiner Firma, der sich auf dem Dach des großen Verwaltungsgebäudes in der Londoner City drehte.

Ein großes F und ein ebenso großes C, das links mit seiner Beugung neben dem Rücken des F stand.

Noch einmal besah ich mir die Wand. Sie war so faszinierend, daß ich sie einfach ansehen mußte. Und ich wollte sie berühren, hob meine Arme an und streichelte mit den Händen über das Mosaik.

Da passierte es.

Allen physikalischen Gesetzen zum Trotz blieben meine Hände nicht auf der Wand liegen, sondern drangen ein. Ich hatte das Gefühl, wie in Quecksilber zu fassen, wollte noch zurück, mich hastig nach hinten werfen – es war zu spät.

Die Wand hatte mich regelrecht geschluckt. Sie war nicht normal, sondern der Einstieg in eine andere Dimension – in die Vergangenheit, wie ich später noch feststellen sollte ...

So groß Jan Zieglers Mundwerk auch war, jetzt hatte er doch sehr große Angst.

Sicher, er hatte bei der Polizei noch etwas im Salz liegen und gutzumachen, und nur deshalb hatte er diesen Sinclair angerufen. Aber nun kam ihm die Sache doch schlimm vor.

Dieses Labor fiel ihm auf die Nerven. Es strahlte eine solche Grausamkeit aus, daß ihm angst und bange wurde.

Deshalb war er auch an der Tür stehengeblieben. Er hatte sich einfach nicht getraut, weiterzugehen. Ihm reichte das fahle Glosen, das die Wand abstrahlte.

Sinclairs Körper zeichnete sich als schwacher Umriß vor der Wand ab. Jetzt mußte er sie erreicht haben, und Ziegler war gespannt, was er wohl unternehmen würde. Die Lampe hatte er ausgeknipst. Er stand im Dunkeln und lauschte, wobei nur die Wand ein rötliches Licht abgab.

»Ziegler, sind Sie noch da?«

Der windige Detektiv zuckte zusammen, als er angesprochen wurde.

»Ja.«

»Wollen Sie nicht herkommen?«

»Nein, nein, ich bleibe hier.« Ziegler hatte Angst. Nie würde er den Platz verlassen und auf die Wand zugehen. Die war ihm nicht geheuer, die war gefährlich ...

Sollte Sinclair sich damit auseinandersetzen. Das war sein Job und nicht der eines Detektivs.

Während seiner beiden vorherigen Erkundungsgänge hatte Ziegler nie einen Aufpasser auf dem Gelände der Firma entdeckt. Das hatte auch mit den Ausschlag gegeben, Sinclair Bescheid zu sagen.

Vampire in einem Labor! Wo gab es denn so etwas? Und dazu noch die mit Blut gefüllten Gefäße. Widerlich ...

Hier braute sich wirklich Schreckliches zusammen, davon war er überzeugt.

Am liebsten hätte er jetzt eine Zigarette geraucht, doch sich ein Stäbchen anzuzünden traute er sich nicht. In einem Labor durfte nicht geraucht werden, das hatte er mal irgendwo gelesen.

Wieder schaute er nach vorn.

Ziegler zuckte zusammen. Seine Augen wurden groß, er riß sie so weit auf, wie er konnte, doch das Bild blieb.

Oberinspektor Sinclair war verschwunden!

Ein faseriges Lächeln umzuckte die Lippen des Mannes. Er wischte sich über die Stirn, die Augen, schaute noch einmal hin, ging sogar zwei Schritte vor, was ihn Überwindung kostete, trotzdem sah er keine Spur von dem Geisterjäger.

Er war weg, als hätte ihn der Erdboden verschluckt.

Ziegler, sowieso nicht der Mutigste von allen, begann noch stärker zu schwitzen. Sein Herz pochte schneller. Nein, da ging irgend etwas nicht mit rechten Dingen zu. Ein Mann konnte nicht so ohne weiteres von einer Sekunde zur anderen verschwinden. Es sei denn, er war weggeholt worden. Nur von wem? Eine dritte Person hatte Jan Ziegler nicht gesehen.

Was war die Erklärung?

»Vielleicht eine Falltür?« murmelte er und erschrak über seine eigene Stimme.

Hastig schloß er den Mund. In seinem Magen spürte er den dicken Klumpen, der immer dann auftrat, wenn Ziegler sich fürchtete. Ja, er hatte Angst, denn er war es gewesen, der dem Geisterjäger Bescheid gesagt hatte. Bestimmt wußten auch andere Yard-Beamte davon. Jetzt war Sinclair verschwunden, und er, Ziegler, würde Ärger bekommen. Hätte er doch nur nicht darauf reagiert!

Ich bin ein Idiot! dachte er. Immer ich, verdammt. Pechvogel vom Dienst.

Der Detektiv überlegte nicht mehr lange. Am besten war es, wenn er die Karten auf den Tisch legte. Er wollte den Bullen Bescheid geben, auspacken, sagen, was geschehen war, dann kam er vielleicht mit einem blauen Auge davon.

»He, Sinclair!« rief er.

Keine Antwort.

»Sind Sie noch da?«

Es blieb still. Nur das Klopfen seines eigenen Herzens war zu hören. Nein, der war und blieb verschwunden. Daran gab es nichts zu rütteln.

Tief atmete der Detektiv durch. Dann machte er vorsichtig kehrt und verließ den unheimlichen Raum. Er zog die Tür zu und bewegte sich auf Zehenspitzen durch das normale Labor zurück. Dabei dachte er ununterbrochen an die Folgen und zitterte vor Angst.

Nur gut, daß es keinen Aufpasser gab.

Doch Ziegler irrte.

Die Gestalt hatte längst gemerkt, daß jemand in das Labor eingebrochen war. Sie lauerte in der Dunkelheit, in einer Nische, in der er mit der Schwärze verschmolz.

Jan Ziegler hatte die Gestalt nicht gesehen. Ahnungslos durchquerte er das Labor.

Der Unheimliche bewegte sich. Dabei paßte er nicht auf und scheuerte über den Boden.

Das Geräusch hörte Jan Ziegler.

Er blieb stehen.

Auf einmal hatte er Angst. Er spürte, daß er sich nicht mehr allein in dem Laborraum befand. Hinter ihm war etwas, da lauerte jemand, ein Unbekannter, der Gefahr bedeutete.

Lebensgefahr ...

Ziegler drehte sich um.

Seine rechte Hand fuhr dabei unter die Jacke, wo er sein Messer trug. Eine Pistole hatte er nicht, da geriet er wenigstens nicht in Versuchung zu schießen.

Aber auch das Messer ließ er stecken, denn die Geräusche wiederholten sich nicht.

Es blieb still.

Ziegler atmete auf.

Doch völlig beruhigt war er noch nicht. Er wollte es aber genau wissen.

Jan Ziegler ging in die Knie und holte vorsichtig die Taschenlampe hervor.

Er hielt sie einige Sekunden in der rechten Hand und überlegte, ob er sie einschalten sollte, und riskierte es schließlich. Dabei streckte er den Arm weit vom Körper ab, schob den kleinen Knopf hoch, und im nächsten Moment schnitt der Strahl durch die Finsternis.

Der helle Kegel warf einen breiten Streifen über einen in der Nähe stehenden Labortisch und traf einige Flaschen, in denen eine gelbliche Flüssigkeit schwappte.

Vorsichtig drehte sich Ziegler.

Der Strahl wanderte mit.

Wie ein heller Schemen glitt er über die Einrichtung des Labors, berührte Flaschen, Töpfe, Tiegel, Kolben, Reagenzgläser und Destillationsapparaturen.

Nur einen Menschen sah Ziegler nicht.

War wohl eine Täuschung, dachte er und erhob sich aus seiner gebückten Stellung.

Jetzt wollte er nur so rasch wie möglich dieses unheimliche Labor verlassen. Nichts anderes mehr hatte er im Sinn.

Jan Ziegler ließ die Lampe eingeschaltet, als er auf die Tür zuhuschte. Er wandte sich nach rechts, sah den Staub im Schein des Kegels tanzen und mußte einen Labortisch umrunden. Innerlich atmete er auf. Er war froh, schon so weit zu sein. Dieses Labor war ihm unheimlich genug. Nur so rasch wie möglich weg, und dann nie mehr zurückkehren. Er wollte sich auch nicht mit Sinclairs Dienststelle in Verbindung setzen, nachher fiel noch auf ihn ein schräger Verdacht.

Drei Schritte vor der rettenden Tür geschah es.

Die unheimliche Gestalt löste sich aus dem Dunkel an der

Wand. Jan Ziegler sah nur einen Schatten, rötlich schimmernd, wie jemand, der ein langes Gewand trug.

Etwas blitzte auf. Ein Messer.

Ziegler blieb stehen. Er wollte schreien, riß schon den Mund auf, da traf ihn der Hieb mit der langen Klinge seitlich am Nacken. Er spürte einen scharfen, reißenden Schmerz, merkte, daß die Welt um ihn herum in einen wilden Strudel versank, seine Knie gaben nach, er fiel nach vorn, schlug schwer auf und blieb liegen.

Jan Ziegler lebte nicht mehr.

Sein Mörder, er trug tatsächlich eine Kutte, blieb einige Sekunden neben der Leiche stehen, wischte die Klinge ab und bückte sich dann zu dem Toten hinunter.

Aus den Kuttenärmeln stachen kräftige Hände mit langen Fingern, die zupacken konnten.

Der Mörder hievte die Leiche an den Schultern hoch und schleifte sie nach draußen. Es störte ihn nicht, daß er dabei eine Blutspur hinterließ. Die würde eintrocknen. Wichtig war, daß die Leiche verschwand.

Die Themse floß nahe genug vorbei. Sie würde den toten Körper schon verschlingen.

Wenige Minuten später hatte er die Themse erreicht. Er kannte eine gute Stelle. Die Leiche klatschte ins Wasser.

Sie wurde sofort von der Strömung mitgerissen . . .

Ich kannte das.

Diese Reise in eine Dimension, in ein neues schreckliches Abenteuer. Aber selten zuvor in meinem Leben hatte mich ein Dimensionssprung so überrascht wie hier. Ich war auf nichts vorbereitet gewesen und tauchte ein in das unbegreifliche Zwischenreich der Zeit.

Es war wie so oft.

Ich schwebte, um mich herum war eine unbegreifliche Fremde, schwang das Grauen, der Schrecken...

Ich überschlug mich, taumelte, torkelte, sah Farben, nahm Bilder auf, deren Motive ich vergessen habe, und verlor irgendwann völlig das Orientierungsgefühl, weil ich überhaupt keinen Bezugspunkt mehr hatte.

Dann gab es nur noch den endlosen Schacht der Zeit, in den ich hineintrudelte.

Und irgendwann verlor ich auch das Bewußtsein. Es war jedoch kein abruptes Wechseln in einen anderen Zustand, sondern ein Hineingleiten, das schon mehr einem Tiefschlaf glich.

Dann merkte ich nichts mehr.

Bis zu meinem Erwachen. Da wurde mir bewußt, was mir widerfahren war.

Ein Besuch der Fabrik, das Treffen mit dem Spitzel, die nächtliche Schleicherei durch den Hafen und dann...

Ich brachte noch einiges durcheinander und strich über mein erhitztes Gesicht.

Kühle Luft traf meinen Kopf.

Ich setzte mich aufrecht, da ich bisher auf einem mit Laub bedeckten Boden gelegen hatte.

Mein Gott, wo war ich hier gelandet?

Hastig schaute ich mich um. In einem Wald, das war klar. Und zwar dicht an einem Abhang, der weiter unten auf einen parallel zum Hang laufenden Weg stieß. Wie dicke Schneeflocken trudelten die Blätter von den zahlreichen Zweigen und Ästen. Sie hatten eine bunte Farbe. Es war also Herbst. Wie in London. Und das beruhigte mich, denn in eine fremde Dimension war ich nicht hinübergewechselt. Meinem Gefühl nach zu urteilen befand ich mich sicherlich noch auf der guten alten Mutter Erde.

Ich reckte mich und reinigte meinen Burberry notdürftig von Dreck und Blättern, die feucht an dem Stoff klebten. Schräg rutschte ich den Hang hinunter, um den Weg zu erreichen, den ich vorhin gesehen hatte. Ich wirbelte Laub auf, rutschte ein paarmal aus, weil ich nicht das richtige Schuhwerk anhatte, aber ich schaffte es, den Weg zu erreichen.

Hier hatte ich die Wahl. Entweder nach rechts zu gehen oder nach links. Ich entschied mich für den rechten Weg.

Durch das dicke Laub marschierte ich zuversichtlich los. Irgendwann mußte sich der Wald schließlich lichten, so daß ich sicherlich eine Ortschaft sehen konnte. Vielleicht fand ich einen Wagen, der mich mitnahm.

Wie gesagt, ich war optimistisch, zuversichtlich. An die Wahrheit dachte ich nicht im Traum, obwohl sie an und für sich ziemlich nahe lag.

Links von mir befand sich ein weiterer Abhang. Hin und wieder warf ich einen Blick nach unten, doch die dicht stehenden Bäume nahmen mir einen großen Teil der Sicht.

Eine halbe Stunde verging.

Ich atmete auf, als ich eine Wegkreuzung vor mir sah. Rechts führte der Pfad in die Höhe, linkerhand ging es hinab ins Tal.

Den Weg wollte ich nehmen.

Ich kam mir vor wie der fröhliche Wanderer. Fehlte nur noch das lustige Lied auf den Lippen.

In Serpentinen schlängelte sich der Pfad dem Tal entgegen. Die Kurven waren eng, manchmal mußte ich über kleinere Bäume steigen, die der Sturm geknickt und kurzerhand quer über den Weg geworfen hatte.

Wie gesagt, Furcht empfand ich nicht. Auch keine Beklemmung, ich war nach wie vor davon überzeugt, daß sich alles aufklären würde.

Noch eine große Kurve. Diesmal nicht so eng. Im Scheitelpunkt blieb ich überrascht stehen.

Tief atmete ich ein, wischte mir über die Augen und wollte das Bild nicht glauben, das ich vor mir sah.

Unter mir wälzte sich ein breiter Strom durch das Flußbett. Ich sah am anderen Ufer ebenfalls Berge und auch mehrere Burgen. Die größte von ihnen stand auf dem höchsten Berg. Fahnen knatterten an den vier Türmen im Wind, und auf den Wehrgängen sah ich Bewegungen, konnte jedoch keine Einzelheiten unterscheiden.

Dafür sah ich unterhalb der Burg zahlreiche kleine Wege, die die Berge hochführten und langgestreckte Weinanbaugebiete durchschnitten. Vor mir beschritt der Fluß einen Knick, und direkt gegenüber schob sich ein hoher Felsen in das Wasser hinein.

Mein Gedankenapparat arbeitete auf Hochtouren. Solch ein Bild hatte ich schon einmal gesehen, ich wußte nur nicht genau wo. Ich überlegte scharf und fand die Lösung.

Mein Freund Kommissar Mallmann hatte mir mal eine Ansichtskarte aus Germany geschickt. Und zwar vom Rhein. Und auf dieser Karte war der Felsen auch abgebildet. Man konnte ihn sogar als berühmt bezeichnen. Jetzt fiel mir auch der Name wieder ein.

Loreley!

Mit anderen Worten: Ich befand mich in Deutschland, und ich hatte eine Zeitreise gemacht.

Sagenhaft!

Mein Blick wanderte weiter, glitt hinunter zum Strom, und da traf es mich wie ein Schlag.

Mein Gott, warum fiel mir das erst jetzt auf. Die Schiffe auf dem Fluß, es waren keine Dampfer, sondern Segelschiffe und Lastkähne. Letztere wurden von Männern am Ufer durch die Stromschnellen gezogen, damit nichts passierte.

Und auch die Menschen, von meinem Standort sahen sie klein aus, waren anders gekleidet.

Die Frauen trugen lange Röcke und Kopftücher, die Männer Kniebundhosen, seltsame Kopfbedeckungen und Wämse. Es fuhr auch kein Auto. Man ritt zu Pferde.

Über die Uferstraße rollte eine Kutsche. Sie wurde von vier Gäulen gezogen. Das Geräusch der malmenden Räder drang sogar bis zu mir hoch.

Langsam dämmerte es mir.

Ich war nicht nur in Germany gelandet, sondern auch in einer anderen Zeit. Wahrscheinlich ein paar hundert Jahre zurückliegend.

Wie ein Denkmal stand ich da. Ein anderer wäre vielleicht durchgedreht. Ich nicht. Das hatte nichts mit Überheblichkeit zu tun, ich war nur an ähnliche Dinge gewöhnt. Es war nicht meine erste Reise in die Vergangenheit.

Deshalb trug ich das Wissen mit Fassung.

Und ich hatte gelernt, mich auf diese Dinge einzustellen. Zuerst einmal schaute ich nach, welche Waffen ich bei mir hatte.

Das Kreuz war vorhanden. Hinzu kamen die Beretta und ein Ersatzmagazin. Alles klar.

Ich war also nicht schutzlos. Sollte ich angegriffen werden, wußte ich mich meiner Haut zu wehren.

Doch an einen Überfall oder an eine Attacke war vorerst nicht zu denken.

Die Gegend machte einen ruhigen, nahezu friedlichen Eindruck. Ich sah den Sonnenuntergang in einer selten erlebten Pracht. Der Himmel glich dem Innern eines Backofens, so dunkelrot glühte er. In die Farbenpracht hinein schoben sich graue, lange Wolkenfinger, die an ihren Rändern rosarot schillerten.

Ein prächtiges Bild. Die Berge, der Fluß, der Sonnenuntergang. Etwas für Romantiker.

Und ich schaute auf die Dörfer am Strom. Kleine Orte, die mit ihren Fachwerkhäusern sehr malerisch wirkten. Es gefiel mir irgendwie, ich war auch nicht bedrückt oder traurig, sondern nur gespannt. Was würde mich in dieser Zeit erwarten?

Ich nahm mir vor, so schnell wie möglich ans Flußufer zu gelangen, denn die Dunkelheit würde bald hereinbrechen, und ich wollte noch ein Quartier für die Nacht finden.

Nur – wie würden die Menschen mein Auftauchen werten? In unserer Zeit hatte man immer von Marsmenschen geschrieben, daß sie irgendwann einmal auf der Erde erschienen wären, wovon es angeblich Zeugenberichte gab.

Ich kam mir ein wenig vor wie ein Marsmensch, und sicherlich würden mich die Menschen auch so anstarren.

Hufschlag schreckte mich aus meinen Gedanken.

Hastig zog ich mich vom Weg zurück, lief ein paar Schritte den Hang hoch und versteckte mich zwischen den Bäumen. Dort wartete ich das Auftauchen der Reiter ab.

Und sie kamen.

Sie preschten den Weg hinab, ritten in drei Zweiergruppen und machten einen wilden Eindruck. Die Männer trugen zwar keine Rüstungen, aber schillernde Brustpanzer, und schwerbewaffnet waren sie auch. Ich sah Lanzen und Schwerter blinken. Auf den Köpfen saßen die blanken Helme.

Die Reiter galoppierten vorbei. Der Boden dröhnte, Laub wurde hochgewirbelt, dann verschwanden die Männer hinter der nächsten Biegung, und das Trommeln der Hufe wurde leiser, bis es schließlich völlig verstummte.

Ich wartete noch ab und traute mich erst dann aus meinem Versteck. Mein anfänglicher Optimismus war so ziemlich verflogen. Ich kam mir recht überflüssig vor. Was sollte ich in dieser Zeit? Wieso war ich hierher verschlagen worden?

Hoffentlich erhielt ich auf diese Fragen eine Antwort. Es blieb mir nichts anderes übrig, als mich im nächsten Dorf umzuschauen, denn wie ein Tier konnte ich mich nicht im Wald verstecken. Und ich mußte eine Möglichkeit finden, wieder in meine Zeit zurückzukehren. Das war verdammt schwierig, wie ich aus Erfahrung wußte.

Nach einem kräftigen Fußmarsch sah ich das Dorf vor mir.

Auf dieser Seite des Flusses wuchs kein Wein. Dafür war der Hang mit Wald bedeckt, in den die Menschen breite Schneisen geschlagen hatten, um zu ihren Häusern zu gelangen.

In manchen Häusern brannten die Öfen. Ich sah dünne Rauchfahnen aus den Kaminen steigen. Sie zerflatterten in der klaren Luft.

Am Fluß wurde es dunstig. Die Sonne war völlig verschwunden, es näherte sich der Abend. Auf den Schleppkähnen und Segelschiffen brannten die ersten Lichter. Die Laternen an Bug und Heck gaben einen warmen Schein ab.

Auch oben auf der Burg hatte man Lichter angezündet. Die Wächter auf den Wehrgängen hielten Fackeln in den Händen, deren Feuerschein, vom Wind bewegt, hin- und herzuckte.

Es war ein friedliches Bild, das sich meinen Augen bot. Ein Tag neigte sich seinem Ende zu, die Menschen begaben sich zur Ruhe. Vom nahen Dorf drang das dünne Läuten einer Glocke an meine Ohren. Dann war es wieder still.

Ich erreichte die Uferstraße. Zum Wasser hin war sie frei. Die Wellen liefen auf einer Sandbank aus. Treibgut hatte sich dort angesammelt, ich sah spielende Kinder, mich entdeckten sie nicht.

Von oben gesehen hatte ich mich doch getäuscht. Die Straße endete nicht im Dorf, sondern einige hundert Yards davor. Im Augenblick war sie leer.

Die Dämmerung schritt jetzt immer schneller fort. Sie war mein Verbündeter und schützte mich vor einer schnellen Entdeckung. Ich hatte mich schon entschieden, den Weg zum Dorf einzuschlagen, als ich das Geschrei hörte.

Hastig zog ich mich zurück, wühlte mich durch Sträucher und fand dahinter Deckung.

Ich wartete ab.

Die keifenden Stimmen übertönten sogar das Hufgetrappel.

Ich verstand nicht, was gesagt wurde, aber Freundlichkeiten waren es sicherlich nicht.

Ich schaute angestrengt in die Richtung, aus der das Geschrei an meine Ohren drang, konnte jedoch nicht viel sehen, da mir die Sträucher einen großen Teil der Sicht nahmen.

Dann aber schälten sich aus dem Schatten mehrere Gestalten. Und nicht nur das. Ich sah einen Planwagen, der von einem Pferd gezogen wurde und hin und her schwankte. Zwei Männer ritten neben dem Gaul her und schlugen mit Peitschen auf ihn ein. Ich kannte die Kerle, sie gehörten zu der Reiterschar, die vorhin an mir vorbeigeprescht waren.

Die anderen vier Reiter waren zurückgeblieben, aber zwei reichten auch. Ich hatte das Gefühl, als würden sie das Gespann aus dem Ort treiben.

Doch wer saß auf dem Bock?

Ich schaute genauer hin, weil ich im ersten Augenblick an eine Täuschung glaubte.

Das Bild blieb.

Es war ein Mädchen!

Ich wischte mir über die Augen, denn auch im Halbdämmer war die Schönheit der Person zu erkennen.

Da sich das Mädchen hin und her bewegte, flatterten die langen, schwarzen Haare im Wind. Es trug einen knallroten Rock, eine weiße Bluse mit halben Puffärmeln und einem ovalen Ausschnitt. Eine Kette hing um seinen Hals.

Verzweifelt versuchte es, die Zügel in die Hände zu bekommen. Das war nicht möglich, denn die beiden Reiter schlugen nicht nur nach dem Pferd, sondern auch auf das Mädchen ein.

Aufschreiend wich es zurück, als die Peitschenschnur dicht neben ihm gegen die hölzerne Sitzbank klatschte.

Die Reiter lachten rauh.

In diesem Augenblick drehte das Pferd durch. Seine Hufe rissen den Boden auf. Es war kaum zu fassen, woher dieser Gaul die Kraft nahm. Er wirkte auf mich wie ein Ackerpferd.

Die beiden Reiter zügelten ihre Tiere. Ich verstand auf einmal, was sie riefen, obwohl sie in einer anderen Sprache redeten.

»Hexe, verschwinde! Wenn du dich noch einmal hier sehen läßt, wird dich der Scheiterhaufen fressen!«

Wie gesagt, ich vernahm die Worte sehr deutlich. Und sie elektrisierten mich. Es war noch gar nicht lange her, da hatte ich gegen den Geist einer Feuerhexe gekämpft.

Sollte ich hier in ein ähnliches Spiel hineingezogen werden?

Ich brauchte mir keine großen Gedanken darüber zu machen, denn erst einmal galt es, das Mädchen zu retten. Es war ihm nicht mehr gelungen, die Zügel zu packen, sie schleiften über den Boden und wirbelten den Staub zu Fontänen hoch.

Wenn der Gaul völlig den Verstand verlor, dann brach er noch aus, und das Girl landete im Fluß.

Ich startete.

In Westernfilmen machten das die Helden immer so elegant. Ich hatte da meine Schwierigkeiten. Beim Start fing es an. Ich kam nicht so gut weg, wie ich es mir vorgestellt hatte, und der Wagen gewann einigen Vorsprung.

Ich rannte hinterher.

Die ängstlichen Schreie des Mädchens gellten in meinen Ohren. Es klammerte sich auf dem Kutschbock fest, um nicht abgeworfen zu werden. Der leichte Wagen mit der grünen Plane schwankte von einer Seite zur anderen, und ich setzte alles daran, um den Gaul einzuholen.

Ich holte auf.

Jetzt entdeckte mich die Kleine. Für den Bruchteil einer Sekunde hatte ich den Blick nach links gedreht und sah die großen, dunklen Augen. Ich rannte schneller.

Schon befand ich mich neben dem Pferd. Die Zügel schleiften zum Glück auf meiner Seite am Boden. Ich legte noch mehr zu, wagte einen gewaltigen Sprung und bekam die Zügel zu fassen.

Hart riß ich daran.

Der Gaul wieherte schrill auf, warf seinen Kopf hoch, doch er dachte nicht daran, stehenzubleiben.

Im Gegenteil, er mobilisierte noch mehr Kräfte und jagte weiter. Dabei verlor ich nach diesem plötzlichen Ruck den Halt, fiel hin, konnte mich in einer Schräglage fangen und wurde weitergeschleift. Ich schluckte eine Menge Staub, bewegte meine Beine, und es gelang mir, das Tempo des Pferdes zu halten.

Ein kleiner Erfolg!

Hinter mir hörte ich das Mädchen schreien, die Stimme forderte mich, ich setzte noch mehr Kraft ein, riß an den Zügeln, und ich brachte den Gaul unter Kontrolle.

Er wurde langsamer

Ein paarmal warf er noch seinen Kopf von einer Seite zur anderen. Seine Mähne fuhr durch mein Gesicht, aber ich hielt weiterhin eisern fest.

Schließlich senkte das Tier seinen Schädel, schnaubte, so daß mir weiße Schaumflocken um die Ohren flogen, und blieb still stehen. Als wäre nichts geschehen, begann es, an dem am Wegrand wachsenden Gras zu rupfen.

Ich ließ die Zügel los.

Der Gaul ging keinen Schritt weiter.

Erschöpft und ziemlich außer Atem blieb ich erst einmal stehen. Noch jetzt zitterten mir die Knie. Nein, ein Westernheld war ich doch nicht. Mit dem Handrücken wischte ich mir den Schweiß aus der Stirn und drehte mich langsam um.

Das Mädchen saß auf dem Bock. Noch immer war das schöne Gesicht von der Angst gezeichnet, aber die großen, dunklen Augen schauten mich dankbar an.

Ich lächelte.

Auch in dieser Zeit brach das Lächeln das Eis, das noch zwischen uns lag. Das Mädchen lächelte zurück, und aus ihrem Blick las ich Vertrauen.

»Ich danke Euch«, sagte sie mit einer hellen klaren Stimme.

Ich hob die Schultern. Sprechen konnte ich kaum, da ich immer noch nach Atem rang.

»Wenn Ihr nicht gewesen wärt, Fremder, dann...« Sie brach ab und hob die Schultern.

Ich winkte ab und wollte schon sagen, eine meiner leichtesten Übungen, doch mir fiel rechtzeitig ein, daß diese Bemerkung wohl nicht in die Zeit paßte und das Mädchen sicherlich nicht viel damit anfangen konnte.

»Es war nicht so schlimm«, sagte ich deshalb.

»Ihr seid fremd hier, nicht?«

»Ja.«

»Dann wißt Ihr sicherlich nicht, was Ihr auf Euch genommen habt, mein Herr. Wer sich mit uns abgibt, der wird gemieden wie die Pest.«

Sie hatte uns gesagt! War noch jemand da? Ich wollte darauf eingehen, als das Mädchen sagte: »Steigt zu mir auf den Bock, Fremder. Wenn Ihr wollt, könnt Ihr ein Stück mitfahren.«

Die Einladung nahm ich gern an.

Ich bedankte mich mit einem Nicken. »Und wohin soll die Reise gehen?« erkundigte ich mich.

Sie deutete nur nach vorn.

»Du hast kein Ziel?«

»Nein, ich – wir sind heimatlos.«

Wieder sprach sie in der Mehrzahl, ich konnte aber nicht danach fragen, denn das Mädchen wechselte das Thema.

»Ich bin Ilona«, sagte sie.

»Ein schöner Name.«

Sie lächelte und nahm die Zügel auf. Geschickt ließ sie sie auf den Rücken des Pferdes klatschen. »Und wie ist Euer Name, Fremder?«

»John Sinclair!«

»Das klingt so fremd.«

»Ich bin auch nicht von hier.«

Sie nickte verstehend. »Sicher seid Ihr ein bedeutender Mann. Nach dem langen Krieg sind viele Fremde in dieses Land gekommen. Ich bin auch nicht von hier. Wir stammen aus dem Land der Magyaren, haben aber auch in Transsylvanien gelebt.«

Da horchte ich auf. Transsylvanien ist das Land der Vampire, die Heimat von Vlad Dracula, dem Obervampir, wenn ich ihn mal so nennen darf. Skeptisch warf ich der jungen Schönheit einen Blick zu. Hatte sie doch etwas mit Vampiren zu tun?

Allerdings machte sie nicht den Eindruck, und auch an ihrem Hals sah ich keine Bißstelle, das hatte ich bereits festgestellt.

Wir schwiegen die nächsten Minuten.

Das Pferd trabte. Ich schaute nach links, wo der Strom träge durch das breite Flußbett strömte. Die Bergspitzen waren noch zu erkennen. Der letzte rötliche Widerschein des vergehenden Tageslichtes tauchte sie in eine malerische Farbe.

Das Klirren der Hufe, dazu das Schmatzen und Gurgeln des Wassers wirkten beruhigend auf mich, und ich ertappte mich bei dem Gedanken, einzuschlafen.

Am Himmel stand ein dicker, runder Mond. Sein Licht war fahlgelb und verlor sich blitzend auf den Wellen des Rheins.

»Ich bin hier in Deutschland, nicht wahr?« fragte ich nach einer Weile.

»Ja, mein Herr!«

»Sag doch einfach John zu mir.«

Sie schaute mich an. »Zu einem solch hohen Herrn?«

»Ich bin kein hoher Herr, nur eben fremd.«

»Aber Ihr tragt eine andere Kleidung als wir. Ich kenne sie nicht.«

Was sollte ich dazu sagen? Ich konnte ihr schlecht erklären, daß ich aus einer anderen Zeit stammte, sie hätte es wahrscheinlich nie begriffen. Deshalb schwieg ich.

»Es ist wieder Vollmond«, sagte sie.

»Hat das etwas zu bedeuten?«

Sie nickte, und ihre schwarzen Haare flogen. »Dann ist er wieder unterwegs.«

»Wer?«

»Der Graf.«

»Welcher Graf?«

»Du hast noch nie von ihm gehört?« Sie war zum vertraulichen Ton übergegangen, was mich freute. »Es ist Graf Fariac.« Sie deutete nach links, zu der großen Burg hinüber. »Man sagt, daß er kein Mensch wäre, sondern ein Blutsauger, ein Vampir.«

Das war es!

Graf Fariac. Schon hatte ich die Verbindung. Fariac Cosmetics und jetzt der Name.

Mir wurde zwar nichts klar, aber es würde mir leichter fallen, Zusammenhänge zu begreifen.

»Du schweigst?« fragte Ilona.

»Was soll ich sagen?«

»Die meisten bekommen Angst, wenn sie den Namen hören. Und jetzt ist Vollmond. Er wird in der Nacht wieder unterwegs sein.«

»Ist denn niemand da, der gegen ihn kämpft?« erkundigte ich mich.

»Nein. Keiner. Die Menschen haben Angst. Und die Menschen auf dem Schloß halten zu ihm. Man spricht davon, daß es Tote sind, die er um sich geschart hat. Aber auch schöne Frauen, die tagsüber in ihren Särgen liegen und erst in der Nacht erwachen, wo sie auf Beutefang gehen. Die Menschen in den Dörfern hängen Knoblauch vor ihre Fenster, um die Vampire abzuschrecken. Wie in meiner Heimat. Aber der Krieg hat viele dahingerafft.«

»Wie lange hat er denn gedauert?«

»Ich weiß es nicht. Als ich geboren wurde, da kämpften die Soldaten und Söldner schon. Ich habe von Wallenstein, dem Friedländer gehört. Er soll ein großer Feldherr sein.«

»Jetzt wußte ich genau, in welche Zeit ich geraten war. Ich befand mich im siebzehnten Jahrhundert, zur Zeit des Dreißigjährigen Krieges. Von 1618 bis 1648 hatte er getobt und halb Europa verwüstet.

Kaum zu fassen...

»Du wirst blaß«, sagte das Mädchen. »Fühlst du dich nicht wohl?«

»Schon, aber ich...« Was sollte ich ihr sagen? Ich fand einfach nicht die Worte, mit ihr über mein Problem zu sprechen. Zum Glück wurden wir auch abgelenkt, denn der Weg schlängelte sich vom Fluß weg und stieß in die Berge.

»Wir werden bald das Nachtlager aufschlagen«, sagte Ilona. »Du wirst bei uns schlafen.«

Jetzt wollte ich es wissen. »Befindet sich noch jemand im Wagen?«

»Ja, mein Vater.«

»Warum zeigt er sich nicht?«

»Er fürchtet die Menschen.«

Ich drehte den Kopf. Der Wagen hatte eine besondere Konstruktion. Hinter dem Kutschbock befand sich nicht direkt der Einstieg auf die Ladefläche, sondern nur ein kleines Fenster ohne Scheibe. Violette Vorhänge deckten die Sicht ab.

Das Mädchen gab dem Gaul die Zügel und machte das Pferd somit munter. Es schnaubte unwillig und trabte dann den Weg hoch.

Ich fragte nicht weiter, denn sicherlich würde mir der Alte eine Antwort geben, wenn er sich zeigte.

Plötzlich spürte ich eine Hand auf meiner rechten Schulter.

Ich drehte mich nach links um und schaute in ein faltiges Gesicht, das zwischen den beiden Vorhanghälften hervorlugte. Der alte Mann hatte langes graues Haar und trug auf dem Kopf eine blaue Mütze. Allerdings blickten die Augen in dem Gesicht klar und scharf. Ich stellte fest, daß sie denen des Mädchens glichen.

»Sie sind Ilonas Vater«, sagte ich.

Der Alte lächelte und nickte. »Ja«, erwiderte er. »Ich heiße Marek. Stephan Marek!«

Marek!

Himmel, war das eine Überraschung. Oder ein Zufall. Ich dachte zurück an Marek den Pfähler. Suko und ich hatten ihn in Siebenbürgen kennengelernt, als wir Kalurac, Draculas Neffen, jagten.

Der Pfähler hieß allerdings Frantisek Marek, nicht Stephan. Und der Name Marek war häufig genug. Es konnte also ein Zufall sein. Denn daß hier ein Ahnherr des Frantisek Marek hinter mir hockte, daran wollte ich einfach nicht glauben.

Oder?

Ich hatte schon Dinge erlebt, die die Welt praktisch auf den Kopf stellten, denn möglich war im Prinzip alles.

»Ich darf Euch noch dafür danken, daß Ihr meine Tochter und auch mich gerettet habt, edler Herr!«

»Das war doch meine Christenpflicht«, antwortete ich.

Da lachte er nur. »Was Ihr Christenpflicht nennt, ist für andere nicht selbstverständlich.«

Möglich. Ich würde es sicherlich noch näher erfahren.

Ilona drehte sich herum. »Sollen wir wieder zu der kleinen Lichtung fahren?«

»Ja, mein Kind, fahr nur. Dort können wir etwas essen.«

Ilona nickte.

Durch die blattlosen Äste und Zweige der Bäume schimmerte silberfarben das Mondlicht. Die großen Räder des Planwagens walzten über den schmalen Weg. Zweige kratzten wie gierige Hände an der Abdeckung, Blätter fielen auf die Plane und rutschten zu Boden. Es war wirklich keine ruhige Fahrt durch die anbrechende Nacht. Die Unebenheiten des Weges machten dem Wagen schwer zu schaffen. Wir schaukelten von einer Seite auf die andere. Ilona war das Fahren gewöhnt. Sie hockte auf dem Kutschbock, hatte sich dabei leicht vorgebeugt und hielt die Zügel mal locker, dann wieder etwas fester.

Manchmal lächelte sie mich an. In ihren Augen sah ich einen Ausdruck, der nicht nur Dankbarkeit zeigte. Mir wurde ziemlich warm zumute. Oft berührten sich auch unsere Körper. Da spürte ich manchmal ihre warme Haut durch den Stoff der dünnen Bluse. Ich sah auch, daß sie nichts darunter trug. Ihre Brüste waren jugendlich straff.

»Frierst du nicht?« fragte ich.

»Nein, ich bin ein Kind der Natur.« Sie löste eine Hand vom Zügel und deutete nach vorn. »Dort ist die Lichtung.«

Als direkte Lichtung konnte man den Platz nicht bezeichnen. Dafür gab es noch zu viele Sträucher und Hecken, die auf dem Platz standen. Aber auch ein freies Stück Wiese. Diesen Platz ging das Pferd von selbst an. Es kannte sich aus.

Der Gaul hielt.

Ilona sprang vom Bock, nahm die Zügel und wickelte sie um einen Strauch. Dann lief sie um den Planwagen herum, ich hörte ein klappendes Geräusch, und im nächsten Augenblick erschien sie mit dem Futterbeutel in der Hand. Sie hängte ihn dem Pferd um.

Als ich endlich vom Bock sprang, hielt sie schon den Holzeimer in der Hand.

»Wo willst du hin?« fragte ich.

»Wasser holen.«

»Und wo?«

Sie deutete ein kleines Stück in den Wald hinein. »Da hinten ist eine Quelle.«

Ich nahm ihr den Eimer aus der Hand. »Laß mich das machen.«

Sie errötete, während ich zur Quelle ging. Der Weg war beschwerlich. Ich wühlte mich über feuchte Abhänge, lief durch kleine Mulden und stand schließlich vor der Quelle.

Die Stille des nächtlichen Waldes umgab mich. Nur das Plätschern des Wassers war zu hören. Ich schöpfte den Eimer voll und ging wieder zurück. Unterwegs verlor ich die Hälfte, und als ich auf der Lichtung eintraf, lachte Ilona auf.

»Das habe ich mir gedacht!«

Zerknirscht nickte ich.

Sie gab dem Pferd zu trinken und lief selbst mit zwei Eimern davon.

Der Alte hatte inzwischen ein kleines Feuer entfacht. Aus drei Steinen hatte er eine kleine Brücke gebaut, unter der die Flammen zuckten. Eine primitive, aber äußerst wirksame Kochstelle, wie ich fand.

Fleisch gab es auch. Aus einem Tuch wickelte Marek einen halben Hasen. Er bestrich das Fleisch mit dunklem Pökelsalz und legte es auf den obersten Stein.

»Es wird auch dir schmecken«, sagte er, »wir teilen gern. Zigeuner sind sehr freigiebig.«

»Ihr seid Zigeuner?« fragte ich nach.

Der Alte schaute mich an. »Ja«, erklärte er. »Wir sind Zigeuner. Jetzt stört es dich, daß du uns geholfen hast, nicht wahr?«

»Nein, wieso?«

»Weil viele Menschen etwas gegen uns haben. Für die sind wir ebenso wie die Pest. Die Reiter haben uns nicht umsonst aus dem Dorf gejagt. So etwas passiert uns immer.« Er war zum vertrauten Du übergegangen, und das freute mich.

»Ich habe nichts gegen Zigeuner«, sagte ich. »Ebenso wie ich etwas gegen Rote oder Schwarze habe. Es sind alles Menschen. Auch unter den Weißen gibt es schlechte, unter den Christen ebenfalls...«

Marek nickte heftig. »Das habe ich gesehen«, gab er flüsternd zurück. »Was alles unter dem Deckmantel des Christentums geschehen ist, war grauenhaft. Ich habe die Frauen schreien hören, wenn die Flammen sie ergriffen. Ich habe Blicke in die Folterkeller geworfen, wo die Vertreter der Kirche neben den Folterknechten standen. Es waren sehr schlimme Augenblicke. Aber was sind Schwarze oder Rote?«

Da war ich mit meinem Latein am Ende. Ich wollte schon Neger oder Indianer sagen, aber damit konnte er nichts anfangen.

»Es gibt Menschen, die haben eine dunkle Hautfarbe«, formulierte ich.

»Ja, davon habe ich gehört. Und auch gesehen. Auf einem Sklavenmarkt im fernen Orient habe ich einmal Menschen mit dunkler Hautfarbe erlebt. Und es gibt auch welche, die eine rote Hautfarbe besitzen?«

»In einem großen Land.«

»Wo liegt es?«

»Sehr weit weg.«

»Hast du es gesehen?«

»Ja.«

»Wie heißt es?«

»Amerika.«

Damit konnte Marek nichts anfangen. Er hob nur die Schultern, das Thema war für ihn erledigt.

Ich sprach weiter. »Diese Reiter, die euch aus dem Dorf geworfen haben, zu wem gehörten sie?«

»Nicht zum Grafen Fariac. Es sind Soldaten, versprengte Söldner, die sich im Dorf eingenistet haben und die Menschen in Angst und Schrecken halten.«

»Ilona haben sie nichts getan?«

»Noch nicht. Aber sie werden wiederkommen. Sie mußten an diesem Abend Steuern eintreiben, die Bauern werden ihnen nicht viel geben können. Sie trinken dann Wein und sind schnell berauscht.«

Wie sich die Bilder glichen. Auch in unserer Zeit wurde getrunken. Vielleicht mehr als damals.

Marek drehte den Hasen herum. »Mein Weib ist von marodierenden Söldnern geschändet und ermordet worden«, erzählte er mit leiser Stimme. »Als wir kamen, war es zu spät. Mein Sohn befand sich nicht unter den Trümmern des brennenden Hauses. Wo er ist, das weiß ich nicht.«

»Aber du hast einen Sohn?« hakte ich nach.

»Ja.« Erstaunt schaute er mich an. »Warum fragst du? Glaubst du, daß er tot ist?«

»Nein, nein.«

»Sondern? Sag es, du weißt etwas.«

Zum Glück kam das Mädchen zurück, und ich konnte mich um eine Antwort drücken.

Ihre Eimer waren noch voll. Ich sprang auf und nahm ihr einen ab. Dann zog ich meinen Mantel aus und hängte ihn über den Kutschbock. Marek hatte also einen Sohn, und der würde sicherlich auch einen Sohn bekommen, der ebenfalls, und so reichte die Kette bis zu Marek, dem Pfähler.

Wahrheit, Gedankenspielerei?

Niemand konnte mir darauf eine Antwort geben.

Das Mädchen blieb neben mir stehen. »Du mußt dich schon mit einem einfachen Mahl begnügen«, sagte es. »Wir haben nichts anderes.«

»Es wird mir schmecken.«

Sie strahlte mich an. Danach holte sie das Geschirr vom Wagen. Irdene Töpfe und Teller. Ich mußte mit einem Besteck aus Holz essen, und Stephan Marek teilte den halben Hasen in drei Stücke.

Jeder bekam etwas.

Ich als Gast zuerst.

Der Alte aß mit den Fingern, wie es üblich war. Auch das Mädchen nahm kein Besteck. Nur mir hatten sie aus unerfindlichen Gründen Messer und Gabel gegeben.

Ich aß jedoch wie die anderen, und es klappte.

Das Fleisch schmeckte mir sogar. Es war mit einem anderen Salz behandelt, als ich es kannte. Den Durst löschten wir mit Quellwasser.

Der Alte nagte das Hasenfleisch von den Knochen wie ein Sägefisch. Das ging ruckzuck, fertig war er und schleuderte die Knochen hinter sich.

Ilona und ich aßen langsamer. Wir saßen uns gegenüber, hin und wieder trafen sich unsere Blicke.

Das Mädchen lächelte.

Schließlich hatte auch ich meine Portion vertilgt und schleuderte die Knochen weg. Automatisch griff ich zu den Zigaretten. Marek bekam große Augen, als er die Stäbchen sah.

»Was ist denn das?« fragte er.

»Zigaretten.«

»Kenne ich nicht.«

Ich bot ihm ein Stäbchen an. Er steckte es sich ebenso zwischen die Lippen wie ich. Als ich dann mein Feuerzeug aufflammen ließ, zuckte er zurück.

»Teufelsspuk!«

»Nein, nur ein Feuerzeug.«

Ich machte es ihm vor und zündete mir eine Zigarette an. Dann erst traute er sich.

Nach einigen Zügen schüttelte er den Kopf. »Schmeckt nicht«, erklärte er mir. »Zu leicht.«

Das hätten unsere Gesundheitsapostel mal hören sollen. »Erzähle mir etwas von diesem Grafen.«

»Fariac?«

»Ja.«

»Wir wissen nicht viel, weil wir auch fremd sind. Wir sind erst vor kurzer Zeit in dieses Land am großen Strom gekommen.«

»Was hat euch hergetrieben?« wollte ich wissen.

»Ich suche meinen Sohn«, erklärte der Alte. »Erst wenn ich über sein Schicksal Bescheid weiß, kann ich ruhig sterben.«

»So darfst du nicht reden, Vater!« mischte sich Ilona ein.

»Es stimmt doch.«

Ich stellte bewußt eine provozierende Frage. »Hat er etwas mit dem Grafen zu tun?«

Stephan Marek schaute auf. »Nein!« rief er laut. »Karel hat nichts mit diesem Vampir zu schaffen. Er ist...«

»Was ist er?«

»Nichts. Ich wollte sagen, er ist ein echter Marek. Wir geben uns nicht mit Blutsaugern ab.«

»Du hast ihn lange nicht gesehen«, bemerkte ich.

»Trotz allem, er ist mein Sohn. Wie sie meine Tochter ist.« Der Alte streckte den Arm aus und deutete auf Ilona.

»Wie kommst du denn zu der Annahme, daß er sich hier aufhalten könnte?« fragte ich.

»Ich habe seine Spur verfolgt.«

»Bis hierher?«

»Fast.«

Jetzt mischte sich das Mädchen ein. »Es gibt viele Zigeuner in diesem Land. Irgendwie weiß jeder vom anderen Bescheid. So war es auch mit Karel. Als wir ihn zum letztenmal sahen, da war er zwanzig Jahre. Das ist nun einige Zeit her. Heute muß er fünfundzwanzig Jahre alt sein, und seine Spur führte hier an den Rhein.«

»Hat er im Krieg gekämpft?« wollte ich wissen.

»Das ist uns nicht bekannt.«

Ein seltsamer Typ mußte dieser Karel Marek sein. Die heftige Reaktion seines Vaters bewies mir, daß Karel Marek sehr wohl auf dem Schloß des Vampir-Grafen sein konnte. Ich hatte mir schon längst vorgenommen, es herauszufinden.

Wieder dachte ich an das Bild in der Kosmetik-Fabrik. Es lag erst ein paar Stunden zurück, und trotzdem waren Jahrhunderte verstrichen. Kaum zu begreifen.

Ich stand auf. Vom langen Sitzen war ich ganz steif geworden.

»Wo willst du hin?« fragte Marek.

»Ein wenig herumgehen.«

Er nickte.

Ilona schaute mich an. Ich wußte, was sie dachte, und streckte den Arm aus. Sie ergriff meine Hand und ließ sich von mir hochziehen.

»Ich gehe schlafen«, sagte der Alte. Mit dem Rest des Wassers löschte er das Feuer.

Es zischte, und helle Dampfwolken stiegen in die Höhe.

Ich hatte einen schmalen Pfad entdeckt, der mehr ein Wildwechsel war. Den wollte ich nehmen.

Ilona blieb dicht an meiner Seite. Sie mußte es zwangsläufig, weil der Weg so schmal war. Unsere Körper berührten sich. Ich legte einen Arm um ihre Schultern und sie ließ es geschehen.

Dieses Mädchen faszinierte mich. Es strahlte einen exotischen Reiz aus, dem ich mich schwerlich entziehen konnte. Und auch ich schien ihr nicht gleichgültig zu sein, denn sie legte den Kopf an meine Schulter, so daß ich den frischen Duft ihrer Haare riechen konnte.

Schweigend schritten wir durch den dunklen Wald. Ich räumte Zweige und kleinere Äste zur Seite, die über dem Weg hingen und uns ins Gesicht peitschten.

»Es ist eine schöne Nacht im Herbst!« flüsterte Ilona. »Aber der Winter ist nah. Ich spüre es. Bald wird der erste Schnee fallen und wie ein Leichentuch alles zudecken.«

»Du bist ja richtig makaber.«

»Was ist das?« Sie drehte den Kopf und schaute mich an.

»Schon gut.«

»Sag mal, John, wie kleiden sich die Frauen in dem Land, aus dem du kommst?«

»So ähnlich wie du!«

»Wirklich?«

»Ja.«

»Seltsam«, flüsterte sie, »manchmal habe ich das Gefühl, du würdest von einem fernen Stern kommen. Du hast Dinge bei dir, die ich nicht kenne. Bei dir springt das Feuer aus der Hand. So etwas habe ich noch nie gesehen.«

»Das ist bei uns normal.«

»Willst du mich nicht mitnehmen?« Ilona blieb plötzlich stehen und preßte sich an mich.

»Das geht nicht.«

»Warum nicht?«

»Weil ich aus der Zukunft komme.«

»Heißt dein Land so?«

Ich lachte. »Nein, aber glaube mir, ich kann es dir wirklich schlecht erklären.«

»Ich will auch nicht fragen. Komm, ich weiß hier einen wunderschönen Platz.«

Bevor ich etwas sagen konnte, hatte sie sich aus meinem Arm gewunden und war rechts im Unterholz verschwunden. Ihre helle Bluse wies mir auch im Dunkeln den Weg.

Ich folgte ihr, schreckte einen Fuchs auf, der blitzschnell verschwand, lief in eine mit Laub gefüllte Mulde hinein, an der anderen Seite wieder hoch und erreichte kurz nach dem Mädchen einen Buckel im Wald, der von Bäumen frei war, dazu am Hang lag und wo ein halbierter Baumstamm als Sitzfläche diente.

Ilona hatte schon Platz genommen. »Ist es nicht herrlich hier?« fragte sie.

Ich nickte und blieb stehen. Das Mädchen hatte wirklich recht. Hier oben war ein toller Platz, und wir hatten einen prächtigen Blick über den Rhein, bis zu den Burgen und dem vorspringenden Felsen, der Loreley genannt wurde.

Über dem breiten Fluß waberte der Dunst. Es fuhren keine Schiffe mehr. Die Dunkelheit und die Stromschnellen waren für die Schiffer zu gefährlich.

Der Sage nach sollte auf dem Felsen ein blondes, nacktes Mädchen sitzen, das sich kämmte und eben durch ihre Blöße die Schiffer ablenkte, deren Boote dann an den aus dem Wasser ragenden Felsen zerschellten.

Ich sah kein blondes Mädchen, nur ein schwarzhaariges.

Und es hieß Ilona.

Ich nahm neben ihr Platz.

Wir schauten auf das Wasser und hinüber zu den Burgen. Besonders die größte interessierte mich. Die gehörte dem Grafen Fariac. Dort brannten die meisten Lichter. Vielleicht feierte er gerade ein Fest.

»Sie interessiert dich«, sagte Ilona.

Ich nickte.

»Der Graf ist sehr gefährlich. Wir dürfen nicht lange sitzen bleiben, dann wird er kommen.«

»Er kann uns nicht sehen.«

»Vampire können auch im Dunkeln sehen.«

»Du glaubst daran?«

»Ja. Ich habe sie schon gesehen. Riesige Fledermäuse fliegen durch die Luft und nähern sich dem bleichen Mond. Ich habe mich immer verkrochen und heftig gebetet. Mein Vater hat Knoblauch vor den Wagen gehängt. Sie sind abgeschreckt worden.«

Der Vampirglaube ist uralt. Vieles war natürlich Einbildung, manches jedoch nicht. Ich zweifelte kaum an den Worten des Mädchens, denn oft genug hatte ich selbst gegen die verdammten Blutsauger gekämpft.

»Weißt du eigentlich, wie ich in die Burg hineinkommen kann?« fragte ich.

Bis jetzt hatte sie in das Rheintal geschaut, doch nun drehte sie hastig den Kopf. Aus ihren großen, verschreckten Augen schaute sie mich an. »Du willst in die Burg?«

»Ja, wenn ich dort Fariac treffen kann.«

»Aber das ist unmöglich. Er würde dich sofort töten, wenn er dich in die Hände bekommt.«

»Dazu gehören zwei, wie man bei uns zu Hause so schön sagt. Erst einmal muß er mich haben. Und so weit ist es noch nicht, meine liebe Ilona.«

»Fariac hat jeden bekommen.«

»Auch deinen Bruder?«

Sie hob die Schultern. »Vater redet nicht gern darüber, obwohl er es unter Umständen ahnt. Deshalb sind wir hier. Er sucht seinen Sohn.«

»Und wenn er ihn findet?« hakte ich nach.

»Will er ihn pfählen.«

»Womit?«

»Er besitzt einen Eichenpfahl. Ihn trägt er immer bei sich und hütet ihn wie einen kostbaren Schatz.«

Mir rann bei den Worten des Mädchens ein Schauer über den Rücken. Doch kein Schauer der Angst, sondern der Ehrfurcht. Ilona sprach von einem Pfahl. Auch Marek, der Pfähler, hatte solch einen Eichenpfahl.

»Woran denkst du jetzt?« fragte Ilona lächelnd und rutschte etwas näher an mich heran. »Ich friere...«, sagte sie.

Den Wink verstand ich. Ich legte meinen Arm um ihre Schultern und sah das stille Lächeln auf ihren Lippen.

»Fühl mal, wie mein Herz klopft«, flüsterten ihre Lippen dicht an meinem Ohr.

Ich beugte ein wenig den Kopf. Dabei fuhr ich mit der rechten Hand über den Stoff der Bluse, fühlte zwangsläufig die jugendlich feste Brust und ließ meine Hand dicht darunter liegen.

Ilona erschauerte.

Ihr Herz klopfte tatsächlich schneller.

»Das macht deine Nähe«, raunte sie. »Bei Zigeunern fließt das Blut sowieso schneller durch die Adern. Nicht umsonst sagt man, daß wir heißblütig sind.«

Das war sie in der Tat.

Da sich mein Gesicht schon dicht vor dem ihren befand, kam alles ganz zwangsläufig. Bereitwillig öffnete sie die Lippen zu einem Kuß. Ich preßte sie an mich, spürte die Wärme des Körpers, und meine Hände waren überall.

»John!« hauchte sie und beugte sich zurück, um sich auf den Boden zu legen.

Ich weiß auch nicht, wie es kam, aber mein Blick flog plötzlich zu dem vorspringenden Loreley-Felsen hin.

Wie ein Blitzstrahl zuckte ich hoch.

»Was ist denn?« fragte Ilona. Sie war völlig durcheinander. Der Zauber war verflogen.

Ich deutete nach vorn.

Da sah sie es auch.

Auf dem Felsen hockte, im Gegenlicht des Mondes deutlich zu erkennen, eine riesige Fledermaus.

Ein Vampir!

»O nein«, stöhnte Ilona und schlug hastig ein Kreuzzeichen. »Das ist der Graf.«

Ich wußte es, daß ich Fariac vor mir hatte. Er hatte die gewaltigen Flügel ausgebreitet, und es sah so aus, als würde er jeden Moment losfliegen.

»Ich habe es geahnt«, jammerte Ilona. »Ich habe es geahnt. Er hat uns gesehen.«

Das war fraglich. Schließlich lag eine Flußbreite und noch mehr zwischen uns.

Sie nahm meine Hand und stand auf. »John, Liebster, wir müssen weg. Schnell...«

Ich zögerte, weil mich das Bild faszinierte. Das also war mein Gegner. Zum erstenmal sah ich ihn als Fledermaus und wurde immer begieriger darauf, ihm gegenüberzustehen. Lange sollte es nicht mehr dauern.

Doch er war nicht allein. Ich sah drei, nein vier Fledermäuse, die ihn umkreisten.

Ebenfalls Vampire.

Und sie hockten nicht auf dem Felsen, sondern schwebten hoch über dem Wasser. Lautlos bewegten sie sich durch die Luft wie Drachenflieger. Ihr Ziel war das andere Ufer.

»Jetzt holen sie sich ihre Beute«, flüsterte Ilona. »Die wollen bestimmt uns.«

Das Mädchen hatte Angst. Auch mir war nicht gerade wohl in meiner Haut. Die Fledermäuse boten einen schaurigen Anblick. Sie schwebten mit ausgebreiteten Flügeln auf die Flußmitte zu und zogen dort ihre Kreise. Das Ufer, an dem wir standen, hatte noch kein Tier erreicht.

»Ich fürchte mich.« Ilona klammerte sich an mich. Ich spürte die Gänsehaut, die sie überkommen hatte. »Laß uns von hier weggehen. Ich will nicht gebissen werden.«

»Noch ist es nicht soweit. Außerdem kann ich mich sehr gut wehren, mein Kind.«

»Womit denn?«

»Das zeige ich dir mal später oder wenn es soweit ist.«

Ich ließ die fliegenden Monster keine Sekunde aus den Augen. Kaum vorstellbar, daß es sich bei ihnen sowohl um Menschen als auch um Fledermäuse handelte.

Sie waren beides.

Der größte Vampir hockte nach wie vor auf der Felsspitze. Ihn hätte ich gern abgeschossen, aber die Entfernung war für einen Pistolenschuß viel zu weit.

Ein paar Vampire tauchten plötzlich in den über dem Wasser liegenden Nebel ein, verschwanden, und wenig später hörten wir einen Schrei.

»O Gott, jetzt holen sie einen!« Ilona flüsterte es entsetzt und krallte ihre Hände in meinen Arm.

Ja, sie hatten sich einen geholt.

Plötzlich stiegen sie wieder aus dem Nebel. Und zwei von ihnen hielten einen leblosen Körper in ihren Klauen, den sie davontrugen und zur Burg schafften.

»Wieder ein Opfer für den Herrn Grafen«, flüsterte das Mädchen. »Und er schaut nur zu.«

Ja, das stimmte. Fariac begnügte sich mit einer passiven Rolle. Ich hatte aber gesehen, wie die Sache lief, und das war schon viel wert.

»Laß uns gehen, John.«

Diesmal gab ich Ilonas Bitte nach. Sie atmete auf, als ich nickte. Wir schlugen uns wieder durch das Unterholz. Heute hatte ich noch nicht viel unternehmen können, doch in der nächsten Nacht würde ich auf einem Boot sein. Wenn die Vampire auftauchten, gab es Stoff. Aber richtig, ihnen sollte Hören und Sehen vergehen.

Wir erreichten die kleine Lichtung. Von dem Alten war nichts zu sehen. Er schlief im Wagen.

»Leg du dich auch hin«, sagte ich zu Ilona.

»Willst du nicht mitkommen?«

»Nein«, erwiderte ich lächelnd. »Ich werde hier draußen schlafen. Aber wenn ihr ein Messer habt, dann hätte ich es gern.«

»Willst du dir eine Waffe schnitzen?«

»Ja, einen Eichenpfahl.«

»Wir haben auch Weihwasser. Warte, ich hole dir beides.« Ilona verschwand im Wagen. Ich aber ging zu einer großen Eiche, die mir zuvor schon aufgefallen war. Mit großer Mühe gelang es mir, einen Ast abzubrechen.

Als ich ihn in der Hand hielt, tat es mir leid, daß ich ihn um die Hälfte kürzen mußte, denn so war er viel zu lang.

Ilona hatte das Messer gebracht. Es hatte eine leicht gebogene Klinge, die bläulich schimmerte.

»Beste Schmiedearbeit«, erklärte sie.

»Das sehe ich.«

Über dem Knie brach ich den Ast, schnitt ihn am anderen Ende noch ein wenig zurecht und begann damit, ihn anzuspitzen. Ich sah die Müdigkeit in Ilonas Augen und schickte sie zu Bett.

Sie nahm mich noch einmal in den Arm, dann verschwand sie in ihrem Wagen.

Ich setzte mich neben die erkaltete Feuerstelle und begann zu schnitzen. Die Klinge streifte die Rinde ab, schnitt in das Holz, als bestünde es aus Butter.

Eine halbe Stunde verging. Ich gewöhnte mich an das Schnitzen und brachte tatsächlich eine weiße Spitze zustande. Der Pfahl war etwas länger als mein Unterarm, ich wog ihn, als er fertig war, in der Hand, schloß meine Finger um den Griff und machte heftige Stoßbewegungen.

Ja, der Pfahl lag gut in meiner Faust.

Ein Eichenpfahl, dem Vampir durch die Brust gestoßen, ist schon tödlich. Ich verdoppelte die Wirkung noch, indem ich den Pfahl mit dem geweihten Wasser übergoß.

Nun besaß ich drei Waffen. Das Kreuz, die Beretta und den Eichenpfahl. Ich fühlte mich einigermaßen gerüstet.

Das Weihwasser brachte ich wieder zum Wagen. Je mehr ich mich der Plane näherte, um so intensiver wurde der Knoblauchgeruch. Der alte Marek hatte die Stauden rings um den Wagen gehängt. Sie verströmten den üblichen Duft.

Ich schob am hinteren Ende die Plane zur Seite. Schemenhaft nur waren die beiden Menschen zu erkennen. Sie schliefen nebeneinander unter Decken.

Ich zog mich vorsichtig zurück. Im Wilden Westen hatten die Siedler oft unter ihren Wagen geschlafen. Das wollte ich auch versuchen. Da ich keine Decke fand, breitete ich meinen Mantel aus und legte mich darauf.

Ich konnte nicht einschlafen. Zuviel war in der letzten Zeit geschehen. Ich dachte über die vergangenen Stunden nach und konnte nur den Kopf schütteln.

Wirre Traumbilder verfolgten mich. Ich sah mich von Vampiren eingekreist und schlich auf einsamen Friedhöfen umher, leuchtete in tiefe Grüfte und sah die Blutsauger aus ihren Särgen steigen. Über allem aber thronte Fariac und wollte sich ausschütten vor Lachen.

Dieses Lachen war es, das mich in den Schlummer begleitete...

Irgendwann in der Nacht wurde ich wach. Was mich geweckt hatte, wußte ich nicht. Zumindest war es kühler geworden, und ich fror, obwohl ich mich in meinen Mantel eingewickelt hatte.

Ich kroch unter dem Wagen hervor. Die Schlaftrunkenheit war mit einem Schlag verflogen, ich war hellwach.

Die Lichtung lag im Dunkeln. Es war ungewöhnlich still. Selbst die Tiere der Nacht waren verstummt. Nichts rührte sich mehr. Sämtliche Geräusche waren eingeschlafen.

Ich stand auf.

Der Mond war längst weitergewandert. Kein Lichtstrahl berührte die freie Fläche inmitten des Waldes. Ich schaute hoch zum Himmel, sah aber nur einen kleinen, dunkelgrauen Ausschnitt. Nicht ein Stern funkelte.

Ich ging ein paar Schritte, um die Steifheit aus meinen Beinen zu vertreiben.

Auf dem Wagen war alles ruhig. Ich vernahm ein leises Schnarchen. Die Mareks vertrauten voll der Wirkung des Knoblauchs.

Ich drehte meine Runden. Dabei rechnete ich damit, von irgendwelchen Tieren angegriffen zu werden. Die Rechnung ging nicht auf. Es blieb still.

Um mich herum lag drohend und düster der Wald. Er kam mir irgendwie bedrückend vor. Gefährlich und unheimlich. In der Tiefe verborgen lauerte die Gefahr, das Unheimliche . . .

Ich wußte genau, daß ich nicht ohne Grund wach geworden war. Mein Sinn für Gefahr hatte mich aus dem Schlaf gerissen.

Im Mittelpunkt der Lichtung blieb ich stehen. Sämtliche Sinne konzentrierte ich auf meine unmittelbare Umgebung, und trotzdem wurde ich überrascht.

Der Vampir mußte irgendwo in den Bäumen gelauert haben. Urplötzlich ließ er sich fallen und schoß auf mich zu.

Ich vernahm den gewaltigen Flügelschlag, hörte das Rauschen in der Luft und wirbelte herum.

Der gewaltige Schatten war schon dicht vor mir. Er hatte seine Flügel ausgebreitet, als wollte er mich damit zudecken. Ich sah für den Bruchteil eines Augenblicks in das kleine, häßliche Gesicht mit dem aufgerissenen übergroßen Mund und sah auch die langen Zähne, die an den Spitzen rötlichen schimmerten, was bewies, daß der Vampir bereits ein Opfer gefunden hatte.

Ich sollte das zweite sein.

Blitzschnell riß ich den linken Arm hoch und ließ mich gleichzeitig zurückfallen. Den Eichenpflock hielt ich stoßbereit in der Rechten, hieb damit auch zu, aber ich verfehlte den Blutsauger. Ich war noch nicht schnell genug mit der neuen Waffe und mußte mich erst daran gewöhnen.

Sofort wirbelte ich herum und kam wieder auf die Füße. Der Vampir machte bereits kehrt. Er flog einen engen Bogen, um mich abermals zu attackieren.

Aber nicht nur vorn sah ich den Blutsauger, sondern auch rechts von mir, wie ich mit einem schnellen Seitenblick feststellte. Ein zweiter Vampir war dort aufgetaucht.

Er schwebte dicht über dem Wagen. An die Plane selbst traute er sich nicht heran, der Knoblauchgeruch hielt ihn davon ab.

Um so besser.

Breitbeinig erwartete ich den Angriff des Blutsaugers. Fest umschloß meine Faust den Griff des Eichenpflocks. Diese Bestie sollte sich wundern.

Dann rauschte sie heran.

Und sie war schnell.

Zwei Flügelschläge, dann zog sie die Schwingen ein und wollte sich auf mich stürzen.

Ich riß den rechten Arm hoch. Hell leuchtete die Spitze aus der Verschalung des Pflocks.

Ich hieb zu.

Es war ein verdammt harter Stoß, und ich hatte dabei gut gezielt. Der Eichenpflock drang der Fledermaus durch die lederartige Haut mitten in die Brust.

Ich hörte einen fast menschlich klingenden Schrei. Der Vampir breitete wieder seine Flügel aus, um zu flüchten, doch er hatte nicht mehr die Kraft dazu.

Wild schlug er um sich, und ich wurde getroffen, als ich mich zur Seite warf. Der Schlag war hart, der meinen Rücken traf. Daran merkte ich, welche Kraft der Blutsauger hatte.

Ich prallte zu Boden und überschlug mich dabei. Dabei gab ich mir noch etwas mehr Schwung, damit ich aus dem unmittelbaren Bereich der schlagenden Flügel kam.

Die Fledermaus zuckte im Todeskampf. Sie schlug wild mit ihren Schwingen. Der Boden wurde aufgewühlt. Grassoden flogen herum, aus dem weit aufgerissenen Maul der Bestie drangen krächzende Schreie.

Ich kümmerte mich nicht um den Vampir. Er war erledigt, doch es gab noch einen zweiten.

Mit dem beschäftigte sich der alte Marek. Ich brauchte nicht mehr einzugreifen, aber ich sah, mit welch einem Haß der Mann gegen die Bestie kämpfte.

Er hatte den Pfahl, sprang vom Wagen auf die Wiese und rannte dem Blutsauger entgegen.

»Komm her!« schrie er. »Du Bestie! Ich werde dich töten. Der Teufel soll seine Freude an deiner schwarzen Seele haben!« Er lachte wild, gab nicht acht, wurde von einem Flügelschlag getroffen, fiel zu Boden und rollte sich auf den Rücken.

Verdammt, der Vampir hatte es doch geschafft.

Ich startete.

Nicht mehr nötig. Marek war nicht zu bremsen. Er riß den rechten Arm hoch. Der Pflock in seiner Hand schien förmlich zu explodieren, mit solch einer Wucht stieß er ihn dem Vampir genau ins Herz. Die Bestie fiel über ihn. Ich hörte Marek wütend schreien, aber das Untier hatte keine Kraft mehr. Der Alte konnte unter ihm hinwegkriechen. Ich brauchte nicht zu helfen.

Marek stand auf. Er spie auf den vergehenden Vampir und schaute mich aus blitzenden Augen an.

Er sagte kein Wort, atmete nur schwer, und ich verstand, warum Frantisek Marek, der Pfähler genannt, damals solch einen Haß auf die Blutsauger hatte. Das mußte in der Familie liegen und lag in der Erbmasse begründet.

Zurück blieb Staub.

Bei beiden ...

Stephan Marek nickte mir zu, während seine Tochter aus dem Wagen schaute und beide Hände gegen ihre Wangen gepreßt hatte.

Ich lächelte. »Es waren nur zwei«, sagte ich.

»Leider.«

Fast gleichzeitig steckten wir unsere Eichenpfähle weg. Mit beiden Füßen trat Marek in den Staub. Kleinere Knochen zerknirschten unter seinen Tritten.

Dann kam er zu mir, streckte seine Hand aus, und ich schlug ein. »Der Himmel hat dich geschickt, John Sinclair. Du bist ein furchtloser Kämpfer. Viele Leute reden nur von Vampiren, doch ich habe dich gesehen. Es scheint nicht dein erster Vampir gewesen zu sein, den du erledigt hast?«

»Nein, auch in meiner Zeit gibt es diese Blutsauger.«

Stephan Marek nickte. »Ja, John, ich glaube dir jetzt, daß du aus einer anderen Zeit kommst. Vielleicht kannst du mir etwas darüber erzählen.«

»Gern.«

Zuvor jedoch suchten wir die nähere Umgebung der Lichtung ab. Kein Blutsauger hielt sich dort versteckt. Als wir wieder an den Wagen traten, sah ich, daß Ilona ihre Perlenkette gegen ein kleines goldenes Kreuz vertauscht hatte.

Das war gut.

Dann berichtete ich. Und ich erzählte auch von Frantisek Marek, dem Pfähler.

Stephans Augen wurden groß. Mehr als einmal rann ein Schauer über seinen Körper.

Er stellte kaum Zwischenfragen und nahm es hin, daß ich aus der Zukunft kam.

Ich bat um den Eichenpflock.

Er gab ihn mir.

Genau schaute ich ihn mir an. »Ja«, sagte ich dann, »das ist die

Waffe, mit der ich Kalurac getötet habe. Es stimmt alles. Unwahrscheinlich.«

Wir sprachen nun einen Weile miteinander. Erst kurz vor Morgengrauen legten wir uns zur Ruhe. Die Natur forderte ihr Recht. Wir schliefen sofort ein.

Gegenwart.

Nachtdienst war etwas, das Police Sergeant Frank Callahan überhaupt nicht vertragen konnte. Aber was sollte er machen? Er hatte sich vor neun Jahren zur Flußpolizei gemeldet und mußte sich damit abfinden, sich die Nächte um die Ohren zu schlagen.

Mittlerweile war die Themse zu seiner zweiten Heimat geworden. Er kannte den Fluß besser als sein kleines Reihenhaus im Londoner Stadtteil Southwark. Und da die Hypotheken das Dach fast durchbogen, war Callahan gezwungen, Nachtdienst zu schieben. Die Zulagen nahm er immer gern mit. Seine Frau hatte sich inzwischen daran gewöhnt, ebenso wie die beiden Kinder, die ihren Vater kaum sahen.

Auch in dieser Nacht war das Boot wieder unterwegs. Sie tuckerten flußabwärts, der Mündung zu. Es war eine finstere Nacht. Keine Sterne am Himmel, kein Mond zu sehen. Die dicken Wolken verdeckten alles. Hinzu kam der etwas steife Westwind, der die Wellen manchmal so hoch warf, daß die Gischt über die Bordwand schäumte.

Sie fuhren mit halber Kraft. Einen besonderen Auftrag hatte der Sergeant nicht, sollte aber die Augen offenhalten, da man im Hafengebiet Heroinschmuggler vermutete.

Vier Männer schoben auf diesem Schiff ihren Dienst. Callahan war ihr Chef.

Er stand jedoch meist an Deck, eingewickelt in seinen Parka-Mantel, das Glas vor den Augen, und schaute auf die graue Wasserfläche, wo hin und wieder die Schaumkämme der Wellen blitzten.

Schiffsverkehr herrschte kaum auf dem Fluß. Zumeist waren Reparaturboote unterwegs, deren Besatzung nachts am besten

Zeit hatte, irgendwelche Schäden an Brücken oder Kaianlagen auszubessern.

Die unförmigen Schiffe erkannte Callahan schon mit bloßem Auge. Wenn sie dicht aneinander vorbeifuhren, wurde oft ein kurzer Gruß von Bord zu Bord geworfen.

Callahan beobachtete den Strom dicht in Ufernähe. Immer wieder glitt sein Blick über die Wasserfläche. Nie ließ er das starke Nachtglas vor der Brust baumeln. Es machte ihm schon nichts mehr aus, es vor den Augen zu halten. Seine Arme hatten sich daran gewöhnt.

Das Polizeiboot schob einen weißen Bart vor sich her. Hin und wieder zerschnitt der Bug querlaufende Wellen, dann spritzte die helle Gischt zu beiden Seiten des Schiffes hoch, und die kleinen Tropfen fielen wie eine Perlenschnur in sich zusammen.

Eine völlig normale Nacht, dachte Sergeant Callahan. Doch um zwei Uhr einunddreißig wurde dieser »Frieden« brutal gestört.

Callahan hatte soeben wieder die Wasserfläche abgesucht, als er das dunkle Bündel sah, das von den Wellen auf und nieder getrieben wurde. Es war noch nicht genau zu erkennen, und der Sergeant dachte sofort an einen mit Heroin gefüllten Kanister.

Er gab Alarm.

Sekunden später schnitten schon die hellen Strahlen der starken Bordscheinwerfer über das Wasser und legten einen gleißenden Teppich auf die Oberfläche.

Die Besatzung war ein eingespieltes Team. Mit halber Kraft näherten sie sich der Stelle, wo der Gegenstand trieb.

Zwei Beamte standen mit Stangen bewaffnet an Deck, um die Ladung zu bergen.

Callahan gab die Kommandos.

Das Schiff wurde noch langsamer. Sie fuhren dicht an einem am Ufer liegenden Kahn vorbei und sahen im Hintergrund die großen Lagerhallen und Schuppen.

»Maschinen stopp!« rief der Sergeant.

Ein Ruck ging durch das Boot. Der Sergeant stand längst an der Reling und schaute von steuerbord ins Wasser.

Seine beiden Kollegen stießen mit Haken versehenen Stangen ins Wasser, bekamen den Gegenstand zu fassen und drehten ihn herum.

Alle drei starrten in ein bleiches Gesicht, das durch überströmendes Wasser seltsam verzerrt wirkte.

»Ein Toter«, sagte Callahan, »das gibt wieder mal Ärger.« Er sprach aus Erfahrung. Fanden sie einen Toten, so war es mit viel Schriftkram und Aufklärungsarbeit verbunden.

Die beiden Polizisten hievten die Leiche hoch und schafften sie an Bord.

Dort blieb sie erst einmal liegen. Callahan beugte sich über den Toten und schluckte trocken, weil er die gräßliche Wunde am Hals gesehen hatte.

»Verdammt, der hatte einen schlimmen Tod«, murmelte er.

»Ist vielleicht ein Gangster«, murmelte einer der Beamten.

»Möglich.« Callahan knöpfte dem Toten die Jacke auf.

Alles war klamm und naß. Das Wasser tropfte aus der Kleidung und rann auch über das bleiche Gesicht.

Die Wunde blutete nicht mehr. Sergeant Callahan fand, was er suchte:

Eine Brieftasche.

Auch sie war durchweicht. Er hielt sie schräg, daß das Wasser abtropfen konnte.

Dann klappte er sie auf. Einer der Beamten leuchtete mit einer Taschenlampe. In ihrem Schein durchsuchte der Sergeant die Brieftasche. Der Ausweis steckte in einer Nebenhülle. Callahan entdeckte ihn erst, als er einige durchweichte Geldscheine zur Seite gelegt hatte. Mit dem Ausweis fiel ihm auch die Lizenz in die Hände.

Der Sergeant staunte. »Sieh an«, murmelte er, »ein Privatdetektiv. Jan Ziegler.« Er drehte den Kopf und schaute seine beiden Kollegen an. »Habt ihr den Namen schon gehört?«

»Nein.«

»Ich auch nicht.« Callahan legte die Lizenz zur Seite und nahm sich den Ausweis des Toten vor.

Und hier fand er einen beschriebenen Zettel. Die Schrift war zwar ein wenig verlaufen, aber nicht so schlimm, als wären die Worte mit dem Kugelschreiber oder Füller geschrieben worden. Der Schreiber hatte eine Maschine benutzt.

»John Sinclair!« murmelte der Sergeant.

»Den kenne ich!« rief der schlaksige Corporal, der die Lampe hielt. »Sinclair ist Yard-Beamter. Ich habe ihn mal bei einem Einsatz erlebt. Da jagten wir eine Terroristin. Der Typ ist ein Draufgänger. Beschäftigt sich allerdings nur mit so komischen Fällen.«

»Mann, dann sind wir den Fall vielleicht los«, freute sich Sergeant Callahan. »Wickelt die Leiche in eine Plane. Ich verständige mal die Kollegen vom Yard. Sie sollen Sinclair aus seinen Träumen reißen.« Callahan grinste. »Sehe gar nicht ein, warum immer nur wir Nachtschicht schieben sollen.«

Seine Kollegen nickten.

Der Sergeant betrat die kleine Brücke. Sie war mit modernsten Geräten ausgerüstet. Callahan hängte sich ans Funktelefon und stellte eine Verbindung zu New Scotland Yard her. Dort leitete man ihn weiter an den Chef der Nachtbereitschaft.

Der reagierte sofort, gab bekannt, wo das Boot warten sollte, und rief danach eine bestimmte Nummer an.

Dort meldete sich niemand.

Das war auch schlecht möglich, denn der Mann, dem diese Telefonnummer gehörte, befand sich über dreihundert Jahre zurück in der Vergangenheit...

Am nächten Morgen.

Große Besprechung bei Sir James Powell, dem Superintendenten. Anwesend waren vier Männer.

Suko, Bill Conolly und ein Beamter der Vermißtenabteilung. Und keiner wußte so recht, wie er anfangen sollte. Noch in der Nacht hatte Sir James Alarm geschlagen und Suko aus dem Bett getrommelt. Der hatte bei mir geschellt, war schließlich mit dem Zweitschlüssel in meine Wohnung eingedrungen und hatte sie leer gefunden.

Niemand wußte etwas über den Verbleib eines gewissen John Sinclair. Superintendent Powell setzte darauf den Apparat des Yard in Bewegung. Jeder Polizist erhielt Order, nach einem silbermetallicfarbenen Bentley Ausschau zu halten, denn der Wagen war nicht in der Tiefgarage gefunden worden.

Die Beamten entdeckten ihn.

Im Hafengebiet.

Einsam und verlassen parkte er dort zwischen Lagerhallen

und Schuppen. Nicht weit von einer Fabrik entfernt, in der kosmetische Artikel hergestellt wurden.

Mit dieser Nachricht überraschte Sir James die Anwesenden. »Der Wagen ist gefunden worden«, erklärte er. »Von John Sinclair nach wie vor keine Spur. Haben Sie eine Erklärung?«

Suko und Bill schüttelten den Kopf.

»Mir hat er nichts gesagt«, sagte der Chinese.

»Aber es steht fest, daß er sich mit diesem Jan Ziegler treffen wollte oder sich sogar getroffen hat«, murmelte Sir James. »Den Grund kennt niemand von uns. Oder?« Er schaute die Anwesenden fragend an.

Schulterzucken.

Der Superintendent wandte sich an den Mann von der Vermißtenabteilung. »Haben Ihre Leute noch etwas entdeckt?«

»Nein, Sir. Wir haben auch den Fluß auf einer Strecke von mehreren Meilen hin abgefahren. Eine zweite Leiche ist nicht gefunden worden.«

»Ich danke Ihnen, Sie können gehen.«

Der Mann verschwand.

»Daß wir keine Leiche gefunden haben, ist erstens ein Hoffnungsschimmer, und zweitens gibt es uns noch größere Rätsel auf«, erklärte Bill Conolly. »Wo könnte John untergetaucht sein?«

»Man hat ihn entführt«, vermutete Suko.

»Die Möglichkeit müssen wir ins Auge fassen«, erwiderte der Superintendent. »Meinerseits lag jedenfalls kein Auftrag vor. Und ich weiß auch nicht, wo wir den Hebel ansetzen sollen. John Sinclair ist verschwunden. Er kann sich doch nicht in Luft aufgelöst haben.«

»Möglich ist alles, Sir«, bemerkte Bill Conolly.

Powell schaute den Reporter mit gerunzelter Stirn und scharfem Blick an. »Wenn Sie meinen...«

Bill hob die Schultern.

»Eins steht fest«, sagte Sir James. »Wir müssen ihn finden! Und wenn wir ganz London umkrempeln. Ich werde eine Sonderkommission zusammenstellen. Die kann wirkungsvoller arbeiten. Vor allen Dingen bekommt sie von mir besondere Vollmachten. Irgend etwas hat John Sinclair da am Hafen gewollt. Er hat Ziegler getroffen, und dieser wurde ermordet. Warum? Welche Informationen hatte er zu geben?«

Auf diese Frage wußte niemand der Anwesenden eine Antwort. Nur Bill meinte: »Ziegler war ein Windhund. Das hat mir auch Jane Collins gesagt, mit der ich heute morgen telefoniert habe. Sie kennt ihn.«

»Gut?« fragte Sir James.

»Nein.«

»Dann weiß sie auch nicht, an welchem Fall er gerade gearbeitet hat?«

»Bestimmt nicht. Sie hätte sonst etwas gesagt.«

Es wurde geklopft, noch bevor die Sekretärin den Besucher melden konnte.

»Come in!« rief Sir Powell.

Es war Jane Collins. Sie brachte gleich einen Mann mit. Es war ein Beamter vom Yard, jemand aus der Informationsabteilung, der sich auch um Spitzel und V-Männer kümmerte.

»Entschuldigen Sie, daß ich so hereinplatze«, sagte Jane. »Aber es ließ mir keine Ruhe.«

Sir Powell nickte. »Setzen Sie sich.« Dann wandte er sich an den Beamten. »Was kann ich für Sie tun?«

Der Mann bohrte eine Hand in die Hosentasche. »Ich habe gestern noch mit John gesprochen. Ich wußte nicht, daß es so wichtig war. Als ich jedoch hörte, daß John verschwunden war, sehe ich das Gespräch in einem ganz anderen Licht.«

»Reden Sie schon!« forderte der Superintendent in auf.

»Es war kurz nach Dienstschluß, als John Sinclair zu mir kam. Er wollte eigentlich nur Auskünfte über Jan Ziegler haben.«

»Die Sie ihm gegeben haben«, meinte Powell.

»Klar, der Knabe steht in unserer Kartei. Gibt uns hin und wieder Informationen, so behält er seine Lizenz, die wir ihm schon einmal weggenommen haben.«

»Weiter, weiter«, sagte Powell.

»John erzählte mir, daß er sich mit ihm treffen wollte. Er wollte auch etwas über Zieglers Vorleben von mir erfahren. Viel wußte ich auch nicht. Ziegler schwamm sich so durch und ist immer haarscharf an einer Strafe vorbeigekommen.«

»Mehr wissen Sie nicht?« Sir Powell war nervös. Das merkte

man ihm an. Die träge Berichterstattung paßte ihm überhaupt nicht in den Kram.

»Doch, Sir. Ich habe John nach dem Grund gefragt, warum er Ziegler treffen wollte.«

Jetzt wurde es spannend. Bill, Suko und Jane hielten den Atem an. Sir James Powell beugte sich leicht vor.

Der Erzähler grinste. Er war sowieso ein lässiger Typ, denn er gehörte zu einer Gilde Polizisten, die mehr im Untergund arbeiteten und deshalb viele Erfolge erzielt hatten.

»Es ging um irgendeine Kosmetik-Firma. Mehr hat er auch nicht gewußt.«

»Den Namen!« forderte Sir Powell.

»Fariac Cosmetics. John fragte mich nämlich, ob ich etwas über den Laden wüßte. Da war er aber auf dem falschen Dampfer.«

»Danke, Sie können gehen.«

Als die Tür hinter dem Mann ins Schloß gefallen war, schaute Sir James die Anwesenden der Reihe nach an. »Kann jemand etwas mit dem Namen anfangen?«

Besonders meinte er mit dieser Frage Jane Collins. Die strich den Rock ihres Winterkostüms glatt und hob die Schultern. »Sicherlich kenne ich Fariac Cosmetics. Ist ja ein bekannter Laden. Die haben in den letzten Jahren stark expandiert und gleichen Ihren Umsatz schon den Kosmetik-Riesen in der Branche an.«

»Nur – was hat eine solche Firma mit John zu tun?« stellte Bill Collins die Frage.

»Ja, da haben Sie recht«, erwiderte Sir James, und seine Lippen verzogen sich zu einem Lächeln. »Versuchen Sie es doch einmal herauszufinden.«

»Wir?« hakte Bill nach.

»Ja.«

»Und die Sonderkommission?«

»Ist gestorben.« Sir Powell räusperte sich. »Sie wissen besser, wie man mit solchen Typen umgeht. Oder täusche ich mich da?«

Jane, Bill und Suko warfen sich verschwörerische Blicke zu. »Nein, Sir«, antwortete Bill an Stelle der anderen. »Sie täuschen sich nicht. Es müßte doch mit dem Teufel zugehen, wenn wir John Sinclair nicht wiederfinden würden.«

»Das verlange ich von Ihnen«, sagte Sir James Powell zum Abschluß. »Und zwar lebend!«

Vergangenheit.

Ich lebte, und mir ging es sogar gut. Die Sonne war im Osten aufgegangen. Eine dünne, blasse Herbstsonne, die Mühe hatte, die Nebelschwaden in den Niederungen zu vertreiben.

Von den nahen Dörfern hörten wir das Schlagen der Kirchturmglocken. Ein neuer Tag brach an. Ein Tag, an dem ich die Burg des Vampir-Grafen stürmen wollte.

An der Quelle hatte ich mich gewaschen. Rasieren konnte ich mich nicht, was auch nicht weiter tragisch war. Obwohl ich nur relativ wenig geschlafen hatte, fühlte ich mich doch fit.

Mit großem Staunen hatten sich Marek und seine Tochter die Beretta angeschaut. Das es so etwas einmal geben würde, hätten Sie nie gedacht.

»Wie viele Taler kostet die Waffe?« fragte mich das Mädchen.

»Ich kenne keine Taler.«

»Womit bezahlt man denn bei euch?«

»Auch mit Geld oder Gold. Aber es hat einen anderen Namen. Zudem gibt es auch Scheine.« Ich holte eine Pfund-Note hervor. Sie wurde in die Hand genommen, bestaunt und zerknittert.

»Das ist doch kein Geld«, sagte Marek.

Ich steckte den Schein weg. »Bei uns ja.« Auf ein Frühstück mußten wir verzichten. Die beiden hatten nichts mehr. »Unten im Dorf bekommen wir bestimmt etwas zu essen«, lächelte ich.

»Falls man uns etwas gibt.«

»Ganz bestimmt.«

»Das sagst du nur.«

Wir fuhren ab. Wieder verschwand der alte Marek auf der Ladefläche des Wagens, während seine Tochter die Zügel in die Hand nahm. Das Pferd hatte den Angriff der Vampire in der Nacht mit stoischer Ruhe hingenommen.

Wir fuhren wieder den halsbrecherischen Weg hinunter ins Tal. Noch lag über dem Strom ein Schleier, aber die Sonnenstrahlen dampften immer mehr Feuchtigkeit weg. Schon jetzt war die Luft wesentlich klarer geworden.

Die ersten Schiffe fuhren. Segler, die schwere Lasten zu transportieren hatten und schwer gegen die Stromschnellen ankämpfen mußten, denn hier war der Rhein verdammt tückisch.

Wir erreichten die Uferstraße.

Wie hatte sich das Bild im Gegensatz zu gestern abend doch verändert. Soviel Betrieb hätte ich nicht erwartet. Zahlreiche Menschen waren unterwegs. Entweder zu Fuß oder beritten. Ich sah Pferde- und Ochsengespanne, die vollbeladene Wagen hinter sich herzogen.

»Heute ist Markt«, erklärte mir Ilona voller Stolz. Dann wurde ihr Gesicht traurig. »Leider sind auch die Söldner wieder unterwegs und suchen nach Mädchen.«

Ich lächelte sie an. »Mach dir mal keine Sorgen.«

»Das sagst du so. Diese Häscher sind sehr, sehr gefährlich. Man spricht davon, daß sie auch mit dem Grafen Fariac in Verbindung stehen. Sie sollen ihm Mädchen beschaffen, deshalb haben sie freie Bahn.«

Das war wieder was Neues. Und auch sehr interessant. Vielleicht konnte ich mir einen der Kerle schnappen. Bestimmt wußte er mehr über diesen Vampir. Und ich würde ihn schon zum Reden bringen.

Das Dorf hatte keine Mauer, wie ich es aus Bildern von alten Ortschaften kannte. Die Berge deckten es ab, und vorn bildete der Fluß die Barriere.

An der Anlegestelle, die weit ins Wasser hineinragte, lagen zahlreiche Boote. Auf dem holprigen Pflaster des Kais herrschte bereits ein großes Gedränge. Die Händler hatten ihre Wagen ausgebreitet, und einige – die reicheren – bauten regelrechte Stände auf. Selbst auf den Schiffen wurde verkauft. Planken verbanden die Boote untereinander.

Ich schaute hoch zur Burg.

Düster und drohend stand sie auf dem Kamm des Berges. Kein Mensch bewegte sich dort oben, die Burg lag still, und sie stieß wie eine Drohung in den hellen Morgen hinein. Mir schien es, als würden selbst die Sonnenstrahlen es vermeiden, die Mauern zu berühren.

Dort wohnte das Grauen.

Ich wandte meinen Blick wieder ab. Noch war die Zeit nicht reif, dem Vampir-Grafen einen Besuch abzustatten. Dazu wollte ich die Dunkelheit abwarten.

Unser Pferd trottete jetzt nur noch dahin. Dann ging es gar nicht mehr weiter.

Verkehrsstau. Wie auch in der heutigen Zeit. Gespanne versperrten den Weg, weil sich zwei Fuhrleute nicht einigen konnten. Sie schrien sich an und schlugen sogar mit ihren Peitschen aufeinander ein, bis einer von ihnen nachgab.

Wir konnten weiter.

Der Marktplatz lag direkt am Fluß. Dort konnten wir jedoch unser Gespann nicht abstellen. Wir mußten in das Dorf hinein, was auch eine Quälerei war, denn manche Straßen waren so eng, daß der Wagen kaum hindurchkam.

Wir gelangten an einen Brunnen. Mehrere Frauen saßen dort und unterhielten sich. Als wir näher kamen, staunten sie uns aus großen Augen an.

Zwischen zwei Linden stellten wir den Planwagen ab. Ich wickelte die Zügel des Pferdes um einen Baumstamm.

Natürlich fiel ich in meiner Kleidung auf. Ich trug einen dünnen Rollkragenpulli, eine Lederjacke und eine Cordhose. Den Mantel ließ ich im Wagen zurück.

Die Frauen am Brunnen steckten die Köpfe zusammen und tuschelten. Als wir an ihnen vorbeigingen, hörte ich, wie eine das Wort »Hexe« zischelte.

Ich blieb stehen und drehte mich um. Scharf schaute ich die Weiber an.

Sie senkten die Köpfe.

Wir gingen weiter. Ilona hatten wir in die Mitte genommen. Bei mir hatte sie sich eingehakt. »Ich habe große Angst«, flüsterte sie. »So wird es immer sein. Man kennt mich in der Stadt. Die werden losrennen und die Söldner holen. Bestimmt wissen bald alle, daß wir hier sind.« Sie blieb stehen. »Laß uns fliehen, John!«

Ich schüttelte den Kopf. »Und wohin?«

»Nur weg! Was meinst du, Vater?«

»Es hat keinen Sinn. Wir können nicht immer fortlaufen. Hier wird es sich entscheiden, und hier werden wir auch Karel, meinen Sohn und deinen Bruder, wiedertreffen.«

»Daran glaube ich nicht.«

»Aber ich.«

Der Alte blieb hart, das gefiel mir. Auch ich wollte nicht fliehen. Ich mußte mich stellen, denn ich wollte dem Grafen einen Besuch abstatten.

Als ich über die Schulter einen Blick zurückwarf, sah ich den Brunnen leer. Wahrscheinlich würden die drei Weiber jetzt in der Stadt herumerzählen, was sie gesehen hatten.

Wir gingen durch einen Torbogen, sahen zwei Bettler an den Hauswänden hocken und erreichten belebtere Gassen. Die Türen der Gasthöfe und Schänken standen sperrangelweit offen. Lachen und Grölen tönte uns entgegen. Überall wurde gefeiert und Wein getrunken. Die Wirte und Bedienungen kamen kaum mit der Arbeit nach, so durstig waren die Menschen.

Vor den Schänken standen zahlreiche Pferde. Halteringe aus Eisen waren in den Hauswänden befestigt. Die Reiter hatten die Zügel ihrer Pferde durch die Ringe geschlauft.

Sämtliche Straßen führten zum Fluß. Und zwangsläufig auch auf den Marktplatz zu. Oft kamen uns Burschen entgegen, die große Augen kriegten, wenn sie Ilona sahen.

»He, schöne Maid, sollen wir uns nicht zusammen in ein Heulager legen?«

»Ja, du kannst mich schon wärmen!« rief ein zweiter.

»Mit dir würde es Spaß machen!« brüllte ein dritter.

Wir kümmerten uns nicht um sie.

Auf dem Markt war das Gedränge groß. Ich legte meinen Arm um Ilonas Schultern, damit sie mir nicht in dem großen Gewühl verlorenging. Nur mühsam kamen wir voran.

Händler sprachen uns an. Ich sah viel Obst, aber auch kostbare Tücher und Stoffe. Spitzen aus Brüssel, prächtige Gewänder aus dem Orient, Gewürze, Blumen, und allerlei Viehzeug. Vom Hund über die Katze, bis zu Enten, Gänsen und Ferkeln war alles vertreten.

Über offenen Feuerstellen wurden Schweine gebraten. Als ich den Duft roch, verspürte ich Hunger.

Geld hatte ich keins, deshalb wollte ich tauschen. Ich wühlte meine Taschen durch und fand eine zweite Bleistiftlampe. Die konnte ich opfern.

Ich sprach kurz mit dem Alten über das Problem, und der wollte die Lampe verkaufen, nachdem ich ihm erklärt hatte, daß sie völlig harmlos war.

Er schaffte es tatsächlich und brachte gleich mehrere Taler mit. Er wollte sie mir geben, ich lehnte ab.

Wir kauften uns etwas zu essen. Selten hatte ich einen Schweinebraten gegessen, der besser schmeckte. Dazu trank ich leicht sauren Wein.

Eine halbe Stunde schlenderten wir über den Markt. Wir näherten uns immer mehr dem Fluß, und ich vergaß auch nicht, einen Blick auf die Burg zu werfen.

Düster und drohend stachen die Mauern in den jetzt klar gewordenen Himmel. Ein krasser Gegensatz zu dem bunten Treiben auf dem Marktflecken hier.

Ilona hatte meinen Blick sehr wohl bemerkt. »Da kann man Angst bekommen, nicht wahr?«

Ich nickte.

»Willst du wirklich hin?«

»Aber sicher.«

Der alte Marek war richtig aufgedreht, seit er ein wenig Geld in der Tasche hatte. »Sollten wir nicht in eine Schänke gehen?« schlug er vor.

Ich war einverstanden, nur Ilona hatte ihre Zweifel.

»John wird dich schon beschützen«, sagte ihr Vater.

Ich nickte.

Das nächste Gasthaus war gar nicht weit entfernt. Ein einstöckiger Bau aus grauen Steinen. Die Eingangstür stand weit offen. Wir hörten Stimmengewirr und das Lachen der Menschen.

Als ich eintrat, mußte ich den Kopf einziehen. Unter meinen Füßen befand sich hart gestampfter Lehmboden. Der Raum war so niedrig, daß ich gerade noch stehen konnte, zudem hatte man ihn in zwei Hälften unterteilt.

Wir befanden uns in der unteren. Zur oberen führte eine Steintreppe.

Dort sah ich einen freien Tisch.

Nicht nur Männer bevölkerten die Schänke. Auch Marktweiber, die ein gutes Geschäft gemacht hatten, ließen hier ihre Taler rollen. Ich deutete auf den freien Tisch.

Marek nickte.

Nach wenigen Schritten wurde unser Eintreten bemerkt. Einige Gespräche verstummten. Die Menschen starrten nicht nur mich an, sondern auch das Mädchen. Anscheinend konnten sie sich zwischen mir und Ilona nicht entscheiden.

»Ich fühle mich hier unwohl«, sagte Ilona und hob wie fröstelnd ihre Schultern. Von dem Alten erntete sie für diese Bemerkung einen strafenden Blick. Er wollte auf keinen Fall mehr umkehren, sondern sich ein paar gemütliche Stunden machen.

»Das vergeht dir auch wieder!« zischte Stephan und drückte seine Tochter sogar noch vor.

Ich hielt mich da raus und suchte uns den richtigen Weg. Die meisten Männer, die vor den langen Tischen auf Holzbänken hockten, trugen Waffen. Säbel, Degen, Schwerter. Ich sah auch Lanzen an der Wand stehen und Hellebarden.

Nur Pistolen entdeckte ich nicht. Auch älteste Steinschloßmodelle konnte ich nicht finden. Wahrscheinlich besaßen zu dieser Zeit nur Begüterte solche Waffen.

Hinter unserem Tisch befanden sich die Fenster. Es waren nur Löcher ohne Scheiben. In dicken Schwaden trieb der Tabakrauch auf diese Fenster zu.

Der Tisch neben uns war besetzt. Ein Mädchen namens Hanne bediente die Gäste. Sie hatte braunes Haar, das wirr unter ihrem bunten Kopftuch hervorschaute. Dabei war sie von biegsamer Gestalt und mußte sich manchen Klaps auf die Kehrseite gefallen lassen, was sie jedoch immer mit einem Lachen quittierte.

Marek bestellte einen Krug Wein. Die braunhaarige Hanne nickte, und schon bald brachte sie uns den Krug. Dazu drei Tonbecher. Mir warf sie einen verschleierten Blick zu und schürzte dabei die Lippen. Ich mußte grinsen. Diese Hanne war ein kleines Teufelchen. Mit gekonntem Hüftschwung zog sie ab.

»Sie hat mal als Marketenderin ihr täglich Brot verdient«, erklärte mir Ilona. Sie sprach dabei nicht gerade in begeistertem Tonfall über die Bedienung.

Die Frauen waren eben zu allen Zeiten gleich.

»Bist du eifersüchtig?« fragte ich.

»Ja!« erwiderte sie, und ihre Augen blitzten dabei.

Sie gab es wenigstens zu. Im Gegensatz zu meiner Freundin Jane Collins, die das immer wieder abstritt.

Was sie wohl jetzt machte? Und Suko oder Bill? Sicherlich hatte Sir James Powell eine großangelegte Suchaktion gestartet. Auf die Wahrheit würde wohl kaum jemand von ihnen kommen.

Marek schenkte ein. Sein kräftiges »Prost« unterbrach meine Gedanken.

Ich lächelte und trank.

Dieser Wein war wesentlich besser als der, den ich zum Fleisch getrunken hatte. Er löschte den Durst und schmeckte nach mehr.

In der Schänke ging es hoch her. Ein Musikant zupfte sein Instrument, das mich entfernt an eine Leier erinnerte, und begann zu singen.

Es war eine Moritat. Sie erzählte von Liebe, Tränen, Krieg und natürlich Tod.

Die Gäste klatschten, und der Musiker sang ein zweites Lied. Er hatte eine Stimme zum Einschlafen. Hier hätte mal eine Rockband Stimmung bringen müssen.

Ich leerte meinen Becher.

Nachdem der Musikus sein zweites Lied beendet hatte, ging er mit der Mütze herum und sammelte.

Er bekam fast überall etwas. Sogar Hosenknöpfe wurden in seine Mütze geworfen.

Auch an unseren Tisch trat er.

»Hat den Herrschaften mein Gesang gefallen?«

Er erhielt keine Antwort. Ich sah auch, warum. Stephan Marek starrte ihn an wie ein Geist.

»Was – was ist? Habe ich etwas an mir?« fragte der Musikus.

»Sag mir deinen Namen!« forderte der Alte.

Plötzlich spannte sich auch Ilonas Körper. Sie schaute dem jungen Sänger ebenfalls ins Gesicht.

»Warum soll ich ihn Euch bekanntgeben? Ich bin ein Sänger, ein Rattenfänger, gehöre zum fahrenden Volk wie Ihr, Zigeuner.«

Auch ich schaute mir den Jungen genauer an. Seine Haut hatte einen braunen Teint, die Augen waren ebenso dunkel wie die des Mädchens.

Ich hatte einen Verdacht.

»Du bist Karel«, sagte Marek. »Karel, mein Sohn, den ich so lange gesucht habe. Gib es zu!«

»Ich?«

»Ja, du! Karel, der Himmel hatte ein Einsehen!« Marek streckte seine Arme aus. »Komm, komm zu deinem Vater. Wie lange habe ich dich gesucht? Und endlich gefunden.«

Da nickte der Sänger. »Ja, ich bin es.«

Im nächsten Augenblick warf er sein Instrument auf den Boden, und dann lagen sich die beiden Mareks in den Armen. War das ein Wiedersehen! Beiden rannen die Tränen über die Wangen, und der Alte flüsterte: »Ich habe meinen Sohn wiedergefunden. Freut euch mit mir.«

Auch Ilona schluchzte.

Ich hielt mich da raus, hob das Instrument auf und legte es auf die Bank.

Nach einer Weile lösten sich Vater und Sohn voneinander. Sie waren jetzt auch nicht mehr für die Zecher an den anderen Tischen interessant, die das Wiedersehen teils belustigt, teils spöttisch beobachtet hatten.

»He, Hanne, eine volle Kanne!« Der Alte war so in Fahrt, daß er sogar in Reimen rief.

»Sehr wohl, die Herren!«

Ilona faßte nach meiner Hand und ließ sie nicht los, während mich ihr Bruder anschaute. »Wer bist du? Ein Freier?«

»Ich heiße John«, sagte ich lächelnd.

»Das will ich gar nicht wissen. Sag mir, ob du um die Gunst meiner Schwester buhlst?«

»Nein.«

»Das kann ich dir nicht glauben. Jeder hier sieht doch, wie es um euch beide bestellt ist. Und auch Ilona schaut dich mit den Augen eines verliebten Weibes an.«

Ilona mischte sich ein. »Laß es bitte, Karel. John ist ein wirklicher Kavalier.«

Karel lachte nur.

Dann wurde sein Gesicht wieder ernst. »Ich bin dein älterer Bruder, und ich habe die Aufgabe, dich zu beschützen. So verlangt es das Gesetz der Familie.«

Hanne kam und brachte zu trinken. »Wein, Freunde!« rief sie. »Wein für den verlorenen Sohn.«

»Du sollst mit der Bibel keinen Spott treiben!« zischte Karel und hielt die Bedienung am Arm fest.

Die beugte sich zurück. »He, was sind das denn für Sitten? Seid Ihr wahnsinnig?«

»Geh jetzt.« Der Musikus ließ sie los.

Der Alte war schon leicht berauscht. Er hob wieder seinen Krug. »Mein Sohn!« rief er. »Mein Sohn. Endlich können wir zusammen trinken. Erzähle mir, wie es dir gegangen ist. Hast du die Mörder deiner Mutter gefunden?«

Der Alte hatte laut gesprochen. An den in der Nähe stehenden Tischen waren sie verstanden worden. Zahlreiche Zecher drehten sich um und schauten zu uns herüber.

»Nicht so laut«, warnte ich ihn.

Und sein Sohn nickte. »John hat recht. Du redest viel zu laut. Du darfst nichts mehr trinken.«

»Ich habe aber noch Durst!«

»Dann trinke Wasser!«

Im nächsten Augenblick wurde es in der Schänke ruhig. Schlagartig verstummten die Gespräche.

Ich saß halb mit dem Rücken zur Tür und mußte mich erst umdrehen, um den Grund für die plötzliche Stille zu sehen.

Vier Männer standen in der Schänke. Zwei waren noch draußen geblieben und hielten vor der Tür Wache.

Ich kannte die Kerle. Sie gehörten zu denen, die die Mareks aus der Stadt gejagt hatten.

Das konnte heiter werden.

Es war klar, was sie suchten. Als ihnen einer der Zecher die Sicht nahm, schmetterte der erste ihn mit einem Schlag zu Boden.

Ja, sie waren die kleinen Könige in diesem Ort. Gäste, die ihnen im Weg saßen, räumten hastig die Plätze, während die vier Kerle auf unseren Tisch zukamen...

Ich schaute mir die Typen an.

Die waren fast gleich gekleidet, trugen barettähnliche Kopfbedeckungen, die wie große Pfannkuchen wirkten, die engen Hosen steckten in langen Stiefeln, die Ärmel der Hemden waren aufgebauscht, und über der Brust schützte sie ein Panzer aus Leder. In der Scheide steckten Säbel. Zwei trugen auch Schwerter. Nur in der Farbe der Kleidung unterschieden sie sich voneinander.

Die beiden ersten stampften die Treppe hoch und blieben breitbeinig vor unserem Tisch stehen, während ihre Kumpane vor der untersten Stufe warteten.

»Was wollt ihr?« Karel fragte dies, obwohl er genau wußte, was die Männer vorhatten.

»Sie!« sagte der größere der beiden und deutete auf die neben mir sitzende Ilona.

Das Mädchen preßte sich eng an mich, ich spürte, wie es zitterte, und in mir stieg langsam der Zorn hoch.

»Warum?«

»Wir haben ihr und dem Alten gesagt, sie sollen die Stadt verlassen. Sie sind unseren Befehlen nicht nachgekommen. Jetzt will der Graf das Mädchen sehen.«

»Nein, nein«, brabbelte Stephan Marek, »das geht nicht. Meine Tochter kommt da nicht hin, das ist ausgeschlossen. Ich erlaube es nicht. Geht, fort mit Euch.«

Und sein Sohn fragte: »Wer gibt Euch eigentlich das Recht, hier so zu reden?«

»Wir selbst.«

Karel lächelte verächtlich. »Ihr werdet sie nicht bekommen!« erwiderte er fest.

»Ist das dein letztes Wort, Musikus?«

»Das ist es!«

»Dann holen wir sie mit Gewalt!«

Damit hatte ich gerechnet. Und ich sah gar nicht ein, diesen Kerlen, auch wenn sie in der Überzahl waren, ihren Willen zu lassen. Ilona sollte bei mir bleiben.

Über den Kopf des Alten hinweg schlug der Söldner zu. Karel hatte mit dem Hieb nicht gerechnet, wurde voll getroffen und gegen die Wand geschleudert, wo er langsam zu Boden sackte.

Die vier Söldner lachten.

»Und jetzt zu dir, schönes Kind«, sagte der Schläger und wandte sich Ilona zu.

Da stand ich auf.

Der Mann erstarrte mitten in der Bewegung. Wir schauten uns an. Der Kerl trug einen dichten Bart, aus dem die Nase wie eine überreife Erdbeere herausragte.

Ilona reagierte richtig und rutschte an mir vorbei, so daß sie nicht mehr zwischen mir und dem Söldner saß.

Sekundenlang sprach niemand von uns ein Wort. Es war sehr ruhig geworden, nur Karels Stöhnen unterbrach die Stille.

»Dich habe ich auch schon mal gesehen!« knurrte der Söldner.

»Vielleicht.«

Er musterte mich. Unsicherheit flackerte in seinen Augen. »Wo kommst du überhaupt her? Du siehst so anders aus. Du paßt nicht zu uns.«

»Ich kann es dir nicht erklären. Aber ich rate euch eins: verschwindet!«

»Du reißt dein Maul weit auf!«

»Sicher.«

»Dann stopf ich es dir!«

Der Bartträger holte aus. Ilona schrie, und ich reagierte. Die Kampftechniken, die ich beherrschte, waren den Kerlen sicherlich unbekannt.

Die Faust zischte heran. Jeder erwartete, daß ich in die Ecke fliegen würde, doch meine Reaktion war blitzschnell und trotzdem genau durchdacht.

Zehn Finger schnappten sein Handgelenk und schlossen sich schraubstockartig darum. Dann hebelte ich den Arm hoch. Der Bartträger brüllte auf, und er schrie noch mehr, als er plötzlich mittels eines Judogriffes hochgehoben wurde und quer über den Tisch fiel, wobei er die Kannen und Becher abräumte.

»Der gute Wein«, jammerte der Alte. »Der gute Wein...«

Dumpf landete der Bartträger auf dem festgestampften Lehmboden. Er hatte sicherlich Sendepause.

Schon war sein Freund da.

Ich empfing ihn mit einer gestochenen Geraden, die ihn kräftig durchschüttelte. Sofort setzte ich nach. Dicht oberhalb des Gurts traf ihn meine Faust.

Er röchelte und kippte nach vorn. Meine Hände schlossen sich um seine Hüften, ich sah die schon leicht glasigen Augen, dann schleuderte ich ihn seinen heranstürmenden Kumpanen entgegen.

Der Kerl riß beide zu Boden. Sie bildeten ein wirres Knäuel aus Armen, Beinen und Körpern. Dabei behinderten sie sich gegenseitig, auf die Füße zu kommen.

Im nächsten Augenblick hörte ich hinter mir ein Splittern.

Ich kreiselte herum.

Unwillkürlich mußte ich grinsen. Nicht nur Karel hatte sich erhoben und stand leicht schwankend an der Wand, sondern auch der Bartträger. Aber dem hatte Ilona das Musikinstrument über den Schädel geschmettert. Wie ein Kranz bedeckten die Reste seinen Hals. Auf den Lippen des Söldners lag ein dümmliches Grinsen.

Die übrigen Gäste kamen aus dem Staunen nicht heraus, während der leicht angesäuselte alte Marek Beifall klatschte.

Aber so lustig war das alles gar nicht, denn mittlerweile waren die an der Tür Wartenden aufmerksam geworden und stürmten mit gezogenen Schwertern in die Schänke.

Ich stand jetzt allein.

Mit einem Satz sprang ich über die noch immer am Boden liegenden Söldner hinweg und schnappte mir einen Hocker.

Als der erste zustach, parierte ich mit dem Sitzmöbel den Schlag. Zwei Beine fielen ab.

Im nächsten Augenblick drehte ich mich und schleuderte den Hocker gegen den Kopf.

Der Mann ging zu Boden.

Ich duckte mich, entriß ihm die Waffe und stellte mich zum Kampf. Das Schwert war ziemlich leicht, es glich auch mehr einem Degen, in der Eile hatte ich das nicht feststellen können.

Sofort begann der Kampf.

Unsere Waffen klirrten gegeneinander, und ich stellte fest, daß der Söldner sehr wohl mit seinem Schwert umgehen konnte. Die Schläge kamen wuchtig, aber nicht so präzise, so daß ich gut ausweichen konnte und auf einen Tisch sprang.

Ich kam mir vor wie einer der drei Musketiere, als ich mich, auf dem Tisch stehend, zum Kampf stellte.

Eine wilde Fechterei begann. Ich sprang in die Höhe, tauchte, glitt zur Seite, wich aus.

Inzwischen hatten sich die drei wieder erholt. Mein Gegner erhielt Unterstützung, während sich die anderen beiden dem Mädchen zuwandten, um ihren Auftrag auszuführen.

Das durfte nicht sein.

Blitzschnell stieß ich zu, als mein Gegner einen Moment nicht achtgab. Die Klinge rasierte über seinen Schädel, spaltete Haare und Haut. Plötzlich war sein Gesicht voller Blut. Der Mann ließ die Waffe fallen und torkelte schreiend davon, wobei er nach einem Feldscher schrie.

Sein Kumpan wollte mir seinen Säbel in den Leib stoßen, doch ich parierte.

Dann sprang ich mit einem gewaltigen Satz auf den nächsten Tisch und fegte dort die Gefäße von der Platte. Dieser Sprung hatte mich näher an Ilona herangebracht, die sich verzweifelt gegen die Kerle zur Wehr setzte.

Gegen vier Gegner kam sie nicht an, konnte sie auch gar nicht.

Ich kam über sie wie ein Unwetter.

Mit den Füßen zuerst sprang ich den Männern in den Rücken. Gemeinsam gingen wir zu Boden.

»Lauf weg!« schrie ich Ilona zu, dann wurde ich von einem Körper begraben.

Ich weiß nicht, ob sie es schaffte, sehen konnte ich es nicht, denn die Gegner machten es verdammt rauh. Zum Glück nahmen sie ihre Fäuste. Zuerst wurde mir die Waffe aus der Hand gerissen, dann krachte eine Faust gegen meinen Kiefer, so daß mir Hören und Sehen verging. Ein Stiefeltritt in den Magen pumpte mir die Luft aus den Lungen, und der Schlag in die Rippen war auch nicht von schlechten Eltern.

Noch wehrte ich mich.

Mit der Handkante säbelte ich ein Gesicht zur Seite, das dicht vor mir aufgetaucht war, ein angezogenes Knie verschaffte mir ebenfalls Luft, doch dem Hartholzknüppel – vielleicht war es auch ein abgebrochenes Stuhlbein –, dem konnte ich nicht mehr ausweichen.

Es tauchte plötzlich vor meinem Gesicht auf, wurde riesengroß, und dann explodierte es an meiner Stirn.

Aus der Traum.

Jemand goß einen Eimer Wasser über meinem Kopf aus. Das Zeug klatschte in mein Gesicht und riß mich aus den Tiefen der Bewußtlosigkeit. Ich fühlte Schläge gegen meine Wangen, und irgend jemand hielt mir ein scharf riechendes Zeug unter die Nasenlöcher.

Das brachte mich vollends hoch.

Ich setzte mich auf, stöhnte jedoch, da sich in meinem Schädel ein Rad zu drehen begann. Mir wurde schwindlig. Hände stützten meinen Rücken ab, so daß ich sitzenbleiben konnte.

Nur allmählich wurden die Umrisse schärfer, und ich erkannte meine Umgebung.

Ich befand mich immer noch in der Schänke. Um mich herum standen die Gäste und schauten mich zum Teil mitleidig, aber auch ehrfurchtsvoll an. Schließlich hatte ich mit sechs Gegnern gekämpft. Ich tastete dorthin, wo der Schmerz am stärksten war.

Das war die linke Stirnseite, und da hatte mich der verdammte Knüppel getroffen. Die Haut war aufgeplatzt, und ich fühlte eine dicke Beule.

»Wo ist Ilona?« krächzte ich.

»Weg«, bekam ich zur Antwort. »Die Söldner haben sie mitgenommen.«

Verflixt, dann war alles umsonst gewesen. Ich wollte aufstehen. Es gelang erst, nachdem mich zwei Leute stützten.

Ich schwindelte, und ich ließ mich zu einem Tisch führen, wo auch die beiden Mareks hockten.

Karel hatte einen Verband um den Kopf. Er leuchtete weiß und war an einigen Stellen blutgetränkt. Der Alte hatte sein Gesicht in beide Hände vergraben und sprach von Rache.

Ich ließ mich schwer auf den Stuhl fallen, jemand reichte mir etwas zu trinken. Es war kein Wein, sondern ein scharfes Zeug, das mir fast die Magenwände zerriß, mich aber wieder munter machte.

Karels Blick traf mich. »Du hast sehr gut gekämpft, John«, sagte er.

»Nein, ich habe nicht verhindern können, daß sie Ilona abschleppten.«

»Das war nicht möglich.«

»Wo ist sie jetzt?«

»Vielleicht schon auf dem Schloß.«

Ich verzog das Gesicht. »Verdammt, dann muß ich sie zurückholen.«

»Du weißt, was dich erwartet.«

»Ja.«

Die übrigen Gäste hatten schweigend unserem Gespräch gelauscht. Sie waren überrascht und hielten mich wohl für einen Selbstmörder, daß ich es wagte, allein das Schloß zu betreten.

»Ich gehe mit dir«, sagte Karel.

Das war gar nicht so schlecht. Der junge Mann kannte sich in der Gegend aus und wußte auch sicherlich über Schleichwege Bescheid.

Auch der Alte wollte mit, doch wir waren dagegen.

»Nein, ich bleibe dabei«, sagte er. »Ich habe etwas versprochen, und das halte ich.«

Er dachte dabei wohl an den Eichenpfahl, den er immer bei sich trug und der für Vampire tödlich war

»Wann sollen wir aufbrechen?« fragte Karel.

»Ich würde bis zur Dunkelheit warten«, schlug ich vor.

Karel war dagegen. »Dann ist es zu spät. Es dauert seine Zeit, bis wir das Schloß erreicht haben.«

Ich gab ihm recht. Leider vergaß ich zu oft, daß ich mich in einer anderen Zeit befand. In einer, in der es noch keine Autos, Eisenbahnen, Flugzeuge oder Raketen gab. Hier ging man noch zu Fuß, nahm das Pferd oder das Segelschiff.

Ich stand auf.

Mit beiden Händen mußte ich mich auf der Tischplatte abstützen, weil mich ein Schwindelgefühl packte. Die Tischplatte schien sich zu bewegen. Ich kannte die Tricks, atmete ein paarmal tief durch, und es ging mir etwas besser.

Auch Karel hatte Mühe mit dem Gleichgewicht. Wie auch ich, so schaffte er es ebenfalls, auf den Beinen zu bleiben.

Der alte Marek war auch wacklig. Allerdings vom vielen Wein. Wir waren wirklich eine Truppe, angeschlagen, leicht desolat, aber bereit, den Kampf aufzunehmen.

Mehrere Menschen begleiteten uns nach draußen. Dort ging es mir besser, als ich die frische Luft in meine Lungen saugte. Tief atmete ich durch. Es war etwas kühler geworden. Vom Fluß her wehte ein frischer Wind, der in den Planen der Marktstände wühlte und sie knattern ließ.

»Wo setzen wir über?« fragte ich.

Der alte Marek deutete stromaufwärts. »Dort gibt es eine Fähre. Ich kenne den Fährmann. Er wird uns an das andere Ufer bringen, wenn wir ihn bezahlen.«

Damit war ich einverstanden.

Unser Kampf schien sich herumgesprochen zu haben, denn als wir über den Marktplatz gingen, wurden wir angestarrt. Allerdings wußte ich auch, daß die Menschen von unserem Vorhaben einiges mitbekommen hatten. Sicherlich erwartete man uns auf der Burg.

Das störte uns nicht. Der Weg mußte gegangen werden, denn ich wollte Ilona Marek auf keinen Fall als Vampirin begegnen...

Das Wetter schlug plötzlich um. Dies geschah von einem Augenblick zum anderen. Der Himmel verdüsterte sich, dicke Wolken schienen aus den Bergen zu steigen und breiteten ihren grauen Schleier hoch über uns aus. Der Wind frischte noch mehr auf, strich über die bleigraue Fläche des Rheins und wühlte im Wasser. Wellen entstanden, liefen rasend schnell voran, so daß es den Anschein hatte, eine Welle wolle die andere einholen.

Karel begann zu schimpfen. »Wenn wir uns nicht beeilen, kommen wir nicht mehr über den Fluß.«

Den Grund konnte ich mir denken. Der Fährbetrieb wurde bei zu starkem Wassergang eingestellt.

Wir nahmen einen schmalen Weg am Ufer. Er lief parallel zur Straße und war durch eine Böschung von ihr getrennt. Das Wasser schäumte bereits über die Uferwiesen, erste Wellen versuchten nach unseren Füßen zu lecken.

Die Burg war nur noch schemenhaft zu erkennen. Sie wurde bereits von dicken Wolkenbergen umweht. Mir schien es so, als hätte der Teufel seine Hand im Spiel, um die Geschöpfe der Finsternis zu schützen.

Auf der Uferstraße herrschte Hektik. Zahlreiche Händler sahen zu, so rasch wie möglich ihre Heimatorte zu erreichen. Sie gingen geduckt und stemmten sich gegen den Wind an.

Bis zur Fähre hatten wir noch ein paar hundert Yards zurückzulegen. Zum Glück lag das Boot an unserem Ufer. An einem hohen Holzmast knatterte eine Fahne im Wind.

War der Fluß ruhig, gab es keine Schwierigkeiten, ihn zu überqueren. Doch bei Wind würde der Fährmann seine Mühe haben.

Wir liefen so schnell, daß der alte Marek kaum Schritt halten konnte. Vor uns wurden immer wieder Blätter in die Höhe geweht, Laub, das langsam verfaulte.

Karel erreichte die Fähre als erster. Er war schon vorgerannt, während ich seinen Vater stützte.

Ich sah, daß der junge Marek heftig mit dem Fährmann diskutierte. Der schien wohl nicht gewillt zu sein, bei diesem Wetter zu fahren.

Beim Näherkommen hörte ich die Wortfetzen. »Ich bringe mich nicht selbst um. Ich fahre in den Tod...«

»Unsinn, Fährmann, du bist einer der besten, die es gibt, habe ich mir sagen lassen. Willst du kneifen?«

Karel stellte das geschickt an, dies mußte man ihm lassen. Sein weißer Verband leuchtete. Er redete nicht nur mit dem Mund, sondern auch mit den Händen.

Wir blieben neben den beiden stehen.

Der alte Marek holte Münzen hervor. »Wir zahlen das Doppelte!« rief er laut.

Der Fährmann, ein kräftiger Typ, mit Händen wie Schaufeln und pechschwarzem Haar, wollte noch immer nicht. Wir redeten zu dritt auf ihn ein. Schließlich zeigte er sich bereit, uns an das andere Ufer zu bringen.

Er wandte sich ab, wir zahlten und stiegen auf das Schiff.

Der Fährmann zog das Segel auf. Sofort wurde es vom Wind erfaßt und knatterte laut. Das etwas plump wirkende Schiff hatte nur einen Mast und sah nicht gerade stabil aus.

An der Uferstraße standen zahlreiche Menschen und schauten uns zu. Sie mußten uns für lebensmüde halten, daß wir es bei diesem Wetter versuchen wollten.

Der Fährmann löste die Taue.

Schwerfällig schaukelte der Kahn hin und her. Am Heck befand sich ein kleines Ruderhaus, das an einer Seite offen war. Wir hatten auf einer Sitzbank an der Backbordseite Platz genommen und schauten auf das graue, aufgewühlte Wasser, das um die Bordwand schäumte.

Ich konnte nicht mit ansehen, wie sich der Fährmann mit dem Segel quälte, und half ihm.

Ich war zwar nur wenige Male in meinem Leben gesegelt, aber einige Grundkenntnisse hatte ich. Wir mußten zum Teil gegen den Wind ansegeln, was sich als ein großes Problem erwies.

Es war ein Kampf gegen die Natur. Menschenkraft gegen die Macht des Windes, ein verzweifeltes Ringen, bei dem der Sieger noch längst nicht feststand.

Auch der junge Marek packte mit an. Vereint gelang es uns, das Boot flottzubekommen.

In Böen raste der Wind heran, fuhr gierig in die Segel hinein, als wollte er es zerreißen.

Eisern hielten wir fest. Das Schiff ächzte und stöhnte wie ein Schwerkranker, neigte sich des öfteren zur Seite, so daß Wasser übergischtete und sich an Bord verlief.

Wir kämpften verbissen.

Rechts von uns lagen die Stromschnellen. Wie braune Höcker schauten die gefährlichen Felsen aus dem Wasser. Wenn wir in ihre Nähe gerieten, wurde es kritisch.

Wenn es die Zeit erlaubte, so schaute ich zum Himmel hoch. Die Wolken wurden durcheinandergewirbelt wie dicke Watteballe. Und obwohl es erst früher Nachmittag war, hatte ich das Gefühl, die Dämmerung würde einsetzen.

Alles hatte sich gegen uns verschworen. Denn die Dunkelheit war die Zeit der Blutsauger.

Ich hatte den Gedanken nicht auszusprechen gewagt, war aber sicher, daß Fariac seine Boten schicken würde.

Und ich täuschte mich nicht.

Die Geschöpfe der Nacht erschienen auch am Tag, denn die Sonne stand nicht mehr am Himmel.

Ich sah Bewegungen innerhalb der Wolken. Gewaltige Fledermäuse hatten ihre Schwingen ausgebreitet, flogen über den Fluß und nahmen Kurs auf unser Schiff.

»Achtung!« brüllte ich, als ich sah, wie nah die erste Fledermaus schon heran war.

Im nächsten Augenblick strich sie über unsere Köpfe.

Nicht nur ich hatte das Tier gesehen, auch die anderen Männer an Bord. Der Fährmann bekam es plötzlich mit der Angst zu tun. Er schrie auf und ließ das Tau fallen, das er bisher gehalten hatte.

Sofort kippte das Segel, und unser schwerfälliges Boot krängte über. »Halt doch fest!« schrie ich.

Der Fährmann, dieser Riesenkerl, schüttelte nur den Kopf und stand vor Angst starr.

Ich zischte einen Fluch, denn die Fledermaus kam zurück. Diesmal flog sie uns vom Bug her an.

Ihr Ziel war der Schiffer!

Der verging fast vor Angst. Er war auf die Knie gefallen und rang die Hände, während aus seinem Mund Worte sprudelten, die er wohl selbst nicht verstand.

Ich wechselte die Leine von der rechten in die linke Hand, merkte den reißenden Zug des geblähten Segels in meinem Oberarm, ignorierte ihn jedoch und zog die Beretta.

Ich drehte den rechten Arm, sah die Fledermaus nur noch wenige Meter von ihrem Opfer entfernt und feuerte.

Vor der Mündung blitzte es auf. Das silberne, geweihte Geschoß raste schräg auf die Bestie zu und hieb in den schwarzen, matt glänzenden Körper.

Wild flatterte das Riesentier auf. Es hatte allerdings noch genügend Schwung, um nahe an sein Opfer heranzukommen, und fiel auf den Fährmann, wobei es ihn zu Boden drückte.

Der Schiffer schrie auf. Er wehrte sich nicht, sondern ließ alles lethargisch über sich ergehen. Erst als das Gewicht durch den Verfaulungsprozeß weniger wurde, stemmte er sich hoch, wobei die Reste des Blutsaugers auf die rohen Planken fielen.

»Komm her!« schrie ich ihn an. »Hilf mir!«

Der Fährmann drehte sich. Anscheinend konnte er nicht begreifen, daß er noch am Leben war, denn er starrte mich aus großen Augen verständnislos an.

Dafür rannte der alte Marek herbei. Er hatte schwer mit dem Gleichgewicht zu kämpfen, torkelte von einer Seite zu anderen, aber er faßte die zweite Leine.

Ich ließ die Waffe wieder verschwinden, da ich beide Hände benötigte. Karel Marek stand mir gegenüber. Allerdings konnten wir uns nicht sehen, das Segel verhinderte es.

Der Mast ächzte und knarrte. Manchmal bog er sich sogar, so daß man den Eindruck haben konnte, er wäre aus Gummi. Und der verdammte Wind flaute noch immer nicht ab. Er stürmte weiter, peitschte das Wasser hoch und schleuderte Gischtfontänen über Deck. Ich hätte nicht gedacht, daß ein Fluß so gefährlich werden könnte.

Das alte Fährboot schaukelte und krängte so stark, daß ich Angst hatte, wir würden sinken. Zudem hatte ich noch Furcht vor den Stromschnellen und einem weiteren Auftauchen irgendwelcher Vampire. Die letzte Sorge war vorerst unbegründet, keine Fledermaus ließ sich blicken. Wahrscheinlich war die erste als eine Art Aufklärer geschickt worden. Um so besser.

Der starke Wind hatte den Staub der Bestie längst über Bord gefegt. Er trieb irgendwo mit dem Wasser davon.

Plötzlich wurde das Boot hochgehoben. Als würde eine gewaltige Hand von unten gegendrücken, so stieg es mit dem Bug in die Höhe, fiel schwerfällig wieder zurück, und ich sah den Fährmann über Deck und an mir vorbeirutschen. Er überschlug sich sogar ein paarmal und prallte gegen die Bordwand.

Dann stieg das Heck hoch. Ich wurde nach vorn geschleudert und prallte gegen den Mast, wobei ich mit dem Kopf gegen den unteren Teil des nassen Segels stieß.

»Shit!« brüllte ich voller Inbrunst, denn die Fähre war in einen der gefährlichen Strudel geraten. Plötzlich wurde sie herumgedreht, und ich hatte das Gefühl, mich mitten in einem Kreisel zu befinden. Steuerlos war das Schiff den Gewalten des Wassers ausgeliefert. Die Wellen quirlten, schäumten und spielten mit dem Boot. Ich sah den Fährmann wieder in meiner Nähe und schrie: »Tun Sie doch was, verdammt! Helfen Sie uns!«

Der Schiffer kroch heran.

Sein Gesicht war verzerrt. Eine über Bord rollende Welle hatte ihn völlig durchnäßt.

Aber es gelang ihm, auf die Füße zu kommen. Er schrie ein paar Anweisungen, wie wir das Segel zu halten hatten, er selbst verschwand in dem kleinen Ruderhaus, gegen das überlaufende Wellen klatschten.

Es bereitete uns ungeheure Mühe, die schwere Segelstange herumzudrehen. Karel rutschte dabei auf den nassen Planken aus und fiel hin. Der Wind wollte nicht mitspielen. Er hieb in das Segel hinein, schüttelte es durch, so daß ich befürchten mußte, der Stoff würde reißen.

Er hielt.

Und wir schafften es.

Der Fährmann im Ruderhaus unterstützte uns dabei. Es gelang ihm, das Boot so zu drehen, daß wir förmlich aus dem Strudel gespien wurden. Die Fähre machte einen regelrechten Sprung nach vorn, klatschte wieder aufs Wasser und wurde weitergetrieben.

Mehr als die Hälfte der Flußbreite hatten wir geschafft. Jetzt war es nicht mehr weit bis zum Ufer.

Ich riskierte einen ersten Blick über die Bordwand und sah ganz in der Nähe die gefährlichen Felsen.

Himmel, war das knapp gewesen. Nur haarscharf waren wir an diesen messerscharfen Riffs vorbeigekommen.

Der Rest war ein Kinderspiel zu dem, was hinter uns lag. Zwar wurde die Fähre noch genügend gebeutelt, doch wir erreichten ohne Schaden das andere Ufer und damit auch den Steg.

Mit der Backbordwand schrammte die Fähre über das Holz. Eine große Welle rauschte heran, erfaßte das Schiff am Heck und schob es so weit vor, bis sein Kiel über Land scheuerte. Das zurücklaufende Wasser zerrte und zog zwar noch an dem Kahn, schaffte es aber nicht, ihn wieder in den Fluß zu ziehen.

Wir atmeten auf.

Alle vier waren wir ziemlich erschöpft. Mehr taumelnd als gehend bewegten wir uns auf den Bug des Schiffes zu und kletterten endgültig an Land.

Hier ließen wir uns einfach fallen.

Ich kniete zwischen den Mareks, die beide im feuchten Ufersand auf dem Rücken lagen.

Karel betete. Sein Vater war stumm, und der Fährmann spie schwallweise Wasser aus. Er war ziemlich grün im Gesicht.

Auch mir ging es nicht besonders. In meinen Oberarmen hatte ich kaum noch Gefühl. Wir hatten gegen eine entfesselte Natur gekämpft und gewonnen.

Ich stand auf.

Der Fährmann übergab sich noch immer. Er wischte sich

über die Lippen, sah, daß ich neben ihm stand, und schaute mich an.

Ich lächelte. »Geht es wieder?«

Er nickte. »Schon lange Jahre fahre ich über den Fluß, kenne jede Stromschnelle, aber so etwas wie heute ist mir noch nie in meinem Leben passiert. Und dann diese Bestie. Fast hätte sie mich gehabt. Habt Ihr mich gerettet?«

»Ja.«

In seinem Blick stand plötzlich Ehrfurcht. »Dann seid Ihr ein großer Magier und Zauberer.«

»Nein, nein, ich bin völlig normal.«

»Womit habt Ihr sie getötet, daß sie sogleich zu Staub zerfiel, mein Herr?«

»Ich habe da so meine kleinen Geheimwaffen.«

Er verstand mich nicht, was auch besser war.

Karel Marek stand inzwischen wieder auf den Beinen. Er half auch seinem Vater hoch. Der Alte bedankte sich.

Ich ging zu den beiden. »Alles wieder klar?«

Sie nickten.

Ich schaute hoch zur Burg. Noch immer wurde das Gemäuer von tief hängenden Wolken umwirbelt. Zwischen uns und der Burg befand sich dichter Wald. Die Weinberge lagen weiter versetzt. Der Sturm schüttelte die Kronen der Bäume durch und riß morsche Äste ab, mit denen er spielte und sie sodann in den Fluß schleuderte, wo sie rasch weitergetrieben wurden.

»Wer von euch kennt den Weg?« wollte ich wissen.

Beide wußten, daß ein Pfad zur Burg hochführte, der allerdings bewacht wurde.

»Der Weg ist so breit, daß auch ein Pferdegespann ihn benutzen kann«, erklärte der Musikant. »Ich war einmal an der Burgmauer, dann hat man mich wieder fortgeschickt. Man wollte keine Sänger.«

Innerlich grinste ich. Eine gute Stimme hatte er wirklich nicht. Sie wäre mir auch auf den Geist gegangen, doch ich hütete mich, ein Wort davon laut auszusprechen.

Der Fährmann hielt sich zurück. Mit uns wollte er nichts mehr zu tun haben. Er hatte sich auf sein Boot verkrochen und in das Ruderhaus zurückgezogen.

Wir aber gingen einem ungewissen Schicksal entgegen...

Ilona schrie!

Die Männer packten sie hart an, stießen sie über den Burghof auf eine alte Holztür zu, hinter der sofort eine Steintreppe begann, die in die Tiefe führte.

Kein Geländer war da, an dem sich das Mädchen hätte festhalten können, und es hatte wirklich Glück, daß es nicht in die unbekannte Tiefe stürzte.

Mit dem Rücken an die Mauer gepreßt blieb sie stehen. Sie schaute zur Tür hin, sah noch einen Ausschnitt des Burghofes, dann wurde die Tür zugerammt.

Dunkelheit!

So finster, daß sie nicht einmal die Hand vor den Augen sehen konnte. Sie hörte von draußen das Lachen der Männer und das Klirren der Hufe. Dann ritten sie weg.

Ilona, das Zigeunerkind, war allein. So schrecklich allein. In einer riesigen, ihr unbekannten Burg und umgeben von tausend Gefahren. Sie wußte nicht, wohin sie gehen sollte, zurück konnte sie nicht mehr, die Treppe hinunter traute sie sich nicht, so blieb sie erst einmal stehen.

Langsam beruhigte sich ihr Atem. Die Kerle hatten es hart getrieben. Ilona mußte den größten Teil der Strecke zu Fuß laufen. Erst ziemlich am Ende hatten die Reiter Erbarmen gezeigt und sie in den Sattel gezogen. Dabei hatte sie Schändliches über sich ergehen lassen müssen, das ihr nachträglich noch die Schamröte ins Gesicht trieb. Die Söldner waren brutale, gemeine Kerle, die mit Frauen umsprangen, als wären sie der letzte Dreck. Noch jetzt war ihre Kleidung verrutscht, und sie begann, Bluse und Rock zu richten.

Das tat sie automatisch. Sie fühlte auch den klaffenden Riß im Stoff und hatte keine Möglichkeit, ihn zusammenzunähen.

Es blieb still.

Niemand dachte daran, das Tor von außen zu öffnen und sie herauszuholen. Ilona war auf sich allein angewiesen. Sie dachte an die schlimmen Geschichten, die man sich von Frauen und Mädchen erzählte, die verschleppt worden waren, und ihre Angst wurde noch größer.

Zeit verging.

Es kam der Punkt, an dem ihr vieles egal war. Sie hatte ihre erste panische Angst überwunden, und so etwas wie Überlebenswille gepaart mit Neugierde ergriff von ihr Besitz.

Sie hatte eine Treppe gesehen. Wo führte sie hin?

Ilona Marek wollte es herausfinden. Sie schob vorsichtig ihren rechten Fuß vor, stellte fest, daß sie noch einen Schritt machen konnte, und ertastete die erste Stufe.

Sie beugte die Fußspitze nach unten und verlagerte das Gewicht. So erfühlte sie sich die zweite Stufe.

Dann die dritte, die vierte, die fünfte und so weiter.

Im Dunkeln stieg sie dem Keller entgegen und merkte, daß die Treppe einen weiten Bogen machte. Die Stufen wurden zur Wand hin breiter, während sie sich an der anderen Seite verengten.

Unter ihren Füßen knirschte der Dreck. Sie zertrat kleinere Steine und zuckte zusammen, als ein Spinnennetz über ihr Gesicht strich.

Der nächste Schritt.

Keine Stufe mehr!

Ilona hatte das Ende der Treppe erreicht.

Doch wohin hatte sie der Weg geführt?

Ilona hob beide Arme und streckte die Hände aus. Die Fingerspitzen berührten eine unebene, kalte Steindecke, in deren Fugen eine weiche Masse steckte, von der sie annahm, daß es sich hierbei um Schimmel handelte.

Jetzt wollte Ilona auch die Breite des Ganges feststellen. Sie streckte beide Arme seitlich aus, und auch hier fuhren die Fingerspitzen über das Gestein.

Soviel wußte wie.

Ilona hörte ihr eigenes Herz hoch im Hals pochen. Trotz der Kühle schwitzte sie. Das Blut rann schneller durch die Adern als sonst, die Angst saß fest wie ein dicker Kloß in ihrer Kehle. Was würde sie in diesem unterirdischen Verlies erwarten?

Folter?

Sie hatte zufällig solche Szenen gesehen, auf dem Marktplatz eines kleinen Ortes. Noch jetzt klangen die Schreie des Opfers in ihren Ohren nach.

Sie schüttelte sich. Nein, bevor jemand das mit ihr anstellte, wollte sie lieber Selbstmord begehen. Nur hatte sie keine Waffe, sie war völlig hilflos.

Ilona Marek ging weiter.

Schritt für Schritt durchmaß sie den Gang, wobei sie die Arme weiterhin ausgestreckt hielt. Irgendwo mußte er zu Ende sein. Manchmal fielen Wassertropfen auf ihren Kopf, die dann eiskalt an Stirn und Wange hinabrannen, so daß sie fröstelte.

Und dann sah sie das Licht.

Vor Schreck blieb sie stehen. Es war nur ein Schimmern und kaum zu erkennen, aber ihre Augen hatten sich so auf die Dunkelheit eingestellt, daß sie den helleren Schein sofort wahrnahm.

War das die Rettung?

Ilona umkrampfte ihr kleines Kreuz. Sie wagte es kaum zu hoffen, doch unwillkürlich ging sie schneller.

Das Licht wurde heller, verwandelte sich in einen Streifen, der unter einer Tür herfallen mußte.

Auf einmal sah sie schwach die Umrisse einer Tür im Mauerwerk.

Ein erstes Ziel.

Aber wenn die Tür verschlossen war?

Daran wagte sie nicht zu denken, sie mußte es halt probieren. Dicht davor blieb sie stehen. Die Hände glitten über rauhes Holz, ein winziger Splitter drang in ihr Fleisch und erzeugte eine kleine Wunde, aber Ilona achtete nicht darauf. Sie suchte und fand die Klinke. Ein schwerer eiserner Hebel, den sie vorsichtig nach unten drückte. Dann zog sie an der Tür.

Sie war offen!

Die plötzliche Helligkeit blendete Ilona, obwohl die nur von mehreren Kerzen abgegeben wurde. Sie standen rings um einen hochlehnigen Stuhl, der aus schwarzem Holz gefertigt war und den Mittelpunkt eines Podestes bildete, zu dem zwei breite Stufen an den jeweils vier Seiten hinauffuhrten.

Vorsichtig zog das Mädchen die Tür zu. Ilona war von der Pracht des Raumes beeindruckt. Gleichzeitig fürchtete sie sich vor der gefährlichen Düsternis, die ihr entgegenströmte. Nein, das sah zwar aus wie das Gemach eines Königs, war es aber nicht.

Wieso dann die schwarzen Teppiche, in die blutrote Streifen wie Schlangenlinien eingewebt waren? Warum die dunklen Kerzen und die ebenfalls schwarzen Vorhänge an den Wänden?

Hier stimmte etwas nicht. Und Ilona hatte bereits genug über den Grafen Fariac gehört, um zu begreifen, daß sie in seinem Gemach gelandet war.

Ja, hier mußte er regieren.

Fariac, der Vampir! Ein König in seinem Reich.

Das Mädchen schluckte. Ihr Atem ging schneller, als sie sich nach einer zweiten Fluchtmöglichkeit umschaute.

Wo gab es sie?

Hatte dieser Raum wirklich nur den einen Ein- oder Ausgang? Ilona schritt vor und sah tatsächlich noch einen zweiten Eingang. Da sie sich zwangsläufig dem Podest genähert hatte, fiel ihr noch etwas auf. Die obere Podestplatte bestand nicht aus Stein, sondern aus Glas.

Warum?

Im ersten Moment wollte sie hinlaufen und nachschauen, dann jedoch siegte die Furcht. Sie ließ es bleiben und wandte sich lieber der zweiten Tür zur.

Ilona war noch drei Schritte entfernt, als die Tür von außen aufgestoßen wurde.

Augenblicklich blieb das Mädchen stehen. Vor Schreck fuhren ihre Arme in die Höhe, und sie krampfte beide Hände um ihren Hals, wo das kleine Kettchen mit dem Kreuz hing.

Nein, nicht der Vampir kam herein, auch kein anderer Blutsauger, sondern eine Frau.

»Da bist du ja, schönes Kind«, sagte sie mit einer dunklen, etwas rauchig klingenden Stimme.

Ilona nickte nur. Sie starrte die Frau an, die ihr wie die schöne Königin aus einem fernen Land vorkam.

Die Frau war größer als Ilona, hatte pechschwarzes Haar, das sie jedoch mit zahlreichen Kämmen zu einer Turmfrisur hochgesteckt hatte. Dadurch wurde ihr schlanker Körper noch mehr zur Geltung gebracht. Sie trug ein langes Kleid aus dunkelgrünem Stoff, das mit einem viereckigen Ausschnitt versehen war, dessen Rand eine Brokatspitze zierte. Die Haut war bleich, wie bei einem Menschen, der lange nicht mehr die Sonne gesehen hatte, aber die feinen Herrschaften gingen ja selten aus, das wußte Ilona. Sie konnte auch keinen Blick von dem Gesicht nehmen, von diesen ausdrucksstarken Augen, in denen die Pupillen seltsam rötlich schimmerten, den hochstehenden Wangenknochen und dem vollen Mund mit der leicht vorgeschobenen Unterlippe. Keine Falte hatte ihren Platz in diesem Gesicht gefunden, es wirkte wie aus Marmor gemeißelt.

Plötzlich wußte das Mädchen auch, wer diese Frau war. Es gab keine andere Möglichkeit.

Vor ihr stand Katharina Fariac, die Gattin des Grafen und damit die Herrin auf diesem Schloß.

Was hatte sie nicht alles über die Frau gehört! Kaum jemand hatte sie zu Gesicht bekommen, nur Gerüchte und Legenden rankten sich um diese Person. Es hieß, daß sie nur in Eselsmilch baden würde, das sie mit dem Blut junger Mädchen mischte, und daß sie ihren Gatten dazu anhielt, sich immer neue Gespielinnen aufs Schloß zu holen.

Diese Frau war berüchtigt, und Ilona begann zu zittern.

Die Lippen der Gräfin verzogen sich zu einem Lächeln. »Hast du Angst vor mir?« fragte sie.

»Nein, nein, Gnädigste«, erwiderte Ilona schnell, beugte sich herab und küßte die Hand der Frau.

»Steh auf«, sagte Katharina, als sie merkte, daß Ilona demütig hocken blieb. »Ich will mit dir reden.«

Das Mädchen erhob sich.

Fest schaute ihr die Gräfin ins Gesicht, und Ilona erschauderte unter dem Blick.

»Du bist schön, mein Kind«, sagte die Gräfin. »Sogar sehr schön. Und ich freue mich, wenn ich schöne Menschen um mich herum habe.« Sie streckte die Hand aus und streichelte über Ilonas Wange.

Das Mädchen zuckte zusammen.

Kalt waren die Finger.

Wie Totenhände...

Gleichzeitig errötete die junge Zigeunerin. Sie hatte etwas anderes erwartet, nicht solche Worte, wie sie die Gräfin eben gebraucht hatte. Was hatte man nicht alles für schlimme Dinge über sie erzählt. Aber jetzt war sie ganz anders. Jedes Ding hat eben zwei Seiten, dachte Ilona.

»Ich habe dich schon öfter gesehen«, fuhr die Gräfin fort. »Und ich habe mir gedacht, daß ich dich irgendwann auf diesem Schloß wiedertreffen werde. Nun ist es soweit.« Sie lächelte, doch ihre Augen blieben ohne Glanz.

»Du sagst ja nichts, mein Kind!«

»Was soll ich auch sagen?« Ilona schluckte. »Ich bin einfach sprachlos, Gnädigste.«

»Dann gefällt es dir hier?«

»Vielleicht...«

»Oh, ich hatte eine klarere Antwort erwartet.«

»Ihr müßt wissen, daß es alles noch neu ist für mich. Ich muß mich erst daran gewöhnen.«

Die Gräfin nickte. »Das verstehe ich durchaus, liebe Ilona. Du bist nicht die einzige auf dem Schloß. Es gibt zahlreiche junge Mädchen hier, die mir und ihm Gesellschaft leisten. Die zu unserem Hofstaat gehören.« Bei diesen Worten glitten ihre Blicke am Körper Ilonas entlang. Sie sah die zerrissene Bluse und die Haut darunter schimmern. »Du hast einen schönen Körper. Er wird ihm sehr gefallen.«

»Dem Grafen Fariac?« fragte Ilona.

»Ja.«

»Was stellt er mit uns an?«

»Nichts.«

»Im – im Dorf erzählt man sich schreckliche Dinge. Er würde die Mädchen töten...«

Katharina lachte. »Nein, er tötet doch niemanden. Er gibt ihnen das ewige Leben, meine liebe kleine Ilona.«

»Dann ist er ein Magier und Zauberer?«

Die Gräfin nickte. »So kannst du es nennen. Aber etwas gefällt mir nicht an dir.« Die Gräfin hob den Arm und deutete mit dem Zeigefinger auf die Halsgrube des Mädchens, wo das kleine Kreuz baumelte. »Nimm es ab.«

Ilona schielte nach unten. Sie sah das Kreuz und erschrak. »Nein, Gnädigste, ich nehme es nicht ab. Ich kann es nicht abnehmen. Es ist ein Geschenk meiner Mutter. Sie hat mich eindringlich gebeten, es immer zu tragen.«

»Ich befehle es dir!«

Ilona hörte die schrille Stimme der Gräfin und zuckte zusammen. In ihrem Innern tobte ein Widerstreit von Gefühlen. Einerseits hatte sie ihrer Mutter versprochen, das Kreuz bis zu ihrem Tod zu tragen, andererseits war sie jetzt bei der Gräfin, und die war ihre Herrin, auch wenn Ilona nicht freiwillig aufs Schloß gekommen war.

»Könntet Ihr nicht eine Ausnahme machen, Gnädigste?« fragte sie mit zitternder Stimme.

»Nein!« Katharina, Gräfin Fariac, stampfte mit dem rechten Fuß auf. »Nimm es endlich ab!«

Da nickte das Mädchen. Ilona hob die Arme und führte beide Hände um den Hals herum, um an der Rückseite das kleine Schloß zu öffnen, das die beiden Kettenhälften hielt.

Dann hielt sie das Kreuz in der Hand und wollte es in die Rocktasche stecken, doch damit war die Gräfin überhaupt nicht einverstanden. »Nein«, rief sie. »Nicht so. Du wirst es überhaupt nicht mehr bei dir behalten, sondern wegwerfen.«

»Das kann ich nicht!« Die Antwort kam spontan.

»Wirf es weg!«

Die Gräfin schrie das Mädchen an, und Ilona zuckte zusammen. Dann nickte sie.

Sie öffnete die Faust, und die Kette mit dem Kreuz klirrte zu Boden.

»Geh zur Seite!« herrschte die Gräfin Ilona an. Sie selbst trat dann gegen das Kreuz, so daß es bis zu Tür rutschte, durch die Ilona den Raum betreten hatte.

»Geh hin und wirf es in den Gang!« befahl die Gräfin.

Ilona zögerte.

»Nun mach schon!«

Da blieb dem Mädchen keine Wahl. Ilona schritt auf die Tür zu, bückte sich, hob das Kreuz auf und öffnete.

Sie schaute wieder in den dunklen Gang, spürte die kühle Luft und fröstelte.

»Hast du es weggeworfen?« klang die Stimme der Gräfin.

»Ja.«

»Dann komm her.«

Ilona ging wieder zu ihr.

Die Gräfin legte ihr eine Hand auf die Schulter. Jetzt lächelte sie wieder und strotzte vor falscher Freundlichkeit. »Möchtest du ihn sehen?« fragte sie.

»Den Grafen?«

»Ja.«

»Dann komm.«

Die beiden unterschiedlichen Frauen schritten auf den auf dem Podest stehenden Stuhl zu, unter dem sich eine gläserne Platte befand. Die Gräfin drehte den Stuhl zur Seite. »Schau hinunter«, flüsterte sie mit heiserer Stimme.

Ilona bückte sich.

Sie blickte durch die Glasplatte. Ihre Augen wurden groß. Im nächsten Moment entwich ein erstickter Laut ihrem Mund.

Deutlich sah sie den offenen Sarg. Und darin lag – Graf Fariac, der Vampir...

Ilona merkte nicht, daß die Gräfin die Hände um ihre Taille gelegt hatte. Sie konnte ihren Blick nicht von dem Gesicht des Blutsaugers wenden, auf das der Schein der beiden neben dem Sarg stehenden Kerzen fiel.

Deutlich sah sie den halbgeöffneten Mund und die beiden langen Zähne, die daraus hervorschauten.

Eine Gänsehaut rann über ihren Rücken. Sie fühlte sich von diesem Anblick abgestoßen und hingezogen zur gleichen Zeit. Der Vampir bot einen unheimlichen und faszinierenden Anblick.

»Ist er nicht schön?« wisperte die Gräfin dicht neben Ilonas rechtem Ohr.

Das Mädchen schwieg.

Der Graf trug dunkle Kleidung. Er mußte einen Mantel oder ein Cape um die Schultern hängen haben, denn Ilona sah das rote Schimmern des Innenfutters.

Schwarz und rot, die markanten Farben.

Schwarz für die Nacht, rot für das Blut!

Noch schlief der Graf, doch Ilona war sicher, daß er irgendwann erwachen würde.

Und dann? Was geschah dann? Sie ahnte, daß er zu ihr kommen würde, und sie fürchtete sich vor dem Augenblick.

Die Gräfin zog das Mädchen zurück. »Nun hast du ihn gesehen, kleine Ilona«, sagte sie. »Er wird dir das ewige Leben schenken, und er allein wird dein Herr sein!«

Das Mädchen nickte.

Die Gräfin aber sagte: »Jetzt kommst du erst mit. Ich werde dir dein Zimmer zeigen, denn dort liegen prächtige Kleider für dich bereit, damit du würdig bist, von ihm geküßt zu werden.«

Ilona nickte nur.

Mit gesenktem Kopf ging sie neben der Gräfin her. Sie sah nicht das Lächeln der Frau und sah auch nicht die beiden spitzen Eckzähne, die für einen kurzen Augenblick die etwas vorgeschobene Unterlippe berührten. Auch die Gräfin war eine Untote, die Menschen in den Dörfern hatten schon recht gehabt.

Sie verließen den Raum und gelangten an eine Treppe, die zu den oberen Gemächern führte. Das Mädchen fand sich in einem langen Gang wieder, an dessen Wänden zahlreiche Gemälde hingen. Sie zeigten blutige Schlachtenszenen. Es gab aber auch Porträtbilder. Finstere Männergesichter, die irgendwie alle Ähnlichkeit mit Fariac hatten.

Ilona fröstelte.

Vor einer Tür blieb die Gräfin stehen. »Geh da hinein!« ordnete sie an.

Ilona betrat den Raum.

Es war prachtvoll eingerichtet. Ein großes Himmelbett mit herrlichen Kissen, Schränken, Tischen, kleinere Stühle. Ein dralles Bauernmädchen stand bereit und verbeugte sich. Ilona glaubte, die Kleine schon unten im Ort gesehen zu haben.

»Brunhilde wird dich baden und waschen«, erklärte die Gräfin. »Ich komme dann wieder, wenn es soweit ist.«

Ilona nickte nur.

Die Gräfin verschwand.

Ilonas Hand aber fuhr in die Rocktasche, und dort umklammerten die Finger das kleine Kreuz.

Sie hatte es nicht weggeworfen...

Der Sturm hatte kaum nachgelassen, aber die Dunkelheit war stärker geworden.

Wir befanden uns bereits dicht vor dem Schloß. Der steile Weg hatte sich für den alten Marek als Quälerei erwiesen. Nachträglich ärgerte ich mich, daß wir ihn mitgenommen hatten, aber es war nicht zu ändern. Wir mußten da durch.

Im Schatten der hohen Burgmauern wuchs dichter Wald. Allerdings waren die Bäume bereits entlaubt, so daß sich nur wenig Verstecke für uns boten. Von den sechs Reitern hatten wir nichts gesehen. Wahrscheinlich befanden sie sich zusammen mit der entführten Ilona auf dem Schloß.

Wie viele Gegner sonst noch auf uns warteten, hatte mir Karel Marek auch nicht sagen können. Ich rechnete allerdings mit dem Schlimmsten.

Für uns hieß es, ungesehen das Schloß zu betreten. Und das würde schwer genug sein, denn überall standen die Wachen. Ich hatte sie auf dem Wehrgang patrouillieren gesehen, und das große Tor war ebenfalls bewacht, wie mir Karel berichtete.

Im Schutz eines Abhangs schmiedeten wir unseren Plan. Ich schlug vor, die Nacht abzuwarten, um dann in das Schloß einzudringen.

Die Mareks waren einverstanden, zuerst, dann allerdings sprach Karel dagegen.

Er schüttelte den Kopf und sagte: »Bis dahin wird es für Ilona zu spät sein.«

Da konnte er recht haben, doch mit einem anderen, besseren Vorschlag konnte auch er nicht aufwarten.

Dann hatte der alte Marek eine Idee. »Eigentlich müßte der Wagen bald kommen.«

»Welcher Wagen?« hakte ich nach.

»Einmal in der Woche fährt ein Wagen mit Proviant zum Schloß hoch. Er bringt bestellte Kleidung und das Essen für die Leute, die keine Vampire sind. Den könnten wir anhalten.«

Karel und ich schauten uns an.

Der junge Marek nickte.

Auch ich war einverstanden.

»Wo machen wir es?« fragte Karel.

Ich deutete talwärts. »Hier sind wir zu nahe am Schloß. Wir müßten ihn weiter unten abfangen.«

Damit waren die Männer einverstanden. Wir besprachen noch einige Einzelheiten, und der alte Marek wollte sich auf den Kutschbock setzen.

Danach verließen wir unser Versteck. Hastig schlichen wir den Weg wieder zurück und stoppten nach der zweiten Kurve, denn sie lag ziemlich günstig, da sie vom Schloß her nicht eingesehen werden konnte. Am Wegrand verbargen wir uns.

Noch immer heulte der Wind. Er schüttelte die Bäume regelrecht durch, bog die blattlosen Zweige und Äste zur Seite und wirbelte das Laub vom Boden hoch.

Da wir etwas Zeit hatten, erklärte ich den beiden Männern die Funktion meines Kreuzes.

Vater und Sohn waren zugleich erstaunt und begeistert.

»Damit kannst du den Vampir töten«, sagte der Alte.

Ich nickte lächelnd. »Vorausgesetzt, ich komme an ihn heran.«

»Das wird schwer sein. Er ist gut bewacht. Und seine Späher sind überall.«

Das wurde uns sogar wenige Augenblicke später bestätigt. Über uns verdunkelte sich der Himmel noch mehr, weil mehrere Riesenfledermäuse über den Baumwipfeln schwebten.

Wir hoben den Blick. Unwillkürlich tastete ich nach meiner Waffe, ließ sie jedoch stecken. Ich wollte mit der Munition sparsam umgehen. Bestimmt würde ich sie noch brauchen.

Die Vampire flogen wieder weg. Sie kontrollierten die Umgebung des Schlosses. Bis zum Fluß hinunter.

Plötzlich hörten wir das Geräusch. Erst war es nicht genau zu identifizieren, dann sagte Karel: »Das ist der Wagen. Ich höre das Malmen der eisenbeschlagenen Räder. Kommt!«

Wir erhoben uns.

Einen Platz hatten wir uns bereits ausgesucht. Dicht am Wegrand gingen wir in die Hocke, geschützt durch leichtes Strauchwerk.

Der Boden unter uns war feucht. Aber wir hatten uns daran gewöhnt. Während der Überfahrt war es auch nicht gerade trocken gewesen.

Wir hatten uns so abgesprochen, daß ich es versuchen wollte. Karel war zwar dagegen gewesen, hatte sich jedoch gefügt.

Der Wagen näherte sich. Das Rattern der eisenbeschlagenen Räder wurde lauter.

Ich spannte meine Muskeln und hockte sprungbereit. Den Kopf hatte ich nach links gedreht, denn aus dieser Richtung erwartete ich den Verpflegungswagen.

Zuerst sah ich die beiden Pferde. Sie waren zu bedauern, denn sie hatten es schwer, den beladenen Wagen den Berg hochzuschleppen. Sie schnauften und warfen ihre Köpfe hin und her. Atemwolken quollen aus Mäulern und Nüstern.

Nur ein Mann saß auf dem Kutschbock. Schwach erkannte ich seine Umrisse. Er hielt die Zügel in der linken und die Peitsche in der rechten Hand.

Hin und wieder ließ er die Schnur dicht über die Pferderücken klatschen.

Zwei Sekunden wartete ich.

Dann sprang ich auf.

Ich kam gut weg, und bevor sich der Kutscher versah, hatte ich den Bock erreicht.

Ich tauchte dicht neben dem Kutscher auf, der überrascht den Kopf wandte und mich erschreckt anschaute.

Er war ein Mann mittleren Alters, wollte die linke Hand herumschwenken, um mir den Peitschenstiel gegen den Hals zu schlagen, als ihn meine Handkante schon traf.

Es war ein genau gezielter Schlag, der Kutscher bäumte sich noch einmal auf und sackte dann zusammen.

Ich griff sofort nach den Zügeln, zog sie fest an. Die Pferde gehorchten und blieben stehen.

Erst jetzt atmete ich auf.

Schon hörte ich schnelle Schritte neben dem Wagen. Die beiden Mareks erschienen.

Als sie den bewußtlosen Kutscher sahen, lächelten sie. Gemeinsam holten sie ihn vom Bock und legten ihn neben den Wagen in die blattlosen Büsche.

Als erster kletterte der alte Marek auf den Bock. Ich übergab ihm die Zügel. »Teil eins hat gut geklappt«, lächelte ich. »Wir wollen hoffen, daß es weiterhin so bleibt.«

Er nickte nur.

Ich sprang zu Boden und lief um den Wagen herum. An der Rückseite wartete Karel bereits. Er machte sich an der Plane zu schaffen, zog zwei Bänder aus einer Öse und klappte den Stoff zur Seite, so daß ein Spalt entstand, durch den wir auf den Wagen klettern konnten.

Er war wirklich voll beladen. Kisten und Fässer standen dort. Es roch nach Gewürzen, Obst und Gemüse. Das hatte der Mann wohl alles vom Markt gekauft.

Wir fanden kaum Platz. Karel stieg auf die Ladefläche, rückte zwei Kisten zur Seite und klemmte sich in den schmalen Spalt. Ich hatte mehrere Säcke entdeckt, die weiter hinten auf der Fläche standen. Da wollte ich mein Versteck finden. Auf allen vieren robbte ich dorthin und schaffte es tatsächlich, die Säcke noch ein wenig zur Seite zu rücken.

Ich machte mich so klein wie möglich und verschwand zwischen der Ladung.

»Abfahren!« rief Karel Marek.

Ich hörte das Knallen der Peitsche, dann ruckte der Wagen an. Die Ladung, zum Großteil nicht festgezurrt, wurde geschüttelt. Sie blieb aber in der alten Stellung und kippte nicht um.

Die Spannung stieg. Konnten wir es schaffen? Würde man uns diesen Bluff abnehmen? Ich hoffte es stark.

Vor mir sah ich den eingeklemmten Karel. Der Junge bewies Mut, doch es war fraglich, ob er auch gegen die verdammten Blutsauger bestehen konnte.

Daß die Pferde ziemlich erschöpft waren, merkte ich daran, wie groß die Mühe war, die sie einsetzen mußten, um den schweren Planwagen zu ziehen.

Immer wieder knallte der alte Marek mit der Peitsche. Das pfeifende Geräusch übertönte sogar das Malmen der Räder. Jedesmal, wenn der Planwagen in eine Kurve gezogen wurde, neigte er sich zur Seite und ächzte schwer. Wie ein Mensch, der im Sterben liegt, so hörte es sich an. Der Wagen schien kurz vor dem Zusammenbruch zu stehen.

Ich hatte die Kurven vom Schloß aus gerechnet mitgezählt. Fünf waren es.

Die letzte lag noch vor uns.

Auch die schaffte das Gespann. Dann ging es ein Stück den Berg hoch, und schon hörte ich die Stimme des Alten.

»Brrr... stehenbleiben, ihr verdammten Gäule.« Er zerrte an den Zügeln, die Pferde ruckten, schüttelten den Wagen durch und standen schließlich still.

Jetzt kam es darauf an.

»He, will denn keiner öffnen?« Stephan Marek machte seine Sache wirklich ausgezeichnet. Der alte Knabe schien Nerven wie Drahtseile zu besitzen.

Zuerst geschah nichts. Dann schrie eine Stimme. Dem Klang nach zu urteilen, kam sie von der Burgmauer: »Wer bist du denn?«

»Die Vertretung.«

»Was ist mit Gottfried, dem Kutscher?«

»Krank. Er liegt beim Feldscher. Ich bin ein alter Freund von ihm.«

»Ich habe dich noch nie gesehen.« Der Wärter schien doch mißtrauisch zu sein.

»Ich komme aus dem Dorf.«

Nach diesen Worten trat erst einmal eine Pause ein, bis der Wärter rief: »Warte, es wird geöffnet!«

Die Hürde war auch genommen.

»Jetzt kommen wir rein!« zischte Karel Marek. Seine Stimme klang aufgeregt.

»Sei ruhig.«

Hoffentlich hielt der Junge durch, denn waren wir erst einmal in dem Schloß, würde es verdammt schwer sein, es wieder zu verlassen.

Dann vernahmen wir bekannte Geräusche. Ein Tor wurde geöffnet. Knarren, Quietschen, Ächzen – und eine Stimme.

»Los, Alter, gib deinem Gaul Zunder!«

Wieder knallte die Peitsche. Wir fuhren in den Schloßhof. Hoffentlich kamen die Bewacher nicht auf die Idee, den Wagen zu durchsuchen, dann waren wir geliefert.

Ich machte mich noch kleiner und hielt den Atem an, als Marek aufgefordert wurde, anzuhalten.

Wieder stoppte er.

Schritte zu beiden Seiten des Zweispänners. Jemand schlug gegen die Plane, blieb hinten stehen, und dann sah ich den Widerschein einiger Fackeln durch die Ritzen schimmern.

Jetzt wurde es spannend.

Finger zerrten an der Verseilung. Wenn sie die Plane hinten hochhoben, mußten wir uns den Weg freikämpfen.

Wieder reagierte der alte Marek goldrichtig. »Was soll das?« rief er. »Mit Gottfried habt ihr nicht so viel Theater gemacht.« Er hustete. »Ich habe keine Zeit mehr und will wieder zurück. Schließlich bin ich nicht mehr der Jüngste und habe es Gottfried zum Gefallen getan.«

»Der Alte ist schlimm«, hörte ich einen Mann sagen. »Sollen wir ihn fahren lassen?«

»Meinetwegen«, erwiderte ein zweiter.

»Fertig, Alter, du kannst los. Bis zum Provianthaus.«

»Und wo finde ich das?«

»Fahr durch den Bogen und dann nach links. Aber helfen wird dir niemand, das brauchten wir bei Gottfried auch nicht.«

»Verstanden.«

Wieder pfiff die Peitsche. Die Gäule setzten sich widerwillig in Bewegung.

Ich kletterte schon aus meinem Versteck hervor, damit ich schnell von der Ladefläche springen konnte.

»War knapp, nicht?« sprach Karel mich an.

Ich nickte. An dem jungen Mann hatte ich mich vorbeigemogelt und warf einen Blick durch den Spalt zwischen den beiden hinteren Planenhälften.

Man hatte große Fackeln angezündet. Sie steckten in den Innenmauern und beleuchteten den Hof. In ihrem Schein sah ich mehrere Wachen, die schwerbewaffnet am Tor standen und dem Wagen nachschauten. Die Männer trugen große Lanzen und waren mit Schwertern bewaffnet. Ihre Oberkörper schützte ein Eisenpanzer, und die hohen Helme auf den Köpfen waren aus dem gleichen Material.

Langsam entschwanden sie meinen Blicken. Dann fuhren wir unter dem Rundbogen her, und danach riß Stephan Marek so hart am Zügel, daß die beiden Gäule den Kopf hochwarfen und direkt nach links einschwenkten.

Ich schnupperte.

In der Nähe mußte der Pferdestall liegen, denn der unverkennbare Geruch drang in meine Nase. Es stank nach verfaultem Heu und Roßäpfeln.

Der Wagen hielt.

Dann hörten wir das Knarren einer Tür und danach eine Stimme: »Du kannst abladen, Alter. Ich komme in dreißig Minuten wieder, dann ist der Wagen leer.«

»Ja, ja, schon gut.« Marek sprang vom Bock. Wir hörten seine Schritte, als er um den Wagen herumging. Dann werkelte er an der Plane herum und hob sie rasch hoch.

»Die Luft ist rein!« flüsterte er. »Ihr könnt beide rauskommen. Aber schnell.«

Das ließen wir uns nicht zweimal sagen und sprangen hastig zu Boden.

Ich schaute mich um. Wir befanden uns in einer windgeschützten Ecke des großen Burghofes. Hier standen tatsächlich die Stallungen und auch das Provianthaus. Es schloß sich im rechten Winkel an die barackenähnlichen Stallgebäude an, die auf der Vorderseite mehrere Türen hatten. Wir hörten das Wiehern der Pferde und das Stampfen der Hufe.

»Und jetzt?« fragte Karel.

»Abladen«, erwiderte sein Vater.

»Ich fasse mit an!«

Ich hielt Karel, der sich schon bücken wollte, zurück. »Nein, wir müssen uns ein Versteck suchen.«

»Und wo?«

Ich deutete auf die offene Tür des Provianthauses. »Da hinein. Es wird schon eine Ecke geben.«

Er nickte.

»Weg jetzt!« zischte der Alte, der bereits einen ersten Mehlsack über der Schulter liegen hatte.

Wir verschwanden und tauchten in das Dämmer des Vorratsgebäudes unter.

Stephan Marek schleppte die ersten Säcke herein. Nach dem Eingang ließ er sie kurzerhand zu Boden fallen. Wir nahmen sie auf und verstauten sie in den Regalen. Ob dieser Gottfried sie auch dorthin gelegt hatte, war egal. Die Dinger waren sowieso verdammt schwer, und auch wir hatten unsere Mühe.

Um so mehr bewunderte ich den Alten. Ihn hielt wahrscheinlich der Haß auf die Entführer seiner Tochter so bei Kräften.

»Viel länger können wir hier nicht bleiben!« keuchte Karel und hievte abermals einen Sack in das Regal.

Ich nickte. Bevor wir uns jedoch entschieden, schlug das Schicksal hart und grausam zu.

Zuerst hörten wir draußen Schritte. Den Geräuschen nach zu urteilen mußten es zwei Personen sein, und sie näherten sich der Tür. Blitzschnell tauchten wir zu beiden Seiten des Eingangs in Deckung und warteten ab.

Dann erklangen schon die Stimmen. »Oh, es gibt wieder Proviant. Hoffentlich hast du auch Schnaps mitgebracht, Gottfried.«

»Wird wohl«, sagte eine tiefere Stimme.

Dann wieder die Schritte. Im nächsten Moment vernahmen wir einen überraschten Ruf.

»Verdammt, das ist ja gar nicht Gottfried.«

Ich zuckte zusammen, warf Karel einen raschen Blick zu und sah, daß er sich sprungbereit machte.

»Wo ist Gottfried?«

»Krank geworden!« erwiderte der alte Marek. »Ich habe die Vertretung übernommen.«

»Seltsam, Gottfried war doch richtig gesund und hat mit uns immer gezecht. Na ja, kann jedem passieren. Viel Vergnügen noch, Alter. Und überanstrenge dich nicht.«

Wir hatten schon aufgeatmet, weil dieser Kerl an uns vorüber gegangen war, als der Mann mit der tiefen Stimme plötzlich sagte: »He, Augenblick mal, dich kenne ich doch, Alter?«

In mir vereiste etwas.

»Natürlich, du bist der Vater von der kleinen Zigeunerin. Verdammt, das ist Verrat.«

Einen Herzschlag später hörten wir ein Poltern, dann ein böses Lachen und einen ächzenden Laut. Im nächsten Augenblick rannten die beiden Männer weg.

Karel Marek war noch schneller als ich. Er pfiff auf sämtliche Sicherheiten und stürmte aus dem Bau.

Der alte Marek lag am Boden.

Auf dem Rücken, das war genau zu sehen. Und ebenfalls zu sehen war die Schwertklinge, die tief in seiner Brust steckte...

In einem Nebenraum des prunkvollen Gemachs stand bereits der Waschzuber. Er war gefüllt, und Dämpfe stiegen gegen die Decke, die schwer und süßlich nach den Essenzen rochen, mit denen das Wasser angereichert worden war.

Ilona zog sich aus.

Erst war es ihr ein wenig peinlich, daß die füllige Brunhilde zuschaute, doch dann sah sie den Blick des Mädchens. Er ging ins Leere. Als wäre sie gar nicht vorhanden.

Ilona hob die Schultern.

Jetzt war sie splitternackt, sie hatte einen wunderbaren Körper mit hoch angesetzten, sehr festen Brüsten, einer schmalen Taille und ebenmäßigen Schenkeln.

Brunhilde faßte ihren Arm. Sie griff so fest zu, daß Ilona unwillkürlich aufschrie, dabei wollte ihr das Mädchen nur helfen, in den Zuber zu steigen.

Das Wasser hatte eine angenehme Temperatur. Es prickelte richtig auf der Haut, und Ilona schloß die Augen. Noch nie hatte sie so prachtvoll gebadet, doch Brunhilde ließ ihr nicht lange Zeit, sich zu entspannen. Sie kam mit einem Pulver und bedeutete Ilona, daß sie aufzustehen hatte.

Was die Zigeunerin auch tat.

Sie wunderte sich, daß Brunhilde kein Wort sprach, und fragte sie danach.

Die dralle Bauernmaid trat einen Schritt zurück und öffnete ihren Mund.

Da sah Ilona es selbst.

Man hatte dem Mädchen die Zunge abgeschnitten!

Welch ein grausames Schicksal!

Die Zigeunerin schloß die Augen und öffnete sie erst, als sie Brunhildes Hände auf ihrem Körper spürte, die das Pulver sorgfältig verteilten.

Durch die Nässe blieb es kleben.

Ilona wunderte sich, wie weich die Hände des Bauernmädchens waren, und ein wohliger Schauer rann über ihre Haut. Brunhilde wusch sie sorgfältig, und schließlich war Ilonas Körper überall mit einer dicken Schaumschicht bedeckt. Sogar im Gesicht.

Danach durfte sie sich wieder hinsetzen.

Ilona tauchte in den Zuber ein, und Brunhilde begann damit, sie abzuspülen.

Es tat gut, das warme Wasser über die Schultern fließen zu spüren. Eine Zeitlang gab sie sich nur dem reinen Badeerlebnis hin, bis Brunhilde auf ihre Schulter tippte und ihr bedeutete, aufzustehen.

Ilona stieg aus dem Zuber.

Davor lag eine geflochtene Matte. Das Wasser rann und tropfte ab. Brunhilde brachte ein duftendes Badetuch, in das sich Ilona einwickelte.

Dann rieb die Bauernmaid ihren Körper ab. Sie machte dies ebenso geschickt wie das Waschen.

Ilona hätte ihre Hände noch viel länger spüren können, doch anscheinend stand Brunhilde unter Zeitdruck. Sie zog ihr ziemlich plötzlich das Badetuch weg und brachte neue Kleider.

Es war eine Robe. Pechschwarz außen, wie das Gefieder eines Raben und von innen mit roter Seide gefüttert.

Ein Gewand, wie es auch der Graf trug!

Ilona mußte hineinschlüpfen. Die Seide lag angenehm kühl auf ihrer Haut. Mit einer ebenfalls dunklen Spange konnte sie das Gewand vorn zusammenstecken.

Sandalen standen ebenfalls bereit, in die Ilona schlüpfte. Sie wollte noch etwas sagen, als die Tür aufgerissen wurde.

Die Gräfin stand dort!

Auch sie hatte sich umgezogen und trug ebenfalls ein schwarzes Gewand, das allerdings mit kostbaren, roten Stickereien verziert war.

Katharina lächelte. »Ich sehe, daß du fertig bist.«

Ilona nickte.

»Du siehst noch schöner aus. Dem Grafen wirst du gefallen. Komm!« Sie steckte den Arm aus.

Ilona schritt auf die Gräfin zu, durchquerte ihr Gemach mit dem großen Bett und ließ sich aus dem Raum führen.

Erst auf dem Gang fiel ihr siedendheiß etwas ein.

Sie hatte ihr kleines Kreuz vergessen!

»Vater! Mein Gott, Vater!«

Karel Marek brachte die Worte kaum hervor, dann fiel er neben Stephan in die Knie.

Tränen rannen über sein Gesicht, während er die bleichen Wangen des Sterbenden streichelte.

Daß Stephan Marek starb, daran gab es keinen Zweifel. Zu tief war die Wunde, aus der das Blut rann und langsam im Boden versickerte. Die Söldner hatten genau getroffen.

Urplötzlich schien der Wind einzuschlafen und die Zeit stillzustehen. Mir kam es vor, als hätten beide Ehrfurcht vor dem sterbenden alten Mann.

Stephan Marek drehte den Kopf. Er schaute uns an. Sein brechender Blick verriet, daß er nicht mehr viel Zeit hatte.

»Karel«, flüsterte er und nahm noch einmal alle Kraft zusammen. »Karel, bitte, Sohn . . . ich muß dir etwas sagen...«

»Du darfst jetzt nicht reden«, flüsterte der junge Marek. »Ich bitte dich, Vater.«

»Doch, du mußt es wissen. Dein Erbe, Karel, ich will dir dein Erbe geben.«

»Nein, ich...«

»Bitte, höre mich an. Bitte...«

Karel nickte schweigend, während er sich mit dem Handrücken die Tränen aus den Augen wischte.

»Du... du bist ein Marek, mein Sohn, und ein Marek hat seine Verpflichtungen. Greif bitte unter meine Jacke. Dort ist dein Erbe versteckt. Es ist der Pfahl, mit dem du die Vampire jagen sollst. Töte Fariac damit. Für ihn ist er gemacht. Töte ihn. Versprichst du mir das?«

»Ja, Vater.«

»Dann... dann ist es gut.« Der Alte keuchte. Blutiger Schaum sprühte von seinen Lippen. »Nimm ihn, nimm ihn jetzt, und halte ihn in Ehren, denn wir sind die Mareks, die Pfähler...«

Ich stieß den Jungen an. »Nimm schon.«

Seine Hand tastete sich an der Wunde vorbei, fuhr unter die Jacke und fand den Pfahl.

»Hast du ihn?«

»Ja, Vater.«

»Dann ist es gut. Er muß immer in den Besitz eines anderen Mareks übergehen, bis die Vampirgefahr gebannt ist. Aber das... das wird wohl nie sein. Töte ihn und rette Ilona. Sie ist ja noch so jung. So herrlich jung. Sie darf dem Grafen nicht in die Hände fallen. Und du, mein Sohn, du mußt heiraten und einen Sohn zeugen, damit du ihm den Pfahl übergeben kannst. Und dein Sohn muß wieder heiraten...« Die Stimme wurde schwächer...

»Vater...?« Karel krächzte das Wort.

»Ja, ich bin noch da. Aber der Himmel wartet bereits auf mich. Ich sehe ihn. Ich sehe ihn offen... deine Mutter, Karel, sie ist dort und will mich empfangen. Ich komme, ja ich komme... Karel! Ilona!« Der alte Mann atmete röchelnd auf und sackte in sich zusammen. Sein Kopf fiel zur Seite, die Augen brachen.

Stephan Marek war tot!

Weinend brach Karel über der Leiche seines Vaters zusammen. Ich konnte seine Trauer verstehen, fühlte seinen Schmerz mit, denn auch ich hatte in dem alten Mann einen Freund verloren, aber wir mußten auch an uns denken. Nicht umsonst hatten die Mörder bemerkt, daß sie reingelegt worden waren.

Sie schlugen Alarm.

Plötzlich hörten wir die Stimmen. »Sie sind am Provianthaus. Schneller...«

Ich riß Karel Marek hoch.

»Nein, laß mich!« brüllte er. »Ich will die Mörder meines Vaters töten!«

»Aber doch nicht so. Komm mit, sie sind in der Überzahl!«

Im nächsten Augenblick traf uns bereits der Lichtschein der ersten Fackel...

ENDE

Schreie
in der
Horrorgruft

»Da sind sie. Los, schlagt sie tot, die Hundesöhne. Sie haben uns verraten!«

Die Stimme des Mannes überschlug sich. Er war der Anführer einer sechsköpfigen Horde, die uns unbedingt töten wollte .

Uns – das waren zwei Personen.

Karel Marek und ich!

Ich packte den jungen Marek an den Schultern und wuchtete ihn herum. Ohne Hilfe konnte er sich nicht von der Stelle rühren. Der Anblick seines toten Vaters hatte ihn bis ins Mark getroffen.

»Weg!«

Das eine Wort reichte. Karel erwachte plötzlich aus seiner Erstarrung und begann zu rennen. Wir liefen ein kurzes Stück an der Stallwand vorbei, wo die Pferde untergebracht waren, und fanden eine offenstehende Tür. Einen Augenblick später tauchten wir im Stall unter.

Wohin jetzt?

Hastig schaute ich mich um. Ein langer Gang. Links davon die Pferdeboxen, rechts die Mauer mit den kleinen Fenstern, durch die kaum noch Licht fiel.

Wir mußten geradeaus weiterrennen.

Karel lief schon, ich folgte ihm und hörte nicht nur das Schreien unserer Verfolger, sondern auch das Stampfen der Pferdehufe. Die Tiere in den Boxen waren unruhig geworden.

»Schneller!« rief ich Karel zu, denn die Kerle waren inzwischen in den Stall eingedrungen. Und sie waren bewaffnet. Ich trug zwar meine Beretta bei mir, wollte mir aber die geweihten Silbergeschosse für die Vampire aufheben.

Wir erreichten das Ende des Stalles und hatten unwahrscheinliches Glück.

»Da ist eine Leiter!« schrie Karel.

Im nächsten Moment sah ich sie auch. Sie lehnte an der Rückwand und führte zu einer Luke in der Decke hoch.

»Nichts wie rauf!« schrie ich.

Karel kletterte die Sprossen hoch. Ich mußte warten und drehte mich um.

Meine Gegner sahen mich.

Der erste, der Bartträger mit der dicken roten Knollennase, lachte siegessicher auf. In der rechten Hand trug er eine schwere

Lanze. Im Laufen holte er aus, um mir die Lanze in den Körper zu schleudern.

Wuchtig fegte die Waffe auf mich zu.

Blitzschnell ging ich in die Knie. Die Lanze zischte über meinen Kopf hinweg und traf die Rückwand. Sofort bückte ich mich, hob sie auf und kreiselte herum.

Der Bärtige war schon verdammt nah. Ich warf die Lanze.

Mit Gegenwehr schien der Kerl nicht gerechnet zu haben. Auf jeden Fall lief er voll in den Wurf hinein. Sein Glück, daß er die Brust durch einen Panzer geschützt hatte. So wurde er von dem Treffer zwar nicht verletzt, aber die Aufprallwucht schleuderte ihn zurück. So weit, daß er seinen nachfolgenden Kumpanen in die Quere geriet, die in dem engen Gang nicht ausweichen konnten, so daß drei von ihnen mit zu Boden gerissen wurden.

Ich riß den Riegel der nächstgelegenen Tür zurück und schleuderte die Tür auf.

Das Pferd, in der engen Box nervös geworden, wieherte schrill. Die Hufe schlugen über den Stein, Funken sprühten, und dann raste der Gaul in den Gang.

Plötzlich wurde es für die Männer gefährlich. Das Pferd dachte gar nicht daran, stehenzubleiben, voll ging es in unsere Verfolger hinein. Schreie, Flüche, Wiehern . . .

Ich hörte es, als ich bereits die Leiter hochkletterte, wo Karel am Rand der Luke wartete.

»Mein Gott«, flüsterte er. »Ich dachte schon, du würdest es nicht schaffen.«

»So leicht bin ich nicht umzubringen«, erwiderte ich. »Weiter, mein Junge.« Ich kippte die Leiter um und schloß die Falltür. Sollten die Kerle sehen, wie sie uns folgten.

Wir befanden uns auf dem Dach des Stalles. Wir konnten darauf weiterlaufen, bis zu einer Steintreppe, die zum Wehrgang an der Außenmauer hochführte.

Die Treppe war unser Ziel.

Als unter uns die Verfolger noch tobten, hatten wir die Treppe bereits erreicht und hasteten die Stufen hoch.

Diesmal überholte ich Karel, und deshalb trat mir auch plötzlich der Wächter entgegen.

Die Fackel hielt er in der linken Hand, das Schwert in der rechten. Und mit der Waffe schlug er zu. Es war ein wilder Hieb, der mich zerteilt hätte, doch ich sprang geistesgegenwärtig zur Seite, so daß die Klinge nur die Stufen traf. Bevor der Knabe ein zweitesmal zuschlagen konnte, ging ich in den Mann.

Mein Rammstoß warf ihn um.

Er schrie, als er auf den Wehrgang prallte, und verlor Fackel als auch Helm.

Meine Faust traf sein Gesicht. Blut schoß ihm aus der Nase, und seine Bewegungen wurden schwächer. Ich entriß ihm das Schwert und warf es Karel zu, der es geschickt auffing.

»Kannst du damit umgehen?« fragte ich.

»Ja.«

Der Wächter war ein zäher Bursche. Er hatte sich bereits halb erhoben und griff nach der Fackel.

Da trat Karel zu.

Der Mann schrie auf, verlor das Gleichgewicht und rollte die Treppe hinab. Nach ein paar Stufen schon rutschte er seitlich ab und klatschte auf das Dach.

Unser Weg war frei.

Nicht mehr so schnell liefen wir den Wehrgang entlang, denn wir suchten nach einem Versteck. Irgendwie mußten wir in das Innere der Burg gelangen, denn noch hatten wir von Ilona keinen Rockzipfel entdeckt. Und auch nicht von Fariac, dem Vampir, den der junge Marek töten sollte.

Der Wehrgang war ziemlich breit. Links von uns wuchs die Mauer etwa bis in Brusthöhe hoch. Zwischendurch wurde sie immer wieder von schmalen Schießscharten unterbrochen.

Weiter vor uns stieß ein viereckiger Turm wie ein Armstumpf in die Höhe.

»Dahin?« fragte Karel keuchend.

Ich nickte. Wir mußten uns wieder beeilen, denn die Verfolger hatten längst nicht aufgegeben. Unten im Burghof sah ich jetzt mehrere Fackeln aufflammen, und von der anderen Seite des Wehrgangs liefen uns ebenfalls Häscher entgegen.

Man kreiste uns ein.

Karel drehte plötzlich durch.

»Ich will nicht mehr!« keuchte er und schüttelte den Kopf.

»Laß mich hier. Ich kämpfe, ich trage es aus, ich will den Vater rächen.«

Er fuhr herum und hob dabei drohend sein Schwert.

»Reiß dich zusammen!« fuhr ich ihn an und packte ihn an der Schulter. Hart schüttelte ich den jungen Mann durch. Ich mußte ihn wieder zur Vernunft bringen.

»Was willst du? Was willst du . . .?«

Da schlug ich zu. Meine flache Hand klatschte gegen seine Wange. Er torkelte einen Schritt zurück und schaute mich ungläubig an.

»Du . . . du hast mich geschlagen?«

»Ja, und werde dich auch weiterhin schlagen, wenn du nicht Vernunft annimmst.«

Er nickte.

»Weiter!« drängte ich. Es wurde verdammt Zeit, denn unsere Häscher waren uns schon bedrohlich nahe.

»Klar.«

Wir liefen auf den Turm zu. Er war ziemlich breit und wuchtig, obwohl er aus der Ferne so schmal ausgesehen hatte.

Mit Wachen war der Turm nicht besetzt. Wir sahen auf seiner Spitze keinen Fackelschein.

Von außen führte sogar eine Leiter hoch. Wir entdeckten aber auch einen Eingang, eine schwere Tür. Wir hatten Mühe, sie aufzustemmen.

Gemeinsam drückten wir.

Kalte Luft wehte uns entgegen. Kalt und muffig. Etwas schwirrte an unseren Gesichtern vorbei.

Eine kleine Fledermaus.

Angenehm war es nicht gerade, sich in diesem Turm zu verstecken, doch wir hatten keine andere Wahl.

Karel zog die Tür wieder zu, während ich meine kleine Lampe hervorholte und sie einschaltete. Nur gut, daß ich die Leuchte immer bei mir trug.

Wie ich es erwartet hatte, sahen wir im schmalen Licht des Scheinwerfers eine Wendeltreppe aus dickem Stein. Sie führte nach oben als auch nach unten.

»Wohin?« wisperte Karel.

»Unten.«

Er nickte.

Der Staub lag fingerdick auf den Stufen. Aus der Tiefe drang ein modriger Geruch zu uns hoch, als würden dort unten zahlreiche Leichen liegen.

Wir mußten in den sauren Apfel beißen und stiegen die Wendeltreppe hinab.

Ich fühlte es, ich spürte es. Irgend etwas kam auf uns zu. Mit jeder Faser meines Körpers merkte ich dies. Und auf meinen sechsten Sinn konnte ich mich verlassen. Nicht zum erstenmal hatte er mir eine drohende Gefahr angekündigt.

Ich blieb stehen, so daß Karel Marek fast gegen mich gelaufen wäre.

»Was ist denn?« hauchte er.

»Irgend etwas erwartet uns dort unten«, erwiderte ich leise. »Mach dich darauf gefaßt.«

»Und was?«

»Kann ich dir auch nicht sagen. Es ist eben so ein komisches warnendes Gefühl.«

Wir gingen weiter.

Ich hatte die Führung übernommen. Wohin uns der Weg führte, wußten wir nicht. Ich hoffte nur, daß wir diesen verdammten Turm lebend wieder verlassen konnten, denn unsere Häscher hatten bestimmt gesehen, wohin wir verschwunden waren.

Ich schwenkte die kleine Lampe und sah unter mir eine Steinplattform, wo es sicherlich eine weitere Tür nach draußen gab.

Ich entdeckte auch etwas anderes. Über uns waren Holzpflöcke in die Wand gehauen worden. Geisterhaft zuckte der Strahl über die Pfähle und über die Menschen, die an den Pflöcken hingen.

Hinter mir schrie Karel unterdrückt auf. Es war ein schlimmes Bild, und auch ich mußte schlucken.

Ich schwenkte meine kleine Bleistiftlampe hastig hin und her und sah, daß noch mehr Menschen aufgehängt waren.

Mindestens fünf.

Sie alle hingen mit den Köpfen in den geknüpften Schlingen, und ihre Beine pendelten dicht über dem Boden.

Auf dem letzten Gesicht blieb der schmale Strahl hängen. Ich ging noch eine Stufe vor und stand jetzt dicht vor der Plattform, konnte also besser sehen.

Plötzlich sträubten sich mir die Nackenhaare. Der Mann, der mit dem Kopf in der Schlinge hing, war nicht tot. Ich sah, wie sein Gesicht zuckte, er bewegte auch die Augen, öffnete sie und gleichzeitig den Mund.

Zwei nadelspitze Vampirzähne wurden sichtbar!

Blitzschnell löschte ich die Lampe. Wir waren wirklich vom Regen in die Traufe geraten.

Auch der junge Marek hatte gesehen, was mit den Erhängten los war. »Mein Gott«, hauchte er, »die leben ja.«

Er hatte recht. Wenn auch nur zum Teil. Die Geschöpfe lebten und sie lebten doch nicht.

Sie waren Vampire, Untote . . .

Plötzlich wurde mir klar, warum sich keiner der Verfolger blicken ließ. Wir waren von selbst in die Falle gerannt, denn die Vampire würden sich auf uns stürzen, das stand fest.

Fünf hatte ich gezählt!

Eine Handvoll gefährlicher Blutsauger, die uns mit Wonne angreifen würden.

Mein Arm fuhr nach hinten. Ich griff nach Karels Hand. »Wir gehen jetzt bis auf die Plattform vor«, flüsterte ich. »Und nimm deinen Eichenpflock.«

»Ja.«

Ich merkte, wie er sich bewegte. Er holte den Pflock unter seiner Jacke hervor.

Sicherheitshalber fragte ich ihn. »Hast du den Pflock?«

»Alles klar.«

Gemeinsam machten wir den letzten Schritt. Ich holte meine Beretta aus dem Holster und hängte mir das Kreuz offen vor die Brust. Schwach sah ich die Umrisse. Durch Luken oberhalb von uns fiel ein wenig düsteres Licht. Außerdem wehte der Wind durch den Turm und strich über unsere Gesichter.

Dann hörten wir das Rascheln. Es entstand vor uns, wo die Männer hingen.

Die Vampire bewegten sich. Würden sie sich jetzt von ihren Schlingen befreien?

Ich knipste noch einmal die Lampe an und hatte Glück. Der Strahl traf direkt einen in der Schlinge hängenden Vampir.

Er war bereits kein Mensch mehr, sondern hatte sich verwandelt. Sein Körper hatte sich zusammengezogen, war breiter geworden, und aus den Schultern wuchsen Flügel.

Ich sah eine Feldermaus vor mir.

Im nächsten Augenblick huschte sie aus der Schlinge und breitete die Schwingen aus.

»Runter!« rief ich Karel zu.

Dann ging es rund . . .

Gegenwart.

Die Chefsekretärin nickte Jane Collins und Bill Conolly lächelnd zu, bevor sie sagte: »Mr. Fariac erwartet Sie!«

»Danke.« Jane und Bill erhoben sich.

Die Tür wurde ihnen aufgehalten, und sie durften das Allerheiligste des Konzernchefs betreten.

Mit einem schnellen Blick nahmen Jane und Bill die Einrichtung zur Kenntnis.

Der Schreibtisch hatte die Form einer großen Niere und bestand aus dunklem Holz. Wertvolle Teppiche lagen dem ersten Anschein nach wahllos verstreut herum. Links befand sich eine Wand aus Glas, hinter der die Produkte der Firma zu sehen waren. Rechts vom Schreibtisch stand die Sitzgruppe aus Leder, und an den leicht getönten Wänden hingen wertvolle Graphiken.

Das Büro bestach durch seine Schlichtheit, war nicht protzig eingerichtet, darauf legte der Besitzer wohl keinen Wert.

Gordon Fariac erhob sich hinter seinem Schreibtisch. Gespannt schaute er seinen Besuchern entgegen, und Jane mußte zugeben, daß dieser Mann eine äußerst attraktive Erscheinung war.

Sein feiner Nadelstreifenanzug stammte vom besten Schneider, das weiße Hemd war maßgeschneidert, die schmale Krawatte aus Seide. Fariac hatte pechschwarzes Haar, das glatt nach hinten gekämmt war. Die dunklen Augen musterten die beiden Besucher forschend, und um seine dünnen Lippen wehte ein Lächeln.

»Bitte, treten sie näher«, sagte er und kam um seinen Schreibtisch herum.

Er streckte die rechte Hand aus und begrüßte Jane Collins, wobei er keinen Blick von ihrem Gesicht ließ.

Die Detektivin mochte diese prüfenden Musterungen nicht, hielt dem Blick jedoch stand und wunderte sich, wie kühl die Hand des Mannes war.

»Ich darf Sie herzlich willkommen heißen«, sagte der Mann und deutete auf die Sitzgruppe. »Nehmen Sie doch Platz.«

Er ließ Janes Hand los und begrüßte Bill ebenfalls durch einen Händedruck.

Das Leder war weich und paßte sich der Körperform des Sitzenden an. Fariac legte die Hände auf die Oberschenkel. »Darf ich Ihnen etwas zu trinken anbieten?« erkundigte er sich höflich.

Jane und Bill lehnten ab.

»Gut.« Der Firmenchef nickte. Sein Blick wanderte zu Bill, dann weiter zu Jane und blieb an ihr hängen. »Ich habe Ihnen ein Interview gewährt, weil ich gespannt bin, was Sie von mir wollen, denn bisher hat es noch kein Reporter für wichtig befunden, an mich Fragen zu stellen. Sie sehen, daß ich hier Neuland betrete, und bitte Sie, etwas nachsichtig mit mir umzugehen.« Er lächelte.

Jane Collins war natürlich nicht als Privatdetektivin aufgetreten, sondern als Reporterin, die zusammen mit Bill Conolly für eine bekannte Illustrierte schrieb. Wie es aussah, nahm Fariac den Bluff ab, und Jane war froh darüber.

Bill begann. »Ich hatte Ihnen bereits in einem Vorgespräch mitgeteilt, daß wir an einer Reportage über die Kosmetik-Industrie arbeiten. Deshalb lag es auf der Hand, Sie als einen der Branchenführer zuerst zu besuchen.«

Fariac nickte.

Natürlich hütete sich Bill Conolly, den wahren Grund ihres Besuches zu nennen. Der lag ganz anders. Es ging um John Sinclair. Seit seinem plötzlichen Verschwinden hatten Bill, Suko und auch Jane keine ruhige Minute mehr. Sir Powell, Superintendent bei Scotland Yard und Johns Chef, hatte von einer Großfahndung abgesehen. Wie auch bei den anderen stand für ihn fest, daß Sinclairs Verschwinden nicht mit einem normalen Kidnapping zu vergleichen war. Dafür bearbeitete John Sinclair zu extreme, aus dem Rahmen fallende Fälle. Alle nahmen an, daß finstere Mächte ihre Hände im Spiel hatten, denn der Spitzel, mit dem sich Sinclair getroffen hatte, hatte auch von der Fariac-Kosmetik-Firma gesprochen. Dieses hatten die anderen inzwischen in Erfahrung gebracht.

Deshalb setzten sie den Hebel bei Fariac persönlich an.

Sie gaben sich harmlos; aus diesem Grunde ließen sie auch die Firmengeschichte über sich ergehen, die Fariac ihnen darlegte. Er schilderte seine Produkte, sprach über Expansion und Verkaufsentwicklung, ging aber nicht in Details.

Dann war Jane an der Reihe. »Wie ich hörte, haben Sie mehrere Werke?«

»Das stimmt.«

»Dürften wir die Anzahl wissen?«

»Das ist einfach. Hier in London sind unsere Hauptwerke. Wir haben allerdings auch Filialen. Eine in Deutschland, am Rhein, dort, wo er am schönsten ist. Kennen Sie den Loreley-Felsen?«

»Wir haben davon gehört«, erwiderte Jane.

»Dort gegenüber befindet sich meine Filiale.«

»Und die in London?« fragte die Detektivin.

»Wie meinen Sie?«

»Ich möchte gern wissen, wie viele Filialen sich in unserem Raum befinden.«

»Drei.«

»Haben Sie die am Hafen auch mitgezählt?«

Fariac überlegte einen Augenblick. Seine Stirn warf leichte Falten. »Wie kommen Sie darauf?«

»Ich habe davon gehört.«

»Ach so. Diese Filiale ist keine in dem Sinne. Wir unterhalten dort ein Forschungslabor. Unsere Mitarbeiter beschäftigen sich dort mit der Neuentwicklung interessanter Produkte.«

»Darf man das Labor besichtigen?« hakte Jane nach.

Gordon Fariac wiegte den Kopf. »Ungern. Das hat nichts mit Mißtrauen im eigentlichen Sinne zu tun, aber gerade in der

Kosmetik-Branche gibt es einen unerhört harten, manchmal auch schmutzigen Konkurrenzkampf, so daß wir gezwungen sind, unsere Forschungsstätten vor den Blicken Dritter zu schützen.«

»Das verstehe ich«, sagte Jane. »Trotzdem hätte es uns natürlich interessiert.«

»Vielleicht später mal.«

Jetzt war Bill wieder an der Reihe. »Ich hörte, daß in dieses Labor eingebrochen wurde.«

Nach der Frage entstand eine Pause. »Wer hat Ihnen das denn gesagt?« erkundigte sich Fariac.

Bill lächelte mokant. »Auch ich habe meine Beziehungen. Den Namen möchte ich nicht verraten.«

»Es stimmt nicht, Mr. Conolly. Ihr Informant hat Ihnen einen Bären aufgebunden und sie schlichtweg belogen.«

»Kann das nicht auch eine Zweckbehauptung Ihrerseits sein, Mr. Fariac? Nicht jeder gibt gern zu, daß seine Firma durch Betriebsspionage unterwandert ist.«

»Sie befinden sich auf einer falschen Fährte!« erwiderte der Fabrikant scharf.

»Dann entschuldigen Sie.«

Fariac lächelte wieder. »Sie können den Reporter eben nicht verleugnen, Mr. Conolly. Und ich versichere Ihnen, in meine Fabrik ist nicht eingebrochen worden.«

Jane wechselte das Thema. »Wie stehen Ihre Mitarbeiter zu Ihnen und der Firma?«

»Ausgezeichnet.«

»Können Sie das präzisieren?«

»Unsere Fluktuation ist gering. Wir haben Angestellte, die seit den Anfängen bei uns sind, und das Betriebsklima gilt als anerkannt gut. Besonders gefragt sind unsere bunten Abende und die Ausflüge.«

»Betriebsausflüge?« hakte Jane nach.

»Ja und nein. Diese Ausflüge haben den Sinn, den Zusammenhalt der einzelnen Beschäftigten zu fördern. Jeder soll jeden kennenlernen. Es macht wirklich Spaß.«

»Das glaube ich Ihnen«, gab Jane zu.

Fariac lehnte sich zurück. »Ich mache Ihnen einen Vorschlag, Miss Collins. Fahren Sie doch mit.«

»Auf den Betriebsausflug?«

»Warum nicht?«

Jane warf Bill einen schnellen Blick zu. Der hob nur die Schultern.

»Ihr Kollege ist selbstverständlich mit eingeladen«, erklärte der Fabrikant.

»Und wann soll die Reise losgehen?« fragte Jane.

»Heute.«

»Was?«

Fariac schaute auf seine Uhr. »In zwei Stunden treffe ich mich mit zehn verdienten Mitarbeitern am Flughafen. Wir werden an den Rhein fliegen, dort der Filiale einen Besuch abstatten und anschließend in einer alten Burg übernachten.«

»Das ist allerdings ungewöhnlich«, murmelte die Detektivin.

»Sagen Sie ja!«

Bill nahm Jane Collins die Entscheidung ab. »Ich bin einverstanden«, erklärte er.

»Bravo, Mr. Conolly. Und Sie?« Fariac schaute die Detektivin an.

»Wenn mein Kollege schon zugestimmt hat, kann ich mich nicht dagegenstellen.«

Gordon Fariac lachte. »Fantastisch, dann darf ich Sie jetzt schon für zwei Tage in der Fariac-Familie willkommen heißen. Sie werden sehr viel Spaß haben. Dafür garantiere ich.« Er schaute auf seine Uhr. »Leider müssen Sie mich jetzt entschuldigen, ich habe einen wirklichen Grund. Und Sie werden noch packen wollen. Wenn es geht, nehmen Sie bitte ein Abendkleid mit.«

»Wird gemacht«, erwiderte Jane.

Sie und Bill erhoben sich.

Fariac reichte ihnen die Hand. »Wir sehen uns dann am Flugplatz. Auf der Reise können Sie fragen, was Sie wollen. Ich stehe Ihnen gern zur Verfügung. Und der Abend wird Ihnen immer im Gedächtnis bleiben, das weiß ich von meinen Mitarbeitern.«

»Ich freue mich«, sagte Jane.

Sie durchquerten das Vorzimmer und wurden von der Sekretärin nach unten begleitet.

»Fahren Sie auch mit?« fragte Bill.

»Natürlich.«

»Sind die Ausflüge wirklich so fantastisch?«

Vor der großen Glastür blieben sie stehen. »Noch besser, Mr. Conolly. Gordon Fariac gibt sich wirklich Mühe.«

»Ist seine Frau auch dabei?« wollte Jane wissen.

»Nein, Mr. Fariac ist Junggeselle.« Die schwarzhaarige Dame mit den hellen Strähnen im Haar drohte scherzhaft mit dem Finger. »Sehen Sie sich vor, Miss Collins. Gordon Fariac ist sehr charmant.«

»Das habe ich bemerkt.«

»Du willst John doch nicht untreu werden«, sagte Bill Conolly, als sie draußen waren und auf den Porsche des Reporters zuschritten.

»Wer weiß . . .« Jane lächelte spitzbübisch, wurde aber schnell wieder ernst, denn ein Spaß war dieser Fall nicht.

Eine breitschultrige Gestalt löste sich aus der Deckung einer Parkplatzleuchte.

Suko.

Er schlenderte über den glatten Beton mit den abgeteilten Parktaschen heran. Suko war als Wache vor dem Werk zurückgelassen worden. Neben Bill blieb er stehen und legte seine Hand auf das kalte Dach des Wagens.

»Und? Neuigkeiten?«

»Steig ein«, sagte Bill nur.

Suko klemmte sich auf den schmalen Notsitz, während Jane neben dem Reporter Platz nahm.

Auf der Fahrt zum Yard Building berichtete Bill Conolly. Der Chinese zeigte sich überrascht, als er hörte, daß beide zu einem Betriebsausflug eingeladen waren.

»Und ihr habt wirklich zugesagt?«

»Ja, warum nicht?«

»Aber das ist eine Strecke. Himmel, Deutschland, der Flug und . . .«

»Du vergißt den Ort, wo das Fest stattfindet. Das ist ein altes Schloß.«

»Na und?«

»Ich weiß nicht«, sagte Jane, »aber irgendwie habe ich das Gefühl, daß mit diesem Fariac etwas nicht stimmt. Er ist zu glatt, zu kalt. Man kommt an ihn nicht heran. Außerdem ist mir seine ungesunde Gesichtsfarbe aufgefallen. Manager seines Schlages sehen immer solariumbraun aus. Er nicht.«

»Du hältst ihn für einen Vampir?« fragte Bill Conolly direkt.

»Ich weiß nicht.«

»Das werden wir ja feststellen«, lächelte der Reporter. »Bestimmt will er mit dir tanzen, dann wirst du seinen Kuß empfangen.«

»Hör auf.«

»Die Frage ist nur«, sagte Suko, »welch eine Verbindung zwischen Fariac und John Sinclair besteht.«

»John ist immerhin in die Fabrik eingedrungen«, erwiderte Bill.

»Damit steht aber noch nicht das Bindeglied zwischen den beiden Männern persönlich fest. Mit dem Einbruch hatte er nur die Firma gemeint.«

»Stimmt auch wieder«, gab der Reporter zu.

»Ich überlege etwas anderes«, meinte Jane und zündete sich gedankenverloren eine Zigarette an. »Und was?« fragte Bill.

»Die Sache verlagert sich nach Deutschland. Sollten wir nicht Kommissar Mallmann Bescheid sagen?«

Suko nickte, doch der Reporter schüttelte den Kopf. »Auf keinen Fall«, sprach er dagegen.

»Und warum nicht?«

Bill hielt vor einer Ampel und schaute Jane an. »Weil wir Mallmann nicht nervös machen können. Es steht ja noch nichts fest. Wir tappen nach wie vor im dunkeln, fallen gewissermaßen ins Leere. Oder hast du etwas Greifbares?«

Jane schaute auf die über die Straße laufenden Menschen. »Nein«, murmelte sie.

»Na bitte.«

»Aber Johns Verschwinden ist schlimm genug«, widersprach sie.

»Deshalb können wir aber Mallmann nicht mobilmachen. Zudem haben wir keinerlei Beweise, daß sich der Fall nach Deutschland verlagert.« Bill startete wieder.

»Aber der Betriebsausflug . . .«

»Ist eine völlig normale Sache. Das kann sich alles als ganz harmlos herausstellen. Eine Burg, Geisterstimmung, Kerzenschein, toll. Aber Vampire, echte, meine ich, dazu brauchen wir Beweise.«

»Ich habe so ein Gefühl. Zudem solltest du dich mal zurückerinnern. Damals in Rumänien, als du Ehrengast auf der Vampirhochzeit gewesen bist, lief der Fall doch ähnlich. Da stand auch eine Reisegruppe im Mittelpunkt.«

»Stimmt«, gab Bill zu. »Es muß aber hier nicht genauso sein.«

»Ich jedenfalls habe ein komisches Gefühl«, sagte die Detektivin. »Und dabei bleibe ich.«

»Wie du willst.«

»Auf jeden Fall würde ich euch raten, einige Waffen mitzunehmen«, schlug Suko vor.

»Das sowieso.« Bill nickte.

Zehn Minuten später hatten sie das Yard Building erreicht. Sie ließen den Porsche auf dem Parkplatz stehen und fuhren hoch zu Superintendent Powell.

Der empfing sie sofort.

Bill rückte mit der Neuigkeit heraus. Auch Sir James war damit einverstanden, daß beide an dem Ausflug teilnahmen. Jane fiel ein Stein vom Herzen.

»Und Sie bleiben hier, Suko?« fragte der Superintendent.

»Ja, Sir.«

»Bezwecken Sie etwas Besonderes damit?«

Der Chinese nickte. »Mir geht dieses Labor nicht aus dem Kopf. Dort möchte ich mich nämlich ein wenig umsehen.«

Sir James Powell nickte. »Ich habe nichts dagegen«, erwiderte er. Er schaute Bill und Jane an. »Ihnen wünsche ich viel Glück«, sagte er. »Ich glaube, das können wir alle gebrauchen.«

Mit dieser Meinung stand Sir James nicht allein.

Vergangenheit.

Als sich Karel nicht sofort duckte, zog ich ihn zu Boden. »Bleib hier hocken!« zischte ich.

»Ja«, hauchte er.

Auch ich ging auf Tauchstation, spitzte aber die Ohren und achtete auf jedes Geräusch.

Das Rascheln verstärkte sich. Wahrscheinlich würden sich immer mehr Vampire in Fledermäuse verwandeln und sich dann alle auf uns stürzen.

Ich blieb auf den Knien hocken und wartete auf den ersten Angriff. Sekunden vergingen.

Hinter mir hörte ich das schwere Atmen des jungen Marek. Klar, er war nervös, zitterte, wahrscheinlich hatte er noch nie gegen einen Vampir gekämpft.

Leider konnte ich nichts sehen, und deshalb ging ich bewußt das volle Risiko ein.

Ich knipste die Lampe an.

Der dünne Strahl zerschnitt die Dunkelheit und traf genau das Gesicht eines Vampirs, der sich uns entgegenstürzen wollte.

Ich feuerte.

Der peitschende Knall zerriß mir fast das Trommelfell und jagte als Echo durch den Turm. Ich hatte getroffen.

Sehr gut sogar.

Die geweihte Silberkugel war in den Körper des Vampirs gedrungen, dicht unterhalb des Halses, und augenblicklich begann das Silber sein zerstörerisches Werk.

Die Fledermaus löste sich auf.

Sie flatterte ein paarmal, doch ihre Flügel wurden bereits zu Staub, der langsam nach unten sank.

Dann schoß ich noch einmal.

Die nächste Kugel traf den Blutsauger, der die Treppe mit seinem Körper abdeckte.

Das Geschoß fegte mitten in sein verzerrtes Gesicht und hieb ihn die Stufen hinunter.

»Komm!« schrie ich Karel zu.

Wir hatten plötzlich freie Bahn, und ich wollte so rasch wie möglich von der Plattform weg.

Drei Vampire waren noch übriggeblieben. Auch die konnten uns gefährlich werden, aber erst einmal waren wir weg.

Ich stolperte die Stufen hinunter, knallte mit der Schulter gegen die Wand, fing mich wieder und lief weiter. Die Lampe hatte ich nicht mehr eingeschaltet. Im Dunkeln bewegte ich mich voran und hörte hinter mir einen Schrei.

In den Schrei mischte sich das Schlagen der großen Schwingen. Mir stockte der Atem.

Karel wurde von einer Fledermaus angegriffen. Ich duckte mich, kreiselte herum und ließ die Bleistiftlampe brennen.

Man konnte nicht viel sehen, aber ich bekam mit, daß der junge Marek rücklings auf den Stufen lag und ein Riesenvampir über ihm hockte und ihn attackierte.

»Nimm den Pfahl!« brüllte ich.

Ich weiß nicht, ob er mich gehört hatte. Auf jeden Fall reagierte er, riß den linken Arm hoch, und ich sah den Pfahl durch den schmalen Lichtstreifen huschen.

Dann stieß er zu.

Und traf!

Der Pflock, aus dem Holz einer Eiche geschnitzt, drang dem Riesenvampir in die Brust. Bis zur Hälfte blieb er stecken, und ich mußte wieder an die Szenen denken, als mir der Pfahl überlassen worden war. Daß es ihn in meiner Zeit auch noch gab, war für mich fast unbegreiflich.

Der Vampir zuckte. Er hing an dem Pfahl, zuckte und schlug wild um sich.

Er traf auch den am Boden liegenden Karel, aber die Schläge hatten längst nicht mehr die Wucht. Der Vampir verlor viel Kraft, seine Flügel lösten sich langsam auf . . .

Noch zwei Vampire!

Einer davon griff mich an. Ich hatte einen Fehler gemacht und mich ablenken lassen, das mußte ich nun bitter bereuen.

Plötzlich prallte die Bestie gegen mich. Es war ein wuchtiger Stoß, dem ich nichts entgegenzusetzen hatte und der mich auch aus dem Gleichgewicht brachte.

Ich kippte die Treppe hinunter, wollte mich noch an der Wand abstützen, doch meine Hand fuhr nur über die rauhe Fläche und rutschte daran ab.

Instinktiv krümmte ich meinen Körper, machte mich so klein wie möglich und hielt Lampe als auch Beretta fest.

Fast wie eine Kugel rollte ich die steile Treppe hinunter. Ich hörte Karel schreien, über mir flatterte der verdammte Vampir, und ich wußte nicht, wie ich diese Situation überstehen sollte.

Wie ein Berserker kämpfte ich, spürte die scharfen Krallen, und es gelang mir zum Glück, meinen Hals zu schützen.

Plötzlich schrie und fauchte der Vampir wütend auf. Danach flatterte er noch, und ich blieb nach ein paar weiteren Stufen endgültig liegen.

Keuchend rollte ich auf die Seite und leuchtete die Stufen hoch.

Dort hockte die Bestie.

Aber sie erhob sich nicht mehr. Ein Flügel zerfiel bereits zu Staub. Obwohl ich nicht geschossen hatte, verging der Vampir. Der Grund wurde mir schnell klar.

Mein Kreuz!

Das hatte ihm den Rest gegeben, denn diese Waffe war ungeheuer mächtig. Sie hatte schon stärkere Dämonen getötet. Der Vampir war ein Nichts dagegen.

Die Verwesung schritt rasend schnell voran und machte auch vor dem Kopf nicht halt. Das Gesicht, wenn man die Fratze als solches bezeichnen konnte, zerbröckelt. Staub und Knochen fielen zu Boden.

Jetzt war nur noch einer da.

Ich richtete mich auf und spürte den stechenden Schmerz in der Brust. Ich preßte die Hände auf meinen Brustkasten, atmete erst flach, dann tiefer durch.

Es klappte, gebrochen oder angeknackst war nichts. Aber wo steckte Karel Marek?

Ich sah ihn nicht, hörte ihn nur.

Kampfgeräusche drangen an meine Ohren. Sie klangen oberhalb von mir auf. Ich mußte wieder hoch.

Nur schwach erkannte ich die Schatten. Obwohl es zwei waren, zerschmolzen sie zu einem.

»Karel!« rief ich.

Er antwortete. Wild, entschlossen, haßerfült. »Ich packe ihn!« keuchte er. »Ich kriege die verdammte Bestie! Da, da, da . . .!« Es folgte ein hohles Wimmern, das mir einen Schauer über den Rücken jagte. Dann flog etwas Großes auf mich zu. Ich duckte mich, und die vergehende Feldermaus wischte über meinen Kopf hinweg.

Sie klatschte gegen die Wand. Dicht neben mir geschah dies. Ich bekam den Todeskampf noch mit. Verzweifelt versuchte sich der Blutsauger an dem rauhen Gestein festzuklammern, doch er schaffte es nicht. Er rutschte an der Wand entlang auf die Stufen und blieb dort liegen. Vor meinen Augen verging er.

Ich atmete auf.

Teufel, das war ein Kampf gewesen, aber wir hatten ihn überstanden. Auch die Lampe war nicht zerbrochen. Ich hielt den Arm hoch und schaltete sie ein.

Karel stieg die Stufen herab. Er ging dicht an der Wand, weil er dort eine Stütze fand. Sein Gesicht war verzerrt, den Pflock hielt er in der linken Hand.

Zwei Stufen vor mir blieb er stehen.

»Nun?« fragte ich.

Triumphierend hielt er den Pflock hoch. »Ich habe sie getötet!« keuchte er. »Ich habe sie getötet! Endlich. Ich habe es geschafft! Jetzt bin ich ein würdiger Erbe.«

»Ja, das bist du!«

»Sind alle vernichtet?« erkundigte er sich.

»Ich glaube.«

»Dann können wir uns ja diesen Fariac vornehmen. Auf ihn wartet ebenfalls mein Pfahl.«

»Langsam, langsam«, beschwichtigte ich. »Dieser Vampir-Graf ist nicht so harmlos wie diese Riesenfledermäuse. Der wird sich wehren, kennt alle Tricks und Kniffe. Du darfst durch die ersten Erfolge nicht übermütig werden, Karel. Wir haben Glück gehabt, unverschämtes Glück. Und du hattest eine Waffe, denk daran. Wäre nur ich bewaffnet gewesen, hätte es anders aussehen können.«

Er nickte.

Ich legte ihm die Hand auf die Schulter und spürte, wie er zitterte. »Trotzdem hast du dich tapfer gehalten«, lobte ich ihn.

Karel schluckte. Dann räusperte er sich.

»Gehen wir weiter?« fragte er.

»Natürlich, sicherlich kommen unsere Verfolger gleich und

schauen nach, was mit den Vampiren geschehen ist. Die rechnen doch damit, daß man uns gekillt hat.«

Wir schritten die Treppe nebeneinander her in die Tiefe. Die erste Gefahr war gebannt. Was würde uns als nächstes erwarten? Und wo fanden wir Ilona Marek?

Karel dachte ebenfalls an seine Schwester, denn er fragte: »Ob sie wohl noch lebt?«

»Ich hoffe es.«

»Wenn nicht, dann . . .« Er verstummte, aber ich konnte ihn verstehen. In ihm mußte eine Hölle toben. Aber auch mir war das Mädchen nicht gleichgültig. Nicht daß ich mich in die Kleine verliebt hätte, aber das Band der Sympathie war längst zwischen uns beiden geknüpft. Sollte Ilona wirklich zu einem Vampir geworden sein, dann gab es keine andere Möglichkeit, dann mußten wir sie pfählen!

Davor fürchtete ich mich.

Wir bekamen fast einen Drehwurm, so tief ging es hinunter. Längst mußten wir das Erdbodenniveau hinter uns gelassen haben. Sicherlich befanden wir uns schon in den Gewölben dieser Burg.

Ich sprach die Vermutung aus, und Karel gab mir recht.

Endlich sahen wir das Ende der Treppe. Sie endete in einem Gewölbe, das breiter war als der Turm selbst.

Ich knipste wieder die Lampe an und schaute mich um.

Nackte kahle Wände. Dicke Quader, die eine Ewigkeit halten würden. Es roch muffig, war feucht, und Spinnweben hingen wie Netze an den Wänden. Wenn der schmale Lampenstrahl sie traf, dann glitzerten sie auf.

Hier mußte es doch irgendeine Tür geben, einen Ausgang, was weiß ich. Ich ließ den Strahl weiterwandern. Tatsächlich, wir sahen vor uns eine dicke Bohlentür.

Mit einem Riegel war sie gesichert.

Aber auf unserer Seite.

Karel packte ihn mit beiden Händen. Den Vampirpflock hatte er weggesteckt.

»Ich schaffe es nicht«, keuchte er.

Das verdammte Ding hatte Rost angesetzt. Gemeinsam machten wir uns an die Arbeit, und es gelang uns, den Hebel tatsächlich zur Seite zu schieben.

Rost rieselte ab, der Riegel knirschte und ächzte, aber er rutschte weiter.

Geschafft!

»Bleib zurück«, flüsterte ich Karel zu, der sich widerspruchslos meinen Anordnungen fügte.

Ich nahm die Beretta in die rechte und zog mit der linken Hand die Tür auf.

Sie quietschte erbärmlich in den Angeln. Unwillkürlich verzog ich das Gesicht. Manche Leute bekommen von so etwas eine Gänsehaut, ich hatte mich an diese Dinge gewöhnt.

Hinter der Tür lag ein breiter Gang. Allerdings war er nicht sehr hoch, mein Kopf glitt soeben eine Handbreit unter der Decke her, an der es feucht schimmerte.

Wir konnten nur in die eine Richtung gehen, und ich nahm an, daß wir parallel zur Burgmauer schritten.

Stockfinster war es. Und eine schlechte Luft umgab uns, die kaum zu atmen war.

Ich ließ die Lampe nur hin und wieder aufblitzen, weil ich die Batterie schonen wollte.

Als ich sie wieder einmal anknipste, waren wir nur noch zwei Schritte von einer Mauer entfernt.

Sofort blieb ich stehen.

Karel stieß gegen mich. »Was ist?«

Ich gab keine Antwort, sondern drehte mich nach links, denn dort führte der Gang weiter. Allerdings jetzt von der Mauer weg. Wir näherten uns dem Burghof.

Der Gang wurde schmaler. Auch war die Decke nicht mehr so hoch, und wir mußten gebückt laufen.

Nur unser Atmen und das Knirschen der eigenen Schritte waren zu hören. Ansonsten Stille.

Und dann fanden wir wieder eine Tür. Sehr schmal diesmal, aber leicht zu öffnen.

Vorsichtig zog ich sie auf, schob zuerst meine rechte Hand mit der Beretta durch den Spalt, und als nichts geschah, folgte ich selbst.

Das Licht zweier Kerzen blendete uns, da wir aus der absoluten Dunkelheit kamen.

Die Kerzen standen nicht allein im Raum. Sie gaben dem prunkvollen Sarg den nötigen Rahmen.

Einem leeren Sarg!

Trotzdem waren wir sicher, auf Anhieb die Ruhestätte des Grafen gefunden zu haben.

»Hier schläft er tagsüber«, flüsterte Karel. »Verdammt, hier ist seine Ruhestatt.«

Ich hörte gar nicht hin, sondern ging weiter in die »Schlafkammer« des Vampirs hinein.

Niemand erwartete uns oder lauerte uns auf. Dieses unterirdische Verlies war leer. Nackt und kahl präsentierten sich die Wände. Ganz hinten entdeckte ich eine schmale Tür.

Der zweite Ausgang.

Ich lächelte, als ich in den Sarg schaute. Er war mit rotem Samt ausgelegt, und am Kopfende lag ein schmales Kissen, auf das sich der Vampir betten konnte.

Der Boden bestand aus großen Steinplatten, doch zwischen den einzelnen Fugen waren oft mehrere Fingerbreiten Platz. Als hätte der Handwerker nicht richtig gearbeitet.

»He, John!«

Ich drehte mich um, als ich die Stimme des junge Marek hörte.

Karel deutete zur Decke.

Ich hob ebenfalls den Blick und sah direkt über dem Sarg einen Glaseinsatz. Allerdings konnte ich nicht sehen, was sich darüber befand, denn das Glas war mit einem dunklen Gegenstand, wahrscheinlich einem Tuch, abgedeckt worden.

Seltsam . . .

Aber wir sollten noch mehr seltsame Dinge entdecken. Wieder war es Karel, der quer durch das Verlies auf die Tür zuschlich und sie öffnete, wobei er seine Waffe stoßbereit in der rechten Hand hielt.

Ich blieb zurück und folgte ihm erst, als ich seinen erstaunten Ruf vernahm.

Dann war ich bei ihm.

Wir waren in einer weiteren Kammer gelandet. Allerdings kleiner als das Verlies, in dem der Vampir-Graf lag.

Sie war auch nicht leer.

Mehrere Holzbalken lagen dort wirr übereinander.

Ich leuchtete sie ab. Und dabei kam mir eine Idee. Sie war so gut, daß ich lachen mußte.

»Was ist los?« fragte Karel.

»Mir ist gerade etwas eingefallen. Paß mal auf.« Ich erklärte ihm meinen Plan, und er war begeistert.

»Wenn das klappt, John, dann . . .«

»Es muß klappen. Komm, faß mit an. Wir werden dem blutsaugenden Burschen schon einiges versalzen.« Ich lachte wieder laut auf. Diese Reaktion war auch eine Entladung der Spannung.

Gemeinsam trugen wir die Holzplatten in das Vampirverlies. Dort rammten wir die längeren in die sich zwischen den Steinen befindlichen Spalten.

Sechs Latten schafften wir so heran.

Zufrieden betrachteten wir unsere Arbeit im Schein der brennenden Kerzen.

»Die Hälfte fehlt noch«, sagt der junge Marek.

Er meinte die Querhölzer, denn wir hatten nichts anderes vor, als sechs Kreuze zu bauen, die wir vor dem Sarg aufstellten, so daß der Blutsauger sie ansehen mußte, wollte er in seine Totenkiste steigen. Hinzu kam, daß das Holz vom Material her beste deutsche Eiche war. Und davor hatte der Vampir eine Heidenangst.

Die Querhölzer waren leichter. Wir trugen jeweils drei zusammen in das Verlies.

Nur hatten wir keine Nägel, mit denen wir die provisorischen Kreuze zusammenhämmern konnten. Aber auch da gab es eine Lösung. Bevor ich mich versah, hatte Karel schon Jacke und Hemd ausgezogen. Darunter trug er ein Unterhemd mit langen Ärmeln.

Ich nahm mein kleines Taschenmesser und schnitt Streifen aus dem Hemd. Karel schaute staunend auf das Messer. Nachdem ich fertig war, schenkte ich es ihm.

Begeistert ließ er die Klinge aus dem schmalen Spalt schnellen. »Was es bei euch nicht alles gibt«, murmelte er.

Ich hob die Schultern. »Tja, mein Lieber, ich stamme eben aus einer anderen Zeit.«

Dann machten wir uns wieder an die Arbeit. Wir banden mit den Hemdstreifen die Querhölzer fest und hofften, daß sie halten würden. Ein paarmal schlangen wir die Knoten fest. Ich drückte probehalber auf die beiden Seiten der Hölzer und war zufrieden.

Sie hielten.

Großes Aufatmen.

»Und jetzt suchen wir den verdammten Vampir-Grafen«, knirschte Karel Marek.

Ich stieß ihn an. »Sei mal still.«

Er verstummte und richtete, wie auch ich, den Kopf in Richtung der Decke.

Das Kerzenlicht warf dabei tanzende Schatten über unsere Gesichter und gaben ihnen einen dämonischen Anstrich.

»Hörst du nichts?« flüsterte ich.

»Doch.«

Wie auch ich vernahm Karel Marek den schauerlichen Gesang, der in dem Raum über uns aufklang ...

»Ich muß zurück«, sagte die Zigeunerin Ilona und blieb abrupt stehen, so daß Katharinas Hand von ihrem Arm rutschte.

Ilona sah dies und nutzte die Chance. Leichtfüßig lief sie auf ihr Zimmer zu, wo sie das wichtige Kleinod vergessen hatte.

Ihr kleines goldenes Kreuz, das Erbstück ihrer Muttter. Dieses Kruzifix sollte sie gegen Gefahren schützen, hatte die Mutter ihr immer wieder erklärt und ihr nahegelegt, das kleine Kreuz hoch in Ehren zu halten und nicht aus der Hand zu geben. Das hatte Ilona bisher auch nicht getan.

An der Tür holte die Gräfin sie ein. »Wir haben keine Zeit mehr!« zischte sie böse. »Der Graf wartet nicht gern. Wenn du ihn durch zu langes Fortbleiben beleidigst, kann dir niemand mehr helfen, auch ich nicht!«

Iloans Hand zuckte zurück. Sie hatte die Tür aufstoßen wollen, doch die Gräfin zog sie kurzerhand wieder weg, und die Hand des Zigeunermädchens rutschte ab.

Katharina schaute Ilona an. »Du wirst dich daran gewöhnen müssen, zu gehorchen«, sagte sie kehlig.

Ilona nickte.

Ihre letzte Chance war vertan, das wußte sie genau. Das Kreuz würde ihr nicht mehr helfen.

Aus, vorbei . . .

Die Gräfin hielt jetzt ihren Arm fest, als sie den Gang hinunterschritten. Katharina schien etwas gespürt zu haben, und sie wollte kein unnötiges Risiko eingehen.

Vor der Treppe blieb sie stehen und schaute Ilona an. »Ich möchte dir etwas sagen, kleine Ilona.«

»Ja?«

»Dieses Schloß ist sehr groß«, erklärte Katharina. »Und darin kennt sich nur der aus, der schon jahrelang hier gelebt hat. Ich hörte, daß Männer eingedrungen sind, um dich, kleine Ilona, wieder zurückzuholen.«

»Oh, das sind bestimmt mein Vater und mein Bruder.«

»Ja, du hast recht. Aber es ist noch jemand dabei.«

Plötzlich leuchteten die Augen des Mädchens. »John Sinclair?«

Die Gräfin räusperte sich. »Ich weiß nicht, wie er heißt, aber du wirst wohl recht haben.«

»John ist ein berühmter Mann. Wenn jemand es schafft, dann nur er, das kannst du mir glauben.«

»Was sollte er schaffen?«

»Mich herauszuholen!«

»Ja, Kindchen.« Die Gräfin hob die Hand und streichelte mit ihren kalten Totenfingern Ilonas erhitzte Wange. »Das darf doch nicht wahr sein, was du da gesagt hast.«

Ilona nickte heftig.

»Willst du wirklich hier weg?«

»Ja.«

»Dazu ist es leider zu spät«, machte ihr die Gräfin klar. »Du bist auf diesem Schloß. Wir haben uns dafür entschieden, daß du bleibst. Du kannst nicht mehr weg. Außerdem wartet der Graf auf dich. Er ist schon sehr gespannt, denn du, kleine Ilona, wirst am heutigen Tag die Vampirtaufe, den Vampirkuß empfangen. Und auch dieser . . . dieser John Sinclair kann dir nicht helfen.«

»Er ist aber ein großer Magier und ein bekannter Magister. Er hat Waffen, gegen die deine Vampire nicht ankommen. Das hat er mir selbst gesagt, und ich habe es auch gesehen. Er hat eine Pistole, die hintereinander schießen kann. Die silbernen Kugeln fliegen heraus und töten die Vampire.«

Die Gräfin hatte mit einem ungläubigen Ausdruck im Gesicht zugehört. »Nein«, sagte sie. »So etwas gibt es nicht. Auf keinen Fall. Das habe ich noch nie gehört.«

»John Sinclair kommt nicht aus dieser Zeit. Es ist ein Sendbote des Himmels, er kommt aus der Zukunft.«

Ilona versuchte, mit einfachen Worten meine Herkunft zu erklären, doch sie stieß bei der Gräfin nur auf schallendes Gelächter. Weit riß Katharina den Mund auf, und zum erstenmal sah Ilona die beiden spitzen Eckzähne.

Die Gräfin war ebenfalls ein Vampir!

Bisher hatte das Mädchen es nur angenommen, nie hatte sie die Zähne gesehen, doch nun hatte sie den Beweis.

Ilona wurde noch blasser. Sie schluckte und preßte sich an das Geländer.

Angst flackerte in ihrem Blick.

Die Gräfin lachte schallend. Häme und Triumph klangen hindurch. »Damit hast du nicht gerechnet, kleine Ilona?« Sie ging vor und faßte nach Ilonas Schultern. Weit ließ sie den Mund offen, beugte den Kopf vor, so daß sich ihr Gesicht dicht vor dem des Mädchens befand.

Ilona merkte den Modergeruch, der aus ihrem Rachen schlug. Es roch nach Grab, Fäulnis und Verwesung. Dem Mädchen wurde klar, daß die äußerliche Schönheit nur eine Hülle war, denn in Wirklichkeit war diese Frau verfault, tot, eine leere Hülle.

Das Mädchen bog den Kopf zurück. Mit der oberen Hälfte des Oberkörpers hatte die Gräfin sie bereits über das Geländer gedrückt, und sie war ihr auch mit dem Gesicht gefolgt, doch sie biß nicht zu, obwohl sie den Mund geöffnet hielt.

»Nein, kleine Ilona, das überlasse ich dem Grafen. Du bist für ihn bestimmt, für ihn allein. Und er wird dich in seinem Sinne taufen. Sein schwarzes Blut wird auch in deinen Körper übergehen und dich zu einer Untoten machen.«

Jedes Wort traf das Mädchen hart. Jetzt erst merkte Ilona richtig, in welch einer schlimmen Lage sie sich befand. Sie hatte keine Chance mehr, sie war von Feinden umzingelt. Eine Gelegenheit auszubrechen gab es nicht.

Ilona Marek war jedoch in einer Zeit groß geworden, in der man nur dann überlebte, wenn man kämpfte. Das hatte sie gelernt, ihr Vater und ihr Bruder hatten es sie gelehrt. Du mußt dich wehren, Mädchen, sonst wirst du gefressen.

An diese Worte dachte sie.

Und sie handelte.

Nie hatte die Gräfin mit Widerstand gerechnet, deshalb traf sie die Reaktion um so überraschender.

Ilonas Fuß fuhr hoch. Die Gräfin spürte zwar keinen Schmerz, aber die Wucht des Treffers schleuderte sie so weit zurück, bis sie mit dem Rücken gegen die Wand krachte. Der Hinterkopf schlug dabei gegen einen Bilderrahmen, und das schwere Gemälde wackelte. Es fiel aber nicht.

Ilona reagierte, bevor die Gräfin sie erreichen konnte. Sie dachte nicht an die Flucht nach vorn, rannte nicht die Treppe in unbekannte Gefilde hinab, sondern wollte nur ihr Kreuz. Das war wichtig, das sollte nicht verloren sein.

Das Zigeunermädchen hetzte zurück.

Knurrend richtete sich die Gräfin auf. »Ich kriege dich!« keuchte sie. »Ich kriege dich, warte, du Biest.« Augenblicklich nahm sie die Verfolgung auf.

Ilona hatte bereits einen Vorsprung herausgearbeitet. Leichtfüßig rannte sie über den Gang. Ihr Umhang flatterte zur Seite und gab einen Teil des nackten Körpers frei. An Scham dachte das Mädchen nicht. Ilona wollte sich nur retten.

Da war die Tür.

Und die Gräfin hatte sie nicht abgeschlossen, das wußte Ilona genau.

Wuchtig riß sie die Tür auf.

Fast wäre sie ihr sogar noch gegen den Kopf geprallt. Ilona konnte im letzten Moment ausweichen und tauchte in das dahinter liegende Zimmer.

Da sah sie Brunhilde.

An die Stumme hatte sie gar nicht mehr gedacht. Es waren also zwei Gegnerinnen, denn daß Brunhilde ihr helfen würde, daran glaubte sie nicht.

Die Stumme war gerade dabei, Ilonas Kleidung zu sortieren. Als das Mädchen ins Zimmer stürzte, fuhr sie herum.

»Gib her!« schrie Ilona und war mit einem gewaltigen Sprung bei Brunhilde, um ihr die Kleidung zu entreißen, doch die drehte sich, und Ilona faßte ins Leere.

Da erschien die Gräfin.

Das Zigeunermädchen hörte ihr Lachen und reagierte sofort. Es faßte einen Stuhl an der Lehne, hob das Sitzmöbel hoch, kreiselte herum und schleuderte der Untoten den Stuhl entgegen.

Der krachte gegen ihre Brust.

Aufhalten konnte Ilona die Gräfin mit dieser Waffe nicht, wohl aber ablenken und Zeit herausschinden, denn die brauchte sie, um an das Kreuz zu gelangen.

Sie warf sich der Stummen entgegen und riß ihr die Kleider aus den Händen.

Brunhilde stieß einige unartikulierte Laute aus und wollte nachgreifen. Ilona aber war schneller und wich zur Seite aus. Leider hing der Rock nicht so, daß sie direkt in die Tasche greifen konnte, er war ziemlich verknautscht, und Ilona mußte erst suchen, bis sie die Öffnung gefunden hatte.

Das kostete Zeit.

»Pack sie!« schrie die Vampir-Gräfin von der Tür her. »Los, Brunhilde, pack sie dir.«

Die Stumme gehorchte und machte gegen Ilona Front. In ihren Augen war kein Leben, sie folgte den Befehlen der Gräfin wie eine Marionette.

Ilona wich zurück, während sie verzweifelt versuchte, ihr kleines Kreuz zu finden. Rückwärtslaufend durchquerte sie das Zimmer, gelangte an die Tür, die in den Nebenraum führte, wo der Waschzuber stand.

Dann hatte sie das Kreuz.

Sehr deutlich spürte sie das wertvolle Metall zwischen ihren Fingern, und ein Hoffnungsstrahl durchzuckte sie.

Jetzt konnte ihr die Gräfin nichts mehr anhaben. Vor dem Kreuz fürchtete sie sich, das hatte Ilona gemerkt.

Und die Stumme?

Sie stand an der Tür und schaute Ilona entgegen, die zwischen sich und Brunhilde den Waschbottich gebracht hatte, in dem noch immer das Wasser schwappte.

Sie hatte das Kreuz. Zwischen zwei Fingern nur schaute es hervor, denn es war leider sehr klein.

Da erschien auch die Gräfin.

Hinter Brunhilde blieb sie stehen und schaute über deren Schultern in das Gesicht des Zigeunermädchens. Nichts mehr war von der kalten Überheblichkeit der Gräfin zurückgeblieben, sie war nur noch eine Furie, keuchte laut und fauchte wie eine Katze.

»Nimm es ihr weg!« giftete sie. »Nimm ihr das verdammte Kreuz weg.«

Die Stumme nickte, sie hatte den Befehl wohl verstanden.

Auch Ilona vernahm die Worte, und plötzlich hatte sie wieder Angst. Diese Brunhilde war kein Vampir, sie konnte das Kreuz ruhig anfassen, und sie war kräftig, hatte Arme, die an Teigrollen erinnerten, leicht gebogen und speckig.

Sie walzte vor.

»Bleib mir vom Hals!« schrie Ilona. »Los, geh weg, verschwinde endlich!«

Brunhilde schüttelte den Kopf.

Sie ging weiter.

»Ja, hol es dir!« kreischte Katharina. »Hol dir das verdammte Kreuz und vernichte es.«

Brunhilde kam um den Zuber herum. Während Ilona weiter zurückwich, den Wasserbottich aber stets zwischen sich und der Stummen ließ.

Bis Brunhilde zupackte.

Diese schnelle Bewegung war ihr kaum zuzutrauen. Ihre breiten Hände umfaßten den Bottichrand und hievten das Gefäß hastig hoch. Noch in der Bewegung kippte sie es um, und der Schwall Wasser ergoß sich dem Mädchen entgegen.

Ilona kam nicht so rasch weg. Der größte Teil traf sie gegen Bauch und Beine. Klatschnaß blieb das Gewand an ihrem Körper kleben, und die Gräfin lachte wild auf, als Ilona mit einem Schrei auf den Lippen zurückwich.

Brunhilde hechtete hinterher.

Diesmal schaffte es Ilona nicht, ihr auszuweichen. Die schwere Frau fiel gegen sie, warf sie einfach um und nagelte sie mit ihrem Gewicht am Boden fest.

Sekundenlang war Ilona nicht fähig, sich zu rühren. Darauf hatte die Stumme gewartet.

Von den Worten der Gräfin angefeuert – Brunhilde tat sowieso alles für diese Frau –, wollte sie Ilona besiegen. Mit der flachen Hand schlug sie in das Gesicht des Zigeunermädchens.

Ilona spürte den Hieb, der wuchtig geführt worden war und Sterne vor ihren Augen zerplatzen ließ.

Aber sie gab nicht auf.

Sie versuchte, die Beine anzuziehen und sie in den Leib der Stummen zu stoßen. Es war ein verzweifeltes Bemühen, denn das Gewicht der Frau war einfach zu groß.

Ilona schaffte es nicht.

Verzweifelt strengte sie sich an und mußte sich gefallen lassen, daß die dicken Finger der Stummen nach ihrer rechten Hand griffen, das Gelenk herumbogen und dabei versuchten, die Finger zu öffnen.

Ilona stemmte sich dagegen an, dann jedoch zuckte ein glühender Schmerz durch ihren Unterarm.

Schreiend öffnete sie die Faust.

Die Stumme stieß glucksende Geräusche aus, die wohl ein triumphierendes Lachen sein sollten. Sie wälzte sich von Ilona herunter und schleuderte das Kreuz vom Handteller weg. In einer Wasserlache blieb es liegen.

Der Kampf war noch nicht beendet.

Ilona versuchte es mit allen ihr zur Verfügung stehenden Mitteln. Sie kratzte und biß, stieß mit dem Kopf, spie ihrer Widersacherin ins Gesicht und fluchte wild.

Es hatte keinen Zweck, diese Brunhilde war zu stark. Es sah mühelos aus, wie sie selbst aufstand und Ilona dabei hochzog. Mit der rechten Hand holte die Stumme aus.

Im nächsten Augenblick hatte Ilona das Gefühl, an ihrem Kopf wäre etwas explodiert. Sie wurde quer durch das Zimmer geschleudert, verlor jegliche Orientierung, fiel über die beiden Schemel, auf denen der Badezuber gestanden hatte, und prallte dann zu Boden.

Schluchzend blieb sie liegen.

Sofort war die Stumme wieder da. Brunhilde riß das Zigeunermädchen hoch und schleuderte es ihrer Herrin entgegen.

Die Gräfin fing ihr Opfer auf.

Und sie lachte böse, während sie Ilona durchschüttelte. »Das hattest du dir gedacht, kleine Hexe«, flüsterte sie. »Du wolltest mich reinlegen, was? Aber nein, ich werde dich fertigmachen, und der Graf wird dein Blut schlürfen, bis er gesättigt ist, du kleine, miese Zigeunerin.«

Ilona merkte kaum, was mit ihr geschah. Zu sehr hatte sie noch mit den Nachwirkungen der Schläge zu kämpfen. Ihr Kopf schien auf das Doppelte angeschwollen zu sein, das rechte Handgelenk schmerzte, und das Blut rauschte in ihrem Kopf.

Die Gräfin wandte sich ab und schleuderte das Mädchen herum. Ilona fiel durch die offene Tür und blieb auf dem Gang liegen. Dort kassierte sie einen wütenden Tritt, der ihr einen Schmerzensschrei entlockte.

Neben ihr blieb die Gräfin stehen. »Hoch mit dir, du kleine Zigeunerhure.«

Ilona quälte sich hoch. Es war furchtbar. Sie konnte sich kaum auf den Beinen halten, aber die Gräfin kannte kein Erbarmen. Ihr Griff, mit dem sie das Gelenk des Mädchens festhielt, war wie eine eiserne Klammer. Sie nickte der stummen Brunhilde zu. »Gut hast du das gemacht, Brunhilde. Ich werde es dir nie vergessen.«

Die Stumme freute sich. Ihr Lächeln wirkte wie das Grinsen eines Raubtieres.

Die Gräfin aber schleifte ihr willenloses Opfer über den Gang. Und diesmal war Ilona zu schwach, um Widerstand zu leisten. Apathisch ließ sie alles über sich ergehen. Sie hatte sich in ihr Schicksal gefügt ...

Wir standen eine halbe Minute still und lauschten gebannt dem Gesang über uns.

Sätze oder Worte konnten wir nicht verstehen, dazu war alles zu undeutlich, auch trennte uns die dicke Decke von den anderen. Und durch die Glasplatte konnte wir auch nichts sehen. Sie blieb verdeckt.

»Worauf warten wir noch?« fragte der junge Marek. »Laß uns

hochgehen und die Teufel besiegen!« Er schaute mich wild an und hielt wieder den Pflock in der Hand.

Der Meinung war ich auch. Nur wollte ich nichts überstürzen, denn dort über uns erwarteten uns sicherlich zahlreiche Gegner. Es hatte keinen Zweck, wie die Büffel hineinzustürzen und versuchen zu wollen, die ganze Gesellschaft zum Teufel zu schicken. Ich überprüfte noch einmal die Kreuze, bevor wir uns endgültig dem Ausgang zuwandten. Und zwar gingen wir dorthin, wo wir das Holz gefunden hatten. Dieser Raum hatte ebenfalls einen Ausgang, aber keinen normalen, keine Tür, sondern eine Klappe, eine Falltür, wenn Sie so wollen. Durch sie mußte auch der Vampir seine Gruft verlassen.

Daß sie öfter benutzt wurde, war daran zu merken, wie leicht sie sich nach oben ziehen ließ. Praktisch ein Kinderspiel. Karel machte es mir vor.

»Wir können«, sagte er.

Wir hatten die Tür offengelassen. Sehr schwach nur drang der Widerschein der beiden Kerzen in dieses Verlies, so daß ich gezwungen war, die Lampe einzuschalten.

Eine schmale Steintreppe ohne Geländer führte in die Tiefe eines uns unbekannten Teils des Schlosses. Dort war es noch feuchter und modriger.

Eine unheimliche Atmosphäre erwartet uns. Karel atmete heftig. Der Weg in die Tiefe glich einem Alptraum.

Aber er mußte gegangen werden, wenn wir den Vampir schnappen wollten. Den anderen Weg konnte Fariac meiner Ansicht nach nicht genommen haben, dann wäre er uns sicherlich entgegengekommen. Außerdem wußte ich aus Erfahrung, daß sich gerade die Geschöpfe der Nacht immer Schleichpfade offenhielten.

Hier hatten wir einen solchen vor uns.

Es war ein großes Risiko, die schmale Treppe hinunterzusteigen. Die Stufen waren glatt. Im Laufe der Zeit hatte sich eine schmierige Schicht dort gebildet. Dunkelgrün – eine Mischung aus Moos, Feuchtigkeit und Algen . . .

Ich ging zuerst.

Die kleine Lampe ließ ich eingeschaltet. Der dünne Strahl gab leider nur sehr wenig Licht, und Karel schlug vor, eine der Kerzen mitzunehmen, was ich allerdings ablehnte, denn die Kerzen sollten weiterhin die Ruhestätte des Blutsaugers beleuchten.

Ich zählte die Stufen nicht, denn ich konzentrierte mich darauf, nicht auszurutschen.

Unbeschadet erreichten Karel und ich das Ende der Treppe.

Der junge Marek lachte leise.

»Was ist?« fragte ich.

»Wenn ich daran denke, wie dieser verfluchte Blutsauger sein Versteck vorfindet, kann ich mich nur freuen.«

Ich schwächte seinen Optimismus ab. »Noch sind wir nicht soweit, mein Lieber.«

»Was sollte uns hindern?«

Noch einmal redete ich ihm ins Gewissen. »Du darfst die fünf erledigten Fledermäuse nicht mit Fariac auf eine Stufe stellen, Karel. Das waren zwar auch Vampire, aber sie hatten längst nicht die Kraft des Grafen. Er ist ein Teufel, ein mit allen Wassern gewaschener Schwarzblüter, der jeden Trick kennt. Er wird erst seine Diener vorschicken und selbst versuchen, sich in Sicherheit zu bringen. Ich kenne mich da aus, Karel. Glaube mir.«

Der junge Marek nickte.

Ich verstand ihn gut. Er hatte noch die Begeisterungsfähigkeit der Jugend, und das war früher ebenso wie heute. Ich wollte mich nicht als alt bezeichnen, aber ich hatte im Laufe der Jahre meine Erfahrungen im Kampf gegen die Wesen der Finsternis gesammelt und kannte sie sehr gut, daß ihre Gegenaktionen für mich nicht mehr so überraschend kamen.

Zum Glück war Karel einsichtig genug, daß er mir weiterhin die Führung überließ.

Wir mußten wirklich an der tiefsten Stelle des unterirdischen Teils dieses Schlosses angelangt sein, denn der Gang hier war schmal und eng.

Feuchtigkeit hatte sich wie ein Film auf die rohen, unbearbeiteten Steinwände gelegt, war dort kondensiert und als Wasser zu Boden geflossen, wo sich große Lachen gebildet hatten.

Unsere Füße patschten durch das Wasser. Doch diese Widrigkeiten nahmen wir gern in Kauf, wenn wir nur diesen verdammten Vampir töten und das Mädchen unbeschadet befreien konnten.

Zum Glück befand sich eine neue Batterie in meiner kleinen Lampe. Sie würde noch einige Zeit reichen.

Bisher hatten wir keine Tür entdeckt. Der Gang führte schnurgerade in die Tiefe der Burg. Auch die Wände blieben feucht, sie wuchsen auch nicht zusammen, behielten den gleichen Abstand.

Dann machte der Gang einen Knick.

Endlich!

Rechts herum ging es in die Kurve. Ich leuchtete hinein und sah im schmalen Schein des Lichtspeeres abermals eine Treppe. Auch sie war aus rohen Steinen zusammengefügt und hatte kein Geländer. Die Treppe führte in die Höhe.

Wer sagte es denn!

Ich übernahm wieder die Führung. Diesmal würden wir sicherlich unserem Ziel näher kommen.

Die Treppe mündete vor einer alten, schief in den Angeln hängenden Tür, deren Holz schon längst verfault war und einen muffigen Geruch ausströmte.

Unser Ziel würden wir hinter der Tür nicht finden, denn wir vernahmen keine Stimmen und keinen Gesang. Es sei denn, die Sänger waren verstummt.

Ich zog die schiefe Tür auf.

Daß sie mir dabei nicht aus der Hand fiel, grenzte fast an ein Wunder.

Einen halben Schritt hinter der Tür blieb ich stehen und schnaufte durch die Nase.

»Was ist?« wisperte Karel.

»Riechst du nichts?«

Auch er schnüffelte. »Widerlich«, murmelte er. »Was ist das nur? Eine Mischung aus Friedhof und elegantem Damensalon.«

Die Bezeichnung war gar nicht so untreffend. Es roch tatsächlich penetrant. Moder für den Friedhof und Parfümgeruch für den Damensalon.

Gerade diese Mischung war irgendwie verrückt. Sie mußte jedoch eine Bedeutung haben.

»Bleib du mal hier an der Tür«, warnte ich den jungen Marek. »Ich schaue mich ein wenig um.«

Ohne seine Antwort abzuwarten ging ich vor. Der Boden unter meinen Schuhen war glatt. Im Gegensatz zu dem des unterirdischen Ganges. Ich hatte die Lampe angeknipst und leuchtete langsam in die Runde.

Der Raum war nicht leer. Zuerst sah ich die Wände. Und dort immer das gleiche Bild.

Fünfmal war es vorhanden.

Alle fünf Bilder zeigten das häßliche Vampirgesicht des Grafen Fariac.

Ich leuchtete das mir am nächsten hängende ab und ließ den feinen Strahl dann tiefer wandern.

Direkt unter dem Bild stand das, was man mit Vampiren immer in Verbindung brachte. Ein offener Sarg!

Ich pfiff durch die Zähne. Die Totenkiste war längst nicht so prunkvoll wie die, in der Fariac lag. Aber auch sie war pechschwarz angestrichen.

Karel Marek hatte den Sarg natürlich auch gesehen. Jetzt war er nicht mehr zu halten, sondern ging an mir vorbei.

»Da sind noch mehr Särge«, hörte ich seine Stimme aus dem Dunkeln und dann einen ärgerlichen Fluch.

»Was ist?« fragte ich.

»Ich bin gegen einen dieser Särge gestoßen. Sie stehen hier überall.«

»Warte, ich komme.«

Die kleine Lampe gab soviel Licht, daß ich, als ich in die Runde leuchtete, weitere Särge erkannte.

Ich zählte sie nach.

Es waren fünf.

Fünf leere Särge. Schwarz gestrichen. Und sie waren es auch, die den widerlichen Moder-Parfümgeruch verströmten, der unseren Nasen so gar nicht gefiel.

»Da stehen sogar Namen«, sagte Karel Marek. Seine Stimme klang aufgeregt.

Ich leuchtet genauer hin und ließ den Lichtspeer an das Fußende der ersten Totenkiste wandern.

Karel hatte nicht gelogen.

Halblaut las ich vor. »Marika . . .«

Dann leuchtete ich die anderen Fußenden der Särge ab und fand noch vier weitere Mädchennamen: Martha, Constanze, Johanna und Frederike.

Fünf Mädchennamen – fünf Schicksale.

»Was hat das zu bedeuten?« fragte Karel Marek.

Die Antwort war einfach. »Jeder Vampirfürst braucht seine Diener. Weibliche für seine persönliche Umgebung, männliche als Kämpfer, um ihn abzuschirmen. Die Frauen kann er für sich beanspruchen. Zumeist sind es schöne Mädchen, die er sich aussucht.«

»Wie Ilona . . .«

Ich nickte. »Ja, wie sie.«

Karel schluckte. Er trat an den ersten Sarg heran und schaute hinein. »Der ist auch mit Stoff ausgelegt«, meldete er. »Und dieser seltsame Geruch entströmt den Kissen.«

Auch dafür hatte ich eine Erklärung. »Viele Dienerinnen sind schon uralt. Sie leben bereits einige Jahrhunderte. Ihre Körper wären längst vermodert, wenn sie nicht immer wieder Menschenblut trinken würden. Um diesen Blut- und Modergeruch zu überdecken, bespritzen sie sich und ihre unmittelbare Umgebung mit Parfüm.«

»Ja, John, das kann stimmen.« Karel schüttelte sich. »Widerlich. Und wenn ich daran denke, daß für Ilona auch solch ein Sarg reserviert sein soll . . .«

»Noch ist es nicht soweit«, beruhigte ich ihn.

»Das sagst du so.«

Ich leuchtete inzwischen die Felsenkammer ab. Dabei schaute ich mir die Bilder genauer an. Er war ein Vampir aus dem Bilderbuch. Bram Stoker hätte ihn nicht besser beschreiben können. Das Gesicht dämonisch und bleich, der lange Mantel, von innen mit roter Seide gefüttert, die dunklen Augen, der grausame Zug um die Mundwinkel, all dies machte ihn zu einem wirklichen König der Vampire.

Ich drehte mich wieder um.

Karel stand schon an der zweiten Tür, die er entdeckt hatte. Er winkte mir zu.

»Hier muß er reingegangen sein«, erklärte er mir, als ich neben ihm stand.

Ich zog die Tür auf.

Eine enge Treppe wand sich steil in die Höhe. Ich leuchtete die Stufen hoch, und der Strahl meiner kleinen Lampe verlor sich in der Dunkelheit.

Er hüpfte über die Stufen wieder zurück, und dabei sah ich, daß Fariac diesen Weg benutzt hat. Ich erkannte die Abdrücke seiner Füße im Staub.

»Den Weg hat er genommen, dieser verdammte Blutsauger!« zischte Karel neben mir. »Komm, worauf warten wir noch?«

Ja, da hatte mein junger Begleiter recht. Wenn wir noch etwas erreichen wollten, mußten wir uns beeilen . . .

Diesmal war ihr Widerstand gebrochen. Ilona ließ sich abführen wie eine Gefangene. Und das war sie letzten Endes ja auch. Gefangen in einem gewaltigen Schloß, umgeben von Vampiren und Feinden.

Sie schritten die Treppe hinab. In einem Halbbogen führte sie nach unten. Die Stufen waren breit und verjüngten sich nur in Nähe des wertvollen Geländers, das eine Blattgoldauflage hatte. Matt glänzte sie im Widerschein des Lichts.

In diesem Schloß gab es keine große Helligkeit. Man achtete darauf, daß nicht zu viele Kerzen angezündet wurden. Alles sollte im Dämmer, im Halbdunkel bleiben. Geheimnisvolle Schatten, finstere Ecken, dunkle Winkel . . .

Und dazwischen der Vampir mit seinen Dienerinnen.

Eine schaurige Szenerie.

Die Gräfin warf ihrer Gefangenen hin und wieder einen Blick zu. Ilona hielt den Kopf gesenkt und schaute auf ihre Schuhspitzen. Sie hatte nicht mehr die Kraft, einen Fluchtversuch zu unternehmen, widerstandslos ergab sie sich in ihr Schicksal.

Das Ende der Treppe war erreicht. »Na?« fragte die Gräfin. »Denkst du immer noch an Flucht?«

Kopfschütteln.

»Das würde ich dir auch nicht raten, kleine Ilona, denn dann wärest du verloren.«

»Das bin ich sowieso.«

»Wie kannst du nur so sprechen?«

Ilona schaute die Gräfin an. »Stimmt es denn nicht? Ich soll doch die Vampirtaufe empfangen, das heißt, ich werde von einem Vampir gebissen und somit zu einer Untoten, einer Butsaugerin. Habe ich da unrecht?«

»Nein.«

»Dann bin ich also verloren.«

»So kannst du das nicht sehen, meine Liebe. Du wirst Freude empfinden, wenn er dich küßt. Wirkliche Freude. Wenn du seine Dienerin bist, dann ist alles anders. Du führst ein Leben der Nacht. Du wirst die Sonne hassen und den Mond lieben. Manchmal, da läßt er dich frei, dann darfst du nachts über die Felder und durch die Wälder streifen und dir ein Opfer suchen. Junge, kräftige Männer, die nur auf dich allein warten, meine Liebe. Und dann die Dörfer. Sind sie nicht mit Menschen gefüllt? Warten sie nicht auf dich? Du gehst hin und holst sie in der Nacht aus den Betten. Du wirst soviel Blut trinken, wie du willst. Es wird nun deine Nahrung sein, meine Liebe.«

»Hört auf, Gräfin!« flüsterte Ilona. »Bitte, hört auf. Ich kann nicht mehr, ich will es nicht mehr wissen.« Das Zigeunermädchen hob den Kopf und schaute der Gräfin ins Gesicht, wo sich ein falsches Lächeln über ihre Lippen gelegt hatte. Deutlich sah Ilona die beiden gefährlichen Zähne und dann das Zucken um ihre Mundwinkel.

Ilona ahnte, was die Vampirin dachte. Instinktiv hob sie beide Hände und schützte ihren Hals.

Katharina lachte. »Keine Angst, mein Kind. Ich nehme dich schon nicht. Du gehörst dem Grafen.« Sie schaute sich um und deutete auf eine prunkvolle Tür, in deren Oberfläche ein Vampirkopf geschnitzt war. »Da geht es durch.«

Die Gräfin faßte das Mädchen am Arm und zog es einfach mit. Die Tür hatte eine große Klinke.

»Öffnen!« befahl Katharina.

Das Zigeunermädchen zog die Tür auf.

Kühle Kellerluft wehte ihr entgegen, die einen modrigen Geruch mit sich brachte und Ilona schon jetzt darauf hinwies, was sie im Keller erwartete.

Sie schauderte.

Dann fühlte sie die kalte Hand der Gräfin in ihrem Rücken.

»Geh schon vor, Kindchen. Nur keine Scheu. Wir haben uns bereits verspätet. Der Graf wird ungeduldig sein.«

Das Mädchen stieg die Treppe hinab. Es waren keine rohen Steinstufen, sondern aus bestem Marmor gefertigt, die glänzten, als hätte man sie poliert.

Das Mädchen wunderte sich, wie hell die Stufen waren, im Gegensatz zu den Wänden, die aus schwarzem Marmor bestanden. Fugenlos gingen die großen Steine ineinander über, so daß man das Gefühl haben konnte, eine glatte Fläche vor sich zu haben.

Es gab auch ein Geländer an der rechten Wandseite. Der eiserne Handlauf war mit Samt überzogen.

Kerzen spendeten Licht. Das rote Glas über den Flammen tauchte die Umgebung in einen blutigen Schein. Es war alles stilecht hergerichtet.

Die Gräfin blieb immer eine Stufe hinter dem Mädchen. Katharina lächelte noch immer, und die beiden Vampirzähne blieben frei. Sie schimmerten weißgelb und hoben sich von den Lippen deutlich ab.

Mit jeder Stufe, die Ilona in die Tiefe schritt, sanken ihre Chancen. Sie sah selbst ein, daß sie aus diesem Schloß nicht mehr flüchten konnte. Sie war von Feinden umgeben, die ihren Tod wollten, obwohl sie hinterher weiterlebte, jedoch nur als eine seelenlose Hülle. Ohne Blut, ohne Leben . . .

Wenn sie daran dachte, trieb ihr die nackte Todesangst Tränen in die Augen, und ihre Knie zitterten. Sie schritt ihrem Tod entgegen, und es gab keine Hilfe.

Zwar hatte sie auf John Sinclair und ihren Bruder gehofft, doch die beiden schienen ebenfalls keine Chance mehr zu haben. Sie waren zwar in den Schloßhof eingedrungen, doch Ilona hatte die Brutalität der Wächter am eigenen Leibe kennengelernt. Gegen diese Männer konnten auch John und Karel nichts ausrichten.

Die Treppe schlug einen Bogen und endete in einem kleinen Flur, der ebenfalls durch Kerzenlicht erhellt wurde. Das Mädchen mußte die Tür öffnen und fand sich in demselben Raum wieder, den es schon einmal betreten hatte. Diesmal hatten sie nur eine andere Tür benützt.

Und der Raum war belebt.

Fünf Mädchen zählte Ilona.

Unwillkürlich blieb sie stehen, denn die Mädchen waren ebenso gekleidet wie sie.

Lange, schwarze Umhänge, mit roter Seide gefüttert, darunter trugen sie nichts.

Sie schauten Ilona an.

Und wie auf Kommando öffneten sich ihre Lippen.

Fünf Mädchen – fünf Vampire!

Nicht eine war normal. Alle trugen das Zeichen der Blutsauger, die beiden spitzen Eckzähne.

Die Dienerinnen standen hinter dem Thron des Grafen, hatten dort einen Halbkreis gebildet, als wollten sie den Unheimlichen schützen.

Er hockte dort wie ein König.

Zum erstenmal in ihrem Leben stand Ilona vor dem Vampir-Grafen Fariac! Diesmal spürte sie etwas von der Ausstrahlung, die dieser Graf hatte. Es war wie ein kalter, tödlicher Hauch, der ihr entgegenwehte und sich wie eine Gänsehaut auf ihren Körper legte.

Sie begann zu zittern. Dann spürte sie wieder die Hand der Gräfin an ihrem Rücken. »Geh vor, kleine Ilona!«

Das Mädchen gehorchte, doch nach zwei Schritten blieb es stehen. Ilona konnte einfach nicht mehr. Alles drehte sich vor ihren Augen. Diese schaurige, von Kerzenschein umhüllte Atmosphäre ließ sie frösteln. Die fünf Mädchen, der Thron mit dem Vampir, alles drehte sich vor ihren Augen. Sie streckte die Arme aus, um sich irgendwo festzuhalten, doch da war nichts.

Sie griff ins Leere und fiel hin.

Schwer schlug sie zu Boden. Die letzten Stunden hatten ihren Tribut gefordert.

Die Gräfin ballte die Hände. Sie stand neben Ilona. »Steh auf!« herrschte sie Ilona an.

Das Mädchen blieb liegen.

Die Gräfin hob den Fuß. Ihr Gesicht verzerrte sich. Sie wollte es mit Gewalt versuchen.

Fariac griff ein. Er streckte seine Hand aus. »Nein!« sagte er mit dumpfer Stimme. »Nicht . . .«

Katharina zögerte.

Auf einen Wink hin traten zwei Mädchen vor. Sie gehorchten dem Grafen blind.

Es waren Frederike und Martha, beide hübsch und beide blond, während die anderen drei schwarze und braune Haare hatten. Die beiden wußten Bescheid. Sie bückten sich und packte die am Boden liegende Ilona an den Armen.

Dann schleiften sie sie auf den Thron des Grafen zu, wo Fariac schon auf das neue Opfer wartete.

Wie eine Puppe hing Ilona in den Griffen der beiden Mädchen. Ihr Kopf fiel zur Seite. Sie war schon so blaß, als hätte man ihr bereits jetzt das Blut ausgesaugt.

»Schau mich an!« sagte der Graf.

Wie durch Watte drang die Stimme in Ilonas Hirn. Sie öffnete die Augen. Noch verschwamm die Umgebung, noch wollten die Knie nachgeben, doch sie merkte, daß es ihr langsam besser ging, da sie wieder Tritt faßte und von allein stehenblieb.

Der Graf schaute auf sie herab.

Ilona sah hoch.

Zwangsläufig trafen sich ihre Blicke, und das Zigeunermädchen sah das Gesicht des Grafen aus kürzester Entfernung.

Die Augen fielen ihr auf. In ihnen, die sie an schwarze Kohlestücke mit glühendem Rand erinnerten, flackerte die Gier.

Die Gier nach frischem Blut.

Er mußte lange keines mehr bekommen haben, denn seine spinnenartigen Hände schabten unruhig über die beiden Sessellehnen. Der schmale Mund zuckte. Der Widerschein der Kerzen warf flackernde Schatten über sein bleiches, hohlwangiges Gesicht bis hin zu den dunklen Haaren, die er glatt nach hinten gekämmt hatte.

Er trug dunkle Kleidung, ebenfalls einen schwarzen, mit roter Seide gefütterten Umhang, eine lange dunkle Hose und eine enge Jacke der gleichen Farbe.

Die Menschen sprachen nur flüsternd und ängstlich von ihm. So war er ihr beschrieben worden, und so sah er auch in Wirklichkeit aus.

Abermals streckte er seinen Arm aus. Die Hand beschrieb einen kleinen Bogen und berührte die Wange des Mädchens.

Ilona zuckte zusammen.

Diese kalten Totenfinger irritierten sie, sie strömten die Kühle einer Gruft aus, und der Vampir lachte leise. »Du wirst dich an mich gewöhnen müssen, kleine Ilona. So heißt du doch, nicht wahr?«

»Ja!« hauchte sie.

»So wie du jetzt lebst, geht es nicht mehr«, flüsterte der Vampir. »Du wirst bald meine Dienerin sein. Ich werde dich spüren, werde dich trinken, und deine Seele wird ein Teil meiner eigenen werden und umgekehrt. Wir beide ergänzen uns. Wir allein bilden eine Blutgemeinschaft.«

Ilona vernahm die Worte, verstand auch ihren makabren Sinn, und Angst stieg in ihr hoch.

Unheimlich stark wurde sie, ihre Knie zitterten, sie hätte am liebsten geschrien, aber nicht ein Laut drang über ihre Lippen. Der Vampir war zu beeindruckend, er starrte sie an, und sein Blick hatte etwas Hypnotisches an sich.

Ilona nickte.

Jetzt lachte Fariac. »Siehst du, kleine Ilona. Du kannst es kaum erwarten, daß ich dich zu meiner Gefährtin mache. Keine Angst, es dauert nicht mehr lange . . .«

Er lehnte sich wieder zurück.

Dann hob er die Arme und klatschte einmal in die Hände. Auf dieses Zeichen hatten die fünf Dienerinnen gewartet. Sie traten vor den Thron des Vampirs und begannen mit ihrem Gesang.

Ilona konnte nur schwer etwas verstehen, weil es eine sehr alte Sprache war. Wortfetzen jedoch kannte sie.

Da wurde vom Sterben und von der Blutseuche gesprochen. Von der dunklen Seele und vom Teufel, von Hexen, Vampiren und Werwölfen. Immer wieder tauchte das Wort Blut auf.

Der Blutgesang!

Die Stimmen der Mädchen waren eintönig, ohne Modulation. Es war ein Leiergesang, keine Stimme klang heraus, alles ging unter in einer Monotonie.

Ilona hörte zu und hörte es wiederum nicht. Der Gesang glitt an ihren Ohren vorbei.

Bis er aufhörte, da zuckte sie zusammen.

Jetzt war es soweit.

Fariac winkte ihr zu. »Komm noch näher!« flüsterte er mit heiserer Stimme.

Ilona ging. In der Bewegung öffnete der Graf seinen Mund, und sie sah die beiden Zähne.

Zum ersten Mal wurde sie mit den blutsaugenden Vampirzähnen konfrontiert, und sie erschrak bis ins Mark.

Es waren grausame Hauer, lang und spitz, dazu ein wenig nach innen gebogen. Ilona konnte sich gut vorstellen, daß diese Zähne leicht in ihr Fleisch am Hals schlugen.

Hände wühlten in ihrem langen Haar, bauschten es auf und ließen es durch die Finger gleiten, wobei der Hals des Mädchens plötzlich frei lag.

Frei für den Biß ...

Fariac zog Ilona noch weiter zu sich heran. Er wollte das helle Fleisch sehen, die weiße Haut am Hals, die bald zwei Bißstellen aufweisen würde ...

Das Zigeunermädchen spürte den Modergeruch, den Fariac ausströmte. Er roch, als wäre er frisch aus einem alten Grab gestiegen. Auch das Parfüm, mit dem sich die Mädchen bespritzt hatten, konnte den fauligen Gestank nicht überdecken.

Ilona ekelte sich.

Und doch wußte sie, daß sie dieser Ekel nicht davon abhielt, gebissen zu werden.

Sie war für die Vampirtaufe vorgesehen.

Sie würde das Opfer sein ...

Die fünf Mädchen hatten den Kreis enger gezogen. Sie wollten genau beobachten, was mit der Neuen geschah. Eine Vampirtaufe zu erleben war immer etwas Besonderes.

Ilona versteifte sich. Sie wehrte sich, so gut sie konnte. Ihre Arme brachte sie nicht mehr in die Höhe, dazu war sie zu schlapp. Aber sie wollte es dem Vampir nicht so leicht machen.

Die Gräfin sah es. Sie trat rasch einen Schritt vor und drückte wieder gegen den Rücken des Mädchens.

Ilona fiel dem Blutsauger in die Arme.

Der lachte.

Schaurig klang das Lachen dicht an Ilonas Ohr. Feurige Räder drehte sich vor ihren Augen. Bilder entstanden. Sie sah sich mit John Sinclair und ihrem Bruder zusammen. Sie wollte schreien, um Hilfe rufen ... warum kamen die beiden denn nicht? Sie wollten ihr doch helfen!

Dann spürte sie die Lippen an ihrem Hals.

Kalte Lippen ...

Die Zähne waren warm. Es schien, als würden sie leben.

Ergeben schloß sie die Augen.

Da erfolgte der Biß!

Ein kurzer, scharfer Schmerz. Aus dem Mund des Mädchens drang ein Stöhnlaut, wie aus weiter Ferne hörte sie das Schreien der Vampirinnen. Im nächsten Augenblick schwemmte sie eine gewaltige Woge fort, ließ sie wie auf Flügeln dahingleiten, hinein in das Dunkel des seelenlosen Todes ...

Wir huschten die Treppe hoch.

Sie war ziemlich lang. Dieser verdammte Irrgarten hatte uns schon genügend Sorgen und Schwierigkeiten bereitet, und ich war froh, als ich die Tür sah.

Das Licht meiner kleinen Lampe traf das matt glänzende Holz. Karel Marek wollte an mir vorbei und die Tür aufreißen, doch ich hielt ihn zurück.

»Nicht so stürmisch ...«

Ich legte den Finger auf die Lippen, preßte mein Ohr gegen das Holz und lauschte.

Ich hörte nichts.

»Können wir?« fragte Karel.

Ich nickte, legte die linke Hand auf die Klinge, in der rechten hielt ich die Beretta, und riß die Tür auf.

Mit einem Sprung stand ich in dem dahinterliegenden Gewölbe. Was ich sah, ließ das Blut in meinen Adern zu Eis gefrieren ...

Gegenwart

Die kleine Chartermaschine war sicher auf dem Köln-Bonner Flughafen gelandet. Die zehn verdienten Mitarbeiter, Fariac selbst, Jane Collins und Bill Conolly hatten den firmeneigenen Jet genommen, die Paßkontrolle passiert und gingen quer durch das moderne Flughafengebäude auf einen der Ausgänge zu, wo bereits der Bus warten sollte, der sie am Rhein entlang zu ihrem Ziel brachte.

Während des Fluges hatten Jane und Bill Zeit gehabt, sich die Mitpassagiere anzuschauen.

Alle machten einen völlig normalen Eindruck. Jane hatte nicht das Gefühl, unter Schwarzblütern zu sitzen. Die Mitarbeiter gaben sich völlig normal.

Gordon Fariac erwies sich als perfekter Gastgeber. Er und eine Hosteß reichten Getränke. Die meisten Passagiere tranken Sekt. Jane hatte auch ein Glas geleert, Bill zwei.

Die Gruppe war gemischt. Zur Hälfte Frauen, zur anderen Hälfte Männer. Alle weiblichen Personen waren älter als Jane, dafür jedoch herausgeputzt, als ginge es zu einem Staatsempfang. Das war wohl immer so bei Betriebsausflügen.

Die meisten Männer hatten versucht, Jane Collins in ein intensives Gespräch zu verwickeln.

Jane hatte stets höflich geantwortet, ließ jedoch keinen Zweifel daran, daß sie an einem Flirt nicht interessiert war.

Dann traf der Bus ein.

Pünktlich auf die Minute. Es war ein kleiner Reisebus, jedoch mit allem Komfort ausgestattet. Eine Toilette war ebenso vorhanden wie eine kleine Bar.

»Perfekte Organisation«, lobte Gordon Fariac, »das haben Sie ausgezeichnet gemacht, Mr. Morton.«

Morton war der Prokurist, ein kleines, grauhaariges Männchen mit dünnen Haaren und einer dicken Hornbrille. Er wurde rot und hob verlegen die Schultern, als er das Lob hörte.

O Gott, dachte Jane nur, gleich fällt er auf die Knie. Bill Conolly neben ihr grinste. Er schien die gleichen Gedanken zu haben wie die Detektivin.

Die Gruppe stieg ein.

Jane und Bill warteten. Der Reporter hatte eine Kamera umhängen und schon fleißig Fotos geschossen.

Gordon Fariac wollte als letzter einsteigen. Er gesellte sich noch zu Jane.

»Wie finden Sie den Ausflug bis jetzt?«

»Gut.«

»Warten Sie ab, Miss Collins. Er wird noch besser. Wenn wir erst einmal unser Fest starten, werden Ihnen die Augen übergehen. So etwas haben Sie noch nicht erlebt. Lieben Sie alte Schlösser?«

»Das schon.«

»Dann kommen Sie voll auf Ihre Kosten. Das Schloß gehört nämlich mir. Ich habe es von einem Vorfahren geerbt. Das war kurz nach dem Dreißigjährigen Krieg.«

»Da haben Sie schon gelebt?« fragte Bill skeptisch.

Fariac lachte hastig. »Nein, nein, das nicht, aber ich meine nur. Ähm, ja, lassen Sie sich überraschen. Auf jeden Fall gehört mir das Schloß.«

»Was sehr viel Unterhalt kostet«, meinte Bill.

»Oh, da sagen Sie was, aber was tut man nicht alles für die Kunst und die Erhaltung von Altertümern.«

Bill nickte.

Der Fahrer beugte sich aus dem Fenster. Er trug eine Schirmmütze und eine Lederjacke über dem karierten Hemd. »Wollen die Herrschaften auch noch mitfahren?«

»Sicher, sicher!« rief Fariac. »Kommen Sie, einsteigen.«

Bill und Jane enterten den Bus. Sie hätten sich gern nach hinten gesetzt, doch die Bank war belegt. Also nahmen sie weiter vorn Platz. Sie setzten sich nebeneinander.

Die Türen schlossen automatisch, und der Fahrer fuhr an.

Vom Flughafenzubringer ging es direkt auf die Autobahn in Richtung Frankfurt.

Die Straßen waren ausgezeichnet ausgebaut, sehr günstige Verkehrsbedingungen herrschten, sie kamen gut voran, denn die Autobahn war ziemlich frei.

Bill und Jane schauten interessiert aus dem Fenster. Siegburg, Siebengebirge, so hießen die Abfahrten. Die Autobahn schlängelte sich durch eine sehr schöne Landschaft. Hügel rechts und links, viel Natur und wenig Baustellen.

Bill sprach während der Fahrt kaum, Jane ebenfalls nicht. Sie hielt die Augen halb geschlossen und lauschte den Gesprächen der anderen Teilnehmer.

Darin drehte sich viel um die am Abend bevorstehende Feier. Alle waren gespannt. Sie hatten von dem Schloß gehört, noch niemand hatte es je gesehen. Es mußte wirklich eine Attraktion sein.

Die Frau, die Jane gegenübersaß, konnte es kaum erwarten. Sie dachte vor allen Dingen an das kalte Büfett, von dem man wahre Wunderdinge erzählte. Dabei hatte die Frau eine Figur, die es wirklich nicht zuließ, daß sie noch mehr schlemmte.

Jane konnte nur den Kopf schütteln.

»Ein Schloß ist ja bezeichnend«, meinte Bill Conolly nach einer Weile und zündete sich eine Zigarette an.

»Du rechnest mit Ärger, nicht?« fragte Jane.

Bill nickte.

»Hast du einen Plan?«

Der Reporter stäubte die Asche seiner Zigarette ab. »Er hat sich doch verraten.«

Jane schaltete schnell. »Du meinst mit dieser komischen Erbformulierung.«

»Genau.«

Die Detektivin lächelte. »Ich kenne dich ziemlich lang, Bill. Bald so lang wie deine Frau. Ich kann mir vorstellen, daß du diesen Gordon Fariac für einen Vampir hältst.«

»Richtig.«

»Aber die charakteristischen Merkmale eines Blutsaugers habe ich bei ihm nicht gesehen«, hielt ihm Jane entgegen.

Bill hob die Schultern. »Manche verstellen sich auch nur. Nein, nein, der ist schon gefährlich und wird sein wahres Gesicht bestimmt am heutigen Abend zeigen.«

»Womit seine Mitarbeiter ebenfalls in Gefahr schweben.«

»Klar.«

»Wenn ich nur wüßte, wo John steckt«, murmelte Jane Collins.

»Der würde uns jetzt auch nicht helfen.«

»Vielleicht findet Suko eine Spur«, hoffte Jane. »Er wollte sich ja in der Fabrik ein wenig umsehen.«

Bill hob die Schultern und zuckte regelrecht zusammen, als

sich ein Mann auf dem Sitz vor ihm umdrehte und über die Rückenlehne den Reporter anschaute.

»Was gibt's?« fragte Bill.

Der Mann, ein schwitzender Typ, fragte: »Sie haben doch Humor und sind schlau, nicht wahr?«

»Kaum.«

Der Knabe ließ sich nicht beirren. Er strich über seine Glatze und fragte: »Was sagen zwei Jäger, wenn sie sich begegnen?«

Um des lieben Friedens willen, beantwortete Bill die Frage: »Weidmannsheil.«

»Richtig, Mister. Und was sagen zwei Fischer, die sich treffen?«

»Petri Heil.«

»Auch richtig. Und was sagen zwei Päpste?«

»Halleluja!«

»Nein, haha, es gibt nur einen Papst.«

Der Glatzkopf verschwand wieder und hatte sein Späßchen. Er hüpfte auf seinem Sitz, Bill mußte auch lachen, Jane verzog ebenfalls die Mundwinkel.

Man fiel immer wieder auf die alten Sachen rein.

Sie hatten einen strahlend schönen Wintertag. Eine blasse Novembersonne stand am Himmel und schickte ihre nicht mehr wärmenden Strahlen über die Hügel des Westerwaldes. Alles war kahl. Längst hatten die Bäume keine Blätter mehr. Sie waren abgefallen und lagen bereits unter der ersten Schneeschicht vergraben. Auf den Kuppen war noch nicht alles weggetaut. Bill und Jane sahen hin und wieder schmutzigweiße Flecken.

Wenig später wechselten wir die Autobahn. Jetzt fuhren wir in Richtung Koblenz, von dort sollte es dann am Rhein weitergehen, eine interessante Fahrt, die vor allen Dingen immer wieder von amerikanischen Touristen gebucht wurde, weil sie sich so Old Germany vorstellten.

Bill schloß ein wenig die Augen. Schräg fielen die Sonnenstrahlen durch die Scheibe und ließen den grauen Belag darauf noch deutlicher hervortreten.

Die beiden schliefen tatsächlich ein. So wurden sie wenigstens von den anderen Mitreisenden in Ruhe gelassen. Der

Fahrer fuhr ruhig und sicher. Oft überholte er Lastwagen, und langsam sank die Sonne dem Horizont entgegen. Dort flammte sie noch einmal knallrot auf, mit einer Intensität, wie sie nur an klaren Winternachmittagen zu sehen war. Es sah aus, als wäre der Himmel mit Blut übergossen worden, und Jane, die soeben erwachte und das Bild sah, dachte sofort an ein Zeichen.

Sie weckte Bill. Der Reporter rieb sich verschlafen die Augen und bemerkte, daß sie gar nicht mehr auf der Autobahn fuhren.

Er sah den Rhein, diesen breiten, grauen Strom, dessen Fluten sich träge durch das Flußbett wälzten. Schiffe durchpflügten das Wasser. Motorboote und lange Schlepper mit containerähnlichen Aufbauten. In den Niederungen am Ufer waberte der erste Nebel. Letztes Sonnenlicht fiel auf die malerischen Orte am Rhein und ließ die Dächer der Häuser golden aufleuchten.

Bill sah die Hügel, sanft geschwungen reihten sie sich aneinander. Wein wurde hier angebaut. Terrassenförmig führten die Rebgärten an den Hängen hoch.

Dazwischen gab es immer wieder Waldstücke, und Bill sah stolze Burgen. Allerdings standen von vielen nur noch Ruinen. Die große Zeit der Ritter war vorbei.

»Und nun möchte ich die Herrschaften bitten, einmal herzuhören.« Urplötzlich schallte Fariacs Stimme mikrophonverstärkt durch den Bus.

Viele waren eingeschlafen. Jetzt schreckten sie hoch, als sie die Stimme ihres Herrn und Meisters hörten. Er deutete zur anderen Rheinseite hinüber und legte den Arm dabei ziemlich schräg. »Die Burg, die Sie dort oben sehen, meine lieben Freunde, die wird unser Ziel sein.«

Der Bus fuhr langsamer, und alle Blicke wandten sich in die angegebene Richtung.

Dort stand die Burg.

Trutzig, als wäre sie eben erst erbaut worden und nicht einige hundert Jahre alt.

Von hier unten sah sie wirklich gut aus, als hätte sie keine Beschädigungen davongetragen. »Sie wird unser Ziel sein«, jubelte

Gordon Fariac. »Zuvor jedoch werden wir die Filiale besichtigen und eine kleine Tour machen. Mit dem Schiff natürlich.«

Alle waren einverstanden.

Der Fahrer bog in eine schmale Straße ein, die direkt zum Rhein führte.

Die Straße wurde zur Gasse, erreichten einen Marktplatz und führte von dort als breitere Straße weiter. Sie endete direkt an der Uferpromenade, wo sich Parkplätze für Busse und Pkw befanden.

Jeder war froh, daß er aussteigen und sich die Beine vertreten konnte.

Zur Fabrik war es nur ein Katzensprung. Man würde zu Fuß dorthin gehen. Gordon Fariac gesellte sich zu Jane und Bill. »Wollen Sie an der Besichtigung teilnehmen?«

»Nein«, antwortete Jane für den Reporter mit.

Bill nickte.

Fariac schaute auf die Uhr. »Dann treffen wir uns in zwei Stunden wieder hier. Abgemacht?«

Die beiden waren einverstanden. Sie schauten Fariac nach, wie er seinen Leuten den Weg erklärte. Dann verschwand die Gruppe in einer kleinen Straße.

Jane und Bill wandten sich ab. Die Detektivin stellte den Kragen ihres Winterkostüms hoch. Ein kühler Wind wehte von den Hügeln über den Rhein und hinab ins Tal.

»Ich muß mich irgendwo wärmen«, sagte die Detektivin.

Bill schaute sich um. Um diese Zeit befanden sich kaum noch Touristen in dem kleinen Weinort. Sie hatten reichlich Auswahl an Lokalitäten, und nicht nur Weinlokale luden zum Verweilen ein, sondern auch Cafés. Gemeinsam schritten sie hoch zur Hauptstraße, bogen aber vorher ab, denn sie hatten ein kleines Café gesehen, an das ein Wintergarten angebaut war.

»Das wäre doch was«, schlug Jane vor.

Bill Conolly nickte.

Es befanden sich kaum Gäste im Café. Jane suchte am Büfett Kuchen aus, und Bill ging schon durch. Er fand einen Platz, von dem er durch die große Scheibe auf die Straße, den Rhein und die am anderen Ufer liegenden Hügel sowie Fariacs Burg schauen konnte.

Bei einer Kellnerin bestellte der Reporter zwei Kännchen Kaffee. Jane kam mit den Kuchenbons, und die Kellnerin brachte schon die gemischte Obsttorte.

Bill zahlte. Er grinste dabei und deutete auf die Torte. »Mit Sahne?«

»Kann ich mir doch leisten«, meinte Jane.

»Natürlich.«

»Warum sagst du dann was?«

»Von Süßigkeiten soll man Pickel bekommen«, grinste Bill.

Jane holte tief Luft. Bevor sie jedoch die passende Antwort geben konnte, geschah draußen etwas, das ihre volle Aufmerksamkeit erregte.

Schüsse peitschten auf.

Und im selben Moment jagten mit irrwitzigem Tempo zwei Wagen in die schmale Straße.

Ein Mercedes und ein silbergrauer Opel Manta . . .

Die Fahndung hatten Kommissar Mallmann und sein Kollege Bernd Hollering über Funk gehört.

Zwei Bankräuber hatten eine Sparkasse überfallen und hundertzwanzigtausend Mark geraubt. Keine geringe Summe, dafür mußte eine alte Frau lange stricken. Die Kerle waren mit einem hellen Mercedes geflüchtet.

Jetzt suchte man den Wagen.

Will Mallmann, der wegen einer dienstlichen Angelegenheit in Köln gewesen war, hatte von dort seinen Kollegen Hollering mitgenommen. Sie wollten nach Hause, hatten aber Zeit und gondelten am Rhein entlang. Sie erzählten sich die neusten Beamtenwitze, obwohl sie selbst dem Berufsstand angehörten, und beschlossen, da beide Junggesellen waren, den Abend noch bei einem anständigen Glas zu verbringen.

Doch erstens kommt es anders – und zweitens als man denkt. Schuld war die Fahndungsmeldung.

Sofort waren die beiden wieder im Dienst.

»Du hältst Ausschau?« fragte der schlaksige Hollering, der

mit seinem Kopf immer gegen den Autohimmel stieß, wenn der Manta mal über eine Spurrille hüpfte.

»Klar doch.«

Der Kommissar gehörte zu den Typen, die immer im Dienst waren. Er konnte blitzschnell umschalten. Und er hatte schon einige böse Erfahrungen hinter sich. Nicht nur mit Gesetzesbrechern, die er als Kommissar vom BKA jagte, sondern auch mit Geistern und Dämonen. Er hatte des öfteren mit John Sinclair zusammengearbeitet und erlebt, daß es Dämonen und finstere Mächte gab.

Ein Dämon, der Schwarze Tod, hatte sogar seine frisch angetraute Frau am Hochzeitstag umgebracht.

Seit dieser Zeit verfolgte Mallmann die Mächte der Finsternis mit einem ungeheuren Zorn, und er gab sich auch nicht damit zufrieden, daß der Schwarze Tod nicht mehr existierte. Nein, er wollte selbst mithelfen, das Übel samt Wurzel auszurotten.

In der letzten Zeit allerdings war er etwas ruhiger geworden. Den Zyklop aus der Hölle, ein widerliches Sumpfmonster, hatten sie in der Nähe von Bremen besiegt, und seit der Zeit hatte Mallmann nur telefonisch mit den Londoner Freunden in Kontakt gestanden. Er wußte jedoch über die Gründung der Mordliga Bescheid und besonders über die Rolle von Solo Morasso, alias Dr. Tod.

Dieser Mensch-Dämon wollte die Herrschaft der Welt. Und das Sinclair-Team kämpfte dagegen an. Irgendwie fühlte sich der Kommissar auch dazugehörig, er hielt Augen und Ohren offen, um sofort etwas über das Wirken der Schwarzblüter zu erfahren. Was als völlig normaler Fall begann, endete oft in einem Strudel des Schreckens.

Mallmann hatte sich darauf eingestellt und seine Konsequenzen gezogen. Mit seinem Vorgesetzten hatte er über die erlebten Fälle gesprochen. Der Mann war erst skeptisch gewesen, hatte sich aber doch überzeugen lassen und ließ dem Kommissar jetzt freie Hand, wenn es um die nicht erklärbaren Fälle ging.

Seine Kollegen ahnten dies. Sie sagten aber kaum etwas, obwohl einige von ihnen bei der Hochzeit gewesen waren und das

Grauen miterlebt hatten. Viele verdrängten die Ereignisse jedoch schnell aus ihrem Bewußtsein.

Anders der Kommissar. Er nahm den Kampf auf. Zu seinen ersten beiden Hobbys war noch ein drittes hinzugekommen: die Dämonenjagd.

Locker saß der Kommissar mit der Römernase und dem leicht lichten, dunklen Haar hinter dem Lenkrad. Niemand sah ihm an, wie konzentriert er war. Der Manta war sein erstes Hobby, die Stereoanlage sein zweites. Allerdings hatte er in der letzten Zeit nur selten Musik gehört. Allein machten ihm die Abende keinen Spaß mehr.

Und noch eine Konsequenz hatte der Kommissar gezogen. Er trug immer eine mit Silberkugeln geladene Pistole bei sich. Neben seiner eigenen Dienstwaffe. Der gute Will Mallmann war also gerüstet, auf die Diener der Finsternis zu treffen.

»Da ist der Mercedes!« sagte Hollering plötzlich. »Auf der rechten Seite. Jetzt schert er nach links.«

Nun sah Will ihn auch.

Ein heller Wagen mit dem Nummernschild aus Koblenz. Der Benz wurde beschleunigt.

Auch Mallmann gab Gas. Ein kurzer Blick in den Rückspiegel. Hinter ihm war frei.

Der Manta schoß voran, war im Nu auf der linken Seite und zischte an zwei Lastwagen vorbei. Dann jedoch mußten sie wieder auf die normale Spur wechseln. Gegenverkehr.

»Ist der denn wahnsinnig?« flüsterte Hollering.

Auch Will Mallmann wurde blaß. Erst im letzten Augenblick zog der Mercedes nach rechts.

Die Reifen jaulten und jammerten.

»Puh, das war knapp!« stöhnte Hollering.

Will nickte nur.

Zwischen dem Manta und dem beigen Benz befand sich nur noch ein Toyota. Doch der ließ den Kommissar nicht vorbei. Wenn Mallmann mal die Chance hatte zu überholen, dann drehte der Toyota-Fahrer auch auf.

Die nächste Ortschaft. St. Goarshausen.

Der Mercedes fuhr hinein. Zum Glück herrschte wenig Verkehr in dieser sonst weinseligen Stadt. Mit fast 80 Stundenkilometern rasten die Wagen hintereinander her. Und sie hatten sogar noch Glück, daß die Ampeln auf Grün standen.

Dann bog der Benz ab.

Links rum das Steuer.

Die Reifen des Mantas protestierten kreischend, als Will ihn ebenfalls in die Kurve zog. Hollering wurde in den Schalensitz gepreßt. Der Toyota war verschwunden. Will grinste schief, als er dem Mercedes auf den Fersen blieb.

»Gleich haben wir ihn«, sagte er.

Die nächste Kurve.

Rechts herum. Parallel zum Rhein schoß der Mercedes dahin. Ein rasendes Ungeheuer, das sich einfach Platz schaffte und keinerlei Rücksicht auf andere Verkehrsteilnehmer nahm. Menschen flitzten zur Seite. Zwei Radfahrer sprangen von ihren Rädern und flüchteten in einen Hauseingang.

»Das ist lebensgefährlich«, sagte Hollering.

»Wir müssen ihn stoppen!«

Noch zwei Minuten weiter ging die Jagd. Dann tauchte vor dem Mercedes ein Parkplatz auf. Dort standen vier Busse und einige Pkw.

Für einen Moment bremste der Wahnsinnsfahrer ab, gab aber dann wieder Gas und raste weiter. Rechts hoch in eine schmale Straße hinein.

Der Kommissar hinterher.

Im selben Augenblick wurde das Beifahrerfenster des Benz nach unten gekurbelt. Der Lauf einer MPi erschien und der Oberkörper eines Mannes, der sich weit aus dem Fenster beugte.

»Vorsicht!« schrie Hollering.

Da tanzten schon die kleinen Flämmchen vor der Mündung. Einen Sekundenbruchteil später jagte die Salve über den Asphalt, wo sie lange Streifen und Löcher hinterließ. Zum Glück traf der Kerl nicht, und der Fahrer riß den Benz in eine Linkskurve. Er wollte wohl in dem engen Straßenwirrwarr verschwinden.

Mallmann blieb ihm auf den Fersen, jagte ebenfalls in die Kurve, hörte das Jammern der Reifen und einen höllischen Krach.

Instinktiv nagelte er die Bremse fest.

Der Manta schleuderte auf den Mercedes zu, der eine Mauer »geküßt« hatte.

Will schaffte es. Er rammte den Benz nicht. Kurz davor brachte er den Manta zum Stehen.

Die Türen des Mercedes flogen auf. Die Bankräuber stürmten ins Freie. Einer hielt die beiden Geldsäcke, der andere hatte die Maschinenpistole.

Blut lief über sein Gesicht. Er sah wild aus, aber er gab nicht auf, sondern schoß.

»Deckung!« schrie Mallmann und tauchte unter.

Auch Hollering duckte sich. Nur war er nicht schnell genug. Die Scheibe des Mantas zerkrümelte, Kugeln hieben in den Wagen, zerlöcherten die Polster, und Hollering brüllte plötzlich auf.

Will hatte sich aus dem Wagen gekugelt. Als er den Schrei hörte, wandte er den Kopf.

Bernd Hollerings rechte Seite war voller Blut. Einige Kugeln hatten ihn an Arm und Hüfte erwischt.

Eine ungeheure Wut stieg in dem Kommissar hoch. Er riß seine Waffe hervor und wollte zurückfeuern, während sich der zweite Gangster schon mit den beiden Geldsäcken verzog.

Wieder fauchte eine Salve heran. Kommissar Mallmann hatte Glück, daß er sich zur Seite rollen konnte, so hackten die Kugeln an ihm vorbei und stanzten Löcher in den rechten Vorderreifen. Der Schießer aber lachte. Das Gesicht war verzerrt, die Haare hingen ihm wirr in die Stirn, in seinen Augen leuchtete der Haß.

Der Mann stand so, daß er Mallmann gar nicht verfehlen konnte. Bevor Will seine eigene Waffe herumgeschwenkt hatte, würde er längst tot sein.

Da fiel ein Schuß.

Plötzlich zuckte der Bankräuber zusammen. Er knickte ein, und die MPi klirrte zu Boden. Er preßte beide Hände dicht über der Gürtelschnalle gegen den Leib, machte noch ein paar torkelnde Schritte und fiel aufs Gesicht.

Im nächsten Augenblick vernahm Will einen wilden Schrei, dann verstummte auch der.

Langsam stand der Kommissar auf.

Vor der großen Scheibe an der Rückseite eines Cafés stand ein Mann und hielt die Pistole noch in der Hand.

Bill Conolly!

Mallmanns Augen wurden so groß, daß sie fast aus den Höhlen zu quellen drohten.

»Bill!« ächzte er. »Träume ich oder . . .«

Der Reporter kam zu ihm. Er hatte den zweiten Bankräuber niedergeschlagen. »Nein, du träumst nicht. Ich bin es wirklich, alter Junge.«

»Dann hast du mir das Leben gerettet.«

»Sieht so aus.«

Mallmann lief auf Bill zu und begrüßte ihn. »Entschuldige, Bill, aber ich muß mich um meinen Kollegen kümmern.«

»Klar.«

Der Kommissar lief zu seinem Wagen und beugte sich durch die offene Tür ins Innere. Er erschrak heftig, als er seinen Kollegen sah, denn er hätte nicht gedacht, daß es ihn so erwischt hatte.

Bernd Hollering lebte noch. Aber es sah verdammt mies aus. An der rechten Seite war er von mehreren Kugeln getroffen worden. Bernd lag auf dem Sitz, und aus den Wunden rann das Blut. Diese Blutungen mußten unbedingt gestoppt werden.

Mallmanns Kollege war bei Bewußtsein. Mit irrem Blick schaute er Will an, ohne ihn gleich zu erkennen.

Der Kommissar schluckte. »Okay, Bernd, es wird schon wieder. Ich hole einen Arzt, und dann schaffen wir dich weg. Die Ärzte flicken dich schon wieder zusammen.«

Der Kommissar richtete sich auf. Er wollte tatsächlich einen Arzt holen, doch das hatte Bill Conolly bereits erledigt. »Alles klar, Will.«

Zudem ertönten auch schon die wimmernden Sirenen der ankommenden Polizeiwagen.

Bill fragte: »War er ein Freund von dir?«

»Ja. Aber er lebt noch. Wir müssen ihm die Daumen drücken.« Mallmann strich über sein Gesicht. »Die verdammten Gangster werden immer brutaler. Die scheuen vor keiner Gemeinheit zurück und sind eiskalt. Sag mal, Bill, bist du allein gekommen, oder steckt John Sinclair hier auch irgendwo?«

»Nein, ich bin nicht allein gekommen.«

»Dann ist John hier?«

Bill schüttelte den Kopf. »Schau mal dahinten neben der Telefonzelle. Da hat jemand angerufen.«

Mallmann folgte der Blickrichtung. Seine Augen wurden groß. »Himmel, das ist Jane.«

»Genau.«

»Jetzt weiß ich gar nichts mehr. Ehrlich . . .«

»Erklärung später. Kümmere dich um deine Angelegenheiten.« Bill sah die ersten Streifenwagen auf den Platz fegen. Die Polizisten sprangen mit gezogenen Waffen aus ihren Fahrzeugen, Mallmann ging ihnen entgegen und zeigte seine Vollmacht.

Die Beamten lauschten seinen Worten und taten, was er anordnete. Zum Glück kam auch der Krankenwagen. Seine Sirene wimmerte ebenfalls. Die hinteren Ladentürhälften klappten auf, und ein Arzt sprang aus dem Wagen. Mallmann deutete hastig auf seinen Manta, wo der Verletzte noch immer blutend lag.

Der Arzt schrie nach seinen Helfern. Aus dem Führerhaus jumpten zwei weitere Weißkittel, Sanis.

Alle drei entwickelten eine fieberhafte Tätigkeit. Man konnte sehen, daß es wirklich um Sekunden ging, wenn sie das Leben des Mannes noch retten wollten.

Will Mallmann konnte nichts tun. Nur noch hoffen. Er faltete die Hände und preßte hart die Lippen zusammen, als man seinen Kollegen in den Notarztwagen schob. Bernd Hollering hing bereits am Tropf. Der Arzt hielt ihn in der Hand und rannte neben dem Schwerverletzten her.

Dann klappten die Türen zu, und der Wagen fuhr mit durchdrehenden Reifen und heulenden Sirenen los.

Ein dunkler BMW fuhr nur haarscharf an ihm vorbei. Der Wagen stoppte, und vier Kriminalbeamte verließen das Gefährt. Kommissar Mallmann redete mit ihnen, während die Uniformierten versuchten, die Neugierigen wegzudrängen.

Bill und Jane standen zusammen. Beide rauchten eine Zigarette. »Was ist eigentlich geschehen?« fragte die Detektivin.

Der Reporter hob die Schultern. »Ein irrer, verrückter Zufall.«

»Dann hat Wills Auftauchen nichts mit unserem Fall zu tun?«

»Nein, gar nichts.«

Jane Collins schüttelte den Kopf. »Man sollte es kaum für möglich halten. Wirklich nicht.«

»Vielleicht kann Will uns behilflich sein.«

Jane schaute den Reporter an. »Der wird was anderes zu tun haben.«

Bill stäubte die Asche ab. »Zumindest können wir ihn fragen. Die beiden Typen sind ja erledigt.«

»Was haben sie eigentlich verbrochen?«

»Bankraub, glaube ich.«

»Mein Gott«, flüsterte die Detektivin, »wenn du nicht gewesen wärst, dann hätten die Kerle den Kommissar eiskalt erschossen.«

»Ja.«

Nach etwa fünf Minuten kehrte der Kommissar zu ihnen zurück. Er war noch immer blaß im Gesicht. »Die Kollegen kümmern sich um den Fall. Wir sind sowieso nur zufällig dort hineingerutscht.«

»Noch ein Zufall!«, bemerkte Bill.

»Wirklich. Kaum zu fassen.« Will Mallmann wollte sich noch einmal für die Rettung bedanken, doch der Reporter wehrte ab. »Hör auf damit, jeder andere hätte ebenso gehandelt.«

»Vorausgesetzt, er trägt eine Waffe bei sich.«

»Das ja.«

Mallmann deutete auf seinen schnittigen Flitzer. »Der wird bald abgeholt. Ich habe eine zuständige Firma schon angerufen. In der Zwischenzeit habe ich frei.«

»Heißt das, daß du uns unterstützen willst?« erkundigte sich Bill Conolly.

»Vielleicht.«

»Wollen wir das nicht lieber im Café bereden?« schlug Jane vor. »Hier draußen ist es mir zu ungemütlich.«

Dagegen hatte niemand etwas. Ein heißes Getränk konnte jetzt jeder vertragen.

Sie bahnten sich einen Weg durch den Ring der Neugierigen. Die Menschen standen noch immer herum und diskutierten. Niemand wagte die drei anzusprechen.

Im Café setzten sie sich in eine ruhige Ecke und bestellten alle drei Tee.

»Nun erzähle mal«, wandte sich der Kommissar an Bill Conolly. »Was treibt euch hierher?«

»Die Sorge um John.«

»Ist er . . .«

»Nein, nein, er ist nicht tot«, sagte der Reporter schnell. »Das wollen wir wenigstens nicht hoffen.« Dann berichtete Bill, was er wußte. Hin und wieder wurde er von Jane Collins ergänzt.

Mallman trank seinen Tee und hörte zu. Er stellte auch keine Zwischenfragen, bis Bill geendet hatte.

»Erst einmal ist es Ehrensache, daß ich mich auch um den Fall kümmere«, sagte der Kommissar und stellte seine Teetasse zur Seite. »Das bin ich John schuldig.«

»Danke, Will.« Bill runzelte die Stirn. »Die Frage ist, wie wir vorgehen. Sollten wir unsere Tarnung platzen lassen?«

»Nein, auf keinen Fall«, wehrte der Kommissar ab. »Ihr gesellt euch weiterhin zu diesen Leuten vom Betriebsausflug, das ist doch klar. Aber ich sehe mir die Burg inzwischen aus der Nähe an. Ich lasse mich übersetzen und werde als ungebetener Gast da sein. Machen wir es so?«

Bill grinste. »Und wie.«

»Meint ihr denn, daß John auf dieser Burg gefangengehalten wird?«

Jane hob die Schultern. »Wir hoffen es. Wenn wir ihn dort nicht finden, wird Fariac reden müssen. Daß er etwas mit Johns Verschwinden zu tun hat, ist klar.«

»Du hast aber keine Beweise.«

»Nein.«

»Dann sei vorsichtig, Jane«, warnte der Kommissar.

»Die Beweise holen wir uns.« Bill Conolly war fest davon überzeugt.«

Jane schaute auf die Uhr. »Himmel, Bill, es wird Zeit. Wir müssen zum Treffpunkt.«

Der Reporter stand auf. Er wollte zahlen, doch Mallmann übernahm die Zeche. »Haut ihr mal ab«, sagte er. »Ich halte hier die Stellung, und wir sehen uns sicher im Schloß.«

»Hals- und Beinbruch«, wünschte Jane.

Sie und Bill verließen das Café. Noch immer standen Gaffer herum. Die beiden gingen rasch zu den Parkplätzen, wo der Bus wartete. Der Fahrer war mitgegangen, von der Gruppe sahen sie noch nichts. Ein paar Minuten später tauchten die Mitarbeiter der Firma Fariac Cosmetics auf.

Sie alle waren recht munter, lachten und redeten. Gordon Fariac ging zwischen seinen Leuten.

»Ah, da sind Sie ja!« rief er, als er Jane und Bill entdeckte. »Sie haben wirklich etwas verpaßt.«

»Vielleicht«, lächelte Jane.

»Aber jetzt müssen wir uns beeilen. Es ist schon fast dunkel. Das Schiff wartet längst.«

Gemeinsam gingen sie zum Anlegesteg. Fariac hatte ein kleines Boot gemietet. Um diese Zeit fuhren nur noch wenige Schiffe, einige Gesellschaften hatten den Betrieb sogar völlig eingestellt.

Jeder wurde vom Kapitän mit Handschlag begrüßt, was den meisten unheimlich gefiel.

Auf dem Schiff war bereits eine Kaffeetafel gedeckt. Fariac setzte sich zwischen seine Mitarbeiter, während Jane und Bill ein wenig abseits Platz nahmen.

Dann legte das Schiff ab.

Über Lautsprecher wurden in englischer Sprache die Sehenswürdigkeiten an den Ufern erklärt, wobei die meisten kaum noch zu erkennen waren.

Jane und Bill hörten gar nicht hin. Sie dachten an den Abend. Der würde viel interessanter werden . . .

Kommissar Mallmann fuhr mit derselben Fähre über den Rhein, die auch der Busfahrer nahm. Der Zufall wollte es, daß die beiden an der Reling stehenden Männer ins Gespräch kamen.

»Ich habe gehört, daß Sie eine englische Reisegruppe fahren«, sagte Mallmann.

»Ja, und das um diese Zeit.«

»Wieso?«

Der Fahrer deutete zum anderen Ufer. »Schauen Sie sich doch

mal um. Bei dem Wetter fährt doch niemand mehr über den Rhein. So etwas muß man drei Monate früher machen.«

»Das stimmt«, gab Will zu. »Haben die denn noch ein weiteres Ziel?«

»Klar. Eine Burg.«

»Wo?«

»Die können Sie jetzt nicht sehen. Ist schon zu dunkel. Aber dort wird übernachtet.«

»Und Sie fahren wieder zurück?«

»Nein, ich bleibe auch da. Ich muß die Leute sowieso hochbringen. Morgen soll es wieder zum Flughafen gehen. Mir egal, ich mache alles mit. Außerdem soll es heute abend ein tolles Gelage geben.«

Will grinste. »Das ist immer wichtig.« Er schaute aufs Wasser. Die Schiffsschraube quirlte es zu weißen Schaumstreifen hoch. Von rechts näherte sich ein Schiff. Man sah nur die Lichter, die im Grau der Abenddämmerung wie Sterne schimmerten.

Der Fahrer tippte an seine Mütze und begab sich wieder zum Bus. Mallmann blieb an der Reling stehen. Er hatte bereits einen Plan gefaßt. Der Kommissar sah nicht ein, daß er die Strecke zum Schloß zu Fuß hochging. Er wollte sich im Ort ein Taxi nehmen.

Zwei Minuten später verließ er die Fähre.

Der Bus rollte an Will vorbei, der Fahrer hupte, und Will winkte.

Der Kommissar suchte einen Taxistand und hatte ihn bald gefunden. Mehrere Wagen warteten dort.

Will nahm den ersten.

Als er dem Fahrer sein Ziel nannte, bekam dieser große Augen. »Zu dieser Burg wollen Sie?«

»Ja, ist das schlimm?«

»Eigentlich nicht. Aber die Gegend ist verdammt einsam, wissen Sie. Und gern . . .«

Mallmann ließ den Knaben nicht ausreden. Er holte seinen Ausweis hervor.

»Beruhigt Sie das?«

»Klar, Herr Kommissar.«

»Dann fahren Sie.«

Plötzlich wurde der Mann geschwätzig. Er wollte wissen, ob Mallmann dort Verbrecher jagte und ob die Kommissare aus dem Fernsehen der Wirklichkeit entsprechen.

Will gab nur einsilbige Antworten. Meist schaute er aus dem Fenster. Sie fuhren durch den Ort und bogen dann in einen schmalen Weg ein, der zur Burg hochführte. Im ersten Drittel war der Weg ungepflastert, dann folgte eine kurze Asphaltstrecke, von der immer wieder kleine Seitenstraßen abzweigten.

Will Mallmann sah durch die entlaubten Bäume das Schimmern zahlreicher Lichter.

Am Ende der Straßen standen sicherlich Häuser und Villen. Versteckt vor den neugierigen Augen der Touristen.

Bald wurde die Strecke wieder schlecht. Sie war nur noch ein Weg. Ziemlich feucht, kurvenreich, zudem führte sie durch ein Waldgebiet, und die Dunkelheit nahm mehr und mehr zu.

»Wenn Sie kein Polizist gewesen wären, hätte ich Sie nicht gefahren«, erklärte der Fahrer wieder. »Nee, das kann keiner von mir verlangen, ich habe schließlich Familie.«

»Kennen Sie das Schloß?« fragte der Kommissar.

Der Fahrer schaltete zurück, weil abermals eine Kurve im Licht der beiden Scheinwerfer auftauchte. »Ich war noch nie in dem Schloß. Wozu auch?«

»Ist es denn bewohnt?«

»Kann ich auch nicht sagen. Aber als Versteck für Gangster eignet es sich bestimmt.«

Will Mallmann holte tief Luft. »Ich habe nicht davon gesprochen, daß sich dort Gangster aufhalten.«

»War ja auch nur 'ne Vermutung.«

»Ist es noch weit?«

Der Taxifahrer schüttelte den Kopf. »Nur zwei Kurven, dann haben wir es geschafft.«

»Dann halten Sie hier.«

»Ehrlich?«

»Wenn ich es Ihnen sage.« Will schüttelte den Kopf. Der Bursche war wirklich uneinsichtig.

»Macht vierzehn Mark und zwanzig Pfennig«, sagte der Fahrer, als der Wagen stand.

Mallmann gab fünfzehn Mark.

»Brauchen Sie eine Quittung?«

»Lassen Sie mal.«

Mallmann stieg aus. Er wartete so lange, bis der Wagen gewendet hatte und die Rücklichter verschwunden waren. Dann stiefelte er los.

Das hätte er sich vor zwei Stunden auch nicht träumen lassen, mutterseelenallein auf ein Schloß zuzugehen. Aber manchmal spielt das Leben recht seltsam. Es gibt wirklich mehr Zufälle, als man überhaupt wahrhaben will.

Der Wald zu beiden Seiten des Wegs lag in völliger Dunkelheit. Er schwieg den Kommissar regelrecht an. Nach der nächsten Kurve wurde der Weg etwas breiter, und dann sah Mallmann schon das Licht.

Einsam und verloren schien es in der Luft zu stehen. Will wurde vorsichtig. Er kletterte die kleine Böschung hoch und glitt zwischen die Bäume.

Immer wieder Deckung suchend, näherte sich der Kommissar dem Schloß. Will huschte von Baum zu Baum, Laub raschelte unter seinen Schuhen, der Atem bildete vor seinen Lippen eine weiße Wolke.

Vor dem Schloß befand sich ein großer Platz. Mallmann konnte ihn übersehen, als er zwischen zwei Bäumen stehenblieb.

Wuchtig und düster ragten die dicken Mauern in den Himmel. Das Licht brannte über dem Hauptportal, zu dem eine Treppe hochführte. Nicht weit entfernt sah der Kommissar Reste der alten Burgmauer. Die Trümmer lagen im Wald verstreut. Die Mauer mußte bei irgendeinem Überfall zerstört worden sein.

Aber nicht nur das Licht über dem Eingang brannte, sondern auch weiter oben schimmerte es hinter zwei Fenstern hell. Zwar nicht so wie am Eingang, doch Mallmann nahm an, daß die Fenster von innen verdeckt worden waren.

Es befand sich jemand in den Räumen.

Der Kommissar überlegte, wie er das Schloß betreten sollte.

Offiziell nicht, einbrechen wollte er auch nicht, denn dann übertrat er die Gesetze.

Er konnte nur auf sein Glück hoffen. Vielleicht fand er irgendwo einen nicht verschlossenen Einstieg.

Will Mallmann verließ den Wald und huschte mit langen Schritten auf die Mauer zu.

Er preßte sich dagegen und blieb erst einmal stehen, um nachzuforschen, ob man sein Kommen bemerkt hatte.

Das war nicht der Fall. Der Kommissar hörte nur seinen eigenen Atem. Einige Minuten wartete er ab, dann schlich er weiter.

Will Mallmann wollte das Schloß umrunden. Schon nach wenigen Schritten bereute er seinen Entschluß, denn der Boden war ziemlich tief und matschig.

Bis zu den Knöcheln drang der Schlamm, und Will hatte Mühe, einen Fluch zu unterdrücken. Er ärgerte sich jetzt, keine Lampe mitgenommen zu haben, denn im Dunkeln war schlecht etwas zu erkennen. Er sah nur die wuchtigen Mauern und über sich die geschlossenen Fenster. Dann fiel das Gelände steil ab. Es gab keinen Weg mehr zwischen Mauer und Wald, die Bäume wuchsen schräg vom Abhang hoch, und der Kommissar blieb stehen.

Er schaute hoch.

Mauerwerk, alt und dick. Risse, Vorsprünge und Spitzen. Zur Not konnte man daran hochklettern, aber wer sagte ihm, daß es dort oben ein offenes Fenster gab?

Will war sauer.

Dann hatte er Glück.

Als er sich umschaute, sah er die Scheinwerfer eines Wagens aufblitzen. Immer wenn das Fahrzeug eine Kurve nahm, tasteten die langen, hellen Finger durch den Wald und streiften das Mauerwerk der Burg, so nah war das Auto schon. Mallmann lief ein paar Schritte zurück und duckte sich unwillkürlich. Er wollte nicht unbedingt gesehen werden.

Der Wagen fuhr vor das Schloß. Dort wurde er abgebremst, und Mallmann, der ihm in sicherer Deckung entgegengeeilt war, sah, daß ein Mann ausstieg und klopfte.

Die Tür wurde geöffnet.

Will schlich noch näher an den Schauplatz heran und erkannte jetzt, daß es sich bei dem Fahrzeug um einen Leichenwagen handelte. Er war pechschwarz gestrichen, und der Kommissar erkannte deutlich die Palmen und das Kreuz auf den abgedunkelten Fenstern der Ladefläche.

Zwei Männer sprachen.

»Ich bringe die letzten beiden«, sagte der Fahrer des Leichenwagens. »Faß mit an.«

Jemand verließ das Schloß. Will sah eine große, gebückt gehende Gestalt, deren Gesicht er nicht erkennen konnte.

Der Fahrer öffnete die Ladetüren des Leichenwagens und zog etwas hervor.

Der Mann vom Schloß packte mit an. Trotz der schlechten Beleuchtung erkannte der Kommissar, um was es sich bei dem Gegenstand handelte.

Um einen Sarg!

Will erschrak ein wenig. Er schaute den beiden nach, wie sie den Sarg ins Schloß trugen. Der Kommissar wartete, bis sie verschwunden waren, und huschte dann auf leisen Sohlen dem Eingang zu. Vor der Schwelle blieb er stehen. Er hörte zwar Stimmen, sah die Männer jedoch nicht.

Sie mußten sich irgendwo im Keller befinden.

Mallmann nahm die Gelegenheit wahr und huschte ins Schloß. Die Halle war noch nicht erleuchtet, nur festlich geschmückt. Unter der Decke hing ein Transparent mit der Aufschrift GLÜCKWUNSCH UNSEREN JUBILAREN. Das kalte Büfett stand ebenfalls schon bereit, nur war es abgedeckt worden.

Will sah eine offene Tür. Dahinter begann eine Treppe zum Keller. Der Kommissar hörte die Stimmen der beiden Männer jetzt deutlicher. Die Kerle kehrten zurück.

Quer durch den Raum huschte der Kommissar und versteckte sich hinter den langen Tischen mit dem aufgebauten Büfett. Dort blieb er hocken.

Die beiden Männer durchquerten die Halle und gingen wieder nach draußen zu ihrem Wagen.

»Noch einer«, hörte Will den Fahrer sagen.

Den Kommissar ritt der Teufel. Er sah die offene Tür, huschte darauf zu und lief hastig die Treppe zum Keller hinab.

Er gelangte in ein Gewölbe, dessen Decke von schweren Säulen gestützt wurde.

Hinter einer Säule fand er Platz und wartete.

Die Männer kehrten zurück. Der Fahrer sagte: »Die Rechnung schicke ich euch dann zu.«

Als Antwort hörte Will nur ein Brummen.

Er sah die Umrisse der beiden und veränderte seinen Standort ein wenig. Die Träger kamen nicht bis zu seiner Säule, sondern bogen vorher scharf ab. Sie verschwanden im Hintergrund, und ihre Konturen verwischten langsam.

Will Mallmann wartete mit klopfendem Herzen. Schnell kehrten die Männer zurück und gingen wieder nach oben.

Die Tür wurde zugerammt. Dunkelheit fiel in den Keller der Burg.

Will Mallmann stand im Finstern. Seine Gedanken überschlugen sich. Was sollte er machen? Hochgehen, sich den Kerl vorknöpfen oder auf eigene Faust etwas unternehmen?

Mallmann entschied sich für die zweite Möglichkeit.

So alt das Schloß auch war, man hatte es jedoch mit den Errungenschaften der Technik versehen. So gab es zum Beispiel Licht. Will hatte sich gemerkt, wo ein Schalter an der Wand hing. Er schlich dorthin, fand ihn und drehte ihn herum.

Im Keller wurde es hell.

Zwar verbreiteten die Lampen nur einen geringen Schein, doch er reichte aus, um sich orientieren zu können. Will Mallmann ging dorthin, wo er die Särge vermutete.

Er hatte damit gerechnet, auf eine Tür zu stoßen, und war überrascht, wie groß sich das Gewölbe unterhalb der Erde ausbreitete. Immer wieder stützten Säulen die Decke, dieser Keller nahm sicherlich den gesamten Grundriß des Schlosses ein. Und er war nachträglich gebaut worden. Wenigstens umgebaut.

Will passierte ein Weinlager. Es war gut gefüllt und befand sich neben dem Vorratslager. Alles nur in diesem Gewölbe und ohne Tür abgesichert.

Doch wo standen die Särge?

Will wandte sich nach rechts, mehr einem Gefühl folgend, und hatte die richtige Spur erwischt.

Aber er sah nicht nur zwei Särge, sondern zehn!

Kommissar Mallmann zeigte sich keineswegs überrascht. Er wußte aus Bill Conollys Erzählungen, wer das Schloß besuchen wollte. Außerdem hatte er das Transparent in der Eingangshalle gesehen.

Für Will Mallmann war die Sache klar. Die Särge waren für die Mitarbeiter des Fariac-Konzerns bestimmt. Doch wie sollten sie in die letzten Ruhestätten gebettet werden?

Als Tote – als Lebendige – oder als Vampire?

Drei Möglichkeiten gab es. Mallmann glaubte an die letzte. Er ging davon aus, daß aus den Menschen Vampire werden sollten. Und da schloß er Jane und Bill nicht aus.

Einen Vorteil hatte die Sache. Er wußte jetzt genau, woran er war. Überraschen konnten die anderen ihn nicht mehr.

Die Särge – alle pechschwarz – standen wohlgeordnet nebeneinander, so daß sie eine Linie bildeten. Noch befanden sich die Deckel darauf, sie waren allerdings nicht festgeschraubt.

Will trat an den ersten Sarg heran, bückte sich und hob einen Deckel hoch.

Er staunte.

Das Innere des Sargs war ausgepolstert. Bläulich schimmernder Samt machte diesen Sarg zu einer kostbaren letzten Ruhestätte. Als Vampir konnte man sich darin schon wohl fühlen.

Will Mallmann wollte nicht noch in den anderen Särgen nachschauen, ihm würde sich bestimmt das gleiche Bild bieten.

Er wollte schon gehen, als er hinter sich das schabende Geräusch hörte.

Mallmanns Nackenhaare sträubten sich. Da kam jemand, er spürte es, fühlte, daß er nicht mehr allein war.

Aber er riß sich zusammen und drehte sich nur langsam um.

Hinter ihm war das Gewölbe leer!

Hatte er sich getäuscht?

Nein, plötzlich sah er Schatten hinter einer der Säulen hervorhuschen. Es war der Kerl, der mitgeholfen hatte, die Särge zu tragen. Und er hielt ein langes Schlachtermesser in der rechten Hand. In der linken trug er eine Säge . . .

Mallmann versteifte!

Sein Gefühl hatte ihn also nicht getrogen. Der Kerl hatte sich unhörbar angeschlichen, dann aber einen Fehler gemacht und sich verraten. Doch er war bewaffnet. Messer und Sägen sahen nicht nur gefährlich aus, sie waren auch fürchterliche Waffen.

Will bekam Angst.

Der Mann vor ihm grinste.

Er war ein Kretin. Gegen ihn war der Glöckner von Notre Dame eine Schönheit. Sein Gesicht war schief, als wäre er mal gegen eine Wand gerannt. Wie die Fontänen eines Springbrunnens in die Höhe schossen, so wuchsen seine Haare wirr nach allen Seiten. Dabei leuchteten sie mohrrübenrot. Der Mann trug eine alte, fleckige Jacke, eine geflickte Hose und ging ein wenig gebeugt.

Will grinste. Wenn es eben ging, wollte er die Sache friedlich regeln, denn die Waffen in den Händen dieses Mannes sahen doch verdammt schlimm aus.

»Was willst du hier?« Die Stimme des Kerls war nur ein heiseres Flüstern.

»Das gleiche könnte ich dich fragen«, konterte Mallmann.

»Ich will es von dir wissen.«

»Ich sammle Särge«, erwiderte der Kommissar spöttisch.

Der Kretin schüttelte den Kopf. »Hier darf niemand rein!« flüsterte er wieder. »Der Herr hat es verboten. Und wer reinkommt, der muß sterben. Wie du!«

Der Knabe schien nicht mehr ganz richtig im Kopf zu sein, nahm Will an. Trotz allem kein Grund, sich von dem Burschen umbringen zu lassen.

»Zum Totmachen gehören ja zwei«, sagte der Kommissar. »Einer, der sich das gefallen läßt. Ich jedenfalls nicht.«

Der Bursche trat einen Schritt vor, und Mallmann ging zurück. So war die Distanz wieder gewahrt.

»Du wirst sterben, und dann zersäge ich dich!«

Wäre die Situation nicht ernst gewesen, hätte der Kommissar gelacht. Aber dazu war wirklich keine Zeit. Statt dessen zog Mallmann seine Pistole.

»Bis jetzt war es Spaß, mein Freund«, sagte der Kommissar, »doch nun wird es ernst. Dreh dich um.«

Der Kretin starrte auf die Waffe und kniff ein Auge zu. Er rührte sich nicht.

»Bist du schwerhörig?« fragte Will.

Da sprang der Bursche vor. Diese Gewandtheit hätte Will ihm gar nicht zugetraut. Beide Waffen schwang er hoch, wobei das lange Messer noch ein wenig schneller war.

Mallmann schoß.

Es war ein Reflex, und er wollte den Kretin auch nicht töten. Gleichzeitig warf sich der Kommissar zur Seite. Als er auf dem Boden landete, sah er, daß die Kugel in die Schulter des Kretins eingeschlagen war. Der Mann zuckte zusammen, er fiel aber nicht, sondern kreiselte herum.

Trotz seines verletzten Arms gelang es ihm, die Säge zu schleudern. Es war ein raffinierter Wurf, und das Werkzeug segelte etwa in Halshöhe durch die Luft.

Mallmann, schon halb oben, ließ sich wieder fallen. Das scharfe Sägeblatt rasierte über seinen Kopf hinweg und prallte mit einem singenden Geräusch gegen einen Pfeiler.

Aber noch hat der Typ seine andere Waffe – das gefährliche Fleischermesser.

Damit stürzte er sich auf den Kommissar.

Mallmann kam nicht dazu, seine Pistole hochzureißen, alles ging viel zu schnell. Bevor der Kretin auf ihn fallen konnte, schleuderte er seine Beine vor und traf den Gegner voll in den Leib.

Der Kretin flog zurück und krachte zwischen die Särge. Es poltere und schrammte, zwei Deckel fielen ab, aber die Totenkisten hielten.

Mallmann kam wieder auf die Füße. Auch der Kretin war auf den Beinen. Und er hielt einen schweren Sargdeckel nur mit der linken Hand. Allein daran erkannte der Kommissar, welch eine Kraft dieser Bursche hatte.

Und er schleuderte den Deckel.

Fast aus dem Handgelenk wuchtete er ihn auf Will Mallman zu. Der Kommissar konnte nicht schießen, der Deckel war zu schnell. Mallmann tauchte zu Boden.

Er war nicht fix genug, denn eine Kante hieb noch gegen seine linke Schulter.

Will fiel fast zu Boden. Er torkelte zurück und hatte Mühe, sich zu fangen.

Wie ein Teufel setzte der Kretin nach. Sein gewaltiges Messer hatte er zum Stoß erhoben, die Faust war so hart um den Griff gekrallt, daß die Knöchel weiß hervortraten. Dieser Mann war darauf programmiert, zu töten.

Und er hieb zu.

Will Mallmann kam nicht schnell genug weg. Doch er hatte noch seine Pistole.

Der Kommissar drückte zweimal ab.

Beide Kugeln trafen. Der Kretin stolperte direkt in die Schüsse hinein. Seine Beine schienen von unsichtbaren Händen weggerissen zu werden, er krachte zu Boden und überschlug sich dabei. Sein Körper wurde von der Wucht noch vorgeschleudert, so daß er erst dicht vor Will Mallmann liegen blieb. Die Messerspitze berührte fast das Bein des Kommissars.

Mallmann blieb erst mal hocken. Er mußte sich erholen. Diesen Kampf hatte er nur ganz knapp zu seinen Gunsten entscheiden können. Und er hatte dabei töten müssen, was ihm gar nicht gefiel.

Will atmete tief durch. Er schwitzte, war am ganzen Körper klatschnaß. Nachträglich noch zitterten ihm die Knie.

Neben dem Mann ging er in die Hocke. Nein, da war nichts zu machen. Die Kugeln hatten tödlich getroffen. Der Kretin lebte nicht mehr. Mallmann überlegte, ob er die Leiche in einen Sarg schaffen sollte, dann jedoch entschied er sich, erst einmal nachzuforschen, ob die Schüsse nicht gehört worden waren. Er orientierte sich in Richtung Treppe. Es konnte gut möglich sein, daß sich noch mehr Menschen innerhalb des Schlosses aufhielten.

Will befand sich bereits auf der dritten Stufe, als er das schlurfende Geräusch hörte. Gleichzeitig vernahm er ein langgezogenes Seufzen.

Mallmann flirrte herum.

Er glaubte, seinen Augen nicht trauen zu können. Der eben erschossene Kretin stand wieder auf . . .

Vergangenheit

Karel Marek stand hinter mir. Und das war gut, denn so konnte er nicht sehen, was sich in dem Gewölbe abspielte.

Fünf Mädchen sah ich. Alle trugen schwarze Gewänder, die bis zum Boden reichten und vor der Brust von einer Spange gehalten wurden. Ein sechstes Mädchen aber lag am Boden.

Es war Ilona!

Sie lag direkt vor dem Thron, auf dem er hockte. Er – der Graf Fariac, der Vampir.

Er hatte den Mund noch nicht geschlossen. Deutlich erkannte ich die beiden spitzen Zähne, an denen noch letzte Blutstropfen hingen, die wie rote Perlen aussahen.

Er sah mich, und sein flammender Blick schien sich in meinen Kopf bohren zu wollen. Dann fuhr sein Arm hoch, und ein scharfer Befehl löste sich von seinen Lippen.

»Auf ihn!«

Die fünf Mädchen gehorchten. Ilona blieb liegen, und auch eine weitere Frau hielt sich zurück.

Es war die Gräfin, die plötzlich anfing zu kreischen und mit ihrem Geschrei die anderen noch mehr anstachelte.

Karel hielt es nicht länger aus. Er drängte mich zur Seite, stürzte in den Raum und brüllte: »Ihr Bestien! Ihr verdammten Bestien! Ihr habt meine Schwester umgebracht! Ich werde euch pfählen!«

Wie ein wild gewordener Büffel warf er sich dem Vampir entgegen, um ihm den Pflock in die Brust zu rammen.

Zwei Dienerinnen schützten den Blutsauger. Sie schnitten Karel den Weg ab, und eine fing seinen zum Stoß bereiten Arm mit ihrer Hand auf.

Karel schrie.

Ich wollte ihm zu Hilfe eilen, konnte aber nicht, weil mich gleich drei attackierten.

Ich schoß. Die erste Vampirin, ein Mädchen mit langen, braunen Haaren, sprang direkt vor mir in die Höhe. Sie wurde von dem Silbergeschoß genau in die Stirn getroffen.

Plötzlich war sie verschwunden. Sie fiel zu Boden und heulte jämmerlich.

An die zweite kam ich nicht heran, weil die Gräfin indirekt in den Kampf eingriff.

Sie löschte die Flammen.

Schlagartig wurde es finster.

Ich sah nichts mehr, sondern spürte nur noch meine Gegnerinnen. Von der Seite sprang mich jemand an, und ich geriet ins Taumeln. Zu Boden geworfen wurde ich nicht, da es mir gelang, mich wieder zu fangen. Dafür hörte ich die Schreie.

»John, John!«

Das war Karels Stimme.

Rechts von mir war sie aufgeklungen. Ich traf mit einem Rundschlag zwei Körper, räumte mir den Weg nach rechts frei und stürzte genau in eine Falle.

Ich ahnte den Schatten, merkte noch den Luftzug, dann krachte etwas gegen meinen Schädel.

Diesmal sprühten Blitze vor meinen Augen auf. Aber nur für den Bruchteil einer Sekunde. Dann hatte ich den zweiten Blackout an diesem verfluchten Tag.

Lange war ich nicht bewußtlos, denn als ich wieder zu mir kam, war fast alles »normal«.

Doch etwas hatte sich verändert. Es brannten vier Kerzen, die das Gewölbe mit Licht versorgten, und ich sah das von mir getötete Weib am Boden liegen.

Es hatte sich fast aufgelöst, nur noch das Gerippe war vorhanden, aber auch das zerfiel langsam zu Staub.

Tief atmete ich durch, rollte mich auf die Seite und tastete meinen Hals ab.

Nein, gebissen hatten sie mich nicht. Was aber war der Grund dafür? Ganz einfach, mein Kreuz. Kein Blutsauger traute sich an mich heran, solange das geweihte Kruzifix vor meiner Brust hing. Unwillkürlich mußte ich lächeln. Einfach würde ich es den Vampiren nicht machen.

Auch so waren meine oder unsere Chancen gesunken. Besonders Karel hatte es erwischt.

Er lag am Boden. Direkt vor dem Thron des Grafen, und der hatte seinen rechten Fuß auf die Brust des jungen Mannes gesetzt, während zwei seiner Dienerinnen, unter anderem auch Ilona, die eigene Schwester, ihn festhielten.

Diese weiblichen Vampire hatten Kraft. Karel rollte vor Wut mit den Augen, doch er konnte sich nicht befreien. Die Vampirinnen ließen ihn nicht los.

Die beiden anderen Mädchen und die Gräfin beobachteten mich. Letztere hielt einen Kerzenleuchter in der Hand. Jetzt wußte ich auch, womit man mich niedergeschlagen hatte.

Am schlimmsten traf es mich, daß Ilona auch zu einem Vampir geworden war, aber da konnte man nichts machen, wir waren eben zu spät gekommen.

Und mein Schädel schmerzte.

Zwei dieser Hiebe an einem Tag, das hielt kaum jemand aus. Unter meinen Haaren schienen regelrechte Explosionen stattzufinden.

Waren wir die Verlierer?

Nicht ganz, doch die Vampire hielten zumindest einen Großteil der Trümpfe in ihren Händen. Und das im wahrsten Sinne des Wortes. Denn Fariac hatte sich des Pfahls bemächtigt. Eichenholz tat ihm nichts, er konnte es anfassen, wie sich auch die Riesenfledermäuse auf die Äste von Eichenbäumen niederließen. Man mußte ihnen den Pfahl schon ins Herz stoßen, wenn er tödlich sein sollte.

Und ich hatte Schmerzen. Mein Schädel schien zerspringen zu wollen. Schon oft war ich niedergeschlagen worden, doch da hatte ich immer die Chance gehabt, mich zu erholen, hier nicht. Hier mußte ich mitten ins Geschirr.

Die Gesichter der Dienerinnen mochten mal hübsch gewesen sein. Jetzt jedoch waren sie nur noch Fratzen. Sie scheuten sich nicht und präsentierten ihre spitzen Zähne.

Auch Ilona war zu einem Blutsauger geworden. Sie hielt den

Mund ebenfalls offen, schaute mich an, und ich sah den Haß und die Verachtung in ihren Augen leuchten.

Nein, Erbarmen oder Gnade durfte ich auch für sie nicht kennen. Ich mußte sie so rasch töten, wie es nur ging, damit sie nicht nachts umhergeistern und ihrem finsteren Trieb nachgehen konnte.

Mühsam holte ich Luft. Es fehlte hier Sauerstoff, und es fiel mir wahrscheinlich nicht leicht, mich zu erholen.

Karel hatte Angst. Das war ihm deutlich anzusehen. Er lag auf dem Boden und zitterte. Fariacs Fuß stand noch immer auf seiner Brust. Karels Kopf war rot angelaufen, auch er litt unter Sauerstoffmangel.

Ich wollte aufstehen, doch das ließ Fariac nicht zu.

»Bleib so hocken!« befahl er.

Ich gehorchte. Dieser Blutsauger hatte im Augenblick die besseren Karten.

Kalt grinste er mich an. »Bevor wir euch töten, möchte ich von dir wissen, wer du bist.«

Ich lächelte. »Mein Name ist John Sinclair.«

»Das weiß ich inzwischen. Und woher kommst du?«

»Aus der Zukunft.«

Seinem Gesicht sah ich an, daß er damit nichts anfangen konnte. »Was ist das?«

Ich versuchte, es ihm zu erklären. »Ich lebe dreihundert Jahre später als ihr, bin aber durch eine Zeitreise hierher gelangt. Das ist die Erklärung.«

»Wie konntest du das?«

»Weil ich einen Vampir jagte, der den gleichen Namen trug wie du. Fariac!«

Plötzlich zuckte der Blutsauger zusammen. Seine Augen wurden zu Schlitzen. Kaum sah ich die Blutäderchen in den Pupillen. »Du hast einen Bruder von mir gejagt?«

»Ob es ein Bruder ist, weiß ich nicht.«

»Doch, Fariac. Dann lebt er also!« plötzlich lachte er auf. »Das ist gut, er lebt. Und ich werde auch leben. Wir treffen uns wieder. Bestimmt in der Zukunft.«

Nun verstand ich nichts. »Darf ich jetzt eine Erklärung hören, Fariac?«

Er setzte sich kerzengerade hin, nachdem er zusammengezuckt war. »Wie redest du mit mir, Knecht?«

Ich lachte. »Ein Knecht bin ich sicherlich nicht. Höchstens ein Knecht des Guten, und darauf bin ich stolz.«

»Das wird dir vergehen, aber ich möchte dich aufklären. Ich habe noch einen Bruder. Er lebt nicht hier, sondern im fernen Land der Skipetaren. Dort ist sein Reich, und dort ist er auch der absolute König. Wir haben uns getrennt, weil wir beide König sein wollten. Gut, daß ich Bescheid weiß. Was hast du noch alles über ihn erfahren?«

Es war gar nicht so schlecht, daß er mir Fragen stellte. So konnte ich mich erholen, und ich hoffte, daß der junge Karel Marek auch noch seine Chance erhielt, wenn die Aufmerksamkeit des Grafen nachließ.

Ich erzähle ihm aus meiner Zeit und davon, daß ein Fariac eine Kosmetik-Fabrik führte. Damit konnte er nun wieder nichts anfangen. Kosmetik, das hatte es damals noch nicht gegeben. Für ihn war nur wichtig, daß sein Bruder lebte.

Eigentlich war es auch völlig klar, daß zwei Fariacs existierten. Ich hatte schließlich beide auf dem Mosaik gesehen.

Zwei Vampire!

Einer saß vor mir – in der Vergangenheit. Der andere lebte noch in der Gegenwart. Und ich hockte in diesem Schloß und wußte nicht, ob ich jemals wieder zurückkehren würde.

Verdammt auch . . .

Sein Wissensdurst schien gestillt zu sein, denn jetzt schnitt er ein anderes Thema an.

Mein Kreuz interessierte ihn.

»Woher hast du es?« fragte er.

»Das bekam ich geschenkt.«

»Von wem?«

»Eine Frau gab es mir.«

»Und was bedeuten die Zeichen?«

»Es sind Banner der Weißen Magie. Die Erzengel persönlich haben auf diesem Kreuz ihre Zeichen hinterlassen, damit ich dem Bösen trotzen kann.« Ich nahm das Kreuz in beide Hände. »Soll ich es dir einmal geben?«

»Nein!« Er kreischte das Wort, und ich mußte lächeln. Fariac hatte vor dem Kruzifix einen Heidenrespekt. Nicht verwunderlich, denn das Kreuz ist das Urheilmittel gegen die Vampire.

Dafür sagte er: »Nimm es ab!«

Das hatte ich mir gedacht. Allerdings dachte ich nicht im Traum daran, es zu tun.

Ich schüttelte den Kopf. »Nein, das Kreuz lasse ich vor meiner Brust hängen. Es wird mich schützen!«

»Dich vielleicht, aber nicht ihn.« Er deutete mit dem Daumen der linken Hand nach unten, wo Karel Marek lag.

Ja, das war der schwache Punkt. Ich hatte befürchtet, daß es so kommen würde. Mit Karel Marek konnte und wollte mich der Blutsauger erpressen.

Doch Karel selbst griff ein. »Laß dich nicht irremachen, John. Nimm auf mich keine Rücksicht. Das brauchst du nicht. Geh deinen Weg. Mach ihn fertig. Ich sterbe für eine gute Sache!«

»Auch für eine gute Sache zu sterben ist schlecht«, erwiderte ich hart.

Fariac lachte. Er beugte sich weiter vor und hielt den Pflock dicht über dem Körper des jungen Marek.

»Willst du nicht?« flüsterte er.

Die Spannung verdichtete sich. Niemand sagte jetzt etwas. Die fünf Vampir-Mädchen und die Gräfin starrten mich haßerfüllt und auch erwartungsvoll an.

Wie sollte ich mich entscheiden?

Ich lächelte, obwohl mir danach wirklich nicht zumute war. Trotzdem brachte ich das Kunststück fertig. »Gut, Graf Fariac, gewonnen. Ich nehme das Kreuz ab.«

Er lachte häßlich und auch triumphierend.

»Aber ich darf aufstehen?« kam meine nächste Frage.

Das Lachen brach ab. »Warum?«

»Ich kann nicht mehr sitzen.«

Er überlegte hin und her, ob das wohl eine Falle sein könnte, denn der Vampir traute keinem und vertraute nur auf seine eigene Macht und Stärke.

»Nun?« hakte ich nach. Mit meinen Aktionen wollte ich noch mehr Zeit gewinnen. Zudem war ich im Sitzen sehr gehandicapt. Um schnell zu reagieren, mußte ich aus dem Stand starten und handeln können.

»Ich erlaube es dir«, sagte Fariac großzügig. »Du kannst dich erheben.«

Ich gab mich schwächer, als ich tatsächlich war. Zweimal sackte ich wieder zurück, und der Vampir begann zu lachen. Er weidete sich an meiner Schwäche.

Sollte er nur . . .

Wieder nahm ich einen Anlauf. Diesmal blieb ich stehen, schwankte jedoch und mußte mich an der Wand abstützen. Dabei torkelte ich ein paar Schritte zur Seite.

»Du scheinst schwach geworden zu sein!« stellte der Vampir höhnisch grinsend fest.

Ich schaute ihn an. »Es war bereits der zweite Schlag, den man mir heute verpaßt hat.«

»Dann gib jetzt das Kreuz!« verlangte Fariac.

Plötzlich wurde es wieder still. Selbst Karels heftiges Atmen war nicht mehr zu hören. Alles hatte nur Augen für mich und mein wertvolles Kruzifix.

»Nein, John, nicht!« kreischte der junge Marek plötzlich los. »Gib es nicht aus der Hand. Nie . . .«

»Sei ruhig.«

»John, bitte, du machst dich unglücklich! Du darfst das Kreuz nicht abgeben!«

Der Vampir schlug zu. Zuerst hatte ich gedacht, er würde tatsächlich den Pfahl nehmen, doch nur seine kalte Totenklaue klatschte in das Gesicht des Jungen.

Karel schwieg.

Noch einen Schritt trat ich vor.

Okay, das war genau die richtige Distanz.

Dann hob ich langsam die Hände und streifte das Kreuz über meinen Kopf. An der Kette hielt ich es fest. Die Dienerinnen und auch Fariac standen so günstig, daß ich sie mit einem Blick erfassen konnte. Der Vampir hatte seinen hageren Schädel gedreht, so daß er nur mich anschaute. Diese Drehbewegung hatte auch sein Körper mitgemacht, und der Pfahl schwebte nicht mehr direkt über Karels Herz.

»Her damit!« rief er.

Die weiblichen Vampire fauchten. Auch sie waren ungeduldig geworden, wollten meine Niederlage sehen.

Ich faßte die Silberkette ein wenig fester an, und dann explodierte ich förmlich aus dem Stand . . .

Einmal drehte ich mich um die eigene Achse, schwang den rechten Arm nach vorn, und durch die Fliehkraft wurde das Kreuz hochgewirbelt.

Die Vampire wurden von meiner Aktion überrascht. Eine Sekunde lang reagierten sie nicht. Da jedoch befand sich mein Körper bereits in der zweiten Drehung. Und in einer sehr günstigen Position.

Ich ließ die Kette los.

Wie ein Pfeil zischte das Kreuz davon. Bewußt hatte ich mich von ihm getrennt, und es flog genau auf Fariac zu.

Der sah das, brüllte und warf sich über die linke Lehne seines Throns hinweg. Der Vampir hatte Glück. Das Kreuz berührte ihn nicht, es segelte haarscharf an ihm vorbei und prallte gegen die Rückenlehne.

Darauf hatte auch Karel Marek gewartet.

Blitzschnell handelte er.

Plötzlich stand er auf den Beinen und warf sich auf den Vampir zu, der noch am Boden lag.

Ich sah die beiden Körper hinter dem Sessel verschwinden und konnte mich nicht um sie kümmern, denn die Vampirinnen griffen mich an.

Eine hatte ich nur getötet.

Aber noch standen die Gräfin, Ilona und vier weitere gegen mich. Ich huschte zu Seite weg und zog meine Beretta.

Zweimal schoß ich.

Zwei Untote brachen zusammen. Die Kugeln hatten sie in die Brust getroffen, und zwar an der linken Seite, wo das Herz sitzt.

Sie fielen zu Boden und blieben dort liegen.

Noch vier!

Sie fauchten und kreischten, schrien und tobten, wollten mich packen und fächerten auseinander, um mir so wenig Ziele wie möglich zu bieten.

Sie waren schnell und gewandt, und sie wurden von der Gräfin immer wieder angefeuert.

Eine warf sich gegen mich. Sie hechtete flach über den Boden, und mit einem Tritt verschaffte ich mir Luft. Die Untote überschlug sich zweimal.

Ich hatte freie Bahn.

Abermals zog ich den Stecher durch.

Eine weitere Untote blieb mitten im Sprung stehen, als die Kugel sie traf. Ihr Gesicht zerfiel, eine dunkle, dicke Flüssigkeit quoll aus der Wunde hinter dem Ohr, dann klatschte sie zu Boden.

Noch drei.

Aus den Augenwinkeln bemerkte ich, daß sich Ilona und die Gräfin dem zweiten Ausgang zuwandten. Beide wollten fliehen. Doch dagegen hatte ich etwas.

Ich wollte auf sie zurennen, und achtete nicht auf die dritte Dienerin des Vampirs. Die hatte sich bewaffnet. Mit einem Kerzenleuchter schlug sie zu.

Diesmal traf mich der Hieb nicht am Kopf, sondern in der Körpermitte. Er schleuderte mich zurück, und die Untote setzte sofort nach. Sie war zu einer Furie geworden. Siegeswille und Haß blitzten in ihren Augen. Sie wollte mir den Garaus machen.

Einem nächsten Treffer konnte ich durch eine schnelle Drehung entgehen. Doch die Wiedergängerin gab nicht auf. Sie blieb mir auf den Fersen, trieb mich durch den Raum, bis ich in die Nähe des Throns gelangte, wo mein Kreuz lag.

Eine schnelle Bewegung, und ich hatte es in der Hand.

Plötzlich erstarrte die Vampirin. Ihre Arme blieben erhoben. Sie sah das Kreuz, und ich nutzte die Gunst der Sekunde. Blitzschnell war ich bei ihr, im nächsten Augenblick berührte das Kreuz die Brust des weiblichen Vampirs.

Ein Schrei!

Gellend und markerschütternd stach er in meine Ohren. Die Wiedergängerin schüttelte den Kopf, preßte ihre Hand auf die Wunde und knickte plötzlich zusammen. Ihr Körper wurde buchstäblich in zwei Hälften geteilt. Sie verging . . .

Ich hatte nur noch zwei Gegnerinnen.

Hastig drehte ich mich.

Ilona und die Gräfin waren verschwunden. Sie hatten wohl gemerkt, daß sie den Kampf kaum noch gewinnen konnten, und sich aus dem Staub gemacht.

Verdammt auch . . .

Doch wo steckte Fariac?

Ich schaute mich um, rechnete damit, daß er noch mit dem jungen Marek kämpfte, doch ich täuschte mich.

Auch die beiden hatten das Weite gesucht.

Aber ich sah die Tür offen, die hinunter zu seiner Schlafstätte führte, die wir so gut präpariert hatten.

Dort würde ich die beiden finden.

Ich kam jedoch nicht dazu, den Weg in die Tiefe zu nehmen, denn auf der nach oben führenden Treppe erschien die Gräfin. Sie hatte sich bewaffnet und hielt eine Muskete in ihren Händen.

Genau zielte sie und drückte ab!

Der junge Marek kannte nur noch einen Gedanken und einen einzigen Trieb.

Rache.

Er wollte den töten, den er für den Tod seines Vaters verantwortlich machte.

Fariac!

Und endlich hatte er die Chance, ihn zu packen. Wild warf er sich auf den Vampir, und es gelang ihm, Fariac die Faust ins Gesicht zu stoßen.

Es war ein harter Schlag, der manchen Menschen in die Bewußtlosigkeit geschickt hätte, doch Fariac schüttelte nur den Kopf, wobei er Karel wild anfauchte.

»Ich packe dich!« keuchte Marek. »Ich packe dich!« Bevor der Vampir sich versah, hatte der junge Marek ihm den Eichenpflock entrissen.

Als Karel den Pfahl zwischen seinen Fingern spürte, leuchteten seine Augen auf. Das Eichenholz gab ihm das Gefühl der Sicherheit zurück, neue Kraft durchströmte ihn. Die Entscheidung stand dicht bevor. Er allein konnte diesen Vampir erledigen.

»Stirb!« keuchte er und rammte seinen Arm nach unten.

Doch Fariac war ein Gegner der Extraklasse. So leicht konnte man ihn nicht besiegen.

Plötzlich war sein Arm da. Er stieß ihn hoch, und seine Hand umschloß wie eine Klammer das Gelenk des jungen Marek. Eine Handbreit über der Brust des Vampirs kam der Pfahl zur Ruhe.

Marek keuchte.

Er wollte den Sieg, er wollte diesen verhaßten Blutsauger vernichten, seinem Vater hatte er es geschworen, und diesen Schwur mußte er halten.

Ein wilder Kampf entbrannte zwichen den beiden.

Karel hörte zwar die Schüsse, die ich abgab, doch er kümmerte sich nicht darum. Er hatte nur das eine Ziel vor Augen.

Die Wut und der Haß gaben Karel Marek ungeahnte Kräfte. Doch auch der Vampir war stark. Als Karel versuchte, ihn zur Seite zu drängen, stemmte er sich hart gegen den Griff, so daß es dem jungen Mann nicht möglich war, den Blutsauger in eine andere Lage zu bringen. Dafür kassierte Karel einen Kniestoß, der seinen Leib traf und ihm den Magen hochjagte.

Karel würgte, sein Griff lockerte sich.

Fariac lachte. Urplötzlich warf er sich hoch, drängte Karel entgegen und hieb ihn zurück.

Der junge Marek fiel zur Seite.

Doch seinen Pfahl hielt er nach wie vor fest. Es war Fariac nicht gelungen, dem jungen Mann die Waffe zu entreißen.

Der Vampir sprang auf. Sein Mantel blähte sich und umwehte ihn wie ein gewaltiger Schatten.

Karel rechnete mit einem Angriff, sah sich aber getäuscht. Fariac dachte nur an Flucht.

Er vollführte eine hastige Drehung nach links und stürmte dorthin, wo sich die Treppe befand, die in die Tiefe führte und in seinem ureigenen Bereich endete.

Karel Marek sah ihn verschwinden.

Zwei Herzschläge zögerte er, die Verfolgung aufzunehmen. Er wollte seinen Partner nicht im Stich lassen, aber dann dachte er daran, daß dem unseligen Leben des Vampirs ein

Ende bereitet werden mußte. Er hatte es seinem Vater geschworen.

Karel nahm die Verfolgung auf.

Fariac hatte die Treppe schon fast hinter sich gelassen. Er mußte sich bereits in seiner Horror-Kammer befinden, und der Verfolger war noch immer auf den ersten Stufen.

Die Treppe war eng, die Stufen steil.

Der Vampir kannte ihre Tücken. Mit wehendem Umhang floh er seinem Reich entgegen und verschwand.

Karel aber verfehlte in der Düsternis die ersten drei Stufen und fiel. Es gelang ihm nicht mehr, sich abzustützen, er kugelte die Steintreppe hinunter und schrie laut auf. Erst im letzten Drittel der Treppe konnte er sich fangen.

Seine linke Seite schmerzte, auch der linke Arm tat ihm weh. Er konnte ihn nicht mehr gerade ausstrecken, aber er war nach wie vor von dem eisernen Willen beseelt, den Vampir-Grafen zu töten.

Karel drang in das Verlies ein.

Fariac schrie und fauchte. Er suchte seinen Weg zwischen den aufgestellten Kreuzen, vermied es tunlichst, sie zu berühren, und sah nur seinen offenen Sarg.

Da wollte er hin.

Karel jagte hinterher.

Ihm war es egal, die Kreuze machten ihm nichts. Er war so von seiner Wut und seinem Haß beseelt, daß er sogar zwei von ihnen umwarf.

Fariac hatte seinen Sarg erreicht. Er kletterte in die große Totenkiste hinein, ging in die Hocke und schaute sich noch einmal nach einem Verfolger um.

Karel Marek stürmte herbei.

In seinen Augen leuchtete der Haß. Er hatte den rechten Arm erhoben, die Faust umklammerte den Pflock, die Haare hingen ihm wirr in die naßgeschwitzte Stirn, sein Gesicht war verzerrt.

»Stirb, du verdammter Blutsauger!« brüllte er, und seine Stimme hallte als schauriges Echo von den steinernen Wänden wider ...

Gegenwart

Suko hatte sich noch einmal rückversichert, bevor er seine Aufgabe in Angriff nahm. In einem langen Gespräch mit Sir James Powell wurde ihm gesagt, daß Scotland Yard sein Handeln decken würde, falls etwas schiefging.

Der Chinese war beruhigt.

Er hatte auch mit Shao über den Fall gesprochen. Sie wollte ihren Freund begleiten, doch Suko hatte abgelehnt.

»Nein, du bist zu Hause besser aufgehoben.«

Doch Shao hatte an diesem Tag ihren Dickkopf, bis Suko schließlich zustimmte.

Er nahm sie mit.

Jetzt hockte sie auf dem Sozius der Harley Davidson. Beide trugen wärmende und wetterfeste Lederkleidung, denn der Abend war doch ziemlich kalt. Zudem roch es nach Schnee. Bestimmt würden noch in dieser Nacht die ersten Flocken fallen.

Suko lenkte die Maschine zwischen den verlassenen Gebäuden der Dock- und Kaianlagen. Menschen waren nicht mehr unterwegs, die meisten hielt das Wetter ab, und die Penner hatten sich schon längst in wärmere Gebäude verkrochen.

In diesem Teil der Anlagen wurde auch nicht mehr gearbeitet, nur weiter entfernt leuchtete der Widerschein starker Halogenlampen, die ihre gleißende Lichtfülle auf die Piers warfen.

Die Harley sprang über Gleise und knatterte in die kleinsten Gassen. Im starken Strahl des Scheinwerfers sah Suko hin und wieder fette Ratten davonhuschen.

Dann bog er scharf links ab. Vor ihnen tauchte ein großer, viereckiger Kasten auf.

Das Labor!

Und Sukos Ziel.

Er fuhr einen Bogen und erreichte die Westseite des Labors. Hier wollte er die Maschine abstellen.

Die Harley rollte aus. Suko fuhr noch durch eine Pfütze, dann stieg er ab und bockte die Maschine auf.

Stille umgab ihn und Shao. Die Geräusche der fernen Piers,

auf denen gearbeitet wurde, waren nur gedämpft zu vernehmen. Der Chinese nahm den Helm ab. Shao machte es ihm nach. Ihr Haar hatte sie hochgebunden. Jetzt lächelte sie.

»Da hast du ja deinen Dickschädel wieder durchgesetzt«, sagte Suko und grinste sie an.

»Passiert ist nichts.«

»Noch nicht.« Suko schaute sich um. »Wie gesagt, du bleibst hier. Ich schaue mich mal in dem Labor um.«

»Soll ich nicht doch lieber . . .«

Suko schüttelte den Kopf. »Keine Widerrede. Hier habe ich zu bestimmen.«

Shao lächelte.

Suko öffnete eine der beiden Packtaschen und holte eine lichtstarke Taschenlampe hervor. Dann zog er den Reißverschluß seiner Lederjacke ein Stück nach unten, damit ein genügend großer Spalt entstand, um schnell an die Beretta zu kommen. Auch die Dämonenpeitsche hatte Suko mitgenommen. Den silbernen Dolch trug Shao. Sollte doch irgend etwas passieren, konnte sie sich wehren.

Dann entschied sich Suko anders. Er gab Shao die Beretta und nahm dafür den Dolch.

»Es ist besser«, sagte er, »damit hast du mehr Übung.«

»Ich wollte dich auch schon fragen«, gab Shao zu.

Der Chinese hauchte seiner Freundin noch einen Kuß auf die Wange und machte sich auf den Weg.

Er besaß nicht nur Waffen, sondern auch Einbrecherwerkzeug, mit dem er Schlösser knacken konnte. Soviel er wußte, gab es keinen offiziellen Nachtwächter, was Suko eigentlich mißtrauisch machte, denn normalerweise ließ man ein Labor nicht ohne Bewachung.

Er bewegte sich an der Front des Gebäudes vorbei auf den Eingang zu. Natürlich war die Tür verschlossen. Suko leuchtete sie sorgfältig ab, weil er nach einer Alarmanlage suchte, fand aber keine und war zufrieden.

Dann besah er sich das Schloß.

Es gab zwei davon, und trotz des guten Werkzeugs brauchte der Chinese über fünf Minuten, bis er die Tür offen hatte.

Dann betrat er das Labor.

Er deckte den Lampenstrahl mit den Fingern ein wenig ab, sah die leere Pförtnerloge und erkannte anhand einer aufgehängten Tafel, wo es zu den Labors ging.

Den Weg schlug Suko ein.

Obwohl er glaubte, sich allein im Haus zu befinden, schlich er auf Zehenspitzen. Selbst seinen Atem hielt er unter Kontrolle. Kaum ein Geräusch verriet ihn, als er die Tür zum ersten Labor aufstieß und in dem Raum dahinter verschwand.

Suko kam sich vor wie in einer modernen Hexenküche. Er sah die großen Labortische, die ein Aufsatz in der Mitte teilte. Darauf standen zahlreiche Flaschen. Sie waren mit Chemikalien gefüllt. Mit Säuren, Laugen oder irgendwelchen Pulvern, von denen Suko noch nichts gehört hatte.

Er sah auch kleine Schreibtische und moderne Meßgeräte. In der Ecke befand sich ein eingemauerter Abzug. Im Raum roch es widerlich. Ein undefinierbarer Geruch, manchmal scharf wie Säure.

Suko ging weiter.

Er ließ den Lichtstrahl wandern und leuchtete in jede Ecke hinein. Er sah zwar Staub und einige Papierreste, aber einen Menschen entdeckte er nicht.

Und er sah auch nichts, was ihn mißtrauisch gemacht hätte. Keine Hinweise auf einen Vampir.

Schon bald entdeckte Suko die Tür zu einem zweiten Raum. Er probierte die Klinke und stellte fest, daß der Raum verschlossen war.

Auch dieses Schloß schaute sich der Chinese sehr sorgfältig an. Es war wesentlich komplizierter als das erste. Suko mußte andere Werkzeuge einsetzen.

Die hatte er zum Glück bei sich. Sie waren aus Kunststoff, sehr biegsam und paßten sich jedem Schloß an.

Suko machte sich an die Arbeit. Die Lampe hatte er an seinen Gürtel gehängt und zwar so, daß der Schein genau auf das komplizierte Schloß fiel.

Der Chinese hatte gute Nerven. Andere hätten sicherlich schon verzweifelt, nicht Suko. Seine Finger blieben ruhig, sie zitterten nicht, und als etwa zehn Minuten vergangen waren, schnackte das Schloß endlich auf.

Geschafft.

Der Chinese gestattete sich ein kleines Siegerlächeln. Teil zwei seines Plans hatte vorzüglich geklappt. Jetzt begann die dritte Phase. Die wichtigste von allen. Vielleicht konnte er eine Spur finden, die ihn zu den Vampiren führte.

Suko zog die Tür vorsichtig auf und betrat leise den dahinterliegenden Raum.

Sofort fiel ihm der andere Geruch auf.

Hier roch es nicht wie in einem Labor, sondern völlig fremd. Süßlicher Gestank schwängerte den Raum.

Wie Blut . . .

Genau, das mußte es sein. Suko nahm die Lampe vom Gürtel und schwenkte sie nach rechts.

Und da sah er die großen Gefäße auf dem Regal, in denen die rote Flüssigkeit stand.

Kein Zweifel, das war Blut!

Tief atmete Suko durch. John Sinclair hatte doch recht gehabt. Dieses Labor barg ein schreckliches Geheimnis.

Der Chinese schritt tiefer in den Raum hinein. Der Lichtstrahl wies ihm dabei den Weg, und er fiel schon bald auf die Wand mit dem makabren Mosaik.

Das war es.

Suko ging schneller, blieb vor der Wand stehen und ließ den Lichtkegel kreisen.

Deutlich sah er die beiden darauf abgebildeten Blutsauger. Er sah die dämonischen Gesichter, die Fratzen, die langen, spitzen Zähne und stellte fest, daß sich beide Vampire glichen wie ein Ei dem anderen.

Kein Zweifel, es waren Zwillinge. Zumindest aber Brüder. Suko schaute sich die Vampire genau an.

Und plötzlich stutzte er.

Der rechte der beiden, so deutlich er vorhin noch zu sehen war, verwischte plötzlich.

Ja, er löste sich auf.

Im nächsten Augenblick war er völlig verschwunden, als hätte es ihn zuvor nie gegeben . . .

Der Mörder war wieder unterwegs!

Abermals trug er seine rote Kleidung, und abermals hatte er sein langes Messer bei sich.

Ihm war die Aufgabe zugeteilt worden, das Labor zu überwachen. Dabei lief er nicht durch das Gebäude, sondern außen herum, er sah jeden, der kam.

Und er hatte auch Shao und Suko entdeckt.

Der Mann betrat das Gebäude, die Frau blieb mit dem Motorrad allein zurück.

Der Mörder lächelte teuflisch. Er befand sich nur noch wenige Schritte von Shao entfernt und hatte hinter einer Abfalltonne Deckung genommen.

Jetzt zog er sein Messer, und ein böses Grinsen huschte über sein flaches Gesicht.

Shao merkte nichts.

Sie wartete auf Suko und stellte fest, daß die Kälte langsam in ihren Körper kroch. Auch auf dem Kopf fror sie. Sie wollte schon ihre Haare ausschütteln, ließ es jedoch bleiben, weil der Helm dann nicht richtig paßte.

Der Mörder hatte lange genug gewartet. Jetzt richtete er sich auf. Seine Kapuze hatte er über den Kopf gezogen, nur das Gesicht war noch zu sehen.

Und die Hand mit dem Messer!

Katzengleich näherte sich der gefährliche Killer der ahnunglosen Shao. Er ging leicht gebückt, dadurch wirkte er noch kleiner. Der lange rote Mantel warf einen schmalen Schatten auf den feuchten, rissigen Asphalt.

Noch fünf Schritte.

Der Killer leckte sich die Lippen. Seine Augen glühten. In ihnen hockte der Fanatismus – der Wahnsinn ...

Shao aber merkte nichts. Ihr war nur kalt. Auf der Stelle vertrat sie sich die Beine, eine Atemfahne wehte vor ihren Lippen. Sie wollte den Helm doch wieder aufsetzen, das war besser, fand sie.

Der Killer kam näher.

Shao hob den Helm hoch, um ihn sich über das Haar zu stülpen. Diese Bewegung war ihr in Fleisch und Blut übergegangen und verlief auch ziemlich rasch.

Und sie rettete ihr das Leben.

Shao setzte sich genau in dem Augenblick den widerstandsfähigen Helm auf, als sich der Killer hinter ihr aufrichtete und wie bei dem Detektiv Jan Ziegler schräg zuhieb.

Das Messer hätte Shaos Nacken getroffen, so aber hämmerte die Klinge gegen den Helm und rutschte ab.

Shao flirrte herum.

Sie sah vor sich den kleinen, fast zwergenhaften Mörder mit dem langen Messer und begann gellend zu schreien.

Der Killer reagierte sofort. Wie ein Teufel sprang er Shao an und hieb wieder zu.

Es war eine Reflexbewegung, die Shao rettete. Sie tauchte zur Seite, sah die Klinge an ihrem Körper vorbeizucken, prallte gegen die Maschine und warf sie um.

Shao fiel mit.

Dann knallte ihr Hinterkopf gegen die Hauswand. Ein vorspringender Stein verursachte den rasenden Schmerz in ihrem Rücken, und einen Herzschlag später sackte Shao zusammen.

Der Mörder überlegte zwei Sekunden. Sollte er sie jetzt töten oder später?

Er entschied sich für die zweite Möglichkeit. Die Frau wurde nicht mehr gefährlich. Erst wollte er den Mann aus dem Weg schaffen.

Mit grotesk anmutenden Sprüngen huschte der unheimliche Mörder auf den Laboreingang zu . . .

Vergangenheit

Ich sah in die Mündung der Muskete, die Gräfin drückte ab, und mir blieb nur noch eine Chance.

Mit einem gewaltigen Sprung brachte ich mich seitlich in Sicherheit. Krachend entlud sich das Gewehr. Die schwere Musketenkugel fauchte an mir vorbei und hieb in die Wand.

Zu einem zweiten Schuß kam die Gräfin nicht. Sie mußte erst nachladen, und das wußte sie. Deshalb warf sie sich auf dem Absatz herum und verschwand.

Ich hatte den Arm schon oben, ließ ihn aber sinken und feuerte keine Kugel hinter ihr her. Die Gangecke gab der Gräfin bereits die nötige Deckung.

Ich jagte hinterher.

Mit gewaltigen Sprüngen hetzte ich die Treppe hoch, nahm dabei drei Stufen auf einmal und gelangte in einen Gang, der sich meinen Augen leer präsentierte.

Die Vampir-Gräfin hatte sich verkrochen. Wie auch Ilona, das Zigeunermädchen.

Es gab mehrere Möglichkeiten, denn ich sah links und rechts des Ganges zahlreiche Türen.

Aber wo verbargen sich meine Gegner?

Vor der ersten Tür blieb ich stehen. Sie war nur angelehnt. Mit dem Fuß trat ich sie auf.

Ein kleiner Salon, mehr nicht.

Und er war leer.

Die zweite Tür, die dritte, die vierte – überall das gleiche. Ich hatte auch auf der rechten Seite gesucht und somit die Hälfte der Zimmer hinter mich gebracht.

Ich spürte, daß sie lauerten und mir eine Falle stellen wollten.

Und dann schwang vor mir eine Tür auf. Sofort richtete ich die Waffe auf die Fläche, doch ich zögerte, abzudrücken.

Eine Frau war erschienen, aber eine, die ich noch nie zuvor gesehen hatte. Sie paßt auch nicht zu den Dienerinnen des Grafen, erstens war sie ziemlich dick, fast ein wandelnder Fleischberg, und dann lächelte sie mich so nett an, daß ich ihre Zähne erkennen konnte.

Und die waren normal.

Keine Vampirhauer!

Ich senkte die Waffe. Die Frau trug die Kleidung eines Dienstmädchens oder einer Magd. Über dem grob wollenen Kleid eine einfache blaue Schürze. Das Haar hatte sie unter einem Kopftuch verborgen. Ihr Gesicht war breitflächig, die Schultern rund.

Sie stand dort wie ein Berg und wollte mich auf keinen Fall vorbeilassen.

»Wer bist du?« fragte ich.

Keine Antwort.

Ich wiederholte die Frage.

Da öffnete sie den Mund, und ich sah, daß man ihr die Zunge abgeschnitten hatte. Mir wurde alles klar. »Ist die Gräfin denn im Zimmer?« wollte ich wissen.

Sie senkte den Blick und tat, als wüßte sie nichts.

Sie log, das sah ich ihr an. Ich war sicher, daß sie die Gräfin in dem Raum versteckt hielt, aus dem sie gekommen war.

»Darf ich nachschauen?«

Die Stumme schüttelte den Kopf.

»Ich möchte mich trotzdem überzeugen«, sagte ich und trat einen Schritt vor, worauf die Magd sofort eine drohende Haltung annahm.

So lief der Hase also.

»Laß mich vorbei!« Meine Stimme klang drohend. Sie breitete beide Arme aus und wollte mich stoppen.

Ich drängte sie weg. Einen Schritt weit bekam ich sie, dann schlug sie pötzlich zu.

Sie zielte auf meine Waffenhand, und ihre fleischigen Finger trafen auch.

Ich schrie unwillkürlich auf. Fast wurde mir die Beretta aus den Fingern geprellt, doch im Nachfassen bekam ich sie noch zu packen. Zwei Finger stachen nach meinen Augen. Die Dicke hatte sich gedankenschnell gedreht.

Ich konnte gerade noch den Kopf wegnehmen, so daß mich der hinterlistige Stoß verfehlte. Sie aber bremste ihren Schwung nicht mehr. Die ausgestreckten Finger tickten gegen die Wand.

Ein gellender Schrei brach aus dem Mund der Frau. Wahrscheinlich hatte sie sich die Finger verstaucht.

»Tut mir leid«, sagte ich, wuchtete die Frau aus dem Weg und sprang in das Zimmer, aus dem sie gekommen war.

Ich hatte meine Erfahrungen gesammelt, und rechnete mit der großen Heimtücke dieser Höllengräfin. Deshalb hechtete ich flach über den Boden in das Zimmer.

Das war mein Glück.

Dicht vor mir schien die Muskete auseinanderzufliegen, so laut krachte sie, als die Gräfin abdrückte. Wieder verfehlte mich die Kugel. Sie flog durch die offene Tür und zerhieb den Rahmen eines an der Wand hängenden Bildes.

Die Gräfin schlug mit dem langen Musketenlauf nach mir. Ich zog den Kopf ein. Das Ding krachte gegen einen Stuhl und warf ihn um. Im nächsten Augenblick schleuderte mir die Vampirin ihre Waffe entgegen. Sie war verdammt schwer, ohne Schaden hätte ich einen Treffer sicher nicht überstanden, doch ich rollte mich zur Seite, und die Muskete prallte neben mir auf den Teppich.

Ich kam wieder hoch.

Gräfin Katharina Fariac wandte sich zur Flucht. Sie hetzte auf ein Fenster an der gegenüberliegenden Seite zu und riß bereits den Flügel auf, als ich losspurtete.

Hastig wollte sie nach draußen klettern.

Da schoß ich.

Ich zielte genau, und das Silbergeschoß raste in die untote Hülle dieses Höllengeschöpfes.

Ich vernahm einen gurgelnden Laut. Die Gräfin riß beide Arme hoch, wollte sich am Fensterkreuz festhalten, doch sie hatte einfach keine Kraft mehr. Ihr Körper bekam das Übergewicht und kippte nach draußen. Die Gräfin verschwand.

Jetzt hatte ich nur noch eine Gegnerin.

Ilona!

Vom Gang her hörte ich das Stöhnen der Stummen, als ich wieder in den ersten Raum zurückging.

Da fiel mir der große Schrank ins Auge. Und ich sah, daß die Tür nicht völlig geschlossen war.

Ich steckte die Pistole weg und nahm nur das Kreuz. Damit wollte ich Ilona besiegen.

Vor dem Schrank blieb ich einen Augenblick stehen. In meinem Innern hatte sich eine ungeheure Leere ausgebreitet.

Ilona war ein Mädchen, zu dem ich mich hingezogen fühlte. Doch nun hatte ein einziger Biß das attraktive Girl in ein schlimmes Monster verwandelt.

Das ich töten mußte!

Meine Hand zitterte, als sie den Türgriff umfaßte. Ich wischte mir über die Augen, fühlte mich hundeelend, aber es gab keine andere Möglichkeit.

Heftig riß ich die Schranktür auf.

Vor mir stand Ilona. Sie hatte die Kleider zur Seite geschoben, und sie starrte mich an, wobei sie ihre Zähne gebleckt hatte.

Aber das war nicht alles.

In der erhobenen rechten Hand hielt sie eine große eiserne Schere, mit der sie zustoßen wollte.

Wir starrten uns an.

Niemand sprach.

Ich hielt mein Kreuz hoch.

Und da hörte ich den Schrei. In den Tiefen des Kellers wurde er geboren und hallte als schauriges Echo zu mir hoch. Er war so gellend und markerschütternd, daß mir eine Gänsehaut über den Rücken rieselte, und ich fragte mich, wer ihn ausgestoßen hatte.

Karel Marek oder der Vampir?

ENDE

Mein
Todes-
urteil

Der Vampir hockte in seinem offenen Sarg!

Er starrte auf die Treppe, über die sein Todfeind in den Keller stolperte.

Karel Marek!

Er war von Haß besessen. Vom Haß auf den Vampir-Grafen, der seine Schwester zu einer Untoten gemacht hatte. Und er hatte seinem Vater ein Versprechen gegeben.

Er wollte den Vampir Fariac töten!

Nur deshalb hatte ihm sein Vater kurz vor dem Tode den Eichenpflock vererbt, der das Herz des Vampirs durchbohren sollte. Gemeinsam mit John Sinclair, dem Mann aus der Zukunft, hatten sie eine Falle für den Vampir gebaut, und der war voll hineingetappt.

Schweratmend näherte sich der junge Marek dem Sarg. In seinen Augen glitzerte es, seine Lippen zuckten. Er öffnete den Mund und schloß ihn wieder, doch kein Wort drang hervor. Nur sein schweres, keuchendes Atmen war zu hören.

Hoch hielt er seinen rechten Arm. Und die Faust umklammerte den Pfahl so fest, daß seine Fingerknöchel weiß hervortraten.

Mit einer wilden Handbewegung schleuderte er ein paar Kreuze zur Seite, die er und John Sinclair provisorisch vor dem Sarg aufgebaut hatten. Jetzt hatte er Platz. Die Kreuze brauchte er nicht mehr, sie sollten den Vampir nur schwächen, und den Zweck hatten sie restlos erfüllt.

Fariac hatte Angst.

Ja, der Blutsauger, der so viele Menschen ins Unglück gestürzt hatte, bebte und zitterte. Er wußte, daß ein gnadenloser Rächer vor ihm stand, ein Mann, der seinen Tod auf die Fahne geschrieben hatte.

Fariac stieß drohende Laute aus und robbte in seiner prunkvollen Totenkiste immer weiter zurück. Seine Arme hatte er halb erhoben, als wollte er damit und mit seinem Mantel den seelenlosen Körper schützen. Doch er hatte sich verrechnet.

Vor dem Fußende des Sargs blieb der junge Marek stehen. »Ich bin da!« sagte er nur.

Fariac hechelte. »Du willst mich töten, nicht?«

»Ja!«

»Warum? Warum willst du das auf dich nehmen? Ich würde

mich erkenntlich zeigen. Ich habe Beziehungen. Ich würde dich zu einem reichen Mann machen. Die Leute würden vor dir kuschen. Sie hätten Angst vor dir, sie würden...«

»Nein!« schrie Karl Marek. »Nein!«

»Überlege es dir!« zischte der Vampir.

Wild schüttelte Karel den Kopf. »Denk daran, was du meinem Vater und meiner Schwester angetan hast. Ilona ist zu einer Untoten geworden. Nur durch deinen Biß. Du allein bist dafür verantwortlich, und den Tod meines Vaters hast du auch auf dem Gewissen. Es gibt keine Gnade mehr für dich!«

Fariac zuckte zusammen. Sein Mund öffnete sich noch weiter. Die langen, leicht gebogenen Hauer blitzten, und urplötzlich sprang er hoch. Er wollte wieder aus dem Sarg flüchten.

Damit hatte Karel gerechnet.

Er warf sich ebenso schnell vor, streckte dabei auch seine linke Hand aus, rammte die Faust in das Gesicht des Vampirs und drückte ihn zurück.

»Stirb!« brüllte er.

Seine rechte Hand raste nach unten.

Wuchtig bohrte sich der Pfahl genau dort in die Brust des Vampirs, wo das Herz saß.

Fariac bäumte sich auf.

Dunkles Blut schoß aus der Wunde, als der junge Marek den Pfahl wieder herausriß.

»Das war für meinen Vater!« schrie er unter Tränen. »Und das ist für meine Schwester!«

Wieder hieb er zu.

Abermals zuckte der Vampir zusammen, öffnete seinen Mund und stieß einen markerschütternden Schrei aus. Es war ein Schrei, wie er nur in höchster Todesnot geboren wurde.

Der junge Marek fuhr zurück und hielt sich die Ohren zu.

Die Hände hatte Fariac um den Sargrand gekrallt. Er versuchte, sich hochzuwuchten, doch die Kraft verließ ihn bereits. Auf halbem Weg sackte er wieder zusammen, versuchte es noch einmal und mußte wieder aufgeben.

Plötzlich wurde seine Haut grau. Die Fingernägel fielen ab, und das Fleisch verdorrte. An den Händen begann der Auflösungsprozeß, setzte sich rasch weiter fort und erreichte zuletzt das Gesicht.

Die Kleidung fiel ineinander, weil nichts mehr da war, was sie noch hielt. Dann verformte sich das Gesicht. Nase, Mund und Ohren wurden zu einer lehmigen Masse, die ineinanderfiel und die blanken Knochen freigab.

Karel Marek stand vor dem Sarg und schluchzte. Er sah dem Kampf zu, während die Tränen über sein Gesicht liefen. Zuletzt glotzte ihn nur noch eine Skelettfratze an.

Mehr nicht...

Auch die würde zerfallen. Zurück blieb dann graubrauner Staub. Vorhin war er wie im Rausch gewesen, jetzt kam die Ernüchterung. Karel wandte sich um. Er schluchzte, und ihm war hundeelend zumute. Die Treppe verschwamm vor seinen Augen, er verfehlte die unterste Stufe, fing sich aber und torkelte die Treppe hoch wie ein Betrunkener.

Karel Marek hatte seine Rache erfüllt.

Graf Fariac lebte nicht mehr!

Der Schrei brach ebenso schnell ab, wie er aufgeklungen war. Plötzlich war es wieder still.

Und sie stand vor mir.

Sie – das war Ilona, das Zigeunermädchen, eine Blutsaugerin, die ich töten mußte, weil ich sie erlösen wollte. Eine andere Rettung gab es nicht. Der Keim des Bösen steckte ihn ihr, auch an den beiden spitzen Eckzähnen zu erkennen, die bereit waren, in andere Halsschlagadern zu stoßen.

Töten wollte sie auch mich. Und nicht nur durch ihren Biß. Sie hielt zusätzlich noch eine große Schere in der Hand.

Ich hatte die Pistole weggesteckt. Das Magazin war sowieso leer. Nur noch mit dem Kreuz wollte ich arbeiten, und das war noch wirkungsvoller als eine Silberkugel.

»John Sinclair!« krächzte sie. »John Sinclair...« Ihr Gesicht war längst nicht mehr schön. Die Haut wirkte bleich und alt, die Augen waren kleiner geworden, und ich sah das Schimmern der roten Äderchen in den Pupillen. Grau und strähnig hingen die

Haare um ihren Kopf. Nichts mehr war von der dunklen, seidigen Pracht zu sehen.

»O Gott«, flüsterte ich. »Was ist aus dir nur geworden, kleine Ilona?«

Sie knurrte mich an. Nein, sie verstand mich nicht mehr, ebensowenig verstand ich sie. Sie hatte mich mal geküßt, und auch mir war Ilona sehr sympathisch gewesen.

Aber jetzt?

Nun mußte ich sie töten. Hart schluckte ich.

Aber war das Mord?

Nein, eine Erlösung, wie ich hoffte.

Und trotzdem zögerte ich. Ich konnte es nicht übers Herz bringen. Ich traute mich nicht, den ersten Schritt zu tun. Sie stand in dem großen Schrank, den rechten Arm erhoben, die Schere fest umklammert.

Wenn sie mich doch angreifen würde, wäre vielleicht alles besser gewesen, aber sie sagte nichts.

Doch dann griff sie an.

Steif ließ sie sich nach vorn fallen. Gleichzeitig fiel auch ihr Arm, und die Schere war auf meine Brust gezielt. Sie hätte mich glatt durchbohrt, doch ich tauchte zur Seite weg und schlug mit dem Kreuz zu, bevor Ilona nach vorn kippen und den Boden erreichen konnte.

Sie zuckte plötzlich, als stünde sie unter Strom. Ich warf sie zurück in den Schrank, sie breitete die Arme aus und fiel zwischen die aufgehängten Kleider.

Sie tobte.

Das Kreuz hatte sie berührt und sich in ihren untoten Körper gebrannt. Sie würde es nicht mehr schaffen, ihr seelenloses Leben fortzusetzen, auch wenn sie noch so sehr dagegen ankämpfte.

Ich hörte ihr Schreien, ihre wilde, verzweifelte Panik. Sie tobte im Schrank, riß die Kleidungsstücke von der Stange, brach zusammen und versuchte, sich wieder zu erheben. Dann sah ich eine Hand aus dem Kleiderbündel steigen.

Sie war bereits zur Hälfte stockig gelb...

Ich schloß die Tür. Zurück blieben die dumpfen Geräusche

des Todeskampfes, die wie Hammerschläge in meinem Gehirn nachhallten.

An der Tür stand die Stumme. Sie schaute mich aus großen Augen an und hielt ihre rechte Hand mit der linken umklammert. Sie hatte mich auf dem Flur angegriffen und mir ihre beiden Finger in die Augen stoßen wollen, doch ich war ausgewichen, und die Stumme hatte nur die Mauer getroffen.

Ich blieb vor ihr stehen. »Sie sind tot«, sagte ich. »Alle tot. Verstehst du?«

Die Stumme nickte.

»Dann ist es gut.«

Karel Marek fiel mir ein, und natürlich Fariac, der Vampir-Graf. Ich hatte einen fürchterlichen Schrei gehört. War der Vampir vernichtet worden?

Hastig verließ ich das Zimmer.

Karel kam mir entgegen.

Ich sah ihn, wie er über den Flur wankte. Mit hängenden Armen, aber den Eichenpflock, sein Erbstück, hielt er nach wie vor fest umklammert.

Er schluchzte. Schreckliches mußte hinter ihm liegen. Doch er war ein Marek, ein Pfähler. Er war dazu verdammt oder ausersehen, Vampire zu jagen.

Als er mich sah, blieb er stehen.

Drei Schritte trennten uns.

Er schaute mich an.

Ich las die stumme Frage in seinen Augen und nickte.

Erschöpft ließ er sich gegen die Wand fallen. Karel zitterte am gesamten Körper.

Ich legte ihm eine Hand auf die Schulter. »Es gab keine andere Möglichkeit«, sagte ich. »Ich mußte sie einfach...«

»Ja«, flüsterte er, »ich weiß. Ich weiß es, John Sinclair, und ich kann dir keinen Vorwurf machen. Ich hätte nicht anders gehandelt. Wirklich nicht. Ich bin nur froh, daß ich es nicht zu tun brauchte, denn ich hätte es wahrscheinlich nicht übers Herz gebracht. Nein, ich hätte es nicht gekonnt.«

»Und Fariac?« fragte ich.

»Existiert nicht mehr.«

Jetzt hatte ich die endgültige Gewißheit. Wir hatten es wirklich geschafft und mit der verdammten Vampirbrut aufgeräumt. Plötzlich fiel mir die in diesem Teil des Schlosses herrschende Stille auf. Kaum etwas war zu hören, nur unser schweres Atmen.

Dann hob Karel den Kopf. »Kann ich sie sehen?« fragte er.

»Lieber nicht.«

»Doch, ich will es.«

Da gab ich den Weg zur Tür frei. Er betrat das Zimmer und schaute sich um. Dabei sah er das offene Fenster. Kühl wehte es in das Innere des Raumes.

»Wo ist sie?«

Ich deutete auf den Schrank.

Karel ging hin. Er zögerte noch, bevor er den Schlüssel umdrehte, während die Stumme den Raum verließ.

Dann zog Karel Marek die Schranktür auf.

Ich schaute über seine Schulter hinweg. Karel fiel auf die Knie und sah seine Schwester.

»Ilona!« stöhnte er. »Mein Gott, Ilona...«

Es ging mir durch Mark und Bein. Er warf sich über sie, weinte und schluchzte. Seine Schultern zuckten. Dieser junge Mann stand jetzt allein auf der Welt.

Karel zog die Leiche seiner Schwester aus dem großen Schrank. Vorsichtig legte er sie zu Boden.

Ich trat neben ihn und senkte meinen Blick.

Ilona sah wieder normal aus. Nichts erinnerte mehr daran, daß sie mal ein Vampir gewesen war. Als ich die Oberlippe zurückschob, sah ich ihre normalen Zähne. Und auf ihren Lippen lag ein kleines Lächeln.

»Wir müssen sie begraben!« flüsterte Karel.

Ich nickte.

Karel wollte nicht, daß ich ihm half. Er hob seine Schwester allein hoch, nachdem er den Pfahl weggesteckt hatte. Wortlos trug er die Tote aus dem Raum und schritt die Treppe hinunter. Irgendwo war sicherlich ein Ausgang zum Burghof.

Ich dachte an die Häscher des Grafen. Wie würden sie reagieren, da ihr Herr tot war?

Das bereitete mir Sorgen.

Ich öffnete die schwere Ausgangstür, nachdem wir unten die große Halle erreicht hatten.

Kalt fuhr mir der Nachtwind ins Gesicht. Und gleichzeitig traf mich der Fackelschein.

Die Häscher hatten sich vor der Tür aufgebaut und bildeten dort einen Halbkreis. Sie hielten die Fackeln in den Händen. Der Widerschein des Feuers zuckte geisterhaft über ihre Gesichter. Doch niemand traf Anstalten, nach den Waffen zu greifen. Der Tod des Grafen schien sich herumgesprochen zu haben.

»Laßt uns vorbei«, sagte Karel Marek, »der Graf ist tot!«

Schweigend machten sie Platz. Der Wind spielte mit den Flammen der Pechfackeln. Es war ein unheimliches Bild, als wir hintereinander über den Hof schritten.

Der junge Marek wollte seine Schwester nicht in den Schloßgrüften beisetzen, sondern ihr ein richtiges Grab schaufeln. Ich hatte nichts dagegen.

Quer gingen wir über den großen Hof, auf die Mauer an der Ostseite zu. Ich merkte, wie Karel wankte, er hatte kaum noch Kraft, aber er riß sich zusammen und behielt seine Schwester auf den Armen.

Vier Fackelträger folgten uns. Sie beleuchteten den makabren Trauermarsch.

Vor der Mauer blieb Karel stehen. Vorsichtig legte er seine tote Schwester zu Boden.

»Bringt mir eine Schaufel!« sagte er.

»Zwei!« rief ich.

Die vier Fackelträger blieben stehen. Dafür verschwanden zwei andere Söldner.

Wir warteten. Niemand von uns sprach ein Wort. Der in den Burghof fallende Wind trocknete die Tränen auf den Wangen des jungen Karel Marek.

Die Söldner kamen zurück. Sie brachten zwei Schaufeln. Sie hatten breite Flächen, wir würden viel damit schaffen können. Der junge Marek fing an.

Er stieß die Schaufel in die Erde und begann zu graben. Obwohl der Kampf gegen den Vampir Kräfte gekostet haben mußte, arbeitete er wie ein Berserker. Dabei murmelte er ununterbrochen Worte vor sich hin, die ich nicht verstand.

Auch ich nahm ein Werkzeug zur Hand. Wir schufteten Hand in Hand. Die Männer schauten uns zu. Niemand sprach. Nur unser schweres Atmen war zu hören und das Klatschen, wenn der Lehm von der Schaufel rutschte und den kleinen Berg weiter vergrößerte.

Etwa eine halbe Stunde verging. Dann war das Grab tief genug für Ilona.

Beide kletterten wir aus der Grube.

Karels Gesicht wirkte wie aus Stein gehauen. Kein Muskel zuckte mehr unter der glatten Haut.

Hastige Schritte ließen uns aufhorchen. Alle wandten sich um. Die Stumme lief über den Platz.

Sie rannte auf Karel Marek zu und drückte ihm etwas in die Hand. Es war ein kleines goldenes Kreuz. Ilona hatte es immer getragen.

»Das Erbstück der Mutter«, flüsterte Karel.

Ich konnte nicht mehr sprechen. Auch in meiner Kehle saß ein dicker Klumpen.

»Komm«, sagte Karel.

Gemeinsam hoben wir die Tote auf. Nur der Wind sang sein Lied, als wir sie in das feuchte Grab betteten.

Karel legte ihr das kleine Kreuz auf die Brust. »Damit du ewig vor den Blutsaugern geschützt bist«, murmelte er. Dann kletterte er aus der Grube und blieb neben dem Grab stehen. Er sprach ein letztes Gebet, bat den Herrgott, der Seele des Mädchens den ewigen Frieden zu geben. Auch ich faltete die Hände. Mein Blick glitt über die Tote hinweg und hoch zu dem Schloßturm, in dem Karel und ich die fünf Vampire besiegt hatten.

Die Brut hatten wir geschafft. Doch mein großes Problem war damit nicht aus der Welt geschafft.

Wie kam ich zurück in meine Zeit?

Ich war durch ein Dimensionstor in die Zeit direkt nach dem Dreißigjährigen Krieg gelangt, nun wollte und mußte ich wieder zurück. Wie konnte ich das schaffen?

Karels Stimme unterbrach meine Gedanken. »Holt meinen toten Vater!« rief er.

Die Grube war breit genug, um zwei Leichen zu fassen. Vier Söldner brachten den Toten.

Karel und ich betteten den alten Stephan Marek neben seine Tochter. Wir sprachen noch ein Gebet und begannen damit, die

Grube zuzuschaufeln. Schweigend verrichteten wir unsere Arbeit. Die feuchte Erde fiel auf die beiden Toten. Wie ein Mantel deckte sie alles zu. Bald schon waren sie nicht mehr zu sehen. Gesicht, Ober- und Unterkörper verschwanden, so daß wir das Grab rascher zuschaufelten.

Plötzlich ertönte über uns ein gewaltiges Rauschen. Alle schauten wir hoch.

Wir sahen die Wolken. Dünn umflossen sie einen fahlgelben Mond. Und der wurde verdunkelt.

Eine gewaltige Fledermaus tauchte auf, blieb hoch über unseren Köpfen in der Luft stehen und schrie mir ihren Racheschwur entgegen.

»Du, John Sinclair, bist schuld, daß mein Bruder gestorben ist! Doch die Rache der Schwarzblüter wird dich treffen!« Die Donnerstimme hallte über den Hof. »Dein Todesurteil ist gesprochen, John Sinclair...«

Gegenwart

Kommissar Mallmann wurde vom Grauen geschüttelt. Der Kerl, der ihn ermorden wollte und den er letztendlich besiegt hatte, stand wieder auf. Er war zu einem Zombie, einem Untoten, geworden.

Seine Bewegungen waren eckig, langsam. Er stützte sich auf, gab seinem Körper Schwung und prallte fast gegen eine Säule, breitete jedoch kurz davor die Arme aus und umschlang den Träger.

Dann zog er sich hoch.

Leicht schwankend blieb er stehen, und sein Blick suchte Will Mallmann, der an der Treppe des riesigen Kellers stand und auf den lebenden Toten starrte.

Seine Absicht, den Kommissar zu töten, hatte er nach wie vor nicht aufgegeben. Er hielt nach seinen Waffen Ausschau und grinste teuflisch, als er Säge und Messer entdeckte.

Wie ein Betrunkener torkelte er darauf zu und hob beide Werkzeuge auf.

Will dachte über eine Flucht nach. Er wußte allerdings nicht, ob die Tür oben am Ende der Treppe noch offen war.

Er lief hoch.

Hastig drückte er die schwere Klinke und stellte fest, daß er hier nicht rauskonnte.

Auch der Zombie hatte gemerkt, was los war, und sein schauriges Lachen hallte durch das Gewölbe.

Mallmann drehte sich um.

Er schaute die lange Treppe hinunter und sah, daß der Zombie vor der untersten Stufe stehengeblieben war. In der rechten Hand trug er das Messer, in der linken die Säge.

Mallmann schluckte. Er war zwar schon lange Jahre Polizist und hatte viel gesehen, aber der Anblick eines solchen Monsters versetzte ihm immer aufs Neue einen Schock.

Der Zombie kam die Treppe hoch.

Mallmann zog seine Pistole.

Er trug seit kurzer Zeit immer zwei Waffen. Einmal die normale Dienstpistole und als zweite eine mit geweihten Silberkugeln geladene Walther. Sie war besser und würde sich auch hier zum Vorteil erweisen, wie der Kommissar annahm.

Davon ahnte der Zombie nichts. Für ihn sahen die beiden Waffen nicht nur gleich aus, er rechnete auch damit, daß es sich um ein und dieselbe Pistole handelte.

Will ließ ihn kommen.

Stufe für Stufe torkelte der Zombie hoch. Seine Arme hatte er dabei ausgebreitet, und er schwankte von einer Seite zur anderen, wobei er sich hin und wieder an der Wand abstützte. Sein Gesicht war nicht deutlich zu erkennen, doch der Kommissar hörte das höhnische Lachen der untoten Kreatur.

Mallmann hob den rechten Arm.

Genau nahm er Maß. Er zielte wie auf einem Schießstand, denn er durfte sich keine Fehlschüsse erlauben, dieser Zombie war einfach zu gefährlich.

Die Hälfte der Treppe hatte er geschafft. Er hielt das Messer so, daß die Spitze nach oben zeigte, und das dünne, aber scharfe Sägeblatt schwang er mit der anderen Hand auf und ab.

Mallmann zwang sich zur Ruhe. Er spürte den Schweiß auf der Stirn, der wie eine klebrige Schicht war.

Langsam zog er seinen Zeigefinger nach hinten, während er mit der linken Hand das rechte Gelenk abstützte, um den Schuß ja nicht zu verreißen.

Auf jeder Stufe blieb der Zombie einen Augenblick stehen. Da war sein Körper nicht mehr in Bewegung, und auf solch eine Chance lauerte der Kommissar.

Will Mallmann ließ den Zombie noch eine Stufe höher steigen. Jetzt hatte er haargenau die richtige Distanz.

Der Kommissar schoß!

Vor der Mündung platzte eine kleine Feuerblume auf. Im nächsten Augenblick schien der Zombie einen Hieb mit dem Hammer erhalten zu haben. Er wurde zurückgestoßen, röchelte, warf die Arme hoch und flog die Treppe hinab.

Er überschlug sich dabei wie ein Ball, seine Waffen klirrten gegen die Stufen, rissen lange Funkenbahnen aus dem Gestein und fielen mit ihm in die Tiefe.

Vor der Treppe blieb er auf dem Gesicht liegen.

Tot...

Will Mallmann wartete einige Minuten. Er hatte gut getroffen. Der Zombie erhob sich nicht mehr. Der zerstörerischen Kraft des Silbers hatte er nichts entgegenzusetzen.

Will atmete auf.

Mit einem Taschentuch wischte er sich den Schweiß vom Gesicht. Er spürte auch die Feuchtigkeit in seinen Handflächen und trocknete sie ebenfalls ab.

Ein Gegner weniger.

In diesem Gewölbe wollte der Kommissar auf keinen Fall bleiben. Da dieser Kretin nicht mehr existierte, hatte er freie Bahn, sich umzuschauen.

Mallmann lief vor bis zur Tür. Er wollte sie mit Gewalt öffnen, als er die Stimmen hörte.

Zahlreiche Menschen sprachen durcheinander. Für Will Mallmann stand fest, daß die Betriebsausflügler eingetroffen waren. Er mußte weiterhin im Keller bleiben...

Der kleine Bus stoppte vor dem Schloß.

Es herrschte eine Riesenstimmung. Die meisten Ausflügler

hatten bereits dem Rheinwein reichlich zugesprochen und waren entsprechend in Form. Sie summten die Melodien der Rhein- und Weinlieder mit und unterschieden sich überhaupt nicht von den Mitgliedern der deutschen Kegeltouren.

Nur drei waren völlig nüchtern.

Gordon Fariac, Jane Collins und Bill.

Jane und Bill entgingen nicht die lauernden Blicke, mit denen Fariac seine Angestellten hin und wieder bedachte. Er hatte noch etwas vor, das lag auf der Hand.

»Ich darf Sie bitten, auszusteigen und sich in der Halle zu versammeln«, rief Fariac in das Mikro.

Hastig verließen die Reisenden den Bus.

Es war inzwischen völlig dunkel geworden. Ein kühler Wind strich über den Berg, und die Luft roch nach Schnee. Am Himmel segelten dicke Wolken, und als Jane ihren Fuß aus dem Bus setzte, fielen bereits die ersten dicken Flocken.

»Hoffentlich ist auch geheizt!« rief ein älterer Mann, der bereits ziemlich tief ins Weinglas geschaut hatte.

»Natürlich«, erwiderte Fariac und ging als erster auf das große Portal zu.

Der Schnee fiel stärker. Die Flocken wurden vom steifen Wind in die Gesichter der Menschen geschleudert, wo sie auf der warmen Haut sofort schmolzen.

Fariac hämmerte mit dem eisernen Klopfer gegen die Tür, doch es öffnete niemand.

Jane und Bill hielten sich ein wenig am Rand auf. Sie beobachteten Fariac.

»Scheint verschlossen zu sein«, murmelte Bill.

Jane nickte. »Ob da kein Personal ist?«

»Zeugen kann der nicht gebrauchen«, erwiderte der Reporter.

Fariac drehte sich zu seinen Leuten um. »Augenblick noch!« rief er. »Ich werde die Tür mit dem Schlüssel öffnen. Mein Diener scheint mich nicht zu hören.«

Der Unternehmer kramte in seiner Tasche herum und holte seinen Schlüssel hervor, mit dem er die Tür öffnete.

Er hielt sie offen. »Bitte sehr, treten Sie ein und seien Sie herzlich willkommen!«

Die ersten stürmten direkt in das Schloß. Sie hatten Hunger, wollten vom Büfett etwas abbekommen, bevor die anderen ihnen was wegnahmen.

Jane und Bill gingen als letzte.

»Wie gefällt es Ihnen?« fragte Fariac mit einen süffisanten Lächeln auf den Lippen.

»Recht nett«, antwortete Jane.

»Das freut mich.«

Und Bill erkundigte sich: »Haben Sie kein Personal, Mr. Fariac?«

»Es ist alles da.«

»Aber die Ober fehlen.«

»Wir werden sehen.« Er lächelte falsch und schloß die Tür.

Bill nahm an, daß einiges schiefgelaufen war. Fariac gab sich nicht mehr so sicher wie sonst. Sie betraten die Halle und waren überrascht, wie sauber alles war. Elektrisches Licht speiste die beiden großen Lüster an der Decke, deren kleine Glasstücke schillerten und glänzten. Es gab eine gewaltige Treppe, die nach oben führte, außerdem mehrere Türen und ein Kamin, in dem das Feuer knisterte. Vor den Fenstern hingen Vorhänge, und auf einem langen Tisch stand das kalte Büfett bereit.

Für Getränke war ebenfalls gesorgt. Wein, Sekt, Mineralwasser, Whisky, Likör, alles war vorhanden.

In kleinen Gläsern schwappte Sherry.

Der Chef persönlich nahm das Tablett auf und machte damit die Runde. »Darf ich Sie zu einem kleinen Begrüßungsschluck überreden?« lächelte er.

Keiner lehnte ab. Auch Jane und Bill nickten. Sie tranken auf den Tag und die Firma.

Jane stellte fest, daß es einen vorzüglichen Sherry gab, und sie nickte anerkennend.

Auch Bill hatte sein Glas geleert. »Vielleicht ein wenig zu süß«, meinte er. »Ich trinke ihn lieber trocken.«

»Geschmackssache.«

Fariac sammelte die Gläser wieder ein. Dann klatschte er in die Hände, und die Gespräche verstummten.

»Darf ich für einen Augenblick um Gehör bitten?« begann der Unternehmer seine Ansprache.

Zwölf Augenpaare schauten ihn an.

Fariac lächelte. Er hatte sich mit dem Rücken zum kalten Büfett aufgebaut und hielt noch ein Sherryglas in der Hand. Er hob gekonnt die Augenbrauen und ließ seine Blicke schweifen, so daß jeder das Gefühl haben konnte, daß er nur ihn anschaute. »Ich freue mich sehr, daß Ihnen dieser Tag bisher gut gefallen hat, obgleich ich zugeben muß, daß er sehr strapaziös gewesen ist. Strapaziöser als die Arbeit, wie ich meine.«

Leichtes Protestgemurmel erhob sich. Eine Frau kicherte hell.

Fariac fuhr fort. »Auch diese kleine Strapaze soll uns natürlich nicht davon abhalten, den Tag so weiter zu feiern, wie wir es uns vorgestellt haben. Ihre Zimmer sind reserviert. Alle befinden sich im ersten Stock, und es sind bereits Namensschilder an die Türen geklebt worden. Jeder Raum hat eine Toilette und eine Dusche. Ich habe alles nachträglich einbauen lassen. Sie können sich also frischmachen und auch umziehen, wenn Sie wollen. Ich schlage vor, daß wir uns in einer Stunde wieder hier unten treffen, dann wird der Hunger sicherlich groß sein, und das kalte Büfett kann geplündert werden. Ich danke Ihnen für die Aufmerksamkeit.«

Die Leute klatschten. Dann stand einem Nach-oben-Gehen nichts mehr im Wege.

Auch Jane Collins und Bill wandten sich ab, doch Gordon Fariac rief sie noch einmal zu sich.

»Einen Moment bitte, Miss Collins, Mr. Conolly.«

Sie blieben stehen.

Gordon Fariac trat auf sie zu. Er lächelte und sagte: »Es ist mir außerordentlich peinlich, aber für Sie beide steht nur ein Raum zur Verfügung. Es ist die Tür ohne Beschriftung. Ich hoffe, Sie verstehen mich, denn Ihre Teilnahme war nicht eingeplant.«

Bill nickte und grinste. »Klar, verstehen wir Sie. Und mit Jane werde ich schon fertig – oder?«

Die Detektivin lächelte ihn an, doch ihre Blicke waren eisig.

»Dann erwarte ich Sie ebenfalls in einer Stunde.«

»Danke.«

Jane und Bill schritten die breite Treppe hoch. Die Detektivin flüsterte: »Wenn du noch einmal solch einen Mist erzählst, sage ich Sheila Bescheid.«

»Man kann ja mal auf den Putz hauen.«

Jane lachte.

Beide nahmen das nicht ernst. Bill hätte seine Frau Sheila nie betrogen, dafür liebte er sie einfach zu sehr.

Als sie nebeneinander über den Gang schritten, hörten sie die Stimmen der anderen. In den Zimmern schien es hoch herzugehen. Wahrscheinlich hatten sich die Pärchen gefunden, denn die meisten Räume waren mit zwei Personen belegt.

Der Gang war ziemlich duster, durch den sie schritten. Allerdings sah man keine Rüstungen oder andere Gegenstände aus dem Mittelalter, sondern nur Gemälde.

Sie zeigten zumeist große Kampfszenen und Schlachten. Irgendein Typ ritt immer mit einer Fahne voran, der die anderen in die Schlacht führte.

Am Ende des Ganges befand sich ein Rundbogendurchgang, der wohl in einen anderen Trakt des Schlosses führte.

Vor der letzten Tür blieben die beiden stehen. Bill fragte: »Willst du dich frischmachen?«

Jane schaute auf die Uhr. »Eigentlich ja. Eine Dusche könnte ich schon vertragen.«

»Okay, dann schau ich mich mal um.«

»Wieso?«

»Ich wandere ein wenig durch das Schloß. Mal sehen, ob sich irgend etwas tut.«

»Meinst du, das hätte Fariac gern?«

»Weiß ich doch nicht. Außerdem interessiert es mich nicht. Ich vermisse nämlich jemanden.«

»Will Mallmann?«

»Genau. Den werde ich suchen.«

Jane nagte auf der Lippe, und Bill legte der Detektivin beide Hände auf die Schultern. »Du kannst ruhig ins Zimmer gehen. Mir passiert schon nichts.«

»Wie du meinst. Sei trotzdem vorsichtig.«

»Klar.«

Der Reporter drehte sich um. Er wartete, bis Jane im Zimmer verschwunden war, und ging dann los.

Hinter dem Durchgang setzte sich der Korridor ein kurzes Stück fort und endete vor einer Doppeltür. Sie war nicht abgeschlossen, und Bill stieß die rechte Hälfte auf.

Düsternis umgab ihn...

Sofort spürte der Reporter die gefährliche Atmosphäre, die ihm da entgegenströmte. Es war nicht wie im übrigen Teil des Schlosses, hier verdichtete sich das Grauen.

Vorsichtig betrat Bill Conolly den Saal. Er tastete nach seiner Silberkugel-Beretta und nickte zufrieden. So lautlos wie möglich versuchte er, über den blanken Steinboden zu schreiten. Die hohen Fenster auf der rechten Seite waren durch Vorhänge verdeckt. Kein Sonnenstrahl drang in diesen Raum.

Und doch gab es Licht. Irgendwo vor ihm standen ein paar brennende Kerzen. Das Licht flackerte. Durch die sich bewegenden Flammen wurden bizarre Schattenmuster auf den Boden geworfen.

Es roch nach Staub, Bohnerwachs und Moder...

Ein widerlicher Geruch.

Vorsichtig schritt Bill weiter. Er wollte sehen, was die Kerzen beleuchteten und warum sie brannten. Behutsam näherte er sich ihrem Standort.

Bevor er den Schrank entdeckte, sah er dessen zittrigen Schatten auf dem Boden, denn neben dem Schrank standen die beiden Kerzen. Es war mehr eine hohe Vitrine. Bill konnte auf das Oberteil schauen, das mit Staub überzogen war.

Der Schrank war das einzige Möbelstück in diesem großen, hallenartigen Raum.

Weshalb stand er hier?

Das mußte einen Grund haben. Als Bill sich die Kerzen näher betrachtete, da stellte er fest, daß sie aus schwarzem Wachs bestanden. Diese Beleuchtung benutzt man für irgendwelche finsteren Beschwörungen. Sollte hier in dem Raum vielleicht eine Schwarze Messe abgehalten werden?

Bill wußte es nicht, aber ihn interessierte brennend der Inhalt des Schranks.

Der Reporter sah, daß der Schlüssel im Schloß steckte. Es war nicht weiter gesichert.

Bill schloß auf.

Die rechte Schranktür quietschte, als er sie öffnete. Der Reporter holte sein Feuerzeug hervor, knipste es an und leuchtete in den Schrank hinein.

Zwei Flaschen standen auf einem Regal. Sie waren ziemlich

breit und an der Öffnung mit Gummistopfen verschlossen. Bills Neugierde war geweckt, er nahm eine Flasche hervor, zog den Stopfen heraus und schüttelte die Flasche.

Eine Flüssigkeit schwappte hin und her. Sie war dunkel, und als Bill an der Öffnung roch, ging ihm ein ganzer Kronleuchter auf.

Die Flasche enthielt Blut.

Im selben Augenblick hörte Bill Conolly Schritte und auch das Klappen einer Tür.

Jemand kam!

Der Reporter drückte den Gummistopfen auf die Öffnung, stellte die Flasche wieder in den Schrank und verschloß ihn. Dann huschte er gedankenschnell in die Dunkelheit des großen Raumes zurück.

Sekunden vergingen.

Bill schaute dorthin, wo der Schrank stand. Die Schritte wurden lauter, eine Gestalt schälte sich aus der Düsternis.

Ein Mann – Gordon Fariac!

Bill staunte.

Was wollte dieser Kerl hier? Der Schrank. Klar, dort befanden sich die beiden Flaschen mit dem Blut, und an die wollte der Fabrikant heran.

Bill Conolly wagte nicht zu atmen. Er hoffte inbrünstig, daß Fariac nicht die Fußspuren sah, die er zwangsläufig hinterlassen hatte. Aber den Mann interessierte nur der Schrank.

Hastig holte er die beiden Flaschen hervor und drückte mit dem Knie die Schranktür wieder zu. Er schloß sie gar nicht erst ab, sondern drehte sich um und ging davon.

Er kehrte allerdings nicht dorthin zurück, wo er hergekommen war, sondern ging in die entgegengesetzte Richtung.

Bill schwitzte Blut und Wasser und atmete erst auf, als der Mann an seinem Versteck vorbeigegangen war. Bill drehte den Kopf und sah Fariacs Rücken.

Noch wenige Schritte, dann verschwand der Mann in der Dunkelheit. Bill hörte das Knarren einer Tür, danach war es still.

Der Reporter zögerte keine Sekunde länger. Obwohl er sich

in Gefahr begab, nahm er die Verfolgung auf. Dieser Mann sollte ihm nicht entkommen. Er mußte wissen, was Fariac vorhatte, denn wozu brauchte man schon zwei mit Blut gefüllte Flaschen?

Die Tür, durch die Fariac verschwunden war, öffnete Bill spaltbreit und schaute in einen Bibliotheksraum, der mit hohen Regalen vollgestopft war.

Eins jedoch war zur Seite geschoben. Und es gab den Blick auf einen Gang frei, der in die Tiefe führte.

Ein Geheimgang!

Bill zögerte keine Sekunde und lief hinter Fariac her...

Will Mallmann hatte sich die Tür genau angesehen. Da war nichts zu machen. Die Tür zeigte eine Stabilität, gegen die er mit reiner Körperkraft nicht ankam.

Der Weg war versperrt.

Wohin also?

Zunächst stellte sich die Frage nicht, denn Will horchte auf die Stimmen jenseits der Tür. Es wurde ruhiger, und dann sprach nur noch einer.

Wahrscheinlich der Chef, dieser Fariac. Und da schwiegen die Mitarbeiter dann andächtig. Leider konnte Will nicht verstehen, was Fariac erzählte. Im Prinzip war es auch egal, über einen Fluchtweg redete Fariac sicherlich nicht.

Schließlich hörte der Kommissar das Trampeln zahlreicher Füße, dann wurde es still.

Mallmann wandte sich ab und lief die Treppe hinunter. Er wollte nicht glauben, daß es nur einen Ausweg aus diesem Gewölbe gab. Das war so groß und umfangreich, da mußte es einfach mehrere geben.

Mallmann ging an dem Zombie vorbei. Viel war von ihm nicht mehr zurückgeblieben. Nur noch bleiche Knochen lagen dicht vor der untersten Stufe.

Will schaute auf die Waffen. Er hatte sie erst mitnehmen wollen, ließ sie aber dann liegen. Seine beiden Pistolen reichten ihm vollauf.

Dann schritt er tiefer in das Gewölbe hinein. Überall stützten

Säulen die Decke ab. Die Wände waren weiß gestrichen, hatten aber im Laufe der Zeit grauen Schimmel angesetzt, auch lag der Schmutz wie eine Schicht auf der Wand.

Die Lampen, die überall brannten, gaben gerade so viel Licht, daß sich Will orientieren konnte, und als er das Ende des Gewölbes erreichte, sah er eine Tür. In diesem Schloß schien es von Türen, Geheimgängen und Verstecken nur so zu wimmeln.

Will Mallmann sah sich die beiden rostigen Riegel an, nahm seine Walther und hämmerte mit dem Griff gegen die Riegel.

Er konnte den ersten zurückschieben und schaffte auch den zweiten innerhalb einer Spanne von wenigen Minuten.

Der Weg war frei!

Kommissar Mallmann zog die Tür vorsichtig auf. Kühle, modrige Luft drang ihm entgegen. Dieser Trakt des Schlosses schien sehr gefährlich zu sein, zumindest unheimlicher und älter als der, in dem er sich zuerst aufgehalten hatte.

Will Mallmann konnte nicht wissen, daß er sich dort befand, wo vor über dreihundert Jahren ein junger Mann namens Karel Marek den Herrscher dieser Burg durch einen ins Herz gestoßenen Pfahl getötet hatte.

Doch er spürte die Atmosphäre, merkte das Unheimliche, das hinter der Tür lauerte.

Leider trug er keine Taschenlampe bei sich, und so ließ er die Tür offen, damit wenigstens Licht aus dem Gewölbe in das Verlies hineinfiel.

Will Mallmann wagte sich auf Zehenspitzen weiter vor und sah einen Sarg. Im ersten Augenblick erschrak er heftig, dann huschte er zurück und zog die Tür weiter auf, damit mehr Licht in das unheimliche Verlies fiel.

Jetzt sah er den Sarg deutlicher.

Er mußte uralt sein. Das Holz zeigte Spuren des Alters, aber es hatte gehalten, auch die langen Jahre hatten den Sarg nicht so angegriffen, daß er ineinandergefallen war. Demnach mußte er wirklich aus gutem Material bestehen.

Eine dicke Staubschicht lag auf dem Sarg. Sie war mit Spinnenweben durchsetzt, und zahlreiche lange Fäden zitterten auch an den Wänden des Verlieses.

In einer Ecke lag Gerümpel. Altes Holz, das längst nicht die

Qualität des ersten Sarges aufwies und deshalb längst verfault war. Zudem sonderte es einen widerlichen Geruch ab. Will Mallmann rümpfte die Nase.

Dann wurden seine Augen groß, denn er sah eine Treppe, die aus dem Verlies in die Höhe führte. Die Stufen waren ziemlich steil, zum Teil sehr brüchig und ebenfalls mit einer fingerdicken Staubschicht bedeckt.

Wohin führte diese Treppe?

Mallmann dachte nach. Er hatte praktisch zwei Schlösser in einem kennengelernt. Oder zumindest zwei Trakte. Einen etwas besser erhaltenen Teil und einen sehr alten, der sicherlich noch aus der Gründungszeit stammte.

Der Sarg interessierte den Kommissar am meisten. Was verbarg er? Einen Toten, eine Mumie? Oder einen Vampir? Der Kommissar glaubte an die letzte Möglichkeit. Wenn er den Deckel abhob, dann sah er sicherlich einen Blutsauger.

Will dachte an seine mit Silberkugeln geladene Waffe. Damit konnte er sich diese Unholde schon vom Leib halten, also warum sollte er nicht versuchen, den Sarg zu öffnen? Vieles wäre damit gerettet und der Fall vielleicht gelöst.

So dachte der Kommissar und ging neben dem Sarg in die Knie, wobei er Ober- und Unterteil im schwachen Schein seines Feuerzeuges genau untersuchte.

Zusammengenagelt waren die beiden Teile nicht, das erkannte Will Mallmann direkt, sie waren nur aufeinandergelegt worden, wobei Ober- und Unterteil luftdicht schlossen.

Ja, das war zu schaffen.

Will erhob sich. Er stellte sich so, daß sich der Sarg zwischen seinen zum halben Spagat aufgestellten Beinen befand, und legte beide Hände um den Deckel.

Da hörte er ein Geräusch!

Sofort zuckte Will zurück. Er erkannte auch die Quelle des Geräuschs. Es war dort aufgeklungen, wo die schmale Treppe endete.

Jemand kam!

Der Kommissar mußte sein Vorhaben verschieben, was ihm überhaupt nicht paßte.

Er huschte bis zur Tür zurück und zog sie so weit zu, daß es in diesem Verlies wieder stockfinster war.

Dann wartete er.

Ein schwacher Lichtschein fiel die Stufen herab, und Will sah die Ausläufer der Helligkeit bis in das Verlies hier unten dringen.

Er hörte Schritte!

Von Sekunde zu Sekunde wurden sie stärker, weil eine Person die Stufen hinunterschritt. Und auch die Helligkeit nahm zu. An ihrem rötlichen Schein erkannte der Kommissar, daß das Licht von einer brennenden Fackel gespendet wurde.

Es tanzte unregelmäßig auf und nieder, je nachdem, wie sich der Fackelträger bewegte.

Er ging vorsichtig die Treppe hinab. Kleinere Steine rollten vor ihm her.

Will wagte kaum zu atmen.

Dann erschien der Mann.

Er hielt die Fackel in der rechten Hand und in der linken zwei Flaschen an ihrem schmalen Hals fest. Zielstrebig schritt er auf den Sarg zu und stellte die Flaschen ab.

Dabei drehte er sich, und der Lichtschein traf sein Gesicht.

Mallmann wußte, wer der Kerl war.

Fariac!

Ein Vampir? Hatte er hier einen Vampir vor sich? Will wollte sich schon bemerkbar machen, doch irgend etwas hielt ihn zurück. Es war wohl die berufliche Neugierde, denn Fariac erschien ja nicht ohne Grund in diesem alten Verlies. Er verfolgte einen bestimmten Plan. Und er tat das, was der Kommissar nicht hatte in Angriff nehmen können, weil er gestört worden war.

Fariac versuchte, den Deckel des Sargs hochzuhieven. Auch er stellte sich breitbeinig auf, umfaßte das obere Teil und hievte es langsam in die Höhe.

Es gab ein schmatzendes Geräusch, als sich das Oberteil vom unteren löste und die Luft nachfloß. Fariac nahm den schweren Deckel und stellte ihn hochkant gegen die Wand.

Dann lachte er leise. Er war wohl erfreut darüber, den ersten Teil geschafft zu haben.

Neben dem Sarg blieb er stehen und schaute hinein. Auch

Mallmann wollte einen Bilck in die Totenkiste werfen, sie stand jedoch so ungünstig, daß er es nicht schaffte. Er war schon froh, daß er nicht entdeckt worden war.

Jetzt bückte sich Fariac, nahm die erste Flasche und zog mit einem »Plopp« den Gummistopfen hervor.

Mit der zweiten Flasche geschah das gleiche.

Dann nahm er eine in die rechte, die andere in die linke Hand und kippte sie langsam herum. Fariac goß eine dunkle Flüssigkeit in den Sarg.

Will Mallmann roch es. Und er kannte nur eine Flüssigkeit, die solch einen Geruch verströmte.

Blut!

Dem Kommissar wurde klar, daß er Zeuge einer finsteren Beschwörung war, und seine Aufregung steigerte sich. Wer würde aus diesem Sarg steigen?

Gordon Fariac hatte die beiden Flaschen bis auf den letzten Tropfen geleert und stellte sie wieder ab. Im nächsten Augenblick setzte im Sarg die von Fariac erhoffte Reaktion ein.

Es begann zu brodeln und zu kochen. Dämpfe stiegen hoch und quollen über den Rand des Sargs wie ein dicker, grünlicher Nebel. Es zeigten sich auch rötliche Schlieren darin, und Will Mallmann machte sich ganz klein, als er die nach Blut riechende Wolken aus dem Sarg kriechen sah.

Sie trieben auf ihn zu, und es wurde ihm übel. Am liebsten wäre er weggelaufen und hätte sich übergeben, aber fasziniert blieb er hocken, da er den Mann weiter beobachten wollte.

Die Fackel hatte Fariac in eine Halterung gesteckt. Sie beleuchtete die makabre Szene.

Fariac schritt um den Sarg herum. Beide Arme hatte er erhoben. Er schaute in den Sarg hinein und begann Worte zu sprechen.

»Staub bist du geworden, und als Staub hast du all die Jahre verbracht. Doch das Blut meiner Opfer, gemischt mit dem Atem der Hölle, soll dich, Bruder, wieder aus dem Schlaf des Vergessens reißen. Der Mann, der dich damals getötet hat, lebt nicht mehr. Aber es lebt der, der dabeigewesen war. Er wird wieder in seine Zeit zurückkehren, und mein Urteil steht bereits fest: Tod!«

Will überlegte fieberhaft. Von wem konnte diese Fariac sprechen? Wer war mit dem Mann gemeint, der in seine Zeit zurück wollte? Sollte das vielleicht John Sinclair gewesen sein?

Der Mann sprach weiter. Er war jetzt am Kopfende des Sarges stehengeblieben und hatte seine Arme ausgestreckt, so daß die Hände über dem offenen Unterteil schwebten.

»Bruder!« rief er in den Sarg hinein. »Lange genug habe ich auf dich gewartet. Doch nun ist die Zeit gekommen. Du sollst wieder leben. Deine Asche wird mit dem Geist des Blutes angefüllt, dem Lebenssaft meiner Opfer, der dir die Kraft geben kann, dich aus den Tiefen der Verdammnis zurückzuholen. Zu Staub bist du geworden, Bruder. Aus dem Staub sollst du erstehen.«

Will Mallmann war von dieser Szene fasziniert. Aus weit aufgerissenen Augen starrte er den Beschwörer an. Er stand direkt vor der Fackel, dessen Flamme geisterhaft auf- und niederzuckte und seine Erscheinung noch schauriger aussehen ließ. Die tanzenden Schatten machten sein Gesicht zur Fratze, es schien im Widerschein des Höllenfeuers zu schillern, und aus dem Sarg drang plötzlich ein langgezogenes, tiefes Stöhnen.

So schaurig, daß Will eine Gänsehaut über den Rücken lief.

Dem Stöhnen folgte ein Seufzen, das direkt aus der Dampfwolke zu kriechen schien. Dann sah Will Mallmann die beiden Hände, die sich um den Sargrand klammerten.

Bleiche, knochige Finger. Lang und spitz, mit gefährlichen Nägeln, die wie kleine Messer wirkten.

»Bruder«, ertönte Fariacs Stimme. »Bruder, steige aus deinem Gefängnis und komme zu mir. Denn ich, ich allein habe deine Opfer geholt. Sie sollen dich stärken. Ihr Blut kocht bereits in den Adern. Es wird dir die Kraft geben, die du brauchst!«

Der Vampir kam.

Aus der Asche war er entstanden, durch eine unheilige Beschwörung ins Leben gerufen.

Ein Kopf erschien. Will Mallmann sah das bleiche, blutleere Gesicht, das selbst der Fackelschein kaum erhellen konnte. Scharf und spitz traten die Wangenknochen hervor, die Pupillen wirkten wie glanzlose, dunkle Punkte.

Dieser Vampir war ausgemergelt. Er lechzte nach Blut, um Kraft zu bekommen.

Davon war genug vorhanden.

Will Mallmann dachte an die Menschen, die sich im Schloß aufhielten. Sie hatten soviel Blut, daß der neugeschaffene Vampir sein Leben fortführen konnte.

Er kniete im Sarg!

Ganz in Schwarz war er gekleidet, nur das Haar zeigte eine graue Farbe. Strähnig hing es zu beiden Seiten des Kopfes hinab. Der Mund des Blutsaugers war verkniffen, und mit einem Ruck stand der Vampir auf.

Er schaute sich um.

Fariac lächelte.

Da sagte der Vampir: »Bruder, der du mich gerettet hast. Ich rieche etwas...«

»Was riechst du?« fragte Gordon Fariac. Er lächelte jetzt, zog seine Oberlippe weit zurück, und nun sah Will Mallmann auch bei ihm die beiden spitzen Eckzähne.

Der Fabrikant war ebenfalls ein Blutsauger!

Was Will befürchtet hatte, das bestätigte sich nun! Er hatte es also mit zwei Gegnern zu tun.

»Was riechst du?« fragte Gordon Fariac.

»Blut«, flüsterte der neu Erschaffene, »ich rieche Blut!«

»Ja, es ist das alte Blut, das ich aufbewahrt habe...«

»Nein, das meine ich nicht. Ich rieche frisches Blut. Hier muß es frisches Blut geben. Jemand ist...« Er richtete sich auf und schaute sich um.

Will Mallmann erschrak. Hart schluckte er. Dieser Vampir hatte tatsächlich festgestellt, daß sich noch jemand innerhalb des Verlieses befand. Und damit konnte nur er gemeint sein.

Der Kommissar überlegte. Sollte er verschwinden, oder sollte er sich stellen?

»Bruder!« tönte wieder die rauhe Stimme. »Es ist jemand hier. Ich spüre seine Nähe...«

Da reagierte der Kommissar.

Will Mallmann richtete sich auf und zog gleichzeitig seine mit Silberkugeln geladene Pistole.

»Ja, ich bin hier«, sagte er und trat drei Schritte vor...

Die beiden Vampire sagten erst einmal nichts. Besonders Gordon Fariac war völlig überrascht. Er brachte keinen Laut hervor, sondern starrte Mallmann nur an.

Das war wirklich eine Überraschung.

Will zielte auf ihn, und die Waffe zitterte nicht in seiner Hand, obwohl der Kommissar innerlich kochte.

»Wer sind Sie?« sprach Fariac ihn an.

»Kommissar Mallmann!«

»Und wo kommen Sie her?«

»Ich war im Schloß.«

Fariac gab keine Antwort. Will ahnte, welche Gedanken sich hinter seiner Stirn bewegten, und er sagte: »Ihr Diener hat mich nicht aufhalten können. Ich habe ihn getötet. Mit Silberkugeln, wenn Sie verstehen, was ich meine. In dieser Waffe, Fariac, sind genügend Kugeln, um euer unseliges Leben zu vernichten!«

»Und ich habe ebenfalls noch ein paar Überraschungen für euch auf Lager«, ertönte aus dem Dunkeln eine Will Mallmann sehr gut bekannte Stimme.

Bill Conolly stand dort auf der schmalen Treppe. Er hatte sich wirklich unhörbar angeschlichen. Eine wahre Meisterleistung, wie Mallmann anerkennend zugeben mußte.

Gordon Fariac drehte den Kopf. »Der Reporter!« stieß er haßerfüllt hervor.

»Ja, der Reporter«, erwiderte Bill. »Auch ich bin gekommen, um euch zu vernichten!«

Plötzlich lächelte Will. Er fühlte sich auf einmal verdammt wohl. Die beiden Blutsauger wurden von zwei Waffen bedroht. Sie standen im Kreuzfeuer und hatten keine Chance, ihnen zu entkommen.

»Ich wußte es doch«, sagte Graf Fariac. »Ich wußte, daß etwas passieren würde. Du hast dir einen sehr schlechten Zeitpunkt ausgesucht, um mich zu wecken!«

»Noch ist nichts verloren«, erwiderte Gordon Fariac und ballte seine Hände.

»Wer sollte euch noch retten?« erkundigte sich Will Mallmann.

»Das werden wir noch sehen, Kommissar!«

Dann ertönte Bills Stimme. Und sie zitterte vor Ungeduld. »Wo befindet sich John Sinclair?«

»Wer?« fragte Fariac.

»Willst du die Kugel jetzt schon haben?« schrie der Reporter ihn an. »Ich will wissen, wo John Sinclair steckt. Du hast doch vorhin über ihn gesprochen. Habt ihr ihn in eine andere Zeit verschleppt?«

Jetzt lachte Fariac. »Ja, es ist möglich. Aber da weiß mein Bruder besser Bescheid. Nicht wahr?«

Der Vampir drehte sich langsam zu Bill Conolly um. Und der Reporter nutzte die Chance – er trat näher.

Zwei Schritte vor dem Vampir blieb er stehen, allerdings so, daß er sich nicht in Mallmanns Schußlinie befand. »Rede, Blutsauger. Sag mir, wo sich John Sinclair befindet!«

»Er wollte mich töten!«

»Wann?«

»In einer anderen Zeit.«

»Hat er es geschafft?« Bills Stimme zitterte vor Spannung.

»Nein«, lautete die Antwort. »Er konnte nicht in das Rad der Geschichte eingreifen. Er hat mich nicht getötet.«

»Wer dann?«

»Marek!«

Bill Conolly zuckte zusammen. Natürlich war ihm der Name ein Begriff. »Der Pfähler?« fragte er.

»Weiß ich nicht.«

»Wie hieß er mit Vornamen?«

»Karel.«

Nein, das war nicht der Marek, den Bill meinte. Der hieß Frantisek, aber Marek gab es viele...

»Der hat Sie also getötet«, stellte der Reporter fest. »Und was hat John Sinclair damit zu tun?«

»Er hat meine Dienerinnen auf dem Gewissen.«

»Hat er sie umgebracht?«

»Ja.«

»Es waren Vampire?«

»Genau.«

Der Reporter wollte endlich wissen, was mit seinem Freund

John Sinclair geschehen war. »Rede!« schrie er den Vampir an. »Was habt ihr mit John gemacht?«

Da lächelte Graf Fariac und schaute seinen Bruder an. Der fühlte sich aufgefordert, das Wort zu übernehmen. »Sinclair lebt noch. Aber ich, ich habe ihm etwas versprochen. Als ich merkte, daß mein Bruder damals starb, sprach ich das Todesurteil über John Sinclair aus. Und ich werde den Schwur halten, den ich geleistet habe. John Sinclair wird durch mich sterben. Ich bin ebenfalls uralt. Sinclair hat es nicht geschafft, mich zu töten.«

Bill Conolly lachte kalt. »Das erlebst du nicht, Blutsauger. Mein Freund Will Mallmann und ich werden dich endgültig vernichten und eure Asche in alle Winde verstreuen!«

»Du kannst es versuchen«, sagte Gordon Fariac, »aber dann werdet ihr John Sinclair nicht wiedersehen. Er bleibt ein Gefangener seiner Zeit.«

»Willst du ihn zurückholen?« fragte Bill spöttisch.

»Ja.«

»Und wie?«

»Indem ich eine magische Verbindung herstelle«, sagte Fariac. »Ich nehme nur einen Zeitaustausch vor, das ist alles, denn John Sinclair befindet sich in diesem Verlies...«

»Das glaube ich nicht«, erwiderte Bill.

»Doch, du kannst ihn nur nicht sehen.«

»Und warum nicht?«

»Weil er sich in einer Zeit herumtreibt, die über 300 Jahre zurückliegt, aber er sucht verzweifelt nach einem Ausweg aus der Zeitfalle...«

Vergangenheit

Ich suchte wirklich nach einem Ausweg aus der Falle. Mit Karel Marek hatte ich darüber gesprochen, doch er hob nur die Schultern. Einen Rat oder Ausweg wußte er auch nicht, denn für ihn war das Ganze immer noch unerklärlich.

Er würde auch in seiner Zeit bleiben, dort heiraten, einen Sohn zeugen und ihm später dem Vamirpfahl vererben. Ich war sicher, daß alles so ablaufen würde. Aber ich konnte mich nicht in den Lauf der Geschichte einmischen – es mußte einen Ausweg geben!

»Ich weiß es nicht, John«, sagte Karel Marek. Wir standen in dem Raum, wo der Kampf gegen die Vampirfrauen stattgefunden hatte. »Du wirst wohl bleiben müssen.«

Heftig schüttelte ich den Kopf. »Niemals, Karel. Ich gehöre nicht in diese Zeit, wirklich nicht. Ich kann bei euch nicht leben. Ich bin ein moderner Mensch. Das hier ist – Steinzeit, ja?«

»Was ist das?«

Ich winkte ab. »Vergiß es.«

Wie ich es auch drehte und wendete – es war schlicht be... scheiden!

Im Schloß war man uns nicht mehr feindselig begegnet. Mir schien es, als wäre von den Menschen ein Bann oder ein Fluch genommen worden. Sie standen uns positiv gegenüber und boten uns Speisen und Getränke an.

Wir aßen.

Aber meine Unruhe konnte ich nicht verbergen. Sie wurde von Minute zu Minute stärker.

Wie kam ich hier weg?

Ich wußte es nicht, noch nicht. Wir sprachen noch einmal mit den Menschen im Schloß, auch sie wußten keinen Ausweg. Sie starrten mich sowieso an wie ein Wunder und konnten nicht begreifen, daß ich überhaupt da war.

Karel aß mit gutem Appetit. Er hatte die Ereignisse der letzten Stunden einigermaßen überwunden, auch den Tod seiner Schwester, an der er besonders gehangen hatte. Ich war froh darüber.

Neben dem jungen Marek nahm ich Platz. Karel hielt die Keule einer Gans in der rechten Hand. Herzhaft biß er hinein, das Fett rann an seinem Kinn hinab. Er hatte auch beim Wein kräftig zugelangt und schaute mich jetzt an.

»Bleib hier«, sagte er zwischen zwei Bissen. »Wir beide könnten den Kampf gegen die Feinde aufnehmen.«

Ich schüttelte den Kopf. »Es geht nicht, Karel. Wirklich nicht.«

»Versuch es.«

Was hatte es für einen Zweck, mit ihm über die Zeiten zu diskutieren? Er mußte am Leben bleiben, ich wollte zurück und klopfte ihm auf die Schulter. »Ich sehe mich noch einmal in dem Verlies um, wo sein Sarg steht.«

Karel schaute mich an. »Ist das ein Abschied?« fragte er, und seine Stimme klang rauh.

»Vielleicht. Wieso?«

»Ich weiß nicht. Es ist ein Gefühl...« Er blickte zu Boden.

»Nein, ich komme wieder«, sagte ich und schlug ihm auf die Schulter, obwohl ich nicht davon überzeugt war. Denn ich spürte eine innerliche Unruhe. Sie hatte sich in den letzten Minuten verstärkt. Irgend etwas trieb mich in den Keller.

Allein schritt ich dem Verlies entgegen.

Die Stille fiel mir auf. Ich blieb dort stehen, wo sich der Thron des Vampirs befand.

Er war leer.

Staub lag auf dem Boden. Die Reste der Vampirinnen. Wir hatten wahrlich aufgeräumt und die Brut vernichtet.

Die Tür zur Grabkammer des Vampirs stand noch offen. Ich schritt die steile Treppe hinunter.

Den modrigen Geruch kannte ich schon. Dann erreichte ich das Ende der Treppe, schaute in das Verlies und sah die Kreuze, die wir aufgestellt hatten.

Die meisten lagen am Boden. In dem wilden Zweikampf zwischen Karel und dem Grafen Fariac waren sie umgekippt.

Vor dem Sarg blieb ich stehen.

Da merkte ich es wieder.

Etwas war anders geworden. Die Atmosphäre hatte sich verändert, verdichtet. Ich spürte es deutlich, eine Gänsehaut rann über meinen Rücken.

Ich schaute auf mein Kreuz, das nach wie vor an meiner Brust hing. Es sah völlig normal aus. Es gab kein Zeichen ab, daß etwas Böses lauerte.

Plötzlich verschwammen die Wände vor meinen Augen. Sie bewegten sich auf und nieder, und ich spürte an meinem Körper ein gewaltiges Ziehen. Unsichtbare Hände schienen nach mir greifen zu wollen. Ich starrte auf den Sarg, sah plötzlich den Umriß eines Menschen, der am Kopfende der Totenkiste stand, sah die beiden spitzen Zähne und auch noch einen zweiten Vampir.

Beide glichen sich.

Die Fariac-Brüder!

Aber sie waren doch tot oder sollten es zumindest sein! Ich wischte mir über die Augen und bemerkte ein verändertes Bild, als ich die Hand wieder fallen ließ.

Da waren noch zwei Personen im Raum.

Bill Conolly und Will Mallmann!

Wieso? Wie kamen sie hierher – in diese Zeit? Sie mußten doch woanders sein, in einer anderen...

Meine Gedanken stockten. Plötzlich war ein Brausen in meinem Hirn, ich fühlte mich vom Boden hochgehoben und gleichzeitig nach vorn geschoben.

Ich fiel...

Festhalten konnte ich mich nicht. Da war nichts, das ich greifen konnte.

Schluß, vorbei...

Ich fiel weiter, sah den Boden auf mich zukommen, doch tatsächlich kippte ich ihm entgegen, und plötzlich war der Boden unter mir verschwunden.

Ich schwebte im luftleeren Raum.

Zwischen den Dimensionen, den Zeiten...

Es war ein unbeschreibliches Gefühl. Ich brachte meinen eigenen Körper nicht mehr unter Kontrolle, fremde Kräfte zerrten an ihm, stießen ihn von einer Seite zur anderen, hoben ihn hoch, warfen ihn wieder zurück in ein tiefes Loch, das keinen Boden hatte, wo ich mich abstützen konnte.

Ich war zu einem willenlosen Bündel geworden, mit dem die fremden, nicht kontrollierbaren Kräfte machten, was sie wollten. Irgend etwas drückte gegen meinen Schädel, ich wollte schreien, brachte keinen Laut hervor, sondern fiel weiter.

Tiefer, immer tiefer...

Seltsamerweise funktionierte mein Denkapparat noch. Ich hatte das Gefühl, das wohl jeder kennt, wenn er gerade eingeschlafen ist, plötzlich fällt und dann heftig zusammenzuckt.

So erging es mir.

Aber ich fiel weiter...

Dann war ein gewaltiges Brausen um mich herum, ich hörte auf einmal Stimmen, die das Brausen übertönten, sah wieder die beiden Vampire und auch meine Freunde...

Ich wollte die Arme ausstrecken und nach ihnen greifen, doch sie verschwanden. Kopfüber schoß ich nach vorn. Die Kette, an der mein Kreuz hing, rutschte von meinem Kopf, fiel in die Tiefe, ich sah, wie sie sich überschlug und verschwand.

Dann war es plötzlich aus.

Eine grelle Explosion – Schluß.

Die Tiefe fraß mich!

Gegenwart

Der Killer im roten Umhang schlich in das Labor. Er hatte es plötzlich sehr eilig, denn er mußte seinen Auftrag durchführen.

Morden!

Jemand war in das Labor eingebrochen. Ein gedrungen wirkender Mann in dunkler Lederkleidung. Er war allerdings nicht allein gewesen, doch seine Begleiterin hatte er neben dem Motorrad zurückgelassen. Auch sie wollte der Mörder umbringen, doch durch einen unwahrscheinlichen Glücksfall war sie seinem Messer entkommen. Sie lag jetzt bewußtlos neben der Maschine, und der Killer wollte sich später um die Frau kümmern. Sie würde ihm nicht entkommen.

Er kicherte.

Mit traumwandlerischer Sicherheit fand er sich zurecht. Er würde jeden töten, der sich ihm in den Weg stellte. Das hatte ihm der Graf aufgetragen. Und er tat das, was Fariac sagte. Er war der Meister, er war sein Herr.

Vor Jahren hatte er ihn aus einem Zirkus geholt, wo die Leute ihn nur den dummen Zwerg nannten und ihn auslachten. Fariac lachte ihn nicht aus, er nahm ihn mit, gab ihm Geld und übertrug ihm die Aufgabe, aufzupassen.

Der Zwerg nahm sie sehr ernst. Er tötete jeden, der dem Meister Schaden zufügen wollte.

Wie auch dieser Einbrecher.

Lautlos huschte der Zwerg durch die Eingangshalle. Sein faltiges Gesicht war verzerrt, Speichel lief aus seinen Mundwinkeln, in den Augen glitzerte der Wille zum Töten.

Dann stand er im Labor. Das Messer hatte er unter seinem

Umhang verborgen. Den trug er immer noch. Ein Mitbringsel aus dem Zirkus, eine Erinnerung an die miese Zeit.

Er wollte ihn auch nicht ablegen, denn wenn er ihn anhatte, fiel ihm das Töten leichter.

Vor dem Labor blieb er stehen. Er brauchte keine Lampe, seine Augen waren so scharf, daß er fast im Dunkeln sehen konnte. Zudem kannte er hier jeden Stein.

Er nahm den mittleren Weg, den zwischen den beiden größten Labortischen. Seine Kutte wehte, wenn er sich schneller voranbewegte, sie streichelte an den Tischseiten vorbei und berührte auch den Boden.

Längst hatte der Zwerg gesehen, daß die Tür zu dem verbotenen Raum weit offenstand.

Dort durfte niemand rein, und wer es dennoch tat, war des Todes. Der mußte einfach sterben.

Wie der Einbrecher.

Der Zwerg atmete durch seine breite Nase. Die Nüstern blähten sich dabei auf, so als würde ein Tier die Witterung des Opfers aufnehmen. Und als Tier fühlte er sich auch.

Jetzt stand er an der Tür.

Der Einbrecher war sehr unvorsichtig. Er hatte sogar eine Taschenlampe eingeschaltet und leuchtete die Wand ab, wo sich das Mosaik befand. Der Herr liebte es sehr, niemand sollte ihm zu nahe treten und es berühren. Das war ein Frevel, der nach Sühne verlangte.

Nach dem Tod...

Die Gedanken des Zwergs drehten sich nur um Mord. Mit etwas anderem konnte er sich gar nicht beschäftigen. Seine Gedankenwelt war pervertiert.

Er schlich weiter.

Dann bewegte er seinen rechten Arm und holte das Messer unter dem Gewand hervor.

Die Klinge war sehr lang und beiderseitig geschliffen. Auf sie konnte er sich verlassen.

Das Messer war sein einziger Freund...

Der Kerl am Mosaik merkte nichts. Er bewegte seine Hand hin und her, wobei er die Wand ableuchtete.

Und Suko dachte wirklich nicht an eine Gefahr. Er hatte Shao bewaffnet zurückgelassen, sie würde ihn schon warnen.

Deshalb untersuchte er in aller Ruhe die geheimnisvolle Wand. Er tastete über die kleinen Steinchen, doch im Gegensatz zu mir sank Suko nicht ein.

Bei ihm blieb die Wand normal.

Der Chinese war leicht frustiert. Er hatte gedacht, das Rätsel lösen zu können, doch dem war nicht so. Nach wie vor war er so klug wie zu Beginn.

Was tun?

Suko wandte sich um.

Im selben Augenblick sprang der Zwerg vor. Er befand sich jedoch noch so weit von dem Chinesen entfernt, daß er ihn mit seinem Messer nicht erreichen konnte.

Dafür blendete ihn der Strahl, und der Zwerg mußte seine Augen fest schließen.

Suko grinste. »He, wer bist du denn, Kleiner?« rief er und ließ sich auch von dem gezückten Messer nicht beeindrucken. »Willst du mir etwa Angst machen?«

Der Zwerg zischte einen Fluch. Er drehte das Messer, so daß die Spitze jetzt nach oben zeigte.

Schlagartig wurde Suko ernst. Plötzlich fiel ihm Shao ein. Wenn sie ihn nicht gewarnt hatte und der Zwerg trotz ihrer Wache das Labor betreten konnte, dann hieß das...

Suko stürmte vor. Er achtete nicht mehr auf das Messer und unterschätzte auch den Zwerg.

Der stach zu.

Die Klinge blitzte nur einmal kurz auf und fuhr dann durch Sukos Unterarm.

Der Chinese stöhnte auf. Blut schoß aus der Wunde, und der Schmerz fraß sich sekundenschnell weiter.

Der Zwerg lachte. Er sah die Schwäche seines Gegners und griff sofort an.

Schräg wollte er mit seinem gefährlichen Messer zuschlagen, aber Suko tauchte zur Seite, und der Hieb verfehlte ihn. Dafür hackte die Klinge gegen den Steinboden, wo sie Funken warf.

Sofort wirbelte der Zwerg wieder herum. Er war ungeheuer

schnell, und er hatte Kräfte, die man ihm kaum zutraute, wenn man ihn so anschaute.

Suko wich zurück.

Sein linker Arm schien in Flammen zu stehen, so sehr schmerzte die Wunde. Das Blut lief ihm bereits über die Finger.

Ein anderer wäre vielleicht ohnmächtig geworden, nicht so der Chinese. Er hielt sich tapfer. Ihn warf auch solch eine Verletzung nicht aus der Bahn, schließlich war er unter anderem geschult worden, Schmerzen zu ertragen.

Der Zwerg war nicht mehr zu halten. Er beherrschte sein Messer meisterhaft. Er fuhr Kreuzschläge durch, und die Klinge blitzte vor Sukos Augen immer wieder auf.

Der Chinese wich zurück.

Der Zwerg folgte.

Er kicherte dabei, stieß Speichel aus, der dem Chinesen ins Gesicht sprühte!

Das gefiel Suko gar nicht.

Urplötzlich ging er den Zwerg an.

Suko wuchtete seinen Körper dem Gegner entgegen, das rechte Bein hielt er dabei ausgestreckt, und der gefährliche Zwerg nahm den Tritt voll.

Er wurde zurückgeschleudert und überschlug sich mehrere Male.

Fast hätte man meinen können, er würde sich sein eigenes Messer in den Leib stoßen, doch mit wahrhaft artistischer Geschicklichkeit kam er wieder auf die Beine.

Unverletzt!

Er lachte. Kreischend hallte sein widerliches Lachen durch den Raum. Suko packte ihn.

Damit hatte der Zwerg nicht gerechnet. Der Chinese war ungeheuer schnell. Er hatte seinen rechten Arm vergessen und wuchtete den kleinen Mann hoch, und bevor dieser mit seinem Messer zustechen konnte, schleuderte Suko ihn quer über einen Labortisch.

Der Tisch war nicht leer.

Wie ein Besen, so fegte der kleine Mensch die Flaschen, Kolben und Brenner von der Platte. Mit seinen schlagenden Armen räumte er noch das Mittelregal leer, wo zahlreiche Säure- und Laugenflaschen standen.

In einem gewaltigen Regen von Gegenständen fiel der heimtückische Killer an der gegenüberliegenden Seite des Labortisches zu Boden, wobei die Laborgeräte über seinen Körper stürzten.

Die Verschlüsse sprangen von den Flaschen ab. Säuren und Laugen gluckerten aus den Gefäßen und trafen nicht nur den Boden, sondern auch den kleinen Killer.

Der Zwerg schrie.

Wo Säuren und Laugen zusammenkamen, bildeten sich Dämpfe, die sich langsam ausbreiteten, während der Gnom sich verzweifelt über den Boden rollte und eine Hand vor sein Gesicht gepreßt hielt. Mit der anderen, der Messerhand, schlug er um sich.

Suko suchte Wasser. Er wollte dem Mörder helfen, dann hörte er ein Gurgeln und Stöhnen.

Sofort lief er dorthin, wo sich der Gnom befand.

Er lebte nicht mehr.

Der Zwerg hatte sich in seinem Wahn selbst getötet. Die Schmerzen waren eben zu groß gewesen, denn eine Säureflasche hatte ihren Inhalt über sein Gesicht ergossen.

Schaudernd wandte sich der Chinese ab. Erst jetzt spürte er seine Verletzung, aus der nach wie vor das Blut rann. Suko holte ein Taschentuch hervor, zog die Lederjacke aus und versuchte, die Blutung notdürftig zu stillen.

Es gelang ihn kaum.

Wankend verließ er das Labor. In der Eingangshalle atmete er tief durch. Jetzt dachte er auch wieder an Shao, lief schnell nach draußen und sah die umgestürzte Maschine.

Ein Eissplitter schien ihm ins Herz zu fahren. Er hatte große Angst um Shao, rannte hin und sah sie am Boden liegen.

Sie war nicht tot, denn sie schlug soeben die Augen auf. »Suko«, flüsterte sie.

»Kind – Shao – was ist?«

»Ich – ich – hast du ihn erwischt?«

»Ja.«

»Und?«

»Er ist tot.«

»Mein Gott.« Shao richtete sich auf. »Fast hätte er mich geschafft. Mein Helm hat mich gerettet.«

Suko schaute ihn an und sah, daß der Lack verkratzt war.

Shao hatte wirklich Glück gehabt. Plötzlich aber sah sie Sukos Verletzung.

»Himmel, was ist geschehen?«

»Nur ein Kratzer.«

»Nein.« Shao schüttelte den Kopf. »Das ist kein Kratzer, sondern eine schwere Verletzung. Du mußt zu einem Arzt und ins Krankenhaus. Du mußt wirklich...«

»Unsinn. Hol mal die Apotheke hervor.« Gemeinsam richteten sie die schwere Maschine wieder auf, wobei Suko nur einen Arm gebrauchen konnte. Dann stand die Harley.

Shao holte die Notapotheke aus einem der Behälter und zog den Reißverschluß auf.

Sie fanden Verbandmull und auch Jod, um die Wunde zu desinfizieren. Der Chinese verzog keine Muskel, als die Flüssigkeit auf die Wunde gepinselt wurde.

»Hast du denn was erreicht?« fragte Shao und suchte das größte Pflaster hervor.

»Nein.«

Shao klebte das Pflaster fest und wickelte auch einen Verband um den Arm. »Zum Glück nur eine Fleischwunde«, erklärte sie.

»Ich habe keine Spur von John gefunden. Nur ein seltsames Mosaik.« Suko erzählte die Geschichte.

»Und hast du eine Erklärung?«

»Nein, Shao. Ich weiß leider nicht, was hier gespielt wird. Aber es ist verdammt schlimm.«

Die Chinesin nickte. »Kannst du denn fahren?« wollte sie wissen.

»Das mußt du übernehmen.«

Shaos Augen wurden groß. »Ich?«

»Nein, nein, laß mal, ich versuche es schon.« Suko setzte sich auf seinen schweren Feuerstuhl. Er kickte die Maschine an und fuhr los. Selbst ein Mann wie Suko mußte die Zähne zusammenbeißen, denn er spürte jedes Schlagloch.

Nach mühevoller Fahrt erreichten sie das Yard Building, wo

noch zahlreiche Fenster erleuchtet waren. Sie stellten die Harley auf dem Parkplatz ab, und als Suko endlich absteigen konnte, wurde ihm schwindlig.

Er fing sich wieder und grinste verzerrt, als er Shaos ängstliches Gesicht sah. »Wir müssen zu Sir James.«

Der Superintendent war nicht in seine Wohnung gefahren, sondern im Yard geblieben.

Er hatte nur sein Jackett ausgezogen und lag auf einer schmalen Couch. Als Suko und Shao das Zimmer betraten, stand er auf.

»Und?«

Beide hoben die Schultern. »Nichts, Sir«, erklärte der Chinese, »keine Spur von John Sinclair.«

Powell starrte zu Boden. Er hatte seine Hände geballt.

»Bill Conolly hat auch noch nichts von sich hören lassen. Langsam mache ich mich mit dem Gedanken vertraut, daß wir John nicht mehr wiedersehen. Oder wie denken Sie darüber, Suko?«

»Ähnlich, Sir, sehr ähnlich.«

Bill Conolly und Will Mallmann standen wie erstarrt in dem finsteren Verlies.

Sie konnten ihre Blicke einfach nicht von dem wenden, was sich vor ihnen abspielte.

Mitten in dem Verlies war ein Bild entstanden. Ein dreidimensionales, wie bei einem Hologramm. Sie sahen Szenen aus der Vergangenheit, sahen John Sinclair, wie er in dem Verlies stand, auf den Sarg starrte und plötzlich verschwand.

Er war in einen Zeitwirbel geraten.

Aber auch Bill und Kommissar Mallmann erging es nicht viel anders. Sie spürten ebenfalls, wie sie in den Strudel der Zeit gerieten.

Alles drehte sich vor ihren Augen, die beiden hatten das Gefühl zu fallen, und in der Tat kippte Bill Conolly plötzlich nach vorn. Er dachte nicht mehr daran zu schießen. Will wollte ihm zu Hilfe eilen, aber seine Arme waren schwer wie Blei.

Dieses Verlies war mit Schwarzer Magie aufgeladen. Einem Zauber, gegen den die beiden Männer machtlos waren.

Sie liefen den Blutsaugern in die Falle.

Bill Conolly und Will Mallmann wurden bewußtlos. Schwer schlugen sie zu Boden und verloren dabei ihre Waffen.

Plötzlich flimmerte die Luft. Es war ein silbriges, magisches Leuchten, die winzigen Teilchen begannen sich zu drehen, verformten sich zu einer Spirale, und plötzlich traten die Umrisse eines Körpers aus dieser silbernen Spirale hervor.

Eine Gestalt materialisierte sich.

Ein Mann.

John Sinclair.

Neben dem Sarg blieb er liegen, und die beiden Vampire schauten auf ihn hernieder.

»Er ist es!« flüsterte Fariac, der Unternehmer. »Wir haben ihn. Endlich!« Er schaute seinen Bruder an. »Damals habe ich über ihn das Todesurteil gesprochen. Wir beide werden es erfüllen. John Sinclair und seine Freunde haben keine Chance mehr!« Er lachte. »Es hat lange gedauert, aber nun ist es geschafft. Der Schwur kann erfüllt werden!«

Jane Collins machte sich Sorgen!

Sehr große sogar, denn es war inzwischen fast eine Stunde vergangen, und Bill war noch nicht zurück.

Jane hatte geduscht und sich umgezogen, denn sie hatte im Gegensatz zu Bill Ersatzkleidung mitgenommen. Eine lange, dunkelblaue Samthose und einen helleren, locker fallenden Pullover, der die mit Silberkugeln geladene Astra in ihrem Gürtel verdeckte. Die Waffe brauchte niemand zu sehen.

Das Zimmer entsprach genau ihren Vorstellungen. In einem alten Schloß mußten die Räume wohl so sein. Ein hohes Fenster, der alte Holzfußboden, die wuchtigen Möbel, das breite Bett – alles hatte hier Atmosphäre.

Vielleicht hätte Jane sogar einen Urlaub auf dem Schloß verbracht, nur unter anderen Umständen, denn jetzt stand sie unter Druck.

Noch zehn Minuten!

Unruhig wanderte die Detektivin im Zimmer auf und ab. Sie spürte, daß etwas passiert war, denn Bill hätte sich bestimmt gemeldet. Jane zündete sich eine Zigarette an und nagte unschlüssig auf der Unterlippe. Was sollte sie unternehmen?

Nachschauen vielleicht?

Aber sie kannte das Schloß nicht. Es war ihr fremd. Unter Umständen tappte sie auch in die Falle, und damit war keinem geholfen. Erst recht nicht Bill.

Nein, jemand mußte am Ball bleiben, wie es so schön hieß. Wenn sich die Dinge zuspitzten, durfte kein Fehler gemacht werden. Sie glaubte daran, daß dieser Fariac Bill Conolly in eine Falle gelockt hatte und daß auch für sie die Falle aufgestellt war.

Jane wollte auf keinen Fall hineintappen.

Obwohl sie innerlich zitterte, nahm sie sich vor, Gordon Fariac so lässig wie möglich entgegenzutreten. Er sollte nichts merken.

Auf dem Gang klappten die ersten Türen. Die Leute machten sich bereit. Für sie war das kalte Büfett das größte. Allerdings würde das Erwachen sicherlich böse werden, daran glaubte Jane fest.

Jemand klopfte an ihre Tür.

Jane erschrak. War das Bill?

»Ja, bitte?«

Ein älterer Mann öffnete. Er trug jetzt einen dunklen Anzug und ein Rüschenhemd. Sein grauweißes Haar hatte er sorgfältig gekämmt.

»Es wird Zeit, Miss Collins, nicht wahr?«

Jane nickte.

»Gordon Fariac hat mich damit beauftragt, die Mitarbeiter zu sammeln. Wir wollen gemeinsam hinuntergehen.«

»Ich bin einverstanden«, erklärte Jane.

Der Mann schaute sich im Raum um.

»Suchen Sie was?«

»Ja, Ihren Begleiter...«

Jane lächelte. »Mr. Conolly kommt nach. Er ist noch unterwegs, denn er will ein paar Fotos schießen.«

»Natürlich. Entschuldigen Sie.«

Jane Collins verließ das Zimmer. Alle waren bereits auf dem Gang versammelt. Sie redeten durcheinander und hatten sich auch umgezogen. Die Damen waren meist in ihren besten Kleidern erschienen. Auch die Männer trugen dunkle Anzüge.

Es war fast wie zu Weihnachten.

Der Weißhaarige fühlte sich als King. Mit stolzgeschwellter Brust schritt er vor. »Darf ich die Herrschaften dann bitten, mich nach unten zu begleiten?«

Man ging mit.

Jane hielt sich zurück. Sie schritt als letzte die gewundene Treppe hinunter, wo Fariac bereits wartete. Vor der letzten Stufe hatte er sich aufgebaut und begrüßte jeden seiner Mitarbeiter noch einmal mit Handschlag.

Dann war Jane an der Reihe.

Der Smoking stand Fariac gut, das mußte sie zugeben. Er war wirklich eine elegante Erscheinung. Auch Jane bekam einen Händedruck. Die Detektivin hatte das Gefühl, als würde der Mann ihre Hand besonders lang festhalten.

Sie hielt seinem Blick stand.

»Ich hoffe, Sie fühlen sich bei uns wohl, Miss Collins«, sagte er lächelnd.

»Natürlich.«

»Ist Ihr Freund nicht mitgekommen?« erkundigte er sich scheinheilig.

»Nein.«

»Oh, das ist schade.«

Jane Collins entging nicht der spöttische Ausdruck in seinen Augen. Auch so etwas wie Triumph schimmerte darin. Ihr war klar, daß Fariac genau wußte, wo sich Bill befand, doch er sagte nichts mehr, dafür ließ er ihre Hand los.

»Meine Herrschaften!« rief er. »Das kalte Büfett ist hiermit eröffnet. Bitte sehr!«

Auf diese Worte hatten wohl alle Gäste gewartet, denn von dem Büfett erzählte man sich daheim in London wahre Wunderdinge. Die Leute stürmten los. Daß sie sich dabei nicht gegenseitig über den Haufen rannten, war fast ein Wunder.

Schon ging der erste Teller zu Bruch. Die Scherben hüpften über den Boden, eine Frau schimpfte, ein Mann lachte schadenfroh.

Jane Collins wartete ab. Sie schaute auf die Rücken der

»Kämpfenden« und konnte nur den Kopf schütteln. Da glaubte man, in einer modernen Überflußgesellschaft zu leben, aber wenn es etwas umsonst gab, waren die Menschen nicht zu halten. Solche Szenen sah man auch bei Supermarkt-Eröffnungen, wenn Bier für ein paar Pennies verkauft wurde.

Gordon Fariac fiel der Detektivin auf. Der Unternehmer hielt sich zurück. Er stand in der Ecke eines Raumes, hatte die Hände auf dem Rücken verschränkt und beobachtete nur. Jane sah das gekünstelt wirkenden Lächeln auf seinen Lippen, und zum ersten Mal hatte sie auch Zeit, sich die Augen ein wenig näher anzuschauen.

Jane Collins entging nicht der hungrige, beinahe gierige Ausdruck darin, mit dem Gordon Fariac seine Mitarbeiter beobachtete. Ja, es war eine Gier, und der Mann in dem Smoking erinnerte Jane an einen Löwen, der eine Herde Zebras unter Kontrolle hält, um im geeigneten Moment blitzschnell zuzuschlagen.

Die Detektivin fröstelte.

Gleichzeitig schien Fariac bemerkt zu haben, daß er beobachtet wurde.

Sein Kopf ruckte herum.

Hastig schaute Jane zu Boden, sie wollte dem Mann nicht unbedingt in die Augen sehen.

Fariac nickte Jane zu. Langsam schlenderte er näher und deutete auf das Büfett. »Haben Sie keinen Hunger?«

»Doch, Mr. Fariac.«

»Und warum essen Sie nichts?«

»Ich warte, bis es nicht mehr so voll ist.«

»Eine gute Einstellung. Erlauben Sie, daß ich Ihnen etwas von den Köstlichkeiten hole?«

»Nein, danke, aber das möchte ich selbst machen. Bemühen Sie sich nicht. Sie haben sowieso viel zu tun.«

»Nicht der Rede wert. Ich mache dies gern, Miss Collins. Da fällt mir etwas ein. Wo steckt eigentlich ihr Kollege? Ich vermisse ihn.«

»Bill Conolly fühlt sich nicht wohl. Er hat Kopfschmerzen. War wohl etwas viel, die Reise.«

»Ach wirklich?« Obwohl die Stimme des Mannes einen bedauernden Klang hatte, glaubte Jane, den Spott genau herauszuhören. »Der Ärmste, soll ich ihm vielleicht etwas bringen?«

»Hunger hat er nicht«, erwiderte Jane. »Vielen Dank. Aber nun werde ich mir doch einen kleinen Imbiß holen.«

»Ich wünsche guten Appetit.«

»Danke sehr.« Jane ging. Das Büfett hatte sich wirklich schnell geleert. Die Menschen aßen, deshalb waren auch die meisten Gespräche verstummt. Mit vollem Mund redet es sich halt schlechter.

Es war noch genügend vorhanden.

Jane sah zahlreiche Salate, echten Lachs, Forellenfilets, zart geräuchert, kalten Braten, Geflügel und Pasteten. An einem Ende des Tisches war als Magenschließer der Käse aufgebaut.

Jane nahm ein wenig Fisch und dazu eine leichte Soße. Stühle gab es genug. Sie fand in der Nähe des Kamins einen freien Platz. Dort ließ sie sich nieder.

Neben ihr hockten zwei Männer, die schaufelten, als wären sie bei einem Wettessen. Ihre Teller waren so voll, daß sogar etwas herunterfiel.

Das störte die beiden nicht. Sie warfen sogar hin und wieder begehrliche Blicke auf die lange Tafel, ob auch noch genügend vorhanden war.

Dann verschand Fariac.

Jane Collins fand es an der Zeit, einige Fragen zu stellen. Sie wandte sich an die beiden Männer. »Sagen Sie mal, wie geht es denn nach dem Essen weiter?«

Der eine Mann, es war der Weißhaarige, der die Führung vorhin übernommen hatte, wischte sich die fettigen Lippen ab. »Der Fisch muß ja schwimmen, nicht?«

»Sie meinen, es gibt einen guten Schluck?«

»Und nicht nur einen.« Er lachte. »Ich habe vielleicht einen Durst, kann ich Ihnen sagen. Heute lasse ich mich mit Champagner vollaufen.«

»Davon gibt's Sodbrennen«, sagte sein Nachbar.

Der Weißhaarige lachte. »Ich habe sicherheitshalber Natron mitgenommen.«

Jane amüsierte sich über die beiden. Sie waren irgendwie typisch für die Betriebsausflügler, aber auch nett.

Der zweite Mann hatte bereits seinen obersten Hosenknopf geöffnet. Er drehte sich schwerfällig auf seinem Stuhl, stand auf und peilte das Büfett an.

»Jetzt kommt der zweite Gang«, versprach er.

»Und der vierte ist dann der Stuhlgang!« lachte der Weißhaarige.

Die Leute waren fröhlich. Sie dachten an nichts Böses und wollten sich nur amüsieren.

Jane wußte es besser. Sie ahnte, daß die Gefahr im Hintergrund lauerte, und sie wußte nicht, wie sie die zehn Menschen heraushalten sollte.

Die Detektivin aß ihren Teller leer. Sie wollte kein zweitesmal an das Büfett gehen, und sie stellte deshalb ihren Teller weg. Gordon Fariac war auch wieder da, Jane hatte gar nicht gehört, daß er zurückkam.

»Na, hat es Ihnen geschmeckt?« erkundigte er sich.

»Sehr gut.«

»Dann bin ich zufrieden.« Lächelnd ging der Unternehmer weiter, blieb mal bei diesem Mitarbeiter stehen, dann bei jenem, und er redete immer ein paar persönliche Worte.

Die Leute waren wirklich satt.

Fariac schritt auf einen dunkelblauen Vorhang zu und zog ihn zur Seite. Jane sah dort einen fahrbaren Tisch, auf dem zahlreiche Sektkelche standen und drei hohe Flaschen.

Gordon Fariac fuhr den Tisch bis in die Mitte der Halle und schaute seine Mitarbeiter an.

»Darf ich für einen kurzen Moment um Gehör bitten?« rief er fragend.

Alle drehten sich um.

Fariac wiederholte seine Worte, mit denen er der Hoffnung Ausdruck gab, daß es allen gemundet hatte und man nun weiterhin zum gemütlichen Teil übergehen könnte.

Beifall wurde geklatscht, den der Graf lächelnd zur Kenntnis nahm.

»Es ist so«, sagte er. »Ich möchte nicht versäumen, Ihnen, meine sehr verehrten Gäste, einen kleinen Tropfen anzubieten. Es ist ein edler Tropfen aus meinem Privatkeller, den ich nur besonderen Gästen kredenze. Und deshalb möchte ich Sie bitten, diesen

Wein mit ein wenig Andacht und Verstand zu genießen. Sie bringen sich wirklich sonst um einen wunderbaren Genuß.«

Beinahe andächtig lauschten die Mitarbeiter den Worten ihres Chefs. Niemand wagte, etwas zu erwidern, die meisten schauten auf die drei Flaschen.

Auch Jane.

Und wie auch die anderen sah sie den Staub, der die Flaschen bedeckte. Sie waren dunkelgrün, deshalb konnte sie nicht erkennen, ob sie roten oder weißen Wein enthielten.

Beides war möglich.

Fariac hatte die Flasche bereits geöffnet, und er begann nun damit, die Gläser vollzuschenken.

Jane beobachtete ihn.

Sie sah genau das Lächeln in seinem Gesicht. Als die Flüssigkeit in das erste Glas rann, sah sie die rote Farbe.

Dieser Wein mußte etwas Besonderes sein, er war nicht so flüssig wie ein normaler Rotwein, sondern ein wenig dicker.

Dick wie Blut...

Jane schluckte, als sie daran dachte. Doch dieser Verdacht ließ sich nicht mehr aus ihrem Gehirn drängen, denn sie glaubte fest daran, daß sich hinter der Maske des Unternehmers Gordon Fariac ein blutrünstiger Vampir versteckte.

Und der gab seinen Gästen etwas zu trinken.

Wein oder Blut?

Sie nahm das letztere an.

Jane Collins tastete nach ihrer Astra. Sie steckte noch im Gürtel, der Pullover fiel über sie.

Gordon Fariac war geschickt. Er vergoß keinen Tropfen, als er die Gläser vollschenkte. Dabei hielt er sich nahe des Kamins auf, und der Widerschein des Feuers warf tanzende Schatten über sein hageres Gesicht.

Das achte Glas war zur Hälfte gefüllt.

Fariac stellte die leere Flasche weg und ergriff die nächste.

Elf Gläser füllte er. Nein, zwölf. Für sich auch ein Glas. Dann richtete er sich auf.

Wieder hielt er eine kleine Ansprache. »Schauen Sie auf die Gläser, meine Lieben. Sie sehen da den Wein. Schon allein an der Flüssigkeit ist zu erkennen, wie wertvoll dieses Getränk ist.

Schauen Sie sich die Dicke an, dieser Wein ist etwas so Edles, so Kostbares, daß man ihn gar nicht trinken möchte. Ich habe ihn geerbt, von einem Vorfahren, der bereits seit 300 Jahren tot ist, dessen Erbe aber noch immer in diesem Schloß schlummert. Ich habe mir die Aufgabe gestellt, es lebendig zu halten, und will das mit Ihnen besiegeln. Sie weihe ich ein, Sie sind meine Partner, und an diese Ehre sollten Sie immer denken. Wer mit mir diesen Wein gekostet hat, ist mir und der Firma für immer verbunden. Das möchte ich sagen, und ich schäme mich auch nicht, diese Worte zu gebrauchen.«

Niemand sagte etwas. Die Menschen schauten ihren Brötchengeber wie hypnotisiert an. Sie tranken jedes Wort von seinen Lippen. Es war ein Credo, das er ihnen da ins Gesicht sagte. Ein Glaubensbekenntnis, das sie ihm abnehmen mußten.

»Dann darf ich den ältesten in der Runde bitten, das erste Glas aus meiner Hand entgegenzunehmen«, sagte Gordon Fariac lächelnd, hob das schmale Glas hoch und reichte es dem Weißhaarigen, der soviel gegessen hatte.

Dessen Hand zitterte, als er das Glas anfaßte. Der Mann hatte feuchte Augen, ihm waren die Worte seines Chefs unter die Haut gefahren. Er gehörte zu den Typen, die für ihre Firma starben.

»Danke«, hauchte er.

»Mrs. Purdell, Sie als nächste?«

Eine Blondine kam auf Fariac zu. Nicht mehr ganz jung, aber das Haar gefärbt und ungeheuer aufgetakelt. Auch sie war selig, das Glas in Empfang nehmen zu dürfen, und himmelte Fariac an.

Der Reihe nach ging er vor.

Jeder erhielt ein Glas.

»Und nun Sie, Miss Collins«, wandte sich Fariac an Jane und lächelte zuvorkommend.

Die Detektivin hatte sich bereits vorher überlegt, daß sie nicht nein sagen konnte. Deshalb machte sie gute Miene zum bösen Spiel und nahm ein Glas entgegen.

»Ich freue mich, daß gerade Sie mir den Gefallen tun wollen, Miss Collins«, sagte der Unternehmer leise. »Und ich glaube wirklich, daß Ihnen der Wein munden wird.«

»Das denke ich auch.«

Jane blieb höflich, doch sie dachte nicht im Traum daran, den angeblichen Wein zu trinken. Sie glaubte nämlich nicht, daß sich in den Gläsern nur Wein befand.

Nein, diese dicke Flüssigkeit bestand sicherlich aus einem anderen Stoff.

Man stellte sich auf. Mit ihren Gläsern in der Hand bildeten die Menschen einen Halbkreis.

Auch der Kosmetik-Chef hielt ein Glas in der Hand. Langsam hob er den rechten Arm.

Jeder schaute ihn an.

Bis auf Jane. Die ließ ihre Blicke schweifen. Sie hatte sich sehr günstig an den Außenrand des Halbkreises gestellt, und sie schaute an Fariac vorbei.

Sie sah eine Bewegung. Die Falten des Vorhangs wallten leicht hin und her, als würde ein Windzug über sie streifen.

Jane wußte nicht, wer sich dort verbarg, aber sicherlich kein Freund.

»Und so darf ich Sie bitten, das Glas zu erheben und zu leeren, denn so will es das alte Erbe. Wir trinken auf meinen Ahnherrn, den Grafen Fariac, dem dieser Wein geweiht worden ist. Cheerio, Graf Fariac!«

Die Menschen tranken.

Sie setzten die Gläser an die Lippen und leerten sie mit einem langen Zug, wie es ihr Chef vorgeschrieben hatte.

Auch Jane hob ihr Glas.

Doch sie trank nicht. Nur mit der Zungenspitze berühte sie die Oberfläche der Flüssigkeit, kostete, schmeckte, prüfte und stellte fest, daß es sich nicht um Wein handelte.

Dazu war er viel zu süß.

Nein, die Menschen hier tranken etwas anderes. Wein war vielleicht als geringer Bestandteil vorhanden, doch die größere Menge bestand aus Blut!

Und das tranken die Menschen.

Ja, sie tranken es, als wäre es ein besonderer Nektar, die Worte ihres Chefs hatten die nötige Wirkung erreicht.

Blut ist ein besonderer Saft, hatte mal jemand gesagt. Aber Jane wollte ihn nicht trinken. Sie wußte auch, wie sie diesem Umstand entgehen konnte.

Sie hatte sich zuvor bewußt so aufgestellt, daß sich in der Nähe eine Vase befand. Sie stand auf einem kleinen runden Holztisch und war leer. Als alle tranken, goß Jane Collins den Inhalt ihres Glases gedankenschnell in die Vase.

So war das Glas leer. Noch einige Schlieren liefen an den Innenseiten der Ränder zusammen.

Gordon Fariac ließ seinen rechten Arm sinken und schaute sich um. Alle hatten ihre Gläser geleert, und der Firmenboß nickte zufrieden. Plötzlich lächelte er.

Jane glaube für einen Bruchteil einer Sekunde zwei spitze Vampirzähne zu sehen, es konnte aber auch eine Täuschung gewesen sein. Sie war sich nicht sicher.

Keiner lachte, niemand sprach. Man sah den Menschen an, daß ihnen der Wein wohl nicht sonderlich gemundet hatte. Viele wurden blaß und bewegten sich unruhig. Sie öffneten den Mund, schlossen ihn wieder, und eine Frau begann zu torkeln.

»Ihr habt ihn getrunken!« rief Gordon Fariac laut. »Ihr habt mir gehorcht, und ihr habt damit auch ihm gehorcht. Das war am wichtigsten, denn nun ist das Band zwischen meinem Ahnherrn, dem Grafen Fariac, und euch geknüpft. Ihr seid untrennbar verbunden, denn ihr habt keinen Wein getrunken, sondern sein Blut. Jawohl, es war das Blut meines Ahnherrn und dessen Dienerinnen, das ich über all die Jahrhunderte hin verwahrt habe. In meiner Fabrik habe ich Zeit und die Möglichkeit gefunden, das Blut zu konservieren, und ich werde es auch schaffen, das Blut des Ahnherrn weiter zu verbreiten. Lange habe ich über die richtige Methode nachgedacht, und sie ist mir eingefallen. Ich kann das Blut meines Ahnherrn verlängern, ich kann es mischen, denn der Keim wird nicht zu töten sein. Immer wird er weitergegeben. Ich habe meine Vorbereitungen getroffen, denn die Zeit der Vampire ist da, das spüre ich. Nicht zuletzt begann es mit der Erweckung des Supervampirs, Vampiro-del-mar. Auch er will in diesen Reigen mit eintreten, in dem ihr die Diener seid. Die Diener des Blutes, denen es vergönnt sein wird, unsere Feinde zu vernichten.«

Jane Collins hörte die Worte wohl, und sie fühlte sich ungemein bedrückt. Sie wußte genau, daß dieser Fariac kein Sprücheklopfer war, denn jedes Wort stimmte, das sah sie ihm an. Fariac hatte ein Erbe übernommen, und er würde es bis zum bitteren Ende durchführen.

Und noch etwas erschreckte Jane Collins. Ein furchtbarer Name war gefallen.

Vampiro-del-mar!

Jane hatte diesen Supervampir zwar noch nicht gesehen, aber von ihm gehört. Er hatte die Jahrhunderte in den Tiefen der Nordsee verbracht und war durch Dr. Tod, Asmodinas rechter Hand, erweckt worden. Dr. Tod war dabei, die Mordliga zu gründen, und er hatte Vampiro-del-mar in seinen Kreis aufgenommen.

Dieses war der kleine Kreis, und der größere, der allgewaltige, schloß sich plötzlich.

Irgendwie hing alles miteinander zusammen. Es geschah nichts ohne Motiv auf dieser Welt, dies mußte Jane wieder einmal feststellen. Nicht erst heute hatte sie das bemerkt. Wenn es Fariac gelang, das Blut zu konservieren und durch seinen hervorragenden Vertrieb an den Mann zu bringen, dann wagte Jane kaum daran zu denken, welch eine Plage sich auf der Welt ausbreiten konnte. Die Konserven mit dem Vampirkeim konnten überall hingeschickt werden, gut getarnt würden sie ihren Empfänger erreichen.

Grauenvolle Aussichten...

Und alles hatte seinen Anfang in dieser Londoner Kosmetik-Fabrik genommen, mit dem harmlos erscheinenden Tip eines Unterweltspitzels. John Sinclair war in die Falle gelaufen, ebenso Bill Conolly, und von Will Mallmann hatte Jane auch noch nichts gesehen.

Niemand konnte sie unterstützen, denn die zehn Menschen hatten bereits den Keim des verruchten Blutes in sich.

Man konnte es ihnen ansehen. Einige taumelten, röchelten, bekamen nur schwer Luft, suchten Sitzgelegenheiten und ließen sich darauf niederfallen.

Viele wirkten völlig apathisch, ließen die Köpfe im wahrsten Sinne des Wortes hängen.

Auch der Weißhaarige. Er zuckte mit seinen Händen und warf seinen Oberkörper vor und zurück.

Gordon Fariac aber lächelte. Er schritt stolz wie ein König zwischen seinen Leuten, aus denen nun Diener geworden waren, hin und her, und dann schaute er Jane Collins an.

Vier Schritte stand er von ihr weg, und die Detektivin fror unter diesem grausamen Blick.

Die Gänsehaut kroch über ihren Rücken, Jane atmete durch die Nase, wich dem Blick aber nicht aus.

Das Schicksal der anderen schien den Unternehmer nicht zu interessieren. »Wie hat Ihnen denn mein kostbarer Wein geschmeckt, Miss Collins?«

»Es geht.«

»Oh?« Er lächelte spöttisch.

»Ich trinke lieber trockenere Weine, wenn Sie verstehen, was ich meine, Mr. Fariac?«

»Natürlich.«

Jane sah, daß sich der Vorhang im Hintergrund bewegte, und dann tauchte jemand auf.

Der Zwilling des Gordon Fariac. Ja, es waren Zwillinge, sie glichen sich wie ein Ei dem anderen.

Und der zweite lächelte. Er lächelte so, daß seine beiden Vampirzähne zu sehen waren.

Fariac bemerkte, daß hinter ihm jemand erschienen war, und drehte sich um.

»Bruder!« rief er enthusiastisch und hob beide Arme. Auch er lächelte jetzt, und Jane sah, daß er ebenfalls spitze Eckzähne hatte. Er gab sich keine Mühe mehr, sein wahres Wesen zu verbergen. »Das ist er«, sagte er zu Jane Collins gewandt, »das ist mein Ahnherr, aus dessen Asche ich wieder einen Vampir geformt habe, damit er sein Leben weiterführt. Vor dreihundert Jahren wurde er von einem Marek getötet, nun habe ich ihn wieder zum Leben erweckt.«

Jane schauderte.

Der alte Vampir schaute sie an. Kalt und grausam war sein Blick. Dann sprach er. Und seine Worte klangen für Jane Collins wie ein Todesurteil.

»Sie hat keinen Wein getrunken, Bruder!«

Auch in London, wo alles seinen Anfang genommen hatte, machte man sich Sorgen.

Sir James Powell, der Stratege, dachte gar nicht daran, aufzugeben.

Er ließ seine Beziehungen spielen, und die reichten auch bis nach Deutschland.

Dort klingelte er einen Staatssekretär aus dem Bett, der einen hohen Posten im Innenministerium bekleidete.

Sir James sprach mit dem Mann sehr lange, etwa 20 Minuten.

Dann ließ er sich noch einige Informationen wiederholen, vor allen Dingen wollte er die genaue Lage der Burg wissen. Es fiel auch der Name Mallmann, denn mittlerweile war es einigen Leuten in Deutschland ebenfalls bekannt, daß es Dinge gab, die man nicht abtun konnte, weil sie sich zu fantastisch anhörten.

»Ich kann natürlich keine Hundertschaft Polizei hinschicken«, sagte der Staatssekretär. »Aber ich werde einiges unternehmen, das versichere ich Ihnen.«

Sir James bedankte sich. Mehr hatte er in diesen Augenblicken nicht tun können.

Gordon Fariac zog die Augenbrauen zusammen. Ansonsten zeigte er keine Reaktion. Er schaute Jane nur an und fragte: »Stimmt das, Miss Collins?«

Warum sollte Jane lügen? Es war sowieso alles verloren. Deshalb gab sie es zu.

»Ihr Bruder hat recht, Mr. Fariac, ich habe keinen Wein getrunken. Blut hat mir noch nie besonders gut geschmeckt. Darin unterscheiden wir uns eben.«

Der zweite Fariac kam näher und blieb neben Gordon stehen. Jetzt hatte Jane den genauen Vergleich. Ja, die beiden ähnelten sich wirklich, allerdings sah der Bruder wesentlich schlechter aus. Er war ungeheuer bleich, sein Gesicht eingefallen, die Wangenknochen sprangen hervor, die Lippen waren kaum zu sehen. Er konnte auch nicht ruhig stehenbleiben, sondern zitterte, und sein Blick wieselte durch die große Halle.

Jane kannte sich mit Vampiren aus. Und ihr war klar, daß der zweite Blut brauchte.

Gordon lächelte. »Sie wissen also Bescheid, Miss Collins«, stellte er fest.

»Das wußte ich von Beginn an.«

»Sind Sie überhaupt Reporterin?«

»Nein.«

Jetzt lächelte Fariac. »Das habe ich mir gedacht, aber ich habe nichts gesagt. Darf man fragen, welch einen Beruf Sie tatsächlich ausüben?«

»Ich bin Privatdetektivin.«

»Eine Schnüfflerin.« Der Mann lachte. »Wie nett. Das hätte ich nicht für möglich gehalten. Und ich dachte schon, daß Sie und dieser Conolly von der Polizei wären. Wenn das so ist, habe ich es praktisch mit keiner Gefahr zu tun. Ihr Freund Conolly wird Ihnen auch nicht helfen können.«

»Was ist mit ihm?«

Gordon Fariac lachte. »Er hat zuschauen dürfen, wie mein Bruder wieder erweckt worden ist. Ebenso wie dieser andere, ein Freund oder was weiß ich...«

»Kommissar Mallmann!« sagte Jane.

»Ja, kann sein.« Fariac lächelte. »Da haben wir ja doch einen Polizisten unter uns. Einen Kommissar sogar. Fantastisch, meine Freunde werden begeistert sein.«

»Was haben Sie vor?« wollte Jane wissen.

Gordon Fariac verbeugte sich leicht und lächelte spöttisch. »Schauen Sie sich einmal um, Miss Collins. Sie sehen hier Damen und Herren aus meinem Betrieb. Sie alle haben vom Blut der Fariacs gekostet. Sie haben es getrunken, und dieses Blut hat sich mit dem ihrigen vermischt. Es wühlt und kocht in ihrem Inneren, der Keim der Fariacs wird aufgehen. Diese zehn Menschen werden, nein, sie sind es bereits – Vampire, die unser Erbe weitertragen. Deshalb dieser Ausflug, deshalb die Feier, ich mußte sie eben allein in die Hand bekommen, das verstehen Sie doch, Miss Collins?«

»Sicher. Und er?«

»Sie meinen den Grafen?«

»Ja, genau.«

»Ihn habe ich vorhin aus der Asche entstehen lassen. Er ist damals von einem Karel Marek getötet worden, als er in seinen

Sarg steigen wollte. Marek war schnell, er hat sich auf ihn geworfen und ihn umgebracht. Leider war ich zu weit entfernt, ich konnte nicht eingreifen, doch ich spürte seinen Tod. Ich wußte, daß er gestorben war, und flog zu diesem Schloß. Damals nahm ich noch des öfteren die Gestalt der Fledermaus an, denn ich herrschte im Reich der Skipetaren. Als ich jedoch an den Rhein kam, begrub man gerade die Opfer. Ich sah einen Mann, der noch schlimmer mit den Vampiren aufgeräumt hatte als Marek. Er kam aus der Zukunft, war in diese Zeit verschlagen worden, weil er in meine Fabrik einbrach. Ich spreche von keinem anderen als John Sinclair. Er war es, der mitgeholfen hat, meinen Bruder zu töten. Damals habe ich sein Todesurteil gesprochen. Ich schwebte über den Köpfen der Männer und sprach das Urteil aus. Tod für John Sinclair!«

»Das haben sich zwar viele vorgenommen, aber bis jetzt hat es noch keiner geschafft«, erwiderte Jane Collins spöttisch.

»Ich weiß, aber die Leute haben es auch falsch angefangen. Ich sprach das Urteil vor über 300 Jahren aus, in einer ganz anderen Zeit, doch ich brauchte nicht 300 Jahre zu warten. Durch Schwarze Magie ist es mir möglich gewesen, John Sinclair in die heutige Zeit hinüberzuleiten. Er befindet sich wieder in der Gegenwart. Und er wartet darauf, daß mein versprochenes Urteil vollstreckt wird.«

»Dann ist er hier?« fragte Jane.

»Genau. Zusammen mit Bill Conolly und diesem Kommissar Mallmann. Die drei sind zusammen.«

Janes Herz klopfte plötzlich schneller. »Wo?«

»Dieses Schloß ist in den letzten Jahren mehrmals zerstört worden. Wir haben es wieder aufgebaut, aber die Grundmauern des alten Teils stehen noch. Und in dem ältesten Folterkeller befinden sich Kommissar Mallmann, ihr Kollege Conolly und natürlich John Sinclair. Alle drei sind zusammen, und keiner von ihnen hat eine Chance, sich zu befreien!«

Jane Collins schaute Gordon Fariac an. Dieser Mann, der Hunderte von Jahren alt war, der in der Vergangenheit Angst und Schrecken verbreitet hatte, wollte auch in der Zukunft seine Herrschaft des Grauens verbreiten. Er hatte vor, sich mit dem Supervampir zu verbünden und damit auch mit Dr. Tod. Wenn diese Allianz zustande kam – alles wies darauf hin –, gingen die Menschen schrecklichen Zeiten entgegen. Die Männer, die es verhindern konnten, befanden sich in der Hand dieses blutsaugenden Monsters, und die Chance, sie zu befreien, war gleich Null. Jane allein würde es nicht schaffen. Gordon Fariac hatte zuviel Zeit gehabt, alles genau vorzubereiten.

Er lächelte hintergründig. »So nachdenklich, Miss Collins?«

»Es bleibt nicht aus.« Jane wollte ihrer Stimme einen ruhigen Klang geben, doch sie konnte ein Zittern nicht vermeiden. Die Gefahr war zu groß, zu stark die Angst.

»Sie sehen also, Miss Collins, es gibt keinen Ausweg mehr für Sie. Ich habe jetzt zahlreiche Helfer. Sie alle stehen gegen Sie. Wollen Sie es mit zwölf Gegnern aufnehmen?«

Janes Blicke glitten zu den Teilnehmern des makabren Ausflugs. Den meisten ging es wieder besser. Sie hatten die erste Schwäche überwunden und sich an die neue Situation gewöhnt. Es war auch eine Veränderung mit ihnen vorgegangen. Ihre Gesichter wirkten fast ebenso bleich wie die der Vampire. Einige von ihnen hatten die Lippen zurückgezogen, und Jane sah die beiden spitzen Zähne.

Ob Mann, ob Frau. Diese Leute waren durch den Trank zu Vampiren geworden.

Und sie wollten Blut.

Jeder von ihnen merkte, was mit Jane Collins los war. Daß sie nicht zu ihnen gehörte. Die Vampire hatten sich auf ihren Stühlen gedreht und starrten Jane an.

Häßliche, fratzenhafte Gesichter mit teuflischen Blicken und langen Zähnen, die unten spitz zuliefen.

»Sie wollen Nahrung!« zischte Gordon Fariac. »Und sie werden enttäuscht sein, wenn sie keine bekommen. Sie stehen hier gerade richtig, Miss Collins.« Er machte eine halbe Drehung. »Los, packt sie!« schrie er seinen Dienern zu...

Mir ging es wirklich nicht gut. Meine Gegner hatten mit mir gespielt und dieses Spiel gewonnen. Ich war wieder in die Zeitfalle geraten und danach erwacht, aber diesmal war ich nicht frei, sondern befand mich in den Händen der Gegner.

Ich lag auf einer Steinplatte. Rühren konnte ich mich nicht, denn ich war mit Stricken umwickelt. Sie begannen am Hals und führten weiter über den ganzen Körper, bis hin zu den Knöcheln. Wahrscheinlich waren sie unter der Platte befestigt, aber so gut, daß ich nicht aus der Fesselung herausrutschen konnte.

Ich lag steif wie ein Brett!

Schmerzen verspürte ich keine, nur in meinem Kopf hatte sich ein dumpfes Gefühl ausgebreitet.

Es war nicht dunkel um mich herum. Als ich die Augen öffnete, konnte ich sehen, wo ich lag.

Es mußte ein uraltes Gewölbe sein. Die Luft war kaum zu atmen. Sie roch muffig und abgestanden. Die Decke schimmerte feucht im Licht der Fackeln, die diese Helligkeit abgaben. Es war kalt, und ich glaubte daran, tief unter der Erde zu liegen. In irgendeiner gefährlichen Folterkammer, in die der Graf früher seine Feinde geschleppt hatte.

Wenn ich schielte, sah ich meine Fußspitzen. Sie standen in die Höhe, und die Füße konnte ich etwas bewegen, da die Fesseln nur bis zu den Knöcheln reichten. Auch der Kopf ließ sich drehen, nur ihn anzuheben, das gelang mir nicht, denn dann schnürte mir die erste strammgespannte Fessel die Luft ab.

Es war wirklich eine bescheidene Situation.

Aber ich war nicht allein in dem Verlies. Jemand mußte noch bei mir liegen. Ich hörte Atemzüge, konnte aber nichts sehen, da sich mein Kopf nicht zur Seite drehen ließ.

»He!« rief ich.

Keine Antwort. Nur das Atmen.

Vielleicht war der Mann bewußtlos. Sonst hätte er sicherlich eine Antwort gegeben.

Ich startete einen zweiten Versuch, und der andere blieb abermals stumm.

Da gab ich es auf und wartete erst einmal ab.

In einer anderen Zeit befand ich mich nicht mehr. Das war mir klar geworden. Ich mußte wieder in die Gegenwart hineingeschleudert worden sein. Deutlich fiel mir ein, daß jemand ein Todesurteil gesprochen hatte.

Sollte es jetzt vollstreckt werden? Höchstwahrscheinlich, und die Vampire hatten alle Vorteile auf ihrer Seite, denn ich war gefesselt und konnte mich nicht rühren.

Ein fantastisches Abenteuer lag hinter mir. Ich dachte daran, was mir in der Vergangenheit widerfahren war, und wunderte mich sehr, wie doch Gegenwart und Vergangenheit ineinander übergingen.

Wieder einmal hatte ich erlebt, daß die Kräfte der Finsternis die Zeit manipulieren konnten.

Das hatten sie uns voraus. Leider, muß ich da hinzufügen. Auch ich hätte gern mit der Zeit gespielt, aber ich war ein Mensch und kein Dämon. Vielleicht war es auch gut so, daß ich so etwas nicht konnte. Wahrscheinlich wäre mein gesamtes Weltbild durcheinandergeraten. Ich wußte, daß es Gruppen gab, für die unsere physikalischen Gesetze keine Hindernisse waren, und die mit diesem Wissen und Können ihre Macht stärkten und ausspielten, sehr zum Schaden der Menschheit.

Aber was nutzten die trüben Gedanken, wenn ich auf dieser verdammt kalten Steinplatte lag und mich nicht bewegen konnte? Ich versuchte es trotzdem. Ich wollte es halt wissen. Es war eine verdammte Schweinerei, ich lag hier gefesselt, während meine Gegner alles vorbereiteten, um mich zu vernichten.

Dieses Wissen steigerte die Wut in mir.

Meine Hände waren nicht extra gebunden worden. Flach lagen die Arme an meinem Körper. Ein Strick schnitt hart in meine Handgelenke, wo die Blutzirkulation arg gehemmt wurde, so daß meine Finger schon ganz taub waren.

Ich bewegte sie.

Das war sehr schwierig, aber ich biß die Zähne zusammen und gab nicht auf.

Leider wußte ich nicht, wieviel Zeit mir zur Verfügung stand, deshalb mußte ich mich beeilen, um mich aus dieser verdammten Lage zu befreien.

Die Finger bewegte ich auf und ab. Das war ein kleiner Fortschritt. Auch der Kreislauf kam wieder in Gang, ich merkte das Kribbeln bis in meine Oberarme.

Dann vernahm ich das Stöhnen.

Sofort hielt ich mit meinen Bemühungen inne.

»O verflucht«, sagte jemand, der irgenwo rechts von mir liegen mußte. Wäre ich nicht gefesselt gewesen, ich wäre hochgesprungen wie ein Kastenteufel, denn die Stimme kam mir verdammt bekannt vor. So schimpfte nur einer.

Mein alter Freund und Spezi Bill Conolly!

Trotz meiner miesen Lage mußte ich grinsen. »He, Alter, benimm dich. Du bist hier nicht allein.«

Ein überraschter Ausruf. »John?«

»In Lebensgröße und gefesselt!«

»So eine Scheiße.« Das kam von Herzen. »Mich hat man auch eingepackt wie einen Rollschinken«, sagte der Reporter. »Ich liege auf einer verdammten Steinplatte und kann kaum die Finger rühren.«

»Warum soll es dir besser gehen als mir?«

»Du scheinst ja munter zu sein«, bemerkte Bill.

»Ich bin auch schon länger wach.«

»Und was ist mit Will Mallmann?«

»Wie?« Jetzt war ich baff.

Bill lachte leise. »Weißt du nicht, daß Will mit mir zusammen war und wir die Erweckung eines Vampirs miterlebt haben?«

»Nein.«

»Ich will dich nicht dumm sterben lassen, John«, sagte mein Freund und begann zu berichten.

Er erzählte genau, was ihm widerfahren war. Ich hörte geduldig zu und konnte mich nur immer wieder wundern. Ich hatte ja in der Vergangenheit festgehangen und hörte nun, wie sich der Fall in der Gegenwart entwickelt hatte.

Daß wir zusammengetroffen waren, konnte man als logische Kette von Vorgängen bezeichnen, als Fügung des Schicksals oder als einen reinen Zufall.

»Jetzt weißt du alles«, sagte der Reporter.

»Dann haben wir also noch Hoffnung.«

Bill räusperte sich. »Wieso?«

»Schließlich ist Jane Collins frei.«

Der Reporter lachte. »Das stimmt, John. Aber ich glaube, du setzt deine Hoffnung ein wenig zu hoch.«

»Wieso?«

»Jane steht allein gegen mehrere Gegner.«

»Es sind zwei.«

»Nein«, verbesserte mich der Reporter. »Du kannst noch zehn hinzurechnen.«

»Verdammt, die Leute vom Betriebsausflug, die hatte ich vergessen!«

»Sehr richtig, John.«

Was sollte man da noch sagen? Bill hatte hundertprozentig recht. Es standen zu viele Feinde gegen Jane Collins. Allein konnte sie die kaum schaffen.

»Und was machen wir?« fragte Bill.

»Ein dummes Gesicht und einen guten Eindruck«, antwortete da ein andere Stimme.

Will Mallmann!

»Auch schon wach?« fragte der Reporter.

»Und wie. Ich habe euch zugehört. Hallo, John!« rief er zu mir. »Wie es dir geht, brauche ich wohl erst gar nicht zu fragen. Genauso beschissen wie mir.«

»Da sagst du was Wahres.«

»Wenn wir die Hände frei hätten, könnten wir Skat spielen«, murmelte Mallmann und fluchte wenig später. »Jetzt hätte ich mich doch fast stranguliert.«

»Aufpassen«, meinte Bill.

»Ja, du Schlauberger.«

Wir schwiegen danach. Jeder versuchte, sich wenigstens ein wenig Erleichterung zu verschaffen, aber die verdammten Fesseln waren zu raffiniert geknüpft, daß sie um keine Fingerbreite nachgaben. Es war zwecklos.

Erschöpft und in Schweiß gebadet, ruhten wir uns schließlich aus. Nur unser Keuchen war zu hören.

Bill sprach das aus, was wir wohl alle dachten. »Da liegen nun drei Geisterjäger gefesselt und warten darauf, daß eine schwache Frau sie befreit. Fast eine Schande.«

Ich konnte ihm nur recht geben.

»Du vergißt eins«, sagte Will. »Wir warten nicht nur auf Jane, sondern auch auf unsere Freunde, die Vampire.«

»Mein Blut wird Ihnen nicht schmecken«, knurrte Bill. »Ach,

verdammt, ich hätte mir einen ansaufen sollen, dann wären die Vampire hinterher breit gewesen.«

Der Reporter bewies Galgenhumor. Es war auch das einzige, was uns in dieser hoffnungslosen Lage blieb...

Jane Collins hörte den Befehl und wußte, was die Stunde geschlagen hatte.

Zwölf standen gegen sie.

Und trotzdem verfiel sie nicht in Panik. Sie behielt vorerst die Nerven, denn nur Kaltblütigkeit konnte sie jetzt noch retten.

Blitzschnell zog sie ihre Waffe. Schneller jedenfalls, als die Vampire reagierten. Sie hatten noch nicht die Geschmeidigkeit, dazu lag die Umwandlung erst zu knapp zurück.

Jane richtete die Mündung der Astra auf Gordon Fariac. »Keinen Schritt!« schrie sie.

Fariac blieb tatsächlich stehen. Aber er lächelte, weil er sich siegessicher fühlte. »Was soll das Spielzeug?« höhnte er.

Jane lächelte ebenfalls. »Dieses Spielzeug ist mit geweihten Silberkugeln geladen. Ich denke, Sie wissen, was das zu bedeuten hat.«

Gordon Fariac wurde starr. Damit hatte er nicht gerechnet. Für ihn war die Detektivin ein willenloses Opfer, das sich nicht wehren konnte, doch nun hatte Jane den Spieß umgedreht, und Gordon Fariac glaubte auch daran, daß sie nicht bluffte.

Nicht nur er hatte die Worte vernommen, auch sein Bruder und die anderen Vampire. Sie schienen eingefroren zu sein. Manche saßen noch, einige standen in sprungbereiter Haltung vor ihren Stühlen.

»Wollen Sie schießen?« fragte Fariac.

»Ja.«

Der Fabrikant nickte, während sich sein teuflischer Bruder nicht regte. »Das glaube ich Ihnen sogar. Und warum drücken Sie nicht ab, Miss Collins? Trauen Sie sich etwa nicht?«

»Doch...«

»Aber?«

»Erst will ich wissen, wo sich John Sinclair, Bill Conolly und auch Will Mallmann befinden.«

Jetzt lachte Fariac. »Ich hatte mir gedacht, daß Sie so fragen würden. Aber ich werde einen Teufel tun und Ihnen etwas sagen, Miss. Sie müssen die drei schon suchen.«

»Das mache ich auch, aber nicht allein. Ich nehme Sie mit.«

»Glauben Sie, daß ich mit Ihnen gehen werde?«

»Es bleibt Ihnen nichts anderes übrig.«

Gordon Fariac schaute auf Jane, dann auf die Waffe. »Gut«, sagte er, »ich gehe mit.«

Sein Bruder legte ihm eine Hand auf die Schulter. »Tu es nicht!« zischte er. »Du machst dich unglücklich...«

»Ich muß gehorchen.« Er lächelte. »Bitte, Miss Collins, Sie kennen sich ja hier besonders gut aus. Zeigen Sie mir den Weg. Wohin möchten Sie zuerst gehen?«

»In den Keller.«

»Oh. Haben Sie dort keine Angst?«

»Nein.«

»Wie Sie wünschen.«

Und diese drei Worte wirkten wie ein Startsignal. Es war der Weißhaarige, der nicht mehr warten wollte und der auch seine Felle davonschwimmen sah.

Er packte plötzlich seinen Stuhl, wuchtete ihn hoch und schleuderte ihn auf Jane Collins zu.

Die Detektivin sah die Bewegung, huschte zur Seite, wich dem Möbelstück aus, das hinter ihr gegen die Wand krachte, und schoß.

Dieser Schuß war das Startzeichen für eine mörderische Jagd!

Wir hatten es nicht geschafft!

Nach wie vor saßen die verdammten Fesseln stramm und ließen uns keine Bewegungsfreiheit.

Das Resultat war die Erschöpfung bei uns dreien. Ich biß mir vor Wut fast die Lippe blutig, denn ich steckte in einer verdammt elenden Lage.

An den Gelenken hatte ich mir die Haut bereits aufgescheuert. Dort brannte es, als hätte man Säure über meine Hände gegossen. Meine Blicke richteten sich gegen die Decke. Schon einmal hatte ich so dagelegen. Und zwar im Verlies der Angst, als ich in der Lüneburger Heide gegen die untoten Wikinger kämpfte.

Aber da hatte ich noch mein Kreuz gehabt, als die glühenden Speere mich durchbohren wollten. Hier war ich praktisch waffenlos, denn in der Beretta, die ich zwar noch immer bei mir trug, steckten keine Kugeln mehr.

Und wo befand sich mein Kreuz?

Auf der Reise durch die Dimensionen mußte ich es verloren haben. Ich erinnerte mich schwach, wie die Kette über meinen Kopf gestreift war und das Kreuz irgendwo verschwand.

Es gab also nichts, womit ich mich gegen die Vampire hätte verteidigen können.

»Habt ihr noch eure Waffen?« fragte ich.

»Nein«, lautete die gemeinsame Antwort. »Wir hatten sie mal«, sagte der Kommissar, »aber dann schlug dieser verdammte Blutsauger zu. Sie müssen noch irgendwo in der Grabkammer liegen.«

Das hatte ich mir gedacht. Es war also aussichtslos.

Plötzlich lachte Bill auf.

»Was ist?« fragte ich.

»Ich glaube, ich kann meine Hand unter dem verdammten Strick wegziehen.«

»Mann, Bill, versuche es!«

»Bin ja schon dabei. Nur keine Panik.«

»Und?«

Bill keuchte und ächzte. »Geschafft«, sagte er nach einer Weile.

»Hast du den Arm frei?«

»Ja, den rechten.«

Ich atmete auf. Ein kleiner Hoffnungsschimmer. Man griff ja nach jedem Strohhalm, doch Bill versetzte meinem Optimismus wieder einen Dämpfer.

»Ich habe es nur fast geschafft, John. Schulter und Oberarm hängen immer noch fest. Diese Fesseln sind einfach zu stramm. Ich kriege sie nicht runter.«

Da sagte der Reporter nichts Neues. Auch ich hatte alles versucht, Will Mallmann ebenso. Doch wir waren dazu verdammt, hier liegenzubleiben.

Und irgendwann würden sie kommen.

Vielleicht zwei Vampire, vielleicht fünf, vielleicht zwölf. Im Prinzip spielte das keine Rolle. Sie wollten nur eins.

Unser Blut!

Janes Kugel hieb den Stuhlwerfer in die Brust und riß ihm die Beine weg. Der Mann brüllte wie am Spieß und fiel zu Boden, wobei er die anderen behinderte, die losrannten, um Jane Collins zu packen.

Die Detektivin schwenkte die Waffe. Sie wollte vor allen Dingen einen der beiden Fariacs treffen, doch Gordon als auch sein Bruder waren in Deckung getaucht. Sie schickten ihre Vasallen vor. Jane sah sie nicht.

Dafür hörte sie ihn.

»Los, schnappt sie euch! Macht sie fertig! Sie muß sterben, verdammt noch mal!«

Gordons Fariacs Stimme war hinter dem Vorhang aufgeklungen, ein sicherer Platz, fürwahr.

Und Jane konnte zusehen, wie sie aus dieser Falle rauskam. Ihr blieben höchsten zwei Sekunden, um eine Entscheidung zu treffen. Zur Tür wollte sie nicht, denn sie war sicherlich abgeschlossen. Sie hatte es zwar nicht genau gesehen, doch sie rechnete stark damit. Deshalb mußte sie die zweite Möglichkeit wählen.

Die Treppe hoch!

Jane warf sich auf dem Absatz herum und lief leichtfüßig bis zur Treppe, wo sie noch einmal stehenblieb und sich umschaute.

Der Weißhaarige lag am Boden. Er war tot. Jane sah seinen halb offenstehenden Mund, und sie erkannte auch, daß seine Vampirzähne nicht mehr vorhanden waren.

Das geweihte Silber hatte ihn erlöst. Er würde nicht mehr als Untoter durch die Gegend geistern..

Die anderen drängten nach. Von den Fariacs sah Jane nach wie vor nichts, doch die neun Personen, die von den beiden Brüdern mitgebracht worden waren, konzentrierten sich auf Jane Collins.

Sie wollten sie packen!

Jane huschte die Stufen hoch. Zum Glück waren die Vampire

nicht bewaffnet, aber das konnte sich ändern, denn die Fariacs mußten zusehen, Jane so rasch wie möglich auszuschalten. Und das schafften sie leichter durch bewaffnete Mitstreiter.

Jane ließ die Treppe hinter sich und erreichte den langen Gang, wo die einzelnen Zimmer lagen.

Leer lag er vor ihr.

Von unten hörte sie aufgeregte Stimmen. Irgend etwas klirrte. Deutlich klang Fariacs Stimme hervor.

»Hier habt ihr eure Waffen. Jagt und packt sie. Beeilt euch, sonst ist sie noch verschwunden!«

Schritte polterten die Holzstufen der Treppe hoch.

Jane ließ sich Zeit. Sie wartete ab, bis die erste Person zu sehen war.

Eine dicke Frau erschien. Sie trug in ihrer rechten Hand eine Lanze. Das Gesicht war verzogen, den Mund hatte sie geöffnet, die Zähne schimmerten.

Jane senkte die Astra-Pistole. Es wäre leicht gewesen, die Frau abzuschießen, doch das schaffte die Detektivin nicht, auch wenn das Weib als blutgieriges Monster nur auf ihren Lebenssaft fixiert war. Jane konnte nur schießen, wenn ihr eigenes Leben bedroht war. Und dieses Problem stellte sich hier nicht.

Jane huschte zurück in den Gang. Sie dachte darüber nach, sich zu verstecken, aber es lohnte sich nicht. Die Vampire würden sie überall finden. Deshalb mußte sie sich ihrer Haut wehren.

Allein die Astra reichte nicht aus. Soviel stand fest. Es gab ja auch noch andere Waffen hier im Schloß. Schwerter oder Lanzen. Mit einem Schwert konnte man die Vampire auch töten. Indem man ihnen den Kopf abschlug...

Jane schluckte.

Leicht würde sie es den Blutsaugern nicht machen. Zum Glück kannten die Besucher das Schloß ebenso wenig wie sie. Und das war der große Vorteil.

Am Ende des Ganges schaute sich Jane um. Die Blondine mit der Lanze führte eine Meute von drei Personen an. Jane konnte nicht erkennen, welche Waffen sie im einzelnen trugen, aber sie glaubte, das Blinken von Schwertklingen zu sehen.

Wenn sie solch ein Schwert erbeuten konnte, war das schon viel wert. Die Detektivin verfiel nicht in Panik. Sie überlegte logisch und klar, denn in zahlreichen gefährlichen Situationen war ihr Verstand geschärft worden.

Jane wich dorthin zurück, wo Bill Conolly den Schrank mit dem seltsamen Inhalt gefunden hatte.

Nur die beiden Kerzen brannten dort. Das Licht reichte längst nicht aus, um den großen, hallenartigen Raum zu erhellen. Jane konnte genügend Verstecke finden.

Jane zog es in die Dunkelheit. Sie sah den Schrank, der von flackerndem Kerzenschein umschmeichelt wurde. Und sie sah die Umrisse der Tür, durch die ihre Verfolger den Raum betreten mußten.

Die ließen auch nicht lange auf sich warten.

Plötzlich stürmten die ersten vier herein. An der Spitze wieder das blonde Weib. Es blieb dicht hinter der Schwelle stehen und schaute in die Dunkelheit. Das Schwert hielt die weibliche Vampirin mit beiden Händen umklammert, während sich hinter ihr die anderen drei drängten.

»Hier muß sie irgendwo stecken!« kreischte sie. »Verteilt euch im Raum. Durchsucht ihn!«

Die dicke Blondine hatte sich als Anführerin aufgeschwungen. Normalerweise hätte Jane gelacht, wenn ihr dieses Weib unter anderen Umständen begegnet wäre. Die Frau trug ein langes, dunkelblaues Kleid und hatte pfundweise unechten Schmuck um ihren Hals hängen. Er klirrte bei jeder Bewegung.

Die vier verteilten sich.

Soviel Jane erkennen konnte, trug keiner der Vampire eine Schußwaffe. Dafür jedoch Lanzen und Speere. Einer hielt sogar zwei davon in den Fäusten.

Und er näherte sich Jane.

Durch das Gewicht seiner Waffen ging er etwas schwerfällig, er war aber trotzdem sehr gefährlich, da ließ sich Jane Collins nicht täuschen.

Sie wartete mit angehaltenem Atem. Schußbereit lag die Beretta in ihrer rechten Hand.

Plötzlich blieb der Blutsauger stehen.

Jane hörte sein Knurren. Er schien etwas bemerkt zu haben und senkte die beiden Lanzen, so daß sie eine waagerechte Linie bildeten, und die Spitzen in Janes Richtung wiesen.

Dann sprach er. »Ich fühle dich«, hörte Jane seine kratzige Stimme. »Du bist in der Nähe...«

Die Detektivin sagte nichts.

»Komm raus!«

Jane gab keine Antwort. Sie zielte nur dorthin, wo sie schwach die Umrisse des Vampirs erkannte.

Der griff an!

Sein rechter Arm schwang zurück. Jane war klar, was er vorhatte. Er wollte die Lanze schleudern.

Da ließ er sie auch schon los.

Der schwere Gegenstand wuchtete auf die Detektivin zu. Allerdings hatte der Vampir keine Erfahrung im Umgang mit Lanzen. Er warf sie so, daß sie schräg an Jane Collins vorbeifuhr und neben ihr mit der Spitze in die Wand hämmerte.

Der Vampir hörte das klirrende Geräusch und wußte, daß er nicht getroffen hatte.

Sofort kam er selbst.

Er stieß ein kreischendes Geräusch aus, hielt die zweite Lanze stoßbereit und rannte gegen Jane an.

Die Detektivin zögerte nicht mehr länger. Sie drückte ab. Kurz funkte es vor der Mündung auf. Im Widerschein des Blitzes sah sie für den Bruchteil einer Sekunde das verzerrte Gesicht des Vampirs. Der Körper wurde mitten in der Bewegung gestoppt. Er fiel nach links und krachte schwer zu Boden. Die Lanze schleifte über die Steine und rutschte Jane genau vor die Füße. Die Detektivin hob die Waffe hastig auf und steckte ihre Astra weg. Sie wollte sich erst einmal mit der Lanze verteidigen.

Der Vampir schrie und jammerte.

Durch seine Aktion waren die anderen drei natürlich auf Jane aufmerksam geworden.

Die Blondine gab die Befehle. Und sie war auch die erste am Kampfort.

Wild schwang sie das Schwert.

Jane Collins löste sich aus der Deckung der Wand und trat der weiblichen Bestie entgegen.

Die schlug sofort zu.

Jane hielt die Lanze mit beiden Händen gepackt. Die rechte befand sich dicht unter der Spitze, die andere am Ende des

Griffs. Sie hielt sie quer, und als der erste Schwerthieb auf sie niederfuhr, wehrte sie ihn mit dem Lanzenschaft ab.

Das Holz vibrierte, es hielt aber, da die Klinge mit der flachen Seite gegen den Griff geprallt war.

Die Blondine fuhr zurück. Sie schrie ihre Wut hinaus. Dabei fuchtelte sie so ungeschickt mit dem Schwert herum, daß es schon an ein Wunder grenzte, daß sie sich nicht selbst verletzte.

Den ersten Angriff hatte Jane abgewehrt. Aber die Blondine war nicht allein. Von zwei Seiten erhielt sie Unterstützung. Und diese Männer wollten es wissen. Einer trug eine besonders widerliche Waffe. Im Mittelalter hatte man sie oft benutzt. Es war ein Morgenstern. Eine mit Stacheln bespickte Eisenkugel, die den Abschluß einer Kette bildete. Die wiederum war an einem kurzen Griff befestigt, so daß die Waffe gut und schnell geführt werden konnte.

Der Vampir schlug zu.

Die schwere, mörderische Kugel, einmal in Fahrt, war nicht mehr aufzuhalten. Schräg senste sie durch die Luft. Jane ging in die Knie, die Kugel pfiff über die Detektivin hinweg und rasierte knapp an der Wand vorbei. Durch die Wucht des eigenen Schwungs wurde der Vampir nach vorn geschleudert, verlor den Stand und krachte gegen die Wand. Jane hatte etwas Luft, bevor sie von einem anderen Blutsauger angegriffen wurde.

Blitzschnell verschwand sie im Hintergrund des Saales. Sie huschte an den Kerzen vorbei, sah die Umrisse einer Tür, und die Idee durchzuckte ihr Gehirn wie ein Blitzstrahl.

Jane riß die Tür auf, zögerte eine Sekunde und schmetterte sie wieder zu.

Dann tauchte sie, noch im Raum, seitlich von der Tür weg und hielt sich dabei dicht am Boden. Die anderen mußten annehmen, daß ihr Opfer durch die Tür geflohen war.

Und sie reagierten so, wie die Detektivin es vorausgesehen hatte. An der Spitze die Blondine, rannten sie auf den Ausgang zu, zogen die Tür auf und verschwanden.

Jane Collins konnte sich ein kleines Lächeln nicht verkneifen. Die drei waren auf den Trick reingefallen.

Jane hatte nicht vor, sich von diesen blutgierigen Bestien jagen zu lassen. Sie wollte selbst die Initiative ergreifen und zumindest einen der Fariac-Brüder stellen.

Auf Zehenspitzen lief Jane auf die gegenüberliegende Tür des Zimmers zu, öffnete sie und stand bald wieder in dem Gang, wo die Zimmer der Gäste lagen.

Dort war alles ruhig. Niemand ließ sich blicken. Kein Vampir lauerte ihr auf, und unangefochten erreichte die blonde Detektivin die Treppe.

Die Stufen waren leer.

Allerdings konnte sie nicht bis nach unten schauen, weil die Treppe gebogen war. Sie mußte erst ein paar Meter hinunterlaufen.

Jane hielt sich in der Nähe des Geländers. Nach fünf Stufen konnte sie in die Halle schauen.

Und die war nicht leer.

Es sah aus wie auf einem Schlachtfeld. Es herrschte das völlige Chaos. Stühle waren umgekippt, und einige Reste vom Büfett lagen am Boden.

Von den Fariac-Brüdern sah sie nichts. Dafür jedoch hielt ein anderer Vampir Wache.

Er stand im Chaos und wandte Jane den Rücken zu.

Die Detektivin lächelte kalt, als sie langsam nach unten schritt. Sie bemühte sich, möglichst kein Geräusch zu verursachen, konnte aber nicht vermeiden, daß eine Stufe knarrte.

Sofort federte der Blutsauger herum.

Er riß die Augen auf und starrte Jane Collins wie ein Weltwunder an. Doch dann veränderte sich sein Blick. Er wurde kalt, gemein und lauernd. Der Vampir spreizte die Arme ab und öffnete die Hände. Er zog die Lippen zurück und präsentierte dabei seine spitzen Eckzähne.

Sein Vorhaben war klar.

Er wollte Janes Blut.

Die Detektivin ging weiter. Angst hatte sie nicht. Dazu war sie zu gut bewaffnet. Nach wie vor hielt sie die Lanze in der rechten Hand, hob jetzt den Arm und schleuderte die schwere Waffe nach unten. Sie warf nicht gezielt, sondern wollte den Blutsauger nur warnen.

Einen Meter neben ihm hieb die Lanze in den Holzboden und blieb zitternd stecken.

Der Vampir schaute auf den Schaft, wollte vorspringen und die Waffe packen.

»Laß es!« peitschte Janes Stimme.

Der Blutsauger zuckte zurück, blieb jedoch in einer schrägen Haltung stehen. Er drehte den Kopf und schaute Jane an, die ihre Astra gezogen hatte und den Vampir damit bedrohte.

»Rühr dich nicht!« befahl sie.

Der Vampir gehorchte.

Langsam schritt Jane die Stufen hinunter. Ein Regisseur hätte es nicht besser in Szene setzen können. Der lauernde Vampir, die blonde Frau mit der Waffe, das knisternde Kaminfeuer, dessen Widerschein über Janes Gesicht zuckte, all das gab der Situation einen wahrhaft gespenstischen Reiz.

Vor der Treppe blieb Jane stehen. Sie wollte den Vampir von der Lanze weghaben und bedeutete ihm, näher zu kommen.

Er zögerte noch, gab sich einen Ruck und schritt auf Jane Collins zu.

Einen Schritt vor ihr blieb er stehen. Sein Blick war noch immer haßerfüllt, aber tief in den Pupillenschächten kroch auch die Angst vor dieser Frau hoch.

»Du weißt, daß ich dich töten kann!« sagte Jane.

»Ja.«

»Ich werde dir aber eine Chance geben und hoffe stark, daß du sie nützen wirst.«

Der Vampir schwieg.

Jane stellte die nächste Frage. »Wo befinden sich die beiden Fariac-Brüder?«

»Ich weiß es nicht.«

Jane Collins ging einen halben Schritt, hatte jetzt die nötige Distanz, streckte ihren rechten Arm aus und preßte die Mündung der Astra gegen die Stirn des Vampirs.

»Ich weiß, daß du lügst«, sagte sie gefährlich leise.

Der Blutsauger verdrehte die Augen und schielte gegen die Pistole. Er hatte Angst. Diesmal war es deutlich zu spüren. Sein Mund öffnete und schloß sich, die Zähne klapperten aufeinander, als würde ein Schüttelfrost ihn peitschen.

»Nun?«

»Ich – ich weiß es nicht.«

Jane verlor langsam die Geduld. »Noch eine Lüge, und ich töte dich«, sagte sie kalt.

Da verlor der Blutsauger die Nerven.

»Sie – sie sind unten!« keuchte er.

»Wo unten?«

»In den Gewölben.«

»Sind sie allein?«

»Nein, wir sollten uns da treffen.«

»Und aus welchem Grund?«

»Weil dort die Gefangenen liegen!«

Der letzte Satz beeindruckte Jane Collins am meisten. Die Gefangenen also. Damit konnten nur John Sinclair, Bill Conolly und Kommissar Mallmann gemeint sein.

Endlich wußte Jane, wo sie waren.

»Kennst du den Weg?«

Der Vampir zögerte mit der Antwort, und Jane drückte härter zu.

»Rede!«

»Nicht genau.«

»Aber du weißt, wo es hergeht?«

»Ja.«

»Dann geh vor!«

»Aber ich kann nicht.« Der Vampir wand sich wie ein Aal. »Wenn es herauskommt, daß ich dich...«

»Du bist sowieso verloren«, erwiderte Jane Collins kalt.

Das hätte sie auf keinen Fall sagen sollen, denn plötzlich drehte der Blutsauger durch.

Blitzschnell fuhren seine Arme hoch, und sogar Jane wurde von dieser Aktion überrascht. Der Blutsauger hämmerte ihr mit beiden Fäusten den Waffenarm zur Seite und warf sich sofort nach links, um an die im Boden steckende Lanze zu gelangen.

Mit beiden Händen umklammerte er den Schaft und riß die Waffe aus dem Fußboden. Schreiend fuhr er damit herum und stach sofort nach Jane Collins.

Sie hätte schießen können, doch sie wollte dem Vampir eine

Chance geben. Die Lanze fuhr über ihre rechte Schulter hinweg, als sie sich zur Seite drehte und gleichzeitig zuschlug.

Die Hand mit der Astra traf das Gesicht des Vampirs. Der Hieb schleuderte ihn zurück. Er blieb aber auf den Beinen und ließ auch die Lanze nicht los.

»Und jetzt bleib stehen!« schrie die Detektivin.

Der Vampir schüttelte den Kopf.

»Blut!« keuchte er. »Ich will dein Blut!«

Dann rannte er.

Die Lanze hielt er mit beiden Händen fest. Er wollte sie Jane in den Leib stoßen, doch die Detektivin wich aus und hieb dem Blutsauger den kleinen Waffenlauf in den Nacken.

Der Vampir bekam noch mehr Schwung, stolperte dann über den Lanzenschaft und torkelte auf den Kamin mit der breiten Öffnung zu, in der die Flammenzungen tanzten.

Er konnte nicht mehr bremsen.

Ein Schrei, gellend und markerschütternd. Dann fiel der Vampir in die Flammen, die sofort nach ihm griffen und wie gierige Hände seinen Körper umtanzten.

Jane wandte sich ab. Sie wollte das Bild nicht sehen, das der brennende Vampir bot.

Er hatte sich selbst gerichtet. Vielleicht war es sogar besser für ihn. Zum Glück hatte er der Detektivin noch einiges verraten können. Und dieses Wissen mußte Jane ausnutzen.

Im Keller befanden sich John und seine Freunde. Wo sonst? dachte Jane.

Sie gab sich einen innerlichen Ruck und tat das, was getan werden mußte.

Jane Collins machte sich auf den Weg in die unterirdischen Gewölbe der Burg...

Bill Conolly gab nicht auf!

Verzweifelt kämpfte er darum, seine Fesseln zu lockern. Er wollte einen Arm freikriegen.

Und ich drückte ihm ebenso die Daumen wie Kommissar Mallmann. Wir beide bemühten uns ebenfalls, die Stricke loszukriegen, aber bei uns hatten sich die Gegner besonders viel Mühe gegeben. Die Stricke lockerten sich nicht.

Ich versuchte mich zu wenden und zu drehen, erzielte aber keinen Erfolg. Nur der verdammte Strick am Hals drückte gegen meinen Adamsapfel und wollte mir die Luft abschnüren.

Diese Grotte war wirklich das letzte Verlies. Hier nistete das Grauen, hier wohnte der Schrecken, und wir befanden uns als Gefangene dazwischen.

Plötzlich lachte Bill auf.

Sofort hielten Will Mallmann und ich in unseren Bemühungen inne. »Hast du es gepackt, Bill?« keuchte der Kommissar.

»Und wie. Ich habe meinen Arm frei!«

»Kommst du an die Knoten?« fragte ich.

»Kaum. Die verfluchten Stricke sind unter der Steinplatte zusammengebunden. Aber ich will sehen, daß ich mein Messer aus der Tasche kriege. Vielleicht geht es.«

Wir hielten Bill die Daumen. Und wir hofften, daß nicht gerade jetzt die Vampire auftauchen würden.

Der Reporter bemühte sich. Seinen Kommentaren entnahmen wir, wie weit er schon fortgeschritten war.

»Okay, John, eine Hand kann ich unter die Stricke schieben. Shit, jetzt habe ich mir die Haut eingerissen...«

»Mach weiter!« fluchte ich. »Indianer kennen keinen Schmerz.«

»Nur bin ich keine Rothaut.« Bill verlor seinen Galgenhumor nicht. Er strengte sich weiter an, und es gelang ihm tatsächlich, seine Hand in die Hosentasche zu schieben.

»Okay, Freunde, ich bin soweit. Ich habe das Taschenmesser. Nur noch den Weg zurück, dann ist alles...«

Bill Conolly kam nicht mehr dazu, das letzte Wort auszusprechen, denn plötzlich hörten sie ein Knirschen, das entsteht, wenn Stein auf Stein reibt.

Ein kühler Luftzug wehte in das Gewölbe, dann vernahmen wir Stimmen und häßliches Lachen.

Mir rieselte eine Gänsehaut über den Rücken.

Die Vampire waren im Anmarsch.

»Zu früh«, flüsterte Bill schweratmend. »Verdammt, die sind viel zu früh...«

Dann schwieg er. Auch Mallmann und ich sagten kein Wort. Ich konnte meinen Kopf ein wenig anheben und schaute dorthin, wo die Vampire das Gewölbe betreten hatten.

Ich sah eine Öffnung. Etwa so hoch wie eine normale Tür, und durch sie betraten unsere Feinde das Gewölbe.

Einen leichten Schock erlitt ich doch. Obwohl ich eigentlich davon überzeugt war, daß die Fariacs ihre Drohung ernst meinten, war ich doch böse überrascht. Sie schienen alle Mitarbeiter des Ausflugs zu Vampiren gemacht zu haben.

Außer den Fariacs zählte ich sieben Personen.

Fünf Frauen und zwei Männer!

Todfeinde...

Sie hatten sich bewaffnet. Trugen Schwerter, Lanzen, Morgensterne und Hellebarden.

So schlimm diese Gegenstände auch waren, sie erschreckten mich nicht so sehr wie die gefährlichen Eckzähne der untoten Monster. Der Tod ist immer grausam, aber lieber durch einen Schwertstich sterben als durch den Biß eines Vampirs, um dann als lebende Leiche durch die Nacht zu geistern und sich tagsüber in einem Sarg vor dem Sonnenlicht zu verstecken.

Diese Gedanken schwirrten mir durch den Kopf, als sich die Vampire im Verlies verteilten.

»Nette Gesellschaft«, meinte Bill Conolly frostig.

»Und wie«, erwiderte ich.

Mallmann sagte gar nichts. Wahrscheinlich hatte er die größte Angst von uns allen.

Der Stein schloß sich nicht mehr. Sie ließen den Ausgang offen. Hier konnten sie sich sicher fühlen, denn auch Jane Collins hatte es nicht geschafft, uns zu finden.

Die Chancen sanken immer tiefer. Sie hatten bald den Gefrierpunkt erreicht.

Die beiden Brüder sahen sich ähnlich. Sie glichen sich, nur sah der eine noch hagerer aus als Gordon Fariac. Ihm fehlte das frische Blut, das ich ihm geben sollte.

An den Fußenden der Steinplatten bauten sich die sieben Vampire auf. Mir wurde bewußt, daß drei fehlten. Hielten sie vielleicht draußen irgendwo Wache?

Stille senkte sich über das Gewölbe. Nur unsere heftigen

Atemzüge waren zu hören. Die Untoten atmeten nicht. Sie brauchten dies nicht mehr, sie existierten auch so.

Gordon Fariac trat vor. Zuerst dachte ich, er würde zu Bill Conolly gehen, dann aber machte er einen Schlenker und steuerte die Steinplatte an, auf der ich lag.

Ja, es war klar, mich wollte er zuerst haben. Ich hatte ihm schon zuviel Schaden zugefügt.

Neben meinem Kopf blieb er stehen, griff in die Tasche und holte ein Messer hervor. Er ließ die Klinge aus dem Schaft schnellen, und sie blitzte gefährlich vor meinen Augen auf, so daß ich mich unwillkürlich versteifte. Er lachte, als er das sah, und führte das Messer dicht an meine Kehle.

Wir starrten uns an. Ich wagte nicht zu schlucken, denn der kalte Stahl lag auf meiner Haut.

Zwischen seinem und meinem Gesicht paßte kaum eine hochkant gestellte Zigarettenschachtel, so gering war die Entfernung, aus der wir uns anstarrten.

»Ja«, flüsterte Fariac. »Erinnere dich daran, was ich dir geschworen habe. Vor 300 Jahren war es und doch nur einen Atemzug entfernt. Damals habe ich das Todesurteil über dich ausgesprochen. Ich konnte dich in der Zeit nicht töten, denn ich hätte die Geschichte beeinflußt, aber der Racheschwur eines Vampirs vergeht nie. Das mußt du dir merken. Ich würde dir jetzt gern die Kehle durchschneiden, aber ich kann mich beherrschen, denn ich habe mir einen anderen Tod für dich ausgedacht. An sich keinen schlimmen oder endgültigen, sondern einen endlosen. Du wirst die Vampirtaufe über dich ergehen lassen müssen. Ich werde dir den Kelch des Blutes reichen, und du wirst ihn leeren bis zum Grund. Jeden Tropfen schlürfst du hinunter, denn dieses Blut wird den Keim in dir legen und ihn aufgehen lassen wie eine prächtige Blüte. Damals habe ich es dir versprochen, heute werde ich es halten.«

So etwas Ähnliches hatte ich mir gedacht, er konnte mich kaum noch schocken.

Dann aber bewegte er das Messer. Die Klinge erzeugte einen blitzenden Reflex vor meinen Augen. Ich stöhnte unwillkürlich auf, doch der Vampir säbelte nur den Strick durch, der dicht über meinem Hals lag, wobei er nicht einmal meine Haut berührte.

Ich atmete auf.

Fariac lachte. »Hast du gedacht, ich würde dich töten? Nein, ich habe dir doch etwas anderes versprochen. Und das halte ich auch, John Sinclair. Den Strick habe ich nur durchgeschnitten, damit du deinen Kopf anheben kannst, wenn ich dir den Kelch mit dem Blut zu trinken gebe. Es schmeckt süß. Alle meine Freunde hier haben davon getrunken, und jeder empfand das Blut als eine wahre Köstlichkeit. Auch du wirst so empfinden.«

Er trat zurück.

Ich konnte meinen Kopf tatsächlich besser bewegen und ihn auch ein wenig zur Seite drehen.

Rechts von mir lag Bill Conolly. Steif und starr, er rührte sich nicht. Noch niemand hatte bemerkt, daß es ihm gelungen war, einen Arm aus der Fesselung zu befreien.

Zwei Meter weiter wartete Will Mallmann auf sein Schicksal. Denn auch er sollte ein Opfer der Vampire werden. Sie würden sein Blut trinken, bis kein Tropfen mehr durch seine Adern rann.

Nur Suko und Jane Collins lebten noch. Jane befand sich vielleicht hier im Schloß oder holte Hilfe.

Und Suko?

Bis der Chinese aus London hergeflogen war, hatte ich längst alle Chancen verspielt und war zu einem Vampir geworden. Man konnte es drehen und wenden, die Chancen blieben gleich Null.

Fariac trat zurück, dafür kam sein Bruder. Er wurde vom blanken Haß geschüttelt, umkrallte meine Schultern und rüttelte mich durch. Dabei riß er sein Maul auf, aus dem mir Fäulnis und Moder entgegenwehten.

Ich sah auch die beiden Vampirzähne, die dicht vor meinem Gesicht zitterten. Es kostete ihn eine ungeheure Beherrschung, sie nicht in meinen Hals zu schlagen. Ich merkte die Gier, sah den Haß, und dann stieß er einen röchelnden Laut aus und warf sich über mich.

Ich spürte seine kalten Lippen an meinem Hals und wartete auf den Biß des Vampirs.

Da griff Gordon Fariac ein.

An der Schulter riß er seinen Bruder zurück. Er schleuderte ihn so heftig herum, daß der Graf gegen die Platte krachte, auf der Bill Conolly lag.

»Hör auf!« brüllte Gordon. »Jetzt noch nicht. Er soll das Blut trinken. Die anderen beiden sind für dich!«

Der wiedererweckte Graf schüttelte sich. Seine Augen glühten, er war furchtbar aufgeregt, hatte noch kein Blut getrunken, aber er führte sich auf wie ein Süchtiger ohne Stoff.

Sein Bruder stieß ihn zurück. »Willst du Ritual stören?« fauchte er ihn an.

»Nein, nein!« kreischte der Graf. »Ich – ich...«

»Halte Ruhe!«

Der Graf nickte.

Gordon Fariac wandte sich wieder um und damit an mich. »Du hast Glück gehabt, John Sinclair. Sehr viel Glück sogar. Mein Bruder will Blut, und er soll es auch bekommen!«

Ich gab keine Antwort.

Gordon Fariac lächelte knapp. Er gab seinen Leuten einen Wink, und die verstanden.

Sie bauten sich rechts und links der Platte auf und starrten auf mich nieder.

Es war grausam.

Acht Vampirfratzen, Männer und Frauen. Blutgierige Bestien, die mich in ihren Reigen aufnehmen wollten.

Ich hörte Bill schwer atmen und sagen: »Bleib mir vom Leib, du Dreckskerl!«

Ein Fauchen erklang. An diesem Geräusch erkannte ich den Vampir-Grafen. Wahrscheinlich hatte er sich auf Bill Conolly werfen wollen, zuckte aber zurück, als sein Bruder ihn anschrie.

»Bring das Blut!«

Schlurfende Schritte erklangen, als der Vampir-Graf im Hintergrund des Gewölbes verschwand.

Ein paar Sekunden vergingen.

Gordon Fariac baute sich hinter mir auf.

Dort wartete er.

Nach wenigen Sekunden kehrte sein Bruder zurück. Er schob sich an den mich umringenden Vampiren vorbei und hielt irgend etwas in den Händen. Ein Lichtstrahl brach sich auf dem goldenen Metall. Es war der Kelch.

Gordon nahm ihn entgegen.

Er hielt ihn in der linken Hand. In der rechten hatte er die Weinflasche.

Sie war bereits geöffnet.

Es wurde wieder still in dem alten Gewölbe.

Beide Arme streckte der Vampir aus, so daß sich Kelch und Flasche über meinem Gesicht befanden. »Das Blut meiner Ahnen wird in diesem Kelch dampfen und dich, John Sinclair, in die Familie der Vampire aufnehmen. Der Fluch ist gesprochen, das Todesurteil wird vollstreckt, denn die Zeit ist reif!«

Er kippte die Flasche.

Langsam quoll die rote Flüssigkeit hervor. Sie gluckerte aus der Öffnung und lief dann als roter, dicker Strahl in den goldenen Kelch, wo sie sich rasch verteilte und an den Wänden des Gefäßes hochstieg. Das Blut war warm, denn ich sah einen leichten Dampfschleier über dem Kelchrand schweben.

Ein Tropfen fiel vorbei. Ich sah ihn auf mich zukommen und schloß hastig die Augen.

Er klatschte rechts auf die Stirn und rann an der Haut entlang nach unten.

Zum Glück berührte er nicht meine Lippen, aber er hinterließ eine rote Spur. Ich merkte, wie ich innerlich immer erregter wurde.

Gordon Fariac brauchte die Flasche nicht mehr. Er schleuderte sie durch das Gewölbe gegen die Wand, wo sie klirrend zerbrach.

»Nur der Kelch ist wichtig!« flüsterte er heiser. »Der Kelch mit dem Blut der Ahnen.«

Mit beiden Händen hielt er das schwere Goldgefäß fest. Es schwebte über meinen Kopf.

Ich hatte die Augen weit aufgerissen und glaubte für einen Moment, er würde den Kelch über mir ausleeren und mir das Blut ins Gesicht kippen.

Das geschah nicht.

Statt dessen senkte er das Gefäß, gab seinem Körper eine Drehung und ging nach rechts.

Er stand jetzt dicht neben mir, so daß er sich nur nach vorn zu beugen brauchte, um mich zu erreichen.

Die sieben Hilfsvampire traten etwas zurück und machten ihrem Meister Platz.

Gierig starrten sie mich an. In ihren Augen sah ich es leuchten. Das Blut, das in meinem Körper floß, sollte bald auch ihnen gehören.

Wie lange hatte ich noch?

Minuten – Sekunden?

Gordon Fariac konnte sich nicht mehr beherrschen. Er kicherte, riß sein Maul auf und präsentierte mir seine gewaltigen Hauer. Scharfe Vampirzähne, die unten sogar leicht gebogen waren.

Eine Gänsehaut rann über meinen Rücken.

Ich hatte Angst, eine verdammte, widerliche Angst. Keiner ist zum Helden geboren, auch ich nicht. Die Situation hatte mich nur manchmal dazu gemacht, als ich über meinen eigenen Schatten gesprungen war.

Rechts von mir lagen meine Freunde. Auch sie waren gefesselt und konnten mir nicht mehr helfen. Sie würden das gleiche Schicksal erleiden wie ich, nur würde sich über sie die Vampirhorde stürzen, um ihr Blut zu trinken.

Gordon Fariac senkte den Kelch. Er lachte breit, Triumph funkelte in seinen Pupillen, denn endlich hatte er mich soweit. Er konnte seinen Schwur erfüllen.

»Trink, Sinclair«, flüsterte er, »trink das Blut meiner Ahnen. Jetzt, in diesem Augenblick!«

Ich preßte die Lippen fest zusammen. Nein, Freunde, trinken wollte ich das Zeug nicht. Auf keinen Fall. Eher würde ich hier auf dem verdammten Stein verrecken.

Aber ich hatte nicht mit dem Vampir-Grafen gerechnet. Er übersah ebenfalls die Situation, huschte um den steinernen Tisch herum und stand dann an der linken Seite neben mir.

»Ich öffne ihm schon das Maul!« knirschte er. Seine kalten Totenfinger griffen zu.

Eine Hand umspannte meine Kinnlade, die andere wühlte sich in meinem Haar fest.

Nur mühsam unterdrückte ich einen Schmerzensschrei.

Der Vampir lachte boshaft.

Und er zog weiter.

Ich konnte die Lippen nicht mehr geschlossen halten. Langsam öffnete sich der Mund. Zuerst nur einen Spalt, doch als der Vampir härter zog, öffnete ich ihn weiter.

Gordon Fariac senkte den Becher. Ein Lichtreflex fiel auf das Gold und blendete mich.

Im nächsten Augenblick spürte ich das kalte Metall an meiner Unterlippe...

Nur Asche hatte das Feuer von dem Vampir zurückgelassen. Jane schüttelte sich, als sie einen Blick darauf warf. Dann machte sie sich auf den Weg.

Die Lanze nahm sie mit. Es war zwar eine unhandliche Waffe, aber in der Not wußte sich Jane damit zu verteidigen. Ihr Gesicht zeigte einen entschlossenen Ausdruck. Obwohl dieser Gang für sie brandgefährlich war, dachte sie nicht im Traum daran, umzukehren. Freunde waren in Gefahr, und jeder von ihnen hätte gleich gehandelt.

Mit der Lanze teilte Jane den Vorhang. Dahinter befand sich eine kleine Diele mit einer Tür.

Jane öffnete sie und spürte sofort die Kühle, die ihr entgegenwehte.

Hier ging es zum Keller.

Die Treppe begann einen Meter hinter der Tür. Dicke Steine, kalt und feucht.

Irgendwo weiter unten brannte ein flackerndes Licht. Es warf seinen Widerschein auf die letzten Stufen, so daß Jane das Gefühl hatte, der Stein würde sich bewegen.

Sie schritt vorsichtig die Treppe hinab. Dabei hielt sie sich dicht an der Wand, um sich abstützen zu können, wenn sie mal eine Stufe verfehlte.

Meter für Meter näherte sie sich dem eigentlichen Ziel. Sie glaubte auch Stimmen zu hören, konnte aber leider nicht verstehen, was gesprochen wurde. Dafür war sie zu weit weg.

Aber sie kam ihrem Ziel näher.

Ihr Herz trommelte heftig. Kalter Schweiß lag auf ihrer Stirn. Sie hatte sich vorgenommen, sofort die beiden Vampire zu erschießen, denn sie waren die Hauptübeltäter.

Jane war sicher, daß sie irgendwo in der Tiefe des Kellers lauerten.

Am Ende der Treppe sah sie einen Gang, der im direkten Winkel nach rechts führte.

Eine andere Richtung konnte sie nicht einschlagen, dann wäre sie vor das Mauerwerk gelaufen.

Der Gang war niedrig, feucht und rutschig. Unwillkürlich zog die Detektivin den Kopf ein, als sie sich weiterhin anschlich. Es brannte kein Licht, aber sie sah den Fackelschein hinter einer viereckigen Öffnung, die nur ein paar Meter entfernt lag, so daß der Widerschein sogar auf die untersten Treppenstufen gefallen war.

Jane Collins befand sich dicht vor dem Ziel.

Eine nahezu unnatürliche Ruhe überkam sie. Es war immer so. Dicht vor dem Ziel schienen ihre Nerven zu Drahtseilen zu werden.

Jane erreichte den Durchlaß.

Sie duckte sich noch mehr zusammen, schaute in das Gewölbe hinein und erlitt einen Schock.

Da lagen Will Mallmann und Bill Conolly auf steinernen Platten. Die Männer waren so gefesselt, daß sie sich nicht rühren konnten. So straff saßen die Seile.

Und wo war John Sinclair?

Jane sah mich nicht, da die Körper der übrigen Vampire mich verdeckten.

Sie sah aber etwas anderes.

Das Kreuz!

Es lag in einer Ecke des Gewölbes, als würde es überhaupt nicht dazugehören, ein Bote des Lichts inmitten der Aura des Grauens. Dann irrte Janes Blick ab, denn der Vampir hob den mit Blut gefüllten Kelch mit beiden Händen hoch. Er neigte ihn, und Jane brauchte keine Hellseherin zu sein, um zu wissen, was in Deckung der Vampirkörper geschah.

John sollte das Blut trinken!

»Nein!« brüllte Jane Collins und sprang vor.

Doch ihre Aktion war nur der Beginn einer Kette überraschender Ereignisse, denn die Lage spitzte sich noch mehr zu, und es kam zur Eskalation...

Zwei Männer zerrten verzweifelt an ihren Fesseln.

Bill Conolly und Will Mallmann!

Beide wußten, welches Schicksal ihnen bevorstand, wenn John einmal das Blut getrunken hatte, beide gaben nicht auf. Sie kämpften, solange noch ein Fünkchen Leben in ihnen steckte.

Bill Conolly hatte es da besser. Sein rechter Arm war frei, und er hatte das Messer.

Aber was nutzte ihm die Klinge? Mit ihr konnte er die Blutsauger nicht töten.

Bill schielte nach links, wo die Vampire standen und Gordon Fariac den Kelch mit dem Blut hielt.

Er stand dort wie ein Triumphator. Einer, der es endlich geschafft hatte.

Bill kochte und explodierte fast vor Wut. Hätte er jetzt eine Waffe gehabt, dann...

Er dachte gar nicht weiter, dann ärgerte er sich um so mehr, daß er keine Waffe besaß.

Außer dem Taschenmesser.

Nur, was konnte er damit anfangen? Nichts – oder?

Bill hörte die Worte, die Gordon Fariac sprach. Jedes einzelne wirkte auf ihn wie ein Tropfen Säure, der sich immer tiefer in die Seele fraß.

»Bill!« Der Reporter hörte Will Mallmanns zischende Stimme.

»Ja!«

»Versuch es, Bill!«

»Was denn?«

»Greif ein, Mensch. John darf dieses Zeug nicht trinken. Der geht vor die Hunde!«

»Das weiß ich selbst. Aber was soll ich machen?«

»Nimm dein Messer!«

»Aber damit kann man keinen Vampir erledigen.«

»Zumindest jedoch ablenken«, flüsterte Mallmann. »Du hast doch die rechte Hand frei...«

»Aber ich bekomme die Klinge nicht aus dem Schaft.«

»Versuch es doch!«

Bill gehorchte tatsächlich. Er klemmte einen Teil des Messers unter seinen Oberschenkel und versuchte, die Klinge aus dem Schaft zu ziehen.

Ein Ding der Unmöglichkeit mit nur einer Hand.

Schweißgebadet pumpte Bill Luft in die Lungen. »Es geht nicht«, keuchte er, »es geht nicht...«

»Dann ist wohl alles verloren«, meinte Will deprimiert.

»Kann sein.«

Bill Conolly schielte nach links, wo ich lag. Mich sah er nicht, nur die Rücken der Vampire.

Dann hörte er die Stimme des Grafen. »Ich öffne ihm schon das Maul!«

Da wußte der Reporter, daß es soweit war. Wut und Haß schossen wie Lohen in ihm hoch, und in einem wilden Anfall von Zorn hob er den rechten Arm und schleuderte das Taschenmesser dorthin, wo sich die Vampir-Brüder aufhielten...

Diesmal hatte Bill Conolly Glück. Die Wirkung des geschleuderten Taschenmessers war enorm.

Gordon Fariac hielt den Becher in der Hand. Ich spürte das kalte Metall an meiner Lippe und hörte gleichzeitig einen wilden Frauenschrei.

Er zitterte noch im Raum, als Fariac zurückprallte. Ich hörte ein Klatschen, etwas mußte ihn am Kopf getroffen haben. So heftig und so überraschend, daß er zurückzuckte, dabei nicht auf den Becher achtete und einen Großteil des Zeugs vergoß. Das Blut schwappte über den Rand und klatschte zu Boden.

Ich bekam auch noch ein paar Spritzer mit, aber das war nicht wichtig. Jedenfalls hatte ich das Zeug nicht getrunken. Und allein das zählte.

Fauchend fuhr Gordon Fariac herum. »Was ist los?« keuchte er. »Was ist geschehen?«

Er war völlig durcheinander, und auch seine Mitstreiter wußten im Augenblick nicht, was los war.

Dann hörte ich wieder die Stimme. Hell und klar stach sie durch das Gewölbe.

»Keiner rührt sich von der Stelle!«

»Jane«, ächzte ich, und auch Bill sagte: »Ich wußte doch, daß du die rettende Prinzessin bist. Hätte ich die Arme frei, würde ich wer weiß was mit dir anstellen.«

Will Mallmann sagte nichts. Er lachte nur vor Erleichterung. Noch waren wir nicht aus dem Schneider, und das wußte auch Jane Collins. Sie stand praktisch unter Hochspannung. Wenn sie jetzt einen Fehler machte, war alles verloren.

Deshalb war Jane Collins voll konzentriert.

Im Augenblick interessierte sie eins am meisten.

Das Kreuz.

Es lag auf dem Boden des Gewölbes und strahlte nicht mehr so intensiv wie noch vor Sekunden, als John Sinclair in höchster Lebensgefahr geschwebt hatte. Das Silber glänzte nur noch matt, nicht stärker als sonst.

Jane Collins huschte auf das Kreuz zu. Drei schnelle Schritte brachten sie in seine Nähe. Dabei hielt sie die Waffe so, daß die Mündung immer auf die überraschten Vampire wies.

Die Detektivin hob das Kreuz auf.

Schwer lag es in ihrer Hand. Sie fühlte auf einmal die Kraft, die von diesem Kurzifix aus in sie überströmte und ihr den Mut und den Glauben zum Sieg gab.

Jane hatte die Lanze fallen lassen. Sie brauchte sie nicht mehr. Mit dem Kreuz in der linken und der Astra in der rechten Hand schritt sie auf die Blutsauger zu.

»Keine Bewegung!« sagte sie und hatte Mühe, ein Zittern der Stimme zu unterdrücken.

Die Vampire starrten auf das Kruzifix. Jane war inzwischen so nahe an mich herangekommen, daß auch ich das Kreuz sehen konnte.

Wo kam es her? Hatte es schon immer hier gelegen? Wahrscheinlich, ich hatte es nur nicht sehen können, und die Vampire hatten einen Bogen um das Kruzifix gemacht.

Aber das war schlecht möglich. Das Kreuz strahlte solch eine Kraft der Weißen Magie aus, daß die Vampire das Gewölbe nie betreten hätten.

Zwangsläufig erinnerte ich mich wieder an meinen gewaltigen Zeitsprung. Die Kette war mir dabei über den Kopf gerutscht, das Kruzifix verschwunden. Es mußte irgendwo zwischen die Dimensionen getrudelt sein, und dann, als ich mich in stärkster Lebensgefahr befand, hatte das Kreuz meine ungeheure Angst gespürt und war innerhalb des Raumes materialisiert.

Denn das Kruzifix und ich waren im Laufe der Jahre eine Symbiose eingegangen, eine Gemeinschaft. Wir hingen aneinander.

Eine andere Erklärung hatte ich nicht für das Auftauchen meines Kruzifixes.

Unbeirrt schritt Jane Collins auf mich zu.

Die Blutsauger wichen zurück. Sie spürten die starke, weißmagische Ausstrahlung und zitterten um ihr erbärmliches, widerliches Leben. Die Angst wurde größer...

Dann hatte mich die Detektivin erreicht.

Sie senkte die linke Hand und legte das Kreuz mitten auf meine Brust.

Mein Gott, ich hatte es wieder. Tief atmete ich ein, merkte den Strom der Kraft, den das Kreuz ausstrahlte, und meine Augen wurden feucht.

Jane aber fuhr herum. »Weg!« zischte sie den Vampiren zu. »Geht zurück zur Wand!«

Die Diener gehorchten. Nur die beiden Brüder blieben stehen. Vor allen Dingen war es der Graf, der nicht einsehen wollte, daß sich die Vorzeichen verändert hatten.

Er knurrte und fauchte Jane Collins an.

Gordon Fariac war vernünftiger. Er legte seine Hand auf die Schulter des Bruders und zog ihn zurück.

Die Detektivin hatte wieder einen Teilsieg errungen.

»Jane«, krächzte Bill Conolly. »Da muß irgendwo ein Messer liegen. Heb es auf...«

»Okay.« Jane hatte bereits gesehen, wo das Taschenmesser hingefallen war.

Gar nicht weit von der ersten Steinplatte entfernt. Rückwärts ging sie dorthin und hob das Messer auf. Dabei bückte sie sich, ohne allerdings die Feinde aus den Augen zu lassen.

Jane schaffte es, das Messer aufzuheben. Jetzt mußte sie nur noch die Klinge aus dem Heft ziehen. Das war leichter gesagt, als getan, denn gleichzeitig durfte die Detektivin ihre Astra nicht loslassen.

Ein Spiel mit dem Feuer begann.

Das merkten auch die Vampire.

Und besonders der Graf war ungeduldig. Er spürte zwar noch immer die Hand seines Bruders auf der Schulter, aber der Druck war nicht sehr fest. Fariac wollte es nicht wahrhaben, daß ihr Spiel langsam verlorenging.

Er starrte Jane an.

Die Detektivin war noch immer damit beschäftigt, die Klinge aus dem Heft zu ziehen. Sie klemmte etwas. Einen Fingernagel hatte sich Jane bereits abgebrochen.

Da griff Fariac an.

Er riß sich mit einem Ruck los, wuchtete seinen Körper voran, streckte beide Arme aus und wollte Janes Kehle packen.

»Paß auf!« schrie ich.

Meine Warnung war nicht nötig. Jane Collins reagierte fantastisch. Sie drehte sich zur Seite, nahm die Waffe und schwenkte sie in die Richtung des Vampir-Grafen.

Noch in der Bewegung schoß sie.

Fahl leuchtete der Mündungsblitz. Die Kugel raste aus dem Lauf und traf den Vampir mitten in die Stirn.

Fariac stieß einen gellenden Schrei aus. Seine Bewegung wurde auf halbem Wege gestoppt. Beide Arme riß er hoch, er fiel nach vorn und krachte mit dem Kinn gegen das Fußende der Platte.

Dann fiel er zu Boden.

Und dort begann sein Todeskampf.

Keiner von uns sah ihn. Wir hörten ihn nur. Doch diese Geräusche jagten Schauer über unsere Rücken, so schlimm waren sie.

»Zurück!« schrie Jane. »Der nächste bekommt ebenfalls eine Kugel!«

Die Blutsauger waren geschockt. Selbst Gordon Fariac sagte nichts. Er mußte mit ansehen, wie sein Bruder, der erst vor kurzer Zeit aus der Asche entstanden war, verging.

Helfen konnte er ihm nicht...

Und Jane hatte inzwischen das Messer aufgeklappt.

Bill Conolly hörte das klackende Geräusch und zog sofort die richtigen Schlüsse.

»Ist es okay, Jane?«

»Ja.«

»Dann gib es her!«

Jane bewegte sich von mir fort.

Bill hob seinen rechten Arm, und Jane übergab ihm die Klinge.

Sofort entledigte sich der Reporter seiner Fesseln. Noch nie in seinem Leben hatte er sich so beeilt.

Es war ein verzweifelter Kampf gegen die Zeit, denn die Vampire hatten ihren ersten Schock überwunden und dachten gar nicht daran, kampflos aufzugeben.

Sie wollten das versprochene Blut!

Am raffiniertesten war Gordon Fariac. Er zog sich so zurück, daß seine Diener ihn mit ihren Körpern deckten.

Und dann gab er den Befehl zum Angriff.

»Packt sie euch!« kreischte er, duckte sich gleichzeitig und suchte sein Heil in der Flucht!

Die Vampire stürmten vor.

Jane drückte ab.

Klick, machte es.

Verschossen!

Wie der Schlag eines Hammers traf Jane Collins diese Tatsache. Zeit, darüber nachzudenken, hatte sie nicht, denn die sieben Vampire griffen an...

Bill Conolly war kein heuriger Hase mehr. Er ahnte, daß die Lage auf der Kippe stand.

Und er beeilte sich.

Verzweifelt schnitt er die Stricke durch. Als Befehl zum Angriff kam, waren nur noch die beiden untersten dicht über den Fußgelenken staff gebunden.

Zwei kreischende Furien stürzten auf den Reporter zu. Und mit einem letzten Schnitt schaffte er beide Stricke.

Bill Conolly war frei!

Rechts und links der Platte fielen die Stricke zu Boden. Da warfen sich die beiden ersten Vampir-Weiber auf den Reporter.

Bill hatte keine Waffe. Er konnte sich nur mit seinen Körperkräften verteidigen.

Und darin war er ein kleiner Meister.

Der Reporter zog beide Beine an und stieß sie gleichzeitig wieder vor. Dabei grätschte er sie ein wenig, so daß er beide angreifenden Frauen vor die Brust traf. Die Tritte waren hart, und die Untoten wurden weit zurückgeschleudert.

Bill hatte sich Luft verschafft. Das war auch nötig, denn Jane Collins und Kommissar Mallmann wurden angegriffen. Dabei erging es dem guten Will am schlimmsten, er lag noch immer gefesselt auf dem Stein, während sich Jane wehren konnte.

Bill Conolly schwang sich von der Platte. Eine Sekunde später hatte er Will Mallmann und die beiden Vampire erreicht. Einer beugte sich bereits über Mallmanns Hals und wollte seine beiden Eckzähne in das Fleisch hacken.

Da schlug der Reporter zu.

Er hatte all seine aufgestaute Wut in den Schlag gelegt, und obwohl er noch taumelig auf den Beinen war – die Fesselung hatte seinen Kreislauf arg strapaziert –, warf sein Hieb den Vampir doch um. Er flog über Will Mallmann hinweg und krachte auf der anderen Seite zu Boden, wo er aber sofort wieder aufstand.

Den zweiten Vampir traf Bill mit der Handkante. Auch der Blutsauger kippte um.

Zwei Sekunden hatte Bill Zeit. Er klemmte die Messerklinge unter die beiden obersten Stricke und säbelte sie durch.

Dann drückte er Will Mallmann das Messer in die Hand, damit er sich weiter befreien konnte.

Bill hörte Janes Stöhnen.

Er fuhr herum.

Die Detektivin befand sich wirklich in einer miesen Lage. Sie hatte die drei Angreifer nicht abwehren können, im Gegenteil, es ging ihr schlechter, denn die Vampire hatten die Detektivin unter sich begraben.

Jane kämpfte verzweifelt. Sie war wirklich nicht schwach, aber die Blutsauger erinnerten an Kletten und ließen sich nicht abschütteln. Es wurde Zeit.

Den ersten schaffte Bill mit einem Tritt zur Seite. Schreiend flog er davon, den zweiten zog der Reporter an den Haaren hoch, schleuderte ihn herum und warf ihn seinem Artgenossen entgegen.

Nur noch einer.

Den schaffte sich Jane Collins selbst vom Hals.

Sie schnellte hoch, setzte zu einem Schulterwurf an und drosch den Blutsauger zu Boden.

Mallmann beeilte sich, seine Fesseln loszuwerden. Er schnitt an den Stricken und mußte sich gleichzeitig gegen angreifende Vampire wehren.

Einen stach er mit dem Messer in den Arm.

Blut quoll aus der Wunde, aber der Untote verspürte keinen Schmerz. Er lachte nur.

Nur ich konnte nicht mitkämpfen. Ich lag nach wie vor auf der Platte und war gefesselt. Ich sah meinen Freunden zu und schrie: »Verdammt, binde mich doch einer los!«

»Moment!« rief Bill, nahm das Kreuz von meiner Brust und fing einen Vampir ab, der auf Kommissar Mallmann zustürzen wollte.

Das Kruzifix traf den Untoten mitten im Lauf.

Der Blutsauger schrie auf. Plötzlich zeichnete sich der Abdruck des Kreuzes auf seiner Gesichtshaut ab. Er schrie wie von Sinnen und taumelte zurück.

Endlich war Will Mallmann frei.

Bill stand näher bei mir, und Will warf ihm das Messer zu. Geschickt fing der Reporter die Waffe auf. Er kreiselte sofort herum, und dann war ich an der Reihe.

Bill hatte im Aufschneiden der Stricke schon Routine. In Sekundenschnelle säbelte er sie durch.

Endlich war ich frei.

Ich schwang mich von der Platte, rief Bill ein »Danke« zu und nahm mein Kreuz.

Jetzt konnte es zur Sache gehen. Vor allen Dingen wollte ich Gordon Fariac haben.

Kaum hatten meine Füße den Boden berührt, als ich in den Knien einknickte und fast hingefallen wäre. Ich hatte kaum noch Gefühl in den Beinen. Und hätte ich nicht permanent meine Füße bewegt, so wäre der Zustand noch schlimmer gewesen. So aber konnte ich mich fangen und aufstehen.

Mein Kreuz hatte ich. Das war auch die einzige Waffe. Die Beretta war leergeschossen, mit ihr konnte ich nicht mehr viel anfangen. Aber die Blutsauger hatten sich wieder bewaffnet.

Sie waren zurückgewichen und hoben ihre Äxte, Schwerter und Lanzen auf.

Wir blieben stehen.

Vier Menschen. Jane Collins, Bill Conolly, Will Mallmann und ich. Wir waren zu allem entschlossen.

Uns gegenüber standen die Vampire.

Sechs zählte ich.

Gefährliche Bestien, die unser Blut wollten. Sekundenlang trat eine Pause ein. Es schien, als wollte jeder von uns noch einmal Atem holen, bevor die große Auseinandersetzung begann.

»Da müssen wir durch«, flüsterte Bill.

Ich gab ihm recht. Es gab keine andere Möglichkeit. Das Licht der Fackeln warf Schatten über unsere Gesichter und tauchte es im nächsten Augenblick in einen rötlichen Schein. Eine gespenstische Atmosphäre, die in diesem Gewölbe herrschte, erfüllt von Grauen und Angst.

Ich trat vor, denn ich hatte das Kreuz. Die rechte Hand streckte ich aus, und das Kruzifix, mit den Zeichen der vier Erzengel versehen, sollte seine Kraft voll ausspielen.

»Weg!« schrie ich den Vampiren zu. »Weichet von uns, Boten der Finsternis! Die Saat des Bösen ist nicht aufgegangen. Ihr werdet sterben, bevor der neue Tag anbricht, und eingehen in die finstere Hölle!«

Ich redete bewußt solch eine Sprache, denn die verstanden sie.

Und sie sahen das Kreuz.

Im Widerschein des Fackellichts wirkte es irgendwie noch schauriger. Zudem zeichnete es einen großen Schatten an die Wand, der hin- und herzuckte.

Die Blutsauger zögerten.

Mir kam es so vor, als würde der Anblick des Kreuzes die Kraft aus ihren Körpern saugen. Das Zeichen des Lichts vertrieb die Schatten der Finsternis.

So war es immer, so würde es auch hoffentlich immer bleiben. Die Vampire hatten zwar ihre Waffen, aber sie setzten sie nicht ein. Der Anblick des Kreuzes schwächte sie, und er trieb sie zurück in den Gang.

Neben mir bewegten sich meine Freunde. Ich sah ihre Körper als Schattenrisse auf dem Boden. Sie gingen weiter, hielten mit mir Schritt und bildeten eine geschlossene Front.

Die ersten Vampire verschwanden im Gang. Manche heulten

auf. Eine Frau drehte sich torkelnd um, verfehlte den Eingang und prallte gegen die Wand. Die Hellebarde rutschte ihr aus der Hand.

Bevor sie verschwinden konnte, war ich bei ihr.

Sie spürte in ihrem Rücken das Kreuz und zuckte hoch. Dabei warf sie ihre Arme vor und versuchte, sich mit den Fingern im rissigen Gestein festzuklammern.

Das mißlang.

Die Vampirin fiel zu Boden, wo sie stöhnend verging.

Wir schritten weiter. Vorsichtig betraten wir den kurzen Gang, der an der Treppe endete.

Unsere Gegner flohen nicht überstürzt, sie blieben auf den untersten Stufen stehen.

»Wenn ich doch nur eine Beretta hätte«, beschwerte sich Bill Conolly.

»Sei mal ruhig!« zischte ich und blieb stehen.

Auch die anderen verharrten.

Jeder von uns nahm den Geruch wahr.

Brandgeruch!

Wir wußten, was das zu bedeuten hatte.

Gordon Fariac hatte seine Konsequenzen gezogen, als er sah, daß er nicht mehr viel ausrichten konnte.

Er hatte das Schloß kurzerhand angezündet.

Und wir steckten im Keller.

Auch die Vampire hatten bemerkt, daß etwas nicht stimmte. Ich wußte nicht, ob sie Geruchssinne hatten – wahrscheinlich nicht –, aber sie sahen die Schwaden, die von der Treppe her in den Gang wallten.

Plötzlich waren wir vergessen.

Die fünf Blutsauger warfen sich herum und flohen die lange Treppe hoch.

Den Weg nahmen auch wir.

Ich hetzte mit langen Sprüngen voran, nahm immer drei Stufen auf einmal. Jane, Will Mallmann und Bill folgten. Wir hatten die Treppe noch nicht hinter uns gelassen, als uns bereits dicke Schwaden entgegenwolkten.

Fett und träge krochen sie die Stufen herab. Die Gestalten der flüchtenden Vampire verschwanden. Und wenig später stellten wir entsetzt fest, daß die Halle eine einzige Feuerwand war.

Schon platzten die ersten Scheiben. Die Splitter segelten nach außen und innen. Kalter Wind pfiff in das Schloß, blähte die brennenden Vorhänge auf und trieb Funken wie einen glühenden Regen durch den großen Raum.

Die Vampire verfielen in Panik. Vor Feuer hatten sie ebenso große Angst wie vor dem Kreuz. Alle rannten kopflos umher, stießen sich gegenseitig aus dem Weg oder verletzten sich in ihrer Panik mit den Waffen.

Es dauerte nur Sekunden, bis die ersten beiden von den Flammen erfaßt worden waren.

Schreiend wälzten sich die Blutsauger auf dem Boden, steckten den Teppich in Brand, der im Nu eine wabernde Hölle bildete und uns den Weg zur Tür versperrte.

Die Gegenstände im Innern des Schlosses waren pulvertrocken. Erste Flammen krochen bereits auf die Treppe zu. Wir konnten uns nur schreiend verständigen, denn sonst wurden unsere Stimmen vom Prasseln der Flammen übertönt.

Stetig drangen Rauch und Qualm in unsere Kehlen. Wir keuchten und husteten. Der Tisch, auf dem das Büfett gestanden hatte, war ein Flammenmeer. Ich sah einen Vampir, dessen Kleider ebenfalls Feuer gefangen hatten. Er wälzte sich auf dem Tisch.

Nur von Gordon Fariac sah ich nichts. Der hatte es vorgezogen, das Weite zu suchen.

Aber ich würde ihn kriegen.

Wir kämpften uns vor bis zur Tür. Die Vampire waren jetzt nicht mehr wichtig. Das Feuer würde sie vernichten. Unser Weg glich einem Spießrutenlauf durch die Hölle. Immer wieder griffen die langen Feuerzungen nach unseren Kleidern, strichen heiß über unsere Gesichter, und der Wind wehte uns Funken ins Haar, die wir wieder erstickten.

Aber wir schafften es.

Ich taumelte als erster nach draußen, konnte nichts erkennen, weil ich noch immer von den Flammen geblendet war, sah aber trotzdem die Blaulichter mehrerer Streifenwagen aufzucken. Die Fahrzeuge fuhren die Serpentinen zur Burg hoch. Auch vernahm ich die Martinshörner der Feuerwehr. Wahrscheinlich war das Feuer unten im Tal gesehen worden, und die Menschen hatten schnell reagiert.

Wo steckte Fariac?

Ich schaute mich um.

Hinter mir hörte ich die lauten Stimmen meiner Freunde, kümmerte mich jedoch nicht darum. Ich wollte den verdammten Vampir.

Meine Augen hatten sich inzwischen wieder umgestellt, ich konnte besser sehen.

Und ich erblickte ihn!

Dicht am Waldrand stand er und schaute sich um. Wahrscheinlich war er durcheinander, weil er das Jaulen der Martinshörner gehört hatte. Jetzt suchte er nach einem Fluchtweg!

Den wollte ich ihm verbauen.

»Fariac!« brüllte ich.

Er fuhr herum.

Da rannte ich los!

Er starrte mir entgegen, floh nicht, war vielleicht auch zu überrascht, und ich gewann an Boden.

Plötzlich reagiert er. Wie ein Blitz warf er sich auf dem Absatz herum und verschwand zwischen den Bäumen. Ich hatte bereits meinen rechten Arm erhoben, um ihm das Kreuz in den Rücken zu schleudern, ließ die Hand jedoch wieder sinken, denn Äste und sperriges Buschwerk deckten ihn.

Sekunden später war auch ich im Wald.

Erst jetzt merkte ich, daß es schneite. Die weißen Flocken fielen lautlos vom Himmel und hatten sich schon wie eine dünne Puderschicht über die Äste und Zweige der Bäume sowie auf die Erde gelegt. Deutlich hob sich die dunkle Gestalt des Vampirs von der hellen Oberfläche ab.

Er wandte sich nach rechts.

Mit beinahe wütender Kraft hieb er störende Zweige und Äste aus dem Weg, bis er plötzlich auf die Straße zulief, wo die Wagen hochfuhren.

Was wollte er da?

Der Vampir erreichte vor mir die Straße. Und dann sah ich den

Grund. Er verwandelte sich. Das ging blitzartig, ich konnte nicht so schnell reagieren.

Die Scheinwerfer des voranfahrenden Wagens erfaßten ihn bereits, als er seine Schwingen ausbreitete.

Da verließ ich den Wald.

Fariac lachte.

Und ich setzte alles auf eine Karte. Ich warf mich mit einem gewaltigen Satz vor, steckte das Kreuz weg, so daß ich beide Hände freihatte, und es gelang mir tatsächlich, den abhebenden Vampir noch zu packen.

Ich klammerte mich am Flügel fest.

Jemand hupte.

Dann kreischten Reifen. Schweinwerfer tanzten hin und her, weil die Wagen rutschten. Ich hörte Rufe, aber ich kümmerte mich nicht darum. Fariac war wichtiger.

Er hob ab.

Trotz meines Gewichts schaffte er es, sich vom Boden zu lösen. In seinen Flügeln steckte eine ungeheure Kraft. Er bewegte beide auf und nieder, und ich machte diese Bewegung mit. Mir wurde ganz anders. Ich spürte den scharfen Wind, und plötzlich streiften meine Schuhe die Wipfel der Bäume.

Hastig zog ich die Beine an, schaute nach oben, und sah erst jetzt, daß sich Fariac nicht vollständig in eine Fledermaus verwandelt hatte, sondern sein menschliches Aussehen noch bewahrt hatte. Statt der Arme waren ihm die großen, lederartigen Schwingen gewachsen.

Er flog weiter. Sein Gesicht war verzerrt, weit hatte er den Mund aufgerissen, ich sah seine spitzen Zähne und bekam regelrecht Angst vor diesen Hauern.

Ich mußte an den Vampir Kalurac denken. Auch ihn hatte ich in der Luft besiegt, allerdings trug ich damals eine kleine Rakete auf dem Rücken, eine Art Ein-Mann-Hubschrauber.

Dann hörte ich nur noch das Pfeifen des Windes, spürte die eisige Luft, wie sie in mein Gesicht schnitt, und hoffte, daß der Vampir nicht auf die Idee kam, sich einfach abstürzen zu lassen. Er würde nicht sterben, aber ich.

Zum Glück kam er nicht auf den Gedanken. Aber er flog auch nicht ziellos herum.

Er steuerte einen Platz an.

»Töten werde ich dich!« kreischte er. »Töten...«

Und dann sah ich das Ziel.

Der große, in den Rhein wachsende Felsen.

Die Loreley!

Dort wollte er landen. Er ging schon tiefer, visierte die Spitze an, und ich beeilte mich, die Beine anzuziehen.

Dann ließ ich los.

Ich fiel hin, überschlug mich, schrammte mir irgendwo die Haut auf und befürchtete, daß der Vampir das Weite suchen würde.

Doch das tat er nicht.

Sein Haß war zu groß. Er wollte mich vernichten. Fariac sprang mich an. Noch während des Sprungs schrumpften seine Flügel, aus ihnen wurden wieder normale Arme und Hände.

Mir blieb leider keine Zeit, mein Kreuz hervorzuholen. Mit einem Konterschlag stoppte ich den Angriff, doch der Blutsauger schüttelte nur den Kopf.

Er griff erneut an.

Schnee umtanzte uns, der Wind pfiff, während ich auf dem Felsen der Loreley um mein Leben kämpfte. Die Welt versank im wilden Flockenwirbel, doch das alles nahm ich gar nicht wahr. Die Wucht des nächsten Anpralls warf mich zurück, so daß ich rücklings zu Boden krachte.

Darauf hatte Fariac gewartet.

Plötzlich waren seine Hände da. Lange Fingernägel kratzten über meine Brust, sein Mund war weit aufgerissen, die Zähne blitzten mich an, aus der Mundhöhle drang ein schreckliches Fauchen, eine widerlich riechende Flüssigkeit sprühte mir ins Gesicht, als der Vampir seine Zähne in mein Fleisch bohren wollte.

Ich winkelte den Arm an und hieb meinen Ellenbogen gegen seine Unterkiefer.

Der Schlag war so hart, daß der Kiefer der Bestie ausgerenkt wurde. Plötzlich hatte der Blutsauger ein schiefes Gesicht. Lachen konnte ich darüber nicht, denn seine kalten Totenhände drückten meine Schultern gegen den Boden.

Mein Kreuz!

Ich hatte es in die Tasche gesteckt. Und meine Arme konnte

ich zum Glück bewegen. Es ging jetzt um Sekunden, denn der Blutsauger wollte meinen Lebenssaft.

Er fauchte und knurrte. Seine Augen waren rot unterlaufen. Nichts Menschliches hatte er mehr an sich. Das war der andere Fariac – der Vampir.

Ich umklammerte das Kreuz.

Da hackte der Vampir zu.

Im selben Moment riß ich den rechten Arm mit dem Kreuz hoch. Das geweihte Metall traf sein Gesicht, die Zähne streiften bereits meinen Hals. Als sie jedoch abrutschten, berührte das Kreuz seine Haut, und es zischte auf wie Wasserdampf, der aus einem Kesselventil strömt.

Der Vampir schrie.

Plötzlich war seine linke Gesichtshälfte nicht mehr da. Ich sah nur weißgraue Knochen, an denen noch ein paar Hautreste hingen. Gordon Fariac fuhr hoch. Beide Arme warf er zurück, er kam auf die Beine, taumelte, torkelte, und plötzlich sah ich, wie seine rechte Hand vom Arm fiel, dann bedeckten die wirbelnden Flocken den Tod des Vampirs wie ein gnädiger Vorhang.

Sekunden später hörte ich einen Schrei, der langsam verhallte.

Gordon Fariac mußte vom Felsen gestürzt sein. In der Luft noch würde er vergehen.

Noch lag die Hand vor mir. Das letzte Zucken zweier Finger, dann zerfielen auch sie.

Gordon Fariac existierte nicht mehr. Die Gefahr des Vampirismus war vorerst gebannt.

Ich aber hatte verdammt viel in den letzten beiden Tagen durchgemacht. Die Erinnerung daran würde ich immer behalten. An den alten Marek, an seinen Sohn Karel und an seine Tochter Ilona, das Mädchen, das mich geliebt hatte und das ich töten mußte, weil es zu einer Untoten geworden war.

Ihr Bild würde nie aus meiner Erinnerung verlöschen...

ENDE

Die
Schöne
aus dem
Toten-
reich

Gefahr!

Myxin, der Magier, spürte sie mit jeder Faser seines Körpers. Alle Zellen schienen die Warnung auszustrahlen, und durch sein Gehirn rasten die Ströme schneller. Der Magier verharrte.

Auf einer kleinen Plattform blieb er stehen. Er legte eine Pause ein auf dem Weg zum Gipfel, während um ihn herum der Wind pfiff und toste.

Myxin fror nicht. Mit solchen Dingen gab er sich nicht ab. Hitze, Kälte, Wärme – sie existierten nicht für ihn. Seine Haut war nicht mit der eines Menschen zu vergleichen, und doch hatte er sich den Menschen angeschlossen, weil er ähnlich fühlte und dachte wie sie.

Obwohl er ein Dämon gewesen war. Im alten Atlantis hatte er damals eine große Macht besessen, doch die Zeiten waren vorbei, das Meer hatte Atlantis gefressen. Aber Myxin erinnerte sich immer stärker an diesen Kontinent. Vor allen Dingen hatte er auf der Suche nach neuen Kräften Spuren dieses Kontinents auch auf den über dem Wasser liegenden Teilen der Erde entdeckt. Es war gar nicht so schwer, sie zu finden, man mußte nur richtig schauen.

Auch an diesem kalten Dezembertag war er wieder auf der Suche nach einem Hinweis aus der Vergangenheit. Myxin war fest entschlossen, ihn zu finden.

Warum aber hatte ihn sein Gefühl gewarnt?

Myxin hielt Ausschau. Seine Augen versuchten das Dunkel des Abends zu durchbrechen, was nicht möglich war. Er sah in der Ferne die Lichter einer Ortschaft. Als helle Grüße schimmerten sie zu ihm herüber, und er sah auch eine Lichtballung dicht über dem Boden.

Das war ein Tannenbaum, an dem die Kerzen leuchteten. Weihnachten stand vor der Tür...

Ein Fest, mit dem Myxin nichts anzufangen wußte. In Atlantis gab es das noch nicht. Erst sehr viel später feierten die Menschen dieses Fest.

Myxin ging bis zum Rand der Plattform und blickte in die Höhe. Wie drei gewaltige Zahnstummel hoben sich die Felsen aus der Landschaft. Sie waren nicht völlig kahl, nein, auf ihren

Spitzen wuchsen Bäume, die dem Wind und den Unbilden des ewig wechselnden Wetters standhaft trotzten.

Diese Felswände wurden von den Bewohnern der umliegenden Dörfer auch »Des Teufels letzte Finger« genannt. Der Begriff ging auf eine alte Sage aus dem Mittelalter zurück.

Davon wußte Myxin jedoch nichts. Er hatte den Felsen aus einem ganz anderen Grund einen Besuch abgestattet.

Noch einige Minuten wartete er, dann, als er merkte, daß sich nichts tat, daß die Gefahr nicht drohender wurde, kletterte er weiter. Und wieder einmal bewies der kleine Magier seine Geschicklichkeit. Tritt- und zielsicher fand er die richtigen Stellen, wo erst seine Beine und wenig später auch die Finger den nötigen Halt fanden.

Myxin war geschickt wie ein Bergsteiger. Er verlagerte sein Gewicht, wenn es sein mußte, und er sah auch zu, daß unter seinen Füßen das Gestein nicht abbröckelte.

So schaffte er Yard für Yard.

Das Gestein war rissig, an manchen Stellen wirkte es wie aufgeflammt. Große Poren, die sich schon bald zu Löchern verbreiterten. Myxin hielt des öfteren inne, nicht weil er erschöpft gewesen wäre, sondern weil sich das Gefühl der Gefahr noch nicht verflüchtigt hatte. Es war nach wie vor da.

Erwartete man ihn?

Kaum, dachte Myxin, denn wer sollte wissen, daß er sich auf den Weg zu den Felsen gemacht hatte? Er hatte seine Spuren sorgfältig verwischt. Myxin wollte nicht, daß man ihn fand, denn seine Feinde waren nicht zu zählen.

Er hatte sie nicht oder kaum unter den Menschen, seine Gegner entstammten anderen Reichen.

Dämonenreichen!

Dort stand er auf der Abschußliste ganz oben. Nicht zuletzt deshalb, weil er sich gegen seine eigenen Artgenossen gestellt hatte. Er war ein harter Gegner des Schwarzen Tods gewesen, hatte ihn bekämpft und somit auch Asmodina, die dessen Nachfolge übernommen hatte, nachdem der Schwarze Tod durch John Sinclair, den Geisterjäger, getötet worden war.

Myxin hatte auch seine Helfer verloren, die Schwarzen Vampire. Sie waren alle vernichtet worden, nur ihn hatte Asmodina leben lassen, ihn seiner Kräfte beraubt, ihn gedemütigt, ausgelacht und verhöhnt, so daß sich Myxin manches Mal den Tod gewünscht hatte, als auf diese Art und Weise zu existieren.

Doch die Zeit der Depression ging auch vorbei. Myxin fing sich wieder, er nahm den Kampf auf. Er schloß sich dem Sinclair-Team an, kämpfte aber nicht direkt an dessen Seite. Myxin war zu einem Einzelgänger geworden, einem Wesen, das seine Existenz suchte und hoffte, seine Kräfte wiederzufinden.

Niemand sollte ihm dabei helfen, obwohl man es ihm angeboten hatte. Myxin wollte allein sein, seine Schwäche war schlimm genug, er wollte sie nicht auch noch anderen zeigen. Deshalb hielt er sich zurück, trennte sich oft von dem Sinclair-Team und suchte allein seinen Weg. Hin und wieder jedoch meldete er sich, dann verschwand er wieder.

Myxin kletterte weiter. Etwa die Hälfte der Strecke lag hinter ihm. Er sah nach oben.

Sein Blick glitt dabei an der rissigen Felswand hoch, und er sah auch die gewaltigen dunklen Wolken, die vom Wind über den Himmel getrieben wurden.

Der Wind war schneidend, die Temperaturen sanken – Winterzeit. Die Reste vom ersten Schnee waren noch nicht weggetaut. Sie lagen als grauweiße Flecken in der Landschaft und wirkten wie große Augen.

Myxins Gedanken glitten wieder zurück in die Vergangenheit. Er hatte lange gesucht, denn er wußte, daß aus seiner Heimat noch versprengte Personen existierten und daß es Hinweise auf die Magie der alten Atlanter gab.

Der kleine Magier wollte keine Chance auslassen, um seine Kräfte zu stärken. Jedem Hinweis und jeder Spur ging er nach, auch das kleinste Indiz war wichtig.

Und Myxin fand immer etwas. Ein kleiner Teil seiner Kräfte war schon zurückgekehrt, aber das reichte ihm nicht. Er wollte alles oder nichts.

Und das dauerte.

Hinzu kam, daß Asmodina, die Teufelstochter, unbarmherzig Jagd auf den kleinen Magier machte. Wenn sie ihn dabei erwischte, daß er sich wieder mit Magie beschäftigte und versuchte, gegen sie anzukämpfen, würde sie ihn töten.

So sah die Lage aus.

Myxin, der Magier, stand auf einsamem Posten, wenn nicht sogar auf verlorenem...

Doch das wollte er nicht wahrhaben. Nein, er führte den Kampf weiter. Bis zum bitteren Ende.

Und deshalb kletterte er auch höher. Er wollte den Hinweis auf eine bessere Zukunft finden.

Wie eine Fliege klebte der Magier an dem rissigen Gestein. Der Wind umtoste ihn, er fauchte und pfiff, hob Myxins Mantel hoch und ließ ihn wie eine Fahne flattern.

Als er das erste dürre Gestrüpp erreichte, atmete er sichtlich auf. Jetzt war es nicht mehr weit.

Es war ein karges Gebüsch, das sich in das Gestein festgeklammert hatte und mit ihm verwachsen war. Myxin prüfte mit beiden Händen den Halt und stellte zufrieden fest, daß die dürren, aber starken Zweige sein Gewicht tragen würden.

Er zog sich hoch. Auf halbem Wege löste er seine rechte Hand und faßte in den nächsten Busch.

So kletterte er weiter.

Der Aufstieg wurde auch nicht mehr so steil. Er senkte sich ein wenig, wie der Buckel eines Monsters.

Myxin konnte jetzt weiterkriechen.

Nach wenigen Yards richtete er sich auf und stand nun auf der Spitze des ersten Felsens.

Sie war nicht nackt.

Hohe Bäume wuchsen hier. Wind und Wetter hatten sie entlaubt, die Zweige und Äste schabten gegeneinander, wenn sie bewegt wurden. Myxin blieb stehen.

Er hatte sein schmales Gesicht mit der grünlich schimmernden Haut dem Wind zugewandt, als lausche er auf eine unheimliche Botschaft, die ihm überbracht werden sollte.

Myxin blieb allein.

Und trotzdem – das Gefühl einer drohenden Gefahr wollte nicht weichen.

Der kleine Magier wußte genau, welchen Weg er einzuschlagen hatte.

Er wandte sich nach rechts, wo die Bäume so dicht wuchsen, daß sie einen kleinen Wald bildeten. Der Magier schritt über rissigen, harten Felsboden. Das Gestein war porös und erinnerte in seiner Beschaffenheit an einen erloschenen Vulkan. Eis hatte sich in manche Spalten gesetzt und war noch nicht getaut. Dazu arbeitete das gefrorene Wasser, es dehnte sich aus, so daß manche Steine brachen, wobei es regelrechte kleine Explosionen gab.

Der Weg war sehr uneben. Mal führte er in die Höhe, danach wieder in eine kleine Mulde.

Die Mulde verengte sich an ihrem Ende zu einer schmalen Rinne, durch die der kleine Magier schritt. Die Rinne war so eng, daß Myxin mit seinen Schultern fast die Wände rechts und links streifte. Oberhalb dieser Felsen ragten die blattlosen Bäume in den Himmel. In der Mulde war Myxin vor dem kalten Wind ziemlich geschützt. Mit den Schuhspitzen stieß er gegen lose Steine, die vor ihm herrollten.

Myxin war noch vorsichtiger geworden. Öfter schaute er sich um, rechnete mit einer Gefahr aus dem Hinterhalt, doch da zeigte sich nichts. Es blieb ruhig.

Die Rinne wurde breiter. Ein Weg tat sich vor Myxin auf, und der führte direkt zum Ziel.

Trotz der Dunkelheit sah Myxin den wuchtigen Felsen, der den Weg an seinem Ende begrenzte.

Der Magier blieb stehen. Seine Blicke tasteten den Felsen ab, und er nickte zufrieden.

Ja, das war er.

Deutlich unterschied sich das Gestein von dem anderen. Es schimmerte bläulich, war ziemlich glatt, und wenn Kanten vorstanden, dann wirkten sie wie abgeschmirgelt, als hätte sich ein Steinmetz an diesem Gebilde versucht.

Die letzten Schritte.

Dann stand der kleine Magier vor dem Stein. Um ihn zu finden, hatte er all die Bemühungen auf sich genommen, seine Spuren verwischt und sich in die Gefahr begeben.

Hier fand er das, was er suchte!

Myxin legte beide Handflächen gegen den Felsen. Normalerweise hätte der Stein ebenso kalt wie die anderen Felsen sein müssen. Das war nicht der Fall. Er strahlte eine innere Wärme ab, die der kleine Magier sofort spürte.

Jetzt sah er auch die geheimnisvollen Zeichen in Linien, die sich über die Oberfläche des Steins zogen.

Es war eine uralte, unbekannte Schrift. Sie war im alten Atlantis benutzt worden. Und auch nur von einer bestimmten Kaste.

Die Magier hatten sich dieser geheimnisvollen Schrift bedient. Und Myxin! Seine Kräfte waren ihm genommen worden, er hatte vieles vergessen, sein Gehirn war leer gewesen, aber im Laufe der Zeit hatte er sich wieder an die alten Dinge erinnert.

Hier wollte er einen Test durchführen. Konnte er die Zeichen noch lesen?

Wenn ja, dann schaffte er es auch, den Felsen zu öffnen, dann hatte er ein weiteres Geheimnis gelüftet.

Selbst Myxin wurde aufgeregt. Wenn er versagte, waren seine Bemühungen umsonst gewesen, denn er mußte die Botschaft der Vergangenheit nachsprechen.

Mit den Fingern zeichnete der kleine Magier die Zeichen nach. Dabei murmelten seine Lippen die fremden Worte.

»Okila trmur lega exentare...«

Felsen der Weisheit, gib dein Geheimnis preis, daß es mich stärke und mir die Macht der alten Götter gebe...

Mit diesen Worten begann die Inschrift, die so klar war, aber dennoch voller Rätsel steckte.

Myxin löste seine Hände nicht von der glatten Wand. Er redete weiter, und die Worte sprudelten über seine Lippen. Diese Erkenntnis beflügelte den kleinen Magier. Alle Kräfte hatte er doch nicht verloren. Das alte Wissen steckte tief in seinem Innern, man mußte es nur hervorholen.

Und Myxin redete weiter. Er sprach den Felsen an, als wäre er ein lebendes Wesen.

Myxin las die Zeichen von links nach rechts. Nicht einmal unterbrach er seine Sätze. Endlich hatte er es geschafft.

Myxin wartete.

Sekunden vergingen.

Stille umgab ihn. Selbst der Wind war eingeschlafen, nur ein kühler Zug strich über seinen Nacken. Myxins dunkle Augen waren auf die Mitte des Felsens gerichtet, dort mußte sich seines Wissens der Eingang befinden.

Das Tor zu Atlantis' Erbe...

Würde es gelingen?

Ja, es tat sich etwas. Auf einmal begann der glatte Felsen zu ächzen. Er stöhnte regelrecht auf, als würden Tonnen auf ihn drücken und an ihm reißen.

Gewaltige Kräfte zerrten an ihm. Unsichtbare Hände rissen an beiden Seiten des gewaltigen Felsens.

Ein Spalt entstand.

Genau in der Mitte!

Die beiden Felsenhälften wurden immer weiter auseinandergeschoben, der Spalt vergrößerte sich und gab einen Eingang frei, der in das Innere des Felsens führte.

Dort war es nicht dunkel.

Ein geheimnisvolles, tiefviolettes Licht strahlte von den Innenwänden. Es erfüllte den gesamten Hohlraum, den man als riesige Grotte bezeichnen konnte.

Die Wände stoppten wieder.

Jetzt war der Eingang breit genug. Myxin konnte hindurchschreiten und auch seine Arme ausstrecken, ohne die Felsen rechts und links zu berühren.

Er betrat das Innere.

Seine Schritte paßten sich der Feierlichkeit des Augenblicks an, sie waren gemessen und würdevoll. Myxin war sich sehr wohl der Bedeutung des Augenblicks bewußt.

An die Gefahr dachte er nicht mehr. Sie wurde von den neuen Ereignissen überdeckt.

Myxin betrat eine regelrechte Halle, die auch im Innern die Form des Felsens angenommen hatte. Nach oben hin lief sie spitz zu und hatte an ihrem Ende einen kleinen Bogen.

Auch hier waren die Wände glatt, aber jemand hatte das dunkle Gestein geschliffen. Es glänzte. Das Licht, das das Gestein ausstrahlte, wurde von ihm spiegelartig reflektiert, so daß es das Innere des Felsens völlig ausleuchtete.

Eine fantastische Welt.

Doch es war nicht nur das Licht, das Myxin faszinierte. Viel wichtiger war der Mensch, der in diesem Felsen begraben lag. Ein schwarzhaariger, bärtiger Hüne, nur mit einem knallroten Lendenschurz bekleidet, der ihm vorn bis zu den Waden hing. Der

Mann lag steif wie ein Brett auf einer gläsernen Platte, die, von einem kantigen Stein gestützt, mit dem Boden verbunden war.

Der Mann hatte eine braune Haut, fast schon so dunkel wie die eines Negers, obwohl seine asketischen Gesichtszüge keine negroide Abstammung verrieten. Es gab für Myxin keinen Zweifel mehr.

Auf dieser gläsernen Platte lag ein Mann aus dem längst vergessenen Kontinent Atlantis.

Der Magier trat noch näher heran, bis die gläserne Kante ihn berührte. Er blickte auf den Atlanter hinab, studierte dessen Gesichtszüge, und je länger er ihn ansah, um so bekannter kam er ihm vor.

Ja, er kannte den Mann. Sogar sein Name fiel Myxin wieder ein. Haro, Bote der Götter.

Damals wurde er so genannt, weil die Götter ihn mit starken Kräften ausgestattet hatten, damit er deren Botschaften verkündete. Die Götter waren Weise, Magier, Gestalten des Lichts, und sie hatten sich im ewigen Kampf mit den Mächten der Finsternis befunden, zu denen Myxin damals auch gehörte.

Wenn Haro erwachte und Myxin erkannte, würde er ihn töten. Aber wie kam er in dieses Felsengrab?

Myxin wußte es nicht, aber er hoffte, ihn als Streiter zu gewinnen.

Und noch jemand gehörte dazu.

Kara, das Mädchen aus dem Totenreich, die Schöne aus der Finsternis, wie sie auch genannt wurde. Sie und Haro waren oft zusammen, denn Kara, die Tochter eines Propheten, hatte den Dämonen getrotzt. Sie war nach ihrem Tod zurückgekehrt, um die Kräfte des Guten zu sammeln. Existierte sie vielleicht auch noch?

Wenn, und Myxin glaubte plötzlich daran, dann erhielt er wirklich eine ausgezeichnete Unterstützung.

In dem Gesicht des Atlanters rührte sich kein Muskel. Unbewegt, starr und steif lag der Mann vor ihm, versunken in einem langen, nie enden wollenden Schlaf.

Myxin dachte daran, daß auch er aus einem zehntausendjährigen Schlaf erweckt worden war, mit Haro sollte das gleiche geschehen.

Der kleine Magier streckte die Arme aus, so daß beide Hände

über dem Gesicht des Schläfers lagen. Dann spreizte Myxin alle zehn Finger. In diesem Augenblick geschah es. In seinem Rücken vernahm er das Geräusch.

Jemand war da!

Die Gefahr! Er hatte sie vergessen. Nun rächte es sich.

Myxin kreiselte auf der Stelle herum.

Die beiden standen im Eingang. Makabre Gestalten mit feuerroten Haaren, schwarzer Lederkleidung und Flügeln.

Asmodina hatte ihre Todesengel geschickt!

Also doch!

Er hatte es gewußt. Asmodina war raffinierter und stärker gewesen als Myxin. Sie hatte ihn unter Beobachtung gehalten. Und jetzt, als er dicht vor dem Ziel stand, schlug sie zu.

Durch ihre Todesengel.

Diese grausamen Geschöpfe, die bereits Myxins Schwarze Vampire getötet hatten.

Jetzt wollten sie ihn vernichten.

Myxin schaute sie an. Er sah in die kalten Gesichter, die von den feuerroten Haaren wie Lohen umweht wurden, er sah die Lederkleidung, die ihre Busen bedeckte, darunter jedoch einen Streifen heller Haut freiließen, und sein Blick glitt über die engen Hosen, die mit dem Körper verwachsen zu sein schienen.

Die Todesengel strahlten eine Grausamkeit aus, die Myxin erschreckte. Der kleine Magier besaß noch die Sensibilität, um die Strömungen genau auffangen zu können und zu spüren.

Die Geschöpfe waren Feinde!

Und sie näherten sich.

Ihre Flügel hatten sie zusammengefaltet, sie brauchten sie nicht mehr. Dafür griffen ihre Hände in die Gürtel, wo ihre Waffen steckten.

Kurze Schwerter, mehr langen Messern ähnelnd. Dazu Fesseln, die sie jetzt hervorholten.

Glänzende Stricke. Bläulich schimmernd wie Stahl und äußerst biegsam.

Myxin suchte verzweifelt nach einem Ausweg. Es gab keinen. Der Weg zum Ausgang war versperrt. Nie konnte er mit seinen schwachen Kräften gegen die beiden Todesengel gewinnen. Und sein eventueller Helfer, der Held Haro, lag in tiefem Schlaf.

Myxin mußte sich allein verteidigen.

»Komm her!« forderten die Todesengel.

»Was wollt ihr?« fragte der kleine Magier.

»Dich!«

»Und warum?«

»Wir haben dich beobachtet. Asmodina hat uns den Auftrag gegeben. Sie hat dich bestraft, sie hätte dich auch töten können, doch sie war gnädig und tat es nicht. Sie nahm dir nur deine Kräfte, aber du hast versucht, sie zu hintergehen, in dem du dich mit Sinclair verbündet hast. Das verlangt nach Strafe. Du wirst sterben!«

»Wer will mich töten?« fragte Myxin.

»Wir!«

Da sank Myxin in die Knie. Es sollte wie eine Geste der Demut aussehen, doch das war es nicht. Urplötzlich schnellte er hoch, spreizte seine Hände und schleuderte den beiden Todesengeln einen magischen Bannspruch entgegen.

Er prallte ab.

Myxin hatte Worte aus dem alten Atlantis benutzt, doch sie wirkten auf die beiden Todesengel nicht. Die lächelten nur und griffen sofort hart zu.

Ihre Hände umklammerten Myxins Gelenke, zwangen durch den harten Griff den kleinen Magier in die Knie.

Eine hob den Fuß und stellte ihn in Myxins Nacken, so daß sein Kopf gebeugt wurde.

Mit der Stirn berührte Myxin den Boden.

Und wieder einmal wurde ihm bewußt, wie schwach er noch war. Gegen Menschen konnte er sich verteidigen, inzwischen auch gegen Dämonen der untersten Stufe, aber gegen mächtigere Wesen der Finsternis war er machtlos.

Und vielleicht würde sich das nie ändern, denn die beiden Todesengel hatten das Urteil gesprochen.

Myxin sollte sterben!

Sie rissen ihn herum, legten ihn auf den Rücken und banden seine Hände mit den magischen Fesseln.

Der Magier schaute hoch.

Er sah in ihre kalten Gesichter mit den gnadenlosen Augen.

Haro, der Held aus Atlantis, lag nach wie vor still auf seiner gläsernen Platte.

Er schlief weiter, obwohl Myxin den Felsen gesprengt hatte und Haro der Voraussagung nach hätte erwachen müssen.

Dann zogen die beiden Todesengel ihre Kurzschwerter. Auf den blanken Klingen spiegelte sich das violette Licht wider. Ein paar Reflexe trafen Myxins Augen.

»Tod dem Magier!« sagten die beiden wie aus einem Munde.

Im selben Augenblick ertönte ein langgezogenes Seufzen.

Haro erwachte!

Nicht nur Myxin hatte das Seufzen vernommen, sondern auch die beiden Todesengel. Ihre zum Schlag erhobenen Schwerter senkten sich nicht weiter.

Die Botinnen der Finsternis fühlten sich irritiert.

Die beiden wandten die Köpfe, sie starrten auf Haro, der soeben die Augen aufschlug und Myxin somit eine kleine Galgenfrist ermöglichte.

Der Blick des eben Erwachten war gegen die Decke gerichtet. Beide Todesengel sahen, daß er dunkle Pupillen hatte, fast schwarz, und daß Nichtbegreifen in seinem Blick lag.

Myxin wagte es, den Kopf zu heben. Die Todesengel hinderten ihn nicht daran. Sie achteten nur auf Haro.

Der Magier schwieg. Er schielte unter die gläserne Platte und sah, daß Haro seine Finger bewegte. Sehr langsam allerdings, denn sein Kreislauf mußte sich erst wieder an die neue Situation gewöhnen.

Die Todesengel wußten nicht, was sie mit diesem Mann anfangen sollten. Fragend blickten sie sich an.

Schließlich zogen sie Myxin auf die Füße.

»Sieh ihn an!«

Das hätte der kleine Magier sowieso getan.

»Du kennst ihn?« wurde er gefragt.

Myxin sah cin, daß es keinen Sinn hatte, zu lügen. Er nickte langsam. »Ja, ich kenne ihn.«

»Wer ist das?«

»Haro!«

Als der Atlanter seinen Namen hörte, zuckte er mit den Augendeckeln. Seine Sinne waren demnach ebenfalls wieder erwacht.

»Warum liegt er hier?« fragten die Todesengel. »Ist er ein Freund von dir?«

»Ich kenne ihn aus Atlantis. Dort war er der Bote unserer Propheten, der Weisen, der Götter...«

Die Dämoninnen lachten. »Wieso sagst du unserer? Das kann nicht stimmen. Du hast doch damals noch auf unserer Seite gestanden, du mieser Verräter.«

»Ich weiß.«

»Er ist also ein Atlanter.«

»Genau.«

»Und wie kommt er hierher? Bedeutet er eine Gefahr für unsere Asmodina?«

Sicherlich bedeutete der Mann eine Gefahr. Er würde gegen das Böse kämpfen, aber das brauchte Myxin den beiden nicht unter die Nase zu binden. Wenn Haro wieder voll bei Kräften war, würde er sich seines Lebens in Atlantis bestimmt erinnern und sich auch in diesen Tagen gegen das Böse stellen. Falls Myxin starb, gab es dann einen, der sein Erbe weiterführte.

Die Todesengel dachten nach. »Wir werden ihn auch töten«, sagten sie schließlich.

Myxin zuckte zusammen. »Aber warum? Er hat euch nichts getan. Ihr braucht ihn nicht umzubringen.«

»Aber er gehörte zu den Kräften des Lichts. Und diese Kräfte sind unsere Feinde.«

Da hatten sie recht. Myxin redete auch nicht dagegen. Er würde die beiden von ihrem Vorhaben nicht abbringen können. Sie führten ihren Auftrag durch, ob sie dabei einen oder mehrere töteten, das war ihnen egal.

Dämonen kannten kein Erbarmen.

Da setzte sich Haro auf.

Dies geschah steif und ungelenk. Er winkelte dabei seine Arme an und stützte sich mit den Händen ab. Furchtlos blickte er in die Runde.

»Wer seid ihr?« Die Worte tropften langsam über seine Lippen.

Die Todesengel schwiegen, nur der kleine Magier gab eine Antwort. »Ich bin Myxin.«

»Myxin? Myxin...?« Das Wort schien im Gehirn des Atlanters nachzuhallen. Er senkte den Kopf und legte seine Stirn in Falten. »Ich kenne dich, Myxin, ich habe den Namen gehört. Die Weisen haben von dir gesprochen. Du... du bist ein Dämon!«

Das letzte Wort zischte er und ruckte herum, wobei er gleichzeitig seine Beine von der gläsernen Platte schwang. Mit flammendem Blick starrte er Myxin an.

»Kara und ich haben den Auftrag, die Dämonen zu töten. Obwohl unser Land dem Untergang geweiht ist, werden wir alles tun, um die Dämonenpest zu vernichten. Und du, Myxin, hast zu den anderen gehört. Du bist des Todes.«

Die Botinnen der Teufelstochter lachten. Sie amüsierten sich über Myxin und Haro, denn aus den beiden waren plötzlich Feinde geworden, weil Haro nicht durchblickte.

»Du verstehst das falsch!« rief der kleine Magier. Seine Stimme zitterte. »Glaub mir...«

Haro schüttelte den Kopf. »Ich sehe es richtig. Wir haben dich in einen Schlaf versetzt. Aber jetzt bist du da, du bist erwacht. Warum, wieso?«

»Es sind über zehntausend Jahre vergangen«, sagte Myxin.

»Wie?«

»Du hast geschlafen, Haro. Atlantis ist versunken. Doch dich hat man retten können.«

»Und Kara?«

»Die suche ich noch.«

»Du hast sie getötet«, sagte der Atlanter dumpf.

»Nein, das stimmt nicht«, erwiderte Myxin. »Ich habe sie nicht getötet. Sie hat sogar das Totenreich verlassen...«

»Wo ist sie jetzt?«

Myxin hob die Schultern. »Das weiß ich nicht. Vielleicht wandert sie zwischen den Zeiten. Wer weiß...«

Haro nickte. Er strich über sein Gesicht, die Finger wühlten in seinem Bart. Er war völlig durcheinander, wußte nicht, wie er sich zurechtfinden sollte, denn er »lebte« noch immer in der Vergangenheit.

Myxin konnte es ihm nachfühlen. Er erinnerte sich noch genau, wie John Sinclair und Suko ihn aus dem magischen Schlaf erweckt hatten.

Damals hatte er ebenso reagiert wie Haro, doch im Laufe der Zeit war er ein anderer geworden. Zuerst wollte er seine Retter töten, dann änderte er seine Meinung und hatte sie nur vor Gefahren gewarnt, und jetzt kämpfte er an ihrer Seite.

Haro nickte, langsam schien er zu begreifen, obwohl noch viel unklar war und blieb. Dafür starrte er die Todesengel an. »Wer seid ihr?« fragte er und zeigte sich nicht im mindesten von ihrem Aussehen überrascht. Er hatte auch in Atlantis seltsame Gestalten gesehen. Er atmete tief ein. »Ich spüre eine Aura des Bösen, die von euch ausgeht. Seid ihr mit dem Satan verbrüdert?«

Die beiden lachten. Ihre kurzen Schwerter zuckten vor und kamen dicht vor den Augen des Mannes zur Ruhe. »Du hast es erfaßt, Atlanter, wir gehören zur Hölle, zu Asmodina, der Tochter des Teufels!«

»Dann sind wir Feinde!«

»Ja.«

Der Atlanter wollte aufstehen, doch die Schwerter hinderten ihn daran. »Nein, mein Freund. Du wirst mit ihm sterben. Es ist gut, daß wir dich gefunden haben, denn nur so bannen wir eine zweifache Gefahr!«

Haro blieb ruhig. »Ihr werdet ihrer Rache nicht entgehen.«

»Wer ist sie?«

»Kara, das Mädchen aus dem Totenreich. Sie gehört zu den wenigen, die den Tod überwunden haben, und sie wird mich rächen!«

Die Todesengel lachten laut.

Haro hörte ihr Lachen, und er sandte einen verzweifelten Hilferuf aus, der in der Unendlichkeit der Dimensionen sein Ziel finden sollte.

Auch Myxin dachte in diesem Moment an einen Mann, der weit von ihm entfernt war, von dem er jedoch hoffte, daß er ihnen helfen konnte.

Der Mann war – John Sinclair!

Gedankenfelder durchströmten die Unendlichkeit der Dimensionen, tasteten sich vor, suchten ihren Weg, wollten ihr Ziel erreichen, um die Hilfe zu bringen.

Sie stießen ins Leere, ins Nichts.

Aber die Gedankenträger gaben nicht auf. Sie versuchten es immer wieder, und sie hatten Erfolg.

Ein Gedanke traf.

Ein nicht irdisches Wesen fing ihn auf. Halb Geist, halb Mensch. Dieser Gedankenstrahl, dieser stumme Hilfeschrei löste bei ihr einen Impuls aus, der sofort weitergeleitet wurde und wie bei einem Computer eine Maschinerie in Gang setzte.

Er lebt, er existiert, dachte das Wesen.

Aber er ist auch in Gefahr!

Und das irritierte sie. Wieso war er in Gefahr? Warum konnte er sich nicht helfen? Er war Haro, ihr Haro, der so lange verschollen war.

Im selben Moment traf sie der zweite Gedankenstrahl.

Noch ein Name erschien.

John Sinclair!

Er und Haro – welch eine Verbindung sollte das geben? Hilf, Hilf! schrien die Gedanken immer lauter, und das Wesen spürte die Todesängste der sendenden Boten.

Es mußte etwas tun.

Sofort!

Und es handelte...

Fariac Cosmetics, Sie erinnern sich bestimmt. Gordon Fariac war der Vampir gewesen, den ich in der Vergangenheit und in der Gegenwart gejagt hatte.

Ein verdammt heißes Abenteuer, das auf dem Loreley-Felsen in Germany sein Ende gefunden hatte. Es hatte auch noch andere schlimme Folgen gegeben. Eine Kosmetik-Firma stand dicht vor dem Bankrott, denn der Tod des Besitzers hatte natürlich seine Kreise gezogen. Fariac war ein geachteter Mann gewesen, die Londoner Unterwelt war aufgeschreckt, vor allen Dingen deshalb, weil über seinen Tod und das Ende seiner Mitarbeiter Schweigen bewahrt wurde.

Sir James Powell hatte eine Erklärung an die Presse gegeben und alles als Unglücksfall hingestellt. Auch die deutschen Behörden spielten mit. Dafür hatte ich Sorge getragen, denn nicht zuletzt war auch Kommissar Mallmann in den Fall verwickelt gewesen.

Jetzt versuchte ein Banken-Konsortium die Firma zu stützen und Arbeitsplätze zu erhalten. Ich drückte den Verantwortlichen beide Daumen, daß sie es schafften, aber mein Job war es nicht mehr.

Nach meiner Rückkehr aus Deutschland hatte ich noch einige Dinge zu erledigen gehabt, bevor ich die Zeit fand, mit Suko der Fabrik einen Besuch abzustatten.

Das Gebäude war polizeilich versiegelt worden, doch darum brauchten wir uns nicht zu kümmern. Der Zwerg, der Suko und Shao angegriffen hatte, war längst auf einem städtischen Friedhof begraben worden. Welche Rolle er genau in dem Fall gespielt und wie er zu Fariac gestanden hatte, war nie geklärt worden. Ich nahm an, daß er als Nacht- und Leibwächter fungierte.

An dem Labor interessierte uns besonders ein Raum. Das war der, in dem ich zuerst das geheimnisvolle Mosaik entdeckt hatte, das in Wirklichkeit jedoch ein Tor in die Vergangenheit war. Jetzt präsentierte sich die Wand völlig glatt. Die Vampirbilder waren verschwunden. Zurückgeblieben waren die Flaschen mit dem Blut. Diese großen Behälter, die auf einem Regal an der Wand standen.

Suko und ich sahen uns die Dinger an, während die Kollegen draußen Spuren sicherten und das Labor Stück für Stück auseinandernahmen. Vielleicht fanden wir irgendwelche Hinweise, die auf Querverbindungen zwischen Fariac und Asmodina schließen ließen.

Optimistisch war ich allerdings nicht.

Ich schaute Suko an. Der lächelte. »Du weißt auch nicht mehr weiter, wie?« fragte er.

»Genau.« Ich deutete auf die großen Behälter, in denen das Blut schwamm. »Was machen wir damit?«

»Keine Ahnung.«

»Ich werde sie zum Yard schaffen lassen. Dort können sich die Wissenschaftler mit dem Zeug beschäftigen.«

Der Chinese war meiner Meinung.

Ich sah auf die Uhr. Schon drei Stunden hielten wir uns in den Labors auf. Draußen war es längst dunkel geworden. Der Dezember zeigte sich von seiner unangenehmen Seite. Er brachte Regen, Schnee und Wind, fuhr kalt in unsere Gesichter und durchschnitt die Kleidung. Bald war Weihnachten. Auch die Riesenstadt London hatte ihr Festkleid angezogen. Man sah zahlreiche Tannenbäume, die mit ihren Lichtern einen strahlenden Glanz verbreiteten. Auch in den Geschäften wies alles auf das Fest hin. Jeder Verkäufer hoffte, den armen Kunden noch die letzten Pennies abzuknöpfen.

Ich hatte aus Zeitmangel noch keine Geschenke kaufen können. Zu sehr hielt mich die Dämonenjagd in Atem.

»He, träumst du?« Suko stieß und sprach mich an.

»Ja, von Weihnachten.«

Der Chinese lachte. »Erhoffst du dir etwas?«

»Kaum.«

»Das will ich wohl meinen.«

»Ich gehe mal telefonieren«, sagte ich zu meinem Freund. »Halte du hier die Stellung.«

»Mach ich.«

Mit raschen Schritten verließ ich das Labor. Der Apparat stand draußen in der Portiersloge. Unterwegs wurde ich von dem leitenden Beamten angesprochen.

»Nichts gefunden, Mr. Sinclair.«

Ich blieb stehen. »Das war zu erwarten.«

»Sollen wir trotzdem weitersuchen?«

»Natürlich. Wenn Sie kein Blut mehr finden, dann lassen sie es eben bleiben.«

»Schon gut. War ja nur 'ne Frage.«

Ich ging weiter.

Die Tür zur Portiersloge fand ich offen. Zwei Uniformierte hielten am Ausgang Wache. Als die beiden mich sahen, grüßten sie. Ich nickte zurück und betrat die Loge. Der neben dem Telefon stehende Aschenbecher animierte mich dazu, mir einen Glimmstengel zwischen die Lippen zu schieben.

Die erste Zigarette seit drei Stunden.

Ich rauchte langsam, während ich die Nummer von Scotland Yard tippte.

Auch beim Yard gibt es so etwas Ähnliches wie eine Transportabteilung. Mit der ließ ich mich verbinden.

Ein älterer Kollege war an der Strippe, und ich erklärte ihm, was ich brauchte.

»Einen Wagen, dessen Ladefläche ausreicht, um mehrere Zehn-Liter-Behälter aufzunehmen.«

»Wird erledigt«, erhielt ich zur Antwort. »Und wann?«

»Heute noch.«

»Nicht gestern?« versuchte der Kollege zu scherzen.

Ich stampfte die Zigarette im Ascher aus. »Hören sie mal, ich mache hier keine Witze. Wenn ich den Wagen brauche, dann eilt es. Und bitte sofort.«

»All right, Sir.«

Ich legte auf. Meine Laune war heute wirklich nicht die beste, aber es gibt Tage, da geht vieles schief und läuft einiges quer. Wie an diesem Tag. Ich hatte wirklich gedacht, eine Spur zu finden. Leider war es mißglückt.

Schließlich hatte ich gehört, daß Gordon Fariac auch nur ein kleines Rädchen in der Maschinerie des Schreckens war. Fariac hatte vor Jane Collins mit seinen Taten geprahlt und von einem Vampiro-del-mar erzählt, dem Supervampir.

Damit war die Verbindung zu Dr. Tod und seiner Mordliga hergestellt. Ich war damals dabei gewesen, als sie den Supervampir erweckten. Es lag auf der Hand, daß dieses Wesen Blut brauchte. Anders konnte es nicht existieren. Vielleicht war das in diesem Labor gelagerte Blut sogar für ihn bestimmt.

Mich schauderte, wenn ich daran dachte. Trank Vampiro-delmar das Blut, denn würde er erstarken und wie ein Tornado des Schreckens über uns hinwegfegen.

Schlimme Aussichten, fürwahr.

Ich trug mich mit diesen schweren Gedanken, als ich zu Suko zurückkehrte.

»Was erreicht?« fragte mich mein Partner.

»Ja, sie holen das Blut ab.«

»Wer?«

»Leute vom Yard.«

»Okay.« Suko nickte in Richtung Tür. »Was ist mit den Typen von der Spurensicherung?«

»Meinetwegen können sie nach Hause gehen. Ich sag's ihnen.« Den Leiter traf ich in der ersten Etage, wo er und seine Männer Büro- und Aktenräume durchwühlten.

»Nur Staub«, begrüßte er mich.

»Bevor ich daran schuld bin, daß Sie hier ersticken, machen Sie lieber Schluß«, sagte ich.

Er tauchte zwischen zwei Kisten hoch. »Ist das Ihr Ernst, Mr. Sinclair?«

»Ja.«

»Sollen wir dann morgen noch...?«

»Mal sehen. Ich sage Ihnen auf jeden Fall Bescheid.«

»Okay.« Der Mann rief seine Leute zusammen, die froh waren, Feierabend machen zu können. »Gehen Sie mit, Mr. Sinclair?«

»Ich bleibe hier.«

»Angenehmen Abend noch.«

»Danke.«

Die Männer verschwanden. Ich gesellte mich wieder zu Suko. Bei dem Abtransport der Behälter wollte ich in der Nähe sein.

Der Chinese hatte sich auf einen Labortisch gesetzt. Draußen klappten die Türen der Fahrzeuge. Motoren heulten auf, dann fuhren die Wagen an.

»Bin gespannt, was bei der Laboranalyse des Blutes herauskommt«, meinte der Chinese.

Das war ich auch. Aber einen Vampirkeim durch chemische Untersuchungen festzustellen war bisher noch keinem Wissenschaftler gelungen.

Ich starrte wieder die Wand an. Leer lag sie vor mir. Kein Mosaik zu erkennen. Nur eine graue normale Wand.

Oder?

Ich wischte mir über die Augen. Täuschte ich mich, oder hatte ich dicht vor der Wand ein Flimmern bemerkt?

Ich sah genauer hin.

Nein, es stimmte. Vor der Wand flimmerte die Luft in der Tat. Ich warf einen Blick zu Suko.

Der saß wie versteinert auf dem Labortisch und schaute in eine andere Richtung. Er bewegte sich nicht, als wäre kein Leben mehr in ihm.

Unwillkürlich griff ich zur Beretta. Sollte dieser Raum etwa noch mehr Rätsel beherbergen als ohnehin schon?

Das wäre ein Ding.

Seltsamerweise konnte ich mich bewegen, und unwillkürlich fuhr meine Hand in den Jackettausschnitt, und die Finger tasteten nach der Beretta.

Fauchend bildete sich ein Sog dicht vor der geheimnisvollen Wand. Und aus dem Sog, man sollte es kaum für möglich halten, kristallisierte sich eine Gestalt hervor.

Eine Frau – eine Schönheit...

Sie hatte langes schwarzes Haar, das bis auf die Schultern fiel. Ihre Haut war gebräunt, wie bei jemandem, der frisch aus dem Urlaub zurückkehrt. Das Gesicht schmal, der Mund vielleicht ein wenig zu klein, dafür waren ihre Wangenknochen stark ausgeprägt.

Die Frau war kaum bekleidet. Sie trug ein bikiniähnliches Ober- als auch Unterteil. Ihre Füße steckten in Sandalen, deren Riemen bis um die Waden geschlungen waren.

Instinktiv spürte ich, daß mir von dieser Schönheit keine Gefahr drohte, und ich ließ meine Hand wieder aus dem Jackettausschnitt rutschten.

Doch am meisten faszinierte mich das, was sie in ihrer rechten Hand trug.

Es war ein Schwert mit einer schmalen, goldenen Klinge!

Dieses Schwert blendete mich so sehr, daß ich unwillkürlich die Augen schloß, und als ich sie wieder öffnete, schirmte ich den Blick mit den Händen ab.

Die Frau trat langsam auf mich zu und lächelte mich an.

Ich schluckte. War sie ein Geist, ein Traumbild? Ich wollte sie fragen, doch kein Ton drang über meine Lippen. Meine Kehle war regelrecht zugeschnürt.

Vor mir blieb sie stehen. »Du bist John Sinclair, nicht wahr?«

»Ja.«

»Ich habe einen Hilferuf empfangen. Jemand braucht dich sehr, John Sinclair.«

Ich ging überhaupt nicht auf ihre Bemerkung ein, sondern fragte direkt: »Wer bist du?«

»Ich bin Kara.«

»Und wo kommst du her?«

»Aus der Vergangenheit und aus dem Totenreich.«

Ich nickte, weil ich immer noch unter dem Eindruck ihres plötzlichen Auftauchens stand, denn ihre Antwort hatte ich nicht verstanden. Zwar akustisch, aber dem Sinn nach nicht.

Sie wollte also was von mir. Mich um Hilfe bitten. Für wen? Wem sollte ich helfen?

Diese Frage stellte ich.

»Er heißt Myxin, wie ich seinen Gedanken entnehmen konnte.«

Der kleine Magier! Himmel, lange hatte ich nichts von ihm gehört. Jetzt befand er sich in höchster Gefahr. Natürlich würde ich keine Sekunde zögern.

»Wo ist er?«

»Ich bringe dich zu ihm.«

»Und wie?«

»Komm her.«

Mehr sagte sie nicht. Und ich vertraute ihr. Schritt auf die Unbekannte zu, die mir ihre linke Hand entgegenstreckte, mich anlächelte und meine Finger berührte.

Ein warmes Gefühl durchströmte mich. Ein Prickeln, das sich in meinem Körper ausbreitete, ihn überflutete, bis zum Kopf stieg, wo mich ein Schwindel erfaßte.

Im nächsten Augenblick verschwamm die Umgebung vor meinen Augen...

Suko spürte nur einen kalten Hauch, dann nichts mehr.

Plötzlich konnte er nichts mehr fühlen, denken, spüren, geschweige sich bewegen.

Der Chinese erstarrte.

Wie ein Denkmal blieb er sitzen. Dann jedoch, einige Sekunden oder Minuten waren vergangen, wurde alles wieder normal.

Suko schluckte, zuckte mit den Wimpern und drehte sich auf dem Labortisch halb um.

Im nächsten Moment wurden seine Augen groß.

John war verschwunden!

Der Chinese räusperte sich und wischte über seine Augen. Wie war das möglich? Wo hatte er sich versteckt? Er konnte nicht aus dem Labor gegangen sein. Suko hätte ihn sicherlich gesehen. Von der Zeitspanne, die er praktisch »nicht da« gewesen war, davon wußte Suko nichts mehr.

»John!« rief er.

Suko erhielt keine Antwort.

Er rutschte vom Labortisch und begann an sich selbst zu zweifeln. Wieso war John verschwunden, wo er doch zuvor noch mit ihm geredet hatte?

Der Chinese glaubte auf einmal an eine magische Beeinflussung, und er hatte auch schon einen Schuldigen gefunden.

Die Wand!

Suko schritt auf sie zu, traute sich jedoch nicht, die glatte Fläche zu berühren. Vor der Wand blieb er stehen. Er streckte seine Arme aus, und seine Fingerspitzen glitten vorsichtig über die Fläche.

Nichts geschah.

Suko tauchte nicht ein in die andere Dimension, er machte keine Zeitreise mit. Alles blieb normal.

Und doch war John Sinclair verschwunden!

Der Chinese zermarterte sich das Hirn. Er überlegte, was geschehen sein konnte, zu einem Ergebnis gelangte er nicht. Ob John vielleicht den Raum verlassen hatte?

Es wäre eine Möglichkeit. Suko lief vor bis zum Empfang und rief immer wieder den Namen.

Keine Antwort.

Achselzuckend kehrte er um. Dieses verfluchte Labor schien mehr Geheimnisse zu bergen, als Suko je geahnt hatte. Das war ein teuflisches System.

Alles blieb still. Suko hörte nur seine eigenen Schritte. In der Nähe des Ausgangs blieb er stehen. Er blickte auf die Straße, aber auch dort gab es keine Spur von John Sinclair. Alles war verhext, wie vernagelt, und Suko wußte einfach nicht weiter.

Er ging wieder zurück.

Auf halbem Wege jedoch hörte er den Motor eines fahrenden Wagens und das laute Hupen.

Das war für ihn bestimmt.

Der Chinese lief wieder zum Eingang. Durch die Glastür

konnte er den vor das Gebäude fahrenden Lieferwagen sehen. Das war sicherlich das vom Yard angeforderte Gefährt.

Suko hob den rechten Arm und winkte. Der Wagen schwenkte herum, die Scheinwerfer blendeten den Chinesen für einen Moment, dann verlöschten sie, und gleichzeitig stoppte das Fahrzeug.

Eine Tür klappte auf. Der Fahrer sprang ins Freie.

»Ich suche Mr. Sinclair!« rief er.

»Der ist schon wieder gefahren.« Suko hatte sich rasch eine Ausrede zurechtgelegt.

»Na ja.« Der Fahrer hob die Schultern. Er trug eine Lederjacke und eine Schirmmütze, die er jetzt in den Nacken schob. »Was anderes, wer sind Sie denn?«

»Ich bin Mr. Sinclairs Vertreter.«

»Okay.« Der Fahrer gab sich mit dieser Auskunft zufrieden. »Ich habe gehört, daß ich hier Behälter abholen soll. Dann können Sie mir ja aufladen helfen.«

Suko nickte. »Mach ich.« Er sah zum Himmel. Die Temperaturen waren gestiegen. Es war längst nicht mehr so kalt wie in den letzten Tagen. Wenn jetzt Niederschlag fiel, dann als Regen und nicht mehr als Schnee.

Beide hörten sie das Geräusch eines zweiten Wagens. Auch er war ein Transporter. Sie sahen den hohen Aufbau, als das Fahrzeug um eine Kurve bog. Sein Ziel war ebenfalls das Labor.

Der Fahrer schüttelte den Kopf. »Ein zweiter Wagen ist nicht bestellt worden«, sagte er.

»Das meine ich auch«, murmelte Suko.

Der zweite fuhr dicht hinter den ersten und wurde abgestoppt. Die Scheinwerfer verloschen.

Suko hatte plötzlich ein komisches Gefühl. Da stimmt was nicht, dachte er.

»Gehen Sie lieber rein«, sagte er zu dem Fahrer.

»Wieso? Ich...«

»Machen Sie schon.«

Der Fahrer ging ein paar Schritte zurück, blieb aber vor der Glastür stehen.

Dafür wurde das Führerhaus des zweiten Lkws geöffnet. Ein Mann erschien.

Groß, überdurchschnittlich groß sogar. Eine Gestalt, die Angst einjagen konnte, so gefährlich war sie.

Etwas blitzte.

Ein Schwert.

Suko schluckte. »Verdammt!« zischte er, denn ihm war plötzlich ein Licht aufgegangen. »Das ist Tokata!«

Für mich war ein Zeitsprung mittlerweile nichts Neues mehr. Ich glitt dahin, verlor dabei jegliches Gefühl für die Zeit, merkte einen leichten Schwindel und fühlte eine Hand an meinen Fingern.

Dann war alles vorbei.

Die Dunkelheit verschwand. Im nächsten Augenblick wurde es zwar auch nicht strahlend hell, aber ich konnte immerhin etwas erkennen.

Violettes Licht strahlte aus den Wänden einer Höhle. In seinem Schein sah ich Myxin, den Magier, am Boden knien, ich sah einen bärtigen Mann auf einer gläsernen Platte hocken, und ich sah die beiden Todesengel, die nur Asmodina geschickt haben konnte. Denn sie allein umgab sich mit solch einer Leibgarde.

Um mich herum nahm das Flimmern ab. Ich ging noch zwei unsichere Schritte vor, und jäh endete das Schwindelgefühl.

Ich war wieder voll da.

Und das mußte ich auch sein, denn nicht nur ich hatte erkannt, ich war auch erkannt worden.

»Sinclair!« zischten die beiden Todesengel wie aus einem Munde.

Ja, das war es!

Noch standen sie vor dem bärtigen Mann, aber in mir hatten sie einen neuen Gegner.

Geschmeidig sprang die erste über den gläsernen Tisch. Ein Turner hätte es nicht besser geschafft, so elegant zu flanken. Aber ein Turner trug auch kein Messer bei sich.

Das jedoch besaß der Todesengel. Und dazu mit einer verflucht langen Klinge, so daß mich die Waffe schon mehr an ein Schwert erinnerte. Die teuflische Frau mit den feuerroten Haaren schien über dem Boden zu schweben, so lässig und geschmeidig war sie. Bevor ein anderer etwas begriff oder eingreifen konnte, mußte ich mich meiner Haut wehren.

Der Stich zielte auf meine Kehle.

Ich nahm den Kopf zur Seite. Meine Hände packten zu, und dann hatte ich das Messergelenk zwischen meinen Fingern. Hart hebelte ich es herum.

Im nächsten Augenblick überschlug sich der Todesengel in meinem Griff. Er machte die Bewegung mit, aber dann war auf einmal nichts mehr vorhanden, das ich festhalten konnte. Der Todesengel hatte sich aufgelöst und materialisierte an einer anderen Stelle neu.

Dafür flog der zweite heran.

Da hatte ich schon die Beretta in der Hand. Mit einem gewaltigen Satz brachte ich mich in Sicherheit und feuerte auf die Gestalt. Laut krachte der Schuß in der Höhle. Das Echo wurde von den blanken, spiegelnden Lichtwänden zurückgeworfen. Das Silbergeschoß drang schräg in den Körper des Todesengels und riß ihn herum.

Ein klagender Schrei ertönte. Im selben Augenblick platzte die Getroffene buchstäblich auseinander, und grüner, stinkender Qualm wölkte gegen die Decke.

Das zweite Wesen hatte den Tod seines Artgenossen mitbekommen. Es hob sofort den Arm, um den langen Dolch auf mich zu schleudern, doch da war plötzlich das schwarzhaarige Mädchen mit dem goldenen Schwert. Die Klinge traf den Todesengel in den Rücken.

Die Dämonin schaffte es nicht mehr, den Dolch zu werfen. Sie verging ebenfalls in einer grünen Wolke, die träge in Richtung Ausgang zog.

Das Mädchen aber schritt auf Myxin zu und schnitt ihm mit der goldenen Schwertklinge die Fesseln durch.

Myxin stand auf und nickte mir lächelnd zu.

Ich aber stand da wie bestellt und nicht abgeholt. Eigentlich verstand ich nur Bahnhof und wartete auf eine Erklärung. Doch die erhielt ich so rasch nicht. Erst einmal erlebte ich ein Wiedersehen und eine Begrüßungsszene zwischen dem Bärtigen und dem Mädchen mit den langen, schwarzen Haaren.

Der Mann starrte das Mädchen nur an. Dann wischte er sich über die Augen. »Kara?« fragte er.

»Ja.«

»Meine Kara.«

Sie nickte. Ein Lächeln verschönerte ihr Gesicht noch mehr, und es wurde zu einem Strahlen, als der Mann auf sie zuschritt.

»Kara«, sagte er. »Endlich habe ich dich wieder.« Im nächsten Augenblick lagen sich die beiden in den Armen.

Die Frau flüsterte immer nur den Namen des Mannes, während sie sein Gesicht mit Küssen bedeckte.

»Haro, mein Haro...«

Ich kam mir ziemlich überflüssig vor und wandte mich an den kleinen Magier.

Myxin war inzwischen wieder aufgestanden.

»Kannst du das verstehen?« fragte ich ihn.

»Ja, John, ich verstehe die beiden sehr gut.«

»Du kennst sie?«

Myxin nickte. »Es sind Atlanter.«

Zweimal mußte ich schlucken, denn ich war so überrascht. »Kara und Haro stammen aus Atlantis?«

»Du hast es erfaßt.«

Ich schaute auf das engumschlungen dastehende Paar. »Aber wie ist das möglich?«

»Du wirst sie selbst fragen können. Nur soviel sei gesagt: Sie ist die Tochter eines Propheten und in der Magie sehr bewandert. Sie hat sogar den Tod besiegt, deshalb nennt man sie das Mädchen aus dem Totenreich. In Atlantis kämpfte sie gegen das Böse, genau wie Haro. Er ist ein Götterbote, ein Streiter, den die Mächtigen mit großen Kräften ausgestattet haben.«

Das war alles schön und gut. Nur war Atlantis damals in den Fluten des Meeres versunken. Darauf sprach ich Myxin auch an.

Er winkte ab. »Natürlich ist Atlantis untergegangen, was allerdings nicht heißt, daß nicht noch Menschen übriggeblieben sind. Einige leben auf dieser Welt. Man hat sie zuvor weggeschafft. Und es sind Menschen mit besonderen Fähigkeiten, wie eben dieser Haro. Ich habe ihn aus einem langen Schlaf erweckt, wie Suko und du mich erweckt habt.«

»Warum hast du das getan?« wollte ich wissen.

»Weil ich Unterstützung suche und brauche. Deshalb. Asmodina wird sehr mächtig, zu mächtig, möchte ich meinen. Ich suche Kämpfer, die mir nahestehen, die sich mit mir Seite an Seite gegen die Macht der Teufelstochter stemmen.«

»Und da ist Haro der Richtige?«

Myxin nickte.

»Aber ihr habt in verschiedenen Lagern gestanden.«

»Das stimmt. Und das muß ich ihm noch begreiflich machen, daß ich jetzt auf seiner Seite stehe.«

Ich grinste. »Notfalls kann ich dich ja unterstützen.«

»Das hoffe ich.«

»Sag mal, wie hast du es eigentlich geschafft, mich hierher zu bringen?«

»Es müssen gedankliche Hilfeschreie gewesen sein. Von Haro und mir ausgestoßen. Ich habe an dich gedacht.«

»Dann wird Haro seine Geliebte gerufen haben«, vermutete ich.

»Genau.«

Ich wunderte mich schon nicht mehr. Inzwischen ging ich mit magischen Phänomenen um, als wäre das etwas Alltägliches. Man gewöhnt sich eben an alles.

Kara und Haro lösten sich voneinander. Sie drehten sich und schritten Arm in Arm auf Myxin und mich zu.

Kara lächelte mich an. »Darf ich dir für deinen Einsatz danken, Fremder?«

»War ja nichts Besonderes«, schwächte ich ab. »Mein Name ist John Sinclair, aber das weißt du ja.« Ich war noch ein wenig durcheinander.

»Woher kommst du?« wollte Haro wissen.

Ich hob die Augenbrauen. »Das könnte ich dich fragen.«

Haro warf sich in die Brust. »Ich bin ein Atlanter!«

»Das habe ich inzwischen gehört. Aber du hast zehntausend Jahre geschlafen. Während dieser Zeit hat sich einiges geändert. Atlantis ist in den Fluten des Meeres versunken. Es existiert nicht mehr. Du wirst in eine andere Welt kommen.«

»Die voller Feinde steckt.«

»Möglich.«

Der Atlanter schaute auf Myxin und streckte seinen Arm aus. »Auch er ist ein Feind.«

Ich schüttelte hastig den Kopf. »Nein, Myxin hat sich geändert. Er ist ein Freund.«

»Das glaube ich nicht.«

»Es stimmt aber.«

Der Kerl machte doch tatsächlich Anstalten, sich auf den kleinen Magier zu stürzen.

Ich stellte mich vor Myxin. Auch Kara griff ein, sie wollte den Bärtigen zurückhalten. Der jedoch schüttelte stur den Kopf. Er wollte Myxin an den Kragen.

Ich stoppte ihn mit einer trockenen Rechten. Haro verdrehte leicht die Augen und wurde wackelig in den Knien. Das Kinn schien wohl seine empfindliche Stelle zu sein.

»Du hast mich geschlagen«, sagte er.

Ich nickte. »Sehr richtig.«

»Dafür wirst du büßen.«

»Haro, nicht!« rief Kara.

Der Atlanter hörte nicht auf das Mädchen, er stürmte weiter voran. Mir tat es leid, aber ich mußte ihn körperlich zurechtweisen. An seinen ausgestreckten, leicht gekrümmten Armen erkannte ich, daß er mit mir ringen wollte. Darin war er mir sicherlich überlegen. Ich glitt unter seinen zupackenden Händen hinweg, griff seinen Arm, setzte zu einem Hebelwurf an und schleuderte ihn über meine Schulter.

Er krachte zu Boden.

Als er sich erheben wollte, stand Kara neben ihm. »Es reicht«, sagte sie.

Da nickte der Bärtige.

»Myxin hat sich wirklich geändert«, erklärte ich. »Mein Freund Suko und ich haben ihn erweckt, und er hat erkannt, wie schädlich das Treiben der Dämonen ist. Deshalb wäre es töricht von euch, ihn zu bekämpfen. Habt ihr mich verstanden?«

Kara nickte lächelnd, und auch Haro brummte seine Zustimmung. Ich aber wollte wissen, was geschehen war.

Myxin berichtete noch einmal, wie es ihm ergangen war, dann war Kara an der Reihe.

Sie erzählte von Atlantis, gab mir Informationen aus ihrem Leben. Sie war die Tochter eines Weisen, eines Propheten, der den Untergang vorausgesehen hatte. Da dieser Prophet keinen Sohn hatte, weihte er Kara in die Geheimnisse der Magie ein, die er als Atlanter beherrschte. Sie hatte gegen die alten Dämonen gekämpft, gegen die Mächtigen wie den Schwarzen Tod, den Spuk oder auch gegen Myxin. Mit geheimnisvollen Riten und Beschwörungen war es ihnen gelungen, die Dämonen von ihren Tempeln und den Orten der Weisheit fernzuhalten. Auf Einzelheiten ging sie nicht ein, doch als Erbe erhielt sie das Beste, was ihr Vater zu bieten hatte. Das Schwert mit der goldenen Klinge. Diese Waffe hatte er von einem Fremden bekommen, dessen Namen nicht bekannt war, der sich aber Seher nannte.

Und da horchte ich auf.

Auch ich hatte mit dem Seher oder dem Beobachter Bekanntschaft gemacht. Damals, als ich das Buch der grausamen Träume in die Hand bekam, aus dessen letzten Seiten sich schließlich der Bumerang geformt hatte. Wie sich die Bilder doch glichen. Wieder einmal merkte ich, daß das gesamte Leben aus einem gigantischen Kreislauf bestand, in den wir Menschen einbezogen waren.

Abschließend erfuhr ich, warum man Kara das Mädchen aus dem Totenreich nannte.

Als ihr Vater starb, wollte sie es nicht wahrhaben und ihm folgen. Sie brachte sich nicht selbst um, sondern nahm ihr Schwert und nahm vom Trank des Vergessens. Dieser aus geheimnisvollen, mir unbekannten Kräutern hergestellte Trank löste die Seele vom Körper des Menschen, und Kara konnte in das Totenreich eindringen. Dort hat sie dann Einblicke gewonnen, über die sie sich ausschwieg. Sie konnte sogar noch mit ihrem Vater reden, wurde aber dann wieder zurückgeschickt, um in Atlantis den Kampf gegen die finsteren Mächte aufzunehmen. Doch das Unheil war nicht aufzuhalten. Der Kontinent verging. Menschen starben in den Fluten, einige konnten sich retten oder flohen rechtzeitig, die Dämonen aber blieben. Kara war die Flucht ebenfalls gelungen. Wieder hatte sie den Trank zu sich genommen, und sie floh in eine andere Dimension, wo sie die restliche Zeit über blieb.

Das war zusammengerafft ihre Geschichte.

Natürlich hatte ich Fragen, und ich stellte sie. »Warum bist du zurückgekehrt?«

»Aus zwei Gründen«, erwiderte sie. »Weil die Macht der Dämonen immer stärker wird, und weil ich den Trank der Götter verloren habe. Er ist nicht mehr da. Jemand hat ihn mir abgenommen. Ich habe ihn gesucht und erfahren, daß er sich auf dieser Erde befinden soll. Allein bin ich zu schwach, um die Suche aufzunehmen, deshalb wollte ich Haro bitten, mir zu helfen, doch ich mußte erst abwarten, bis jemand ihn aus seinem Schlaf erweckte. Das hat Myxin für mich getan. Allerdings wußte ich nicht, daß sich unsere Feinde bereits so dicht auf unseren Fersen befanden. Jetzt wird es wirklich Zeit.«

Der Meinung war ich auch. »Weißt du denn, wo sich der Trunk der Götter befindet?«

»Nein.«

Diese Antwort deprimierte ein wenig. Ich fragte aber weiter. »Hast du wenigstens eine Spur?«

»Ja, einen Hinweis.«

Immerhin schon etwas. Wir alle schauten das Mädchen mit dem goldenen Schwert gespannt an.

Kara nickte. »Es gibt tatsächlich einen Hinweis. Und zwar im Haus der jammernden Seelen.«

Ich schaute Kara an und dann Myxin. Der Magier hob die schmalen Schultern. »Das kenne ich nicht.«

»Ich auch nicht«, gab ich zu.

»Es liegt ganz in der Nähe«, erklärte Kara. »Dieses Haus hat seine Geschichte. Wer dort stirbt, soll ein Teil des Hauses werden, soll selbst eingehen in die Mauern, das Dach, in das Gebälk.«

»Ist es bewohnt?« fragte ich.

»Nein, aber es war bewohnt. Von einem gefährlichen Druiden, der mit dem Spuk zusammen war.«

Wieder eine Verbindung. Der Spuk! Herrscher im Reich der Schatten, Wächter über die Seelen der getöteten Dämonen. Wenn das keine neue Spur war. Außerdem paktierte der Spuk mit Asmodina, und die Teufelstochter hatte ihn sogar dazu gebracht, die Seele des Mensch-Dämons Dr. Tod freizugeben, damit sie in den Körper des Mafioso Solo Morasso eingehen konnte.

Vielleicht traf ich in diesem Haus wieder auf den Spuk. Bei

meiner letzten Begegnung mit ihm hatte ich ihn nicht fassen können. Er war zu schnell gewesen.

»Bist du sicher, daß du dort den Trank findest?« erkundigte sich Myxin.

»Sicher nicht«, antwortete Kara. »Aber man muß es versuchen.«

»Wie kommen wir hin?«

Kara schaute mich an. Sie lächelte. »Wie bist du denn an diesen Ort gelangt?«

Ich verstand.

Haro hatte noch Einwände. »Ich besitze keine Waffe«, sagte er. »Deshalb kann ich mich gegen die Feinde nicht verteidigen.«

Da hatte er recht. Kara überlegte. Ich hätte ihm meine Beretta geben können, wollte sie aber behalten, denn ich wußte nicht, was noch alles auf uns zukommen würde.

Das Haus der jammernden Seelen!

Wie mochte es dort aussehen? Ich war wirklich begierig, es zu erfahren.

»Du mußt eben ohne Waffe kämpfen«, sagte Kara. »Vielleicht kannst du dir irgendwo eine besorgen.«

Haro nickte. Er verknüpfte sein Schicksal eng mit dem des Mädchens. Es bat uns, einen Kreis zu bilden.

Wir stellten uns auf, und Kara ließ sich in der Kreismitte nieder. Sie ging in die Hocke. Das Schwert nahm sie so, daß der Griff auf dem Boden stand und die Spitze bis über ihren Kopf reichte, wobei sie die flache Seite gegen ihr Gesicht gepreßt hielt.

Dann sprach sie einige Worte in einer Sprache, die ich noch nie gehört hatte.

Plötzlich veränderte sich das Schwert. Die Klinge explodierte zu einer wahren Lichtorgie, die uns erfaßte und wegtrug...

Suko hielt den Atem an.

Er schaute noch einmal hin und sah, daß er sich nicht geirrt hatte. Aus dem Wagen war Tokata, der Samurai des Satans, gestiegen.

Dem Chinesen wurde bewußt, daß er wie auf dem Präsentierteller stand, aber nicht nur er allein, auch der unbeteiligte Fahrer.

»Geh rein!« schrie Suko den Mann an.

Der tat nichts, er starrte Suko nur verständnislos an.

»Weg, Mensch!«

Erst jetzt reagierte der Mann. Er warf sich gegen die Glastür und drückte sie nach innen.

Im selben Augenblick blitzte es am Wagen auf, und das hämmernde Tack-Tack einer Maschinenpistole unterbrach die Stille.

Suko hechtete zu Boden, er hoffte, daß der Fahrer auch so reagieren würde, doch das war ein Trugschluß.

Der Mann hatte die Abschüsse zwar gehört, doch anstatt in Deckung zu gehen, blieb er stehen und drehte den Kopf in die Richtung, aus der die Schüsse gefallen waren.

Das war ein tödlicher Fehler.

Er sah noch die Geschosse über den Boden tanzen und wie sie sich auf ihn einpendelten, hörte auch das Splittern der Glastür, als die Kugeln sie trafen, dann wurde er von einigen harten Schlägen gegen die Brust zurückgeworfen.

Er fiel in die Eingangshalle hinein und blieb tot auf den Fliesen liegen.

Das alles hatte Suko nur aus den Augenwinkeln wahrgenommen. Er mußte sich auf Tokata konzentrieren.

Der Samurai des Satans hatte Suko ebenfalls gesehen und stieß einen wilden Schrei aus, bevor er angriff und sein Schwert in Hubschraubermanier über dem Kopf kreisen ließ.

Suko konnte ihn zwar nicht genau und in allen Einzelheiten erkennen, er wußte aber, wie dieser Dämon aussah. Eingepackt in eine lederne Weste, mit einer Maske vor dem knöchernen Leichengesicht und ohne den linken Arm, den ihm der silberne Bumerang wegrasiert hatte.

Die Schüsse waren verstummt. Dafür vernahm Suko eine Stimme, die er als das Organ von Dr. Tod identifizierte. »Holt euch das Zeug. Beeilung, macht schon!«

Was weiter geschah, konnte Suko nicht sehen, denn er mußte sich zur Seite werfen, um dem ersten Streich zu entgehen. Tokatas Samurai-Schwert war in der Hölle geschmiedet worden, und die Klinge hatte eine ungeheure Schärfe.

Suko hörte ihr Pfeifen, als sie dicht an seiner Schulter vorbeistrich.

Der nächste Hieb.

Mit einem gewaltigen Satz brachte sich der Chinese in Sicherheit. Vor seinen Füßen rasierte die Spitze des Schwerts über den Boden und hinterließ eine aufsprühende Funkenbahn.

Der Chinese kam nicht dazu, seine Waffe zu ziehen. Es blieb ihm keine Zeit, zu schnell führte der Samurai die Streiche. Dabei näherten sie sich immer mehr dem Yard-Wagen, dem eigentlichen Abholer der Blutbehälter. Suko stolperte zurück und wurde von der Ladefläche aufgehalten.

Nur wenige Schritte vor ihm wuchs Tokata in die Höhe.

Die Schreckensgestalt drehte ihren Arm, stieß einen Kampfruf aus und jagte die Klinge auf Suko zu, wobei er den Chinesen mit der Spitze aufspießen wollte.

Suko drehte ab.

Das Schwert fuhr in die Plane hinein, der Samurai taumelte vor, und Suko nutzte die Gelegenheit, einen seiner gefürchteten Karateschläge anzubringen.

Er traf auch. Genau das Stück zwischen Kopf und Schulter, doch der Samurai war so nicht zu besiegen. Er steckte den Schlag weg, als wäre er nur gestreichelt worden, riß als Reaktion seinen rechten Arm hoch und trennte die Plane mit einem einzigen Schnitt auf.

Dann kreiselte er herum.

Suko hatte inzwischen Abstand gewonnen. Er bemerkte, daß bereits der erste Blutbehälter aus der Fabrik getragen wurde. Der Chinese wußte, für wen das Blut bestimmt war. Vampiro-del-mar sollte erstarken, und eine wilde, verzweifelte Idee schoß Suko durch den Kopf. Wenn er den Behälter mit einer Kugel treffen konnte, dann...

Man ließ ihm jedoch nicht die Zeit, die Beretta zu ziehen. Suko hörte das kreischend grelle Lachen einer Frau, und dann spie die MPi wieder ihr Blei.

Geduckt hetzte Suko die paar Schritte bis hin zum Fahrerhaus, während die erste Garbe nur knapp an ihm vorbeihackte.

Der Chinese mußte fliehen. Bis jetzt hatte er Glück gehabt, doch das würde nicht immer anhalten, und er war keinesfalls unverletzbar.

Suko riß die Tür auf und jumpte mit einem Satz auf den Sitz hinter das Lenkrad.

Nun kam ihm zugute, daß der Fahrer den Schlüssel steckengelassen hatte. Er wollte ja so rasch wie möglich wieder starten.

Suko drehte ihn mit der linken Hand um, während die rechte die Tür zudrosch.

»Auf die Reifen!« kreischte die Frau.

Auch diese Stimme kannte Suko. Sie gehörte Lady X, dieser dunkelhaarigen Ex-Terroristin, die sich auf Dr. Tods Seite geschlagen hatte.

Sie war ein Mensch und kein Dämon. Wie auch Mr. Mondo, der Monstermacher.

Der Motor sprang sofort an.

Kupplung, Gas.

Selten in seinem Leben war Suko so schnell.

Der Wagen fuhr an.

Die Maschinenpistole spie ihr Blei. Suko hörte die Einschläge, duckte sich und gab weiter Gas.

Plötzlich war da ein Schatten auf der Motorhaube. Tokata. Mit einem einzigen Satz war er auf die Kühlerhaube gesprungen und schwang sein gefährliches Schwert.

Suko riß den Wagen nach rechts.

Fliehkräfte wurden wirksam. Ihnen konnte auch Tokata nichts entgegensetzen. Er schlug zwar noch zu, doch da befand er sich bereits mitten in der Bewegung. Die Spitze des Schwerts zerhieb die Scheibe und schickte einen gläsernen Regen in das Innere des Fahrerhauses, wo Suko den Wagen schon wieder herumgerissen hatte. Tokata verschwand von der Bildfläche.

Der Chinese jagte weiter.

Er blickte in den Außenspiegel. Es war tatsächlich Lady X, die da geschossen hatte.

Sie war vorgelaufen, und das Licht aus dem Laboreingang fiel auf ihre Gestalt. Leicht geduckt stand sie da, breitbeinig und in den Knien etwas eingeknickt.

Doch die Garben erreichten Suko nicht mehr. Im Licht der Scheinwerfer sah er eine schmale Straße, riß den Wagen nach rechts und schleuderte in die neue Richtung.

Der Weg war schmal. Er führte durch ein Schrottgelände, das von einem Kran überragt wurde.

Schon wenige Yards später verspürte Suko die Wirkung von Schlaglöchern.

Der Wagen wurde durchgeschüttelt, bockte und tanzte. Suko mußte das Lenkrad mit beiden Händen festhalten.

Außerdem schien der linke hintere Reifen etwas abgekriegt zu haben, denn Suko schaffte es kaum, das Fahrzeug in der Spur zu halten. Es wollte immer ausbrechen.

Der Chinese biß die Zähne zusammen. Seine Lippen bildeten einen schmalen Strich. Noch war die Gefahr nicht gebannt, denn er wußte, daß Dr. Tod und seine Vasallen so leicht nicht aufgaben.

Und er hatte recht.

Als Suko einen Blick in den Außenspiegel warf, sah er am Anfang des Weges eine Gestalt.

Tokata!

Dieser verdammte Samurai des Satans gab einfach nicht auf. Er wollte sein Opfer.

Suko knüppelte den Wagen in den vierten Gang und drückte das Gaspedal fest nach unten. Das war ein Fehler, der alte Wagen machte einen Bocksprung, er hüpfte auch über die querliegende Schiene, schleuderte aber dann nach links und raste in einen Schrotthaufen.

Aus!

Der Motor heulte noch weiter, als Suko bereits die Tür aufriß und aus dem Wagen sprang.

Tokata hetzte heran.

Mit riesigen Sätzen überwand er die Distanz. Sein Schwert hielt er in der rechten Hand, und den Arm hatte er erhoben.

Eine wilde, mordlüsterne Kampfmaschine, ein Geschöpf der Hölle, das Sukos Tod wollte.

Der Chinese zog seine Waffe.

Genau zielte er, wobei er die Hand auf den Kotflügel legte, um sie abzustützen.

Denn drückte er ab.

Zwei Kugeln verschoß er.

Nur die zweite traf, während die erste vor den Füßen des Samurais Dreck hochschleuderte.

Tokata erhielt einen regelrechten Schlag, doch die Kugel selbst stoppte ihn nicht. In seinem Brustpanzer war sie steckengeblieben, wie schon so oft.

Dann wurde es für Suko Zeit. Er mußte weg, bevor Tokata ihn erreichte.

Nicht weit entfernt, befand sich ein schmaler Stichkanal, der in die Themse mündete. Und auch der Schrottplatz hörte dort auf, wo der Kanal begann.

Suko mußte sich sputen, wenn er dem Samurai entkommen wollte. Geschmeidig sprang er über einen umgestürzten Prellbock und verschwand in einem schmalen Weg, der zwischen zwei Schrotthügeln hindurchführte. Rechts und links war der Weg durch Drahtzäune gesichert, damit die beiden Schrottberge nicht ineinanderrutschten.

Suko und der Samurai waren ungefähr gleich schnell. Der Chinese wollte Tokata in die Irre führen, vielleicht fand er nicht so schnell aus dem Schrottplatz heraus, so daß Suko eine Chance erhielt, ihn auf irgendeine Weise zu besiegen.

Der Weg mündete auf einem Platz. Hier war das Zentrum des Schrottplatzes. Suko sah ein barackenähnliches Gebäude, das dem Chef der Firma sicherlich als Büro und Unterkunft diente.

In den Räumen war alles dunkel. Man hatte längst Feierabend gemacht.

Hinter dem Gebäude türmten sich zahllose Autowracks zu einem gewaltigen Blechberg, daneben stand ein Kran und ganz in der Nähe auch eine Presse, die das schluckte, was der Kran alles hineinfallen ließ.

Suko sah die mächtigen Greifzangen des Krans. Gern hätte er Tokata dazwischen gesehen, aber der Chinese kam nicht in den Kran hinein. Er hatte auch keinen Schlüssel und wußte nicht, wie er ihn in Bewegung setzen sollte.

Mit eiligen Schritten lief er über den Platz vor der Baracke. Regenpfützen schillerten dort wie große, dunkle Augen, von den weiter entfernten Piers sah er den schwachen Widerschein der Halogenlampen herüberschimmern.

An der Schmalseite der Baracke blieb Suko stehen, preßte sich eng gegen die Wand und peilte um die Ecke.

Soeben lief Tokata über den Platz. Er hatte ihn zur Hälfte überquert, als er stehenblieb und sich suchend im Kreis drehte. Düster hob sich seine Gestalt vor dem Hintergrund ab, das Schwert mit der langen Klinge warf blitzende Reflexe.

Dieser Samurai sah ungeheuer gefährlich aus. Hinter seiner Maske war das Gesicht nur zu ahnen.

Suko zog sich zurück. Als er die Rückseite der Baracke erreichte, sah er, daß er einen Fehler gemacht hatte. Dort gab es keinen Weg, der durch die Halde schnitt. Wenn er hier weg wollte, mußte er entweder dieselbe Strecke zurück nehmen oder aber über die Halde klettern. Die zweite Möglichkeit erschien ihm als die chancenreichere, denn sonst wäre er Tokata in die Arme gelaufen. Suko wollte unbedingt ein Telefon erreichen, um die verantwortlichen Polizeikräfte zu mobilisieren. Dann bestand durchaus die Chance, Tokata zu fangen. Beim Yard existierten inzwischen Alarmpläne für solche Notfälle.

Aber ein Telefon war weiter entfernt als der Mond. Suko hätte auch in die Baracke einbrechen können, was wiederum nicht ohne Geräusche gegangen wäre, und der Chinese wollte Tokata nicht unnötig auf sich aufmerksam machen.

Deshalb nahm er den anderen Weg. Es würde zwar auch Geräusche verursachen, aber hinter diesem Autohügel würde Suko bestimmt eine Chance finden, zu verschwinden.

Er machte sich an den Aufstieg.

Die Fahrzeuge waren wahllos übereinandergeworfen worden, standen kreuz und quer. Manche sogar hochkant, mit der Kühlerschnauze auf einem Autodach. Zahlreiche Räder waren abgefallen und lagen auf Kühlern, Dächern oder klemmten einfach zwischen den Wagen.

Die ersten Yards schaffte Suko gut. Er konnte von einem Autodach zum anderen steigen. Als er auf einem Bentley stand, mußte er grinsen, weil ich solch einen Wagen fuhr. Auch diese Fahrzeuge hielten nicht ewig.

Es wurde schwieriger. Als Suko durch ein zerstörtes Fenster griff und sich am Rahmen festklammerte, begann der Wagen zu schwanken. Er stand ziemlich ungünstig, etwas auf der Kippe, und es grenzte schon an ein kleines Wunder, daß er noch hielt

Hastig ließ Suko los und zuckte zusammen, als er den Schrei hörte. Er beging jetzt nicht den Fehler, sich zu schnell zu bewegen, sondern hielt sich erst an einem vorspringenden Kotflügel fest, bevor er sich langsam umwandte.

Tokata hatte den Schrei ausgestoßen, weil er Suko endlich sah.

Und er rannte los.

Wieder begann die verdammte Hetzjagd. Tokata nahm nicht soviel Rücksicht wie der Chinese, das brauchte er auch nicht, es spielte keine Rolle, ob er sich an irgendwelchen scharfen Metallkanten verletzte, er konnte nicht mehr sterben, in seinem Körper floß kein Tropfen Blut.

Der Samurai holte auf.

Suko suchte nach einem Ausweg.

Nach oben war der Weg zu riskant, da wäre der vorstehende Wagen gekippt.

Rechts und links?

Der Chinese konnte nichts sehen, denn es war zu dunkel.

Unter ihm rumorte Tokata.

Es war schon verdammt nahe und nahm keinerlei Rücksicht, ob die Schrottwagen nun kippten oder nicht. Suko spürte, wie der unsichere Stand unter ihm vibrierte.

Und da hatte er eine Idee.

Wenn er schon so schnell nicht wegkonnte, dann sollte ihm der Wagen, der etwas lose stand, wenigstens noch nützlich sein.

Der Chinese überlegte nicht lange, sondern setzte seine Idee in die Tat um.

Suko streckte beide Arme aus und hangelte sich auf den Wagen. Das Gefährt schwankte. Mein Freund kam sich wie ein Artist vor, und er hatte einige Mühe mit dem Gleichgewicht.

Weiter rechts hatte Suko trotz der Dunkelheit einen abgewrackten Rover gesehen, dessen Tür offenstand. Die zweite fehlte. Aber die eine, die wichtige, befand sich auf Sukos Seite und spielte in seinen Plänen eine große Rolle.

Tokata näherte sich unaufhörlich.

Er machte Krach für zehn. Und er setzte sein Schwert ein, um sich seinen Weg zu bahnen. Die in der Hölle geschmiedete Klinge hieb in das Blech der Fahrzeuge, als bestünde es aus Butter. Da hatten Menschenknochen erst recht keine Chance.

Das wußte auch Suko, und deshalb beeilte er sich.

Er warf noch einen Blick zurück.

Tokata war schon ziemlich nahe. Soeben schleuderte er einen Reifen zur Seite. Dann spaltete er mit der Klinge das Dach eines Autos.

Für Suko wurde es Zeit.

Er stand noch auf der Haube, knickte in den Knien ein, gab sich genügend Schwung und drückte dabei gegen den sowieso schon unsicheren Stand des Wagens.

Das Fahrzeug kippte.

Im selben Augenblick hechtete der Chinese vor. Er hatte sich noch abschnellen können, und da er bei seiner Karatetechnik auch das Springen gelernt hatte, stieß er sich trotz der unsicheren Unterlage gut ab.

Suko schnellte auf die Tür des Rovers zu.

Und er bekam sie zu packen.

Seine Hände griffen hart um den Holm, klammerten sich fest, so daß die Finger schmerzten, doch er ließ nicht los. Er zog seinen Körper nach, brachte die Beine hoch, während unter ihm mehrere Fahrzeuge ins Rutschen gerieten und damit eine kleine Blechlawine in Gang brachten.

Tokata sah die Lawine herabdonnern.

Vier Fahrzeuge zugleich kippten auf ihn zu. Eins stand hochkant, bekam das Übergewicht und fiel dem Samurai des Satans direkt entgegen. Tokata stieß einen wütenden Schrei aus. Er riß das Schwert hoch, womit er vieles schaffte, aber keine Autolawine aufhalten konnte. Er konnte wohl mit der Klinge hindurchschlagen – mehr nicht.

Die Wagen kippten auf ihn.

Tokata konnte sie nicht stoppen. Sie rissen ihn kurzerhand mit. In den wirbelnden Blechteilen ging der Samurai des Satans unter. Er konnte zwar nicht getötet werden, doch die Lawine hatte Suko eine Frist gegeben.

Der Chinese hing noch immer an der Tür des Rover, und seine Beine baumelten in der Luft. Er hatte Angst, daß die Ausläufer der Blechlawine auch noch ihn und den Wagen mitrissen, doch sie war unbegründet.

Lange wollte er nicht mehr hängenbleiben. Suko mußte zusehen, daß er von hier verschwand.

Er zog sich hoch.

Wie ein Bergsteiger krabbelte er auf das Dach des Wagens. Zu seiner Freude sah Suko, daß er den Gipfel des Schrottberges erreicht hatte, und atmete auf.

Jetzt lag noch der Abstieg vor ihm.

Vorsichtig sprang Suko auf das nächste Autodach. Es war durch Staub und Regen ziemlich seifig geworden. Der Chinese rutschte ab und landete auf dem Kofferraum.

Von hier aus sprang er auf den nächsten Wagen, dann auf den übernächsten, paßte nicht auf, riß sich ein Hosenbein entzwei, holte sich an der Wade eine Schramme, aber er gelangte ansonsten unbeschadet auf die andere Seite des Berges und sprang zu Boden.

Der Chinese hielt sich nicht länger auf. Er wollte so schnell wie möglich weg.

Suko fand einen ausgefahrenen Pfad, der parallel zum Kanal führte und dort endete, wo Eisenbahngleise entlangliefen und erste trübe Laternen brannten.

Suko sah sich um.

Rechts von ihm lag das Gebäude der Kosmetik-Firma. Er konnte sogar das Dach erkennen. Dahinter hoben sich Schornsteine und höhere Bauten gegen die Lichtaura der Londoner City ab. Die Innenstadt war zwar weit entfernt, aber der Widerschein leuchtete doch bis in das Hafenviertel.

Nach einem zehnminütigen Lauf fand der Chinese endlich eine Telefonzelle.

Er rief Sir James Powell an, der sich noch im Büro aufhielt. Suko hatte gelernt. Er brauchte eine Minute für seinen Bericht und gab sogar noch Details bekannt.

»Bleiben Sie an der Zelle. Der Alarmplan läuft an«, sagte Sir Powell.

»Jawohl, Sir.«

Suko wartete. Er wußte, daß jetzt die Einsatzreserve mobil gemacht wurde. Die Organisation lief auf Hochtouren. Geschulte und erfahrene Männer standen bereit. Man hatte sie modern ausgerüstet, sogar mit Flammenwerfern. Wenn es sein mußte, dann wurden sie auch eingesetzt, anders konnte man solche Kreaturen wie Tokata nicht bekämpfen. Und bisher war er nicht besiegt worden.

Schon bald hörte Suko das Heulen der Sirenen. Von überallher schien es an seine Ohren zu klingen. Starke Scheinwerferstrahlen strichen wie lange Finger über die Pieranlagen und das dahinter liegende Gelände. Ein Wagen raste herbei.

Es war eine schwere Limousine, und Sir James Powell persönlich hockte im Fond.

Der Wagen hatte kaum gehalten, als er die Tür aufstieß und Suko einsteigen ließ.

Der Chinese nahm neben dem Superintendenten Platz.

»Zum Fariac-Labor«, wies der seinen Chauffeur an.

Der Mann gab Gas.

Suko hatte Gelegenheit, Sir Powell genauen Bericht zu erstatten. Der Superintendent hörte geduldig zu.

»John Sinclair ist wieder verschwunden«, stellte er dann fest. »Wie ist das möglich?«

»Wahrscheinlich hängt es noch mit der Vampir-Geschichte zusammen«, vermutete Suko.

Sir James nickte. »Möglich, wenn ich es auch nicht so recht glauben kann, wo beide nicht mehr existieren.«

»Ihr Erbe...«

»Falls sie eins hinterlassen haben.«

Daß der Fall ganz anders lag und beide auf dem Holzweg waren, konnten sie nicht ahnen.

Sie waren nicht die ersten, die den Platz vor dem Labor erreichten. Zwei Wagen standen bereits dort. Scheinwerfer erhellten die Umgebung. Die Luft war erfüllt vom Heulen der Sirenen. Schwerbewaffnete Männer standen als Posten.

Andere kümmerten sich um den Toten.

Der zweite Lastwagen aber war verschwunden.

Und damit auch das Blut!

Jemand spielte Klavier, und eine Kinderstimme sang dazu: »White Christmas...«

Träumte ich schon von Weihnachten? Oder war bereits der 24. Dezember?

Nein, das nicht, aber der Gesang existierte. Ich hörte ihn auch noch, als ich bereits festen Boden unter meinen Füßen spürte und von einer gewissen Mattheit geplagt wurde. Ansonsten jedoch ging es mir ziemlich gut.

Die Melodie war verstummt. Dafür hörte ich eine andere.

Jingle Bells...

Ich mußte lächeln. Neben mir vernahm ich ein schweres Seufzen. Der Atlanter hatte es ausgestoßen.

Er war also auch da.

Wie Myxin – und natürlich Kara.

Sie sah uns an. Ein Lächeln hatte sich um ihre Lippen gelegt, das jedoch verschwand, als sie sich umblickte. Ihr Gesicht nahm einen nachdenklichen Ausdruck an.

»Da scheint einiges nicht zu stimmen«, bemerkte Myxin.

Und ich sagte: »War wohl ein Fehlsprung.«

»Nein, wir sind da. Das ist das Haus der jammernden Seelen. Hier hat der Druide gelebt.«

Sie sprach die Worte sehr sicher aus, deshalb enthielt ich mich eines Kommentars. Seltsam war es allerdings schon. Wir standen in einem langen Flur, von dem in genau abgemessenen Abständen Türen abzweigten.

Ein Apartmentflur.

Und die Weihnachtslieder klangen hinter einer der Türen auf. Eine ganz einfache Geschichte.

Das Haus der jammernden Seelen war ein Wohnblock.

Auch ich hatte mit einer alten Hütte gerechnet, die irgendwo tief im Wald stand, war jedoch eines Besseren belehrt worden. Nicht immer wird es dort gruselig, wo man es erwartet.

»Und nun?« fragte Myxin.

Haro hatte sich neben Kara gestellt und seine Hand auf ihre Schulter gelegt. Das Mädchen hielt noch immer ihr Schwert fest. Sie trug noch die gleiche Kleidung, und wenn ich mir die Typen so anschaute, dann wurde es Zeit, daß sie etwas anderes erhielten. So konnten sie nicht herumlaufen.

»Doch«, flüsterte Kara. »Es ist hier. Das hier ist das Haus der jammernden Seelen. Ich spüre es.«

Eigentlich hätte ich lachen müssen. Da standen vier Personen auf einem langen Flur, und zumindest zwei davon sahen aus wie Märchenfiguren.

Es hätte nur jemand die Tür zu öffnen brauchen und...

Ich hatte den Gedanken kaum zu Ende gedacht, als dies geschah. Eine Wohnungstür wurde aufgestoßen. Es war die, hinter der wir die Weihnachtslieder gehört hatten.

Ein kleines Mädchen erschien.

Wir alle drehten die Köpfe, doch die Kleine mit den blonden Wuschelhaaren hatte nur Augen für Kara.

»Bist du das Christkind?« fragte es staunend.

Ich glaub', mich streift ein Nashorn, dachte ich und zischte: »Weg hier, bevor die Kleine noch die ganze Bude rebellisch macht!«

Doch Kara reagierte anders. Sie kniete sich nieder und lächelte die Kleine an. Das Mädchen drehte sich um und schloß die Tür. Staunend standen wir da.

»Was hast du dem Kind gesagt?« fragte ich.

Kara erhob sich lächelnd. »Ich habe ihr für wenige Sekunden das Gedächtnis genommen. Sie wird sich an nichts mehr erinnern.«

Das Mädchen wurde mir langsam unheimlich. Na ja, ich war gespannt, welche Überraschungen es jetzt noch auf Lager hatte.

Aber wir mußten weg! Das blieb, und davon biß keine Maus den Faden ab.

Die anderen waren einverstanden. Haro sah sich mißtrauisch und suchend um. Ihm war alles unheimlich. Er stammte aus Atlantis und mußte sich erst an die neue Zeit gewöhnen. Ob er das schaffte, stand in den Sternen.

Wir gingen den Flur entlang und passierten die beiden Aufzugstüren.

Ich dachte daran, mit dem Lift nach unten zu gondeln, ließ es aber bleiben. Die Gefahr, jemandem zu begegnen, war einfach zu groß. Wir konnten auch über die Treppe, die es in jedem Hochhaus geben mußte, nach unten gelangen.

Ich entdeckte sie am Ende des Ganges. Die Treppe lag hinter einer weiß lackierten Tür versteckt. Ich zog die Tür auf und warf einen Blick in das Treppenhaus.

Es war leer.

Den anderen bedeutete ich, mir zu folgen, und auf dem Absatz blieben wir erst einmal stehen. Eine auf die Wand gemalte fünf zeigte an, in welchem Stockwerk wir uns befanden.

Aber damit wußte ich nicht, wo wir überhaupt gelandet waren. In welcher Stadt? War es London? Glasgow, Leeds, Manchester? An den Namensschildern der Türen hatte ich gelesen, daß wir uns in England befanden. Ich erinnerte mich an Karas Worte. Das Mädchen hatte gesagt, das Haus der jammernden Seelen wäre nicht weit entfernt. Nur – was meinte sie mit weit? Hundert Meilen waren für sie sicherlich nur ein Katzensprung.

Wir beratschlagten, was zu tun war.

Zuerst fragte ich Kara noch einmal, ob sie sich auch ganz sicher war. Sie nickte heftig.

»Weißt du denn, wie alt das Haus sein sollte?« erkundigte ich mich.

»Sehr alt.«

»Dann hat man es sicherlich abgerissen und ein neues Haus auf das Grundstück gebaut.«

Der Meinung widersprach niemand.

»Aber den Geist kann man nicht töten«, erklärte Kara. »Der bleibt immer hier.«

»Du willst ihn finden?«

Sie sah mich an und nickte. »Nicht nur das. Ich werde ihn beschwören, der Druide soll mir Auskunft darüber geben, wo sich der Trank des Vergessens befindet.«

Ich war ein wenig skeptisch. »Meinst du, daß dir das gelingt?«

»Es muß!«

»Ich bin gespannt.« Dann deutete ich auf Haro. »Er und du, ihr solltet euch neue Kleidung zulegen. Heute geht man nicht mehr so wie früher.« Ich lächelte.

»Laß uns weitergehen«, drängte Myxin.

»Warte.« Ich sah Kara an. »Wo können wir unter Umständen diesen Geist finden?«

»Überall.«

»Was heißt das?«

»Der Geist des Druiden wird in den Wänden und Mauern hausen. Im Fußboden, im Keller, im...«

»Halt, halt!« rief ich. »Du vergißt, daß dieses Haus neu ist.«

»Das spielt keine Rolle, John Sinclair. Der Druidengeist ist durch einen Abbruch nicht zu töten. Man muß ihn beschwören, wenn man ihn haben und fassen will. Das werde ich tun.«

Ich dachte schon weiter. »Wenn der Geist tatsächlich in dem Haus sitzt, sind die Bewohner in großer Gefahr.«

Kara nickte. »Das waren sie immer.«

»Aber bisher hat sich der Geist ruhig verhalten.«

»Sicher. Es gab für ihn keinen Grund, sich zu zeigen.«

»Und wenn du ihn beschwörst, wird es einen geben.«

»Ja.«

Mir war plötzlich gar nicht mehr wohl zumute. »Das ist schlecht«, murmelte ich, »denn dann sind die Menschen hier in großer Gefahr. Bisher war der Geist ja gefangen...«

»Wir müssen ihn eben unter Kontrolle halten«, erwiderte die schwarzhaarige Kara.

»Das ist mir zu risikoreich.«

Kara hob die Schultern, und auch die beiden anderen sagten nichts. Nur Myxin blickte mich ernst an, während Haro zu Boden schaute.

So kamen wir zu keinem Ergebnis. »Laß uns weitergehen«, schlug ich vor.

Drei Stockwerke schritten wir hinab. Dann war Schluß. Das Treppenhaus hörte einfach auf. Es endete vor einer Doppeltür aus Stahl.

Wir standen da wie begossene Pudel.

Myxin fragte: »Hast du eine Erklärung, John?«

Nein, die hatte ich auch nicht. »So etwas habe ich noch nie gesehen«, sagte ich. »Das ist baupolizeilich gar nicht drin.« Ich schaute auf die Wand.

Dort las ich eine zwei.

»Sehen wir nach, was hinter der Tür liegt«, schlug Kara vor.

»Ich habe keinen Schlüssel«, hielt ich ihr entgegen.

Sie lächelte nur. »So etwas brauche ich nicht, John Sinclair. Gib einmal acht.«

Sie ging zwei Schritte vor und legte beide Hände flach gegen die Tür.

Für einen winzigen Moment glaubte ich es flimmern zu sehen, dann war alles wieder normal.

Kara trat zurück. »Die Tür ist offen«, sagte sie.

»Wirklich?«

Sie nickte mir zu. »Ja.«

Ich probierte es, legte meine rechte Hand auf die Metallklinke und drückte sie nach unten.

Kara hatte nicht gelogen. Beinahe leicht schwang mir die rechte Hälfte entgegen.

»Kompliment«, sagte ich und lächelte.

Hatte im Flur die Notbeleuchtung gebrannt, so sahen wir vor uns einen langen, dunklen Gang. Erkennen konnte ich noch nichts, aber riechen. Und dieser Geruch kam mir bekannt vor.

Solch einen Duft gaben Obst und Gemüse ab. Jetzt verstand ich kaum noch was.

Als die drei mir gefolgt waren und ich das Licht einschaltete, klärte sich alles auf.

Wir befanden uns im Lager eines Supermarkts!

Ich sah die Werbezettel und Plakate an den Wänden. In grellen Farben wurde auf die Preisknüller der Woche hingewiesen. Getränke, Süßigkeiten, Suppen, Obst und Gemüse – alles wurde angeblich so preiswert angeboten. Nun war auch klar, weshalb die Treppe aufhörte. Der Supermarkt nahm die ersten beiden Etagen des Hauses ein. Wahrscheinlich gab es für die Hausbewohner einen anderen Eingang.

»Was ist das hier?« fragte Haro.

Ich erklärte es ihm.

»Kenne ich nicht«, sagte er nur.

»Hier werdet ihr sicherlich Kleidung finden«, sagte ich lächelnd.

Damit waren er und Kara einverstanden.

Ich hatte die Führung übernommen. Myxin hielt sich an meiner Seite. »Glaubst du an den Druidengeist?« fragte er leise.

»Vielleicht.«

»Ich kann mir schlecht vorstellen, daß er sich in dieser Umgebung wohl fühlt.«

»Auch Dämonen passen sich an«, lächelte ich. Vor einer großen Tür blieb ich stehen. Sie befand sich auf der rechten Seite des Ganges, und ich konnte sie aufdrücken, da sie sich aus zwei Schwinghälften zusammensetzte.

Wir betraten den obersten Verkaufsraum.

Es war nicht völlig dunkel, denn an den Wänden brannte eine grünlich schillernde Notbeleuchtung. Wir sahen die langen Verkaufsregale, die Theken und Tische, und wir sahen die Kleiderständer, die rechts neben der Möbelabteilung begannen.

»Da könnt ihr euch etwas aussuchen«, erklärte ich den beiden Atlantern.

»Mußt du nicht bezahlen?« flüsterte Myxin.

»Das regle ich, wenn alles vorbei ist.«

Kara und Haro waren schon zwischen den Kleiderständern verschwunden. Wir hörten ihre Stimmen. Besonders Kara freute sich über die Sachen. So etwas hatte sie noch nie gesehen. Ihre Augen strahlten, begeistert wühlte sie in den Kleidungsstücken herum.

Ich wunderte mich, daß keine Alarmanlage angeschlagen war. Vielleicht reagierte sie auch nur, wenn man von vorn einbrach.

Darum machte ich mir im Augenblick keine Sorgen.

Haro war zuerst fertig. Als er zurückkam, konnte ich ein Lachen kaum unterdrücken.

Er hatte sich wirklich gemausert.

Haro trug eine blaue Hose, ein rotes Hemd, Schuhe in schwarz und eine karierte Jacke.

»Kann ich so gehen?« fragte er.

Ich nickte. »Du kannst.«

Myxin flüsterte. »Zur Not.« Das hörte Haro allerdings nicht.

Das schwarzhaarige Mädchen wühlte noch in den aufgehängten Kleidern herum.

Es war verständlich.

Dann kehrte Kara zurück. Und ich mußte ehrlich zugeben, daß sie einigen Geschmack hatte. Sie trug einen hellen dünnen Ledermantel, der innen mit Fell gefüttert war. Sie hatte sich Stiefel angezogen. Unter dem Mantel trug sie ein leichtes Kostüm. Der Stoff schimmerte himbeerrot.

Sie war eben eine Frau.

»Gefalle ich euch?« fragte sie und drehte sich dabei. Ihr nicht geschlossener Mantel flog hoch wie eine Glocke.

Ich nickte. Auch Myxin und Haro stimmten mir zu. Das Schwert hatte Kara nicht losgelassen.

Ich drängte zur Eile. »Jetzt möchte ich endlich wissen, ob der Geist des Druiden hier noch haust«, sagte ich.

Kara nickte. »Wir müssen ihn erst noch suchen.«

»Wo?«

Sie deutete in die Runde. »Überall.«

»Dann sehen wir nach.« Ich lächelte dabei, denn die Wände

waren glatt. Wenn Regale sie nicht abdeckten, dann waren sie mit Plakaten bepflastert.

»Man müßte in den Keller gehen«, schlug Myxin vor.

»Er lebt überall«, sagte Kara.

Dagegen konnten wir nichts sagen. Kara wußte mehr.

Plötzlich stutzte sie, beugte sich vor und lauschte, wobei sie ihre Stirn in Falten legte.

»Was ist denn?« fragte ich.

Auch Haro wollte es wissen.

Kara drehte den Kopf. »Hört ihr nichts?«

»Nein.«

»Dann lauscht doch!«

Wir kamen der Aufforderung nach, konzentrierten uns völlig auf das herauszufindende Geräusch.

Und jetzt hörten wir es auch.

Es war ein schweres, unheilvolles Seufzen...

Sir James Powell und Suko hatten die Dienstlimousine verlassen. Sie standen neben dem Toten.

Mehrere Kugeln hatten ihn getroffen. Die Helfer waren schon da, die ihn wegtrugen.

»Wissen Sie, wer ihn getötet hat?« fragte Sir James.

»Lady X!«

Der Superintendent nickte. »Dann können wir davon ausgehen, daß Dr. Tod seine gesamte Truppe mitgebracht hat.«

»Vielleicht, Sir.«

Der Tote wurde weggetragen. Die Männer schoben den Sarg auf die Ladefläche eines grauen Fahrzeugs.

»Haben Sie was gefunden?« wollte Sir James wissen.

Suko schüttelte den Kopf. »Nur das Blut war noch da. Jetzt hat Dr. Tod es.«

»Er wird Vampiro-del-mar damit stärken.«

Der Chinese nickte. »Das befürchte ich auch.«

Der Einsatzleiter kam mit schnellen Schritten heran und winkte Sir Powell zu. »Wir haben das Gelände abgeriegelt!« erklärte er militärisch knapp.

»Wunderbar. Und jetzt?«

»Einzelne Trupps werden vorstoßen und das Gelände genau unter die Lupe nehmen.«

»Tun Sie das!«

Der Einsatzleiter grüßte und verschwand.

Suko blickte Sir Powell skeptisch an. »Wenn ich mir eine Bemerkung erlauben darf, Sir, ich glaube kaum, daß die Männer Erfolg haben werden.«

»Sie sprechen mir aus der Seele. Nur mache ich mir langsam Sorgen um John Sinclair.«

Suko lachte hart auf. »Fragen Sie mich mal, Sir.«

»Wo könnte er denn stecken, zum Teufel?«

»Beim Teufel hoffentlich nicht.«

»Ist Ihnen nichts aufgefallen?« Sir Powell starrte Suko an. Die Pupillen wirkten durch die Brillengläser stark vergrößert. Der Superintendent hatte wieder den bitteren Zug um seine Mundwinkel, der zeigte, wie magenkrank er war.

»Sicher ist mir etwas aufgefallen. Da war einiges anders. Ich kann mir nur noch keinen Reim darauf machen, wissen Sie. Ich saß in dem Labor, und dann war John auf einmal verschwunden. Ich habe ihn auch nicht aus dem Raum gehen sehen. Nichts war da, gar nichts.«

»Dann ist Magie mit im Spiel«, sagte der Superintendent.

»Unbedingt.«

Sir Powell ging auf und ab. Seine Hände hatte er in den Taschen des dunkelblauen Mantels vergraben. Nachdenklich nagte er auf seiner Unterlippe.

Als lange, helle Finger strichen die großen Scheinwerfer der Suchtrupps über das Gelände am Hafen. Suko glaubte jedoch nicht daran, daß sie einen Erfolg verzeichnen konnten. Auch eine Fahndung war ausgerufen worden. Sie würde wenig Zweck haben, denn Lastwagen gab es viele auf den Londoner Straßen, und die Wagennummer hatte Suko in dem mörderischen Durcheinander erst gar nicht gesehen.

Sir Powell kaute eine Magentablette. Er sah auf die Uhr. Eine Viertelstunde war vergangen und ein Erfolg noch nicht in Sicht. Vielleicht würden die Beamten ein paar Penner oder Rauschgiftdealer einfangen, mehr aber nicht.

Beide Männer horchten auf, als plötzlich Schüsse fielen. Dann ertönte das schrille Geräusch einer Trillerpfeife und im nächsten Moment eine megaphonverstärkte Stimme.

»Kommen Sie raus, Mann! Wir haben das Gebäude umstellt. Wir geben Ihnen zehn Sekunden.«

»Das war ganz in der Nähe«, sagte Sir Powell.

Suko lief bereits in die Richtung. Weitere Schüsse fielen nicht, dafür vernahm der Chinese Stimmen. Er sah die tanzenden Lichtstrahlen mehrerer Taschenlampen, und im nächsten Augenblick entdeckte er die beiden Polizisten.

Sie führten einen Gefangenen zwischen sich. Hell blinkten die stählernen Armbänder.

Vor Sir James Powell und Suko blieben sie stehen. Der Superintendent sog den Atem scharf durch die Nase ein, denn der Knabe verbreitete einen Geruch, den man mit ruhigem Gewissen als Gestank bezeichnen konnte. Der Kerl sah auch dementsprechend aus. Er trug einen langen, mehrmals geflickten Mantel, auf dem Kopf saß ein eingebeulter Tirolerhut, und in dem runden Gesicht blitzten zwei listige Äuglein.

»Das ist Charly, ein kleiner Säufer«, erklärte einer der Beamten.

Suko nickte, er überließ Sir Powell das Fragen.

»Haben Sie etwas gesehen?«

Charly bewegte den Kopf nach vorn.

»Und was?«

Der Penner hob die gefesselten Hände. Er deutete auf seine Kehle. »Ich kann nicht sprechen. Die ist so trocken.«

Am Zucken der Gesichtsmuskeln war zu erkennen, daß sich Sir Powell ärgerte. »Wir haben nichts zu trinken.«

»Ich könnte mir ja was kaufen.«

Es war klar, der Mann wollte Geld. Das erhielt er auch. Suko wunderte sich, daß Sir James einen Schein aus der Tasche holte und ihn dem Penner in die schmutzige Hand legte.

»Und jetzt reden Sie, Mann!«

Der Penner schloß die Finger und grinste verschmitzt. »Den Lastwagen habe ich gesehen und auch die Schüsse gehört. Ich habe mich dann sofort verkrochen. War besser für mich, denn bleihaltige Luft mag ich nicht, Sir.«

»Weiter, weiter«, drängte der Superintendent.

»Nichts mehr.«

»Und dafür haben Sie Geld genommen?« zischte Sir James. »Sie können mir doch nicht erzählen, daß Sie nichts mehr gesehen haben. Typen wie Sie sind von Natur aus neugierig.«

Charly grinste. Er öffnete den Mund, und eine Alkoholfahne wehte Suko und Sir James entgegen. »Da täuschen Sie sich, Sir. Unsereins gerät nicht so gern zwischen die Mühlsteine, wissen Sie. Aber ich will ehrlich sein, etwas habe ich schon noch gesehen.«

»Reden Sie schon.«

»Es war so. Ich bin verschwunden und habe die Tür zu der alten Halle ein kleines Stück aufgelassen. Als die Schüsse dann verstummten, traute ich mich wieder hervor. Aber der Wagen stand da noch, also blieb ich in meinem Versteck. Dann hörte ich den Motor. Und jetzt erst traute ich mich wieder hervor. Ich sah sie abfahren.«

»Wohin, Mann?«

»Kann mir nicht einer die komischen Armbänder da abnehmen?« fragte Charly.

Sir Powell nickte.

Die stählernen Reifen fielen. »Also, der Lastwagen ist dahin gefahren, wo die großen Silos stehen.«

»Welche? Die mit dem Erdöl?«

»Ich weiß nicht, was darin ist.«

»Wir werden das auf jeden Fall nachprüfen«, sagte Sir James. »Und das war alles?«

»Bei der Ehre meiner Mutter.« Charly legte treuherzig seine Hand auf die Brust.

»Ja, ja, schon gut. Schaffen Sie den Mann weg«, sagte Sir Powell. »Sie können ihn laufenlassen.«

»Danke, Sir, danke«, dienerte der Säufer.

Der Superintendent hatte ihn schon vergessen und wandte sich an den Einsatzleiter.

»Haben Ihre Leute schon an den Silos gesucht?«

»Nein, Sir, ich...« Er begann zu stottern.

»Dann hin!«

»Jawohl, Sir!« Der Mann verschwand.

Sir James Powell stieß den Chinesen an. »Kommen Sie mit. Wir fahren hin.«

Der Chauffeur riß eilfertig die Türen auf, als die beiden Männer auf den Wagen zuschritten.

»Fahren Sie zu den Silos«, wies Sir Powell den Mann an. Lautlos setzte sich der schwere Wagen in Bewegung. Sir James sah stur geradeaus, während Suko aus dem Fenster blickte.

Die großen Silos lagen dort, wo die Themse vorbeifloß. Die Blackfriars Bridge war nicht mehr weit entfernt. Suko und Sir Powell merkten kaum, wie schlecht die Wegstrecke war. Der gut ausgestattete Rolls fing alle Unebenheiten des Bodens ab. Er schien wie auf Kissen dahinzugleiten.

Das Gelände änderte sich. Hohe Maschendrahtzäune sperrten den unmittelbaren Bereich der großen Vorratssilos ab. Die Lager wurden vom kalten Licht der Halogenlampen angestrahlt. Von manchen liefen dicke Leitungen bis ans Wasser, wo die Schiffe anlegten und ihre Ladungen löschten. Es waren aber auch Fließbänder, Kühltürme und Rohrsysteme zu sehen.

Der Lagerhafen war in Aufruhr.

Überall zuckten die Rotlichter der Polizeiwagen. Dazwischen heulten und jammerten Sirenen, es waren noch mehr Wagen und Menschen angefordert worden.

»Halten Sie an, Gordon!« rief Sir Powell seinem Fahrer zu.

Der stoppte seidenweich.

Der Superintendent und Suko verließen das dunkle Fahrzeug. Sie befanden sich jetzt in unmittelbarer Nähe der himmelhohen Vorratssilos. Die Fahndung hatte sich auf dieses Gebiet konzentriert, obwohl kaum noch jemand an einen Erfolg glaubte.

Der Wagen des Einsatzleiters stand bereit. Die Antenne funkelte im Licht. Der Mann selbst sprach über Telefon mit irgendeiner Dienststelle.

Als Sir Powell bei ihm war, legte er auf. »Meine Leute werden die unmittelbare Umgebung der Silos durchsuchen«, erklärte er. »Die Tore der Absperrgitter sind bereits geöffnet.«

Der Superintendent nickte knapp. Wie auch Suko drehte er sich um und schaute zu den vier hohen Türmen hin, die vor ihnen aus dem Boden wuchsen.

Der mittlere war am höchsten.

Zu beiden Seiten führten zwei Leitern zu ihm hoch. Suko und

Sir Powell sahen auch die beiden flachen Gebäude am Boden des gewaltigen Silos. Dort befanden sich die Energiezentralen.

Sie wurden ebenfalls von den Halogenlampen angestrahlt. Die Mauern glänzten im blauweißen Licht. Die Männer des Einsatzkommandos wirkten gegen den grauen Riesen wie Ameisen. Von einem Lastwagen jedoch war nichts zu sehen.

»Soll ich mich an der Suche beteiligen, Sir?« fragte Suko.

Der Superintendent winkte ab. »Lassen Sie mal. Dabei kommt nicht viel heraus.«

Der Chinese hob die Schultern. Mit seinen scharfen Augen durchforstete er die Umgebung. Nichts Verdächtiges zu sehen.

Und dann war es Sir James Powell, der die Entdeckung machte. »Da, Suko, sehen Sie!«

Der Chinese hob den Kopf.

Auf dem Dach des größten Silos stand eine Gestalt. Ein Ungeheuer, grausam anzusehen, trotz der Entfernung.

Vampiro-del-mar!

Und er hielt etwas in der Hand.

»Himmel, das ist der Behälter mit dem Blut«, flüsterte Suko. Auch er war von dem Anblick gebannt.

Die Scheinwerfer leuchteten das Monster an, rissen es konturenscharf aus der Dunkelheit. Und langsam hob Vampiro-delmar seinen rechten Arm. In der Hand hielt er den schweren Behälter mit Blut. Für ihn hatte er nicht mehr Gewicht als für einen normalen Menschen eine Tasse.

Wild lachte er auf.

Dann trank er.

Er kippte sich das Blut in seinen Rachen!

»Was sollen wir machen, Sir?« fragte der Einsatzleiter.

»Feuern!« befahl Powell.

»Ich weiß nicht, ob die Außenhaut den Kugeln widersteht. Es wäre möglich...«

»Verdammt!« fluchte der Superintendent. So etwas hatte Suko noch nie bei ihm gehört. Sir James befand sich in einer Zwickmühle. Wenn er das Schießen befahl, konnte es durchaus sein, daß die Außenhaut des Silos verletzt wurde. Und ausgerechnet in dem großen Tank lagerte Erdöl. Gab er den Befehl nicht, erstarkte der Vampir und konnte fliehen.

Was tun?

Suko sagte: »Mit normalen Kugeln können wir ihm nichts anhaben. Und meine Silbergeschosse reichen nicht bis dorthin.«

Das stimmte.

Vampiro-del-mar hatte das Gefäß inzwischen geleert. Dann lachte er auf. Es war ein wildes, donnerndes, unkontrolliertes Lachen, das sogar aus dieser Höhe die Ohren der Männer erreichte. Dieses Monster mußte seinen Triumph einfach hinausschreien, denn es hatte gesiegt.

Vampiro-del-mar hob die rechte Hand und schleuderte die Flasche von sich.

Inzwischen waren auch die Männer des Einsatzkommandos aufmerksam geworden. Sie bemerkten die Gefahr rechtzeitig und spritzten auseinander, als ihnen die Flasche entgegengeworfen wurde.

Sie erreichte den Boden und zerbarst mit einem lauten Knall. Die Scherben flogen als gläserner Regen nach allen Seiten weg, aber damit hatte das Monster nichts am Hut.

Es stand nach wie vor auf dem Dach des Silos und schrie seinen Triumph hinaus. Immer wieder schnellte der rechte Arm vor, wobei die Hand zur Faust geballt war.

Dann brüllte es Worte.

»Vampiro-del-mar!« hörten die Männer und immer wieder. »Vampiro-del-mar!«

»Er feuert sich selbst an!« Suko sagte dies und grinste verzerrt. Eine Sekunde später wurden seine Augen groß. Vampiro-delmar, das Monster, verwandelte sich.

Aus diesem schaurigen, untoten Gebilde wurde eine riesige Fledermaus. Zuerst wuchsen ihm Flügel. Sie entstanden aus seinen Armen. Die Beine streckten sich noch mehr, sein ganzer Körper nahm eine flachere, fluggerechtere Form an.

Der Vampir breitete die Schwingen aus.

Dann stieß er sich ab.

Atemlos beobachteten die Männer den Flug dieses gewaltigen Monsters. Wie zum Hohn kreiste Vampiro-del-mar über der Gruppe und schickte ihr sein Gelächter entgegen. Er war der große Sieger in dieser Auseinandersetzung geblieben.

Er hatte das Blut getrunken.

Sir James Powell ballte vor Wut die Hände. Da keine unmittelbare Gefahr mehr für die Silos bestand, gab er Feuerbefehl.

Die Männer knieten sich hin, rissen ihre Waffen hoch. Einen Atemzug später jagten Kugelgarben dem riesigen Vampir entgegen, der jedoch nicht daran dachte zu fliehen.

Mit eleganten Bewegungen der Schwingen verschwand er aus dem Bereich der Geschosse.

»Mehr streuen!« brüllte der Einsatzleiter.

Die Männer schossen ihre Waffen heiß. Und jetzt wurde das Monster auch getroffen. Blei hieb in den Körper und in die Flügel, doch das tat dem Vampir nichts.

Die Kugeln bestanden nicht aus Silber.

Als er sah, daß die Männer immer weiter schossen, stieg er noch höher und verschmolz mit dem Dunkel des Himmels.

Nur ein letzter Schrei gellte den Männern am Boden noch entgegen. »Ich komme wieder...«

»Das befürchte ich auch«, murmelte Suko tonlos.

Ich hielt den Atem an.

Kara hatte recht gehabt. Das Seufzen existierte. Es war aber nicht nur das Geräusch, dazwischen vernahm ich andere Untertöne. Ein schweres Stöhnen, keuchendes Atmen und Ächzen.

Das Haus lebte...

Meine Güte, was hatten die Menschen nicht alles durchgemacht, wenn sie sich mit diesem Monster auf Tuchfühlung befanden. Das Atmen, das Seufzen, das Ächzen – grauenhaft.

Ich sah Kara an.

»Glaubst du mir nun?« fragte sie.

»Ja. Aber wo sollen wir es finden?«

Kara deutete in die Runde. »Es ist überall. In diesem gesamten Bereich. Und in der Nacht hört man es besonders deutlich.«

Ich verstand das nicht. Normalerweise hätten die Mieter des Hauses doch längst zur Polizei gehen müssen, wenn sie des Nachts von solchen Geräuschen gestört wurden. Aber vielleicht war das gar nicht der Fall. Unter Umständen waren diese makabren Laute nur hier in dem Supermarkt zu hören.

Ich sprach diese Vermutung aus.

Kara gab mir recht. »Ja, das kann sein. Das alte Haus war früher sicherlich nicht höher als dieser Supermarkt. Und wahrscheinlich hat der Geist des Druiden das neue Haus nicht angenommen. Er wird sich nur hier wohl fühlen.«

»Möglich.« Ich ging ein paar Schritte weiter. Meine Haare streiften einen von der Decke herabhängenden, künstlichen Weihnachtsbaum. Überall waren die Tannenbäume verteilt.

Ich schritt quer durch den Verkaufsraum. Dabei versuchte ich, den Ort auszuloten, an dem das Seufzen ertönte. War es vielleicht an der einen Seite lauter oder leiser zu vernehmen?

Nichts. Es blieb gleichmäßig. Wahrscheinlich hatte Kara mit ihrer Vermutung ins Schwarze getroffen. Das ganze Stockwerk selbst war das Monster.

Ich ging wieder zu den anderen.

Myxin stand noch immer konzentriert da und lauschte, während sich Haro, der bärtige Atlanter, in kampfbereiter Haltung aufgestellt hatte. Und Kara lauschte.

»Wo willst du die Beschwörung durchführen?« fragte ich sie.

»Hier.«

»In diesem Raum?«

»Warum nicht?«

»Wäre der Keller nicht besser geeignet?«

»Aber es ist überall.«

»Das stimmt. Nur habe ich die Befürchtung, daß uns der Nachtwächter hier leicht erwischen kann. Soviel ich weiß, hat jeder Supermarkt einen Aufpasser.«

Kara konnte mir zwar nicht so recht folgen, stimmte aber zu. Ich fand mich in dieser Zeit besser zurecht als sie.

»Gehen wir in den Keller!«

Auch Haro hatte nichts dagegen. Die Frage war nur, wie wir dorthin gelangten.

Ich sah mich um. Es gab zwei Rolltreppen, die jetzt natürlich stillstanden. Wir nahmen die am nächsten gelegene.

Ich ging an der Spitze. Die Beretta nahm ich nicht in die Hand, sondern lockerte sie nur ein wenig, damit ich so rasch wie möglich ziehen konnte.

Kara ging hinter mir. Es folgte Haro, und Myxin bildete den Schluß. Die Stufen glänzten silbrig. Schon am Geruch erkannte ich, daß wir uns der Lebensmittelabteilung näherten. Weihnachtliche Düfte drangen an unsere Nasen.

Wir erreichten das Erdgeschoß.

Auch hier waren die langen Verkaufstheken übervoll. Die Waren stapelten sich, und ich fragte mich, wer das Zeug nur alles kaufen sollte. Sogar die Kosmetikabteilung war mit einem Weihnachtsmann geschmückt, der die Fläschchen mit den Duftwässerchen hochhielt. Ich sah auch Produkte von Fariac Cosmetics.

Auch hier hörten wir das schreckliche Stöhnen und Seufzen. Und ebenso stark wie oben.

Von einem Nachtwächter sah ich nichts. Und ich bemerkte auch nichts von der drohenden Gefahr, die bereits auf uns lauerte, denn Asmodina hatte nichts vergessen...

Da ihm Radfahren im Winter zu anstrengend war, hatte er sich den kleinsten Morris zugelegt, der hergestellt wurde. Und damit war Walter Kermitt zufrieden.

Er war seit zwanzig Jahren geschieden und hatte danach nie wieder den Hafen der Ehe angelaufen. Um heiratswillige Frauen machte er lieber einen Bogen, die nahmen einem Mann nur das ganze Geld ab.

Er arbeitete gern nachts. Da konnte er lesen, Kreuzworträtsel lösen und auch mal ein Nickerchen machen. Kein Chef schaute nach ihm, und an die Kontrolluhr hatte er sich im Laufe der Zeit so gewöhnt, daß er sie als alten Kumpel bezeichnete.

Wenn andere über ihre Arbeit schimpften, konnte man Walter Kermitt als einen zufriedenen Menschen bezeichnen.

Als er an diesem späten Abend seinen Dienst antrat, brannte hinter keinem der Supermarktfenster mehr Licht. Das wunderte ihn, denn vor dem Fest arbeitete der Filialleiter oft länger. Heute war er schon früher heimgegangen.

Kermitt bedauerte das ein wenig, denn mit diesem Mann hatte er immer gern ein Schwätzchen gehalten.

Den Wagen stellte Kermitt in einer Einfahrt ab. Da stand er vor Regen und Schnee geschützt. Walter strich noch einmal über den roten Lack, nickte lächelnd und schritt auf die kleine Tür des Seiteneingangs zu, durch die er den Supermarkt betreten wollte.

Kermitt holte den flachen Schlüssel hervor. Er schloß auf und betrat das Geschäft.

Sofort begann er mit der ersten Runde. Das hatte er sich im Laufe der Jahre so angewöhnt.

Leer, still und verlassen lagen die beiden Verkaufsräume. Das Lager ebenfalls, und auch als Walter Kermitt die Türen kontrollierte, konnte er nichts feststellen.

Alles war in Ordnung.

Beruhigt stopfte Walter seine Hände in die Hosentaschen und marschierte pfeifend zu seiner Bude.

Das kleine Büro nannte er immer Bude. Tagsüber saßen dort zwei Schreiberinnen, die auf ihren IBMs hackten. Um diese Zeit war der Laden still.

Walter Kermitt bückte sich und holte aus der Aktentasche eine Flasche Bier, zwei Sandwiches, eine Tafel Schokolade, drei Zeitungen und ein Herrenmagazin, das schon reichlich zerfleddert und zerlesen aussah. Kermitt freute sich auf diese Lektüre. Ein Nachbar hatte es ihm überlassen.

Die Zeitungen beschäftigten sich mit dem Fußball, das große Hobby des Nachtwächters. Er war ein Anhänger von Leeds United, und wenn es eben ging, ließ er kein Heimspiel aus.

Kermitt öffnete die Bierflasche, biß in einen Sandwich und faltete die Zeitung auseinander.

Er hielt sie hoch vor sein Gesicht, deshalb konnte er auch nicht über ihren Rand zur Tür sehen. Er bemerkte wohl den kühlen Luftzug, der in den Raum wehte, kümmerte sich jedoch nicht darum. Ebensowenig störte ihn das schwere Seufzen und Atmen, das er am Anfang vernommen hatte.

Er nahm es einfach nicht mehr zur Kenntnis und glaubte inzwi-schen daran, daß es sich bei ihm um eine Einbildung handelte.

Er blätterte die Zeitung durch.

Und da waren plötzlich die Finger, die den oberen Rand umklammert hielten und Kermitt die Zeitung mit einem Ruck aus den Händen rissen.

Walter Kermitt war zu überrascht, um sofort zu reagieren. Er merkte nur, wie sein Herz anfing zu pumpen. Dann starrte er aus weit aufgerissenen Augen auf die vor ihm stehende Person.

Es war eine Frau!

Aber was für eine.

Walter Kermitt schluckte und atmete röchelnd. Solch eine Person hatte er noch nie gesehen.

Sie trug nur eine knappe schwarze Lederkleidung, die in der Körpermitte unterbrochen war. Ihr feuerrotes Haar fiel bis auf die Schultern, aber die seltsamen Dinger auf dem Rücken, die Kermitt nur schwach sah, erinnerten ihn an Flügel.

Was ihn stutzig machte, war der Bogen, den die Frau in der Hand hielt. Quer über ihre Brust lief der Riemen, mit dem ein Köcher voller Pfeile gehalten wurde.

Die Schäfte ragten hinter den Schultern hervor. Und Walter Kermitt sah noch eine zweite Frau an der Tür stehen, die der ersten Person aufs Haar glich.

Der Nachtwächter war völlig perplex. Er riß zwar den Mund auf, brachte jedoch kein Wort über die Lippen. Der Anblick dieser Frauen raubte ihm buchstäblich den Atem.

Ein Werbegag, dachte er. Ja, das mußte einfach ein Werbegag sein. Nur wunderte er sich darüber, denn normalerweise lief um diese Zeit der Weihnachtsmann durch die Kaufhäuser und keine aufreizend gewachsenen Frauen mit Pfeil und Bogen.

»Wie... wie kommen Sie eigentlich hier rein?« fragte er und schluckte.

Keine Antwort.

»He, Sie!«

Der Todesengel vor ihm glitt mit einem raschen Schritt zurück und holte in der Bewegung einen Pfeil aus dem Köcher. Sofort legte er ihn auf die Sehne und spannte sie.

Walter Kermitts Augen wurden groß, als er sah, daß die Pfeilspitze genau auf seine Brust zielte.

Das war kein Spaß mehr – oder wenn, dann ging das Spielchen doch zu weit.

Nein, es war kein Spaß.

Doch Walter Kermitt fand keine Zeit mehr, darüber nachzudenken.

Der Todesengel hatte den Bogen gespannt und ihn sofort wieder losgelassen.

Kermitt hörte noch ein hohes Singen, spürte einen harten Schlag an der Brust und dann nichts mehr.

Walter Kermitt starb, ohne zu wissen, warum.

Es war nicht völlig ruhig in dieser Supermarkt-Etage.

Irgendwo knackte und knisterte es immer. Dazu summte die Klimaanlage, ein leichter Windzug bewegte die an manchen Christbäumen hängenden Kugeln.

Das Seufzen war verstummt.

Und das ließ mich mißtrauisch werden. Warum? Vielleicht, weil wir in das Haus eingedrungen waren?

»Was hältst du davon?« fragte ich Myxin.

Er hob die Schultern. »Genaues weiß ich auch nicht. Aber ich könnte mir vorstellen, daß sich der Druidengeist gestört fühlt.«

»Dann weiß ich Bescheid«, sagte ich mehr zu mir selbst. »Bin gespannt, wie er reagiert.«

»Man müßte die Geschichte des Hauses kennen«, meinte der kleine Magier, »aber da werden wir wohl nichts herausfinden.«

Ich gab Myxin recht und blickte über die Verkaufstheken hinweg. Die beiden Atlanter standen nebeneinander. Sie hielten sich dabei im anderen Teil des Verkaufsraumes auf. Die Gelegenheit war günstig, um mit Myxin ein paar Worte über die beiden zu sprechen.

»Wie stehst du zu ihnen?«

Der kleine Magier sah mich an. »Ich weiß es noch nicht. Dieser Haro scheint mir ein wenig feindlich gesonnen zu sein. Er glaubte nicht, daß ich auf seiner Seite stand.«

»Verständlich, daß er dir nicht traut.«

»Stimmt.«

»Und Kara?« fragte ich.

Myxin hielt den Kopf schief. Dabei kniff der kleine Magier ein Auge zu. »Die könnte mir schon gefallen«, meinte er lässig.

Ich grinste. Der alte Genießer. Einen guten Geschmack hatte er ja, denn Kara war wirklich in jeder Beziehung außergewöhnlich.

»Und ich habe dich immer für geschlechtslos gehalten«, zog ich Myxin auf.

»Auch Dämonen haben... na ja, du weißt ja.«

Ich lachte lautlos. Und wie ich das wußte. Dann wurden wir schnell wieder ernst.

Kara und Haro kamen. Das Mädchen trug immer noch sein goldenes Schwert. Die Waffe gab Kara nie aus der Hand. Sie wollte sich davon nicht trennen.

Haro sah wütend aus. Man merkte ihm an, daß er keinen Erfolg errungen hatte.

»Nun?« fragte ich.

»Nichts«, erwiderte Kara.

»Was heißt das?«

»Ich habe in diesem Raum keinen konkreten Hinweis auf den Druidengeist gefunden.«

»Aber du hast doch gesagt, daß er sich überall aufhält?«

»Das stimmt. Nur wird auch er eine Schwachstelle haben, die ich herausfinden möchte. Ich will ihn locken. Er soll raus aus seinem Versteck. Viel zu lange hat er sich zurückgehalten. Ich möchte meinen Trank zurückbekommen. Wenn ich ihn habe, kann ich in die Reihen der Feinde eindringen.«

»Du willst also weiterhin gegen die Dämonen kämpfen!« stellte ich fest.

»Ja, John Sinclair, das will ich.« Sie sah mich ernst an. In ihren Augen las ich, daß sie diesen Entschluß so rasch nicht mehr über Bord werfen wollte.

Mich würde das freuen, denn Mitstreiter, die auf unserer Seite standen, konnte es nie genug geben. Vielleicht würde sie auch Myxin unterstützen, ich gönnte dem kleinen Magier das. So sehr er uns auch zugetan war, so ganz paßte er nicht in das Sinclair-Team. Ich war durch meinen Job etwas gebunden, während Myxin sich doch unorthodoxerer Methoden bedienen konnte.

Das war noch Zukunftsmusik, und ich mußte auch Haro ins Kalkül mit einbeziehen. Er würde bestimmt nicht freiwillig auf Kara verzichten wollen.

»Wenn hier nichts ist, müssen wir in den Keller«, sagte ich.

Keiner widersprach.

Den Weg hatte ich bereits erkundet. In der Nähe einer großen Tür war das Schild mit der Aufschrift Lager und Keller an der Wand befestigt worden.

Die Tür lag dem großen gläsernen Eingang gegenüber. Durch die Scheiben konnten wir auch nach draußen schauen.

Dort hatte man einen Parkplatz angelegt. Nicht ein Wagen stand dort. Er war leer wie meine Geldbörse kurz vor dem Ersten.

»Dann zum Keller«, sagte ich.

Wieder übernahm ich die Führung. Und ich blieb weiterhin mißtrauisch. Unter der Decke hingen in gewissen Abständen große Spiegel. Mit ihrer Hilfe konnte ich die gesamte Verkaufsetage überblicken. Die Spiegel waren sehr günstig aufgestellt. Als ich mich in der Nähe der Gewürztheke befand und den Kopf hob, sah ich im Spiegel eine Bewegung.

Es war mehr ein Schatten, der vorbeihuschte, sich duckte und dann wieder aufrichtete.

Mit einer Waffe!

Mein Herz übersprang vor Schreck einen Schlag.

Denn der Unbekannte oder besser gesagt, die Unbekannte, war keine geringere als eine von Asmodinas Todesengeln.

Und dieses Wesen hatte den Pfeil bereits auf die Sehne gelegt...

Die Fahndung hatte nichts mehr ergeben. Unzufrieden fuhren Sir James Powell und Suko wieder zurück zum Yard, nachdem der Superintendent die Aktion abgeblasen hatte.

Dr. Tod war verdammt schlau. Er hatte es trotz der Polizeiaktion geschafft, sich das Blut zu holen. Das zeigte, wie clever und kalt er reagierte, aber auch unbarmherzig. Wenn es sein mußte, ging er über Leichen.

»Es will mir nicht in den Kopf, daß wir mit unserem gesamten Polizeiapparat nichts gegen diesen Superverbrecher ausrichten können«, sagte Sir James und ballte die Hand zur Faust.

Suko hob die Schultern. »Vielleicht ist es gerade der Apparat, der uns im Weg steht.«

»Glaube ich nicht.«

»Dr. Tod ist immer beweglicher.«

»John Sinclair hat es auch nicht geschafft.«

»Er war aber sehr nahe daran«, verteidigte der Chinese mich.

Da hatte er nicht einmal gelogen. Ein paarmal war ich wirklich knapp davor gewesen, aber Dr. Tod war uns letzten Endes doch wieder entwischt.

»Ob John sich in der Hand dieses Mannes befindet?« überlegte Sir James laut.

Darauf konnte Suko keine Antwort geben. Er machte sich natürlich auch Gedanken, aber was nutzte das? Eine Spur gab es nicht. Und es würde auch so rasch keine geben, davon war der Chinese überzeugt.

Beamte hatten die Reste der Flasche eingesammelt, die von Vampiro-del-mar im großen Triumph weggeschleudert worden war. An den Glasscherben klebten noch Blutreste. Chemiker sollten sie untersuchen. Auf die Ergebnisse waren alle gespannt, allerdings würden die noch auf sich warten lassen. Die Chemiker konnten auch nicht zaubern.

Der Wagen rollte auf den großen Parkplatz hinter dem Yard Building. »Wollen Sie noch mit hochkommen, Suko?«

»Ja, Sir. Ich bleibe die Nacht über im Yard. Vielleicht findet John den Weg zurück.«

»Wie Sie meinen.«

Gemeinsam fuhren die beiden Männer hoch. Sir Powell steuert sofort sein Büro an, während Suko es sich in meinem Office bequem machte. Er griff zum Telefon und rief Shao an.

Begeistert war sie von Sukos Vorhaben natürlich nicht. Sie sah aber ein, daß Suko kaum anders handeln konnte. Zudem hatte sie auch Angst um mich.

Der Chinese unterbrach die Verbindung. Kalt und leer kam ihm das Büro vor, in dem er so oft mit seinem Freund gesessen hatte. Sollte es Dr. Tod diesmal wirklich geschafft haben? Suko wagte kaum daran zu denken...

»Vorsicht! Deckung!«

Mein Warnruf hallte durch die Verkaufsetage, während ich zu Boden hechtete, den rechten Arm vorstieß und Myxin einen harten Stoß versetzte, der ihn von den Beinen holte.

Der Todesengel schoß seinen Pfeil ab.

Ich vernahm das Sirren, und handbreit nur schwirrte der tödliche Gruß über Karas und Haros Köpfe hinweg.

»Runter!« brüllte ich, wälzte mich auf dem Boden herum und zog meine Beretta.

Haro hörte nicht.

Er starrte mich nur an.

Das war sein Verderben.

Denn nicht nur aus einer Richtung wurde auf uns geschossen, sondern aus mehreren.

Plötzlich verzerrte sich Haros Gesicht, sein Mund öffnete sich, während er gleichzeitig nach vorn taumelte und leicht in den Knien einknickte.

Ich selbst hatte den Einschlag vernommen und zitterte.

Für Haro war es zu spät.

Er kippte einfach um. Auf dem Bauch blieb er liegen, und jeder von uns sah den Pfeil aus seinem Rücken ragen. Anhand der Einschußstelle erkannte ich, daß er ihn dort getroffen hatte, wo das Herz sitzt. Die Wunde blutete kaum, aber viel Chancen gab ich dem Atlanter trotzdem nicht.

Auch Kara hatte gesehen, was mit ihrem Gefährten geschehen war. Sie sah ihn am Boden liegen, schrie klagend auf und warf sich über ihn.

»Haro... Haro...«

Die Worte drangen stockend über ihre Lippen. Ich sah Schmerz und Trauer auf ihrem Gesicht, konnte ihr aber nicht helfen, denn der lautlose Tod war bereits wieder unterwegs.

Diesmal sirrte er dicht über meinen Kopf hinweg und hieb in die Seitenwand des Gewürzständers. Das ganze Regal erzitterte, einige kleine Dosen kippten zu Boden.

Hier lagen wir schlecht. Da der letzte Schuß abermals aus einer anderen Richtung abgegeben worden war, stand für mich fest, daß wir es mindestens mit drei Gegnern zu tun hatten.

Wenn nicht mit noch mehreren.

Ich robbte weg.

Auch Myxin war bereits verschwunden. Er hatte einen anderen Weg genommen.

Schräg peilte ich zu den Spiegeln.

Da sah ich einen Todesengel. Er hatte bereits einen Pfeil angelegt und spannte den Bogen.

Allerdings zielte er nicht in meine Richtung, sondern schräg an mir vorbei.

Er hatte ein anderes Ziel im Visier.

Myxin?

Egal, ich wollte diesen weiblichen Dämon nicht zum Schuß kommen lassen.

Blitzartig schnellte ich hoch, zielte und schoß.

Laut krachte der Schuß. Er traf den Todesengel genau in dem Augenblick, als dieser den Pfeil losschicken wollte.

Die Silberkugel riß ihn herum. Er ließ die Sehne zwar noch los, doch der Pfeil hieb in die Decke. Der Todesengel selbst brach zusammen. Die Verkaufstheken entzogen ihn meinen Blicken. Ich sah nur noch eine grüne Qualmwolke hochquellen.

Einer weniger!

Doch wo steckten die anderen?

»Danke, John!« hörte ich Myxins Stimme.

Also hatte der Todesengel auf den kleinen Magier gezielt.

Ich gab keine Antwort, denn ich wollte auf keinen Fall meinen Standort verraten. Geduckt huschte ich weiter.

Ich hatte ein aufgebautes Karree gesehen, das mit Ginflaschen gefüllt war. Sie wurden im Sonderangebot verkauft. Dort konnte ich eine gute Deckung finden.

Ich erreichte den Platz unbeschadet. Er war sogar so günstig, daß schräg über mir ein Spiegel hing, in den ich blicken konnte und somit die unmittelbare Umgebung gut im Auge behielt.

Von den Todesengeln sah ich nichts.

Dafür aber Myxin.

Wie ein Schatten wischte er durch die schmalen Gänge. Er lief dorthin, wo ich hergekommen war.

Dann war Myxin verschwunden.

Aber wo steckten die Todesengel?

Verräterische Geräusche hörte ich nicht. Es war eine unheilvolle Stille, die aber dann durch ein schlimmes Röcheln unterbrochen wurde.

Das mußte Haro sein.

Mein Magen zog sich zusammen, als ich das Geräusch hörte. Ich vernahm auch eine flüsternde Stimme. Wahrscheinlich sprach Kara mit dem Schwerverletzten, allerdings konnte ich nicht verstehen, was sie sagte. Wenn Haro starb, konnte ihn niemand retten, denn Kara stand der Trank noch nicht zur Verfügung. Vielleicht hätte er ihm geholfen. So aber mußten wir abwarten.

Fünfzehn Sekunden vergingen.

Nichts rührte sich.

Gemächlich trieben die grünlichen Schwaden durch den großen Verkaufsraum. Sie stanken nach Schwefel. Dieser Höllengeruch reizte meine Nase, und ich hatte Mühe, ein Niesen zu unterdrücken.

Plötzlich fiel etwas zu Boden.

Dieses Geräusch war hinter mir aufgeklungen und warnte mich. Ich zuckte gedankenschnell herum. Mein Arm mit der Waffe fuhr hoch, aber da war nichts.

Im selben Augenblick schrillten meine Sinne Alarm. Ich war auf einen Trick hereingefallen.

Blitzschnell wirbelte ich herum!

Ja, sie konnten fliegen, diese verdammten Todesengel. Und einer schwebte genau über mir, hatte den Bogen gespannt, einen Pfeil aufgelegt und zielte auf mich.

Jetzt ließ er die Sehne los.

Ich kam nicht mehr dazu, abzudrücken, denn der verdammte Pfeil war schneller.

Er würde genau meine Brust treffen!

Und er traf!

Ich hatte keine Chance mehr, dem Pfeil auszuweichen. Ich sah ihn wie ein Schemen, dazu das teuflisch schöne Gesicht des Todesengels, und spürte einen Sekundenbruchteil später den ungeheuer harten Aufprall.

Ich wurde zurückgestoßen, wartete auf den Schmerz, der alles zerfraß und mich in das Reich des Todes riß, doch er trat nicht ein. Zwar schmerzte mir die Brust, aber ich konnte mich bewegen. Und das sogar ziemlich gut.

Auch der Todesengel war überrascht, daß ich nicht tot am Boden lag. Ich nutzte die Zeit aus, hob den rechten Arm, zielte kurz und feuerte.

Wieder peitschte das Echo des Schusses durch den Verkaufsraum, und meine Kugel traf. Genau dort, wo zwischen der Lederkleidung die helle Haut schimmerte.

Der Todesengel fiel wie vom Blitz gefällt nach unten. Er krachte genau in das Karree mit den Ginflaschen und riß es um. Ein Höllenspektakel war die Folge. Die Flaschen zerplatzten. Gin ergoß sich über den Boden, Scherben sprangen durch den Raum, und ich rollte mich zur Seite, um nicht von den Splittern getroffen zu werden. Der Todesengel war auf dem Karree liegengeblieben. Die Pfeile rutschten aus dem Köcher, und ich konnte sehen, wie der weibliche Dämon verging.

Der Rücken platzte auf, Qualm, grünlichgelb und stinkend, drang daraus hervor, während ich auf die Füße sprang und mich bereits nach einem neuen Gegner umschaute.

Dabei überlegte ich natürlich, was mich gerettet haben konnte, denn normalerweise hätte ich keine Chance gehabt.

Und ich fand die Lösung.

Der Pfeil war zwar auf meine Brust gezielt gewesen, hatte aber das Kreuz getroffen.

Das genau hatte mich vor dem Tode bewahrt!

Diesmal nicht durch Anwendung einer magischen Kraft, sondern weil es einfach vorhanden gewesen war.

Klar, daß ich erst einmal tief durchatmete. Denn das war wirklich Rettung in allerletzter Sekunde gewesen.

Doch wie viele Gegner hatte ich noch?

Ich bereitete mich auf einen weiteren Kampf vor, sah aber, daß ich nicht mehr einzugreifen brauchte.

Ein anderer kämpfte bereits.

Myxin, der Magier!

Nachdem Myxin durch meinen schnellen Schuß einem sicheren Tod entgangen war, wollte auch er in die Auseinandersetzung eingreifen. Und er hatte einen Plan.

Wie eine Schlange, so eng an den Boden gepreßt robbte der Magier den Weg zurück. Er wollte zu Kara und dem sterbenden Haro.

Das Mädchen hatte den Kopf ihres schwerverletzten Geliebten in ihren Schoß gebettet, kniete selbst hinter ihm und schaute in das Gesicht des Mannes. Den Pfeil hatte sie aus dem Körper gezogen. Er lag daneben, ebenso wie das Schwert mit der goldenen Klinge.

Sie schluchzte und nahm den kleinen Magier gar nicht wahr, als er sich ihr näherte.

Myxin wollte sie erst ansprechen, sagte aber nichts, weil er den Augenblick der großen Trauer und des Schmerzes nicht stören wollte, denn er sah sofort, daß Haro nicht mehr zu helfen war. Das Leben verließ seinen Körper. Mit jeder Sekunde wurde es weniger.

Myxin sah Tränen auf den Wangen des schönen Mädchens. Wie gläserne Perlen rannen sie herab. Kara schluckte, sie flüsterte immer wieder den Namen ihres Geliebten, während sie in das bleiche Gesicht schaute.

Myxin wußte, daß Kara wohl nicht in den Kampf eingreifen würde, deshalb nahm er die Gelegenheit wahr und griff nach dem Schwert mit der goldenen Klinge.

Er hob es auf und wunderte sich, wie leicht es war. Es mußte aus einem besonderen Material geschmiedet worden sein. Einem Material, das es auf der Erde nicht gab.

Kara sagte nichts, als der kleine Magier das Schwert an sich nahm. Vielleicht hatte sie es auch gar nicht gesehen, aber Myxin fühlte sich plötzlich sicherer. Das Schwert gab ihm Kraft, und er wollte kämpfen.

Er stand auf.

Mit dem Schwert in der rechten Hand zog er sich langsam zurück. Dabei glitten seine Blicke suchend durch den Raum. Er mußte diese verdammten Todesengel finden und sie töten, das war er sich und seinen Freunden schuldig.

Noch sah er nichts.

Dann aber hörte er den Schuß.

Myxin drehte den Kopf nach links. Von dort war der Schuß aufgeklungen, und der Magier sah, wie die Kugel einen Todesengel von der Decke holte, wo er gelauert hatte. Schwer fiel er in das Regal hinein und riß es um.

Deutlich vernahm der kleine Magier das Splittern von Glas. Er roch den scharfen Schnaps, dann konnte er sich nicht mehr um diese Sache kümmern, denn die beiden restlichen Todesengel waren durch den Tod ihrer Artgenossin aufgeschreckt worden und wollten es nun wissen.

Sie breiteten ihre Schwingen aus und stiegen ebenfalls vom Boden hoch. Sie sahen schaurig aus, wie sie unter der Decke schwebten und mit ihren Waffen zielten.

Sie wollten töten!

Beide legten die Pfeile auf die Sehnen, in ihren Gesichtern war ihr Plan zu lesen. Jeder Todesengel trug in seinem Gürtel noch ein kurzes Schwert.

Aber Myxin war ebenfalls bewaffnet. Er hatte das Schwert mit der goldenen Klinge, Karas Waffe, die sie von ihrem Vater erhalten hatte. Und damit griff der kleine Magier an.

Mit einem Sprung stand er auf einer Verkaufstheke. Sie war abgedeckt, denn es befanden sich leicht verderbliche Waren in ihrem Innern. Jetzt hatte Myxin die richtige Distanz.

Er hob seinen Arm, holte weit damit aus und schlug in einem halbkreisförmigen Bogen zu.

Der linke Todesengel wollte weg, schaffte es aber nicht mehr. Die Klinge traf genau.

Urplötzlich hatte das Schwert ihn getötet, doch kein Blut drang aus der Wunde.

Todesengel Nummer zwei hatte sich gedreht.

Und er schoß.

Myxin machte sich klein. Die Reaktion erfolgte soeben noch rechtzeitig. Der Pfeil hätte ihm fast noch ein paar Haare abrasiert, so dicht schwirrte er über Myxin hinweg. Myxin hörte ein Klirren, kümmerte sich jedoch nicht darum, wo oder was der Pfeil getroffen hatte, ihn interessierte nur der Todesengel.

Und der griff zum Kurzschwert.

Jetzt setzte der kleine Magier alles auf eine Karte. Er wuchs über sich selbst hinaus und wurde zum großen Kämpfer.

Myxin schnellte sich von seiner Unterlage ab. Er hechtete seiner Gegnerin entgegen und holte mit der rechten Hand abermals weit aus.

Genau in dem Augenblick, als der Todesengel sein Schwert aus der Scheide gerissen hatte, schlug Myxin zu.

Diesmal nicht seitlich, sondern von oben nach unten. Wieder tötete die goldene Klinge ihren Gegner auf der Stelle.

In der Schnittstelle flimmerte es, aber kein Blut war zu sehen.

Seltsam...

Die Getroffene zitterte. Sie wurde durchscheinend und löste sich auf.

Nicht einmal Dämpfe blieben zurück...

Myxin aber lachte, und seine Augen strahlten. Er hatte sich selbst bewiesen und es seinen Gegnern mal wieder gezeigt.

Jemand klatschte Beifall.

Der kleine Magier drehte sich um.

Ich war der Mann, der in die Hände klatschte. »Bravo, Myxin«, sagte ich lächelnd. »Du hast nichts verlernt. Im Gegenteil, du hast sogar noch dazugelernt.«

»Danke.« Myxin sprang zu Boden. Er blickte sich um. »Waren das alle Gegner?«

»Ich habe keine mehr gesehen.«

»Dann hätten wir sie geschafft.« Er lachte auf. »Asmodina wird sich wundern.«

»Oder härter zurückschlagen«, sagte ich.

Myxin schaute auf die Klinge. »Das befürchte ich auch«, murmelte er. »Aber wir haben jetzt eine Waffe, mit der wir...«

»Sie gehört dir nicht«, unterbrach ich ihn.

»Ich sagte auch extra wir.«

»Dann willst du dich mit Kara zusammentun?«

Er lächelte schmal. »Eigentlich hatte ich das vor, John.«

»Hast du sie gefragt?«

»Noch nicht.« Myxin schluckte. »Sie... sie sitzt noch bei ihm. Bei Haro. Ich glaube, er wird sterben.«

Der Meinung war ich auch.

Myxin stieß mich an. »Komm, laß uns zu ihnen gehen. Ich möchte nicht allein...«

»Verstehe schon.« Ich lächelte.

Wir suchten uns den Weg durch die Gänge zwischen den Regalen und erreichten die beiden.

Kara weinte.

Sie betrauerte den Tod eines Geliebten und Freundes. Denn Haro, der Kämpfer, lebte nicht mehr.

Wir standen stumm daneben.

Ich blickte in sein Gesicht. Es hatte keinen leidenden Ausdruck angenommen, ein letztes Lächeln lag auf seinen Lippen. Der Blick seiner starren Augen schien in unsagbare Fernen zu gehen. Wahrscheinlich sah er bereits den Himmel.

Er hatte Tausende von Jahren geschlafen. Dann war er durch Myxin wieder erweckt worden, denn der kleine Magier ging den Spuren des alten Volkes konsequent nach. Haro hatte es schwer gehabt, sich in der neuen Zeit zurechtzufinden, er dachte und lebte noch immer so wie vor zehntausend Jahren.

Eins war nur seltsam. Er hatte sofort unsere Sprache gesprochen und nicht die, die damals in Atlantis gesprochen wurde. Man nahm an, daß es sich dabei um Altgriechisch gehandelt hatte.

Kara hatte gesehen, daß wir neben sie und den Toten getreten waren. Sie hob den Kopf. Myxin und ich blickten in ihr tränennasses Gesicht.

»Er ist tot!« flüsterte sie. »Haro ist tot. Wenn ich jetzt den Trank des Vergessens hätte, würde ich ihm nachfolgen.«

Ich schüttelte den Kopf. »Laß es sein, Kara, es hat keinen Sinn. Wirklich nicht. Du wirst hier gebraucht. Auf dieser Erde, in dieser Zeit. Glaube mir...«

»Vielleicht.«

Myxin drängte mich ein wenig zur Seite und legte Kara die Hand auf den dunklen Haarschopf. »Wir beide stammen aus Atlantis. Du bist eine Atlanterin, bist dort geboren und hast dort gelebt. Dein Vater, der weise Prophet, hat dir ein Erbe hinterlassen. Dieses Schwert mit der goldenen Klinge. Er hat dir gleichzeitig eine Pflicht vererbt, denn du als seine Tochter bist nun würdig, das Erbe anzutreten. Du bist dazu berufen, den Kampf, der in Atlantis begonnen hat, weiterzuführen. Du darfst jetzt nicht aufgeben und dich nur deinen Gefühlen überlassen, denn du mußt einsehen, daß es so nicht geht. Du darfst nicht resignieren. Und wenn Haro dich jetzt sehen und mit dir sprechen könnte, würde er die gleichen Worte benutzen. Ich rede in seinem Sinn, denn er war der große Kämpfer, der niemals aufgab. Daran solltest du dich immer erinnern, Kara.«

Das schwarzhaarige Mädchen nickte. »Vielleicht hast du recht, Myxin. Vielleicht sollte ich es versuchen...« Sie schluckte und hob beide Schultern. »Aber ich stehe allein. Niemand wird mir helfen können. Ich muß...«

»Nein, nein!« rief Myxin. »Du stehst nicht allein. Wir sind bei dir. John Sinclair, der Geisterjäger, der den Schergen der Finsternis den Kampf angesagt hat. Auch er wird dich stützen. Du findest bei ihm immer Hilfe und natürlich bei seinen Freunden Bill Conolly, Suko, Jane Collins, Shao, Will Mallmann und letzten Endes auch bei mir. Sogar besonders bei mir. Ich werde an deiner Seite bleiben und mit dir kämpfen. Natürlich nur, wenn du willst.«

Selten hatte Myxin eine solch lange Rede gehalten, und das Mädchen hörte aufmerksam zu.

Eine Schweigeminute entstand.

Ich hielt mich zurück, denn die Sache ging nur Myxin und Kara etwas an.

»Nun?« fragte der Magier.

Kara nickte. »Ja«, sagte sie, »dein Vorschlag klingt gut, sogar sehr gut.«

Da lächelte der kleine Magier. Auf seinem Gesicht mit der grünlichen Haut schien die Sonne aufzugehen. »Ich habe lange allein dagestanden, wollte anderen nicht zur Last fallen, aber ich habe nie mein Ziel aus den Augen verloren: Asmodinas Vernichtung. Und deshalb freue ich mich, daß du, Kara, zu mir hältst. Ich habe Qualen durchgestanden, man hat mich gedemütigt, aber ich bin bereit, Asmodina alles zurückzuzahlen. Mit Zins und Zinseszins...«

Ich lächelte in mich hinein. Das war der echte Myxin. So wollte ich ihn haben.

Kara stand auf. Sie ließ den Kopf ihres ehemaligen Geliebten vorsichtig zurückgleiten.

»Wir werden Haro später begraben«, sagte ich.

»Danke.«

Myxin reichte Kara das Schwert. »Es gehört dir«, sagte er.

Sie zögerte, es entgegenzunehmen. »Aber dann hast du ja nichts«, sagte sie.

»Ich werde meine Fähigkeiten zurückbekommen«, erklärte Myxin. »Dann habe ich Waffen genug.«

Das war wirklich nicht gelogen, denn der kleine Magier war ungeheuer stark gewesen, sonst hätte er nicht den Kampf gegen den Schwarzen Tod und jetzt auch gegen Asmodina aufnehmen können.

»Noch ist unsere Aufgabe hier nicht beendet«, sagte ich und drängte damit zur Eile.

»Ja, der Trank«, flüsterte Kara, »ich muß ihn einfach finden.«

»Aber erst einmal den Geist des Druiden.«

Wie auf Kommando meldete er sich wieder. Ich hatte kaum die Worte ausgesprochen, da hörten wir abermals das schwere Seufzen, Ächzen und Stöhnen.

Diesmal lauter als zuvor.

»Es wird Zeit«, sagte ich, warf einen Blick auf die Uhr und sah, daß es bis Mitternacht nicht mehr weit war.

Sollte es bei der Tageswende die Entscheidung geben? Ich war wirklich gespannt.

Wir waren zu dritt.

Kara, Myxin und ich. Das Mädchen erschien mir irgendwie anders. Es hatte sich verändert, eine Wandlung durchgemacht und war ernster geworden, verschlossener.

Kein Wunder. Kara trauerte um ihren Geliebten. Zehntausend Jahre waren sie getrennt gewesen, und dann hatte ihr langersehntes Wiedersehen nur Minuten gedauert. Zu kurz, um den Schock beim Tod eines Freundes zu überwinden.

Myxin wollte sich um Kara kümmern. Er sah die schöne Schwarzhaarige oft von der Seite her an. Jedesmal hatte ich das Gefühl, als wollte er sie ansprechen, doch der kleine Magier hielt sich zurück. Er war sehr taktvoll.

Soviel ich erkennen konnte, war die Auseinandersetzung von draußen nicht beobachtet worden. Und auch ein Nachtwächter hatte sich nicht um uns gekümmert oder uns überrascht. Das steigerte mein Mißtrauen noch, und ich fragte mich, was der Grund dafür war, daß kein Nachtwächter seine Runde drehte.

Vielleicht konnte er gar nicht.

Diese Möglichkeit erschien mir sogar wahrscheinlich. Vielleicht hatten die Todesengel ihn getötet...

Ich sprach mit Myxin darüber, bevor wir die Verkaufsetage verließen.

»Willst du nachschauen?«

»Unter Umständen finden wir ihn auch so.« Dann jedoch fiel

mir ein, daß der Mann verletzt sein konnte. Ich hatte einfach keine Ruhe. Ich bat Kara und Myxin zu warten und verzog mich.

Ich nahm den gleichen Weg, den wir gekommen waren. Mit langen Schritten jagte ich die Rolltreppe hoch, und dann stand ich wieder in dem dunklen Gang.

Wir waren von links gekommen, ich orientierte mich nach rechts. Wieder nahm ich den Geruch von Obst und Gemüse wahr, und dann sah ich am anderen Ende des Ganges eine Tür. Sie stand offen und wurde vom Luftzug bewegt.

Wieso war hier Durchzug?

Nicht bei mir, sondern weiter unten. Denn hinter der Tür sah ich eine Eisentreppe. Sie war ähnlich angelegt wie eine Feuerleiter. Die Stufen hörten dort auf, wo die Tür offenstand. Und die führte in ein kleines Büro mit nicht geschlossenem Fenster, deshalb der Durchzug. Das jedoch interessierte mich nicht, ich sah nur den Toten. Und den Pfeil in der Brust. Da wußte ich, wer ihn getötet hatte.

Asmodinas Dämoninnen!

Vor Wut ballte ich die Hände. Diese verdammten, gefühllosen Geschöpfe. Es hätte gereicht, den Mann nur bewußtlos zu schlagen, aber sie töteten gleich.

Ich schluckte hart.

Aber für diesen Mord hatten sie die Strafe weg. Alle vier. Und die Teufelin war wieder geschwächt worden.

Leider wußte ich nicht, wie viele dieser gefährlichen Dämoninnen sie noch um sich hatte. Waren es hundert, tausend? Die letzte Zahl war als gar nicht mal so abwegig zu bezeichnen, wenn man bedachte, daß ich ja nur einen kleinen Teil der gewaltigen Dämonenreiche kannte. Vergleichbar mit einem Erdkrumen, der, milliardenmal aufeinandergelegt, einen hohen Felsen bildete.

Ich ließ den Toten zurück.

Zwei Leichen hatte dieser verdammte Fall bisher gekostet. Ich hoffte inständig, daß es nicht noch mehr wurden.

Kara und Myxin hatten gewartet. Passiert war nichts. Aber der kleine Magier las an meinem Gesicht ab, daß bei mir nicht alles glatt verlaufen war.

»Was ist geschehen, John?«

Ich berichtete.

Auch Myxin war betrübt. Wieder ein Beweis seiner Wandlung. Früher hätte ihm der Tod eines Menschen nichts ausgemacht, heute aber dachte er anders darüber.

»Es wird Zeit, daß wir den Druidengeist finden.« Ich drängte zur Eile.

Nach einigem Suchen sahen wir das große Lager. Auch diese Tür war nicht abgeschlossen. In dem Supermarkt hatte man sich voll und ganz auf den Nachtwächter verlassen.

Wir betraten eine große, kühle Halle. Nackte Betonwände. Davor Regal über Regal. Zur Hälfte waren sie gefüllt. Mit riesigen Kartons oder Kisten. Es gab praktisch alles an Lebensmitteln, was das Herz begehrte.

Bis zur Decke reichten sie. Um an die obersten Regale heranzukommen, standen kleine Gabelstabler bereit. Zwei zählte ich. Sie parkten nebeneinander und standen rechts von der Tür.

Unsere Schritte waren kaum zu hören, so leise gingen wir. Das unheimliche Seufzen war verstummt.

Mir kam es wie die Ruhe vor dem Sturm vor.

Etwa in der Mitte der Lagerhalle blieben wir stehen. Wir hatten uns Rücken an Rücken gestellt, so daß jeder einen Teil der Halle überblicken konnte.

»Er zeigt sich nicht«, sagte ich leise. »Anscheinend will er den Trank des Vergessens nicht herausrücken.«

Kara hob die Schultern. »Möglich.«

»Dann müßten wir ihn beschwören«, meinte Myxin und schaute Kara an. »Er ist ein Druidengeist. Da gibt es ganz besondere Methoden, um ihn hervorzulocken.«

»Kennst du sie?«

Myxin nickte.

»Dann fang an!« sagte Kara.

»Moment noch.« Ich hob den rechten Arm und blieb dabei lauschend stehen. »Hört ihr es auch?«

»Was?« fragten die beiden wie aus einem Munde.

»Das Knacken.«

Kara und Myxin lauschten. »Hört sich an, als würde jemand die Wände aufbrechen«, meinte der kleine Magier.

Ja, da hatte er recht. Wände aufbrechen setzte ich gleich mit

Einsturzgefahr. Ich wollte die beiden warnen, sah aber, daß es nicht zu sein brauchte, denn die Wände oder die Decke stürzten nicht ein. Die Gefahr war eine ganz andere. Sie kam von dem Druiden selbst.

Wieder erklang das Seufzen. Diesmal jedoch schwerer und schrecklicher als je zuvor.

Und jetzt sah ich auch, warum das Knacken und Knirschen entstanden war. Als ich nämlich einen Blick zwischen den Regalen hindurch auf die Wände warf, entdeckte ich die haarfeinen Risse, die sich überall gebildet und wie ein Spinnennetz ausgebreitet hatten.

Kleine, haarfeine Risse, die sich jedoch schnell verbreitern konnten...

Ich beobachtete genau.

Nein, die Risse wurden nicht größer. Dafür verstärkte sich das Seufzen. Es schwoll zu einem unheimlichen Ton an. Dazwischen vernahm ich ein hohes Singen und schweres Ächzen, das im Unterton dem letzten Röcheln eines Sterbenden glich.

Unheimlich...

Mir rann ein Schauer über den Rücken. Das Geräusch, dieses schaurige Atmen zerrte an meinen Nerven, und ich mußte mich beherrschen, um mir nicht die Ohren zuzuhalten.

Kara ging ein paar Schritte zur Seite. Hoch hob sie ihren rechten Arm.

Wir hatten beim Eintritt Licht gemacht. Die kalte Helligkeit der Leuchtstoffröhren breitete sich in dem Lagerraum aus und traf auch die goldene Klinge.

Kara drehte sich im Kreis. »Zeige dich, Druide!« rief sie laut. »Wir wollen dich sehen!«

Sie erhielt keine Antwort.

Das Mädchen versuchte es noch einmal. »Komm aus deinem Versteck, Druide! Zeig dich uns. Du brauchst keine Furcht zu haben, denn wir wollen dich nicht töten...«

Der Druide traute sich nicht.

Nur das Seufzen und Ächzen wurde noch lauter. Es steigerte sich weiter. Wir erlebten, daß der Druide ungeheure Qualen ausstehen mußte. Er wollte wohl, aber man ließ ihn nicht. Er war Gefangener des Hauses, mehr noch, er war mit dem Haus verwachsen, dessen Lager hier im Keller Risse zeigte. Ich hatte riesige Angst, daß die Mauern brüchig wurden. Das auf ihnen lastende Gewicht würden sie dann nicht mehr halten können.

Die Risse interessierten mich besonders. Immer wieder schaute ich zu ihnen.

Und dann sah ich es.

Erst glaubte ich an eine Täuschung. Doch bei genauerem Hinsehen erwies es sich als Realität.

Aus den Rissen in den Wänden drang eine rote Flüssigkeit.

Es war Blut...

Im ersten Augenblick verschlug es mir wirklich die Sprache. Aus den Rissen in den Wänden strömte Blut.

Unfaßbar!

Dunkelrot quoll es hervor, hatte auch einen leichten Stich ins Schwarze. So sah das Blut eines Dämons aus. Immer mehr quoll aus den feinen Rissen und rann als lange Fäden an den Wänden herab. Und das nicht nur vor oder neben mir, sondern an allen vier Wänden des Raumes geschah das gleiche.

Das Haus zeigte uns seine Qualen.

Ich hatte unwillkürlich den Atem angehalten. So etwas war mir noch nicht begegnet. Das grenzte an Wahnsinn, an Zauberei, das war unmöglich, das konnte ich nicht fassen...

Dafür gab es keine Erklärung – oder?

Kara sprach. Sie redete leise, und man merkte ihr die Trauer an. Sie schwang in der Stimme mit.

»Er leidet«, sagte sie. »Er leidet ungeheuer...«

»Aber warum?« rief ich.

»Ich weiß es nicht. Mit ihm wird vielleicht ein böses Spiel getrieben. Bestimmt will er uns helfen. Ja, da bin ich sicher, aber Asmodina wird es zu verhindern wissen.«

Das konnte sein. Der Dämon, der sich unter Umständen kooperativ zeigte, wurde von der Teufelstochter zurückgehalten.

»Ruf ihn an!« zischte ich. »Versuche es, Kara!«

Das Mädchen sprach. »Wir sehen dein Blut, Druide!« rief sie. »Wer bist du? Zeig dich uns!«

Wieder erklang das gräßliche Stöhnen. Und mit jedem Laut schien mehr Blut aus den Rissen zu quellen. Es hatte bereits den Boden erreicht und sammelte sich dort. Wenn eine Lache zu groß wurde, floß sie auseinander. Ein Rinnsal lief bereits als schmaler Streifen auf mich zu.

»Gib Antwort. Unterdrücke deinen Schmerz!« rief Kara. »Wir wollen dir nichts tun, nur mit dir sprechen!«

Das Seufzen verstummte.

Die Ruhe erschreckte mich. Sie dauerte nur wenige Sekunden an. Dann vernahmen wir die Stimme.

»Ich... ich sehe euch...«

Es war eine Stimme, aus der man den Schmerz heraushörte, den die dämonische Kreatur empfand. Sie mußte ungeheuer leiden. Es bereitete ihr Mühe, so zu sprechen.

»Wie heißt du?« fragte Kara.

»Ich bin Khylon!«

»Den Namen kenne ich nicht.«

Ein röchelnder Atemzug. »Ich habe immer hier gelebt. Vor langer Zeit schon, und ich habe dem Satan gedient. Zu mir gehörten fünf Hexen. Zusammen feierten wir die Feste der Grausamkeit und holten uns die Opfer. Der Teufel belohnte mich. Ich wurde mächtig, sehr mächtig sogar. Dann aber zerstörte jemand den Festplatz des Satans. Der Hügel, auf dem wir die Feste feierten, wurde dem Erdboden gleichgemacht, und der Teufel gab mir die Schuld. Er bestrafte mich. Als man auf dem Hügel ein Haus baute, wurde ich in die Wände mit eingemauert. Mein Geist beherrschte dieses Haus. Ich war dazu verdammt, bis in alle Ewigkeiten hier gefangen zu sein, bekam keine Chance, die Mauern des Hauses zu verlassen. So vergingen Jahrhunderte. Eine neue Zeit brach an. Männer mit großen Fahrzeugen räumten den Hügel ab. Sie machten ihn platt. Mich konnten sie nicht töten, obwohl ich gern gestorben wäre. Dafür bauten die Männer ein neues Haus auf. Ein großes. Und wieder verdammte mich Asmodis dazu, in diesen Mauern zu hausen. Als Gefangener des Hauses erlebte ich die ewigen Qualen. Ich spüre nur Schmerzen. Die Verdammnis hat mich eingeholt und wird mich nie aus ihren Klauen lassen. Niemand kann mir helfen, auch nicht die Hexen, mit denen ich den Teufel angebetet habe.«

»Was ist mit ihnen geschehen?« fragte Kara.

Wieder ein schwerer, röchelnder Atemzug. »Ich weiß es nicht. Vielleicht sind sie auch in diesem Haus gefangen. Vielleicht auch nicht. Ich habe sie nie gesehen.«

Kara sagte: »Wir könnten dich befreien, Druide.«

Da lachte Khylon. »Befreien? Nein, niemand ist stärker als der Teufel. Er hat mir dieses Schicksal auferlegt, ich werde es tragen müssen. Aber ihr könnt mir trotzdem einen Gefallen erweisen.«

»Welchen?«

»Tötet mich!«

Nach diesen beiden Worten entstand eine Schweigepause. Wir schauten uns an. Myxin hob die Schultern, in den Augen der schönen Kara las ich Verwirrung.

Nach einem langgezogenen Seufzen meldete sich der Geist des Druiden wieder. »Ihr könnt es«, flüsterte er, »ihr könnt mich töten. Ich weiß es, darum tut mir den Gefallen...«

Ich schüttelte den Kopf. Es war keine endgültige Entscheidung, aber ich wollte abwarten, wie sich die Dinge weiterhin entwickelten. »Rede du«, flüsterte ich Kara zu.

Sie wandte sich dann auch der Wand zu. »Wenn ich dich töte, Khylon, dann mußt du auch mir einen Gefallen tun.«

»Wenn ich kann...«

»Du sollst den Trank des Vergessens haben!«

Jetzt kam es darauf an. Würde der Druide es zugeben? Unsere Spannung wuchs, denn Khylon sagte erst einmal gar nichts. Er wartete mit seiner Antwort, wir vernahmen nur sein schweres Atmen und Seufzen, dessen Klang uns weiterhin eine Gänsehaut über den Rücken jagte.

»Nun?« fragte Kara.

»Ich weiß nicht, wovon du redest«, drang die gequälte Stimme an unsere Ohren.

Kara lachte gallenbitter. »Das weißt du sehr wohl. Hat man dir nicht den Trank des Vergessens gegeben? Solltest du ihn nicht aufbewahren, Khylon?«

»Ja, das stimmt.«

»Dann gib ihn her.«

»Ich habe ihn nicht mehr«, erwiderte der Druide. »Wirklich, du kannst dich auf mein Wort verlassen. Man hat ihn mir weggenommen. Ich durfte nicht mehr auf ihn achten, denn ich war nicht würdig genug, um ihn weiterhin in Verwahrung zu haben. Der Satan hat es nicht erlaubt. Ihr müßt mir glauben.«

Natürlich sah ich, wie enttäuscht Kara war. Sie blickte zu Boden, ihr Gesicht wurde blaß, die Lippen zuckten ebenso wie ihre Wangen. Es war vorbei.

Da ich merkte, wie schwer es Kara fiel zu reden, stellte ich die nächste Frage: »Wer hat den Trank denn erhalten?«

»Das hat mir Asmodis nie mitgeteilt!«

Die Antwort überraschte mich nicht. Wäre ich an der Stelle des Teufels gewesen, hätte ich es auch nicht getan.

»Wann hat er dir den Trank genommen?« erkundigte ich mich.

Abermals hörte ich das Ächzen. »Es ist noch nicht lange her. Als dieses Haus gebaut wurde...«

»Und du hast keine Ahnung, wer ihn erhalten sollte?«

»N...ein...«

Die Antwort klang zögernd. Ich hakte sofort nach. »Du vermutest es aber.«

»Ja.«

»Dann rede.«

»Ich hörte, daß der Spuk den Trank haben soll!«

Die Eröffnung schockte mich. Der Spuk war Herrscher im Reich der Dämonenseelen und dort der absolute Fürst. Nicht einmal Asmodina redete ihm hinein. Er allein bestimmte, was zu tun war, und wenn er tatsächlich den Trank in seinen Händen hielt, war es so gut wie unmöglich, ihn dem Spuk wieder wegzunehmen.

So und nicht anders sah die Lage aus. Denn wie sollte Kara in das Reich des Spuks gelangen? Vielleicht schaffte sie es, wenn sie den Trank zu sich genommen hatte, aber der war ja nicht vorhanden – also mußte sie es aufgeben.

»Wer ist der Spuk?« fragte sie.

Sie kannte ihn nicht. Doch ihr das zu erklären, war jetzt nicht der richtige Zeitpunkt.

»Später«, sagte ich.

»Dann töte den Druiden!«

Mich erschreckte ihre harte Stimme. Aber sie war auch aus der Situation zu erklären, in der sich Kara befand. Zu lange hatte sie eben warten müssen.

Während wir redeten, war immer mehr Blut aus den Ritzen in den Wänden gequollen. Es breitete sich auf dem Boden aus, und ich nahm auch jetzt den Geruch wahr, den es ausströmte.

Einen widerlich süßlichen Geruch...

Ich schluckte.

Das Blut kam von allen Seiten. Aus den Rinnsalen waren breite Streifen geworden, die über den Boden flossen. Träge, aber unaufhörlich rannen sie ihrem Ziel entgegen.

Und das waren wir!

Wir hatten gar nicht bemerkt, daß dieses Blut uns einkreiste. Auch Myxin und Kara wurden aufmerksam. Das Mädchen ging einen Schritt vor und tippte die Spitze des goldenen Schwerts in eine Blutlache.

Sofort zischte es auf, und ein Dampfstreifen bildete sich auf der Oberfläche.

Ich wurde mißtrauisch. Dieses Blut wirkte plötzlich wie Säure, und wenn es unsere Schuhe erreichte, würde es sie sicherlich zerfressen.

»Geht zur Seite!« zischte ich den beiden zu. »Das Blut des Druiden ist gefährlich...«

Kara und Myxin suchten sich einen noch freien Platz. Sie gingen dabei auf die Tür zu.

Ich blieb stehen.

Da hörte ich wieder das schlimme Ächzen. Khylon machte sich bemerkbar. »Gefahr...«, röchelte er. »Die Gefahr nähert sich. Ich spüre es. Tötet mich, schnell...«

»Welche Gefahr?« fragte ich.

»Sie kommen. Ich sehe sie schon. Schatten. Sie wollen das Haus. Die Tochter des Teufels – ihr Gesicht... es ist nahe, sehr nahe sogar... Ihr könnt nichts mehr tun. Flieht...« Wieder das Seufzen und röchelnde Atmen, das mir einen Schauer über den Körper jagte und mich völlig nervös machte.

»Komm zu uns!« rief Kara. »Du brauchst nicht zu bleiben,

John. Er hat den Trank nicht. Ich werde ihn woanders suchen.«

»Nein!« Ich schüttelte den Kopf. »Erst stelle ich mich! Ich werde Asmodina die Zähne zeigen...«

»Flieh...«, röchelte der Druide. Gleichzeitig brach ein Stück aus der Wand, und schwarzes Dämonenblut pumpte in den Lagerraum.

Jetzt wurde es wirklich gefährlich.

Das Zeug hatte mich fast eingekreist. Es gab nur noch einen schmalen Streifen, über den ich mich trockenen Fußes und sicher bewegen konnte. Und der führte nicht zur Tür, sondern zu einem der beiden Gabelstapler.

Die unsichtbare Gefahr näherte sich. Ich sah sie nicht, doch ich vernahm die Reaktion des Druiden.

Er stöhnte nicht mehr – er schrie! Er mußte unsagbare Schmerzen erleiden.

Die schrecklichen Geräusche zerrten an meinen Trommelfellen, strapazierten die Nerven, hallten in meinem Gehirn wider und machten mich fast wahnsinnig.

An der Tür hielten sich Myxin und Kara die Ohren zu. Das schwarzhaarige Mädchen hatte sein Schwert fallen gelassen. Es lag auf dem Boden. Niemand kümmerte sich um die seltsame Waffe, auch für mich lag sie zu weit entfernt.

Ich wollte sie auch nicht, ich wollte zu dem Gabelstapler und mich dort vor dem Blut retten.

Wieder trafen mich die Schreie!

Diesesmal schriller und schlimmer als zuvor. Ich taumelte nach vorn und verlor das Gleichgewicht.

Schwer fiel ich zu Boden.

Ich hörte Myxins warnende Stimme. Sie übertönte sogar noch das gräßliche Kreischen, doch ich achtete nicht darauf. Ich wälzte mich am Boden und hielt mir beide Ohren zu.

Mein Gesicht war nur noch eine Grimasse. Die Schreie hallten in meinem Kopf wider, malträtierten das Gehirn, trieben mich fast in den Wahnsinn.

Und trotzdem hielt ich aus.

Ich schnappte nach Luft wie ein Mensch, der im letzten Augenblick vor dem Ertrinken gerettet worden ist. Hier in diesem

Lagerraum bekam ich einen Vorgeschmack auf die Höllenqualen.

Tränen liefen über mein Gesicht. Die Angst in mir steigerte sich. Ich schaute nach vorn, sah zwischen den Regalen die Wand, die jetzt schwarzrot vom Blut des Dämons war, und immer mehr Flüssigkeit drang aus den größer gewordenen Rissen und Spalten.

Das Blut kam mir aus meiner Sichtperspektive vor wie eine gigantische Welle, die näher und näher rollte und mich bald erreicht haben mußte.

Ich warf mich herum.

Ein Yard entfernt wuchs der Gabelstapler vor mir hoch. Ich kroch auf ihn zu. Mich interessierten jetzt nicht mehr Myxin oder Kara, sondern nur noch mein Ziel.

Zoll für Zoll bewegte ich mich voran.

Ich keuchte, weinte, schluchzte und schnappte nach Luft, während der Druide seine Qual hinausschrie.

Es war wirklich die Hölle!

Über dem Blut schwebten Dämpfe, die mich an Nebelschlieren erinnerten. Träge wallten sie hin und her, krochen kniehoch über der dicken, sirupartigen Flüssigkeit und breiteten sich immer weiter aus.

Ich warf meinen Arm vor.

Die Hand klatschte gegen das kühle Metall des Gabelstaplers.

Endlich!

Noch einmal mobilisierte ich alle körperlichen und geistigen Kräfte. Irgendwie gelang es mir, auf die Beine zu kommen, und ich schaffte es sogar, auf den Gabelstapler zu klettern.

Auf einmal konnte ich wieder klar denken.

Mir fiel etwas ein.

Die stärkste Waffe, die ich bei mir trug.

Mein Kreuz!

Schwankend hockte ich auf dem Sitz des Gabelstaplers. Das Innere der Halle kreiste vor meinen Augen. Noch immer vernahm ich die schrillen Schreie, die sich in ihrem Wahnsinn überschlugen und in schaurigen Dissonanzen endeten.

Ich holte das Kreuz hervor, hielt es fest umklammert und konzentrierte mich auf dieses wertvolle Kleinod.

Es ging mir besser.

Kraft strömte in meinen Körper zurück. Ich merkte, wie mein Gehirn reingewaschen wurde, ich atmete wieder klarere Luft und hatte einen besseren Überblick.

Die Schreie waren verstummt.

Urplötzlich hatten sie aufgehört.

Ich warf einen Blick auf meine beiden Gefährten. Myxin und Kara lagen am Boden. Reglos, wie mir schien. Dann aber bewegten sie sich, und mir fiel ein Stein vom Herzen.

Im nächsten Augenblick aber stieß es mir wieder gallenbitter hoch, denn eine dicke Blutlache bewegte sich in breiter Front auf die beiden zu.

Jetzt zählte jede Sekunde.

Zum Glück wußte ich, wie man mit einem Gabelstapler umgehen konnte. Ich startete das Fahrzeug.

Es ruckte vor, holperte, schüttelte mich durch, aber es fuhr.

»Kara, Myxin!« schrie ich.

Die beiden hörten mich nicht.

Ich wiederholte meinen Ruf, als ich die Hälfte der Distanz schon hinter mich gebracht hatte.

Kara reagierte zuerst. Sie hob den Kopf, sah mich auf dem Gabelstapler sitzen und begriff.

Rasch war sie auf den Beinen, zog Myxin mit hoch und öffnete die große Tür.

Da wußte ich, was sie vorhatte. Kara wollte mir den Fluchtweg ebnen. Ich sollte hier raus. Die Öffnung war so groß, daß der Gabelstapler hindurchpaßte.

Ich stoppte ihn.

Im selben Moment erreichte uns die erste Blutlache. Ich hörte das Zischen und Schmoren, wie sich das Zeug in die Reifen fraß. Ein bestialischer Gestank breitete sich aus, während ich vom Gabelstapler sprang und Myxin auf die Beine zog.

Kara hastete auf ihr Schwert zu und hob es auf.

Sie lächelte wild. Kampfeswille flackerte in ihren Augen, und auch ich wollte um keinen Preis aufgeben.

»Ich bleibe zurück!« schrie ich ihr zu, doch sie schüttelte nur den Kopf.

»Nein, wir kämpfen gemeinsam.«

Für uns wurde es Zeit. Hastig stieg ich mit Myxin auf den Stapler und wollte Kara auch noch holen, doch das war nicht mehr nötig. Sie hatte ihre eigenen Kräfte ausgespielt. Ihre Gestalt zerfloß. Plötzlich war sie nur noch ein Schemen und dann ganz verschwunden.

Die Schöne aus dem Totenreich hatte tatsächlich die Dimensionen gewechselt.

Unfaßbar...

Ich schluckte hart. Trat Kara vielleicht in einer anderen Dimension gegen den Druiden an?

Myxin erriet meine Gedanken. »Es ist möglich«, sagte er, »daß sie uns aus der Ferne hilft.«

»Hoffentlich.«

Ich wollte aus der Halle fahren, bekam aber die Kurve noch nicht, sondern mußte rangieren. Die zerfließenden Gummiräder schmatzten durch die dicke, am Boden liegende Flüssigkeit. Zahlreiche in den Regalen stehende Kartons waren ebenfalls in Mitleidenschaft gezogen worden. Viele zeigten einen roten Schleier und waren aufgeweicht. Und immer noch pumpte Dämonenblut aus den Wänden.

Die Luft war kaum noch zu atmen, aber ich riß mich zusammen.

Dann fuhr ich zurück. Ging in eine Rechtskurve – und...

Im nächsten Moment sackte der Gabelstapler hinten weg. Das geschah so plötzlich, daß Myxin und ich fast von dem Fahrzeug geworfen wurden, uns aber soeben noch fangen konnten.

Plötzlich stand das Gefährt schräg.

Ein weiterer Ruck.

Wir fielen tiefer.

»Halte dich fest!« rief ich Myxin zu und drehte mich auf dem Sitz.

Ich sah die Bescherung. Im Boden hatte sich ein gewaltiges Loch aufgetan. Eine rechteckige Öffnung, aus der in dicken Schwaden grünlicher Brodem quoll.

»Das ist des Satans Atem!« schrie Myxin. »Er wird uns packen!«

Ich schüttelte den Kopf, hielt die Luft an, beugte mich nach rechts und schaute in die Öffnung hinein.

Nicht nur der Brodem quoll daraus hervor, sondern mit ihm zeigte sich eine Gestalt.

Ich hatte sie noch nie gesehen, wußte aber trotzdem, wer da vor mir stand.

Khylon, der Druide!

Irgendwie hatte er sogar Ähnlichkeit mit dem Spuk. Er trug ein langes, schwarzgrünes Gewand mit einer Kapuze, die er sich über den Schädel gezogen hatte. Menschlich wirkte er in seiner Kluft. Die Gesichtshaut schimmerte bleich. In seinen Augen funkelte es. Die Lippen zeigten einen qualvollen Zug, die Hände waren nur mehr Krallen, die Augen leblose, kalte Steine.

Er taumelte zur Seite, drehte sich und starrte mich an. Plötzlich hob er beide Arme, drehte die Hände jedoch, so daß die Finger zu Boden wiesen.

Da sah ich das Schreckliche.

Aus den Spitzen floß Blut!

Es tropfte zu Boden und vereinigte sich mit der schon vorhandenen Blutmenge.

»Das gibt Ärger«, flüsterte Myxin, »der ist uns nicht wohlgesonnen. Er will uns töten.«

Ich widersprach. »Warum? Was sollte er für einen Grund haben? Er hat auch vorhin auf unserer Seite gestanden.«

»Warte es ab.«

Myxin sollte recht behalten, denn die nächsten Worte des Druiden bewiesen dies.

»Ich bin Khylon!« schrie er uns entgegen. »Ich habe meine Strafe erhalten, mußte die Qualen der Hölle erleiden, weil ich versagt habe. Ich war in diesem Haus eingeschlossen und konnte mich nicht rühren, aber Asmodina, die Teufelstochter, hat mir noch eine Chance gegeben. Ich brauche diese Qualen nicht mehr länger zu erdulden. Ich kann sie stoppen, sie werden gestoppt – von ihr, von Asmodina. Das hat sie mir versprochen. Ich brauche nicht mehr zu leiden.«

Wir starrten ihn gebannt an. Sein Gesicht bewegte sich kaum, wenn er sprach; nur die Finger zuckten hin und her, obwohl aus ihren Spitzen kein Tropfen Blut mehr floß.

»Aber eine Bedingung hat sie gestellt«, so redete der Druide weiter. »Sie läßt mich nur frei, wenn ich euch, ihr miesen Erdenwürmer, töte!«

Jetzt war es heraus. Myxin hatte doch recht gehabt. Khylon war plötzlich zu einem anderen geworden. Ein Diener der Finsternis würde sich nie läutern, und er fiel auch immer wieder auf die Versprechungen der Hölle herein.

Wie Khylon.

Dann lachte er. Er riß sein Maul auf, und über seine Lippen drangen widerliche, kichernde Laute, die ich als verdammt unangenehm empfand. »Ich bin nicht allein«, lachte er. »Nein, ich bin nicht allein. Sie stehen alle auf meiner Seite. Asmodina hat sie mir zum Schutz gegeben. Seht ihr sie nicht?«

Wen meinte er?

»Da, John!«

Ich sah Myxin an. Der deutete zur Decke hoch. Ein furioser Wirbel war dort entstanden.

Fünf geisterhafte Gestalten schwebten im höllischen Kreisel durch den Raum. Sie ritten auf einem gewaltigen Stab, der mich an einen Besen erinnerte.

Hexen.

Ja, das waren die fünf Hexen, mit denen der Druide seine schaurigen Feste gefeiert hatte.

O verdammt!

Die Hexen machten einen Höllenlärm. Sie kreischten und schrien, überboten sich gegenseitig in obszönen Beschimpfungen, die sie uns entgegenschleuderten.

Ich konnte nicht erkennen, ob sie nur feinstofflich waren oder völlig normal. Wenn ihre Kutten durch den Wirbel hochflogen, sah ich die Schenkel und die langen Beine. Unter den Kutten waren die Hexen nackt.

Alte und junge bildeten diesen Reigen. In ihren Augen tanzten kleine rote Funken.

Der Teufel hatte sie scharf gemacht, und Khylon wurde zu ihrem Antreiber.

Er hob den Arm. »Macht sie nieder, die verdammten Feinde!« brüllte er.

Und die Hexen griffen an!

Blitzschnell stießen sie auf uns herab. So schnell, daß ich nicht einmal dazu kam, die Pistole zu ziehen. Die erste wollte mir mit ihren Krallen das Gesicht zerreißen, doch dagegen hatte ich etwas. Hastig zog ich mein Kreuz hoch.

Plötzlich schrie die Hexe, die den langen Besen verlassen hatte, auf. Sie war dem Kruzifix zu nahe gekommen. Von einem Augenblick zum anderen stand ihr Körper in Flammen, und als loderndes Bündel schoß sie gegen die Decke. Hart prallte sie dagegen. Im nächsten Moment fegte ein glühender Funkenregen dem Boden entgegen.

Ich fuhr herum.

Zwei Hexen hatten Myxin geschnappt. Sie rissen den kleinen Magier hoch, der einen Bannspruch schrie. Er zeigte keine Wirkung. Die Hexen waren stärker.

Wie ein Teufel war ich dazwischen. Und diesmal hatte ich Zeit, die Waffe zu ziehen, aber ich kam nicht mehr dazu, abzudrücken, denn in diesem Augenblick rutschte der Gabelstapler noch tiefer. Durch den plötzlichen Ruck wurde ich wieder nach hinten geworfen und kam erst zur Ruhe, als sich das Gefährt verkantete.

Da traf ein Schlag mein rechtes Gelenk. Ich hatte das Gefühl, mein Unterarm wäre von glühendem Eisen umwickelt, und ließ die Waffe fallen.

Die Hexe lachte kreischend.

Dann schoß sie der Decke entgegen, wo Myxin mit den anderen drei Wesen rang.

Wir wurden von diesen höllischen Kreaturen verdammt in die Defensive gedrängt. Asmodina hatte geschickt reagiert, uns nicht aus den Augen gelassen, nachdem wir ihre Todesbotinnen getötet hatten, und sie hatte sich auch der Hilfe des Druiden versichert. Diesen Schachzug hatte sie wirklich raffiniert eingefädelt, das mußte man ihr lassen.

Auf dem Boden kochte das Dämonenblut.

Es warf regelrechte Blasen, die sich zu dicken Halbkugeln formten und dann zerplatzten.

Die Spritzer fegten nach allen Seiten weg. Wenn ich in diese kochenden Suppe sprang, war ich verloren.

Verdammt, wo steckte denn Kara?

Sie war nicht zu sehen, dafür aber der Druide.

Khylon lockte mich. »Komm doch her!« schrie er. »Nun komm, oder hast du Angst?«

Der hatte gut lachen. Er stand inmitten seines kochenden Dämonenbluts und hatte beide Arme ausgestreckt, als wollte er mir helfen, von dem Gabelstapler wegzukommen.

Okay, das konnte er haben.

Ich kletterte auf das Vorderteil, und dann setzte ich alles auf eine Karte.

Mit einem gewaltigen Sprung stieß ich mich ab, flog durch die Luft und visierte genau mein Ziel an.

Eins der Regale.

Ich hämmerte dagegen, doch meine Hände packten zu und bekamen die grünen Querstangen mit den Löchern daran zu fassen. Jetzt war ich in der Nähe des Druiden.

Er lachte kreischend. »Auch das nützt dir nichts. Du bist da völlig hilflos.«

Das war ich in der Tat, wenn ich so hängenblieb. Doch das kam nicht in Frage.

Ich riskierte einen Klimmzug, schwang die Beine hoch und kletterte in eine leere Regalhöhle hinein.

Jetzt konnte es weitergehen.

Schlimm sah es bei Myxin aus. Die Hexen trieben ihren grausamen Spaß mit dem kleinen Magier, der sich verzweifelt gegen die vier kreischenden Weiber wehrte.

Ich hatte insofern Glück gehabt, daß das Regal nur am hinteren Rand durch das Dämonenblut benetzt war. Wo ich hockte, war alles trocken.

Der Druide grinste mich an.

Und dieses Grinsen machte mich rasend.

Ich nahm mein Kreuz und schleuderte es ihm entgegen!

Gleichzeitig geschah etwas anderes. Kara erschien. Und sie tauchte auf wie Phönix aus der Asche. Plötzlich schwebte sie durch die Lagerhalle – ein feinstofflicher Geist mit einem goldenen Schwert. Sie sah nicht mich, sondern Myxin und die vier Hexen.

Kara gab ihnen das, was sie verdienten.

Zum erstenmal erlebte ich mit, wie sie ihr Schwert führte. Da wurde so manch männlicher Kämpfer blaß vor Neid.

Die Hexen sahen sie zu spät. Als sie Kara bemerkten, da hatte sie die erste schon vernichtet.

Ihr Schwert trennte der Hexe den Kopf vom Rumpf. Einen Lidschlag lang wirbelte der Schädel durch die Luft, flog in meine Richtung, und ich sah die weit aufgerissenen Augen und das Grauen auf dem Gesicht. Dann verschwand er.

Der Kopf löste sich auf.

Die Hexe Nummer zwei verlor beide Arme, als das Schwert sie traf. Auch sie löste sich auf, einen grünlichen Rauchschleier hinter sich herziehend.

Die anderen beiden stellten sich.

Sie gifteten ihre Gegnerin an und flogen direkt auf sie zu.

Kara holte weit aus.

Diesmal reichte ein Streich mit dem goldenen Schwert, um beide Hexen zu töten.

Myxin war gerettet. Kara hatte es geschafft, den kleinen Magier in der Kampfhandlung noch aufzufangen, damit er nicht in den kochenden Blutsee stürzte.

Ich aber hatte noch den Druiden vor mir.

Bis mein Kreuz ihn erreichte.

Es fiel genau in den Brustausschnitt der Kutte. Plötzlich schrie Khylon wie ein Wahnsinniger.

Das Kreuz entfaltete seine volle magische Stärke. Es hüllte den Druiden in einen explosionsartigen Lichtblitz ein, der ihn buchstäblich auseinanderriß.

Die Teile dieses Dämons flogen nach allen Seiten weg und verglühten wie heiße Kohlen, die ins Wasser geworfen wurden.

Ein letzter Schrei, ein qualvolles Jammern aus der Unendlichkeit, dann war alles vorbei.

Die Dämonenpest war ausgeräuchert.

Und mit ihr verging auch das Blut. Es verdampfte. Innerhalb von Minuten war nichts mehr zu sehen.

Nur die Risse in den Wänden bewiesen, welch ein Drama sich in diesem Lagerraum abgespielt hatte. Und natürlich der Gabelstapler, der schief und verkantet in der Öffnung zum Keller stand.

Myxin hatte die Beretta aufgenommen. »Willst du sie wiederhaben?« fragte er.

Ich sprang zu Boden. »Und wie«, sagte ich, wobei ich gleichzeitig das Kreuz aufhob.

Ich fühlte mich so wohler.

Kara und Myxin standen nebeneinander. Ich reichte ihnen die Hand und bedankte mich für ihre Hilfe.

»Wir sind uns einig geworden«, sagte Myxin.

»Worüber?«

»Daß wir den Kampf gegen unsere Feinde gemeinsam aufnehmen«, erwiderte der kleine Magier.

»Und mich hast du vergessen?«

»Nein, John«, sagte Myxin. »Aber ich werde immer da auftauchen, wo etwas los ist. Und ich werde dir manchen Tip geben können, denn Karas Fähigkeiten sind phänomenal. Sie allein kann mir helfen, meine eigenen und ursprünglichen Kräfte wiederzufinden. Für diese Welt bin ich nicht geschaffen, aber ich werde auf dich und auf sie immer ein Auge halten. Vielleicht sehen wir uns morgen schon wieder, John. Wer weiß...?«

Ich nickte und räusperte mir die Kehle frei. »All right, Myxin, du mußt wissen, was für dich am besten ist. Ich wünsche dir jedenfalls viel Glück, und dir auch, Kara.«

Das schwarzhaarige Mädchen nickte dankend. Aber Myxin hatte noch eine Berichtigung.

»Du brauchst mir nicht viel Glück zu wünschen, John, sondern uns, denn wir kämpfen schließlich gemeinsam.«

Das war ein Wort.

Dann gingen die beiden, und ich blieb allein zurück.

Ich fand auch heraus, wo ich war. In Leeds, eine ziemliche Strecke weg von London.

Als ich auf die Uhr sah, da merkte ich, daß Mitternacht

schon um eine Stunde überschritten war. Zwei Tote hatte der Fall gekostet, von den Londoner Ereignissen ahnte ich ja nichts.

Wieder einmal mußte ich der Mordkommission einer fremden Stadt begreiflich machen, daß man den oder die Mörder eigentlich nicht zur Rechenschaft ziehen konnte. Immer ein schwieriges Unterfangen. Und dann wollte ich auch wissen, wie es in London weitergegangen war.

Von dem Büro aus rief ich bei Shao an. Sie meldete sich nach dem zweiten Klingeln, war also noch nicht zu Bett gegangen.

»John, du?« fragte sie erstaunt.

»Ja, warum nicht.«

»Von wo rufst du an?«

»Aus Leeds.«

»Und Suko wartet auf dich.«

Ich lachte. »Dann gib ihn mir mal.«

»Das geht nicht. Er ist zu Scotland Yard gefahren und wartet wohl in deinem Büro.«

»Danke, Shao.« Fünfzehn Sekunden später sprach ich mit Suko. Seiner Stimme entnahm ich, wie erleichtert er war. Als er mir berichtete, daß es Dr. Tod und seiner Mordliga gelungen war, das Blut zu rauben, erhielt meine gute Laune einen gehörigen Dämpfer. Vampiro-del-mar war also erstarkt. Wir würden in Zukunft noch mehr von ihm hören. Und mit dieser Prognose sollte ich verdammt recht behalten...

ENDE

Alptraum
in der
Geisterbahn

»Kaufst du mir Wiener Mandeln?« fragte das junge Mädchen und schmiegte sich eng an ihren Begleiter.

»Die sind schlecht für die Zähne«, hielt Barry Snider dagegen.

»Sei doch nicht so.« Coleens rechte Hand fuhr hoch und streichelte die Wange des jungen Mannes.

Barry wurde schwach. »Meinetwegen.«

»Du bist ein Schatz.« Coleen lachte auf, warf die braune Haarflut zurück und zog ihren Freund zu einem Stand, an dem es Wiener Mandeln zu kaufen gab.

Der Geruch vermischte sich mit den anderen Düften, die über dem Weihnachtsmarkt schwebten. Da roch es nach Christbäumen, nach Bratwurst, Zuckereien und Rotwein. Der Markt war voller Menschen.

Wochenende in London. Das kurz vor Weihnachten – da ging man über den Weihnachtsmarkt. Und nichts anderes taten Coleen Kilman und ihr Freund Barry Snider.

Coleen war achtzehn Jahre alt, Barry zwei Jahre älter. Sie kannten sich seit zwei Monaten. Coleen hatte ihn aus einer Clique gerissen, in die er leider hineingeraten war. Mit dem sicheren Instinkt einer weiblichen Person hatte sie gespürt, daß diese Clique nichts für ihren Freund war. Und sie hatte recht gehabt. Barry gab in einer schwachen Stunde zu, daß er froh gewesen war, der Horde zu entkommen, ohne sein Gesicht zu verlieren, denn so konnte er alle Schuld auf Coleen schieben, was der aber überhaupt nichts ausmachte.

Das Mädchen erhielt die Mandeln. Es stand neben Barry, und er betrachtete kurz ihre schlanke Figur. Coleen trug eine grüne Cordhose und eine locker fallende Jacke, die mit Fell gefüttert war.

Als sie sich umdrehte, daß ihre braunen Haare flogen, strahlten die Augen.

»Möchtest du auch?« fragte sie.

Barry wehrte ab. Sein Gesicht verzog sich. »Nein, nein, das süße Zeug – widerlich.«

»Mir schmeckt es.«

»Das ist die Hauptsache.«

Coleen ließ drei Kinder vorbei und hakte sich bei ihrem Freund ein. »Und wo gehen wir jetzt hin?«

Der junge Mann grinste und deutete eine Verbeugung an. »Wohin belieben Miss Kilman denn zu schreiten? Diesen Teil haben wir hinter uns«, sinnierte Barry. »Wie wär's mit der Kirmes?«

»Bist du unromantisch.« Coleen deutete nach oben, wo ein gewaltiger Weihnachtsbaum zu sehen war. Hell strahlten die zahlreichen Kerzen und kämpften gegen den hereinbrechenden Abend an. »Wir sind schließlich auf dem Weihnachtsmarkt. Zur Kirmes können wir auch noch im Januar gehen. Ich habe hier noch nicht alles gesehen.«

»Aber auf dem Rückweg müssen wir hier vorbei«, gab der junge Mann zu bedenken.

Coleen nickte. »Du hast recht.«

»Dann bist du einverstanden?«

»Ja, aber nur, weil du mir die Mandeln gekauft hast.« Coleen gab Barry einen Kuß.

Die beiden jungen Leute schlenderten weiter. An einem Fischstand erwarb Barry einen Hering-Sandwich.

»Daß du so etwas essen kannst.« Coleen verzog die kleine Nase.

Barry biß in das Brötchen. »Jedem das Seine«, murmelte er und mampfte mit vollem Mund.

»Wenn es dir schmeckt.«

Die Wege wurden jetzt etwas breiter. Die beiden jungen Leute hatten mehr Platz und wurden nicht immer von entgegenkommenden Personen angestoßen.

Sie hörten den Lärm des Jahrmarkts. Die große Achterbahn überragte alle Karussells. Unzählige bunte Glühbirnen flackerten der Reihe nach auf und strahlten ihr Licht gegen den dunkler werdenden Himmel ab. Die kleinen Wagen jagten über die Schienen, wurden hart in die Kurven gerissen, gingen dann in den Looping über und schossen an der anderen Seite wieder hoch.

Barry war stehengeblieben.

»Und damit willst du fahren?« fragte Coleen leise.

Der junge Mann nickte.

»Ohne mich.« Coleen schüttelte den Kopf. »Da habe ich viel zu große Angst.«

Ein Windstoß fuhr durch Barrys blondes Haar. »Du kannst wählen. Entweder die Achter- oder die Geisterbahn.«

»Keins von beiden.«

»Das ist unfair. Wir haben vorher darüber gesprochen, und du kennst mein Faible für Geisterbahnen.«

»Dann die Geisterbahn«, antwortete Coleen nach einer Weile des Nachdenkens.

Barry lachte. »Wußte ich es doch.«

»Und wo ist die?«

Barry stellte sich auf die Zehenspitzen. »Da, genau rechts von uns!« Er deutete in die Richtung.

Dort stand tatsächlich die geheimnisvolle Geisterbahn. Sie war ziemlich groß, umfaßte drei Etagen, und auf dem Dach waren die grellbunten Fratzen grinsender Monster zu sehen. Sie öffneten die Mäuler, zeigten ihre Reißzähne oder streckten gewaltige Zungen heraus.

Barrys Augen glänzten. Geisterbahnen hatten ihn schon immer fasziniert. Bereits als kleiner Junge hatte er nie eine Fahrt mit der Geisterbahn ausgelassen.

Er genoß den aus technischen Tricks und Pappmaché bestehenden Schrecken und amüsierte sich köstlich über die Schreie der aus den Särgen steigenden »Leichen«.

Coleen ließ ihm den Spaß, obwohl sie keine große Begeisterung für diese Art von Vergnügen zeigte. Sie ging auch nie in Horror-Filme, weil sie sich darin fürchtete.

»Träumst du?« fragte Barry und zog seine Freundin weiter, die tatsächlich in Gedanken versunken war.

»Entschuldige.«

Barry warf Coleen einen schiefen Blick zu. »Wenn du Angst hast, Darling, ich fahr' auch allein.«

Coleen prustete los. »Darling! Wie sich das anhört. Da kann ich ja nur kichern. Wie alt bist du eigentlich?«

»Das hat Rock Hudson mal in einem Film gesagt.«

»Jetzt ist er ein Opa.« Coleen kicherte.

Sie passierten das größte Karree mit den Auto-Scootern. Dort standen die Jugendlichen dicht gedrängt an den seitlichen Rändern und auf den Holzstufen.

Auf der Bahn krachten die Wagen zusammen. Die Schreie der

Mädchen übertönten sogar noch die hämmernde Rockmusik. Coleen machte einen letzten Versuch. »Sollen wir nicht lieber mit einem Scooter fahren?«

»Mein Feuerstuhl ist mir lieber. Das ist doch lahm.« Barry sprach von seiner Honda, seinem großen Hobby.

Die Geisterbahn lag nicht mehr weit entfernt. Nach wenigen Schritten hörten sie bereits die Angstschreie und das irre Stöhnen der Monster aus Pappe. In jedem Maul war ein Lautsprecher eingebaut, so daß alles noch verstärkt wiedergegeben wurde.

Auf dem Dach der Bahn spielte sich eine besonders schlimme Szene ab. Dort schlug ein Henker einem jungen Mädchen den Kopf ab und hängte ihn an einen Baum.

Immer wieder führte er die gleiche Bewegung durch, die Mechanik funktionierte perfekt.

»Solche Szenen hasse ich«, sagte Coleen.

Ihr Freund grinste nur und hob die Schultern. Ihm machte es riesigen Spaß.

Vor der Kasse stand eine Menschenschlange. Die Geisterbahn hatte regen Zulauf. Meist junge Leute hatten sich in die Schlange eingereiht, kreischten, schrien und spielten jetzt schon Monster, indem sie ihre Freundinnen erschreckten.

Coleen und Barry stellten sich an. Während auf dem Gesicht des jungen Mannes bereits gespannte Erwartung lag, zeigte sich Coleen sehr still. Sie hielt den Kopf gesenkt, der Blick war zu Boden gerichtet, und ihre rechte Hand umklammerte die Finger ihres Freundes.

»He, was ist mit dir los?« fragte Barry.

»Nichts.«

»Doch, du hast was.«

Coleen schaute hoch. Sie versuchte zu lächeln, was aber mißlang. »Ich weiß es auch nicht, das ist mir alles so komisch. Ich fürchte mich vor der Fahrt.«

Jetzt mußte Barry lachen. »Vor den Pappmonstern?«

»Ja.«

»Hör doch auf. Du mußt daran denken, daß das alles nur Schau ist und ich bei dir bin.«

»Deshalb fahre ich auch nur.«

»Siehst du.«

Sie waren in den letzten fünf Minuten immer weiter vorgerückt. Neben ihnen befand sich das grün gestrichene Absperrgitter der Bahn. Ohne nennenswerte Unterbrechung klappten die Türen der Geisterbahn auf, und die kleinen Wagen schossen hervor.

»Sie leben alle noch«, scherzte Barry.

Da hatte er recht. Die meisten Gäste hatten einen Heidenspaß gehabt. Sie lachten und kreischten, wenn sie ausstiegen und die Wagen automatisch vorrollten, um sich der wartenden Schlange anzuschließen.

Vor Barry und seiner Freundin befanden sich vier Punker. Fast kahlgeschoren waren die Köpfe. Nur auf der Schädelmitte wuchs ein Haarkamm. Die Punker trugen Lederjacken, an denen zahlreiche Plaketten hingen. Sie zeigten die Namen der Gruppen, für die die Fans schwärmten.

Bezahlt hatte Barry schon.

Die Punker stiegen die kleine Holztreppe hoch und kletterten in die Wagen.

»Jetzt werden wir den Skeletten mal die Nüsse abreißen!« schrie der Kahlste der Punker.

Die anderen lachten.

Ruckartig setzte sich der rote Wagen in Bewegung, stieß mit der Vorderfront gegen die beiden Türhälften und drückte sie auf. Dann war das Gefährt verschwunden.

»Jetzt sind wir dran«, sagte Barry.

Coleen Kilman nickte nur. Sie war plötzlich sehr schweigsam geworden.

Die beiden mußten in einen grünen Wagen steigen. Er war ziemlich eng. Barry stieß mit den Knien vorn gegen die Gummiumrandung des Haltegriffs.

»Auf geht's«, lachte er.

Der Wagen ruckte an, prallte gegen die Tür, klappte sie auf und fuhr hinein ins Ungewisse...

Ich bekam kalte Füße.

Seit über einer Viertelstunde wartete ich schon auf Jane Collins. Wir hatten uns an dem großen Imbißkarree verabredet, um über den Weihnachtsmarkt zu schlendern.

Ja, Freunde, auch ein Geisterjäger muß mal entspannen. Was sage ich von entspannen. Daß sich Jane den Weihnachtsmarkt ausgesucht hatte, war nicht gerade nach meinem Geschmack. Aber sie hatte mir versprochen, nach dem Besuch noch nett essen zu gehen und dann – der Rest ist Privatsache.

Jane Collins hatte sowieso ihren Familientag. Auch Suko wurde mobil gemacht, die Conollys hatte sie ebenfalls angerufen, und bei denen brauchte sie nicht erst zu betteln. Der kleine Johnny hatte seinem Daddy sowieso das Versprechen abgenommen, den Weihnachtsmarkt zu besuchen. Shao hatte Jane auch auf ihrer Seite, nur bei Suko und mir mußte sie ihre Überredungskünste anwenden.

Bisher war nur ich da. Suko und Shao hatten noch etwas einkaufen wollen, und Jane Collins kam fast nie pünktlich.

Das Wetter paßte sich meiner augenblicklichen Laune an. Es regnete zwar nicht, aber es war naßkalt. Von Nordwesten blies ein kühler Wind und fuhr auch unter die Plane des Imbißstandes, wo er den Rauch des Holzkohlefeuers zerriß.

Ich war eingerahmt von essenden, schmatzenden Menschen, die alles mögliche in sich hineinschlangen. Vom Hot Dog über Fischbrötchen bis zum Sandwich mit Schweinefleisch. Zwei Kleinkinder hatten mir bereits meinen Mantel mit Senf beschmiert, und eine dicke Mama hatte mich von meinem ursprünglichen Platz davongejagt, weil ich vor einem der Papierkörbe stand.

Irgendwo bimmelte ein Glockenspiel White Christmas, die Tannenbäume erstrahlten im hellen Licht, und die Geschäftsleute rieben sich die Hände.

Ich hatte noch gar keine Weihnachtsgeschenke gekauft. Mir war auch nicht weihnachtlich zumute, denn wenn ich an die letzten Wochen dachte, dann konnte mir die Festtagsstimmung schon vergehen.

Da gab es die Vampir-Brüder Fariac, die mir sehr zu schaffen gemacht hatten. Und im Hintergrund lauerte noch immer Dr. Tod mit seiner Mordliga.

Ein gefährlicher Verbrecher, ein Mensch-Dämon, den Scotland Yard erbarmungslos jagte, aber nie zu fassen bekam, weil Solo Morasso, wie er auch hieß, die Schläue des Teufels besaß. Erst vor einigen Tagen noch hatte er es tatsächlich geschafft, sich das Blut aus Fariacs Erbe zu besorgen, das noch im Labor der Kosmetik-Firma zurückgeblieben war.

Wenn ich an all das dachte, dann konnte Weihnachten meinetwegen ausfallen.

Neben mir stellte sich ein junger Farbiger auf, der so herzhaft in seine aus dem Brötchen ragende Bratwurst biß, daß ich direkt Appetit verspürte und mir auch einen Hot Dog holte.

»Guten Hunger, der Herr!«

Ich drehte den Kopf.

Jane Collins lächelte mich an.

Fast hätte ich mich verschluckt, denn die Detektivin trug einen neuen Mantel. Wildleder, im beigen Kamelhaarton und mit Fell gefüttert. Sie hatte auch die passenden Stiefel dazu an, ebenfalls die passende Handtasche und sich zusätzlich die Kapuze über den Kopf gestreift, um gegen den Wind geschützt zu sein.

Ich schluckte den Bissen herunter.

»Kommst du jetzt schon?« fragte ich.

»Entschuldige, aber es hat länger gedauert.«

Mit der Serviette wischte ich mir den fettigen Mund ab. »Und einen neuen Mantel hast du auch.«

»Ja, deshalb die Verspätung. Ich habe ihn erst vor wenigen Minuten gekauft.« Jane legte den Kopf schief. Ihre Wangen waren von der Kälte gerötet. »Oder schenkst du mir den Mantel?«

»Mein letzter Bankraub liegt zu lange zurück«, erwiderte ich. »Das Geld ist leider aufgebraucht.«

»Da sieht man wieder, was du für mich übrig hast«, schmollte Jane.

»Du verdienst mehr als ich«, stellte ich klar.

»Das täuscht.« Jane schaute sich um. »Sag mal, wo bleiben eigentliche Suko und Shao?«

Ich hob die Schultern. »Sie müßten schon seit einer halben Stunde hier sein. Aber vielleicht hat Shao auch was gefunden.«

»Möglich. Und die Conollys?«

»Treffen wir doch erst später.«

»Ach ja, beim Essen.«

Ich schaute auf die Uhr. »Zehn Minuten geben wir den beiden

noch, dann machen wir uns dünn. Willst du auch auch einen Hot Dog?«

Jane schüttelte den Kopf. »Danke. Über diese Würste husten mir zu viele Leute.«

»Wenn du wüßtest, was alles in den Lebensmitteln steckt«, sagte ich.

»Zum Glück weiß ich es nicht. Aber hier sehe ich es.«

Jane hatte eben ihre Prinzipien.

Mir kam das Essen trotzdem nicht hoch. Ein Windstoß trieb mir Rauch ins Gesicht.

Ich mußte husten.

Um uns war ein unbeschreiblicher Trubel. Und immer mehr Menschen strömten auf den Weihnachtsmarkt. Dabei passierten sie den riesigen Tannenbaum, der am Eingang aufgestellt war und wo ein Weihnachtsmann die Kleinkinder begrüßte und sich mit ihnen zusammen fotografieren ließ.

»Da sind die beiden!« rief Jane.

Ich stellte mich auf die Zehenspitzen. Die Detektivin hatte recht. Suko und Shao schlenderten Hand in Hand herbei. Der Chinese trug dabei eine prall gefüllte Einkaufstüte und zog ein unglückliches Gesicht, während Shao lächelte.

Sie hatte also etwas gefunden.

Jane winkte. Shao grüßte zurück und sagte irgend etwas zu Suko. Die beiden gingen schneller.

Shao trug eine kurze Winterjacke, ein rotes Stirnband im schwarzen Haar und eine lange Hose. Suko nickte, als sich Jane und Shao begrüßten.

»Was ist los?« fragte ich ihn.

Suko deutete auf die Tüte. »Shao hat zugeschlagen.«

»Geschieht dir recht. Die Frauen sind eben teuer, mein Lieber. Das mußt du einsehen.«

»Wie wahr.« Suko nickte ergeben.

Jane Collins drehte sich um. »Gehen wir?« fragte sie.

»Dafür haben wir uns ja getroffen«, grinste ich.

Wir schlenderten davon. Die beiden Frauen nahmen wir in die Mitte, Suko und ich gingen außen.

Schon bald konnten wir nicht mehr schlendern. Da mußten

wir uns ins Gewühl stürzen. Zeitweise wurden wir getrennt, fanden aber immer wieder zusammen.

Jane und Shao blieben an vielen Ständen stehen. Besonders an denjenigen, die Weihnachtssachen aus anderen Ländern zeigten. Geschnitzte Krippenfiguren oder Spielzeug aus bunt bemaltem Holz. Jane kaufte einige Dinge und bezahlte die überhöhten Preise.

Suko und ich kamen uns oft flüssiger als flüssig vor – nämlich überflüssig.

Wir standen da, wußten nicht, was wir sagen sollten, bis mir der Gedanke kam, uns zu trennen.

Ich sprach Jane darauf an.

»Das hatte ich mir fast gedacht, daß so etwas nur von dir kommen kann«, schimpfte sie.

»Ist ja nicht für ewig«, hielt ich ihr entgegen.

»Bist du auch seiner Meinung?« wurde Suko von Shao angesprochen.

»Ja.«

Jane zeigte sich energisch. Sie hakte Shao unter. »Komm, lassen wir die beiden.«

»In einer Stunde am Imbiß-Karree!« rief ich noch, und Jane nickte im Weggehen.

Ich grinste.

»Und was machen wir jetzt?« fragte Suko.

»Wir nehmen einen Glühwein. Er soll sehr lecker schmecken.«

»Ich bin dabei.«

Wir fanden in der Nähe einen Stand. Ich mußte »kämpfen«, um zwei Pappbecher zu ergattern. Sie waren heiß wie die aus unserem Kaffee-Automaten beim Yard.

Ich reichte Suko einen Becher. Von der Plane tropfte mir Regenwasser in den Nacken, als wir tranken.

Der Glühwein wärmte durch. Das konnte ich auch vertragen. Schließlich hatte ich lange genug gewartet.

»Sollen wir zum Jahrmarkt rüber?« fragte Suko.

Ich nickte.

Dort war es nicht so voll wie auf dem eigentlichen Weihnachtsmarkt.

Die Schausteller hatten ihre zahlreichen Karussells und Buden aufgebaut. Ich sah die riesige Achterbahn, wo zahlreiche Wagen wie eine beleuchtete Schlange ihre Loopings drehten.

»Wäre doch was«, sagte Suko.

Ich winkte ab. »Mein Magen macht das nicht mit.«

Schießbuden, Auto-Scooter, Losbuden, Glücksspiel-Stände – es war alles vertreten.

Und auch eine Geisterbahn.

Wir schlenderten dorthin. Von Berufs wegen, sozusagen, interessierte ich mich dafür.

Auf dem Dach der Geisterbahn schlug ein Henker aus Pappe einem Mädchen immer wieder den Kopf ab und hängte ihn an einen Baum.

Die Kinder, die das Bild sahen, hatten ihren Spaß. Ich schüttelte nur den Kopf.

Aber die Geisterbahn zog die Fahrgäste an. Wir sahen eine lange Schlange, die sich vor der Kasse drängte, hörten den Lärm, das Kreischen, Heulen und Stöhnen.

Und wir hörten einen markerschütternden Schrei.

Der war nicht nachgemacht, sondern echt!

Schwapp!

Mit diesem Geräusch fielen die beiden Türhälften hinter Barry Snider und Coleen Kilman zu.

Dunkelheit...

Coleen klammerte sich ängstlich an ihren Freund, der rechts von ihr saß.

Ein Schrei!

Im nächsten Augenblick huschte ein weiß angestrichenes Skelett an den beiden vorbei. Coleen erschrak sehr und zog den Kopf ein, während ihr Freund nur lachte.

Rasend schnell wurde der Wagen in die Linkskurve gerissen. In deren Scheitelpunkt fuhren Stoffäden über die Gesichter der beiden Fahrgäste. Wieder erschrak das Mädchen, und es schrie auf, als es unter dem Wagen plötzlich anfing zu knallen, als wäre eine Serie von Platzpatronen explodiert.

Das waren so die kleinen Scherze. Dann ratterte der Wagen über die Schienen abwärts, und als er einen Kontakt berührte, öffnete sich dicht vor ihm der gähnende Schlund eines Monsters. Der Wagen nahm noch mehr Fahrt auf. Beide glaubten, daß sie direkt in den Schlund hineinrasen würden, doch kurz vorher bogen sie scharf rechts ab.

Sofort ging es in die Höhe, und der Wagen wurde langsamer.

»Na, ist es schlimm?« fragte Barry seine Freundin.

»Es geht.«

»Nun mach dir nur nicht in die Hose.«

Plötzlich blieb der Wagen stehen. Mitten auf der Strecke. Das geschah so plötzlich, daß beide nach vorn geworfen wurden und dann wieder zurückprallten.

Auch Barry war geschockt. »Ob das ein Stromausfall ist?« murmelte er.

»Nur das nicht«, flüsterte Coleen.

Da ertönte ein schrilles Kreischen, und im nächsten Augenblick stürzten unzählige Fledermäuse von der Decke her auf die beiden Menschen zu.

Barry und Coleen rissen die Arme hoch. Bevor die Fledermäuse den Wagen erreichten, ruckte er wieder an und preschte weiter. Die künstlichen Vampire verschwanden.

Barry lachte, aber Coleens Herz klopfte schnell. »Mein Gott«, flüsterte sie. »Das war schlimm.«

»Klasse war das, einfach super!« Barry schlug sich auf die Schenkel. »So etwas habe ich noch nicht erlebt. Und ich bin verdammt oft mit Geisterbahnen gefahren. Einfach irre.«

Was danach noch aus der Dunkelheit auftauchte, war einfach lächerlich.

Klassische Vampirmonster, Frankenstein, ein Werwolf, das Phantom der Oper.

Dann stieß der Wagen eine Tür auf.

Sofort brandete den jungen Leuten der Lärm des Rummelplatzes entgegen. Sie hörten die zahlreichen Stimmen, das wilde Hämmern der Musik, all den Lärm, der auf Plätzen wie diesen eben zu Hause ist.

»Schon zu Ende?« fragte Coleen.

»Nein, wir sind erst auf der ersten Etage. Gleich geht es weiter.« Der junge Mann hatte die Worte kaum ausgesprochen, als der kleine Wagen schon wieder die Tür auframmte und von der Dunkelheit verschluckt wurde.

Danach begann ein neues Abenteuer. Das Gefährt drehte sich um die eigene Achse und wurde gleichzeitig weitergeführt. An den Wänden zuckten Bilder auf. Sie zeigten meist Szenen aus den neuesten Horror-Streifen.

Dann fuhr der Wagen gegen eine Wand. Zumindest hatte man das Gefühl. Er ruckte noch ein Stück vor, und im nächsten Moment wurde er angehoben.

Das Gefährt stand auf einer Plattform, die automatisch in die Höhe gehievt wurde.

Es ging nur langsam. Von irgendwoher tasteten sich zwei Lichtstrahlen durch das Dunkel und rissen einen Gehenkten aus der Finsternis.

Er baumelte an einem Galgen, hatte die Arme halb erhoben und schien nach den Fahrgästen greifen zu wollen.

Coleen fürchtete sich, während ihr Freund anerkennend nickte. Das war ein guter Gag.

Bis zur nächsten Etage geschah nichts. Der Wagen fuhr wieder von der Plattform und rollte auf den bekannten Schienen weiter. Hinein in einen Tunnel, in dem es düster aufgloste.

Heulen und schauriger Gesang empfingen Coleen und Barry. Rechts und links bestanden die Wände des Tunnels aus Glas. Dahinter waren Leichenhallen aufgebaut. Da der kleine Wagen langsamer fuhr, konnte der Fahrgast alles genau sehen.

Monster stiegen aus uralten Särgen, warfen sich gegen die Wand und kratzten mit ihren langen Fingernägeln über das rauhe Glas.

Coleen schloß die Augen. Sie fürchtete sich vor diesen schrecklichen Gestalten.

Aber auch das ging vorbei.

Der Wagen gewann an Geschwindigkeit und fuhr geradeaus weiter. Schon war weiter vorn das blaue Flimmern zu erkennen, das den nächsten Schrecken anzeigte.

»Gleich wird's sicher noch mal spannend«, sagte Barry.

»Darauf kann ich verzichten.«

Barry grinste nur. Er hütete sich, laut zu lachen.

Beide sahen jetzt, was dieses blaue Flimmern zu bedeuten hatte. Er füllte eine Röhre aus, die um die eigene Achse rotierte und mit blauen Streifen angestrichen war, die sich drehten und durch die optische Täuschung so wirkten, als würde die Röhre am unteren Ende immer enger. Zudem ging es noch bergab.

Der Wagen nahm Fahrt auf.

Schnell, sehr schnell fuhr er in die Tiefe. Das Mädchen stöhnte auf. Sie bekam Herzbeschwerden, denn die optische Täuschung war wirklich so gut, daß Coleen glaubte, die Ringe würden immer näher kommen und sie erdrücken.

Sie schloß die Augen.

Deshalb sah sie nicht die Bewegung am Ende der Röhre.

Dort stand jemand...

Aber der junge Mann sah ihn.

Ein schrecklicher Kerl. Mit fast nacktem Oberkörper, behaart wie ein Affe, dazu strähnige lange Haare und ein Gesicht, das zahlreiche Schnittwunden aufwies.

Der Mann hatte eine Axt!

Eine gewaltige Schneide mit langem Stiel. Und je näher der Wagen kam, um so höher hob er die Hand mit der Waffe. Bis sie ungefähr die Höhe hatte, die die Köpfe der beiden Fahrgäste anzeigten.

»Da, sieh doch!« rief Barry.

Coleen Kilman schüttelte den Kopf. Sie wollte gar nicht hinschauen. Das war ihr zu grausam.

»Sagenhaft«, flüsterte Barry.

Der Wagen raste auf den Unheimlichen zu. Barry quollen fast die Augen aus den Höhlen, so genau starrte er auf das Bild.

Noch fünf Yards... noch drei, zwei...

Jetzt!

Da raste der Arm des Monsters nach unten.

Auch jetzt öffnete Coleen nicht ihre Augen. Sie glaubte aber, einen dumpfen Schlag vernommen zu haben und einen Aufprall, doch sie achtete nicht darauf. Sie fühlte nur, ob ihr Freund noch neben ihr saß.

Er war da.

Eine scharfe Kurve. Der Wagen glitt hinein, und danach sah Coleen, die endlich ihre Augen geöffnet hatte, einen schmalen Lichtstreifen unter der Ausgangstür schimmern.

Im nächsten Augenblick stieß der Wagen gegen die Tür.

Die Hälften klappten auf.

Frische Luft, Trubel, Lärm...

Coleen wandte den Kopf, wollte ihren Freund ansprechen, als ihre Gesichtszüge vor blankem Entsetzen vereisten.

Neben ihr saß zwar noch Barry Snider, doch er hatte keinen eigenen Kopf mehr. Statt dessen saß der Schädel des Mannes mit der Axt auf Barrys Rumpf...

Wir hörten den gellenden Schrei und wußten sofort, daß sich ein Mensch in großer Gefahr befand.

Nicht eine Sekunde zögerten wir. Suko und ich rannten los. Der Entsetzensschrei war dort aufgeklungen, wo sich die Geisterbahn befand. Und auch weitere Schreie erreichten unsere Ohren.

Andere Menschen hatten sie ebenfalls gehört. Im Nu bildete sich ein dichtes Knäuel. Jeder wollte sehen, was geschehen war, wollte zuerst am Ort sein.

Wir mußten uns den Weg bahnen.

Dabei ging Suko vor mir her. Er räumte die Leute zur Seite, die mir im Weg standen, schuf eine Gasse, so daß wir die Geisterbahn erreichen konnten.

Dort spielten sich tumultartige Szenen ab. Die einzelnen aus der Bahn kommenden Wagen waren aufeinandergefahren. Fahrgäste sprangen heraus, flankten über das Geländer und behinderten sich dabei gegenseitig. Mich sprang ein junges Mädchen an. Ich fing sie ab und stellte sie zu Boden.

Ihrem Freund half ich ebenfalls, dann konnte ich hochklettern.

Alle Wagen waren leer.

Bis auf einen.

Und dort hockte ein junges Mädchen mit langen braunen Haaren und schrie sich fast die Seele aus dem Leib.

Suko war schon bei ihr. Zweimal mußte er ihr ins Gesicht schlagen, dann verstummte das Schreien.

Aber warum schrie sie so?

Zwei Sekunden später sah ich den Grund. Der junge Mann neben ihr sah aus wie ein Monster. Als ich in sein Gesicht blickte, erschrak ich jedenfalls.

Aus zahlreichen kleinen Wunden perlte Blut. Der Mund stand

halb offen, die Augen zeigten einen irren Ausdruck, und das schwarze Haar fiel fast auf die Schultern.

Gurgelnde, schmatzende Laute drangen über die Lippen. Das Monster stierte uns an.

»Das Mädchen!« flüsterte ich Suko zu.

Der Chinese verstand. Er lief um den Wagen herum und zog die Kleine von ihrem Sitz hoch. Sie rutschte in Sukos Arme und weinte sich dort aus.

Ich aber kümmerte mich um das Monster. Ich merkte, daß es etwas sagen wollte, aber kein vernünftiges Wort hervorbrachte. Nur ein schreckliches Röcheln.

Dann begriff ich es.

Obwohl ich eigentlich damit gerechnet hatte, traf mich der Schlag doch überraschend.

Er raubte mir die Luft und schleuderte mich so weit zurück, daß ich gegen die bemalte Pappwand krachte. Für einen Moment war ich groggy. Diese Chance nutzte das Monster und sprang aus dem Wagen.

Es kümmerte sich nicht mehr um mich, sondern rannte dorthin, wo sich die Kasse befand. Der Besitzer der Geisterbahn hatte seinen Platz verlassen und starrte dem Unheimlichen entgegen.

Der schlug zu.

Es war ein Hieb, der den Mann in das Kassenhäuschen schleuderte. Holz und Glas brachen, unter den Trümmern wurde der Mann begraben. Das Monster aber hatte sich seinen Weg freigeschlagen. Es jagte auf die Eingangstür der Geisterbahn zu und verschwand dort in der Dunkelheit.

»Suko!« rief ich und startete bereits.

Zu zweit hatten wir mehr Chancen, den Unheimlichen zu stellen, wenn wir uns auf einem Gelände bewegten, das mehr als fremd für uns war.

Zuerst stoppte mich die Dunkelheit. Suko wäre fast gegen mich geprallt, so plötzlich war ich stehengeblieben.

Wir lauschten.

Still war es nicht. Wir hörten seltsame Geräusche, das Brummen irgendwelcher Aggregate, ein fernes Heulen und Kreischen – und auch Schritte.

Schritte, die davonhasteten.

»Das ist er«, flüsterte ich und setzte mich ebenfalls in Bewegung. Zum Glück hatte ich meine kleine Taschenlampe bei mir. Ich schwenkte sie und sah die Kulissen, die, einmal nicht angeleuchtet, seltsam verdreckt und verstaubt wirkten.

Jemand mußte den Betrieb dieser Monsterfiguren eingestellt haben. Nein, doch nicht, ein Skelett huschte plötzlich an meinem Gesicht vorbei, weil ich einen Kontakt unterbrochen hatte.

Dann sah ich den feinen, hellen Streifen dicht über dem Boden. Das war er also.

Wir schlichen vor.

Dabei hielten wir uns immer parallel zu den Schienen, versuchten aber in die Ecken zu leuchten.

Stoffäden kitzelten mich an der Stirn, was mich nicht weiter aufregte. Dann führten die Schienen bergab, und ich sah weiter vorn den Schlund eines Monsters.

Wir gingen darauf zu.

Es war jetzt stiller geworden, auch von den Schritten vernahmen wir nichts mehr.

»Der kennt sich hier viel besser aus«, murmelte Suko, »und kann uns leicht eine Falle stellen.«

Da war ich seiner Meinung.

Unbeschadet erreichten wir den Monsterschlund und sahen im Licht der kleinen Lampe, daß die Schienen rechts abbogen. Suko fühlte noch in den Schlund hinein. Seine Hände fuhren nur über dicke Pappe.

Er schüttelte den Kopf. »Alles nur Täuschung, dieser ganze Mist«, schimpfte er.

»Der Mann mit dem zerschnittenen Gesicht war echt«, gab ich zu bedenken.

»Leider.«

Ich bewegte mich ein wenig zur Seite hin und leuchtete, um dem Lauf der Schienen zu folgen.

Sie führten in die Höhe.

War unser Feind vielleicht hierher gelaufen? Ich vermutete es, wenn ich auch keine Spuren im Staub entdeckte.

Suko hielt sich immer hinter mir. Wir versuchten, möglichst

leise zu gehen, was uns nie ganz gelang, weil immer wieder mal ein Brett knarrte.

Dann zuckten wir aber beide zusammen, und meine Hand rutschte unwillkürlich in Richtung Waffe.

Von der Decke her stoben flatternde Gestalten auf uns nieder. Fledermäuse.

Eine klatschte mir ins Gesicht, doch ich fühlte sofort, daß sie aus Gummi war.

Trotzdem widerlich.

Suko war schon weitergegangen. Ich sah seine Gestalt nur als Schattenriß.

»Siehst du was?« rief ich.

»Nein. Ich... ahhh, verdammt. John!« rief der Chinese plötzlich. Und dann war er nicht mehr zu sehen. Einfach verschwunden.

Ich lief vor, gab aber mehr acht und hörte ein Fluchen.

Suko war also noch okay. Ich beugte mich ein wenig nieder und leuchtete.

Der Lichtstrahl fiel auf Sukos Finger. Der Chinese hatte die Hände um einen Holzrand gekrallt, sein Oberkörper baumelte irgendwo in der Tiefe.

Ich packte sein rechtes Gelenk, zog, und wenig später stand Suko neben mir.

»Das ist ja lebensgefährlich!« schimpfte er. »Diese tückische Falle. Auf einmal war es zu Ende.«

»Du sollst auch nicht im Dunkeln hier herumspazieren«, grinste ich.

»Das sagst du in deinem jugendlichen Leichtsinn. Und wo sind die Schienen?«

Ich leuchtete nach links. »Da, mein Lieber.«

Jetzt sah auch Suko, daß die Schienen auf einer Rampe endeten. Dahinter war nichts mehr.

Eine seltsame Konstruktion, wie ich sie in einer Geisterbahn noch nie gesehen hatte. Es war tatsächlich eine Plattform, die, an einer Stange angebracht, in die Höhe gehievt wurde. Mit dem Wagen natürlich.

Ich leuchtete hoch.

Der schmale Strahl hatte ja nicht viel Kraft. Aber die Lichtreste erreichten doch die baumelnden Füße eines Gehenkten.

Ich schluckte.

War der Knabe echt? Wohl kaum. Wir befanden uns hier in einer Geisterbahn, und da war alles Illusion.

Ich wollte schon die Lampe zur Seite schwenken, als sich die Füße auf einmal bewegten.

Sie zuckten.

»Suko!« rief ich.

Einen Atemzug später fiel der Gehenkte auf mich zu!

Ich kam gar nicht so schnell weg. Ein Fuß traf mich an der Schulter, der Druck schleuderte mich herum, und im nächsten Moment merkte ich, wie lebendig der Gehenkte war.

Er kreiselte herum und schlug sofort zu.

Ich ahnte seine Faust mehr, als daß ich sie sah. Dabei konnte ich mich zwar noch zurückwerfen, aber die Knöchel streiften mich doch. Der Hieb schüttelte mich durch.

Plötzlich sah ich neben dem Monster eine schattenhafte Bewegung.

Suko!

Mit der Handkante hieb er zu.

Ich vernahm das schwere Ächzen, aber das Monster fiel nicht. Es schüttelte sich nur, und im nächsten Augenblick hatte Suko sein Fett. Ein gewaltiger Rundschlag fegte ihn nicht nur von den Beinen, sondern auch über die Kante hinweg und in die Tiefe.

Den Bruchteil einer Sekunde blieb mir das Herz stehen. Dann hörte ich das Krachen und Klirren. Wahrscheinlich war der Chinese in irgendwelche Kulissen gefallen.

Ich hielt noch immer die Lampe, schwenkte jetzt den Arm herum und leuchtete das Monster an.

Wieder sah ich das zerschnittene blutige Gesicht vor mir und hörte das grausame Röcheln.

Die Hand fuhr auf meine Lampe zu.

Hastig zog ich den Arm an, der Schlag verfehlte mich, und dann hieb ich mit der linken Handkante gegen die Schulter des Monsters. Der Schlag brach mir fast die Knochen. Ich hatte das Gefühl, gegen Eisen gehämmert zu haben.

Sofort wich ich zurück. Und ich war davon überzeugt, es mit keinem normalen Wesen zu tun zu haben.

Sollte ich es töten? Meine Beretta trug ich bei mir. Ich hatte es mir angewöhnt, sie auch mitzunehmen, wenn ich mich nicht im Dienst befand. Allerdings kam ich nicht mehr dazu, die Waffe zu ziehen. Der Unheimliche mit dem zerschnittenen Gesicht stürzte sich auf mich.

Bevor ich ausweichen konnte, hatte er mich. Seine Arme waren wie Klammern. Sie umfaßten meinen Körper so hart, als wollten sie mir die Rippen brechen, und drückten mir die Luft aus den Lungen.

Im Dunkel der Geisterbahn entspann sich zwischen uns ein erbarmungsloser Kampf.

Es ging auf Leben und Tod, denn dieser Unheimliche wollte mich umbringen.

Er hob mich an.

Auf einmal spürte ich keinen Boden mehr unter den Füßen. Mit einem Ruck und sehr wuchtig warf mich das Monster wieder zurück. Ich knickte in den Knien ein, rutschte aber in seinem Griff, und es gelang mir, beide Hände zwischen seinen und meinen Körper zu schieben.

Langsam drückte ich die Arme hoch.

Es war ein heldenhaftes Bemühen. Dabei gelang es mir tatsächlich, in die Nähe seines Gesichts zu gelangen.

Ich kämpfte wirklich verzweifelt. Meine Hände rutschten höher, die Fingerkuppen berührten den Hals, tasteten weiter, und dann war mein Erschrecken größer als der Schmerz.

Das Gesicht!

Ja, es war das Gesicht, das ich fühlte. Ich spürte unter meinen Fingern keine Haut, sondern nur eine weiche, puddingartige Masse, aus der das Blut quoll.

Aber ich schien eine empfindliche Stelle bei diesem Wesen getroffen zu haben.

Es brüllte auf.

Dieser Schrei stach mir ins Gesicht, traf meine Ohren, und ich zuckte unwillkürlich zusammen. Das war nichts Normales mehr, sondern ein urwelthafter Laut.

Plötzlich lockerte sich der Griff. Ich bekam auf einmal Luft und dann einen Stoß, der mich zurückbeförderte. Das Monster aber warf sich auf der Stelle herum und rannte davon.

Nicht in die Richtung, aus der ich gekommen war. Es packte ein herabhängendes Seil und verschwand wie Tarzan im Dschungel.

Ich starrte dem Unhold nach.

Die Kraft, sofort die Verfolgung aufzunehmen, hatte ich nicht. Ich konnte gar nicht richtig durchatmen, so sehr schmerzten mir die Rippen. Nur flach holte ich Luft und bog dann den Rücken durch, aber auch das tat weh.

Mist.

Mit dem Taschentuch wischte ich den kalten Schweiß weg. Dabei stellte ich fest, daß auch meine Fingerspitzen feucht waren, aber nicht feucht vom Schweiß.

Ich hob die Lampe auf und leuchtete.

Blut klebte an meinen Händen.

Auch nicht dünn, wie man normalerweise annehmen sollte, sondern irgendwie eingedickt, geleeartig. Ein widerliches Zeug, das sich im Gesicht des Monsters befunden hatte.

Dann fiel mir Suko ein.

Mein Partner war in die Tiefe gefallen. Vielleicht war er verletzt, vielleicht brauchte er Hilfe.

Ich rief nach ihm.

Suko gab keine Antwort.

Mir wurde es komisch zumute. Ich mußte so rasch wie möglich aus dieser verdammten Geisterbahn raus und Hilfe holen. Den gleichen Weg, den wir gekommen waren, ging ich auch wieder zurück.

Als ich ins Freie trat, hatte sich die Szene verändert. Polizisten bildeten ein menschliches Gitter und hielten die neugierigen Gaffer auf Distanz. Das Personal der Geisterbahn stand neben dem Kassenhäuschen. Oder den Trümmern, denn sonst war nichts mehr davon übriggeblieben. Ich sah auch das Mädchen, das so geschrien hatte. Verloren wirkte sie irgendwie in dem einzelnen Wagen. Zwei Polizisten standen neben ihr und sprachen sie an. Das Girl schüttelte nur den Kopf.

Ich ging zu ihnen.

Die Polizisten schauten auf. »Wer sind Sie denn?« schnauzte einer. »Weg.«

Ich war gerade in der richtigen Laune, um mich anmotzen zu lassen. Selten zuvor in meinem Leben habe ich so schnell den Ausweis gezogen. Der Beamte wurde blaß und entschuldigte sich.

»Durchsuchen Sie die Geisterbahn«, wies ich ihn an. »Sie werden einen Chinesen finden, und halten Sie nach einem Mann mit zerschnittenem Gesicht Ausschau.«

Der Polizist blickte mich wie einen Marsmenschen an, trollte sich aber. Seinen Kollegen nahm er mit.

Suko brauchten sie nicht mehr zu suchen. Der Chinese wankte soeben durch die Tür. Er war mehr als blaß, grinste aber.

Von der Stirn rann das Blut aus einer Platzwunde über die rechte Wange.

»Von den Toten auferstanden?« begrüßte ich ihn.

»Nur halb.«

»Wo bist du hingefallen?«

»In allerlei Gerümpel. Ich wußte gar nicht, daß Holz und Pappe so weh tun können.«

»Aber dein Schädel ist ja aus Stein.«

»Und deiner aus Holz.« Suko schlug mir auf die Schulter. »Was ist mit dem Unhold?«

»Geflohen.«

Ich hob meine Hände hoch. Suko sah das Blut. »Von seinem Gesicht«, erklärte ich.

»Was das nur bedeuten kann?«

Ich wies auf das Mädchen mit den braunen Haaren. »Sie fragen wir jetzt.«

Wir gingen zu dem Girl. Während ich mich setzte, blieb der Chinese stehen.

Vorsichtig tippte ich ihr an die Schulter. Sie reagierte gar nicht. Das Girl schien kein Mensch, sondern ein Felsblock zu sein. Erst beim zweitenmal schaute sie auf, und ich sah die verweinten Augen sowie die Tränenspuren auf ihren Wangen.

Ich lächelte. »Erkennen Sie mich?« fragte ich.

Sie schwieg.

»Ich bin John Sinclair«, stellte ich mich vor. »Ein Polizeibeamter von Scotland Yard, und ich möchte Ihnen helfen. Bitte, haben Sie Vertrauen zu mir.«

Das Mädchen hob in einer hilflosen Geste die Schultern und spielte mit ihren Fingern. Ein paarmal schluckte sie hart. Sie hatte Mühe, einen erneuten Tränenstrom zu unterdrücken.

»Möchten Sie sich nicht mit mir unterhalten?« fragte ich sie.

»Doch...«

Endlich eine Antwort. Wenn auch zögernd. »Sollen wir hier weggehen?« fragte ich.

»Nein.«

»Wie heißen Sie?«

»Coleen Kilman.«

Ich holte Zigaretten hervor und bot Coleen ein Stäbchen an. Sie nahm es. Als ich das Feuerzeug gegen die Zigarette hielt, fragte ich: »Darf ich Sie Coleen nennen?«

»Ja.« Sie ließ den Rauch durch die Nase ausfließen. »Es kam so plötzlich«, flüsterte sie. »Barry, mein Freund, lachte noch, aber ich... ich konnte nicht hinsehen.«

»Wo konnten Sie nicht hinsehen?«

»Überall. Ich wollte gar nicht mit dieser Geisterbahn fahren. Ich habe Angst vor solchen Dingen. Barry lachte nur. Es war ja auch nicht schlimm. Zu Beginn ging alles glatt. Bis wir plötzlich in die Röhre fuhren...«

»War das schon oben?«

»Ja, ja.«

»Was geschah in der Röhre?«

Coleen saugte an der Zigarette. »Erst nichts. Man hatte dabei nur ein so komisches Gefühl. Als würde die durch die Drehungen immer enger, und man bekommt Angst, die Luft ist schwer zu atmen. Mir ging es so. Aber das war nicht das Schlimmste. Dann erschien er.«

»Wer ist er?«

»Der Mann, der...« Sie holte tief Luft.

»Okay, Coleen, Sie brauchen nicht weiterzureden. Ich verstehe auch so genug.«

»Nein, ich muß Ihnen das sagen. Ich kann es ja nicht für mich behalten, Mr. Sinclair. Ich hatte meine Hände vor das Gesicht geschlagen oder meine Augen geschlossen, genau weiß ich es nicht mehr. Aber ich schaute mal hin und wieder über den Rand der Finger, und dann sah ich ihn. Am Ende des Tunnels stand er. Mit... mit einer Axt...«

Als sie die letzten Worte herausgebracht hatte, konnte sie nicht mehr. Sie fiel mir entgegen und weinte bitterlich.

Ich fing Sukos Blick auf. Auch in seinen Augen las ich Besorgnis und Mitgefühl. Jeder von uns konnte sich vorstellen, wie es im Innern dieses Mädchens aussah. Sie hatte die Hölle durchgemacht, ein Erlebnis, das an den Grundfesten ihrer Nerven gekratzt haben mußte. Für Coleen Kilman war die Fahrt mit der Geisterbahn wirklich zu einem schaurigen Horrortrip geworden.

Köpfe waren ausgetauscht worden. Anstatt des eigenen Kopfes trug ihr Freund jetzt den eines Monsters.

Und das Monster?

Es lebte noch, mußte also mit dem Kopf des jungen Mannes herumlaufen.

Eine schaurige Vorstellung, fürwahr.

Mein Beruf brachte es mit sich, daß ich mit dem Ungewöhnlichen konfrontiert wurde. Eine Geisterbahn hatte ich bisher nur als Spaß angesehen. Doch jetzt lag die Sache anders. Aus dem Spaß war bitterer, blutiger Ernst geworden.

Etwas Grauenhaftes war geschehen. Es hatte ein Austausch stattgefunden, den es normalerweise gar nicht geben konnte oder durfte. Da er doch passiert war, gab es nur eine Möglichkeit.

Finstere Mächte hatten ihre Hände im Spiel!

Ich hatte nur über den Weihnachtsmarkt schlendern wollen und war im Vorhof der Hölle gelandet. Manchmal kam es mir vor, als würde ich wie ein Magnet auf Dämonen wirken.

Das Mädchen hatte sich wieder beruhigt.

»Was wollen Sie jetzt tun?« fragte mich Coleen.

Ich schaute über sie hinweg und sah die Gaffer, die sich noch immer nicht verzogen hatten. »Das kann ich Ihnen nicht genau sagen. Auf jeden Fall werde ich versuchen, die Sache aufzuklären.«

»Und Barry?«

»Sie meinen Ihren Freund? Das ist natürlich schwer. Haben Sie vielleicht ein Bild, denn wir müssen ihn unbedingt finden.«

Sie nickte und öffnete ihre Handtasche. Coleen kramte ein wenig darin herum, fand ihre Geldbörse, klappte sie auf und holte aus dem hinteren Teil ein Bild hervor.

Ich schaute mir das Foto an. Ein junger Mann lachte mir entgegen. Ein offenes Gesicht, dunkelblondes Haar, das die Ohren freiließ; saloppe Kleidung...

»Das ist Barry«, flüsterte Coleen.

Ich prägte mir das Aussehen des jungen Mannes genau ein und gab Coleen das Foto zurück. »Für Sie ist es am besten, wenn Sie nach Hause fahren«, sagte ich leise. »Geben Sie mir Ihre Adresse und die Telefonnummer. Ich rufe Sie dann an.«

Coleen nickte und schrieb mit zitternden Fingern die Anschrift auf einen kleinen Zettel.

Ich steckte ihn ein.

»Soll ich Sie nach Hause fahren lassen?« erkundigte ich mich vorsichtshalber.

»Nein, danke, das geht schon.«

»Wie Sie wollen.«

Ich hörte aus dem Innern der Geisterbahn Geräusche. Dort suchten die Polizisten nach dem Monster.

Und ich war froh, endlich aus dem kleinen Wagen steigen zu können. Dabei half ich auch Coleen heraus.

Sie wischte sich noch einmal über die Augen und lächelte scheu.

Die vor dem Gitter stehenden Zuschauer reckten ihre Hälse. Sie wollten etwas sehen, nur nichts versäumen. Wenn ich Coleen jetzt allein ließ, würde ihr Weg einem Spießrutenlaufen gleichen. Und das wollte ich auf jeden Fall vermeiden.

»Bleib du noch hier«, sagte ich zu Suko. »Ich will mich mit den Besitzern des Ladens unterhalten.«

»Und das Mädchen?« fragte der Chinese.

»Ich bringe Coleen zu einem Streifenwagen. Die Beamten sollen sie nach Hause fahren.« Ich hatte meinen Entschluß geändert.

»Gute Idee.«

Ich faßte Coleens Arm. Neben mir schritt sie die Treppe hinab. Die Zuschauer starrten sie an, als käme sie vom Mars. Coleen hatte den Kopf gesenkt. Am liebsten hätte ich die Gaffer verscheucht.

Schließlich wurde uns doch Platz gemacht. Die Streifenwagen parkten ganz in der Nähe.

Wir mußten ungefähr dreißig Yards laufen.

Coleen war schweigsam, hatte jedoch den Kopf erhoben und sah sich um.

Plötzlich blieb sie stehen.

»Was ist?« fragte ich sie.

Sie blickte schräg nach links. Genau dorthin, wo die Geisterbahn aufhörte.

»Da!« hauchte sie. »Da, der Mann mit den blonden Haaren, das... das ist Barry...«

Ich war zum Glück nicht geschockt. Innerhalb einer Sekunde prägte ich mir das Bild ein.

Der Mann hatte wirklich blondes Haar. Aber es paßte nicht zu ihm, denn sein Körper war bis zur Gürtellinie hin nackt. Ansonsten trug er einen Lendenschurz und halbhohe Stiefel. Er stand da, starrte zu uns rüber, und die Kälte schien ihm nichts auszumachen.

»Gehen Sie zum Streifenwagen!« rief ich Coleen zu und rannte schon los.

Nach drei Schritten merkte der Kerl, daß ich es auf ihn abgesehen hatte.

Blitzschnell warf er sich herum und war verschwunden.

Mir lief eine Familie mit zwei Kindern in die Quere. Ich mußte ausweichen und verlor dadurch kostbare Sekunden. Als ich die Stelle erreichte, wo der andere gestanden hatte, war es zu spät.

Ich wischte um die Ecke der Geisterbahn.

Ein breiter Weg tat sich auf, rechts und links von Karussells und Buden begrenzt. Der Weg führte genau auf die große Looping-Bahn zu, die alle anderen Bauten überragte.

Und dahin rannte der Mann auch. Wie ein Wiesel.

Er schaffte es sogar, keinen anzustoßen, als er zwischen den Schaulustigen seinen Weg fand. Die meisten blickten ihm nach, er war auch wirklich zu seltsam gekleidet.

Aber wo wollte er hin?

Doch nicht zur Achterbahn. Wenn er sie tatsächlich zum Ziel hatte, sah es böse aus. Ich erinnerte mich zwangsläufig an einen Fall, der einige Jahre zurücklag. Dort hatte auch eine Achterbahn eine große Rolle gespielt.

Sollte sich das hier wiederholen?

Nein, mein Mann bog nach rechts ab.

Das geschah blitzschnell. Bevor ich mich versah, war der Kerl verschwunden.

Ich konnte nicht so rasch stoppen, rutschte fast aus und bekam trotzdem die Kurve noch im letzten Augenblick. Dabei stieß ich mit zwei Jugendlichen zusammen, die dies als Angriff werteten. Bevor ich mich entschuldigen konnte, hieb mir der erste bereits seine Faust gegen den Hals.

Ich war wütend und schleuderte sie zur Seite. Die beiden landeten im Dreck.

Ich aber rannte weiter.

Zum Glück sah ich ihn. Er verschwand soeben hinter einer kleinen Würfelbude.

Sekunden später hatte ich die Bude erreicht.

Mein Blick fiel nicht nur auf den Rücken des Verfolgten, sondern auch auf eine große, beleuchtete Schaukel, die ich jedoch als ein altes Wikingerschiff identifizierte, das sich noch in der Ruhelage befand und sich zur nächsten Fahrt bereitmachte.

Der Anreißer suchte Mitfahrer.

Ich hörte seine durch den Lautsprecher blechern klingende Stimme. »Ladies and Gentlemen, hier erleben sie die echte Seefahrt, Sturm wie bei hoher See. Ein irres Erlebnis für jung und alt...«

Ich holte auf.

Mit Riesenschritten setzte ich hinter dem Mann her. Der drehte den Kopf, sah mich und stampfte weiter.

Diesmal auf das Schiff zu.

»Wir stechen in See!« brüllte der Anreißer.

Aber da erreichte der blonde Mann mit dem fast nackten Oberkörper das Kassenhäuschen, stürzte daran vorbei und sprang in das Wikingerschiff.

Ein paar Fahrgäste schrien erschreckt auf, als sich der Mann zwischen sie stürzte.

Das Schiff fuhr los.

Musik ertönte. Überlaut krächzte ein Shanty aus den Boxen. »Rolling home...«

Und ich rannte.

Ein Mann im weißen Kittel stürzte lamentierend aus dem Kassenhaus. Er stand mir genau im Weg.

Ich drängte ihn zur Seite, sah das Schiff, das von mir aus gesehen nach rechts hochschwang, aber noch nicht in voller Fahrt war. Ich konnte es riskieren.

Es schaukelte zurück.

Da stieß ich mich ab.

Ich flog durch die Luft, über die Reling, sah bestürzte Gesichter, hörte wilde Rufe und fiel zwischen die Bänke.

Wahnsinn, was ich da getan hatte. Ich hätte auch warten können, bis die Fahrt zu Ende war und der Mann aus dem Schiff kletterte. So aber mußte ich es mit ihm auf diesem schaukelnden Wikingerschiff aufnehmen...

Suko war zurückgeblieben. Von zwei Polizisten wurde er mißtrauisch beobachtet, doch es wagte niemand, ihn anzusprechen. Natürlich machte er sich Sorgen, denn Suko hätte am liebsten mit mir die Verfolgung aufgenommen.

Die drei Beamten, die die Geisterbahn durchsucht hatte, kamen zurück.

Der Besitzer begleitete sie. Er war ein älterer Mann, hatte einen ziemlich dicken Bauch und einen rötlichen Haarkranz auf dem runden Kopf. Er schwitzte.

Suko sah den Männern an, daß sie keinen Erfolg gehabt hatten. Ihre Gesichter waren dementsprechend.

Trotzdem ging er ihnen entgegen. »Haben Sie den Kerl wenigstens gesehen?«

»Nein.« Ein Sergeant antwortete und blickte den Chinesen finster an. »Langsam glaube ich, daß dies hier alles nur Schau und Einbildung gewesen ist.«

»Da fragen Sie am besten mal Oberinspektor Sinclair!«

Der Beamte hob die Schultern. »Wo finde ich den?«

»Er verfolgt den Mann mit den Schnittwunden im Gesicht.«

Der Sergeant legte seine Stirn in Falten. »Haben Sie das selbst gesehen?«

»Ja. Und Ihre Kollegen auch. Die können Sie fragen.«

»Das werde ich.«

Suko blieb an der Geisterbahn zurück. Er wollte das Personal auf keinen Fall aus den Augen lassen, denn er wurde das Gefühl nicht los, daß die Leute mehr wußten.

Die Besatzung der Geisterbahn bestand aus drei Leuten. Außer dem Chef gab es da noch zwei junge Burschen. Einer war mit dem Kassenhäuschen zusammengebrochen.

Suko irrte. Noch eine vierte Person gehörte zu der Geisterbahn-Besatzung.

Ein rothaariges Mädchen drängte die Neugierigen zur Seite und lief die Stufen hoch.

»Was ist denn hier los, Dad?« hörte Suko sie fragen.

Der ältere Mann hob die Schultern. »Frag den doch«, sagte er und deutete auf Suko.

Das Girl drehte sich um, sein langes Haar flatterte. Sie hatte ein breitflächiges Gesicht, schräge Katzenaugen, hochstehende Wangenknochen und aufgeworfene Lippen. Sie verkörperte einen aufreizenden Sex, auf den viele Männer sprangen. Die grüne Hose war sehr eng, die Westernstiefel halbhoch und oben weit geschnitten. Der dicke Pullover fiel locker, konnte aber die aufreizende Figur der Kleinen nicht völlig verbergen.

»Ich heiße Viola.«

Suko stellte sich vor.

Das Girl stützte beide Hände in die Hüften. »Und Sie können mir mehr sagen, Mister?«

»Kaum.«

»Dann hat mein Vater gelogen?«

»Das hat er nicht.« Suko lächelte. »Ich möchte, daß Sie hier warten, bis Oberinspektor Sinclair zurück ist.«

»Wie, ein ziviler Bulle?«

»Scotland-Yard-Beamter«, korrigierte Suko.

»Ist doch egal.«

Auf den Chinesen machte die Rothaarige einen nicht gerade sympathischen Eindruck. Wenn ihr Vater auch so war, würde die Familie keine große Hilfe sein.

»Müssen wir denn hier stehenbleiben?« fragte sie aggressiv.

»Es wäre besser.«

»Ich habe aber keine Lust. Sie finden meinen Vater und mich im Wohnwagen. Und über den Verdienstausfall werden wir noch zu reden haben, Chinese.«

Das letzte Wort sagte sie abwertend, aber Suko regte sich darüber nicht auf. Er war Rassenvorurteile gewöhnt und erwiderte nichts. Seine Zeit würde noch kommen.

Viola ging zu den anderen und redete hastig auf ihren Vater ein, während sie Suko kalte Blicke zuwarf.

Der Chinese kümmerte sich jedoch nicht darum. Sollten die anderen aber versuchen zu flüchten, würde er eingreifen.

»Sie bleiben hier!« rief Suko Viola zu, als er sah, daß sie ihren Vater schon fast dazu überredet hatte, mit ihm zum Wohnwagen zu gehen.

Ihr Kopf ruckte herum. Wütend funkelte das Girl den Chinesen an. »Wollen Sie mir das verbieten?«

»Ja.«

»Sie können mich mal.«

Einer der Polizisten mischte sich ein. »Sie haben keinen Grund, die Leute hier festzuhalten.«

»Sehr richtig!« rief Viola.

Suko gab nach. Das Gesetz stellte sich auf die Seite der anderen. Da konnte er nichts machen. »Dann sagen Sie mir, wo Sie zu finden sind, falls wir Fragen haben.«

»Sehe ich gar nicht ein«, erwiderte Viola provozierend.

Ihr Vater schob sie zur Seite. »Laß mich mal«, sagte er und erklärte Suko, wo sie lebten.

Der Chinese bedankte sich. Er hatte auch den Nachnamen des Mädchens erfahren. Sie hieß Viola Mandini. Ihr Vater hörte auf den Namen Memo Mandini.

Vater und Tochter zogen ab. Die Helfer blieben zurück, nachdem sie einige Instruktionen erhalten hatten.

Suko schaute auf die Uhr.

Fast zwanzig Minuten waren vorbei, und von John Sinclair hatte er immer noch nichts gehört.

Langsam machte er sich Sorgen.

Zwei Minuten später zogen die Polizisten ab. Sie hatten an der Geisterbahn nichts mehr zu tun.

Und Suko wartete weiter.

Dabei ahnte er nicht, daß zwei grausame Augen ihn längst beobachteten...

Das Riesenschiff schwang hoch.

Gleichzeitig wurde ich mitgerissen, klammerte mich an einer leeren Sitzbank fest und sah vor mir die Gesichter der Fahrgäste.

Junge Gesichter, in denen sich jetzt Angst spiegelte. Die Jungen und Mädchen hockten wie versteinert auf den Bänken, denn zwischen ihnen hatte sich der Mann mit den blonden Haaren und dem Körper eines Urweltringers breitgemacht.

Er hatte sich Platz geschaffen, denn einige Mitfahrer lagen am Boden und klammerten sich wie ich fest.

Wie gesagt, der Schwung trug mich nach vorn, dann aber wieder zurück.

Ich hatte aufstehen wollen, kam allerdings nur kniehoch, dann schleuderte mich die Kraft wieder zurück. Ich konnte mich nicht halten und fiel über eine Bank.

An irgendeiner Stiefelspitze stieß ich mir den Kopf, fluchte und spürte helfende Hände an meiner Schulter, die mich hochzerren wollten.

Verdammt, warum stellte der Kerl in seinem Kassenhaus die Schaukel denn nicht ab?

Ich war echt sauer darüber, denn die Schwingerei ging erst richtig los.

Wieder nach vorn.

Diesmal mit erhöhtem Tempo.

Ich wurde von gewaltigen Kräften gepackt und vorgeschleudert. Diesmal konnte ich mich mit beiden Händen an der Kante einer Sitzbank abstützen, sah aber, daß sich mein Gegner trotz der mißlichen Situation bereitmachte, mich zu attackieren.

Er warf sich auf mich zu.

Das Schiff kippte wieder zurück.

Und mein Gegner befand sich noch mitten im Sprung. Diese Änderung verkraftete er nicht. Da er noch mit beiden Füßen den

Boden berührte, wurde sein Flug gestoppt, und er klatschte vor mir auf eine Sitzbank. Ich hörte seinen wilden Schrei, wollte zuschlagen, doch ich traf nur das Holz der Bank.

Wieder vor!

Das Schiff schwang noch höher.

Ich hörte die Schreie der Mitfahrer nur im Unterbewußtsein. Ich konzentrierte mich voll auf meinen Gegner.

Es gelang mir, ihn zu packen.

Alle zehn Finger wühlte ich in die kräftigen Muskeln seiner Schultern und ließ auch nicht mehr los.

Ineinander verkrallt fielen wir in den Raum zwischen zwei Sitzbänken, wo es zu einem harten Kampf kam.

Ich kassierte einen Schlag ins Gesicht, löste meine Hände von den Schultern und schlug mit den Handkanten zu.

Sie rutschten ab.

Wieder rauf.

Das Schiff, das Schaukeln, es riß uns mit und machte einen normalen Kampf unmöglich. Ich hatte plötzlich das Gefühl, in den Himmel zu fliegen, so steil ging es hoch.

Unwillkürlich schrie ich auf, weil ich für einen Moment das Gefühl hatte, das Schiff würde umkippen.

Es raste zurück. Der Wind fuhr in das Boot, riß den Menschen die Schrei von den Lippen und machte es mir unmöglich, meinen Gegner zu besiegen.

Wir rollten über den Boden, hatten uns ineinander verkrallt, und ich hatte das unbestimmte Gefühl, mein Magen würde sich aus dem Leib lösen.

Mir wurde schwindlig.

Ich sah den Schlag nicht, sondern spürte nur den Treffer. Der Schmerz wütete hinter meinem Ohr, ich keuchte, biß die Zähne zusammen und riß instinktiv die Arme hoch.

So klatschte der nächste Hieb gegen meine Hände.

Talwärts!

Das Wikingerschiff raste in ein Wellental, so wie es der Sprecher angekündigt hatte.

Die Fliehkraft drückte meinen Gegner unter die Sitzbank. Er rollte dorthin und konnte nichts dagegen tun.

Und ich folgte ihm. Dabei wollte ich mich abstützen, hatte aber gegen den Schub keine Chance.

Er drückte mich gegen meinen Gegner, der bereits unter der Bank hindurchgerollt war. Im nächsten Augenblick hatte das Schiff seinen tiefsten Punkt erreicht. Jetzt ging es wieder in die andere Richtung. Ich war noch nicht soweit, und der andere rollte mir entgegen.

Verdammt auch.

Ausweichen konnte ich nicht. Hart prallte sein Körper gegen mich und wurde von mir gestoppt. Die Hände meines Gegners suchten sofort nach meiner Kehle.

Ich winkelte den Arm an und schlug mit dem Ellbogen zu. Dabei hatte ich Glück und traf ihn hart.

Er röchelte auf.

Einen Lidschlag später fegte das Schiff wieder hoch. Hinein in den Himmel, es riß mich mit, schleuderte mich unter der Bank weg, und ich befand mich wieder dort, wo ich schon vorher gewesen war.

Mein Magen raste der Kehle entgegen. Es war immer das gleiche Spiel.

Abwärts!

Zum erstenmal nahm ich wahr, wie hoch ich wirklich war. Hinter mir kreischten die anderen Fahrgäste. Für den Bruchteil einer Sekunde sah ich den hellen Lichterglanz auf dem Weihnachtsmarkt. Die zahlreichen Menschen, eine dunkle, sich vorwärts schiebende Masse erkannte ich dann und fegte wieder in die Tiefe.

Und diesmal packte ich es.

Ich klammerte mich an der Bank fest. Zwar wollte mich die Schubkraft darüber hinwegschleudern, aber unter Aufbietung aller Kräfte schaffte ich es, an der Stelle zu bleiben.

Wie lange fuhr das Schiff denn noch?

Wieder in die Höhe.

Rasend schnell.

Mein Gegner konnte sich nicht festhalten. Er raste mit, erreichte den Scheitelpunkt und wurde wieder in die Tiefe gezogen.

Ich war zum Glück darauf vorbereitet. So konnte ich mich einigermaßen in der Stellung halten.

Aber es ging weiter.

»Aufhören, aufhören!« gellten die ersten Rufe.

Wahrscheinlich machte sich der Kerl in dem Kassiererhaus einen Spaß, uns regelrecht zu foltern.

Beim nächsten Schub holte ich das Kreuz hervor. Zum Glück trug ich einen Pullover, so daß ich die Kette bequem hochziehen konnte. Jetzt hielt ich eine Waffe in der Hand.

Als sich mein Gegner aufstemmte und über die Sitzbank sah, blickte er genau auf das Kreuz.

Er schrie!

Der Anblick mußte ihn ins Mark treffen. Leider konnte ich mich nur zwei Sekunden halten, denn ich hatte nicht aufgepaßt und wurde – da ich mich nur mit einer Hand festhielt –, von dem nach unten rasenden Boot über die Sitzbank geschleudert.

Genau auf den anderen zu.

Ich sah noch in sein entsetztes Gesicht, erkannte die weit aufgerissenen Augen, die Angst darin und sah, wie er beide Arme hochriß, um sein Gesicht zu schützen.

Zu spät.

Voll fiel ich gegen ihn.

Und mein Kreuz traf.

Das silberne Kruzifix drückte ich mitten in sein Gesicht, das sich durch die Berührung plötzlich veränderte, trocken und spröde wurde. Die Haut zog sich zusammen, sie fiel ab wie altes Papier, wurde vom Wind erfaßt und weggetragen.

Bleich schimmerten die Knochen in dem skelettartigen Gesicht. Ein grinsender Schädel schaute mich an, und dann drehte mein Gegner durch. Obwohl er im Sterben lag, schlug er um sich. Ich fiel zur Seite, die Fliehkraft preßte mich gegen den Rand des Schiffes, wobei ich Angst hatte, darüber hinweggeworfen zu werden.

Mit Händen und Beinen klammerte ich mich an zwei Bänken fest.

Der andere schaffte es nicht.

In seiner Panik war er hochgesprungen, taumelte zur Seite – alle sahen wir seinen grinsenden Skelettschädel, und im nächsten Augenblick verlor er den Halt.

Als das Schiff wieder in die Talsohle raste, konnte er sich nicht mehr halten.

Er verlor das Gleichgewicht und fiel.

Das letzte, was wir von ihm sahen, waren wirbelnde Arme und Beine. Dann hörten wir nur noch die Schreie, als er auf den Boden prallte.

»Anhalten!« brüllte ich. »Verdammt, warum stoppt denn keiner die Schaukel!«

Endlich wurde sie abgebremst.

Aber auf die brutale Art und Weise. Sie lief nicht langsam aus, sondern hart, ruckartig, womit keiner gerechnet hatte.

Trotz der Haltestangen flogen die Fahrgäste durcheinander. Ich sah nur noch wirbelnde Körper, spürte Schläge, als sie gegen mich prallten, und wurde noch einige Male durchgeschüttelt, bevor die riesige Schiffsgondel endlich stand.

Dann hielt mich nichts mehr.

Ich stand auf, und wäre fast wieder gefallen, denn der Schwindel packte mich mit all seiner Kraft. Der Übergang war nicht so leicht zu verkraften. Ich fing mich jedoch schneller als die meisten und verließ als erster das Schiff.

Ein Mann im blauen Kittel kam mir entgegen. Er hatte das Schiff bewegt.

Ich drehte ihm den Kragen seines Kittels zusammen und schüttelte ihn durch.

»Sind Sie eigentlich wahnsinnig?« fuhr ich den Kerl an. »Warum haben Sie das Ding nicht abgestellt?«

»Die... die... Leute hatten schon be... bezahlt...«

Solch eine Antwort hätte ich nie erwartet. Ich stieß den Kerl von mir. »Gehen Sie mir aus den Augen!« fuhr ich ihn an. »Das ist ja nicht zu glauben.«

Dann hielt ich nach dem Toten Ausschau.

»Aber, Mister«, hörte ich die Stimme. »Ich meine, wir könnten uns doch einigen...«

Ich fuhr herum. »Verschwinden Sie!«

Er zuckte zusammen und hätte sich am liebsten im Boden verkrochen. So etwas hatte ich selten erlebt.

Jetzt stiegen auch die übrigen Fahrgäste aus dem Schiff. Ein paar waren ganz schön sauer auf den Blaukittel. Sie drohten ihm Prügel an. Ich überhörte die Worte geflissentlich.

Dafür suchte ich den Toten.

Er war leicht zu finden, denn um ihn hatte sich eine große Menschenmenge versammelt.

Nur mühsam verschaffte ich mir Platz und hörte Sätze wie: »Der hat ja keinen Kopf mehr«, oder »Das ist Zauberei und Teufelsspuk«. Die letzte Vermutung war sicherlich richtig.

Auch das skelettierte Gesicht war zum Teil zerstört. Als ich die Knochen anfaßte, zerbröckelten sie mir unter den Händen. Da konnte man nichts mehr machen.

Mein Kreuz hatte ihn getötet.

Gewissensbisse verspürte ich nicht, denn vor mir lag kein Mensch, sondern ein Dämon, ein Geschöpf der Finsternis.

Dann kam die Polizei. Es waren dieselben Beamten, die ich auch an der Geisterbahn gesehen hatte.

Der Sergeant wurde blaß, als er den Toten sah. »Ist er das?« fragte er mich mit zitternder Stimme.

»Ja, Meister, das ist er.«

»Mein Gott, das ist ja furchtbar.«

Ich stand auf und verlangte nach einer Decke. Irgend jemand brachte sie. Wir breiteten sie über den Toten. Automatisch zündete ich mir eine Zigarette an.

»Haben Sie eine Erklärung, Sir?« wurde ich gefragt.

Ich blies den Rauch am Gesicht des Sergeants vorbei. »Nein, noch habe ich keine.«

»Glauben Sie denn, daß Sie eine finden?«

»Wahrscheinlich. Und lassen Sie den Toten wegschaffen, Sergeant. Zum Yard Building.«

»Mach ich, Sir.« Er beauftragte zwei seiner Leute. »Der Chinese wartet übrigens noch auf Sie, Sir.«

»Danke.«

Bevor ich ging, holte ich mir den Mann im blauen Kittel. Wie ein Häufchen Elend hockte er in seiner Kabine. Ich hielt ihm meinen Ausweis vor das kalkige Gesicht.

»Polizei?«

»Ja, Mister. Ich sage Ihnen, diese Sache hier hat noch ein Nachspiel. Geben Sie mir Ihre Papiere.«

Er rückte sie raus, und ich notierte seinen Namen.

Dann ging ich endgültig.

Suko fand ich allein an der Geisterbahn. Das Gebäude war jetzt abgedunkelt. Auch der Henker auf dem Dach hängte keine Köpfe mehr an den Baum.

»Wo warst du so lange?« fragte Suko.

Ich hob die Schultern. »In einem Wikingerboot.« Bevor Suko vor Staunen seinen Mund aufklappte, erzählte ich ihm, was mir widerfahren war.

»Da hast du aber Glück gehabt«, sagte er nur.

»Und wie.«

»Was machen wir jetzt?«

»Da der Typ mit dem zerschnittenen Gesicht verschwunden ist, müssen wir uns mit einigen andern Personen beschäftigen.«

»Mit den Mandinis«, sagte Suko.

»Wer ist das denn?«

Suko erklärte es mir.

Ich lächelte. »Dann hast du ja schon vorgearbeitet.«

»Nicht nur das«, sagte er. »Ich bin sicher, daß diese Familie mehr weiß, als sie zugeben will.«

»Deshalb fragen wir sie ja. Komm, Alter!«

Zwei Polizisten hatten Coleen Kilman zum Streifenwagen gebracht. »Einsteigen können Sie ja allein«, sagte einer der Beamten und lächelte.

»Natürlich.«

»Warten Sie solange im Wagen auf uns. Wir kommen zurück«, sagte er Beamte.

Coleen nickte.

Die beiden Polizisten verschwanden. Darauf hatte das Mädchen gehofft. Anstatt in den Polizeiwagen zu steigen, wandte sich Coleen um und verschwand in der Menschenmenge. Auf dem Weg zum Streifenwagen hatte sie längst einen Plan geschmiedet.

Sie wollte sich nicht nach Hause bringen lassen, denn sie konnte ihren Freund nicht im Stich lassen. Coleen war noch immer davon überzeugt, daß man ihm helfen mußte. Sicherlich rannte er jetzt irgendwo in der Gegend herum, oder er hielt sich versteckt, um nur nicht entdeckt zu werden. Nein, Coleen wollte ihn finden. Und wenn sie ihn hatte, dann mußte sie ihm helfen.

Das Mädchen befand sich nicht zum erstenmal auf dem Rummelplatz. Es war bereits ihr dritter Besuch, deshalb kannte es sich auch einigermaßen aus. Sie wußte genau, wie sie zur Geisterbahn gelangte, ohne gesehen zu werden.

Coleen nahm einen Umweg auf sich. Sie umging ihr eigentliches Ziel im großen Bogen und trieb sich dort eine Weile herum, wo die meisten Losbuden standen.

Ein paarmal wurde sie angesprochen, danach lief sie immer fluchtartig weiter.

Zwanzig Minuten verstrichen.

Nach dieser Zeit nahm Coleen an, daß sie es durchaus riskieren konnte.

Sie wußte auch schon wie.

Coleen kannte Barry Snider. Er war ein Typ, der immer das machte, womit die anderen gerade nicht rechneten. Und deshalb glaubte Coleen auch nicht, daß er Hals über Kopf die Flucht ergriffen hatte, sondern sich dort versteckt hielt, wo alles seinen Anfang genommen hatte.

In der Geisterbahn!

Coleen näherte sich dem Bau von der Rückseite. Sie ging vorsichtig zu Werke, denn sie rechnete damit, daß sich in der Nähe Polizisten befanden.

An dieser Seite war nichts mehr von der tollen Fassade zu sehen. Kein Monster starrte den Besucher an, keine Ungeheuer töteten junge Mädchen, keine Schreie – alles war still. Nur die graue Rückfassade wuchs vor dem Mädchen in die Höhe. Sie war auf Dreiviertelhöhe etwas angeschrägt und lief dort wie ein Dach nach oben.

Den Henker erkannte Coleen im zuckenden Gegenlicht einiger Leuchtreklamen.

Sie schauderte, als sie das Bild sah. Diese Grausamkeit, die der Henker ausstrahlte, war real geworden.

Ganz in der Nähe lachten Menschen. Sie umringten einen Glühweinstand und kippten das heiße Getränk in ihre Kehlen.

Keiner achtete auf das Mädchen. An einem abgestorbenen

Baum vorbei schlich Coleen und erreichte nach wenigen Schritten die Rückseite der Geisterbahn.

Dort blieb sie stehen.

Man hatte die Wand aus rohen Brettern zusammengenagelt. Bei einigen Stellen standen noch die Köpfe der Nägel hervor. Die Geisterbahn brauchte ja nicht ewig zu halten. Nach ein paar Tagen wurde sie abgerissen und weitertransportiert.

Coleen suchte nach einer Tür. Sie war zwar keine Technikerin, aber sie ahnte doch, daß auch diese Geisterbahn eine Hintertür haben mußte. Schon allein aus technischen Gründen und natürlich wegen der Sicherheit.

Stück für Stück schritt sie die Wand ab. Eine Taschenlampe brauchte sie nicht. Auf diesem Rummelplatz gab es genügend Licht. Der Widerschein leuchtete auch gegen die Rückwand.

Der Boden hier war nicht asphaltiert oder mit Kies bestreut. Vom Regen aufgeweicht, quoll der Matsch über die Schuhe des Girls. Darum kümmerte sich Coleen nicht. Sie hatte ihre Aufgabe und wollte sie auch zu Ende führen.

Dann sah sie die Tür.

Sie befand sich etwa in der Mitte der Rückwand, bestand ebenfalls aus Holz und war durch einen querliegenden Balken von außen gesichert. Das Mädchen hob den Balken ab und warf ihn zu Boden. Jetzt sah sie auch das Türschloß, das der Balken verdeckt hatte. Es schimmerte bläulich, war ein simples Vorhängeschloß und nötigte Coleen nur ein müdes Lächeln ab.

In der Clique hatten sie sich früher einen Spaß daraus gemacht, solche Schlösser mit Haarnadeln zu öffnen. Und Coleen trug eine Spange im Haar, die eine Nadel hatte, damit das kleine Schmuckstück festgehalten wurde.

Coleen Kilman opferte die Spange und bog die Nadel so zurecht, daß sie ihr primitives Werkzeug ohne Schwierigkeiten in das Schloß einführen konnte.

Dann werkelte sie ein paarmal, drehte die Nadel nach links, anschließend nach rechts, schob sie vor, ein wenig zurück, probierte es noch einmal und lächelte triumphierend, als der Widerstand des Schlosses gebrochen wurde.

Jetzt hatte sie freie Bahn.

Coleen steckte die Spange in die Tasche ihrer Hose, griff mit einer Hand an den Türrand und zog auf. Erbärmlich quietschte die Tür in den Angeln, aber sie gab den Weg ins Innere der Geisterbahn frei.

Coleen hatte die erste Etappe erreicht. Sie schlüpfte durch den Spalt und drückte die Tür vorsichtig weiter zu.

Es wurde dunkel.

Pechschwarz, und im ersten Augenblick erschrak sie, denn es war auch nicht still. Überall knisterte und knackte es, die Geräusche drangen aus allen Ecken und Winkeln an ihre Ohren. Zudem schloß die Rückwand nicht ganz dicht. Der Wind pfiff durch die Ritzen und streifte ihr Gesicht.

Coleen Kilman stellte fest, daß es doch nicht so finster war, wie sie angenommen hatte.

Irgendwo sickerte graues Licht durch Spalten und Ritzen und wurde von der Dunkelheit weiter vorn aufgesaugt.

Coleen konnte sich aussuchen, wohin sie sich wenden wollte. Sie ging nach rechts.

Dabei streckte sie die Hände aus, um nicht irgendwo gegen zu laufen. Außerdem setzte sie erst eine Fußspitze tastend nach vorn, bevor sie weiterging.

Langsam schob sie sich voran.

Schließlich wurde sie wagemutiger und wandte sich mehr der Mitte des Baus zu.

Von draußen war der Lärm noch schwach zu vernehmen. Er erinnerte jedoch an ein ewiges Raunen und Summen, das nie zur Ruhe kam, solange der Weihnachtsmarkt nebst Rummelplatz noch bestand.

Eine Wand hielt sie auf.

Sperrholz. Ein kleiner Splitter, der ihr in die Kuppe des linken Ringfingers fuhr. Coleens Zunge strich über die winzige Wunde. Dann bewegte sich die junge Frau an der Sperrholzwand vorbei und erschrak.

Vor ihr schwebten zwei glühende Augen.

Drohend standen sie in der Luft, etwa in Kopfhöhe schauten sie das Mädchen an.

Aber sie bewegten sich nicht.

Zitternd blieb Coleen stehen, ein Teil des Mutes hatte sie verlassen. Was sollte sie tun?

Als sich die Augen nicht bewegten, da fiel es Coleen ein. Sie befand sich schließlich in einer Geisterbahn. Daß dort Monster oder andere Tiere herumstanden, war nur natürlich. Sie erinnerte sich auch an ihr kleines Feuerzeug.

Das holte sie hervor und knipste es an.

Die Flamme zuckte ein paarmal, verlöschte jedoch nicht. Coleen sah sich tatsächlich einem Monster gegenüber.

Vor ihr stand ein Werwolf mit zottigem Fell.

Der hatte die glühenden Augen.

Coleen Kilman lächelte vor Erleichterung. Sie schirmte die Flamme mit der freien Hand ab und sah zu Boden, wo vor ihr einige Kabel liefen.

Über die wäre sie fast gestolpert.

Das Mädchen bewegte sich weiter. Sie umging den Werwolf und sah zu, daß sie in die Nähe der Schienen gelangte. Wenn sie denen folgte, traf sie vielleicht auf Barry, ihren Freund.

Allerdings mußte Coleen feststellen, daß sie sich in einer Art Requisiten- oder Gerümpelkammer befand, denn die Wesen, die hier herumlagen oder aufgestellt waren, hatten bereits Staub angesetzt. Ausrangierte Spielereien, die dem heutigen Stand der Technik nicht mehr entsprachen.

Schienen fand sie auf jeden Fall nicht.

Aber Coleen entdeckte eine schmale Gasse, die tiefer in den eigentlichen Bereich des Gebäudes führte. Die Gasse endete vor den Rückwänden der Aufbauten, in die man eine schmale Tür eingelassen hatte. Ein Schloß hatte sie nicht, auch keine Klinke oder Knauf. Coleen konnte die Tür aufdrücken.

Sie tat es und ließ das Feuerzeug ausgeschaltet. Der untere Rand schleifte über den Boden. Staub wurde hochgewirbelt, der in Coleens Nase kitzelte. Das Mädchen hatte große Mühe, einen Niesreiz zu unterdrücken.

Coleen blieb stehen. Irgendwo mußte etwas offen sein, denn ein kühler Windzug streifte ihr Haar.

Dann war er weg.

Weiter vor ihr polterte etwas, und Coleen zuckte zusammen. Sie wußte Bescheid.

Sie befand sich nicht mehr allein in der Geisterbahn.

Doch wer war gekommen? Barry, ihr Freund? Das hoffte sie,

allerdings brachte sie nicht den Mut auf, nach ihm zu rufen. Statt dessen lauschte sie, ob sich die Geräusche wiederholten, was allerdings nicht geschah.

Es blieb still.

Zu still für ihren Geschmack. Lieber hätte sie Stimmen oder Geräusche gehört. Die Ruhe zerrte an ihren Nerven.

Sie wartete noch etwas ab und machte sich dann abermals auf die Suche nach den Schienen. Ein paar Schritte traute sie sich vor, ging dann in die Hocke, streckte den rechten Arm aus und knipste das Feuerzeug an. Die Flamme brannte nicht ruhig, sondern schaukelte von einer Seite zur anderen, ein Beweis dafür, daß es in diesem Bau doch durch viele Ritzen zog.

Da sah sie den Widerschein. Sie bewegte die Flamme nach rechts und nach links. Etwas glänzte auf.

Es war eine Schiene.

Coleen lächelte. Sie war beruhigt. Wieder hatte sie eine weitere Etappe auf dem Weg zum Ziel geschafft.

Nicht mehr so ängstlich, schritt sie so weit vor, bis sie das Gleis erreichte. Coleen schaute nach links. Sie sah nichts, deshalb wußte sie auch nicht, ob diese Strecke später nach oben oder nach unten führte.

Es war alles Mist.

Da hörte sie das Geräusch.

Schritte!

Gleichzeitig glühte etwas auf. Ein roter Punkt, dann ein huschender Lichtschein.

Hastig löschte Coleen das Feuerzeug. Sie hielt den Atem an und blieb im Dunkeln stehen.

Gelächter!

Höhnisch und meckernd.

Coleen zitterte plötzlich vor Angst. Da trieb jemand mit ihr einen makabren Scherz.

Dann wieder Stille.

Das nächste Geräusch erklang über ihr. Etwas sang über sie hinweg, und ein kalter Gegenstand berührte ihre Kopfhaut.

Coleen schrie leise auf.

Einen Lidschlag später wurde sie geblendet. Gleich zwei Strahlen trafen ihr Gesicht.

Einer zuckte rechts auf, der andere links.

Und eine höhnische Stimme sagte: »Welch ein Täubchen ist uns denn da ins Netz gegangen?«

Coleen Kilman schloß die Augen. Für Sekunden war die Angst verflogen, denn die Stimme, die sie vernommen hatte, gehörte einem normalen Menschen, keinem Geist oder Ungeheuer.

Trotz der geschlossenen Augen merkte sie die Helligkeit der Lampe. Dann wurde der Strahl gesenkt und wanderte an ihrem Körper herab. »Gutes Bauwerk, die Kleine.«

Ein anderer lachte. »Damit könnte sich Mamis Sohn schon mal befassen. Ist sowieso ein guter Fassadenkletterer.«

»Dann tu's doch.«

»Und wie.«

Schritte näherten sich.

Die Angst des Mädchens wuchs. Sie zitterte wieder. Sie mit zwei unbekannten Männern in einer Geisterbahn, mein Gott, das konnte doch nicht gutgehen.

Sie wagte nicht, die Augen zu öffnen, und als sie die Hände an ihrem Körper spürte, versteifte sie.

Die Finger glitten an ihren beiden Armen herab und verweilten am Saum des Pullovers.

»Alle Achtung, Süße. Du bist genau das, was wir nach dem Streß brauchen.«

Lachen.

Roh, gemein.

Und plötzlich waren die Finger nicht mehr an ihrem Pullover, sondern auf ihrer Haut. Das Mädchen spürte die kalten Hände mit den dicken Schwielen, der Mann vor ihr hatte den Pullover hochgezogen.

»Bitte nicht!« flüsterte Coleen. Sie bog den Rücken durch, weil die Finger immer höher wanderten.

»Mann, Süße, stell dich nicht so an. Du bist doch keine Jungfrau mehr. Und das richtige Alter hast du auch schon . . .«

»Halt mal, Tom«, sagte der andere Kerl. »Die kenne ich doch.

Ja, jetzt erinnere ich mich. Die hat mit dem einen Knaben im Wagen gesessen und wie eine Irre geschrien.«

Die Hände blieben. »Denkst du vielleicht, deshalb lasse ich sie so ohne laufen?«

»Ich meine ja nur.«

Der mit Tom angeredete Mann zog Coleen an sich. Bevor sie den Kopf zur Seite drehen konnte, preßte der Kerl bereits seine Lippen auf ihren Mund.

Coleen biß die Zähne zusammen. Sie machte sich steif, kämpfte nicht und bot dem Kerl keinen Widerstand, der ihn unter Umständen nur noch rasender machen würde.

Sehr ruhig blieb sie.

»Bist du ein Eisblock?« fragte der Typ und trat schweratmend zurück.

»Bitte«,. flüsterte Coleen. »Bitte, lassen Sie mich. Ich... ich will...«

Tom lachte. »Hast du gehört, Rudy? Sie will. Sie will – daß ich nicht kichere.«

Rudy kicherte tatsächlich. Es hörte sich an wie das Hecheln eines Hundes.

»Na komm, Kleine, hier ist es mir zu mies. Ich weiß einen viel besseren Platz.« Tom faßte das Mädchen unter und zog es herum. »Bei uns brauchst du keine Angst zu haben. Wir kennen uns in der Geisterwelt ausgezeichnet aus.«

Rudy erhielt den Befehl, den Weg auszuleuchten. Zwei Lampen erhellten die Finsternis. Plötzlich war die Geisterbahn gar nicht mehr so schlimm und schaurig.

Coleen hatte trotzdem Angst.

Was die beiden Männer mit ihr anstellen wollten, lag auf der Hand, und sie machte sich die bittersten Vorwürfe, nicht auf den Rat des Oberinspektors gehört zu haben. Sie war in die Geisterbahn gegangen und wollte es auf eigene Faust probieren. Nun erhielt sie dafür die Quittung.

Es war wirklich eine Welt aus Pappe und Sperrholz, die das Mädchen im Licht der Lampen zu sehen bekam. Zahlreiche Monster waren auf Leinwand gemalt. Andere hingen unter der Decke wie die Fledermäuse, die Coleen und Barry während ihrer ersten Fahrt »attackiert« hatten.

Coleen sah auch die Röhre. Jetzt, wo sie sich nicht bewegte, wirkte sie gar nicht mal so schlimm.

Das Mädchen erinnerte sich aber. Am Ende der Röhre hatte der Unheimliche gestanden.

Ängstlich schaute sie in die Richtung, aber es war zu dunkel, um Genaues zu erkennen. Außerdem hielten die beiden Kerle die Scheinwerfer so, daß die Lichtstrahlen dicht vor ihren Füßen zu Boden fielen.

Sie überquerten die Schienen, und einer der Männer hatte immer eine Hand auf der Schulter des Girls liegen. Er wollte das Mädchen dirigieren und zudem einem Fluchtversuch vorbeugen.

»Wir sind bald da«, sagte Tom. »Keine Angst, dein Leben wirst du schon nicht verlieren. Das haben die anderen auch nicht, die mit uns hier waren.«

Rudy lachte wieder. »Wir sind nämlich die großen Buhmänner der Geisterbahn.«

Coleen schwieg.

Sie mußte sich ducken, weil sie sonst mit dem Kopf gegen einen Aufbau gestoßen wäre. Es war ein Affenmonster, das im Innern von grünen Lampen beleuchtet wurde.

Ein Schritt nach links, dann sah Coleen die schreckliche Szene von der Rückseite.

Hier standen die Särge, aus denen die Untoten gestiegen waren. Coleen und Barry hatten sie durch die Glasscheiben zu beiden Seiten der Schienen gesehen.

»Schöner Platz, nicht war?« fragte Rudy und rieb sich die Hände. »Macht so richtig Spaß, als Lebender zwischen den Toten zu sein.« Er öffnete einen Sarg, der fast die Originalgröße hatte, und holte eine Puppe hervor.

»Da, Süße, schau sie dir mal an. Ein Toter, der von Ghouls in die Mangel genommen worden ist.«

»Bitte...«, flüsterte das Mädchen.

Tom lachte und schleuderte die Puppe wieder in die Totenkiste.

Coleen blickte durch die große Scheibe. Sie sah den schmalen Schienenstrang, der glänzte, wenn er vom Lampenlicht getroffen wurde. Eine Fluchtchance sah Coleen nicht.

Hinter ihr stand Rudy, der sie mit seiner Lampe anleuchtete. Vor ihr legte Tom die Lampe auf einen Sarg.

Dann drehte er sich um und grinste. Der Schein streifte ihn nur und ließ die linke Gesichtshälfte im Schatten, so daß er regelrecht dämonisch wirkte.

»Hier sind wir ungestört«, krächzte er und mußte sich räuspern.

Coleen sah nur ein Auge. Sie kannte den starren Blick. So war sie schon mehrmals von Männern angeschaut worden. »Lassen Sie mich doch gehen«, bettelte sie. »Bitte...«

Tom schüttelte den Kopf. »Nein!«

»Was... was habe ich Ihnen denn getan?«

»Nichts. Aber du gefällst uns. Das ist es. Freu dich, daß wir uns für dich interessieren, Süße. Und davon stirbt man nicht. Und jetzt zieh dich aus. Oder soll ich dir die Klamotten vom Leib reißen? Dann hast du wirklich Grund zum Schreien.«

Coleen senkte den Blick. Sie stand mit herabhängenden Armen, spürte das heftige Klopfen ihres Herzens und war nicht fähig, sich zu bewegen.

Tom war es leid. Er trat vor und packte Coleen hart an der Schulter. »Runter mit dem Zeug!«

»Nein, ich...«

Tom zerrte an dem Pulli.

Alle drei hörten plötzlich das Geräusch. Es war ein heftiges Fauchen oder schweres Atmen.

Sofort ließ Tom das Mädchen los.

Rudy schwenkte die Lampe nach links, denn dort war das Fauchen aufgeklungen. Der Strahl wanderte, wischte für einen Moment über die staubige Decke und blieb genau auf einem mit blutenden Wunden überdeckten Gesicht hängen...

Suko hatte mir von den Mandinis berichtet. »Der Alte heißt Memo«, sagte er, »aber der ist noch zu ertragen. Weniger seine Tochter. Sie scheint eine Aversion gegen Polizisten zu haben.«

»Wir werden sehen.«

»Nimm dich vor ihr in acht, John. Ein rothaariges Weibsbild, das den Teufel im Leib hat.«

»Den treibe ich ihr aus.«

Suko wechselte das Thema. »Eigentlich wollten wir uns jetzt mit den Frauen treffen.«

Ich nickte. »Die werden sauer sein.«

»Und wie.«

»Aber da kann man nichts machen. Dienst ist Dienst, und Schnaps ist Schnaps.«

Wir hatten uns den Weg zu den Wohnwagen beschreiben lassen. Dabei nahmen wir Wege, die zumeist schlammig waren und an den Rückseiten der Buden herführten.

Oft mußten wir über Kabel steigen oder irgendwelchen Bretterstapeln ausweichen. Die Wohnwagen standen gesondert auf einem kleinen Platz, wo es auch Licht gab. Dicke Kabel hingen wie Girlanden. Sie waren an hohen Masten befestigt.

Ich hätte hier nicht leben können. Immer wieder den Kirmeslärm um die Ohren zu haben, das wäre nichts für mich. Aber manche machte es glücklich. Zudem sind Schausteller sowieso ein Völkchen für sich.

Man hatte uns den Wagen der Mandinis beschrieben. Er sollte ziemlich am Beginn des Platzes stehen und war ein modernes Wohnmobil, ausgerüstet mit allem Komfort.

Über dem Wagen schaukelte eine Lampe. Sie verstrahlte grelles weißes Licht und leuchtete ein Gefährt an, das wirklich gut und teuer war. Diesen Wagen konnte man durchaus als eine fahrende Wohnung bezeichnen. Sie war sogar mit kleinen Bädern, Duschen und Toiletten ausgestattet.

Vorhänge – von innen zugezogen – gestatteten keinen Blick durch die Scheiben. Wir sahen aber, daß im Wagen Licht brannte.

»Dann wollen wir mal den Bullenschreck begrüßen«, sagte ich, blieb neben der Tür stehen und klopfte zweimal hart.

Sofort hörten wir Schritte.

Dann wurde die Tür mit einem Ruck aufgezogen, und wir sahen vor uns den Mann mit dem roten Haarkranz.

»Die Polizei«, stöhnte er.

»Genau«, sagte ich und zeigte sicherheitshalber meinen Ausweis. »Dürfen wir reinkommen?«

»Meinetwegen, bleibt mir ja nichts anderes übrig. Aber putzen Sie sich die Schuhe ab.«

»Gern.«

Ich betrat als erster den Wagen. Suko folgte mir dichtauf. Wir mußten uns scharf nach rechts wenden. Dort stand eine schmale Tür offen, die in den Wohnbereich des Gefährts führte.

Couch, Tisch, Sessel, Schrank – alles war vorhanden. Auch der Teppichboden. Sogar eine kleine Bar hatte man nicht vergessen. Wir betrachteten ein richtig gemütlich eingerichtetes kleines Zimmer. Allerdings mußte ich ein wenig den Kopf einziehen, sonst hätten meine Haare die Decke gestreift.

Wir lernten auch Mrs. Mandini kennen. Breit und dick hockte sie in einem Sessel, trug einen geblümten Kittel, hatte ein Dreifachkinn und starrte uns aus kleinen Augen an. Das Haar war blondiert und zu einer Turmfrisur hochgesteckt, die zu der Frau paßte wie die berühmte Faust aufs Auge.

»Sind das die Bullen?« fragte sie.

Ihr Mann nickte.

In dieser netten Familie schien wohl jeder eine Aversion gegen Polizisten zu haben.

»Ich bin Scotland-Yard-Beamter«, klärte ich Mrs. Mandini auf.

Sie winkte ab. »Für mich seid ihr Bullen. Ihr könnt euch trotzdem setzen. Aber daß ein Gelber mitmischt, ist mir neu«, sagte sie und kicherte. »Wohl Personalprobleme, wie?«

Ich nahm Platz. »Da ergeht es uns nicht anders als Ihnen.«

»Ach, Sie wissen, daß...«

»Sicher, Madam.«

Die Augen der Dicken nahmen einen interessierten Ausdruck an. Dann schaute sie auf ihren Mann. »Endlich mal einer, der Bescheid weiß«, sagte sie. »Und dann noch ein Bulle.«

Memo hob die Schultern.

Sein Ehegespons sprach weiter. »Hoffentlich ersetzen Sie uns den Verdienstausfall, Mister.«

Ich sagte meinen Namen, und auch Suko stellte sich vor.

Sie lachte. »Hört sich auch besser an als Bulle, nicht?«

»Bestimmt.«

»Weshalb sind Sie überhaupt gekommen?« fragte sie. Ihr Mann stellte keine Fragen. Er hatte wohl nichts zu sagen. Im Unterhemd hockte er im Sessel. Seine roten Hosenträger sahen aus wie breite Blutstreifen.

»Sie wissen, was geschehen ist, Mrs. Mandini?«

»Klar. Der Horror hat wirklich zugeschlagen. Ich habe ja immer gesagt, daß man mit diesen Dingen nicht spaßen soll. Aber sie wollten ja nicht auf mich hören.«

»Mit welchen Dingen?«

»Mit Geistern und Dämonen.«

»Sie glauben daran?«

»Natürlich. Ich war vor meiner Heirat mit Mandini eine berühmte Wahrsagerin. Mich kannte man in der Toskana. Man nannte mich nur die Frau mit dem Zweiten Gesicht.«

»Aber das ist doch Unsinn«, widersprach ihr Mann.

»Halt die Klappe, Alter. Was weißt du schon davon? Gar nichts. Sauf deinen Gin.«

Memo schwieg beleidigt.

Ich mußte ein Lächeln unterdrücken, wurde aber schnell wieder ernst. »Sie haben also damals in die Zukunft schauen können, wenn ich Sie richtig verstanden habe, Mrs. Mandini?«

»Nicht nur in die Zukunft.« Verschwörerisch beugte sie sich vor. »Meine Fähigkeiten waren so ausgeprägt, daß ich sogar Kontakt mit Geistern und Dämonen aufnehmen konnte.«

»Wirklich?«

Sie legte eine Hand auf ihren mächtigen Busen. »Bei der Ehre meiner Mutter. Ich habe Blicke in die Jenseitswelten werfen können. Da gibt es Dinge, sage ich Ihnen...«

Was sie gesehen hatte, sagte sie nicht. Dafür erkundigte ich mich: »Wie kommt es denn, daß Sie diese Fähigkeiten besitzen, Mrs. Mandini?«

»Ich habe sie geerbt. Von meiner Mutter. Aber jetzt sind sie verkümmert. Leider. Weil wir nur mit dieser blöden Geisterbahn unser Geld verdienen. Der Alte kann ja den Rachen nicht voll kriegen.«

Jetzt fühlte sich der Hausherr angegriffen. »Wieso ich? Das Geschäft ging doch immer schlechter. Richtig mies. Wir mußten umstellen.«

Die Dicke stemmte ihre Hände auf die mit Kunstleder überzogenen Sessellehnen. »Du scheinheiliger Kerl«, rief sie. »Ich war es doch, die das Geld herangeschafft hat. Du warst ein Arbeitsloser, als ich dich kennenlernte, konntest kaum deinen Namen schreiben. Ich habe dich großzügig aufgenommen, und jetzt machst du mir Vorwürfe. Da sieht man mal wieder, daß es keine Dankbarkeit auf der Welt gibt, Mr. Sinclair. Was habe ich nicht alles für diesen Hundesohn getan. Ich habe...«

»Moment, Moment!« rief ich, bevor sie anfangen konnte, ihre Vorzüge aufzuzählen. »Deshalb sind wir nicht hier, Mrs. Mandini. Ich glaube Ihnen ja.«

»Aber dieser Esel nicht.«

Memo schluckte, wurde käsig, erwiderte aber nichts. Der Respekt war eben zu groß.

Ich hob beide Hände und sagte: »Mrs. Mandini, Sie haben vorhin gesagt, daß Sie Ihre außergewöhnlichen Fähigkeiten erbten. Dann stellt sich die Frage, ob Ihre Tochter diese Fähigkeit ebenfalls geerbt hat.«

Es war eine wichtige Frage, und ich lauerte auf die Antwort.

»Ja«, antwortete die dicke Frau, »das hat sie.«

»Wissen Sie das genau?«

»Natürlich.«

»Kann ich mit Ihrer Tochter reden?«

»Sie ist nicht da.«

Das mußte ich ihr abkaufen. Ich hatte allerdings noch einige Fragen. »Sie wissen sicherlich, was in der Geisterbahn passiert ist. Es hat ein Austausch der Köpfe stattgefunden. Der Unheimliche mit dem blutenden Gesicht hat einem anderen den Kopf abgeschlagen und die Schädel ausgetauscht. Wie und auf welche Art und Weise das geschehen ist, weiß ich nicht. Ich habe den Mann mit dem blutenden Gesicht nicht verfolgen können, dafür aber den anderen. Es ist zu einem Kampf gekommen, in dem der andere starb. Ich lebe noch, und ich will auch das zweite Monster in die Finger bekommen. Würden Sie mir helfen?«

»Das kann ich nicht.«

Die Antwort kam zu schnell. Ich wußte genau, daß die Frau es nicht wollte.

»Dann müßten wir uns an Ihre Tochter wenden«, bemerkte Suko. »Sie hat ja auch das Zweite Gesicht.«

»Nein!« Die Dicke schlug ihre flachen Hände auf die Schenkel, daß es klatschte. »Sie lassen Viola in Ruhe.«

Ich schaute sie an. Ihre Lider waren gesenkt. Sie war sehr nervös. Diese Mrs. Mandini wußte mehr, als sie zugab. »Dann helfen Sie uns.«

»Das kann ich nicht.«

»Sind Ihre Fähigkeiten verkümmert?«

»Das nicht...«

»Anders gesagt, Sie wollen uns nicht helfen«, fiel ich ihr ins Wort.

»Vielleicht.«

»Damit machen Sie sich strafbar, Mrs. Mandini.«

Sie lachte. »Wollen Sie mich in den Knast stecken?«

»Wenn nichts mehr hilft, auch das.«

»Ja, nehmt die Alte mit«, mischte sich Memo ein. »Dann habe ich meine Ruhe.«

»Halte du dich zurück!« zischte sie.

Eingeschüchtert zuckte Memo zusammen. Er senkte den Kopf und stierte auf seine Hände.

Dann sprach die Dicke mich an. »Sie haben ihn getötet, sagten Sie?«

»Ja.«

Die Frau stand auf. Das glich einem kleinen Drama, wie sie sich aus dem Sessel hievte. Als sie schließlich stand, war ihr Gesicht hochrot angelaufen.

»Warum haben Sie ihn umgebracht?«

Ich schaute zu dem Fleischberg hoch. »Weil es keine andere Möglichkeit gab, denn sonst hätte er mich getötet.«

»Sie hätten ihn zu mir bringen sollen.«

»Was wäre damit erreicht?« fragte ich.

»Alles.«

Die Frau redete in Rätseln. Aber sie wußte mehr, dessen war ich mir sicher.

»Was wird hier eigentlich gespielt?« fragte ich. »Reden Sie, Madam. Es geht um Leben und Tod. Wenn Sie schweigen, dann schützen Sie die Kreaturen der Hölle.«

»Hölle«, flüsterte sie, »ja, es ist die Hölle. Es war die Hölle, die ich erlebt habe.«

»Sei ruhig«, sagte ihr Mann.

»Warum? Er kann es doch wissen.«

»Meinetwegen!« knurrte Memo.

»Was kann ich wissen?« forschte ich.

»Alles können Sie wissen. Sie sind schon auf der richtigen Spur, Sinclair. Denn der junge Mann, den Sie getötet haben, das war mein Sohn!«

Diese Eröffnung schockte mich. Nie im Leben hätte ich damit gerechnet.

»Ihr Sohn?« wiederholte ich staunend.

»Ja.«

»Aber er hieß Barry Snider, und Sie heißen Mandini.«

»Das stimmt.«

»Wie soll ich das alles verstehen?«

»Es ist einfach, wenn man es weiß«, murmelte sie. »Aber ich will Sie nicht dumm sterben lassen, Mister. Wir haben vor 22 Jahren geheiratet. Ein Jahr später kamen die Kinder. Viola und Ennio. Zwillinge. Bis jetzt weiß nur ich, daß diese Kinder nicht von meinem Mann sind. Ein anderer hat sie gezeugt.«

Mandini sprang auf. »Bist du wahnsinnig!« schrie er. »Ich soll nicht der Vater sein?«

»Nein, das bist du nicht.«

»Mit wem hast du mich damals betrogen, du Hure? Los, rede! Wer war es? Wenn ich ihn erwische.« Mandini ballte die rechte Hand zur Faust. »Dann bringe ich ihn um.«

»Das kannst du gar nicht.«

»Und warum nicht?«

»Weil deine Kinder, deine Zwillinge, um genau zu sein, vom Teufel sind!«

Das war der zweite Schock innerhalb einer Minute. Und den mußte Mandini erst verdauen.

Er wankte zurück, stieß gegen die Sesselkante und fiel auf das Sitzmöbel.

»Vom... vom Teufel«, ächzte er. »Sag mal, spinnst du? Bist du noch richtig im Kopf?«

»Natürlich bin ich das. Ennio und Viola sind vom Teufel. Ich habe den Satan gerufen und mit ihm gebuhlt. Eines Nachts ist er zu mir gekommen, und da ist es passiert. Ich war im Halbschlaf. Plötzlich erschien ein Schatten. Riesig war er. Ich sah ein dreieckiges Gesicht, zwei Hörner...«

Mandini hielt sich die Ohren zu. »Hör auf!« brüllte er. »Hör auf, du verdammte Teufelshure!«

Sie lachte nur.

Aber auch wir waren geschockt. Damit hätte ich nun wirklich nicht gerechnet. Wir hatten durch unseren Besuch in ein dämonisches Wespennest gestochen.

Die Dicke deutete auf ihren Mann. »Da, seht ihn euch an, diesen Waschlappen. Er hat es nicht fertiggebracht, mir ein Kind zu machen, aber der Teufel, der hat es geschafft!«

»Und wie geht die Geschichte weiter?« fragte ich. »Bisher weiß ich nur, daß Ihre Kinder keinen normalen Vater haben.«

»Die beiden wuchsen auf, während ich mich mit meiner Zukunftsdeuterei befaßte. Schon als Kleinkinder waren sie dem Bösen zugetan. Sie halfen mir sehr, hielten die Verbindung zur Hölle aufrecht und standen mit dem Jenseits auf gutem Fuß. Sie erhielten Einblick in die anderen Welten, und sie gaben auch mir ein Stück davon mit. Ich freute mich darüber, denn der Satan braucht Leute, die ihm dienen. Meine Kinder taten es, sie lebten auch unter Satans Schutz. Doch irgendwann sprach es sich im Ort herum, was mit uns los war. Die Leute kamen nicht mehr, sie wollten sich von mir nicht mehr die Zukunft sagen lassen. Man mied die Familie Mandini. Es artete sogar in offene Feindschaft aus. Irgend jemand brachte die Vermutung auf, daß wir mit dem Teufel im Bunde steckten. Das wurde natürlich geglaubt. Plötzlich hatten die Leute einen Grund, uns nicht mehr zu grüßen. Jetzt mieden sie uns erst recht. Wir dachten an Emigration. Auch mein Mann war einverstanden. Wir suchten uns England aus, Amerika war uns zu weit. Hier in London ließen wir uns nieder. Doch bevor es soweit war, geschah das Schreckliche. Genau einen Tag vor unserer Ausreise.« Die Frau funkelte mich an. »Wollen Sie es hören, Mr. Sinclair?«

Ich nickte. »Ja, reden Sie.«

»Okay, Polizist, ich werde es erzählen. Im Dorf waren einige Halbwüchsige in Ennios Alter. Sie lauerten ihm auf und bekamen ihn in die Finger. Und dann schleiften sie ihn dorthin, wo er nie zuvor war. Wovor ich meine Kinder immer gewarnt hatte. In die Kirche. Sie brachten ihn in die Kirche. Der Pfarrer hielt ihnen sogar noch die Tür auf. Ennio tobte, schrie und bettelte. Es nutzte nichts. Die anderen quälten ihn weiter. Dann holte der Pfarrer das Weihwasser. Und das spritzte er meinem Jungen ins Gesicht, während die anderen Ennio festhielten. Es war für ihn die Hölle. Er hatte ungeheure Schmerzen. Sein Gesicht fing an zu bluten, wo die Spritzer trafen, quoll Blut aus den Wunden. Aus Wunden, die sich nicht mehr schlossen. Ennio mußte mit diesem Gesicht herumlaufen. Als die anderen sahen, was mit ihm geschehen war, da rannten sie weg. Schreiend und voller Panik. Ennio kam zu mir. Seit diesem Tage versteckte ich ihn, und seit diesem Tag schwor er Rache. Er wollte sein Gesicht oder ein anderes zurückhaben, doch der Teufel gab ihm keins. Er veränderte Ennio nur. Sein Körper wuchs, er wurde größer als die anderen Kinder. Und seine Seele ähnelte immer mehr der des Satans. Für ihn gab es nur noch den Teufel und ein anderes Gesicht. In London kauften wir die Geisterbahn. Hier war er in seinem Element. Diese Bahn war sein Reich. Er hatte eine Aufgabe gefunden, er konnte die Leute erschrecken, und niemand ahnte, daß er ein echtes Monster war. Ennio wurde die Attraktion. Für eine Zeit vergaß er seinen Wunsch nach einem neuen Gesicht. Bis es ihn dann mit aller Macht überkam. Er nahm sich die Axt, nachdem er mit Viola eine Beschwörung durchgeführt hatte. Heute nun hat er ein neues Gesicht bekommen, und Sie wollen es ihm wieder wegnehmen. Nein, niemals. Sie haben sein anderes Ich schon getötet, und er hat nur einen neuen Körper bekommen, aber er wird auch noch ein neues Gesicht kriegen. Dafür sorge ich. Und wissen Sie auch, welches Gesicht mein Sohn bekommen wird, Polizist? Das von Ihnen!«

Die letzten Sätze schrie sie mir entgegen. Ich sah den Fanatismus in ihren Augen, der sich mit dem Haß gepaart hatte. Mir wurde klar, daß hier eine unversöhnliche Gegnerin vor mir stand.

Aber eine erkannte Gefahr ist nur eine halbe Gefahr. Davon ging ich aus und wollte aufstehen.

Es blieb beim Vorsatz.

Plötzlich wurde die Tür aufgetreten, und ein rothaariges Mädchen stand auf der Schwelle.

In ihren Händen hielt sie eine Maschinenpistole, deren Mündung auf meinen Körper wies...

Rudys Hand mit der Lampe zitterte. So sehr hatte ihn der Anblick geschockt.

»Das... das Monster«, bibberte er.

Alle drei starrten in das schreckliche Gesicht. Und durch das Zittern des Lampenstrahls wirkten die blutenden Stellen in dem Gesicht noch schauriger.

Auch Coleen erkannte den Unheimlichen. Und sie sah noch mehr. Der Kopf saß auf dem Körper ihres Verlobten.

Wie in der Geisterbahn!

Sie schrie.

Coleen schrie wie von Sinnen, sank zu Boden und fiel dabei quer über einen der Särge. Mit dem Ellbogen räumte sie die Lampe ab, die brennend am Boden liegenblieb.

Rudy und Tom kannten Ennio natürlich. Sie hatten ihn fast jeden Tag gesehen, aber nie hatte er ein Wort mit ihnen gewechselt, obwohl beide schon einige Zeit auf der Geisterbahn arbeiteten und für den technischen Ablauf verantwortlich waren. Ennio hielt sich immer versteckt. Rudy und Tom hatten Angst vor ihm. Sie trauten ihm nicht über den Weg. Daß er ausgerechnet jetzt auftauchte, paßte ihnen überhaupt nicht, denn an ihn hatten sie gar nicht mehr gedacht.

Ennio fletschte die Zähne. Seine dunklen Augen wirkten wie zwei kleine Kugeln. Gefühl war darin nicht zu erkennen – nur Grausamkeit.

Doch etwas war anders. Beide Männer merkten es, als Rudy den Lampenstrahl nach unten wandern ließ.

Das Monster hatte einen anderen Körper.

Viel schmaler als sonst, zudem trug er eine völlig neue Kleidung. Lederjacke und Pullover.

Das gab den beiden den zweiten Schock.

»Laß uns fliehen!« flüsterte Rudy, der plötzlich vor Angst zu zittern begann. »Das geht nicht mit rechten Dingen zu. Dahinter steckt der Teufel.«

Als Ennio den Namen hörte, fing er an zu lachen, und Rudy zuckte zusammen, als hätte ihm jemand mit einer Peitsche über den Rücken geschlagen.

Tom zögerte noch.

Er sah das Monster, er sah das Mädchen. Und sie waren zu zweit. Mit dem Kerl würden sie schon fertig werden. Eine Abreibung hatte er Ennio schon lange gegönnt.

»Wir bleiben«, sagte Tom. Und zu dem Monster gewandt: »Hau ab, du Mistkerl!«

Rudy ging einen Schritt vor und stieß seinen Freund an. »Mach dich nicht unglücklich«, flüsterte er. »Laß uns gehen. Bitte...«

Tom schüttelte den Kopf. »Unsinn. Wir gehen nicht, sondern er. Wir bleiben. Denkst du, ich verzichte auf die Puppe?«

»Die kannst du auch ein anderes Mal...«

»Nein, verdammt!« Tom war sauer und stieß seinen Kumpan zur Seite. »Hier habe ich zu sagen!« Er wandte sich Ennio zu. »Und du verschwinde jetzt, sonst werde ich sauer.«

Das Monster blieb.

Scharf saugte Tom die Luft ein. »Also nicht«, sagte er gefährlich leise. »Dann müssen wir eben zu anderen Maßnahmen greifen.« Er griff unter seine Jacke und holte einen Totschläger hervor. Mit einem klackenden Geräusch fuhr das Hartgummi aus dem Griff. »Ich habe mir schon lange gewünscht, dir was über deinen widerlichen Schädel zu geben!« Er lachte und schlich vor.

Rudy streckte die Hand aus. »Nicht, Tom, bitte, du machst dich unglücklich. Der ist stärker.«

»Das ist höchstens ein Waschlappen«, zischte Tom, »dem ich mal seine häßliche Fresse polieren werde.«

Rudy ahnte, was auf ihn zukam. Und er zog sich zurück.

Tom aber blieb stehen. »Komm doch. Los, trau dich, du nachgemachter Mensch!«

Bis jetzt hatte Ennio gezögert. Er wollte die beiden nicht töten, er kannte sie, aber das Teuflische in ihm schwemmte alle Bedenken zur Seite.

Sie hatten es nicht anders gewollt.

Bisher hatte er auf einer kleinen Holzkiste gestanden. Nun sprang er hinunter.

Tom hob den rechten Arm. Er sah den Körper auf sich zuschwingen und schlug wuchtig zu.

Der Totschläger traf das Gesicht des Monsters. Tom rechnete damit, daß Ennio umfallen würde wie jeder normale Mensch, aber hier hatte er es nicht mit einem Menschen zu tun, sondern mit einem vom Satan erschaffenen Wesen.

Und das nahm den Schlag, ohne aufzustöhnen, und stürzte sich über Tom. Der fand nicht die Zeit auszuweichen. Das Gewicht des Monsters drückte ihn zurück und schleuderte ihn kurzerhand zu Boden.

Tom spürte den harten Aufprall, als er mit dem Rücken gegen eine Sargkante stieß. Die Totenkiste war schon morsch und brach unter dem Gewicht der beiden Männer zusammen. Es splitterte und krachte. Die Pappfigur im Sarg wurde zusammengedrückt, bis sie nur noch ein plattes Bündel war.

Und dann sah Tom das Gesicht des Unheimlichen dicht vor sich. Er vermeinte, das Blut zu riechen, Angst stieg in ihm hoch, und einen Lidschlag später suchten würgende Hände seinen Hals.

Sie drückten zu.

Plötzlich bekam Tom keine Luft mehr. Er keuchte, röchelte, schrie erstickt, aber der andere ließ nicht los.

»Du hast es so gewollt!« spie er ihm ins Gesicht. »Du hast es so gewollt. Und jetzt will ich!«

Um den zweiten Mann, um Rudy, kümmerte sich das Monster nicht. Der konnte ihm nichts. Dieses Untier vertraute voll und ganz auf die Kraft der Hölle.

Rudy hatte gesehen, in welch eine Bedrängnis sein Freund geraten war. Die auf dem Boden liegende Lampe gab genügend Licht ab, um nicht nur die beiden Kämpfenden zu erkennen, sondern auch das quer über dem Sarg liegende Mädchen.

Es rührte sich nicht, und Rudy hoffte nur, daß es noch am Leben war.

Er mußte seinem Freund helfen, obwohl er viel lieber geflohen wäre.

Rudy war bewaffnet.

Stets trug er das Klappmesser, mit dem sie Leitungen durchschnitten, bei sich. Es war doppelt so groß wie ein Taschenmesser.

Das holte Rudy hervor.

Er zitterte, als er die Schneide in die Höhe zog, und brach sich sogar noch einen Fingernagel ab.

Dann hielt er die Klinge in der Hand. Ein Lichtstrahl traf das Messer und ließ die Klinge auffunkeln.

Rudy schlich auf die beiden Männer zu. Noch immer lagen die Hände des Monsters um Toms Kehle.

»Laß ihn los!« kreischte Rudy und blieb hinter dem Monster stehen. Den rechten Arm hatte er hoch erhoben, sein Blick fiel auf den breiten, ungeschützten Rücken des Unheimlichen.

Dort konnte und mußte er treffen.

Das Monster kümmerte sich nicht um ihn.

Da wuchs Rudy über sich selbst hinaus. Er schloß die Augen und stieß einfach zu. Er spürte den Widerstand, dann ließ er das Messer fahren, als wäre es glühend heiß, taumelte zurück und riß die Augen auf, um zu sehen, was er angerichtet hatte.

Die Klinge steckte im Rücken des Monsters. Jetzt, jetzt muß er doch zur Seite kippen, dachte Rudy, doch da tat sich nichts. Das Monster blieb in der Haltung, aber seine Hände lösten sich von Toms Hals.

Rudy atmete auf. Geschafft, dachte er.

Er sollte sich irren, denn das Monster drehte sich sehr langsam herum. Und zwar zur rechten Seite hin, denn dort stand Rudy stocksteif und vor Entsetzen wie gelähmt.

Ennio bewegte den Arm, griff hinter sich, packte den Messergriff und zog ihn mit einem Ruck aus dem Rücken.

Plötzlich hielt er das Messer in der Hand.

Und nicht ein Tropfen Blut klebte an der Klinge. Sogar die Wunde schloß sich wieder.

Rudy riß die Augen auf. Wie schnell hintereinander zuckende Stromstöße schoß die Angst in seinem Körper hoch. Rudy war nicht fähig, wegzulaufen. Er hatte in Horrorfilmen immer gelacht, wenn die Menschen nicht flohen, aber hier erging es ihm ebenso. Er konnte sich nicht von der Stelle rühren.

Ennio schwang sich herum. In der Hand hielt er das Messer.

Einen Schritt noch.

Teuflische Augen funkelten Rudy an.

Der junge Mann holte Luft, wollte schreien, da sah er die Spitze des Messers dicht an seinem Hals.

Im nächsten Augenblick sah er das Blut, wußte, daß es sein Blut war, und fiel zu Boden.

Er war schon tot, als er aufschlug.

Ennio aber trat zurück. Das Messer säuberte er an seinem linken Hosenbein, klappte es zusammen und steckte es ein. Dann kümmerte er sich um den anderen.

Er drehte Tom auf den Rücken.

Die glanzlosen Augen des jungen Mannes verrieten, daß kein Leben mehr in ihm steckte.

Die Bestie nickte zufrieden. Heute war eingetreten, was er sich immer gewünscht hatte.

Er kicherte.

Dann brach sein Kichern so schnell ab, wie es aufgeklungen war. Ennio stand steif da und schien zu überlegen.

Da war doch noch etwas.

Sicher, das Mädchen!

Und mit einem Knurrlaut auf den Lippen fuhr er zu Coleen Kilman herum...

»Bleib nur sitzen, Bulle«, sagte Viola Mandini kalt, »sonst mache ich ein Sieb aus dir!«

Daß diese Drohung kein leeres Gewäsch war, nahm ich ihr ohne weiteres ab.

Ich rührte mich nicht, sondern schaute sie nur an.

Gefährlich sah sie aus.

Viola trug einen pechschwarzen, hautengen Anzug, der schon mehr einem Trikot glich. Die Füße steckten in schwarzen Stiefeln, und das rote Haar fiel bis auf die Schultern. Auf ihrem Oberkörper prangte ein flammendroter Drudenfuß, zwei ineinandergeschachtelte Dreiecke, in deren Mitte ein Teufelskopf zu sehen war.

Auch in Rot.

Dieses Mädchen stand unter dem Einfluß des Bösen, das war ihr durchaus anzusehen.

Und die MPi hielt sie lässig wie ein Soldat.

»Ich habe dir doch gesagt, daß ich Bullen nicht ausstehen kann«, sagte sie. »Und wenn solche Greifer ausgerechnet noch in meine Wohnung kommen, werde ich obersauer.«

Ihre Mutter hob beide Hände. »Nicht schießen, Viola, bitte schieß nicht. Wir machen es draußen.«

»Mal sehen.«

Memo Mandini sagte nichts. Er hockte in seinem Sessel und wußte nicht, wo er hinblicken sollte. Einmal schaute er seine Frau an, danach seine Tochter, dann mich.

Und ich sah ihm an, daß er mit den Taten seiner Familienmitglieder überhaupt nicht einverstanden war. Aber was sollte er machen? Er kam gegen sie nicht an.

Stille breitete sich aus, die jedoch vom Lachen der dicken Frau unterbrochen wurde.

»Was ist los?« fragte Viola.

»Hast du es gehört?«

»Was gehört?«

»Ich habe ihm gesagt, wer euer Vater ist.«

»Ja.« Viola Mandini lächelte böse. »Ich habe gelauscht. Es hat mir so richtig gefallen, Daddy.«

»Du bist nicht meine Tochter«, sagte der Alte. »Du nicht. Du bist das Produkt einer Hure mit...«

»Halt's Maul, Alter!«

»Willst du mir hier den Mund verbieten? Hier in meinem eigenen Wohnwagen?«

»Ja.«

»Und wenn ich weiterrede?«

»Glaubst du, es würde mir etwas ausmachen, dich umzubringen?«

Es war ein schlimmer Satz, den dieses junge, verdorbene Mädchen da gesprochen hatte. Mandini war geschockt. Er schüttelte den Kopf. Konnte nicht reden, dafür wurden seine Augen feucht. Er hatte in den letzten Minuten mehr gehört, als ein normaler Mensch verkraften kann. Sein Weltbild war zusammengebrochen.

»Ja«, flüsterte er nach einer Weile. »Das sehe ich dir an. Dir würde es wirklich nichts ausmachen, deinen eigenen Vater umzubringen. Was bist du nur für ein Mensch?«

»Mensch?« höhnte Viola.

»Lassen Sie es gut sein, Mr. Mandini«, mischte ich mich ein. »Das ist nicht Ihre Tochter.«

»Nein, das ist sie wirklich nicht. Ich habe eine Bestie großgezogen, ich merke es immer mehr.«

»Ausgerechnet du mußtest dein Maul aufmachen, Bulle. Seit wann haben Stinktiere denn eine Meinung?« giftete sie mich an.

Ich sagte nichts. Ihre Beleidigungen ließen mich nicht leichtfertig werden. Wahrscheinlich wartete sie nur darauf, daß ich mich falsch bewegte, aber den Gefallen tat ich ihr nicht.

Auch Suko verhielt sich ruhig, obwohl er innerlich bestimmt vor Wut kochte, ebenso wie ich. Aber es gab keine Chance, die Kugeln würden Suko und mich in dem engen Wohnwagen immer erreichen.

»Ich möchte doch noch einen Vorschlag machen«, sagte Memo Mandini. »Können wir uns nicht einigen?«

Als Antwort spie seine Frau ihn an. Da sprang Memo auf.

»Bleib sitzen!« schrie Viola.

Urplötzlich hatte sich die Situation verschärft. Sie stand auf Messers Schneide.

Würde sie kippen?

Nein, Memo Mandini sank wieder zurück.

Ich atmete auf. Einen Mord wollte ich nicht, denn diese Viola hätte geschossen, da war ich mir völlig sicher.

»So, und nun zur Sache«, sagte Viola. »Wir werden die beiden in der Geisterbahn umlegen. Dort kann Ennio sie in Empfang nehmen, er wird seinen Spaß haben.«

Die Dicke nickte. Dann setzte sie sich in Bewegung, hielt sich aber so, daß sie nicht in die Schußlinie geriet, während uns die Mündung der Maschinenpistole nach wie vor anglotzte.

»Wo willst du hin?« fragte die Rothaarige.

»Warte es ab«, erwiderte ihre Mutter und zog eine Schublade auf. Was sie herausnahm, konnte ich nicht sehen, auch nicht, als sie wieder zurückwatschelte, sich wieder an ihrer Tochter vorbeidrückte und auf uns zutrat.

Nur der Tisch trennte uns noch, als sie stehenblieb.

Die Frau sah uns an. Dann reagierte sie gedankenschnell.

Plötzlich zuckte ihr rechter Arm hoch, und gleichzeitig sprühte sie uns eine widerlich riechende Wolke ins Gesicht.

Chloroform, dachte ich noch.

Das war mein letzter Gedanke, dann kippte ich zur Seite.

Suko hielt sich noch etwas länger. Er kam sogar mit seinem Oberkörper hoch, doch die Frau sprühte eiskalt weiter, wobei sie selbst die Luft anhielt.

Suko bewegte die Arme wie ein flügellahmer Vogel. Schließlich sackte auch er zusammen.

Die Rothaarige ließ die MPi sinken und öffnete hastig ein Fenster, damit frische Luft in den Wagen strömte.

»Und was machen wir mit ihm?« fragte sie ihre Mutter, wobei sie Memo meinte.

»Der macht nicht mit«, erwiderte die dicke Frau kalt.

Aus der Drehung schlug Viola zu. Plötzlich platzten vor Mandinis Augen tausend Sterne auf.

Dann kam die Dunkelheit.

Aus.

Coleen Kilman hatte die Kampfgeräusche wohl gehört, die Auseinandersetzung selbst aber nicht gesehen. Sie war auch nicht bewußtlos geworden, sie stellte sich einfach tot.

Und sie wagte kaum zu atmen, hörte aber das verzweifelte Röcheln, dann Rudys Stimme, vernahm einen dumpfen Aufprall, einen Fall und konnte sich so einiges zusammenreimen.

Obwohl sie Tom haßte, gönnte sie ihm das Schicksal jedoch nicht. Zudem stand sie Höllenängste aus, ihr Herz schlug so laut und hart, daß sie glaubte, ihre Brust müßte zerspringen.

Dann wurde es still.

Vorsichtig drehte das Mädchen den Kopf und schielte über die Schulter hinweg.

Sie sah den Schatten der Bestie, wie er sich bewegte. Als sie jetzt genauer hinschaute, entdeckte sie das Messer in seiner Hand. Der Kerl mit dem blutenden Gesicht war dabei, die Klinge an seiner Hose blankzuwischen.

Das Messer!

Coleens Angst wurde noch größer. Sicherlich hatte die Bestie damit jemanden getötet – einen der beiden Männer, und jetzt war sie an der Reihe, denn der Schatten wanderte auf sie zu.

Bis zu dieser Minute hatte sich Coleen Kilman völlig ruhig verhalten. Das war jetzt vorbei.

Sie sprang auf.

Und damit wiederum hatte die Bestie nicht gerechnet. Ennio wurde davon überrascht, als das Mädchen unter seinen zugreifenden Händen hinwegwischte.

Ennio fiel über den Sarg. Das gab dem Mädchen Gelegenheit, wieder auf die Beine zu gelangen, denn es war bei seinem Ausbruch ausgerutscht. Die eine Lampe brannte weiter, so konnte Coleen sehen, wo sie hinlief. Und sie war geistesgegenwärtig genug, die Lampe vom Boden hochzunehmen. Zur Not konnte sie das Ding als Schlagwaffe gebrauchen.

Der Kerl schnappte zu.

Coleen sprang nach hinten, prallte gegen die Scheibe, und die Hände verfehlten sie. Jetzt befand sich der Kerl dicht vor ihr, und Coleen nutzte die Gelegenheit.

Sie schlug zu.

Die Stablampe traf den Hals des Teufelssohns. Der zuckte kaum zusammen, auf jeden Fall war er nicht davon abzubringen, sich auf Coleen zu werfen.

In ihrer Verzweiflung bückte sich das Mädchen, riß einen Sarg hoch und warf ihn dem Monster entgegen.

Der Mann mit dem blutenden Gesicht lachte nur. Er wischte die Totenkiste einfach weg. Sie knallte zu Boden, der Deckel sprang auf, und ein nachgemachter Vampir rollte heraus.

Das allerdings sah Coleen nicht. Durch eine rasche Drehung hatte sie sich aus der Reichweite des Mörders gebracht und hastete davon. Sie wollte den gleichen Weg nehmen, den die beiden Männer sie geführt hatten, und sie hoffte, daß sie ihn auch fand.

Die Taschenlampe leistete ihr jetzt wertvolle Hilfe. Sie leuchtete die Strecke vor ihr aus, so daß Coleen kaum Gefahr lief, gegen irgendwelche Gegenstände zu prallen.

Sie wich Kabelschlingen aus, wischte um Aufbauten herum und warf sogar zwei von ihnen mit ihrer Schulter kurzerhand um.

Weiter – und weg.

Dann sah sie die Schienen. Jetzt wußte sie, wo sie sich befand. Hinter sich hörte sie das Keuchen des unheimlichen Verfolgers. Er war ihr dicht auf den Fersen.

Zu dicht.

Der nächste Schritt.

Das Mädchen trat genau zwischen die Schienen und tippte mit der Schuhspitze gegen die vordere Schiene.

Das wurde ihr zum Verhängnis. Coleen stolperte, hatte zuviel Schwung und schaffte es nicht mehr, sich zu fangen.

Sie fiel hin.

Zum Glück konnte sie sich noch abstützen, so daß wenigstens ihr Gesicht verschont blieb.

Trotzdem war der Aufprall hart.

Und das Mädchen spürte ihn bis in den letzten Gehirnwinkel hinein. Sterne blitzten vor ihren Augen, die Lampe rutschte ihr aus den Händen. Coleen wollte sich wieder aufraffen und weiterlaufen, doch da war der Unhold schon über ihr.

Er bückte sich. Seine Hand wühlte sich in ihrem Pullover fest. Ennio lachte, während er Coleen Kilman in die Höhe zog.

Coleen aber ergab sich in ihr Schicksal...

Jane schaute auf die Uhr. »Himmel, wir haben uns um bestimmt zwanzig Minuten verspätet.«

Shao erschrak. »Das hätte ich nie gedacht. Die Zeit ist vergangen wie im Flug.«

Jane nickte.

Sie war mit einigen Tüten bepackt, hatte Spielzeug für Nachbarskinder gekauft und auch Kleinigkeiten aus dem Erzgebirge für ihre Wohnung. Sie wollte die Dinge dort aufstellen.

»Und wir sind nicht einmal Karussell gefahren«, beschwerte sich Shao.

Wie auch bei Jane stand eine Atemfahne vor ihren Lippen.

»Willst du denn?« fragte die Detektivin.

»Eigentlich schon.«

»Und wo?«

Die beiden Frauen waren stehengeblieben. Um sie herum lief der Trubel des Weihnachtsmarktes und der Kirmes ab. Sie wurden gerempelt, angestoßen, und kaum jemand murmelte eine Entschuldigung.

»Ich mag es ja wild. Entweder diese Loopingbahn oder das Wikingerschiff.«

»Das Wikingerschiff ist näher«, meinte Jane.

»Dann gehen wir dort hin.«

»Einverstanden«, lächelte Jane. »Aber mich kriegst du in das Ding nicht rein.«

»Hast du Angst?«

»Nein, nur einen schlechten Magen.«

Shao lachte. »Das macht mir nichts aus.«

Die beiden Frauen hatten diese Einkaufsstunden richtig genossen und freuten sich schon auf das warme Essen und den guten Wein, den es dazu gab.

»Seltsam«, sagte Shao, als sie nicht mehr weit von dem Schiff entfernt waren.

»Was ist seltsam.«

Shao blieb stehen und deutete nach vorn. »Das ist gar nicht in Betrieb.«

»Bei der Menge Menschen! Das glaubst du wohl selbst nicht. Los«, Jane stieß Shao an, »laß uns nachsehen.«

Die beiden Frauen gingen jetzt auf direktem Wege zu dem großen Wikingerschiff. Während sie näher kamen, sahen sie die beiden Polizeiwagen.

»Da ist was passiert«, murmelte Shao.

Jane nickte nur. Sie hatte einen der Beamten erkannt. Einen noch jungen Burschen, der immer einen roten Kopf bekam, wenn er mit der Privatdetektivin sprach.

»He, Konstabler O'Malley!« rief die Detektivin. »Bitte, ich muß mit Ihnen sprechen.«

Der junge Beamte wollte soeben in den Wagen steigen, drehte sich aber um, als er Janes Stimme hörte. »Hallo, Miss Collins«, erwiderte er und bekam prompt seinen roten Kopf. »Ich habe Sie ja lange nicht mehr gesehen.«

Jane reichte dem Beamten die Hand und setzte ihr bezauberndstes Lächeln auf.

»Wie geht es Ihnen, Konstabler?«

»Leider habe ich Dienst. Sie sind sicherlich privat hier auf dem Weihnachtsmarkt oder mit dem Oberinspektor?«

»Sie meinen John Sinclair?« schaltete die Detektivin sofort.

»Ja.«

»Hat er denn mit dieser Sache etwas zu tun gehabt?« erkundigte sich Jane.

»Wissen Sie das denn nicht?«

»Nein.«

»Hier war wirklich der Teufel los. John Sinclair hat mit einem«, er hob die Schultern, »was weiß ich gekämpft. Auf jeden Fall schien es kein richtiger Mensch gewesen zu sein.«

Shao hatte sich inzwischen auch zu den beiden gesellt. »Und Suko?« fragte sie sofort.

»Meinen Sie den Chinesen?«

Shao nickte.

»Er war nicht in der Schaukel. Ich habe ihn hier überhaupt nicht gesehen.«

»Moment, Moment«, sagte Jane. »Jetzt noch einmal von vorn und ganz langsam. John Sinclair befand sich also in diesem riesigen Schiff.« Als der Beamte nickte, sprach sie weiter. »Warum ist Mr. Sinclair auf das Schiff gesprungen?«

»Ich habe keine Ahnung. Wir sind erst später hinzugekommen, habe aber gehört, daß der Oberinspektor mit seinem Gegner gekämpft hat, während sich das große Schiff in Bewegung befand. Der Kampf war auf Leben und Tod. Der eine ist aus großer Höhe aus der Schaukel gefallen und hatte plötzlich keinen Kopf mehr.«

»Was sagen Sie da?«

»Miss Collins.« Der Beamte legte seine Hand gegen die Brust. »So wahr wie ich hier stehe. Der eine hatte keinen Kopf mehr. Der... der löste sich auf.«

Jane sagte nichts mehr. Sie hatte schon zuviel erlebt, um sich noch zu wundern. Wenn O'Malley das gesehen hatte, dann stimmte es. Tief holte sie Atem. »Wissen Sie denn, wo sich John Sinclair jetzt befindet?«

»Ich müßte mal die Kollegen fragen.«

»Seien Sie doch so gut.«

Der Konstabler beugte sich in den Wagen und sprach einige Worte mit seinen Kollegen. O'Malley strahlte, als er Jane wieder anschaute. »Ja, ich weiß, wo sich Mr. Sinclair befindet. Die anderen sagten, er wäre zur Geisterbahn gegangen. Das haben sie wenigstens gehört.«

»Sie sind ein Schatz«, erwidert Jane und drückte dem überraschten O'Malley einen Kuß auf die Wange.

Der junge Beamte bekam einen knallroten Kopf und wußte vor lauter Verlegenheit nicht, wo er hinschauen sollte. Bis einer seiner Kollegen rief: »Jetzt darfst du dich drei Tage nicht waschen!« Da erst drehte er sich um und stieg in den Wagen.

Jane und Shao waren nicht mehr zu sehen. Sie befanden sich bereits auf dem Weg zur Geisterbahn.

Diesmal hatten sie es mehr als eilig. Nun waren sie es, die andere Gäste des Weihnachtsmarktes und der Kirmes anrempelten. Sie hörten nicht auf die Beschwerden, sondern sahen zu, daß sie die Geisterbahn erreichten.

Sie fanden sie leer. Kein Wagen fuhr. Und auch von den Angestellten war nichts zu sehen. Das zerbrochene Kassenhäuschen bewies ihnen, daß hier etwas vorgefallen war.

»Was tun wir?« fragte Shao.

»Das ist die Frage«, murmelte Jane. Sie biß sich auf die Unterlippe und schaute an der Fassade hoch. »Diese Geisterbahn hat irgend etwas mit dem Fall zu tun. Ich finde, wir sollten uns dort ein wenig umsehen.«

Jane flankte über das Gitter und schritt auf den Eingang zu, wo auch die Wagen durchfuhren.

Shao folgte ihr langsam.

Und beide Frauen hatten ein ungutes Gefühl. Die Einkaufstaschen hatte Jane zurückgelassen. Verloren standen sie neben dem Eingang.

Die dicke Mandini rieb sich die Hände und schaute ihre teuflische Tochter an. »Die beiden wären wir los«, sagte sie.

»Noch nicht.«

Die Frau winkte ab. »Was soll jetzt noch schiefgehen?« Sie blickte auf Suko und mich. »Am liebsten würde ich es ja hier machen und ein Messer nehmen.«

»Bist du verrückt?«

»Warum?«

»Denk an den Transport.«

Die Dicke winkte ab. »Den haben wir so oder so.«

»Trotzdem. Wenn sie uns unterwegs anhalten, aus welchem Grund auch immer, so können wir sagen, daß die beiden bewußtlos geworden sind. Wenn du sie aber jetzt tötest, fällt das auf.«

»Ja, das stimmt.«

»Die Frage ist nur«, überlegte Viola laut, »wie wir die beiden transportieren sollen. Tragen können wir sie nicht, dazu sind sie zu schwer.«

Ihre Mutter lachte. »Ich habe eine Idee. Neben dem Wohnwagen steht doch die Karre.«

»Die willst du...?«

»Warum nicht, Viola? Ist doch ganz einfach. Überleg mal, Kind. Wir klemmen die beiden in die Karre, decken die Plane darüber, und damit hat es sich.«

»Könnte gehen.«

»Das könnte nicht nur, das geht sogar.« Die Dicke war schon an der Tür. »Ich stelle die Karre bereit«, sagte sie.

»Meinetwegen.«

Viola Mandini wartete. Für ihren Vater hatte sie ebenso kalte Blicke übrig wie für Suko und mich. Diese junge Frau kannte kein Mitleid, nur Haß und Verderben.

Nach einigen Minuten kam ihre Mutter zurück. »Die Karre steht bereit«, meldete sie.

»Fantastisch.« Viola nickte und rieb sich die Hände. »Jetzt geht es den beiden an den Kragen.«

»Und was ist mit deinem Vater?«

»Um den kümmern wir uns hinterher. Vielleicht hat Ennio auch eine Idee. Er ist ja besonders fantasiebegabt.«

Die Alte kicherte daraufhin.

Zuerst hoben sie Suko hoch. Der Chinese hatte sein Gewicht, aber Haß und Wut gab den beiden teuflischen Weibern Kräfte, die sie sonst gar nicht besaßen.

Sie rollten Suko über die Kante, legten ihn in die Karre und winkelten seine Beine an. Viola breitete die zurechtgelegte Plane über den Chinesen aus.

Zwei Minuten später schleiften sie mich aus dem protzigen

Wohnmobil. Ich wurde auf Suko geworfen und so krumm wie eine Schlange hingelegt. Da fiel Viola noch etwas ein. »Die beiden sind doch Bullen«, sagte sie, »und haben bestimmt auch Kanonen.« Hastig durchsuchte sie Suko und mich. Viola fand beide Berettas und hielt sie lachend hoch. »Das ist gut«, freute sie sich, »das ist sogar sehr gut...« Sie gab eine ihrer Mutter. »Hier.«

Die Frau schüttelte den Kopf. »Was soll ich damit? Ich kann mit diesen Dingern nicht umgehen.«

»Du brauchst nur abzudrücken.«

»Nein, nein, nimm du sie.«

Viola Mandini hob die Schultern. »Wie du meinst«, sagte sie und steckte die beiden Waffen in den Gürtel. »Los jetzt, wir müssen sie wegschaffen.«

Die Alte zog die Plane noch mal zurecht. Es war ein zweirädriger Wagen mit Rädern, die auf Gummireifen liefen. Er hatte eine lange Deichsel, bei der kurz vor dem Ende ein Griff abzweigte.

Er konnte von zwei Seiten angefaßt werden, was die beiden Frauen auch taten.

Gemeinsam zogen sie den Wagen mit der menschlichen Fracht durch den Schlamm und waren froh, als sie trockenes Gelände erreichten. Ab jetzt ging es wesentlich besser und schneller. Beide zogen heftig und schafften die Strecke bis zur Geisterbahn innerhalb kurzer Zeit. Sie näherten sich der Anlage von der Rückseite, denn dort wollten sie die Bahn betreten.

Viola stellte fest, daß die Tür offen war. »Da ist jemand«, sagte sie.

»Wo?« fragte ihre Mutter.

»In der Bahn.«

»Du bist verrückt.«

»Das bin ich nicht. Ich weiß genau, daß ich die Tür abgeschlossen hatte. Jetzt aber ist sie offen.«

»Ennio?«

Viola schüttelte den Kopf. »Der bricht kein Schloß auf. Schätze, daß wir uns auf einige Überraschungen gefaßt machen können.«

Die dicke Frau schaute sich um. Verdächtige oder Verdächtiges sah sie nicht. Etwas weiter entfernt gab es am Glühweinstand Stimmung, sonst war kein Mensch zu sehen.

»Sollen wir sie trotzdem ausladen?« fragte die Alte.

»Sicher, wir werden auch mit drei Gegnern fertig.« Viola hatte die Maschinenpistole im Wohnwagen gelassen, weil sie einfach zu hinderlich für sie war. Sie verließ sich voll und ganz auf die erbeuteten Handfeuerwaffen.

Die dicke Frau zog die Plane ab. »Schnell, sonst fallen wir noch auf.«

Wieder arbeiteten die beiden teuflischen Weiber Hand in Hand. Sie schafften Suko und mich in die finstere Geisterbahn. Viola zog sofort die Tür hinter sich zu.

Es war dunkel.

»Wir haben kein Licht!« schimpfte die Alte und hatte ihre Stimme gesenkt.

»Notbeleuchtung«, erwiderte Viola.

»Findest du die?«

»Sicher, warte hier.«

Viola Mandini verschwand. Sie schien die Augen einer Katze zu haben, denn selbst im Dunkeln stieß sie nirgendwo gegen. Zielsicher fand sie den kleinen grauen Kasten an der Wand, zog die Tür mit dem Magnetverschluß auf und sah den Griff mit der roten Kunststoffhaube.

Ihn zog sie nach unten.

Sofort wurde es heller. Allerdings nicht strahlend hell, sondern mehr düster.

Viola kehrte wieder zu ihrer Mutter zurück. Auf ihr Zeichen warf sich die Alte den Chinesen über die Schulter und die Tochter nahm mich. Mit dieser menschlichen Last marschierten sie. Die beiden kannten sich sehr gut aus, fanden trotz der nur brennenden Notbeleuchtung mit traumwandlerischer Sicherheit ihr Ziel und erreichten die Schienen.

Hier irgendwo mußte sich Ennio aufhalten, aber wo steckten der oder die Eindringlinge?

Viola wollte gerade den Namen ihres Bruders rufen, als sie seine Stimme hörte.

Es war mehr eine Mischung aus heiserem Krächzen, stoßartiges Schreien und Fauchen.

»Töten. Ich will dich töten...!«

Coleen Kilman konnte nichts dagegen tun, als der Kerl sie hochriß. Sie schrie nicht einmal, sondern befand sich in einer nahezu völligen Apathie.

Es war ihr alles egal.

Der Unheimliche mit dem blutenden Gesicht schleuderte sie herum. Mit der linken Hand hielt er sie fest, die rechte krallte er in ihr langes Haar.

Er schaute sie an.

Coleen sah dieses grauenhafte, entstellte Gesicht dicht vor ihren Augen, und trotz der herrschenden Dunkelheit konnte sie fast jedes Detail erkennen.

Plötzlich wurde es heller.

Notbeleuchtung!

Aber es war nur ein trüber, etwas milder Schein. Und Coleen sah ihren Peiniger, der einmal ihr Freund gewesen war, noch besser.

»Barry«, hauchte sie...

Aber Barry hörte nicht. Er öffnete den Mund und spie ihr eine fürchterliche Drohung ins Gesicht.

Er wollte sie töten!

Der Unhold hatte die Worte kaum ausgesprochen, als sich seine Hände vom Körper des Mädchens lösten. Für den Bruchteil einer Sekunde flackerte Widerstandswillen in Coleen auf, doch dann spürte sie die Pranken um ihren Hals.

Wie bei dem Mann, der sie vergewaltigen wollte, dachte sie.

Die Klauen drückten zu.

Schlagartig wurde Coleen die Luft knapp. Ein letzter, pfeifender Atemzug noch, dann nichts mehr.

Sie sackte zusammen.

In ihren Ohren brauste es. Es war das Blut, das plötzlich schneller durch ihre Adern rann. Sie würgte, die Augen quollen hervor, und bereits jetzt machte sich die Schwärze bemerkbar, die sie bald völlig einhüllen und in den Tod reißen würde.

Sie hatte sich auf das tödliche Spiel eingelassen und es verloren. Ein Zurück gab es nicht mehr.

Coleen spürte genau, wie die Kraft aus ihren Knien wich. Es

fiel ihr ungeheuer schwer, überhaupt noch Kontakt mit dem Boden zu halten. Dann sackte sie durch.

Nebel wallte vor ihren Augen. Mal schwarz, dann wieder bunt. Coleen hörte das heftige Atmen ihres Mörders, sein Keuchen, seine Schreie, aber es machte ihr nichts mehr aus.

Bis der Druck plötzlich nachließ.

Von irgendwoher vernahm sie Stimmen.

Frauenstimmen!

»Bist du verrückt, Ennio! Laß sie los.«

Gierig saugte Coleen die Luft ein. Ihr Hals schmerzte, die Kehle wollte die Luft gar nicht annehmen, aber langsam verschwanden die farbigen Kreise vor ihren Augen.

Dafür schien die Helligkeit zu explodieren.

Es dauerte eine Weile, bis Coleen erkannte, daß sie von einer Taschenlampe geblendet wurde.

Licht – das bedeutet Rettung, Leben!

War sie gerettet?

Coleen wagte kaum daran zu glauben... Zu klein war der Hoffnungsfunke, und er wurde auch nicht größer...

Dann vernahm sie eine Frauenstimme. Erst nur leise, kaum verständlich, als würde sie durch dichten Schaumstoff gefiltert. Sekunden später verstand sie Worte.

»Wer ist das, Ennio? Kennst du sie?«

»Nein und ja.«

»Wie denn jetzt?«

»Nein.«

»Gut. Und woher kommt sie?« fragte die Frau.

»Ich weiß es nicht. Sie war plötzlich da. Zusammen mit Tom und Rudy. Die beiden wollten sie...«

»Was hast du mit Tom und Rudy angestellt?« wurde der Mann mit dem blutenden Gesicht gefragt.

»Tot. Sie sind tot.«

»Mußte das sein?«

»Sie wollten mich...« Ennio brach ab.

»Ist schon gut«, sagte die Frau. »Auf eine Leiche mehr oder weniger kommt es nicht an. Wir haben hier auch noch zwei, die wir töten müssen.« Die Gefühlskälte war erschreckend.

»Wer ist das?« fragte Ennio.

Viola lachte verächtlich. »Mindestens ein Bulle. Und ein Chink. Ein Chinese.«

»Haben sie euch etwas getan?«

»Nein, Ennio. Sie versuchten es nur. Wir waren schneller. Mutter hat gut geschaltet. Dein Vater weiß jetzt, daß du vom Teufel bist, mein Freund.«

Da kicherte Ennio. »Und?«

»Er liegt ihm Wohnwagen«, antwortete die Alte. »Aber er ist nicht tot. Vielleicht später.«

»Das mache ich dann«, flüsterte Ennio. »Er hat mich nie anerkannt, hat immer über mich gelacht. Jetzt will ich mich rächen.«

»Das kannst du auch. Nach dieser Arbeit. Wie gefällt dir denn dein neuer Körper?«

»Er ist gut.«

»Möchtest du ihn behalten?«

»Ja.«

Seine Mutter ging einen Schritt vor und streichelte Ennios Gesicht. Es störte sie nicht, daß sie sich dabei blutige Finger holte. »Ja, mein Kleiner«, flüsterte sie. »Du hast viel in deinem Leben durchgemacht. Dein Gesicht wird bleiben, aber du sollst dafür entschädigt werden. Auch der Teufel gibt jedem eine Chance.«

Fragt sich nur, welche, dachte Coleen Kilman. Sie hatte die letzten Worte vernommen. Schon längst war sie wieder voll da, sie zeigte es nur nicht und spielte nach wie vor die Geschwächte.

Coleen lag auf dem Boden. Sie hatte sich unbemerkt zur Seite gedreht, und wenn sie den Blick etwas hob, konnte sie dorthin schielen, wo sich die Gegner befanden.

Sie sah drei.

Zwei Frauen und Ennio, der Mann mit dem zerschnittenen Gesicht. Das diffuse Licht ließ seine Visage noch schauriger aussehen. Coleen fragte sich, wie ein Mensch nur mit einem solchen Gesicht herumlaufen konnte. Woher hatte er das wohl? Auf die Wahrheit kam sie nicht. Sie war auch so unwahrscheinlich, daß sie sie unter Umständen gar nicht geglaubt hätte.

Die beiden Männer, von denen die Frauen gesprochen hatten, lagen auf den Boden.

Beide schienen bewußtlos zu sein, zumindest kampfunfähig. Wenn diese Frauen die Polizisten geschafft hatten, waren es wirklich Teufelsweiber.

»Wir dürfen nicht mehr viel Zeit verlieren«, sagte Viola Mandini. »Ich möchte noch heute nacht alles hinter mich gebracht haben.«

»Der Meinung bin ich auch«, sagte ihre Mutter.

»Wen nehmen wir zuerst?«

Die Alte lachte. »Das ist mir egal. Sterben müssen beide. Lassen wir Ennio doch die Wahl.«

Viola drehte sich zu ihrem Bruder um. »Bist du einverstanden, mein Lieber?«

Ennio nickte heftig. Und ob er einverstanden war. So etwas brauchte man ihn nicht zu fragen.

»Noch einmal, Ennio. Wen willst du zuerst töten?«

Ennio gab keine Antwort. Statt dessen ging er zwei Schritte vor und trat dann dem blonden Mann heftig in die Seite. »Den hier!« keuchte er.

»Ist gut, mein Lieber«, freute sich die Rothaarige.

Das war der Moment, in dem ich die Augen öffnete...

Sicherlich hatten die teuflischen Weiber damit gerechnet, daß wir länger bewußtlos bleiben würden. Ich für meinen Teil hatte das Zeug zwar eingeatmet, dann aber die Luft angehalten, so daß vielleicht nicht so sehr viel in meinen Kreislauf gelangt war.

Auf jeden Fall war ich wach.

Aber wie. Mir war hundeelend. Am liebsten hätte ich mich übergeben. Früher hatte man in den Krankenhäusern auch mit der Chloroform-Methode gearbeitet. Da war es dem Patienten auch jedesmal nach dem Erwachen schlecht geworden.

Mir erging es um keinen Deut besser.

Allerdings hatte ich mich so in der Gewalt, daß ich mir nichts anmerken ließ. Auch nicht, als mich der wirklich heftige Tritt in die Seite traf.

Fest biß ich die Zähne zusammen und gab keinen Laut von mir, was mir verdammt schwer fiel.

»Ist gut, mein Lieber«, vernahm ich die Stimme der Tochter. »Wir werden dich nicht hindern.« Das fügte sie hinzu, als mein Schmerz etwas abebbte.

Ein Schatten fiel über mich.

Ennio hatte sich gebückt. Bewußt machte ich mich schwer. Der Kerl sollte seine Mühe haben, wenn er mich hochhieven wollte. Und danach würde ich ihm seinen Spaß gründlich verderben, auch ohne Beretta, denn daß die Waffe fehlte, hatte ich längst bemerkt.

Vielleicht sollte ich das Kreuz nehmen, aber es war durch den dünnen Pullover verdeckt. Ich hätte es erst hervorholen müssen, was den anderen wiederum verriet, daß ich nicht mehr groggy war.

So spielte ich mit.

Wieder schoß eine Welle der Übelkeit in mir hoch, als der Kerl mich auf die Seite und dann auf den Rücken drehte.

Aus schmalen Augenschlitzen schaute ich ihn an. Meine Augen wirkten tatsächlich so, als wären sie geschlossen.

Ennio fiel neben mir in die Knie. So hatte er eine bessere Haltung. Die anderen warteten. Ich vernahm das gespannte Atmen von Mutter und Tochter und das leise Schluchzen eines am Boden liegenden Mädchens, das ebenfalls in diesen Teufelskreis mit hineingeraten war.

Ennio streckte die Arme aus. Seine Hände spreizten sich. Die zehn Finger wurden zu gefährlichen Würgeklauen, die über meine Brust strichen und sich meinem Hals näherten.

Hätte jetzt das Kreuz freigelegen, dann wäre die Chance des anderen verdammt gering gewesen.

So aber mußte ich versuchen, mich irgendwie anders aus der gefährlichen Klemme zu befreien.

Schon spürte ich die kalten Finger. Ennio machte es spannend. Er drückte nicht sofort zu. Wahrscheinlich wollte er den grausamen Vorgang in die Länge ziehen.

Das war meine Chance.

Ich stellte mich noch immer völlig bewußtlos, beobachtete aber genau, nicht nur den Mann mit dem blutenden Gesicht, sondern auch seine Schwester und die Mutter.

Sie standen und sahen uns zu.

Die Rothaarige war erregt. Der Drudenfuß mit der innen aufgemalten Teufelsfratze leuchtete in dem diffusen Licht. Viola hielt eine Waffe in der Hand.

Meine Beretta.

Der Lauf allerdings wies zu Boden.

Ausgezeichnet.

Ennio stöhnte.

Da handelte ich.

Plötzlich fuhren meine Arme hoch, packten von hinten seine Haare und zogen den Kopf zurück. Überrascht schrie Ennio auf, aber da hatte ich ihn schon im Klammergriff, wälzte mich auf dem Boden liegend mit ihm herum und setzte selbst einen Würgegriff an, aus dem er keine Chance hatte, sich zu befreien. Ich lag auf dem Rücken, er auf mir.

»Okay«, rief ich die Rothaarige an, »wenn du jetzt schießt, triffst du deinen eigenen Bruder...«

Plötzlich spürte Shao die Hand auf ihrem Kopf. Sie blieb stehen und verkrampfte sich.

»Jane!« flüsterte sie.

Die Detektivin war einige Schritte vorgegangen. Jetzt drehte sie sich um.

»Was ist?«

»Mich hat etwas berührt.«

Jane kam näher. Ihr Gesicht – sonst nur ein heller Fleck – kristallisierte sich hervor. Die Lippen waren zu einem Lächeln gekräuselt. Sie griff an Shao vorbei und drückte die Finger der Skelетthand zur Seite, die Shaos Kopf berührt hatte.

»Du vergißt, meine Liebe, daß wir uns in einer Geisterbahn befinden«, sagte sie.

Die Chinesin atmete auf. »Daran habe ich wirklich nicht mehr gedacht. Ich habe mich so erschreckt.«

»Kann ich mir vorstellen. Komm, gehen wir weiter.«

Die beiden Frauen waren nicht das erste Mal gemeinsam unterwegs und erlebten gefährliche Momente. Es lag noch gar nicht lange zurück, da hatten sie gegen den Moloch gekämpft, dieses widerliche Ungeheuer, das Jane Collins hatte fressen wollen.

Jane und Shao kannten Geisterbahnen nur vom Hörensagen. Weder die Detektivin noch die dunkelhaarige Chinesin hatten Lust, durch die Geisterbahn zu fahren. Jetzt wußten sie natürlich nicht, wie sie sich zurechtfinden sollten.

Instinktiv jedoch hielten sie sich dort auf, wo die Schienen verliefen. Sie wußten, wenn sie immer den glänzenden Metallschienen nachliefen, würden sie irgendwann zu ihrem Ziel gelangen.

Nur das zählte.

Zu rufen wagte keine.

Bisher war es fast völlig dunkel. Nur durch die Ritzen in der Außenwand sickerte hin und wieder ein hellerer Schein, der sich jedoch rasch verlor.

Eine Kurve.

Sie war ziemlich eng. Über die Köpfe der Frauen strichen Spinnenhände.

Nun erschreckte sich keine mehr.

Und nach der Kurve blieb Jane so abrupt stehen, daß Shao gegen die Detektivin prallte.

»Was ist los?« wisperte die Chinesin.

»Der Lichtschein«, gab Jane ebenso leise zurück.

»Das rötliche Licht?«

»Ja, und dann sehe ich auch noch den Schein einer Taschenlampe. Das könnten die beiden sein.«

»Willst du rufen?« fragte Shao.

Jane Collins überlegte. Sie hatte ebenfalls daran gedacht, dies zu tun, doch ein unbestimmtes Gefühl hinderte sie daran, sich jetzt schon zu zeigen.

Dann hörten die beiden Frauen Stimmen.

Allerdings konnten sie nichts verstehen. Jane tippte Shao an und nickte.

Das Zeichen zum Weitergehen.

Die Stimmen verstummten nicht. Beide hörten das schrille Organ einer Frau.

Noch eine zweite mischte sich ein.

Dann wieder die erste.

Dazwischen sagte ein Mann einige Worte.

»Das war ja John«, wisperte Jane Collins.

Dann hörten sie das häßliche Lachen der ersten Frau, und im nächsten Augenblick fiel ein Schuß...

Memo Mandini spürte das Blut, das über sein Gesicht rann. Und er spürte die bohrenden Kopfschmerzen, die unter seiner Schädelplatte hämmerten. Das Blut wischte er mit dem Handrücken weg, die Kopfschmerzen konnte er nicht beseitigen, sie würden die nächste Zeit über bleiben. Und wem hatte er sie zu verdanken?

Seiner Frau und seiner Tochter!

Schlagartig kehrte bei ihm die Erinnerung zurück. Plötzlich wußte er Bescheid. Die Ereignisse vor der Bewußtlosigkeit fielen ihm ein, der Besuch der beiden Polizisten, das Geständnis seiner Frau, das Auftauchen der Tochter und wie sie mit einer Brutalität und Kälte reagiert hatte, die kaum noch zu überbieten war.

Ja, sie war wirklich ein Kind des Teufels. Von einem Menschen konnte sie die Eigenschaften nicht haben.

Unmöglich...

Und jetzt?

Memo Mandini hockte mit dem Rücken zur Wand und schlug die Augen auf. Leer! Der verdammte Wohnwagen war leer.

Keine Spur von seiner Frau, der Tochter und den beiden Yard-Beamten.

Trotz der Schmerzen arbeitete sein Gehirn. Er konnte logisch denken, und er dachte daran, was die beiden Weiber vorhatten.

Ihn hatten sie liegengelassen. Sie hielten ihn wohl nicht für sehr gefährlich. Wahrscheinlich würden sie zurückkommen und ihn dann töten.

Wann würden sie zurückkehren?

Nachher.

Wenn sie die Polizisten umgebracht hatten!

Ja, das war es.

Für Memo Mandini gab es keine andere Alternative. Viola

und seine Frau würden die beiden Polizisten töten. Es blieb ihnen auch keine Wahl, denn die Beamten hatten die schlimmen Weiber durchschaut.

Dieser Gedanke setzte in Mandini Kräfte frei, mit denen er nicht gerechnet hatte. Ihm war klar, daß die Männer nur noch eine Chance hatten, wenn er richtig reagierte. Und da gab es für Memo Mandini nur noch eins.

Er mußte die Polizei verständigen!

Nur – wie sollte er das anstellen? Der Wohnwagen hatte kein Telefon, bis zur nächsten Zelle war es weit, zudem war er nur noch halb einsatzfähig, aber den anderen ging es vielleicht noch schlechter.

Von dieser Voraussetzung ausgehend, stemmte sich Mandini auf die Füße.

Zweimal kippte er um und hatte Glück, daß er dabei über den Sessel fiel. Vom Magen her stieg der Brechreiz hoch in die Kehle, den Memo nicht mehr unterdrücken konnte. Er mußte sich übergeben.

Die ersten Anzeichen einer Gehirnerschütterung, dachte er bitter.

Weiter.

Der dritte Versuch klappte. Grünbleich im Gesicht, blieb er stehen. Dabei schwankte er von links nach rechts, stützte sich an der Lehne und atmete tief durch.

Es klappte einigermaßen. Wenigstens konnte er sich auf den Beinen halten.

Zwar schwankte alles vor seinen Augen, die gesamte Einrichtung drehte sich im Kreis, aber Memo schaffte es, auf den Beinen zu bleiben, auch wenn ihm die Knie zitterten.

Wie ein Betrunkener durchquerte er den großen Raum des Wohnmobils, lief dann gegen den Türpfosten, prallte wieder zurück und schlängelte sich durch die offene Tür.

Er schluckte und mußte eine Pause einlegen.

Die Türen nach draußen waren zu. Hoffentlich hatten die Weiber nicht abgeschlossen!

Er drehte sich nach links und fiel gegen die Tür, während sein Arm nach unten schnellte und auf die Klinke fiel, die durch das Gewicht heruntergedrückt wurde.

Die Tür schwang auf.

Frische, kühle Luft strömte Memo Mandini entgegen. Er selbst aber konnte seinen eigenen Schwung nicht mehr bremsen und fiel aus dem Wohnwagen. Mit den Füßen berührte er noch den Boden, aber es gelang ihm nicht, sich zu halten.

Er fiel nach vorn, knickte ein und prallte zu Boden.

Dort blieb er liegen.

Etwa eine halbe Minute war er nicht fähig, sich auf die Beine zu quälen. Er hörte zwar den Lärm des Rummelplatzes, aber niemand kam, um ihm zu helfen.

Er mußte es allein schaffen.

Abermals sammelte Mandini seine Kräfte.

Er strengte sich an, stützte sich mit beiden Händen ab und kam auf die Beine.

Ein paar torkelnde Schritte lief er vor, bis er das Gleichgewicht gefunden hatte.

So blieb er stehen.

Zwei Besucher der Kirmes schlenderten Arm in Arm an ihm vorbei. Sie winkten mit Ginflaschen und nahmen an, daß sie einen ebenfalls Betrunkenen vor sich hatten.

Mandini wollte sie trotzdem ansprechen. Nur ein Krächzen drang aus seiner Kehle, das die anderen gar nicht hörten.

Memo taumelte weiter. Er sah den Lichterglanz, dieses bunte Kaleidoskop, das zu einem farbigen Wirrwarr wurde, so daß er keine Einzelheiten mehr ausmachen konnte.

Doch er lief weiter.

Auf den bunten Lichterglanz zu, denn instinktiv wußte er, daß er dort Hilfe zu erwarten hatte.

Seine Beine wurden immer schwerer. Er sah die Menschen nur als Schatten, streckte ihnen hilfesuchend die Arme entgegen, doch da war niemand, der ihn auffangen wollte.

Sie hielten ihn für betrunken.

»Polizei!« keuchte er. »Polizei...«

Die letzten Schritte.

Dann drehte sich alles vor seinen Augen. Plötzlich war der Farbenwirbel überstark. Er vereinigte sich mit dem Rauschen des Blutes in seinem Kopf, die Beine gaben nach, und durch das Rauschen hörte er eine helle Stimme.

»Mein Gott, der blutet ja...«

Memo Mandini krachte zu Boden.

»Die Polizei«, flüsterte er. »Holt um Himmels willen die Polizei... Geisterbahn... der Teufel...«

Er sah die Gesichter der Menschen, die ihn umstanden, nur als helle, verwaschene Schemen. Das letzte, das er noch hörte, war das schrille Geräusch einer Trillerpfeife.

Dann nichts mehr...

Schlagartig hatte sich die Situation verändert, denn nun war ich am Drücker.

Ich hielt Ennio im Würgegriff, hörte sein Keuchen und merkte, wie er sich aus meiner Fessel befreien wollte.

Eisern hielt ich fest.

Nein, er schaffte es nicht. Er würde es nicht schaffen, das merkte er, und sein Widerstand erlahmte.

Die Rothaarige hatte die Beretta wieder angehoben.

Die Mündung zeigte auf uns!

Wenn Viola jetzt schoß, dann würde sie ihren eigenen Bruder treffen. Das sagte ich ihr auch.

Sie lachte nur. »Du bist ein Narr, Bulle. Ein widerlicher Narr. Kugeln machen ihm nichts aus. Der Teufel hat seine schützende Hand über Ennio gelegt.«

Die dicke Frau rang die Hände. »Aber du willst doch nicht auf deinen eigenen Bruder schießen!« rief sie verzweifelt.

»Warum nicht? Wenn es sein muß. Ihn kann man nicht so einfach töten, das weißt du selbst.«

Ich hütete mich, den Mund aufzumachen und ihr die Wahrheit zu sagen. Die Beretta war mit Silberkugeln geladen. Sollte diese Viola doch schießen.

Sie würde sich wundern...

»Aber er ist dein Bruder!« kreischte die Alte wieder.

»Eine Kugel kann ihn nicht töten!«

»Hast du es ausprobiert?«

»Nein, aber ich weiß es. Halte du dich raus. Und kümmere dich um die anderen. Gib auf den Chinesen acht, er ist gefährlich. Und auch die Kleine darf uns nicht entkommen.« Mit der linken Hand holte Viola die zweite Beretta aus dem Gürtel und reichte sie ihrer Mutter. »Nimm sie, dann kann dir nichts passieren.«

»Aber ich...«

»Nimm sie, verdammt!«

Die Dicke nahm die Waffe an sich. Sie verschwand fast in ihrer klobigen Hand. Die Frau drehte sich so, daß die Beretta auf den am Boden liegenden Suko zeigte.

Viola wandte sich wieder mir zu. Ich hielt noch immer Ennio fest umklammert, der sich steif wie ein Brett gemacht hatte. Viola lächelte teuflisch, als sie sagte: »Glaube nur nicht, daß es mir etwas ausmacht, zu schießen, Bulle. Auch wenn Ennio die ersten beiden Kugeln mitbekommt, du kriegst die dritte.«

»Dann schieß«, sagte ich.

Ich hatte Mühe, die Worte klar und deutlich hervorzubringen, denn auch ich hatte Angst. Ich startete hier einen höllischen Bluff und wußte nicht, ob er gelingen würde.

Ennio bewegte sich wieder. Er strampelte mit den Beinen, traf mich am Schienbein, und ich verbiß mir den Schmerz.

»Keine Angst, Ennio«, sagte Viola. »Wir schaffen es!«

Ich schaute auf ihre Augen. Sie waren mit einem Ausdruck gefüllt, den man nur als Haß bezeichnen konnte.

Und dann sah ich das Flackern.

Jetzt würde sie abdrücken.

Da schleuderte ich Ennio hoch.

Im selben Augenblick peitschte der Schuß!

Ich sah noch das Aufblitzen des Mündungsfeuers und warf mich zur Seite. Ich rollte mich um die eigene Achse, hörte den Einschlag, ein Stöhnen und dann den gräßlichen Schrei. Im nächsten Augenblick fiel der zweite Schuß. Die Kugel zupfte an meinen Nackenhaaren.

Dann vernahm ich hastige Schritte und einen wilden Fluch.

Ich sprang auf.

Ennio kniete.

Er hatte sich gedreht, und ich sah genau in das blutige Gesicht.

Die Augen hatte er weit aufgerissen, seine Hände hatte er dort verkrallt, wo ihn das geweihte Silbergeschoß getroffen hatte.

Dunkles Blut sickerte durch seine gespreizten Finger. Am schlimmsten aber sah sein Gesicht aus. Es zerfiel immer mehr. Stärker strömte das Blut aus den Wunden, rann an seinem Hals entlang und wurde von der Kleidung aufgesaugt.

Ennio keuchte. Er stieß Laute aus, die mich an das Zischen einer Schlange erinnerten. Dann fiel er nach vorn, kippte zu Boden und blieb dort liegen, während seine Haare langsam grau wurden und einfach aus dem Kopf fielen.

Seine Mutter aber schrie auf.

Erst jetzt hatte sie sich von dem Schock erholt. »Mörderin!« gellte ihre Stimme. »Du hast ihn umgebracht, du Teufelsweib. Du hast meinen Sohn getötet!« Sie schrie die Worte Viola nach, die längst verschwunden war.

Dann erinnerte sie sich wieder an mich. Sie kreiselte herum und zielte auf mich.

»Du bist schuld!« keuchte sie. »Du allein! Verdammter Bulle!« Sie riß den Arm höher und drückte ab.

Ich ließ mich fallen.

Und ich hatte Glück, denn die Frau hatte wirklich noch nie geschossen. Der Rückschlag riß ihr die Hand mit der Waffe hoch, die Kugel fuhr irgendwo in die Decke.

Bevor sie das zweitemal abdrücken konnte, griff ein anderer ein.

Suko!

Seine Bewegungen waren noch langsam. Aber sie reichten aus, um dem Blatt eine Wende zu geben. Mit beiden Händen umklammerte er die Knöchel der Frau.

Ein heftiger Ruck.

Die Dicke taumelte.

Sie blieb aber auf den Beinen, denn es war nicht so einfach, diese Masse Mensch zu bewegen.

Suko brauchte kein zweites Mal einzugreifen, denn ich übernahm die Initiative.

Mit einem gewaltigen Sprung hechtete ich vor und prallte gegen den wandelnden Fleischberg.

Diesmal hatte die Frau der Wucht nichts mehr entgegenzusetzen. Sie wurde um die eigene Achse gewirbelt, verlor das Gleichgewicht und fiel zu Boden.

Es klatschte, als sie aufschlug.

Sie ruderte noch mit den Armen, doch es gelang ihr nicht mehr, auf die Beine zu kommen.

Dann war ich über ihr. Sie spie mir ins Gesicht, geiferte und tobte, wollte mir mit ihren Fingernägeln die Haut zerkratzen, doch ich faßte ihre Gelenke und bog sie zur Seite.

Da lag sie still.

Noch einen Griff, und ich hielt meine Beretta wieder in der Hand.

Da hörte ich den Schrei.

»John!«

Verdammt, die Stimme kannte ich.

Jane Collins.

Blitzschnell war ich wieder auf den Beinen. »Nimm du dir die Frau vor!« rief ich Suko zu und rannte los...

Jane Collins war verzweifelt.

Deutlich hatte sie die Schüsse gehört, doch sie kannte sich in diesem verdammten Labyrinth nicht aus, wußte nicht, wohin sie sich wenden sollte.

Shao erging es nicht anders. »Was sollen wir machen?« flüsterte sie mit fiebriger Stimme.

Da fiel der zweite Schuß.

Jane und Shao zuckten zusammen. Beide wurden bleich, beide hatten Angst um ihre Männer, und sie nahmen auch keine Rücksicht mehr. Sie liefen einfach los.

Jane übersprang die Gleise, prallte gegen ein Pappmonster, schleuderte es um und rannte weiter. Sie stolperte in der Dunkelheit. Es grenzte schon an ein Wunder, daß sie nicht auf die Nase fiel.

Shao lief dicht hinter ihr. Jane hörte ihren keuchenden Atem und sah das rötliche Licht, dessen Ausläufer sie erreichte.

Da geschah es.

Aus dem Licht schälte sich eine Gestalt. Jane schrie unwillkürlich meinen Namen, doch da erkannte sie, daß nicht ich es war, der auf sie zulief, sondern eine Frau.

Eine Frau mit langen Haaren.

Die eine Waffe hatte.

Den Bruchteil einer Sekunde waren beide überrascht. Dann stieß die Frau einen wilden Fluch aus und schwenkte ihren rechten Arm herum, wobei sie auf Jane zielte.

Die Detektivin handelte im Reflex. Ihr rechtes Bein flog hoch, die Fußspitze traf genau. Sie krachte unter die Waffenhand der Rothaarigen und fegte sie zur Seite.

Doch das Weib ließ die Pistole nicht fallen. Sie schnellte sich ab und rannte mit gesenktem Kopf auf Jane Collins zu.

Diesmal konnte Jane nicht ausweichen. Sie wurde von dem harten Stoß voll erwischt, wurde nach hinten katapultiert und prallte gegen Shao, die sie mit zu Boden riß.

Drei Frauen lagen praktisch übereinander. Sekundenlang herrschte ein großer Wirrwarr.

Bis sich Viola als erste fing. Sie, die oben lag, sprang auf. Bevor Jane und Shao es verhindern konnten, rannte sie weg. Die Detektivin streckte noch den rechten Arm aus, um sie festzuhalten, doch sie griff ins Leere.

Die Rothaarige war zu schnell und wendig.

Obwohl alles sehr schnell gegangen war, hatte Jane die Zeichnung auf dem Oberkörper der Frau genau erkannt.

Eine Teufelsfratze inmitten eines Drudenfußes. Jetzt wußte Jane hundertprozentig, daß dämonische Kräfte ihre Hände mit im Spiel hatten.

Sie quälte sich hoch und half auch Shao auf die Beine. »Ihr nach!« rief Jane.

Sie und Shao wollten losrennen, als sie Schritte hörten und sich die zweite Gestalt aus dem rötlichen Schimmer schälte.

Ein Mann.

»John!« rief Jane.

Ich war einen Lidschlag später bei ihr. Sie wollte etwas sagen, ich schüttelte nur den Kopf und fragte: »Wo ist sie?«

»Weg.« Jane deutete in die Richtung, in die die Rothaarige gelaufen war.

»Was ist mit Suko?« fragte Shao.

»Er lebt.«

»Wohin...«

Ich winkte ab. »Keine Zeit. Kümmert ihr euch um Suko, das Mädchen und die Alte.«

Dann war ich schon weg und hinterließ zwei sprachlose Frauen.

Viola Mandini ließ sich auch durch das Auftauchen der beiden Frauen nicht von ihrer Flucht abhalten. Sie hetzte weiter. Es war ihr Vorteil, daß sie sich in der Geisterbahn ausgezeichnet auskannte. Sie kannte jeden Fußbreit Boden und fand sich auch im Dunkeln zurecht.

Wie ein Wiesel schlüpfte sie an all den Monsterfiguren vorbei, sprang über die Schienen und sah zu, daß sie genügend Distanz zwischen sich und ihren Häscher brachte.

Viola war ehrlich genug zuzugeben, daß sie sich verschätzt hatte. Sie hatten ihren Gegner ganz einfach auf die leichte Schulter genommen und ihn nur als Bullen abgekanzelt.

Dieser Fehler hatte sich gerächt. Zudem war die Waffe des Mannes mit geweihten Silberkugeln geladen, eine schlimme Sache. Sie zeigte aber auch, daß sie es mit einem knallharten Profi zu tun hatte. Dieser Kerl war nicht unvorbereitet in den Fall hineingerutscht. Und er hatte in dem Chinesen einen verdammt starken Helfer.

Sie schlug einen Bogen. Ihr Gesicht war vor Wut verzerrt. Noch immer hatte sie das Bild vor den Augen, wie ihr Zwillingsbruder gestorben war.

Durch ihre Kugel!

Nie würde sie das vergessen. Und nie würde sie den Trick vergessen, mit dem Sinclair sie reingelegt hatte.

Das sollte er büßen. Noch lebte sie, und sie dachte nicht daran aufzugeben.

Vor ihr glänzten die Schienen. Als kompakte Masse hoben sich vier kleine Wagen dicht vor dem Ausgang ab. Sie waren stehengeblieben, als der Strom ausfiel. Andere standen auf den oberen Etagen.

Viola Mandini huschte an den Wagen vorbei und drückte den linken Flügel der Tür auf. Als ihr die kalte Luft ins Gesicht schlug und sie nicht von dem blonden Mann erwartete wurde, atmete sie auf, wobei ein Lächeln über ihr Gesicht huschte.

Jetzt hatte sie freie Bahn.

Mit einem Satz flankte Viola über das Gitter und stand vor der Bahn. Sie mußte nur noch sehen, wohin sie sich wenden sollte.

Nicht zum Weihnachtsmarkt. Dort hatten die meisten Stände schon geschlossen, doch auf dem Jahrmarkt herrschte noch genügend Trubel.

Das war ihr Ziel!

Dort konnte sie sich verstecken und die Nacht über abwarten. Morgen sah alles anders aus.

Nach drei langen Schritten zuckte sie zusammen.

Sie hörte Sirenen.

Die Polizei kam!

Mit dem sicheren Instinkt einer Gehetzten wußte sie, daß sie nicht mehr viel Zeit hatte, denn die Auffahrt der Polizeiwagen galt bestimmt ihr allein.

An der nächsten Kreuzung wischten die Menschen schon zur Seite, um den Wagen Platz zu machen.

Da fuhren sie schon an.

Schräg lief Viola auf eine Schießbude zu. Den Besitzer kannte sie ganz gut. Sie hatte bereits mit ihm geschlafen. Der würde sie sicherlich verstecken.

Drei Wagen hielten vor der Geisterbahn. Türen klappten auf, und Uniformierte sprangen aus den Fahrzeugen.

Aber nicht nur sie erschienen.

Da Viola Mandini ebenfalls die Front der Geisterbahn einsehen konnte, erkannte sie auch den blonden Mann, der aus der Tür sprang und sich wild umschaute.

Nein, sie konnte nicht mehr in die Bude.

Da hatte der Kerl sie schon entdeckt. Sie hörte seine Stimme, Wut schwemmte in ihr hoch, und im nächsten Augenblick gab Viola Mandini Fersengeld...

Ich sah die Kollegen aus ihren Fahrzeugen springen und machte mir keine Gedanken darüber, wie es kam, daß sie so schnell zur Stelle waren. Für mich zählte nur das rothaarige Teufelsweib.

Nur – wo steckte sie?

Polizisten liefen auf mich zu und behinderten die Sicht. Ich schickte die Männer in die Geisterbahn. Die ersten Neugierigen sammelten sich an. Zum Glück konnte ich über ihre Köpfe schauen.

Und ich sah sie.

Viola Mandini stand an einem Schießstand. Vielleicht wollte sie über die Brüstung springen, ich wußte es nicht. Auf jeden Fall drehte sie den Kopf und schaute zur Geisterbahn.

Unsere Blicke trafen sich.

Für zwei Herzschläge standen wir unbeweglich, versank die Welt. Ich sah nur sie, und sie sah mich.

Dann warf sie sich herum und rannte weg.

Für mich ebenfalls das Startsignal!

Normalerweise können Männer schneller laufen als Frauen. Aber diese Viola Mandini wirkte auf mich wie eine langbeinige Gazelle. Mit großen Sprüngen setzte sie sich ab und hetzte um die Schießbude herum. Als ich den Stand erreichte, war sie längst verschwunden.

Zudem behinderte mich noch immer die Wirkung des Chloroforms. So ganz war das Zeug noch nicht aus meinem Körper verschwunden. Ich hatte weiterhin daran zu knacken.

Ich strengte mich an.

Mit Riesenschritten kam ich meiner Gegnerin näher, denn sie sprintete über einen Platz, in dessen Mitte ein runder Glühweinstand hervorragte. Er war von zahlreichen Menschen umlagert, die sich an dem heißen Getränk aufwärmten.

Einige standen mit dem Rücken zur Theke. Und diese Männer sprach Viola an.

Sie schaffte es tatsächlich, sich den Anstrich einer unschuldig Verfolgten zu geben.

»Dieser Mann ist hinter mir her!« schrie sie. »Er will mich umbringen! Helft mir!«

Das ließen sich die angetrunkenen Kavaliere nicht zweimal sagen. Sie stellten ihre Gläser weg, wobei zwei zu Boden fielen, und rannten mir entgegen.

Ihre Körper bildeten einen Wall zwischen der Rothaarigen und mir.

Das wurde kritisch.

Sechs, nein, sieben Gegner hatte ich. Die ersten breiteten die Arme aus und wollten mich festhalten.

Ich schleuderte sie zu Boden.

Zwei Hiebe, da lagen beide.

Die Männer fluchten wild, was die anderen jedoch nicht davon abhielt, sich auf mich zu stürzen.

Ich räumte sie aus dem Weg, nahm die Handkanten, dazu wirbelte ich um die eigene Achse, setzte Judogriffe an und hatte freie Bahn. So etwas ging auch nur bei Betrunkenen. Bei nüchternen Gegnern hätte ich mehr Schwierigkeiten gehabt.

Endlich hatte ich frei Bahn.

Viola Mandini war verschwunden.

Nein, doch nicht. Sie hatte es sich nicht nehmen lassen wollen, dem Kampf zuzusehen. Als sie merkte, daß ich es schaffte, schoß sie.

Dabei nahm sie keinerlei Rücksicht auf Unbeteiligte. Zum Glück wurden weder ich noch andere Menschen getroffen. Viola schoß auch kein zweitesmal, sie rannte weiter.

Ich gewann wieder an Boden, auch wenn ich mich verdammt anstrengen mußte.

Sie änderte die Richtung und lief nach links, wo sich zahlreiche Menschen aufhielten. Rücksichtslos wurden die von ihr zur Seite geschleudert. Die Mandini verschaffte sich eiskalt freie Bahn.

Ich konnte leider auf die Passanten keine Rücksicht nehmen. Beim drittenmal entschuldigte ich mich nicht einmal, sondern sah nur die rennende Frau.

Wir hetzten an zahlreichen Karussells, Buden und Ständen vorbei. Ich sah den Glitzerkram, die bunten, grellen Lichter, hörte die laute Musik, die Gesprächsfetzen der Menschen und blickte immer wieder in erstaunte, überraschte Gesichter, wenn sie vor mir auftauchten und im nächsten Augenblick wieder verschwanden.

Mittlerweile wurde mir der Atem knapp. Ich hatte schwer zu kämpfen, meine Schritte waren längst nicht mehr so federnd wie zu Beginn der Verfolgung.

Aber auch Viola lief nicht mehr so leichtfüßig. Sie stampfte ebenfalls. Wenn sie durch Pfützen lief, spritzte das Wasser kniehoch. Auch schleuderte sie Dreck auf, doch darauf achtete sie nicht.

Die Distanz schmolz.

Links von mir jaulte schräge Rockmusik aus den Lautsprechern eines Kettenkarussells. Die Ketten standen fast waagerecht, das Karussell war voll aufgedreht.

Viola rannte unter den Ketten hindurch. Ich wollte ihr den Weg abschneiden, sprang auf den Karussellaufbau, wurde angeschrien, kümmerte mich nicht darum und jagte an der anderen Seite wieder herunter. Die Stufen nahm ich mit einem Satz – und sah keine Haarspitze mehr von Viola Mandini.

Sie war verschwunden.

Ich verbiß mir einen Fluch.

Wo konnte sie stecken?

Es gab kaum Möglichkeiten. Der Autoscooter bestimmt nicht, auch die Mondbahn nicht, dafür aber rechts in dem Holzgebäude.

Lachklause stand dort.

Ja, da war sie.

Viola sprintete an der Kasse vorbei und rannte auf das Fließband zu. Andere Wege waren ihr versperrt. Sie hätte schon springen müssen, was zu gefährlich gewesen wäre.

Also ließ sie sich hochfahren.

Ich nahm den gleichen Weg. Ebenfalls ohne zu bezahlen. Wenig später stand ich auf dem Fließband und ließ mich in die Höhe treiben.

Laufen konnte man schlecht, dazu war es zu steil. Zwischen mir und Viola befanden sich drei Jugendliche, hinter mir fuhren zwei junge Mädchen hoch, und unter mir tobte und drohte der Kassenhüter.

Das Transportband fuhr mit seiner menschlichen Fracht auf eine dunkle Öffnung zu.

Viola verschwand.

Wenig später auch die Jugendlichen.

Ich hörte sie schreien und ahnte, daß mich sicherlich etwas angeblich Lustiges erwarten würde.

Schon war es soweit.

Ich fiel vom Band. Damit hatte ich nicht gerechnet. Schaumstoff fing mich auf, und sofort wurde ich im Kreis gedreht. Ich war auf einer runden Scheibe gelandet, schaffte es nicht, die Fliehkraft auszugleichen – und wurde von der Scheibe katapultiert.

Wie auch die anderen landete ich in einer Rutsche, über die es steil bergab ging.

Hinter mir quietschten die Teenager, vor mir grölten die Jugendlichen, und angestrahlt wurden wir von grünem Licht, das große Scheinwerfer auf uns niederwarfen.

Ich kam mir vor wie ein Marsmensch, als ich die Rutsche hinunterfuhr, noch in eine Kurve geschleudert wurde und weiterhin einem unbekannten Ziel entgegenwischte.

Dann wurden meine Augen weit.

Die Rutsche endete vor einem Wasserbottich.

Das konnten die doch nicht machen. Der Spaß ging zu weit.

Die Jugendlichen vor mir lachten. Sie fielen schon. Aber nicht ins Wasser, sondern auf blaugrün schimmernden Kunststoff, der einer Wasserfläche ungeheuer ähnlich sah.

Ich hatte jetzt freie Bahn.

Vielleicht noch drei Sekunden, dann würde ich ebenfalls in den Trog rutschen.

Plötzlich erhob sich dort eine Gestalt.

Viola Mandini!

Sie lächelte, hielt die Beretta im Anschlag und ließ mich kommen. Ich raste genau auf sie zu.

Dann schoß sie.

Wie in Großaufnahme sah ich das teuflisch verzerrte Gesicht hinter der Waffe, erkannte die Feuerblume an der Mündung und spürte einen harten Schlag am Hals.

Im nächsten Augenblick schoß ich auf das nachgemachte Wasser zu.

Viola hätte zur Seite gehen sollen, wie die Jugendlichen auch. Sie tat es nicht, unterschätzte meine Geschwindigkeit, und ich krachte voll gegen sie, wobei ich sie zurückschleuderte.

Plötzlich sah ich das Blut auf ihrem Körper, spürte erst jetzt die Schmerzen am Hals und wußte, daß es mein eigenes Blut war, das aus der Wunde floß.

Sie kämpfte mit Händen und Füßen. Immer wieder versuchte

sie, die Beretta in meine Richtung zu drehen, so daß die Mündung auf mich wies. Es gelang mir, ihren Arm zu packen.

Am Handgelenk hebelte ich ihn herum.

Sie schrie auf.

Die Waffe rutschte ihr aus den Fingern. Ich warf mich auf dieses Teufelsweib, hob den Arm, krümmte die Handkante, sah für kurzen Augenblick ihr verzerrtes Gesicht und schlug zu.

Meine Hand traf.

Die Rothaarige zuckte hoch, die Augen wurden gläsern, der Blick trübe, dann sackte sie zusammen.

Halb unter mir blieb sie liegen.

Ich konnte auch nicht mehr.

Es war mir nicht möglich, allein aufzustehen. Ich spürte nur, wie das Blut aus der Halswunde pumpte, und hoffte, daß bald ein Arzt bei mir war...

Eine Stunde später.

Ich sah richtig nett aus. Ein heller Verband war um meinen Hals gewickelt worden. Die Kugel hatte mir das Fleisch an der Seite aufgerissen und leider eine Ader verletzt. Deshalb der hohe Blutverlust. Dabei hatte ich noch Glück im Unglück gehabt. Denn hätte dieses Weibsbild nicht auf meinen Kopf, sondern auf meinen Körper gezielt, könnte ich nun mit den Engeln pokern.

Der Arzt hatte mich erst ins Krankenhaus stecken wollen, aber dagegen wehrte ich mich mit Händen und Füßen. Obwohl wacklig auf den Beinen, wollte ich doch mitbekommen, wie die Sache weiterlief.

Wir standen alle an der Geisterbahn, wo dieser verdammte Fall seinen Anfang genommen hatte. Nur Memo Mandini war schon ins Krankenhaus geschafft worden.

Polizisten führten die Mutter ab.

Vier starke Männer hielten den Fleischberg fest. Die Alte tobte und keifte, schrie die unflätigsten Beschimpfungen und wünschte allen die Pest an den Hals.

Ihr Schimpfen nutzte nichts. Ein Gefangenen-Transporter stand längst bereit.

In ihn wurde sie geschafft.

Viola Mandini hatte es hinter sich. Stählerne Fesseln lagen um ihre Handgelenke.

Auch sie spuckte Gift und Galle, als die Männer sie zum Wagen schafften.

Mit Jane, Shao und Suko stand ich dicht neben dem Fahrzeug. Als Viola mich sah, stemmte sie beide Hacken in den Boden und ließ sich nicht weiterziehen.

Wir schauten uns an.

»Bulle!« knirschte sie. »Das hast du nicht umsonst getan. Glaube es mir. Ich mache dich noch fertig, und der Teufel wird mir dabei helfen!«

Ihre Blicke sprühten vor Haß. Fast spürte ich sie körperlich.

»Schafft sie weg!« sagte ich rauh.

Sekunden später klappten die beiden Türhälften des Wagens zu. Doch jeder von uns hörte das Gelächter der Frau. Es war rauh, unweiblich, wie der Satan selbst.

Suko schaute mich ernst an. »Von der werden wir sicherlich noch hören«, sagte er.

Ich blickte dem startenden Wagen nach. »Der Meinung bin ich auch«, erwiderte ich leise.

Und ich sollte recht behalten.

Aber das ist eine andere Geschichte...

ENDE

Band 73 918

Jason Dark

Todesträume

Dieser Band enthält folgende JOHN SINCLAIR-Romane:

Die Mörder-Blumen
Der Leichenbrunnen
Die Eisvampire
Der Zyklop aus der Hölle
Mr. Mondos Monster
Königin der Wölfe
Der Todesnebel
Dr. Tods Horror-Insel

Erleben Sie in diesem Band mit, wie Jane Collins ein Opfer der Vampir-Blumen wird, wie John den Zombie Baxman zur Strecke bringt, wie Myxin einen Vampir beschwört und wie Will Mallmann im Teufelsmoor bei Bremen einen Zyklopen jagt. John gerät in die Fänge des Monstermachers Mr. Mondo, wird zum Werwolf und verliebt sich in Lupina, die Königin der Wölfe. Und dann lernen er und Suko den menschenmordenden Todesnebel kennen und sind dabei, als Dr. Tod in der Nordsee Vampiro-del-mar, den Kaiser der Vampire, zu neuem Leben erweckt...

BASTEI
LÜBBE

Band 73 213

Jason Dark

Satans-Krone

Originalausgabe

Als ich Isaak Lambert kennenlernte, dachte ich an einen skurrilen, etwas vertrottelten Alten. Allerdings nur so lange, bis ich von der Satans-Krone hörte, ein Erbe des toten Magiers Aleister Crowley.
»Die Krone ist wieder da, Mr. Sinclair! Wir müssen sie finden, bevor eine Katastrophe geschieht!«
Mahnende Worte, denen Suko und ich glaubten. Wir suchten die Krone, die demjenigen, der sich ihrer würdig zeigte, eine ungeheure Macht gab.
Wir fanden sie auch. Da aber steckten wir bereits in einer Falle, aus der es kaum einen Ausweg gab ...

BASTEI
LÜBBE